TOM SPANBAUER

Der Mann, der sich in den Mond verliebte

ROMAN

Deutsch von Gerhard Beckmann

GOLDMANN VERLAG

Die amerikanische Originalausgabe ist unter dem Titel
»The Man Who Fell in Love with the Moon«
bei Atlantic Monthly Press, New York, erschienen

Umwelthinweis:
Alle bedruckten Materialien dieses Taschenbuches
sind chlorfrei und umweltschonend.
Das Papier enthält Recycling-Anteile.

Der Goldmann Verlag
ist ein Unternehmen der Verlagsgruppe Bertelsmann

Copyright © 1991 by Tom Spanbauer
Copyright © der deutschsprachigen Ausgabe 1994
by Wilhelm Goldmann Verlag, München
Umschlaggestaltung: Design Team München
Satz: Uhl + Massopust, Aalen
Druck: Elsnerdruck Berlin
Verlagsnummer: 41467
GR · Herstellung: Sebastian Strohmaier
Made in Germany
ISBN 3-442-41467-9

1 3 5 7 9 10 8 6 4 2

Für Mike Taylor,

für Mutt und Jeff, Dellwood und Shed,

die Ministranten, Ida und Alma; eine Familie,

von ganzem Herzen

INHALT

ERSTES BUCH

ES WAR EINMAL: KIEBITZ

Wenn du der Teufel bist, hast du diese Geschichte nicht von mir gehört, bin ich nicht Draußen-im-Schuppen gewesen – den Namen hat sie mir gegeben, ohne daß sie es wußte. Sie – das war Ida Richilieu; später, nach der Geschichte am Devil's Pass, hat sie nur Holzbein-Ida geheißen.

He-Du-Da und Komm-Mal-Her-Jung – auch das waren, glaubte ich, Namen von mir. In den ersten zehn Jahren meines Lebens glaubte ich zu sein, was diese *tybo*-Wörter sagten. *Tybo* – das heißt in meiner Sprache »weißer Mann«. *Meine* Sprache – das sind ein paar Wörter, an die ich mich noch erinnere.

Meine Mutter war eine Bannock, und sie hat für Ida gearbeitet, reinemachen und immer, wenn ein Mann kam, der Lust auf Zeugen hatte. Und so kam ich auf die Welt – dachte ich jedenfalls. Meine Mutter gab mir den Namen Duivichi-un-Dua, der hat was zu bedeuten, so einen Namen zu haben heißt, daß ich wirklich wer war, und nicht bloß irgend so ein Draußen-im-Schuppen.

Hab lange gebraucht, bis ich herausfand, was mein indianischer Name bedeutet. Ein Grund war der, daß mein Name kein Bannock-Wort ist. Es ist ein Shoshonen-Wort, deshalb konnte keiner von den Bannocks es mir erklären, als ich sie fragte. Hatte meine Mutter immer für eine Bannock gehalten. Muß aber wohl Shoshonin gewesen sein. Warum hätte sie mir sonst einen Shoshonen-Namen gegeben?

Meine Mutter starb, als ich zehn oder elf Jahre alt war. Ist von einem Kerl namens Billy Blizzard ermordet worden. Eine Erinnerung an sie ist der Name, den sie mir gab, auf den ich nie antworten sollte, weil es der Teufel sein könnte, der mich rief, und wenn mich wer mit dem Namen rief, dann sollte ich sagen, das wär ich nicht. Eine andere Erinnerung an meine Mutter kommt mir beim Einschlafen, da wird sie ein Geruch und ein Gefühl, für das ich kein Wort hab.

Nach dem Tod meiner Mutter hab ich ihre Stelle bei Ida übernommen, Reinemachen und Gelegenheitsjobs. In manchen Nächten, wenn der Mond zu hell schien und es zu still wurde, wenn ich draußen im Schuppen war und nur noch mein Herz schlagen hörte und meinen Atem, der furchtbar schnell ging, und sonst gar nichts mehr, dann bin ich auf Zehenspitzen die Treppe hinter Idas Haus hochgelaufen zum ersten Stock und hab durchs Fenster geschaut. Ida Richilieu saß in ihrem Zimmer im Licht-kreis ihrer Lampe, von der Kerosin-Lampe hatte das ganze Zimmer einen rosigen Schein. Winters saß Ida in ihre Decken gehüllt. Sommers hatte Ida fast gar nichts an. Doch ob Winter oder Sommer, Ida saß nach getaner Arbeit nachts im Schein der Lampe und schrieb in ihrem Tagebuch vom Leben und vom Bürgermeistersein.

Ida zu sehen, wie sie da mit Feder und Tinte Worte zu Papier brachte und Menschengeschichten erzählte – das gab dir immer ein gutes Gefühl. Gab einem das Gefühl von Geheimnissen, die du herausbekommen mußtest. Von Geschichten, die du unbe-dingt erfahren mußtest. Da hörte das schreckliche innere Häm-mern auf.

Dann kam der Tag, als ich fast erfroren wäre. Als ich draußen vor Idas Fenster stand und eingeschlafen bin. Das heißt, ich nehm an, daß ich eingeschlafen bin – denn so gefühlt, wie wenn ich schliefe, hab ich mich nicht. Mir war nicht mehr kalt, mir war nicht mehr wie draußen vor Idas Fenster, ich war mitten im Lichtschein von Idas Lampe, es war meine Haut, die rosig war von dem Schimmer, ich lag in Idas Federbett. Lag manchmal hellwach da und sah Ida im Schein ihrer Lampe und schreiben. War manchmal gar nicht hellwach und wußte nicht, wo ich war, war irgendwo, wie im Schlaf.

Als ich am Ende von Irgendwo aufwachte und nicht mehr krank war vom Fieber, da hat Ida mich manchmal in ihrem schönen Zimmer im Federbett bei sich schlafen lassen. Ich durfte es nur keinem erzählen und hab's auch nie wem erzählt; denn wenn Ida einem ein Versprechen abnahm, dann galt das. Hab mich vorher aber immer gründlich reinwaschen müssen.

Und eines Nachts, als ich neben Ida schlief, ist sie wachgeworden, weil sich bei mir etwas regte. Mit einem Steifen im selben Raum konnte sie nicht schlafen; hat Ida immer gesagt.

Nach der Nacht, als sie nicht schlafen konnte und meinen Steifen gesehen hatte, also, meine Verhältnisse waren ihr ja bekannt, da meinte sie, daß mir der Job gefallen würde; obwohl ich nicht mehr als zwölf Jahre alt war. Und so übernahm ich auch die andere Arbeit meiner Mutter; das heißt, wann immer ein Mann Lust auf Zeugen hatte.

Das Indianerwort für so jemand lautet *berdache*. Ich hab das Wort zum erstenmal gehört, als ich Dellwood Barker kennenlernte. Der hat das Wort *berdache* gebraucht. Das war, als er mir die Geschichte vom Berdache Dummes Weib erzählte und wie Dummes Weib Dellwood Barker gesundgemacht hat und ihm nachher das Ficken beibrachte.

Ich weiß nicht, ob *berdache* ein Bannock- oder ein Shoshonen- oder bloß ein Indianerwort ist. Hab mal gehört, daß es ein französisches Wort ist. Kenn aber kein Französisch. Weiß darum auch nicht, ob das stimmt.

»B...E...R...D...A...C...H...E«: Dellwood Barker hat es mir buchstabiert, aber wichtig ist nur, was es bedeutet: ein »heiliger Mann, der mit Männern fickt«.

Die *tybo*-Wörter, die ich für das da draußen im Schuppen kenne, für das, was ich bin, für Ficken mit Männern, sind Wörter, die ich heut nicht gebrauche. Hab sie aber früher gebraucht. Hab gemeint, es seien bloß weitere Namen für das, was ich bin.

Das ist durch Dellwood Barker anders geworden. Trat zwei Jahre, nachdem er aus meinem Leben gegangen war, wieder in mein Leben, und da ist alles anders geworden – wie ich mich selber nannte, und für wen ich mich hielt. Er hat an die Tür vom Schuppen geklopft. Trat in die Tür. Und da stand er, dieser Dellwood Barker, den ich für meinen Vater hielt. Alles war anders. Ich war anders. Ich war wer, der sich verliebt hatte.

Ich hab ihn ganz schnell und tüchtig und auf der Stelle und allezeit geliebt.

Allezeit: Das war ein Ausdruck, den Ida gebraucht hat. War einer der ersten Ausdrücke, die sie mir beigebracht hat.

»A...L...L...E...Z...E...I...T«, hatte Ida mir vorbuchstabiert, »das bedeutet: für immer«, hat sie gesagt.

Ich hätte wirklich nie gedacht, daß ich mich einmal verlieben würde, schon gar nicht in einen weißen Mann, ganz zu schweigen von meinem Vater und für allezeit.

Dellwood war auch verliebt, hat er mir gesagt. Aber nicht in mich. Er war nicht in mich verliebt und auch nicht in Alma Hatch – die schöne Vogelfrau mit den rosa Brustnippeln, die nach Rosenwasser duftete und die plötzlich aus heiterem Himmel in Idas Haus hereinplatzte und vor den Augen aller Männer an der Bar für einen Nachmittag mit Idas Zeugejungen Geld auf die Theke legte, für einen Nachmittag draußen im Schuppen, sie hat das Geld hingelegt für einen Fick mit mir, sie hat mich gefickt, und dann hat sie mich weggeschickt, da flog kein Flügel mehr.

Nein, keinen von uns – nicht Ida Richilieu, nicht Alma Hatch und nicht mich.

Nein, Dellwood Barker war der Mann, der sich in den Mond verliebte.

Das alles hat sich in Excellent, Idaho, zugetragen; das heißt, in Excellent und in Gold Bar und zwischen diesen beiden Städten. Sie liegen im Norden, gleich hinter den Sawtooths. Excellent liegt im Tal der nördlichen Gabelung des Payette-Flusses, und Gold Bar ist bei guter Witterung einen Tagesritt entfernt, wenn du über den Devil's Pass reitest. Der führt so hoch in die Berge, daß dort Bäume nicht mehr wachsen und der Schnee bis Mittsommer bleibt.

In ihren ärmeren Tagen hatten Excellent und Gold Bar andere Namen gehabt; das heißt, vor dem Goldrausch von '63 in Excellent und von '72 in Gold Bar. Excellent hatte früher einen indianischen Namen, den hab ich vergessen, doch nicht, was er bedeutete: Gutes-heißes-Wasser-aus-der-Erde. Gold Bar war nur das gute, alte Rock Creek gewesen. Die Namen änderten sich mit den ersten Goldfunden. Und nicht nur die Namen, da ist fast alles anders geworden. In den Bergen sind auf einmal überall *Tybos* herumgekrochen. Gruben, sprengten, schossen aufeinander, wurden reich. So ging das eine Zeitlang. Dann wurde es schwerer, Gold zu finden, dann ganz unmöglich. In weniger als zehn Jahren nach dem ersten Goldfund konntest du in Excellent und in Gold Bar nicht mal hundert Menschen mehr antreffen. So hat es jedenfalls Ida berichtet, und Ida mußte es wissen; sie lebte schon ziemlich lange hier – das heißt, schon bevor Excellent den Mormonen-Bürgermeister hatte, nämlich in der Zeit, die die Leute in der Gegend hier die Wiederkunft nennen, also zwischen '82 und '02.

Außer einer Hure und Bürgermeisterin war Ida auch Chronistin der Stadt und hat all diese Dinge aufgeschrieben. Alles, was sie hörte oder mit der Gegend hier selber erlebte, das hat sie in ihrem Tagebuch aufgeschrieben. Hat mir, bevor sie starb, befohlen, ihre Tagebücher zu verbrennen. Hab ich aber nicht getan. Ich und Doc Heyburn haben sie überlistet und die Tagebücher gerettet. Und darum wissen die Menschen, daß die Dinge damals wirklich so waren und sie nicht bloß einer so dahergeredet hat, weil die meisten Menschen hier oben doch nichts anderes können als nur reden.

»So sind die Leute eben«, hat Ida immer gesagt. »Sie müssen einfach reden. Sonst haben sie ja nichts. Das darfst du ihnen nicht nehmen. Sie reden, und das ergibt ziemlich bald 'ne Geschichte. Was wäre ein Mensch ohne Geschichte?«

Ich hab über vieles nachgedacht, was Ida gesagt hat, auch über das, was sie von den Menschen und ihrem Geschichtenerzählen gesagt hat, und Ida hat recht gehabt, wie mit so vielem. So sind die Menschen eben – *Tybos* wie Indianer.

Der Unterschied zwischen Geschichten von *Tybos* und Geschichten, die *wir* erzählen, liegt bloß darin, worum sie sich drehen.

Wir – das sind die Indianer. Was ich nur zur Hälfte war.

Mit der Hälfte, die ich gern das Ich-Stück vom Nicht-Ich nannte.

Indianer erzählen von der Welt, wie sie ist. Ihre Geschichten erzählen davon, wie der Wolf den Namen Wolf bekam. Wie Mücken so böse, kleine Wesen geworden sind. Wie Elche Geweihe bekamen, was Bären zu den Bienen sagen, wenn sie Honig wollen, wie der Fluß Bäumen ein Lied vorsingt und wie Bäume zur Antwort singen.

Indianer erzählen von dem Berg, in dessen Schatten Excellent, Idaho, erbaut worden ist – von dem Berg, hinter dem die Morgensonne aufsteigt –, wie wir seinetwegen so handeln, wie wir handeln. Indianische Geschichten sagen, daß der Berg uns geholt hat – uns herlockte. Wir meinen vielleicht, daß wir aus diesem oder jenem Grund hier leben. Wir meinen vielleicht, daß wir aus diesem oder jenem Grund tun, was wir tun. Doch in Wahrheit hat der Geist des Berges uns gefangen. In der *Tybo*-Sprache heißt er Indian Head; auf indianisch hat er einen Namen, den du aber nicht laut aussprechen darfst.

Weil nicht ich es bin, der diese Geschichte erzählt, werd ich ihn euch trotzdem nennen.

Ich kann ihn nicht indianisch aussprechen, doch er bedeutet: Nicht-wirklich-ein-Berg. Er kann auch bedeuten: »Allezeit«, aber fragt mich nicht, wie es dazu kommt.

Worüber *Tybos* reden: über Gold, Geld, Dollar-Dollar-Dollar. Aber wenn sie das auch sagen, so ist's trotzdem nicht, wovon sie wirklich reden. Dellwood Barker hat es mir vor Jahren erklärt: *Tybos* reden immer nur davon, wie's ihnen später geht – wenn sie irgendein Stückchen weiter sind, wenn sie die Kurve hinter sich haben –, sie reden von sich so, wie wenn sie noch nicht lebten.

»Fast alle – gibt kaum eine Ausnahme«, hat Dellwood Barker immer gesagt, »haben Angst, das zu sein, was sie gerade sind.«

Ida Richilieu war auch eine *Tybo*. Redete aber nicht *tybo*. Sie hat *Tybo*-Wörter gebraucht, aber was sie gesagt hat, war nicht *tybo*. Das war auch bei Alma Hatch der Fall, und, wie schon gesagt, bei Dellwood Barker: drei *Tybos*, die nicht *tybo* waren.

Wovon Ida Richilieu redete – von den Sawtooth Mountains und besonders dem Berg Indian Head, sie redete vom Flußtal und vom Teufels-Paß und von Excellent und von Gold Bar. Sie sprach vom Geschäft. Über Whiskey und Opium und Tollkraut und Ficken. Sie redete davon, wie du dich sauber hältst, wie du Versprechen hältst und wie du dich in Schwung hältst. Sie erzählte von Schwänzen, die klein waren, und von Schwänzen, die groß waren. Ida redete von Dellwood Barkers Schwanz. Redete über meinen Schwanz – Ida sprach gern von Schwänzen. Es gab nichts, wovon sie so gern redete wie von Schwänzen. Abgesehen von Mormonen; und das war besonders zum Schluß.

Ida redete von Alma Hatch, von Dellwood Barker und von mir. Über das, was ihr am liebsten war, redete sie aber nie – ihre alte Schreibfeder und ihr Tintenfaß und ihre in Leder gebundenen Tagebücher mit Goldrand und den Schein der Lampe, in dem sie nachts saß, wenn sie schrieb.

Alma Hatch redete über die Liebe. Sie sprach von Herzen voller Liebe. Sie redete über die heißen Quellen und über Whiskey und Opium und Tollkraut und Ficken. Alma redete über Vögel und fliegende Vögel und über Libellen und über praktisch alles, was Flügel hatte. Alma redete von Ida, von Dellwood und von mir. Alma redete von ihrem Haar. Sie machte auch seltsame Tier- und Vogellaute; nicht nur beim Ficken, du konntest im voraus nie wissen, wann diese Frau mit Schreien anfangen würde. Dellwood Barker redete von Whiskey und Opium und Tollkraut und Ficken. Redete von mir und von Ida und Alma. Redete von *berdaches*. Redete davon, wie die meisten Menschen nie etwas anders machen als sich selber erzählen, wer sie sind – sich ihre eigenen Geschichte erzählen. Redete über sein Pferd Abraham Lincoln und seinen Hund Metapher. Doch meistens redete Dellwood Barker vom Mond.

Wenn ihr wissen wollt, worüber ich geredet habe, dann müßt ihr diese drei fragen, und dafür ist es zu spät. Ich glaube, ich habe meist gar nichts gesagt, außer wenn wir zusammen tranken oder Opium rauchten – Dellwood nannte es Sternenstaub, deshalb haben wir bald alle von Sternenstaub gesprochen –, und wenn ich trank oder Sternenstaub rauchte, dann hab ich einem Maultier die Hinterbeine vom Leib reden können, aber du hast nicht ein einziges verdammtes Wort von mir verstehen können, haben sie gesagt, und sie haben mich dann Nicht-mehr-ganz-da genannt oder Ohne-Sinn-und-Verstand, statt Draußen-im-Schuppen.

Was die übrigen Leute im Tal anging und auch die in Gold Bar, *Tybos*, bloß *Tybos*: Wenn die davon sprachen, was sie später mal sein würden, dann sprachen sie von Ida Richilieu und von Alma Hatch und von Dellwood Barker und von mir. Und was sie sich dann erzählten, das waren nicht bloß Geschichten. Das waren richtige Legenden.

Ich habe sie selber gehört. Geschichten über mich selber. Ich meine, Legenden.

Ich hab eine gehört, die erzählte, ich sei draußen im Schuppen so gut wie irgend 'ne Frau, um einen Mann zu befriedigen, und ich sag es euch gleich: Eine verdammte Lüge ist das. Eine Frau, die das könnte, was ich da draußen getan habe, die gibt's gar nicht, und wer was anderes erzählt, der ist ein Mormone.

Eine weitere Legende erzählt: Wenn der Mond richtig steht, dann laufen in manchen Nächten die Beine von Ida Richilieu um den Tisch herum und suchen nach dem Rest von ihr. Und der Rest von ihr, das ist ihr Lieblingslied: *Come take a trip in my airship, and we'll visit the man in the moon.*

Dann gibt's da die Legende von der Mormonenkirche – die neue Ziegelsteinkirche, die die Mormonen gebaut haben, und in die keiner hineingehen will, weil's drinnen spukt.

Und die Legende von Billy Blizzard – daß er niemals sterben würde.

Und über Idas Zwillinge – wie sie halb Ida gewesen sind und halb etwas anderes.

Ich habe auch eine Legende gehört, die ging darüber, daß Alma Hatch die schönste Frau mit dem schönsten Haar auf der Welt war. Sie war so schön, daß die Bussarde in jener Nacht am Devil's Pass, als sie erfror, auf sie herabstürzten und ihr die Augen auspicken wollten und dann einfach nicht konnten. Die erfrorenen Augen von Alma Hatch standen offen, und ihre Augen waren so schön, daß kein Vogel sich traute, ihr nahezukommen, weil das, was sie in den Augen sahen, das war, was für sie Fliegen bedeutete.

Dann gab es noch die Legende über Almas Tier- und Vogelschreie bei Nacht. Ich habe sie selber gehört. Sie sind ungefähr das Traurigste, was du überhaupt hören kannst.

Hab auch erzählen gehört, daß Dellwood Barker der verrückteste Cowboy war, den es je gab, ein im Kopf angesengter, nicht ganz zurechnungsfähiger, halbbackener, wahnwitziger, mondsüchtiger Trinker von einem Kerl. Das könnt ihr glauben, wenn ihr wollt. Wie die meisten Geschichten aus der Gegend hier oben ist auch das zum Teil wahr. Was mich betrifft, so hab ich euch ja schon gesagt, was Dellwood Barker mir bedeutet hat. Im übrigen war er so etwa der gütigste Mensch, ob Indianer oder *Tybo*, den ich je kennengelernt habe.

Wie Ida von solchen Geschichten sagte, die die Runde machten: »Du mußt immer die Quelle berücksichtigen«, hat sie gesagt. »Wenn verrückte Leute 'ne Geschichte von einem verrückten Menschen erzählen, dann sollte dich's nicht wundern.«

Dann gibt es die Legende von William B. Merrillee, einen der zwölf Apostel der Kirche Jesu Christi der Heiligen der Letzten Tage, der hatte die Vision, daß seine Leute nach Excellent, Idaho, umziehen und eine Goldmine besitzen würden.

Vom Abbrennen von Idas Haus und seiner Bewohner mit ihm.

Von der Jagd auf die Wisdom Brothers.

Vom Mormonenbischof *Tybo* und dem Sheriff *Tybo*, die bald nach dem Brand von Idas Haus entdeckt wurden: gehenkt; die Köpfe, von Ohr zu Ohr durchgestochen. Mit einem Bajonett.

Ich hab noch eine Legende gehört, die erzählte, daß du uns in manchen Nächten zusammen lachen hören konntest. Wir haben uns oft totgelacht. Wir waren nämlich eine Familie. Ich habe es sogar selber gehört, und egal was, am Ende lache ich immer, bis ich völlig den Kopf verliere. Und manchmal denk ich mir: Das, was alle hören – wenn sie davon reden, daß sie das Lachen hören –, das bin ich.

Dann gibt es die Legende über diese eine Nacht. Es war Zahltag in Gold Bar; wir waren noch in Excellent. Die Legende von unserem Wettstreit, um zu sehen, wer am meisten Spaß haben könnte: Männer oder Frauen. Wieviel wir tranken. Wieviel wir rauchten. Wieviel wir lachten. Wie Alma Hatch anfing, Adlerlaute von sich zu geben. Wie Ida auf der Bartheke tanzte – auf dem, was davon nach dem Brand übriggeblieben war, noch immer auf ihren Beinen in ihrem weißen Kleid inmitten von all der

Schwärze. Wie Dellwood Barker das Maultier von hinten auf-
zäumte. Und wie das Aufzäumen des Maultiers von hinten Sterben bedeutet.

Die seltsame Wolke über dem Devil's Pass an diesem Abend.
Und wie stark es in dieser Wolke innen schneite.

Wer den Wettstreit gewonnen hat.

Den hat wohl Ida gewonnen. Sie hat nur die Beine verloren.
Alma Hatch verlor das ganze Leben. Dellwood Barker verlor den
Verstand.

Und ich, ich habe am Ende sie alle verloren.

Übriggeblieben ist von ihnen nur diese Geschichte, bin nur
ich, der sie erzählt.

War erst, nachdem ich sie alle verloren hatte, daß ich die
Geschichte erfuhr, die ich schon immer hatte hören wollen, und
herausgefunden habe, daß es gar nicht so war, wie ich immer
geglaubt hatte. Das heißt: Was ich tat, war gar nicht, was ich zu
tun meinte, und am Ende war ich gar nicht, der ich zu sein
glaubte. War ich gar nicht, der ich war.

War erst, nachdem ich sie alle verloren hatte, daß es gar keine
Rolle mehr spielte, ob es so war, wie es war, oder ob es nicht so
war, wie es war. Wie Ida immer gesagt hat: *Die wahren Geschichten
sind immer die besten Geschichten,* und die Wahrheit ist die: Da
konnte kommen, was wollte, aber Dellwood Barker, Ida Richilieu, Alma Hatch und ich, wir haben immer zusammengehört, wir
sind immer eine Familie gewesen. Eine viel bessere Familie als
alle Mormonenfamilien.

Eine richtige Familie.

Meine ersten Erinnerungen sind von einem Spiel, das ich Kiebitz
nannte. Ich hab so lang Kiebitz gespielt, daß ich Kiebitz wurde,
daß ich gar nicht mehr trennen konnte zwischen Kiebitz und mir.
Offen gesagt, ich spiel immer noch Kiebitz.

Das Spiel fing morgens in der Früh gleich beim Aufstehen an. Da mußtest du ganz leise sein, weil die Mädchen und die Kunden noch schliefen, aber besonders wegen Ida, die hatte einen leichten Schlaf. Das Allerschwierigste war, aus Zimmer 11 hinauszukommen, wo ich mit meiner Mutter wohnte. Die Tür zu Zimmer 12 machte einen Höllenlärm. Entweder du machtest die Tür ganz langsam auf oder ganz schnell mit *einem* großen Krach, damit Ida im Schlaf glaubte, es sei der Wind oder Schnee, der vom Blechdach fiel. Es war besser, die Tür ganz langsam aufzumachen; aber morgens in der Früh hab ich immer pinkeln müssen, da war es einfach eine Tortur, wenn ich die Tür ganz langsam aufmachte.

»T...O...R...T...U...R«, hat Ida buchstabiert, »bedeutet: übermäßigen Schmerz. Manchmal tut er aber gut.«

Meine täglichen Arbeiten im Haus waren Holzhacken und Feuermachen, erst im Herd in der Küche, dann im Kanonenofen in der Bar. Über der Backofentür des Küchenherds stand das Wort *Kalamazoo*. Auf dem Ofen in der Bar stand kein Name, Ida hat den Ofen aber den Thord Hurdlika genannt, weil nämlich der Schmied Thord Hurdlika den Ofen extra für Ida gemacht hatte. Statt mit Geld ließ Thord Hurdlika sich dafür im Tauschhandel bezahlen. Bekam in Idas Haus bis Lebensende das Ficken umsonst und samstags den Whiskey zum halben Preis.

Eine weitere häusliche Arbeit war für mich Wasser nach oben auf die Zimmer tragen. Ich pumpte das Wasser aus dem roten Hahn neben der Pferdetränke, dann trug ich die beiden Eimer mit Wasser über die Pine Street, die Treppe hoch und goß das Wasser dann in jedem Zimmer in die weißen Porzellanschüsseln, ohne etwas zu verschütten. Es waren insgesamt fünf Zimmer und fünf Schüsseln.

Eine andere Aufgabe bestand darin, die Donnerpötte aus den Zimmern zu holen, sie im Außenabort zu entleeren und anschließend auszuspülen. Um die Flecken zu entfernen, mußtest du manchmal die Pferdehaarbürste benutzen.

Ich hab das Spiel Kiebitz genannt nach dem Vogel. Hatte mal mitgehört, wie meine Mutter einem Kunden erklärte, daß ihr der Kiebitzvogel gefiel, weil der Kiebitzvogel dir einen Trick spielte. Der Trick war der: Kiebitz tat so, als ob sein Flügel gebrochen wäre, damit ihm der Fuchs oder Kojote nachlief und er ihn so vom Nest weglockte.

Eines Tages hab ich eine Kiebitzhenne entdeckt und bin ihr gefolgt, und genau das hat sie auch getan – tat so, als ob ihr ein Flügel gebrochen wäre, damit sie mich von ihrem Nest weglockte.

Ich fand es ziemlich klug von dem Vogel, so was zu tun.

Ich war dem Vogel ziemlich ähnlich.

Kiebitzspielen bestand darin, daß ich nach irgend etwas suchte. Wußte nur nicht, wonach ich suchte. War der Kiebitz, den ich suchte.

Der Witz war aber der: Wenn du dich so verhieltst, wie wenn du nach dem Kiebitz suchtest, würdest du Kiebitz nie finden.

Du mußtest Kiebitz sein.

Da gab es noch etwas Besonderes beim Kiebitzspiel – wenn du nicht wolltest, daß dich jemand sah, konnte er dich nicht sehen.

Dann konnte er den Vogel nicht fangen, konnte er das Nest nicht finden, konnte er mich nicht sehen.

Kiebitz begann nach den täglichen Arbeiten im Haus. Ich hab ganz sachte gegen die Drahtgittertür auf der hinteren Veranda gedrückt. Wenn die Gittertür sich spannte und das Spanngeräusch machte – das war der Moment –, mußtest du ganz schnell draußen sein.

Ich lief am Außenabort vorbei, am Aschenhaufen vorbei, am Schuppen vorbei, durchs Tor und lief Richtung Chinatown am alten Drahtzaun lang, bis Hot Creek. Mit drei Sprüngen über Hot Creek – immer auf dieselben drei Felssteine. Die hatte ich selber ins Bachbett gelegt, nur dafür, genau an die richtigen Stellen. Dann hoch und weitergelaufen, am Gefängnisgebäude vorbei, wo immer die Tür offenstand und nie wer im Gefängnis saß, außer samstagsabends, weitergelaufen bis Chinatown, zum Haus von Dr. Ah Fong – ein Haus, das sah aus wie ein Haufen übereinandergetürmter Holzkästen. Dr. Ah Fongs Haus lag am nächsten zur Straße, bei der Chinatown anfängt. Die übrigen Holzkästen von Chinatown folgten der Senke bis hin zum Hot Creek und dann hügelauf.

Kiebitz in Chinatown war eine große Sache. Ich schlich mich hinein, alles auszuspähen.

»A...U...S...S...P...Ä...H...E...N«, hat Dellwood Barker buchstabiert, »bedeutet: das, was du suchst, mit den Augen berühren.«

Ausspähen: die Jutesäcke, die sich von Holzkästen zu Holzkästen über den Himmel streckten, Fischgräten auf der Straße, der Geruch von chinesischer Küche, gemischt mit brennendem Weihrauch, manchmal auch mit Chinesenmusik.

Kam aber erst mit dem Älterwerden, daß ich verstand, was es in Chinatown Besonderes gab, was der große Kiebitz war – die Stufen hinunter, zu dem rauchigen Zimmer und zu den Betten. Erst als meine Mutter tot und ich älter geworden war.

Woran ich mich aus meiner Kindheit jedoch gut erinnere, ist Eiskrem. Sonntags gab es bei Dr. Ah Fong Eiskrem zu kaufen. Meine Mutter hat mich in sein Geschäft mitgenommen, und wir haben Eiskrem gegessen; das hatte den Geschmack von Sonntag. Mein Lieblingsgeschmack – und ihrer auch – war Kirsch-Eis. In einem Frühjahr, an das ich mich besonders gut erinnern kann, sind auch Ida Richilieu, Gracie Hammer, Ellen Finton und die andern Frauen zu Dr. Ah Fong mitgekommen. Weil es im Schatten zu kühl war, haben wir zusammen in der Sonne gesessen und Kirsch-Eiskrem gegessen, das rosa Kirsch-Eiskrem, die Frauen in Kleidern mit hoch und runter hüpfenden rosa Titten so rosa wie Kirsch-Eiskrem – die Frauenzimmer haben gelacht und geschwatzt und Eiskrem gegessen.

Ich bin an Chinatown vorbei weiter zum Friedhof gelaufen.

Kiebitz im Friedhof – das war mein Lieblingsspiel. Hier war Wald gerodet worden, nur die großen Urwaldbäume hatte man stehengelassen – elf Polarfichten, die kerzengerade in den Himmel hineinwuchsen, und das Licht, das auf die Grabmäler fiel, war für das Kiebitz-Fühlen besonders gut; außer Feuer und die heißen Quellen und das Trockenhaus.

Der Friedhof hatte zwei Teile – den einen Teil, wo die *Tybos* begraben lagen, mit umzäunten Gräbern und Grabsteinen mit ihren Namen, und den anderen Teil, da waren die Chinesen begraben und die Prostituierten und die Mörder und alle, die es nie zu etwas gebracht hatten. Diesen Teil hat Ida Richilieu *ihren* Teil genannt. War auch mein Teil.

Nirgends war es zum Sitzen und Betrachten von Nicht-wirklich-ein-Berg so schön wie im Friedhof, da war nichts im Weg, da gab es bloß dich und diesen Berg.

Hinter dem Friedhof führte das Laufen aufs offene Feld. Dort stand eine riesige, alte Fichte, wo du dich anlehnen konntest, und Junigras, grün war es immer nur eine Woche lang, die übrige Zeit war es golden, besonders am Spätnachmittag. Nicht golden so wie *Tybos* sich Gold vorstellten, sondern ein Leuchten von Gold, Kiebitz, und es konnte dann vorkommen, daß er, umgekehrt, unsere spähenden Augen berührte.

Der Fluß hatte nie die gleiche Farbe – er war blau oder grün oder grau. Im Frühjahr war der Fluß braun und dunkel. Manchmal war er ganz schwarz und manchmal so klar, daß du all die Felsen auf dem Grund und die Fische und dein Gesicht erkennen konntest, wenn du dein Gesicht drübergebeugt hast.

Er war ein kaltes Gewässer. Sein Wasser war dir selbst dann kalt, wenn die Jahreszeit ein so verdammt heißer August war, daß die eigenen Eier nach Fichtenharz rochen. Wenn du in dem Fluß gestanden hast, mit vor Kälte schreienden Füßen und Beinen, da hat das Blut in deinem Körper sich so schnell bewegt, wie Blut sich überhaupt bewegen kann, und hat zwischen sich und den Fluß so große Distanz geschaffen, wie Blut nur schaffen kann.

Dort drüben bin ich aus dem Nest gesprungen – so hab ich den Granitfelsen genannt –, einfach hoch in die Luft und bin durch den blauen Himmel geflogen und hinein ins tiefe blau-grün-grau-schwarz-klare Wasser in dem Flußloch, und bin sofort wieder heraus und nackt in der Sonne gestanden mit wild klopfendem Herzen und keuchendem Atem.

Doch nirgends hat der Kiebitzvogel dich mit seiner List so überlistet wie bei den heißen Quellen. Wenn du den Rand der Flußsenke erreicht hattest, dort, wo der Boden sich zum Fluß hin neigt, dann hast du den Fluß sehen können; die heißen Quellen aber nicht. Wenn du dann jedoch nur einen einzigen Schritt in die richtige Richtung getan hast und dich dabei leicht nach vorn gelehnt hast – dann lag sie unmittelbar vor dir, die schönste Aussicht, die Augen überhaupt je sehen können: Aus dem Abhang schoß heißes Wasser hervor, lief an den Felsen hinunter und platschte auf den großen Felsblock in der Mitte und von da ins Bassin. Das alles hat nur so gefunkelt, wenn Sonnenlicht auf das Wasser traf, und Regenbogen gemacht. Schwierig, bei Kiebitz einen Regenbogen zu übertreffen.

Die Libellen und Wasserschmetterlinge.

Nachts bei Mondschein war dann alles völlig anders.

Es ist so: Der Mond, das ist die Sonne, die ihre List gegen dich ausspielt.

Wenn Zimmer 11 besetzt war, bin ich manchmal ganze Tage und Nächte am Fluß geblieben. Hab im Freien kampiert und Feuer gemacht, bin am Flußstück bei den heißen Quellen geblieben, wo das heiße Wasser aus dem Hang quoll, bin den Fluß entlang gewandert, bin im Fluß gelaufen und hab Fische gefangen, hab das Spiel gespielt. Da konntest du alle Tiere sehen, die es zu sehen gibt: Puma, Berglöwe, Rotluchs, Ozelot, Biber, Vielfraß, Dachs, Hirsch, Antilope, Elch – Stinktier, Fuchs, Kojote,

Wolf, Eselhase – Bären – einfach alle. Sogar die Tiere, die nur bei Nacht und morgens im Nebel herauskommen.

Das erste Gebäude, das ich auf dem Rückweg erreichte – immer noch auf Kiebitzsuche –, war die Mormonenschule. Ich durfte diese Schule nicht besuchen. Nicht, daß ich gewollt hätte. Meine Mutter hatte es versucht, aber man hatte ihr erklärt, daß ich die Schule nur besuchen dürfte, wenn ich bei einer Mormonenfamilie lebte. Auf die Art war meine Mutter groß geworden; zur Hölle damit, hat sie gesagt, lieber einen dummen Indianer als Kind, hat sie gesagt, als einen Mormonen.

Von den *Tybo*-Kindern hab ich keins gekannt. Es waren nur vier oder fünf, und sie sahen alle gleich aus, außer daß ein paar von ihnen Jungen waren und ein paar waren Mädchen, und alle haben mich angeglotzt – aber natürlich nur dann, wenn mein Kiebitz mich für sie sichtbar machte.

Gleich neben der Mormonenschule stand die Mormonenkirche. Beides, Schule und Kirche, war weiß gestrichen und eingezäunt wie manche Gräber, mit einem Lattenzaun, der ebenfalls weiß gestrichen war.

Nach der Mormonenschule und der Kirche kamst du zunächst an Moosmans Farm vorbei, dort fängt die Pine Street an, dort kommt zunächst, zur Linken, Hot Creek, dann das *Indian Head Hotel* – Idas Haus. Idas Haus war ebenfalls weiß gestrichen – außer den Mormonengebäuden war es in der Stadt das einzige Haus, das gestrichen war. Vor Idas Haus stand der Baum, der der Pine Street ihren Namen gegeben hat: eine große, uralte, alleinstehende Ponderosa, ihr Stamm hatte einen Umfang wie vier Männer, die mit ausgestreckten Armen einen Kreis bilden. Gegenüber lag der Frisörladen, wo die Männer der Stadt sich trafen und Geschichten erzählten. Im Winter saßen sie um den Kanonenofen im Frisörladen, im Sommer saßen sie draußen auf der Bank. Neben der Bank stand eine Stange, die war blau und rot und weiß angestrichen – die

Farben liefen von oben bis unten im Kreis um die Stange herum. Vor dem Frisörladen befanden sich die Pferdetränke und der Brunnen mit dem roten Wasserhahn und Pumpenschwengel. Vom Frisörladen führte ein Holzweg die ganze Strecke bis zur Haltestelle der Postkutsche. Dort befand sich das Postamt. Mit amerikanischer Flagge davor.

Die hast du von Idas Haus auf der andern Seite immer als erstes gesehen, wenn du aus dem Fenster von Zimmer 11 geschaut hast – die Flagge.

Der Mast, von dem die Flagge herunterhing, war der Mast, an dem ich immer hochgeklettert bin, um Kiebitz zu fühlen. Der Mast – nicht die Flagge – war, wo Kiebitz war.

Im Sommer kam die Post die Woche zweimal mit der Kutsche von Owyhee City und Mountain Stage. Im Winter wurde die Post von einem Briefträger auf Skiern über den Devil's Pass gebracht.

Fern Hurdlika, die Frau des Schmieds, war Postmeister und Frisör. Es heißt, daß Thord, der den Pferden in der Stadt die Hufe beschlug, und Fern, die allen Einwohnern das Haar schnitt und alle Post öffnete, alles erfahren haben, was es über jeden im ganzen Tal zu wissen gab.

Hinter dem Postamt lag »Stein's Mercantile«, danach kam das Lebensmittelgeschäft von North. Beide durfte ich nicht betreten. Mußte hinten herumgehen, meine Mutter auch – weil wir Indianer waren. Stein und North waren reiche Leute und wohnten nicht mehr in Excellent. Wohnten in Boise City. Ließen in Excellent andere für sich arbeiten. Stein und North selbst kamen in jedem Frühjahr mit einer Gruppe von Wagen mit Warenvorräten herüber, dann sind alle herbeigelaufen und haben sich neue Sachen gekauft.

Einmal hat meine Mutter sich richtig wie eine weiße Frau angezogen und hat das Haar hochgesteckt und sich einen von diesen Hüten aufgesetzt und ist auch zu »Stein's Mercantile«

hinübergegangen. Direkt ins Geschäft hinein. Der alte Stein hat meine Mutter an den Haaren zurückgeschleift und wieder rausgeschafft, und genau auf der Mitte zwischen »Stein's Mercantile« und dem Lebensmittelgeschäft von North – dort, wo sich im Frühjahr immer das Abwasser von Pine Street sammelt –, da hat er sie in das schlammige Wasser geworfen, und alle haben drum herum gestanden und gelacht. Trotzdem, Stein hat gelitten – meine Mutter hat ihm mindestens einmal anständig in die Eier getreten. Stein hat versucht, ganz normal zu gehen, du hast es aber daran sehen können, wie er gestanden ist.

Dauerte gar nicht lang, und Ida Richilieu kam die Straße heruntermarschiert, mit ihrer Schrotflinte – um sich Stein vorzunehmen, und das hat Stein auch gewußt. Er wollte mit Ida reden. Wenn Ida in solcher Verfassung ist, kannst du aber nicht mit ihr reden. In genau diesem Augenblick kam North mit einer Schrotflinte aus seinem Lebensmittel-Geschäft, dem hab ich's mit einem faustgroßen Felsstück gegeben. Er ist zu Boden gegangen, und dabei ist seine Schrotflinte losgegangen und hat ein Loch in seine Fliegentür geschossen. Daraufhin ist Stein losgerannt, und Ida hat ihm eine Ladung Schrot in den Hintern geschossen. Er hat sich sechs Monate lang nicht hinsetzen können. Wurde jedenfalls so erzählt.

Stein hat Beschwerde gegen Ida Richilieu erhoben, deshalb ist Sheriff Archibald Rooney von Sawtooth herübergeritten und hat allen Leuten Fragen gestellt. Getan hat Sheriff Rooney Ida aber nichts, weil er bei ihr den Whiskey frei hatte, die Mädchen übrigens auch. Außerdem ging es Sheriff Archibald Rooney wie allen in Excellent: Er mochte Stein nicht, weil Stein von einem dieser *Tybo*-Stämme kam, die du Juden nennst.

Zu diesem *Tybo*-Stamm gehörte auch Ida Richilieu. Sie war selber eine Jüdin.

»Was mir alles Recht in der Welt gab, dem alten Ekel ein neues Arschloch zu blasen«, hat Ida immer gesagt.

Manchmal hat Kiebitz dich an »Stein's Mercantile« vorbei um die Biegung geführt. Dann kamst du ein Stückchen weiter an der Straße zu Thord Hurdlikas Schmiede, und da hatte auch Doc Heyburn die Praxis.

In der Praxis konntest du allezeit Menschen sehen – meist Frauen, die auf den Arzt warteten. Sie warteten jedoch meistens umsonst, weil Doc Heyburn sich immer oben in Idas Haus befand, stockbesoffen. Hab nie einen Menschen gesehen, der soviel trinken konnte wie er und sich trotzdem auf den Beinen hielt – und das einschließlich Ida Richilieu. Aus dem Arzt wurdest du nie schlau. Hat kaum was gesagt, bis er betrunken war und du ihn kaum mehr verstehen konntest – aber dann hat Doc Heyburn auch nie was drauf gegeben, ob du ihn verstanden hast oder nicht, er stand bloß immer an der Bar und sprach laut mit sich selbst, schwankte hin und her und erzählte den Leuten, was er eines Tages mal sein würde.

Weiter unten stand das einzige Haus, das aus Steinen gebaut war – das war Thord Hurdlikas Schmiede. Hab viel Zeit verbracht, mit den Steinen in der Südmauer von Thord Hurdlikas Haus Kiebitz zu spielen. Die Felssteine waren alle glatt aus dem Fluß, die meisten von der Größe meines Kopfes und heller als meine Haut. An sonnigen Frühlingstagen war die Mauer nach Süden der schönste Platz zum Sitzen in ganz Excellent. Die Steine haben die Sonne aufgesaugt, und wenn du vor den Steinen gesessen hast und die Augen zugemacht hast und selber zum Felsstein geworden bist, dann hast du die Sonne in dich aufgesogen.

Meist war Thord Hurdlika draußen, wenn ich an diesem Steinhaus vorbeilief, und beschlug ein Pferd oder hämmerte auf Stahl. Manchmal ging ich hinein, hab mich hingesetzt, den Blasebalg getreten und beobachtet. Thord Hurdlikas Füße waren so groß wie mein ganzer Körper. Seine Arme auch.

Gab da eine Menge Kiebitz in seiner Werkstatt, bei dem

Feuer, das in der Esse lohte, wenn er schwitzte und Eisen bog. Was er noch an Haaren auf dem Kopf hatte, stand ihm zu Berge.

Thord Hurdlika hat mir nie viel gesagt, hat auch sonst mit niemand viel gesprochen, das heißt, mit niemand außer sich selbst. Hab ihn oft beobachtet. Es war immer so: Auf einmal hörte er mit dem auf, was er gerade machte, und schwenkte die Arme und bewegte die Lippen, wie wenn er zu einem Haufen Leute spräche, die um ihn herumstanden und ihm zuhörten – nur war da nicht eine einzige Menschenseele. Hab mir gedacht, daß Thord Hurdlika sich über etwas klarzuwerden versuchte. Dellwood Barker hat gesagt, Thord Hurdlika wär genau der Typ Mann, der so ist, wie er ist, weil er sich immerfort die Geschichte von sich selber erzählt.

Thord Hurdlika trug bei der Arbeit immer Lederhandschuhe, die hat er nie ausgezogen, und er hat sie auch vor seiner Heirat schon immer angehabt. Ich sage das, weil man nämlich erzählt, daß er in den Lederhandschuhen – in jedem Finger der Handschuhe – Vaseline hätte, damit seine Hände immer weich blieben für seine Frau, wenn er mal eine bekäme. Und als ich dann etwa zehn Jahre alt war, ist Thord Hurdlika los und hat eine Frau gefunden, sie hieß Fern Thurman und kam aus Idaho City. Es war Sommer, er hat sie auf der Veranda seines Hauses geheiratet – so ist aus Fern Thurman Fern Hurdlika geworden.

Hab mich immer gewundert wegen dieser Geschichte von Thords Händen. Hab ein paarmal gedacht, Fern zu fragen, ob sie stimmt. Hab's aber nie getan.

Als ich dann älter war und eines Nachts Thord Hurdlika zu mir heraus in den Schuppen kam – was ich mir da von ihm als erstes gepackt habe, das waren seine Riesenhände.

»Die besten Geschichten sind die wahren Geschichten«, hat Ida Richilieu immer gesagt.

Wo die Pine Street in die S-Kurve geht – gleich hinter Thord Hurdlikas Schmiede –, dort steht der Mietstall von Dumm Dave.

31

In dem Stall von Dumm Dave war immer großer Kiebitz. Keine Ahnung, wie Dumm Dave an seinen Namen gekommen ist. Hat so geheißen, seit ich ihn kannte: Dumm Dave und Dumm Hund. Es war einer von diesen Kötern, schwarzweiß mit Schlappohren, die immer nur froh mit dem Schwanz wedeln; er hat bloß gelächelt, die Zunge ist ihm herausgehangen, er hat immer nur spielen wollen.

»Außer der Mutter könnt' wirklich bloß so'n Köter Dumm Dave so gernhaben«, hat Ida Richilieu gemeint.

Egal wo – die zwei sind immer zusammen gewesen, Dumm Dave und Dumm Hund. Dumm Dave mit den komischen Ohren und der komischen Nase und dem schwarz-silbernen Haar und dem dürren Leib. Der ausgemergelte Dumm Hund mit den komischen Ohren und seiner Nase und dem schwarzsilbernen Fell. War manchmal schwer, sie auseinanderzuhalten.

»Zurückgeblieben nennen die *Tybos* das«, hat meine Mutter über Dumm Dave gesagt. »Und so wie die *Tybos* das sehen«, hat sie erklärt, »ist das gar nicht gut. Aber im Indianischen würde ein Mensch wie Dumm Dave als heilig verehrt«, hat sie gesagt. »Die verdammten *Tybos*«, hat meine Mutter gesagt, »können nichts ertragen, was nicht so ist wie alles andere auch.«

Dumm Dave hat nie was gesagt; hat kein einziges Mal gesprochen; das heißt, erst ganz am Schluß. Ist immer nett und höflich gewesen, hat nie Ärger gemacht – er und sein Hund. Hat im Stall gute Arbeit geleistet, für die Postkutsche ist immer ein Gespann frischer Pferde bereit gewesen.

Da hat es nur eine Sache gegeben, die hat man mit Dumm Dave oder mit Dumm Hund nie machen wollen, und das war – sie betrunken machen. Dann hat nämlich Dumm Dave angefangen zu lachen, und wenn Dumm Dave lachte, das hat sich angehört wie Katzen beim Ficken, und wenn er lachte, hat Dumm Hund angefangen mit Heulen.

Und darum haben die zwei wahrscheinlich ihre Namen ge-

kriegt: eines Nachts, als beide betrunken gewesen sind und gelacht und geheult haben.

Was Dumm Dave zum Lachen brachte, wenn er betrunken war
– daß er einen Steifen bekam. Im Unterschied zu den meisten
Männern, die so etwas sehr ernst nehmen, war es bei Dumm
Dave genau das Gegenteil. Er hat seinen Schwanz in die Hand
genommen und sich den Arsch abgelacht – und Dumm Hund
hörte mit Heulen gar nicht mehr auf. Hat die ganze Nacht
angedauert, bis sie damit aufhörten.

Außer dem Mietstall besaß Dumm Dave auch ein Fuhrwerk
und hat für die Leute Sachen transportiert. Er war auch Imker,
und wann immer ein Bienenschwarm auftauchte, hat man Dumm
Dave gerufen. Er hat auch Fleisch geräuchert. In einem Rauch-
fang in einem kleinen Gebäude hinter dem Stall. Er hat aus dem
Tal Apfelholz geholt und mit dem Apfelholz Schinken geräuchert. An manchen Tagen hast du den Räucherschinken von
Dumm Dave bis hin nach Gold Bar riechen können.

Was die Stadt betrifft, so war das Herumlaufen und Kiebitz-
Spielen damit zu Ende. Mehr Stadt zum Drinherumlaufen gab es
nicht; nur soviel, wie ich euch schon erzählt habe. Es ist aber
einige wenige Male vorgekommen, daß ich länger im Freien
bleiben wollte als bloß einen Tag und ich Lust hatte auf etwas
Neues. Dann bin ich den Gold Hill hochgerannt – das ist der
Berg, auf dem auch der Devil's Pass liegt, nur auf der anderen
Seite. Auf Gold Hill war alles ziemlich anders, da hast du sehr
aufpassen müssen. Die *Tybos* oben auf Gold Hill haben ihr Gold
sehr ernstgenommen, und es konnte passieren, daß sie auf dich
schossen, bloß weil du den Fuß an der falschen Stelle auf die
Erde gesetzt hast.

An den Berghängen gab es Löcher, und in diese Löcher sind
Männer hineingestiegen und den ganzen Tag nicht wieder her-
ausgekrochen. Dort standen große Holzbauten mit Blechdä-

chern, und in den Gebäuden drinnen haben große Feuer gebrannt, von denen Rauch aufgestiegen ist. Während des Früh-
lings ist das Goldwaschen von morgens bis abends im Gang
gewesen, da haben *Tybos* Wasser durch Holzkästen laufen lassen,
Waschkästen haben sie die genannt, durch Waschkästen auf
Beinen aus Bauholz, und die Kästen waren immer wieder von
Felssteinen blockiert, und dann sind *Tybos* hochgekrochen, haben
geflucht und mit Steinen in alle Richtungen geworfen. Und im
Winter sind sie hochgestiegen und haben Schnee aus den Kanä-
len geschippt.

Wenn ich nach Gold Hill lief und dort saß und die Männer bei
ihrer Arbeit sah, wurde mir jedesmal klar, daß *Tybos* total verrückt
sind.

»Sechshunderttausend Tonnen«, hat Ida einmal gesagt, »bis
sie mit dem Schürfen an diesem Berg fertig waren. Sechshunderttausend Tonnen Golderz.«

Dann gab es dort noch das Trockenhaus. In dem zogen die
Bergleute sich um. Jeden Morgen stiegen sie den Berg hoch, oder
sie zahlten zwei Münzen für eine Fahrt bis zu dem Trockenhaus,
wo sie in ihr Bergarbeiterzeug wechselten. Wenn sie mit Arbeiten
aufhörten, sind sie zum Trockenhaus zurückgekehrt und haben
sich in dem großen, länglichen Schauerraum geduscht, dann
haben alle Bergleute in einer Reihe unter der Dusche gestanden
und sind herumgelaufen. Jede Art *Tybo*-Mann, den du dir vorstellen konntest. Im Trockenhaus war das Kiebitz-Spiel auch
eine große Sache. Manchmal zu groß. Bis mir schwindelig wurde
und nur noch mein Puls laut gewesen ist und das Geräusch von
meinem Atem.

Es gab ein Fenster, durch das du da hereinschauen konntest,
wo die Männer sich auszogen, und ein Fenster, durch das du da
hereinschauen konntest, wo die Männer geduscht haben. Auf der
Innenseite Dampf. Hab riesig gern auf die weißen Rücken und
die weißen Ärsche der Männer geschaut. Nicht weil ich sie ficken

wollte – damals hab ich noch gar nichts von Ficken gewußt –, sondern weil sie so schön waren.

Du konntest auch unter das Trockenhaus kriechen und horchen. Beim gemeinsamen Anziehen und Ausziehen reden Männer immer über dasselbe.

Es ist auch ein paarmal vorgekommen, daß ich durch den Schmutz im Dampf an dem Fenster, wo die Männer sich auszogen, mehr gesehen und gehört habe, als außer den beiden, die ich bei ihrem Tun beobachtete, je einer wissen sollte. Da war ich, bloß ein Kid, vielleicht acht oder neun Jahre alt, ich und die Nacht da draußen, die zum Fenster hineinschauten und durch den Schmutz am Fenster spähten – drinnen im Trockenhaus eine Kerosin-Lampe, ein Lichtkreis und zwei erwachsene, zitternde Männer, die sich berührten, zwei Männer, die von Liebe sprachen.

So war das also. So spielte man Kiebitz. Du bist durch das ganze Tal gerannt und hast ein Auge geworfen auf Dinge, die nicht merken konnten, daß du sie ausgespäht hast, um zu erkennen, was du noch nicht wußtest und unbedingt erfahren mußtest – du hast Menschen und die Welt beobachtet, immer auf der Suche nach der besten Geschichte, also nach der Wahrheit.

Und die ganze Zeit über hat der Nicht-Wirklich-Ein-Berg, der Berg, hinter dem die Morgensonne aufsteigt, mit mir Kiebitz gespielt. Hat mich zu dem Glauben verleitet, daß das, wonach ich zu suchen glaubte, tatsächlich das war, was ich suchte.

Die List mit dem gebrochenen Flügel dort im Freien. Und ich dort draußen auf der Suche nach mir selbst.

Eine verrückte Geschichte über verrückte Leute, erzählt von einem Verrückten.

Da sollte man sich nur wundern.

Ida Richilieu kaufte das *Indian Head Hotel* im Jahr 1882, sie hatte aber bereits seit 1872 in diesem Tal gelebt, als sie, frisch verheiratet, mit ihrem Mann Vinitio Luchese hier ankam. Als Ida Vinitio Luchese, einen Bäcker, in New York City heiratete, war sie vierzehn Jahre alt gewesen. Nach der Hochzeit hat sie Ida Luchese geheißen und ist mit ihrem Mann in dies Tal gezogen, um Brot zu backen und nach Gold zu suchen. Wenigstens hat sie geglaubt, hier nach Gold zu suchen. Was in Wirklichkeit geschehen ist, war, daß sie von dem Geist des Berges ergriffen wurde.

Vinitio und Ida kauften in Boise City einen Kochherd, sie transportierten den Kochherd in ihrem Pferdewagen nach Excellent und machten im Hinterhof des Lebensmittelgeschäfts von North eine Bäckerei auf. Vinitio Luchese buk sein Brot, legte sein Brot ins Hinterfenster – neben ein Bild des Heiligen Herzens Jesu – und wartete auf Kunden. Es kamen aber nie Kunden.

Das war noch in der Zeit, bevor Excellent den Namen Excellent bekam, nach dem ersten Goldrausch und vor der Wiederkunft, als nicht ein einziges Goldnugget gefunden worden ist. Die Leute hatten Schulden bei der Bank, oder sie waren schrecklich arm, oder sie hatten die Gegend verlassen.

Mormonen waren die einzigen, die überhaupt Geld hatten.

Aber die Sache war die, daß Mormonen kein katholisches Brot kauften.

Vinitio Luchese war ein Bär von einem Mann mit einem kleinen Schwanz, so geht die Geschichte, und neigte zu Anfällen von Schwermut und italienischer Opernmusik. Nachdem er eines Tages wieder kein Brot verkauft hatte, ist er auf den Berg Indian Head gestiegen und einfach in die Tiefe gesprungen. Sang einen Haufen Opern-Arien, bevor er losgesprungen ist – nackt. Wie man erzählt, ist er ein Tenor gewesen – und nicht größer als der kleine Finger von einem normalen Mann.

Als ich schon älter war, habe ich Ida eines Nachts nach ihrem Mann gefragt, weil wir in Chinatown drunten zusammen Sternenstaub rauchten. Ich kann mich nicht an alles erinnern, was Ida erzählt hat. Aber an den Blick kann ich mich noch erinnern, den ihre Augen bekamen, als ich fragte.

»Ein großes Herz mit zu viel Liebeskummer. Du hast es seinem Brot anschmecken können, und wenn er sang, hast du es seiner Stimme angehört. War herzzerbrechend, ihn singen zu hören«, hat Ida geagt.

Ida saß auf einem von Dr. Ah Fongs Betten im Schatten. Ihr Kopf war von Sternenstaub-Rauch verhangen wie ein Berggipfel von Wolken.

»Bin in meinem Leben nur zweimal verliebt gewesen«, hat Ida gesagt. »Das erstemal in einen starken Mann, einen Bäcker mit einer wunderbaren Stimme, einer leidenden Seele und einem kleinen Schwanz. Ist nicht gut, Italiener zu sein«, hat Ida erklärt, »und einen kleinen Schwanz zu haben.«

»Von dem Tag an, als ich die Leiche meines Mannes aus den Felsen holte, hab ich Mormonen gehaßt«, erzählte Ida. »Als ob du einen Grund brauchtest, um diese verflixten Leute zu hassen – Heilige der letzten Tage – welch ein Hohn!« sagte Ida. »Hab damals auf der Stelle beschlossen, daß ich mich rächen würde. Und wenn ich dafür mit meinem Leben zahlen müßte.«

»So bin ich nun mal«, hat Ida gesagt. »Und ihr dürft von mir nicht erwarten, daß ich mich ändere.«

»Die zweite Seele, in die ich mich verliebt habe, war noch verstörter«, hat Ida erzählt. »Und dabei war dieser Mann bloß 'n Kind. Hat nich' mal gewußt, daß er überhaupt 'n Schwanz hatte, so jung ist er gewesen.«

»Diese verrückten Männer mit ihren Schwänzen«, sagte Ida. »Paul Bunyan und sein großer blauer Ochse. Ein Mann ist wie sein Schwanz. So etwas gibt's bei Frauen nicht – für eine Frau ist kein Körperteil so schrecklich wichtig, und keiner beansprucht so viel Zeit. Am ehesten noch das Haar, und das kommt noch lang nicht heran.«

»Ach diese Menschheit! Ich möcht' keinen Schwanz an mir rumhängen haben wollen! Um nichts in der Welt! Das schwör ich euch!« hat Ida gesagt.

Von Vinitio Luchese hat Ida fünfzehnhundert Dollar geerbt. Nach Abzug der Beerdigungskosten. Sie hat ihren Mann bei Dr. Ah Fong einäschern und dann in Neapel in Italien begraben lassen. Vinitio hat ihr auch das Fuhrwerk und das Maultierge-spann und alles Bergwerkgerät hinterlassen.

Ida hat, wie sie selber sagte, ihren Weg in der Welt auf die eine Weise begonnen, der einer ungebildeten Frau bleibt – im speziel-len Verkehr, mit Fuhrwerken auf dem Rücken.

So wird erzählt: Auf den Tag genau zehn Jahre, nachdem Ida die Asche Vinitios nach Neapel abgeschickt hatte, nahm sie wie-der ihren alten Namen Richilieu an, auf einer Auktion hat sie Vinitios Werkzeug verkauft und mit dem Geld das Hotel von der Gemeinde Excellent erworben – das war aber noch, bevor die Gemeinde Excellent geheißen hat. Hat das Fuhrwerk und das Maultiergespann für Zubringerdienste behalten, das Gebäude instandgesetzt und keine Zeit verloren, sondern sich gleich an die Arbeit gemacht.

Das Hotel war das *Indian Head Hotel*, das neue Farbe brauchte.

Ida wollte keine dreckigen Männer zwischen ihre sauberen Bettlaken lassen, und deshalb hat sie in der Zeit der Wiederkunft dafür gesorgt, daß Dr. Ah Fong ein paar von seinen Männern holte, die haben dann das Badehaus neben dem Hotel gebaut, genau über Hot Creek. In dem Badehaus stand ein großer Blech-zuber. Der Boden war aus Flußfelssteinen gemacht, mit Holzlei-sten drüber. Aus Holz waren auch die Wände. Das Dach war aus Blech.

Ida hat das Hotel genau sechs Monate vor der Entdeckung der Excellent-Goldader oben auf dem Gold Hill bezogen.

Das war der Beginn der Wiederkunft, wie man diese Zeit hier nennt.

Sechshunderttausend Tonnen Golderz.

Und Ida Richilieu rechtzeitig an Ort und Stelle, um das Nötige zu liefern.

Aber so war Ida nun mal. Ganz anders als alle *Tybos*, denen ich sonst begegnet bin – ob *tybo*-Mann oder *tybo*-Frau; ausgenommen nur Alma Hatch und Dellwood Barker. Vielleicht hatte es damit zu tun, daß sie vom *Tybo*-Stamm der Juden kam. Ich glaub's aber nicht. Ich denke, der Grund ist der, daß sie nun mal so war, wie sie war.

Ida ist den Leuten nie hinterhergerannt, um ihnen zu erzählen, daß sie anders war – daß sie eine Jüdin war, meine ich. Sie hat's aber auch nicht geleugnet. Sie hat bloß gemeint: Das ging keinen was an. Hat gesagt, manche Sachen sind rein privat; über die spricht man am besten nicht.

Daß sie jüdisch war, hast du aber gleich gemerkt, weil sie so gut mit Geld umgehen konnte und ein Geschäftshaus gekauft hatte, und sie hat keinen Mann, ob tot oder lebendig, für tüchtiger gehalten als sich selbst – so eine Frau kann nur Jüdin sein. Hat man jedenfalls gesagt.

Ida wäre die erste gewesen, die dir gesagt hätte: »So bin ich nun mal.«

Ida Richilieu hat es immer wieder gesagt: So bin ich nun mal. Wie sie ja auch immer wieder gesagt hat: »Soll mir keiner kommen und mich ändern wollen.«

Und: »Oh diese Menschheit!«

Und: »Du hast schlechte Karten – das darfst du nie vergessen.«

Und: »Eine Frau hat ihren Stolz.«

Nicht zu vergessen: »Halt deine Versprechungen, halt dich sauber, halt dich in Schwung.«

Und »die besten Geschichten sind die wahren Geschichten«.

Eins stand fest: Es war nicht leicht, mit Ida Richilieu auszukommen. Es war eine Tortur. Hab's aber trotzdem immer versucht. Bis zuletzt.

Da gibt es einen Ausdruck, den ich von Dellwood gelernt habe.
»P...E...N...E...T...R...I...E...R...E...N«, hat Dellwood buchstabiert, »das bedeutet: deinen Schwanz in ein Loch stekken, oder den inneren Kern oder Sinn von etwas entdecken, oder eindringen durch Überwinden von Widerstand.«

Genau das hab ich bei Ida gemacht, während der ganzen Zeit, als ich bei Ida lebte; nicht in dem Sinn, daß ich versucht hätte, in ihr Frauenloch einzudringen. Aber ich habe mich bemüht, den inneren Kern oder Sinn zu entdecken – den inneren Kern von Ida, meine ich –, durch Überwinden ihres Widerstands. Und Widerstand hat Ida Richilieu mehr als genug geleistet; nicht nur mir gegenüber. Es gibt da Geschichten, glaubt mir, aus der Zeit lange vor meiner Geburt – Legenden, meine ich – darüber, wie störrisch und voller Widerstand Ida sein konnte. Es hat in diesem Tal niemand gegeben – weder Mann noch Frau oder Tier –, der nicht vor ihr Angst hatte; das heißt, bis auf eine Menschenseele, die genauso störrisch und voller Widerstand war wie sie selbst.

Meine Mutter hat vor Ida Richilieu keine Angst gehabt.

Ich kann es mit einer Geschichte beweisen: die Schlammschlacht. Laut Ida hat diese Geschichte in Wirklichkeit nie stattgefunden, war das alles bloß Gerede von mir.

Ich hab um die Ecke des Außenaborts geguckt. Ida und meine Mutter hängten Wäsche auf die Leine.

»Da ist ein Kunde gekommen, der auf die Prinzessin wartet«, hat Ida Richilieu zu meiner Mutter gesagt. »Und weil die Prinzessin ja nicht *soooo* viele Kunden hat, denk ich mir, vielleicht sollte die Prinzessin ein bißchen schnell machen und ihren Hintern so flink wie möglich auf Zimmer 11 bewegen.«

Der richtige Name meiner Mutter, ihr Indianername, lautete Buffalo Sweets. In Idas Haus wurde sie aber von allen immer nur Prinzessin genannt, als Kurzform für Indianische Prinzessin.

Meine Mutter – ich denk, auf indianische Art ist sie irgendwie auch Jüdin gewesen – hat aber kein bißchen schnell gemacht, sondern weiter Wäsche aufgehängt, wie wenn Ida Richilieu bloß mit der Zunge gewackelt hätte.

Der Himmel war so richtig blau, mit großen weißen Wolken am Himmel, und der Boden begann gerade aufzutauen, es gab da also Tümpel mit Wasser und Matsch, und auf der Nordseite vom Haus oder wo meist Schatten lag, Schneeverwehungen. Die Bettlaken, die meine Mutter und Ida aufgehängt haben, waren auch weiß, so weiß wie die Wolken, und in dem Sonnenlicht haben sie so weiß geleuchtet, daß dir davon die Augen wehtaten. Vom Außenabort her kam ein Geruch, und vom Aschenhaufen her hat es gerochen, aber die Laken hast du auch riechen können. Meine Hand lag am Grauholz des Außenaborts. Da bin ich gestanden und habe diese beiden Frauen beobachtet.

Werd ich nie vergessen, wie meine Mutter ausschaute an diesem Tag, vor den hängenden Bettlaken, mitten in der Sonne; und Ida auch nicht. Hat mich überrascht, wie Ida ausschaute – neben meiner Mutter hat Ida Richilieu ein bißchen wie nichts gewirkt. Tagsüber und zum Saubermachen trug Ida immer »ein gutes Kleid«, wie sie es selber nannte, und darüber eine Schürze, und hatte immer die Unterröcke an und ihre Lippen geschminkt. Beim Schrubben der Stufen hatte sie die Ärmel ihres guten Kleids hochgekrempelt. Ida war dauernd mit Saubermachen, Abstauben, Dreckfegen, Waschen, Bügeln zugange. Bin nie wem begegnet, der schwerer gearbeitet hätte. Sie hat aber von anderen erwartet, daß sie genauso hart arbeiteten. Sogar von mir.

Tat aber verdammt machulle, wenn's ums Zahlen von gutem Lohn ging; jedenfalls haben das die Mädchen behauptet, die für sie arbeiteten. Noch ein Grund, warum du angeblich gewußt hast, daß Ida vom jüdischen Stamm der *Tybos* kam.

»M...A...C...H...U...L...L...E«, buchstabierte meine Mutter, »bedeutet pleite, verrückt sein.«

Und dieses Machulle war der Grund, warum meine Mutter sich nicht vom Fleck gerührt hat.

Als darum die Prinzessin an diesem Sonnentag bei den weißen Laken hinten im Hof nicht auf Ida hörte, als meine Mutter
einfach weiter Bettlaken aufhängte, statt sich schnell zum Kunden davonzuheben, so wie Ida wollte, und als Ida dann zu meiner Mutter herüberkam und sie ohrfeigte – da hat die Prinzessin
Ida an den Kämmen im Haar gepackt und sie auf der Stelle in
den Schlamm runtergedrückt.

Daß meine Mutter böse werden konnte, war mir nicht neu.
Wenn meine Mutter bisher böse geworden war, dann aber immer nur mit mir. Meine beiden Augen haben nie zu meiner
Mutter aufgeschaut – wenn sie mit mir böse war, hab ich zu
Boden geschaut. Aber an diesem Tag war neu, als meine Mutter
Ida Richilieu in den Schlamm warf, daß meine Mutter böse war,
ohne auf *mich* böse zu sein, und deshalb war kein Grund, daß
meine Augen sich fürchteten; das Verrückte, was sie sahen, galt
ja nicht mir; und deshalb konnten sie ruhig hinsehen.

Ich hatte nie Büffel gesehen und trotzdem gewußt – so sahen
Büffel aus: Das lange, schwarze Haar meiner Mutter, ihre
schwarzen Augen, die Schultern, die Schenkel, die Beine, der
hocherhobene Kopf – total Büffel. Meine Mutter war groß und
stark wie ein Büffel.

Ida Richilieu sah zum Lachen aus – die Unterröcke ihres
guten Kleids schauten hervor, sie saß im Matsch und blickte zu
meiner Büffel-Mutter hoch.

Dauerte gar nicht lang, bis sich die ganze Stadt um die beiden
versammelt hatte. Stein war da, North auch. Habe bemerkt, wie
Stein mit North eine Wette schloß. Auch Doc Heyburn hat
einen Dollarschein an den Zaun gesteckt. Thord Hurdlika kam
angerannt, seine Lippen haben sich schneller bewegt als seine
Beine.

»Was soll der Höllenlärm?« hat Thord Hurdlika gerufen.

Als Thord die Wäscheleine erreichte, da hat er alles gesehen,
und als er's sah, da hat er auch gewußt, worum es ging, und

seine Wette gemacht. Dauerte nicht lang und Ellen Finton und Gracie Hammer steckten die Köpfe aus den Fenstern im zweiten Stock. Die zwei haben auf Ida gesetzt. Haben sich angehört wie Elstern, die zwei, als sie's herunterschrien.

Ida ist wieder auf die Beine gekommen, und als sie hochkam, hat sie ausgeholt und der Prinzessin eins geknallt, mitten aufs Kinn. Mir ist fast das Herz stillgestanden. Die Prinzessin hat geblinzelt und ist etwas nach hinten getaumelt, ist aber nicht hingefallen. Da hat Ida auf gleiche Art noch einmal zugeschlagen, und das war der Augenblick, da ist meine Mutter zur Berglöwin geworden und Ida Richilieu ist auch zur Berglöwin geworden, und so haben eine ganze Weile beide geschrien und gebrüllt und geheult und sich gekrallt – während sie sich in den Schlammtümpeln rollten. Ida hat *Tybo*-Sachen geschrien, die ich noch nie gehört hatte, wahrscheinlich Wörter aus ihrem Stamm der *Tybo*-Sprache, und meine Mutter hat's Ida zurückgegeben – auf Shononish oder Bannock oder von was für einem Indianerstamm sie eben gekommen ist. Die weißen Laken hatten riesige Streifen von Schlamm. Ein paar Laken waren von der Leine gerissen worden und lagen nun mit im Dreck.

Da sind sogar Mormonen zum Gaffen gekommen. War ein ziemlicher Haufen, der sich da zusammengefunden hat. Als ich das nächstemal hinsah, hatten Ida Richilieu und die Prinzessin Schluß gemacht und starrten sich nur an, beide heftig atmend, wie der Gottseibeiuns haben sie ausgesehen – Kleider, Haare, Gesicht, Hände, Schuhe, alles völlig schlammig.

Ist Ida gewesen, die mit Lachen angefangen hat. Bald darauf haben sich beide schreienden Berglöwinnen die Köpfe vom Hals gelacht, mit weit aufgerissenem Mund, ohne dabei einen Ton zu lachen, und sich gegenseitig festgehalten.

Danach sind Ida und die Prinzessin in die Bar gegangen, wie zwei schlammverschmierte Wagen im Straßengraben haben die zwei ausgesehen, und obwohl Indianer damals Bars doch gar nicht betreten durften, hat Ida der Prinzessin einen Whiskey spendiert, und die zwei haben immer weitergelacht, und haben auch in der Bar gar nicht mehr aufhören können, bis in die Abendstunden hinein haben sie gelacht, und alle *Typo*-Männer haben es gesehen.

In jener Nacht haben Ida und die Prinzessin einander im Badehaus abgewaschen und zusammen im Schaum im Badezuber gesessen, der Dampf vom heißen Wasser hat innen die Fenster verschlagen, und in Idas Zimmer haben sie dann zusammen im selben Bett geschlafen.

Haben von da an regelmäßig zusammengeschlafen.

Wir haben nie drüber gesprochen. Manche Sachen sind privat, über die spricht man am besten nicht.

Ich hatte Zimmer 11 für mich allein – das heißt, wenn die Prinzessin keinen Kunden für die ganze Nacht hatte.

Idas Geschichten waren immer die reine Wahrheit und nichts als die Wahrheit.

»Das Evangelium«, wie Dellwood Barker sagte. »Das Evangelium nach Ida.«

Am liebsten hat Ida die Geschichte von der gefiederten Boa erzählt. Könnte gar nicht sagen, wie oft ich diese Geschichte gehört habe. Trotzdem, offen gesagt, ist sie jedesmal, wenn ich sie gehört habe, wieder anders gewesen.

Das hast du Ida aber nicht sagen dürfen.

Es ist die Geschichte von dem Test, den meine Mutter mit mir gemacht hat, als ich ein Baby war – um zu erfahren, wie ich werden würde. Es ist ein indianischer Test und geht so: Du legst das Baby auf ein Bett, auf den Bauch. Auf die eine Seite vom Baby legst du einen Bogen und eine Feder; auf die andere Seite vom Baby legst du einen Kürbis und einen Korb. Wenn das Baby ein Junge ist und nach dem Bogen und der Feder greift – dann hast du einen Jungen wie die *Tybos* sich einen Jungen vorstellen, dessen Lebensgeschichte menschlich sexuell so aussehen wird, wie die menschlich sexuelle Sache bei allen Jungen besser aussehen sollte. Wenn das Baby ein Mädchen ist und nach dem Kürbis und dem Korb greift – dann hast du ein Mädchen, dessen menschlich sexuelle Geschichte so sein wird, wie die Sache sexuell bei jedem Mädchen besser aussehen sollte.

Wenn der Junge aber nach dem Kürbis und dem Korb faßt, oder wenn das Mädchen nach dem Bogen und der Feder greift, dann hast du, nach Auffassung der *Tybos*, einen Jungen oder ein Mädchen, dessen Geschichte menschlich sexuell so eine Sache ist, über die du besser den Mund hältst.

Im Indianischen gibt es Namen für dich, wenn du dich so entscheidest, wie die meisten Babys sich nicht entscheiden. Ich weiß nicht, wie sie auf Indianisch ausgesprochen werden, ich weiß aber, daß sie ganz anders sind als die *Tybo*-Wörter. Die indianischen Namen bedeuten entweder »Korb-Mann« oder »Bogen-Frau«. Außerdem gibt es dann noch das Wort *berdache*.

Ida hat die Geschichte von meinem Test so erzählt:

»Die Prinzessin hat alle Mädchen in ihr Zimmer geholt, Ellen Finton, Gracie Hammer und mich.

Und da waren wir also, die vier exzellenten Huren von Excellent, Idaho, und dieser Knirps. Die Prinzessin legt eine Feder und einen Bogen auf die eine Seite des Kids auf das Bett. Auf die andere Seite legt sie einen Kürbis und einen Korb. Dann sagte sie zu uns: ›Paßt genau auf.‹ Wir passen also auf. Der Kid macht gar nichts, er liegt bloß so da. Wir beobachten ihn lange. Er liegt noch ein bißchen länger bloß so da. Ich will diese Sache mit dem Test schon aufgeben, als der Kid sich auf einmal herumdreht. Das erstemal in seinem Leben, daß er sich herumdreht! Wir bestaunen ihn alle und klatschen Applaus und reden Babysprache mit ihm. Und dann, ihr werdet's nicht glauben – ihr werdet's einfach nicht glauben, was dieser Kid dann gemacht hat: Er streckt die

Ärmchen nach mir hoch! Nach mir! Er greift nach meinen Federn – nach meiner gefiederten Boa!«

Wenn Ida diesen Punkt in der Geschichte erreichte, hat sie jedesmal stocken und lachen müssen und sich auf die Knie geschlagen und gehustet und weitergelacht und wollte die Geschichte zu Ende erzählen, sie hat aber nicht gekonnt, weil sie sich den Kopf vom Hals gelacht hat.

Was sie zum Schluß hervorgestoßen hat, war dies: »Er hat nicht nach dem Bogen und nach der Feder gegriffen – er griff nach der *gefiederten Boa*.«

Meine Mutter ist auf folgende Weise gestorben: Billy Blizzard hat sie totgeschlagen. So denk ich's mir wenigstens. War schwer zu sagen, was geschehen ist anhand von dem, was von ihr übriggeblieben war oben auf Nicht-Wirklich-Ein-Berg, wo Billy Blizzard gelebt hat und wo ich im Frühjahr drauf die Leiche meiner Mutter fand.

Viermal ist er in die Stadt gekommen, dieser Billy Blizzard. Das erstemal, als er mit Ida Richilieu machte, im Jahr 1894, war ich noch nicht auf der Welt. Das zweitemal, um 1899, hatte er die Religion entdeckt, da hat er mit Verwünschungen aus dem Buch der Mormonen um sich geschleudert und sich Bruder William genannt. Das drittemal, etwa fünf Jahre später, war er wieder hinter Ida her. Bei diesem dritten Mal hat er mich auch vergewaltigt und meine Mutter umgebracht. Als er das vierte Mal kam, war er angeblich tot. Beim viertenmal war er nicht der, der er war. Beim viertenmal ist er jemand anders gewesen.

Als Ida Richilieus Blick zum erstenmal auf Billy Blizzard fiel, hat sie ihr blaues Kleid getragen, das hat Ida von dem Tag an jedesmal getragen, wenn sie drauf eingestellt war, sich wieder zu verlieben – das blaue Kleid.

Damals war er bloß ein Junge von etwa dreizehn Jahren. Es war im April, und 1884 kam der Frühling sehr früh, er hat Billy Blizzard aus Boise City bis vor Idas Tür getrieben, und Billy Blizzard hat dafür zahlen wollen. Ida hat nur einen Blick auf ihn geworfen und sich sofort verliebt. So hat sie jedenfalls erzählt – als wir beide zusammen in Chinatown drunten waren, da bin ich schon etwas älter gewesen, und meine Ohren konnten zuhören, sogar wenn wir Sternenstaub rauchten. Es ist nur dies eine Mal gewesen, daß Ida von Billy erzählt hat, als sie in Chinatown auf dem Bett mit den roten Laken und den roten Kissen gelegen und Sternenstaub geraucht hat. Diese Geschichte war sonst zu privat. Etwas, worüber man am besten nicht sprach.

»Weiß nicht, was er an sich hatte«, hat Ida erzählt. »Hat irgendwie verrückt ausgesehn, der Jung. Richtig scharf. Sah so aus, wie wenn er was Jüdisches hätte, oder was Italienisches – vielleicht ist's das gewesen. Hab immer 'ne Schwäche für dunkle Männer gehabt.«

»Es war aber nicht nur das Aussehen«, hat Ida erzählt. »Da war noch was anderes. Schwer zu sagen, was. So, wie wenn er zu nah am Feuer stünde, nichts zu verlieren hätte – also hatte er vor nichts Angst. Hat vor mir keine Angst gehabt. Hat mich einfach angesehn, ohne mit der Wimper zu zucken. Hab sofort gewußt, daß er's mir angetan hatte. Mir sind die Knie weich geworden. Hab geschwitzt. Wie eine läufige Sau.«

»Oh diese Menschheit!« hat Ida geseufzt.

Nach dem Anblick von Billy Blizzard, so hat Ida erzählt, brauchte sie ein wenig Zeit, um sich zu fassen, und hat deshalb meine Mutter, die Prinzessin, gebeten, dem jungen Mann beim Bad zu helfen.

Ich muß oft dran denken, daß meine Mutter im Badehaus den Mann schrubbte, der ihr einmal den Tod bringen sollte.

Als die Prinzessin damit fertig war, hat sie Billy Blizzard zu Ida Richilieu nach oben gebracht. Der Rest ist leicht zu erzählen.

»Hab mich richtig wund gefickt, und das will wirklich was

heißen«, hat Ida erzählt. »War wie's Ficken von einer Frau mit 'nem Schwanz, mit diesem Jungen. So was hatt's noch nie gegeben. Dabei war sein Schwanz nicht mal richtig ausgewachsen. Fast noch ohne Haare am Hodensack. Hat auch echt nach kleinem Jungen geschmeckt, und du darfst mir glauben, daß ich ihn von oben bis unten abgeschmeckt hab.«

Laut Ida ist das so gewesen: Billy Blizzard hat noch in ihrem Bett gelegen, während Ida wie immer früh aufgestanden ist, das gute Kleid anzog und den ganzen Tag lang saubermachte. Anschließend haben die beiden die Nacht durchgefickt. So ist das eine Woche lang gegangen.

In der Stadt gab's Gerede. Die längste Zeit, die Ida mit einem Mann verbracht hatte – außer mit ihrem Ehemann –, war zwanzig Minuten.

Hat aber nicht lang gedauert, bis Billy und Ida sich zu streiten anfingen.

»Über alles«, hat Ida gesagt. »Wie Hunde und Katzen.«

Und Ida schrie: *»He, du da, komm her, Jung!«* – und war mit dem Besen hinter Billy Blizzard her. Billy mit der Whiskeypulle und einer Leimflasche in der Hand, mit Leim auf der Nase und diesem verrückten Ausdruck im Gesicht.

»War ein Segen, daß Billy's Vater in Excellent erschien und seinen Sohn suchte. Und nicht später kam«, sagte Ida.

»Eines Tages hab ich bloß so am Fenster gesessen und nach draußen geschaut, als ein schicker leichter vierräderiger Kutschwagen genau vor dem Eingang hielt und ein würdiger Herr ausstieg. Als er in die Bar ging, hab ich mein weißes Kleid angezogen und mir schnell das Gesicht zurechtgemacht und bin zur Treppe gerannt. Die Stufen bin ich dann mit Eleganz hinuntergekommen, richtig wie eine Dame.

Der Richter hat sich vorgestellt, hat gesagt, er wäre Richter Parker Blizzard aus Boise City, und daß er seinen Sohn Billy suche.«

»Man weiß immer gleich, wenn man einen feinen Herrn vor sich hat«, bemerkte Ida. »Und Richter Parker Blizzard war ein feiner Herr. Daß der ein feiner Herr war, das hab ich gewußt, sobald er im Salon durch die Tür kam. Hab ihm prompt einen Whiskey spendiert. Als er sich vorstellte, hab ich gesagt, ich würd ihm seinen Sohn holen – es würde mir überhaupt keine Umstände bereiten. Ich bin auf mein Zimmer gegangen und hab gedacht, daß ich die kleine Ratte dort fände. Da war er aber nicht. Dann hab ich die Aufregung in Gracies Zimmer gehört. Ich merkte immer schon aus einer Meile Entfernung, wann dieser Junge heiß war. Sogar, wenn ich mich auf der einen Seite des Snake River befand, und er auf der andern, hab ich's gemerkt – muß Instinkt gewesen sein. Und genau, da waren die beiden. In Gracies Bett. Gracie und Billy.

Statt den beiden den Hals umzudrehn, bin ich sofort auf mein Zimmer, hab die Sachen des Jungen gepackt, und keine Stunde später war Billy Blizzard hier verschwunden und mit seinem Vater unterwegs nach Boise City. Für immer.

Hatt ich jedenfalls gedacht«, sagte Ida.

War noch kein Jahr vergangen, als Thord Hurdlika in der Zeitung von Boise City las, daß Mrs. Diana Blizzard, Ehefrau des Ehrenwerten Richters Parker Blizzard, in ihrem Haus in Boise City gestürzt und zu Tode gekommen war.

Daneben war eine Fotografie von Mrs. Diana Blizzard zu sehen.

Wenn du ganz genau hinsahst, sah sie ihrem Sohn überhaupt nicht ähnlich.

Ein Jahr nach dem tödlichen Sturz von Mrs. Diana Blizzard berichtete die Zeitung von Boise City, daß Richter Parker Blizzard das gleiche getan hatte – war die Treppe hinuntergefallen und hatte sich das Genick gebrochen.

Einziger Hinterbliebener war ein Sohn. Billy.

Daneben eine Fotografie von Richter Parker Blizzard.

Wenn du ganz genau hinsahst, sah auch der Richter seinem Sohn überhaupt nicht ähnlich.

»Weil er nämlich ein Adoptivsohn war«, sagte Ida. »Billy hat's mir gleich in der ersten Nacht erzählt. Außerdem hat er mir erzählt, daß er nicht genau wüßte, wer seine richtigen Eltern waren, aber er glaubte, daß seine Adoptiveltern – der Richter und seine Frau – seine richtigen Eltern umgebracht hätten.«

»Und wer sind seine richtigen Eltern gewesen?« hab ich gefragt.

»Indianer«, hat sie gesagt. »Hat er jedenfalls geglaubt. Er meinte, der Richter hätte seine Eltern auf einer Razzia gegen Indianer getötet und ihn geraubt und ihm danach den Namen Billy Blizzard gegeben.«

»Indianer?« hab ich gefragt.

»Indianer!« hat Ida gesagt.

»Ist das wahr? *Sind* seine Eltern Indianer gewesen?« hab ich gefragt.

»Genau weiß das keiner«, hat Ida gesagt. »Ich hab aber gehört, daß er der Sohn von Big Foot war.«

»Von Big Foot?« hab ich gefragt.

»Von Big Foot«, hat Ida gesagt. »Hast du die Legende von Big Foot denn nie gehört?«

Ich hatte die Legende von Big Foot schon gehört, ich wollte sie nur noch mal hören.

Und so hat Ida sie mir erzählt – diese Legende von Big Foot –, als wir in Chinatown auf den roten Kissen lagen und Sternenstaub rauchten:

»Wie man erzählt, war Big Foot ein Mischling: hauptsächlich Schirokese, ein bißchen Neger und Weißer. Hatte alles Blut, das man haben konnte, von allem etwas. Fast. Mit neun verließ er Nebraska, weil er Angst hatte, er könnte jemand umgebracht haben, der sich über seine großen Füße lustig gemacht hatte.

Bei Goose Creek hat Big Foot sich verliebt, in ein wunderschönes Mädchen mit schwarzen Haaren und dem Namen Spanish Roberta, die mit ihrem Vater und ihrer Mutter zusammen in einem Wagentreck reiste. Spanish Roberta liebte aber schon einen andern, einen Kerl namens Wheat. Eines Nachts verlor der Treck dann ein paar Pferde, also haben Big Foot und Wheat sich auf die Suche nach den Pferden gemacht. Und als die beiden da draußen auf der Prärie ganz allein waren, so wird erzählt, da hat Wheat Big Foot ›Großfußnigger‹ genannt, und Big Foot hat Wheat zwischen die Augen geschossen und in den Snake River geworfen.

Hinterher ist Big Foot selbst in den Snake River gesprungen und ans andere Ufer geschwommen. Danach hat er sich zu den Indianern durchgeschlagen.

Ungefähr ein Jahr später kamen Spanish Roberta und ihre Leute in die Gegend gereist, wo Boise River und Snake River zusammenfließen. Spanish Roberta hatte inzwischen ein Baby bekommen – ein Baby von Big Foot. So hat man wenigstens erzählt. Big Foot hat einen Haufen Indianer geholt und ist gekommen und hat alle umgebracht und sich ihre Pferde und ihr ganzes Zeug genommen. Sagte, das einzige, was ihm leid täte, wäre, daß er Spanish Roberta getötet hätte, nur wenn er's nicht getan hätte, dann hätten's eben die Indianer getan.

Sind eintausend Dollar auf Big Foot ausgesetzt worden, und es gab da einen Mann mit Namen Wheeler, der war auf die eintausend Dollar scharf.

Lebt heut keiner mehr, der weiß, wo genau die Stelle liegt, wo Wheeler Big Foot kriegte. Oben auf dem Indian Head, sagt man.

Dieser Wheeler hat Big Foot kommen gesehn und sich hinter einem Felsen versteckt und auf Big Foot geschossen und ihn vom Pferd heruntergeholt. Dann, so hat Wheeler erzählt, hätte Big Foot drei Kriegsschreie ausgestoßen und ihn verfolgt. Hätte sechzehnmal nach ihm geschossen, bevor Wheeler ihn endlich niederstreckte.

›Gib mir zu trinken, bevor ich sterbe‹, hat Big Foot gesagt.

Da hat Wheeler noch mal auf Big Foot geschossen und ihm dann einen Schluck Wasser gegeben. Da hat Big Foot gesagt: ›Gib mir Whiskey.‹

Wheeler hatte eine große Flasche bei sich, die hat er ihm gegeben, und Big Foot hat sie leergetrunken und dann gesagt: ›Wasch mir diese Indianerfarben ab, dann wirst du sehn, daß ich ein Weißer bin.‹

Wheeler hat ihm die Indianerfarben abgewaschen, und da war Big Foot ein gutaussehender Weißer Mann. Seine Füße sind 43 Zentimeter lang gewesen – unmöglich zu wissen, wie groß sein Schwanz war –, und er war zwei Meter zwanzig groß. Bestand bloß aus Haut und Muskeln und Knochen. Überhaupt kein Fett. Man hat immer erzählt, Big Foot sei so schnell gelaufen, daß man ihn nicht mal mit einem Pferd einfangen konnte. Er ist Wheeler weggelaufen, bis zum Snake River, und ist mit einem Arm hinübergeschwommen, während er mit dem andern seine Waffe hochgehalten hat.

›Das einzige, worum ich dich bitte, ist nur, daß du mir nicht die Füße abschneidest, wenn ich sterbe, und daß du dir meine Geschichte bis zu Ende anhörst. Ich bin ein furchtbar böser Mensch gewesen‹, hat Big Foot gesagt.

Wheeler hat versprochen, ihm die Füße nicht abzuschneiden und hat ihn dann zwischen den Felsen oben am Indian Head begraben.«

»Aber damit ist die Geschichte noch nicht zu Ende«, hat Ida gesagt. »Das Baby von Big Foot lebte. Als Richter Blizzard von dem Baby hörte, hat er den Jungen zu sich genommen und adoptiert – er und seine Frau konnten nämlich selbst keine Kinder bekommen –, und deshalb haben sie den kleinen Babyjungen bei sich aufgenommen und haben ihn Billy genannt – Billy Blizzard.«

Von Billy Blizzard hat keiner mehr was gesehen oder gehört, bis etwa fünf oder sechs Jahre später, da ist er – das war sein zweiter Besuch – als Bruder William in die Stadt gekommen und hat das Buch der Mormonen gepredigt. Kam mit den Heiligen der Letzten Tage, ganz sittsam streng, und hat immer nur den Mormonenchef Brigham Young im Mund geführt.

War die erste Person, die ich bewußt gesehen hab, an die ich mich erinnern kann, außer Ida und meiner Mutter – dieser Billy Blizzard. War wie Dellwood Barker, in dem Sinn, daß er nicht da war, und dann war er da, und hinterher war nichts mehr so wie früher. Billy Blizzard und Dellwood Barker waren noch in einem andern Punkt gleich: Sie waren beide verrückt. Aber nicht auf die gleiche Weise verrückt, ganz und gar nicht.

Daß Billy Blizzard verrückt ist, hab ich gleich bemerkt, als ich ihn das erste Mal sah. Ich war vier oder vielleicht fünf. Es war am Tag vor dem Abend, als Billy Blizzard mit Ida in der Bar das Mann-im-Mond-Lied gesungen hat.

Ich war in Zimmer 11 und hatte draußen etwas gehört. Ich blickte aus dem Fenster, zog den Vorhang zurück, schob die Geranie im Topf zur Seite und schaute auf die Straße hinunter. Es war ein heißer, sonniger Augusttag. Unten sah ich einen dunklen, jugendlichen Mann in einem schwarzen Anzug, mit einem schwarzen Hut. Der Staub flog nur so in alle Richtungen. Das Pferd, auf das der Mann einschlug, gab ganz schreckliche Laute von sich, und Bruder William hat mit fürchterlichen Bibelsprüchen um sich geworfen, und dabei ist der Schweiß eimerweise an ihm runtergelaufen. Der Ausdruck auf Bruder Williams Gesicht war genauso verrückt, wie er war. Das Pferd war schaumbedeckt, aus der Nase und aus einer offenen Wunde an der Schulter drang Blut. Von der Flanke des Pferdes floß rotes Blut am Bein hinunter in den Staub. Das Pferd hat sich mit allem gewehrt, womit ein Pferd sich nur wehren kann – es bäumte, es warf Bruder William ab, Bruder William wurde gegen die Pferde-

53

tränke geschleudert, in der Tränke ist das Wasser hochgespritzt, als er dagegenschlug, und Bruder William hat der Länge nach im Staub gelegen.

Bruder William hat die Pistole gezogen und dem Pferd ins Auge geschossen – ins linke Auge.

Später bin ich zu der Stelle gegangen, wo das Pferd hingesunken war. Hab meinen Zeh genommen und um das Pferd und den nassen, blutigen Fleck herum einen Kreis gezogen. Meine Augen haben den Kreis angestarrt, das Pferd, das da riesig und tot auf der Straße lag, den Staub, die Fliegen, die braunen Muskelberge unter Schaum, das ausfließende Blut. Das Pferd war immer noch gesattelt und gezäumt.

Das war alles, was geblieben war, dieses Pferd, und überall Kiebitz.

Dumm Dave und Dumm Hund haben das Pferd in Daves Wagen wegtransportiert. Dumm Dave hat die ganze Zeit geweint, als er das Pferd auf den Wagen geladen hat. Auf dem Kutschersitz saß dann neben ihm heulend Dumm Hund.

Nachdem Bruder William das Pferd getötet hatte, kaufte er sich am Abend etwas Pomade und einen Liter Whiskey, und so wurde er wieder zu Billy Blizzard. Ist in Idas Haus einmarschiert, als Ida am Klavier saß und ihr Mann-im-Mond-Lied spielte, und hat angefangen zu singen wie ein christlicher Engel.

Ich saß unten auf den Stufen der Treppe neben der Bar, ganz Kiebitz – Ida war am Klavier, trug ihr blaues Kleid und spielte das Lied vom Mann im Mond. Ida hatte eigentlich keine besondere Stimme zum Singen, aber wenn sie das Lied vom Mann im Mond sang, so wird erzählt, dann haben alle herausgehört, was im menschlichen Herzen wund war, was eine Qual und Tortur war.

Als Ida an jenem Abend zu singen anfing, da hat auch Billy Blizzard zu singen angefangen. Er stand in der Tür zur Bar, der schwarze Hut saß schief auf dem Kopf, die schwarze Jacke war voller Staub und Stroh.

54

Als ich Billy Blizzard erkannte, hab ich gleich sein Pferd vor Augen gehabt, wie es da tot auf der Straße lag. Meine Füße wollten woandershin rennen, so schnell sie nur konnten – aber dann hat Billy Blizzard gesungen und hat die Balken zum Zittern gebracht, er hat Ida zugesungen, er ist auf Ida zugegangen, so, wie wenn sie ihn in ihrer Macht hätte und zu sich zöge. Er ist ans Klavier gegangen und hat seine Augen in ihre Augen versenkt und hat sie angesungen. War nicht schwer zu sehen – nicht einmal für ein Kid –, daß Billy Blizzards Herz schwer von Liebesschmerz war.

Als Ida seine Stimme singen hörte, ist sie aufgesprungen, wie wenn in ihr ein Dynamitstab hochgegangen wäre. Und als sie dann zu ihm aufgeschaut hat, war aller Ärger, der je in Idas Gesicht gewesen war, völlig verschwunden. Hab nicht mal mehr gewußt, daß in Idas Gesicht Kummer gewesen war, bevor der Kummer ihr Gesicht in jener Nacht verließ.

Come take a trip in my airship and we'll visit the man in the moon, hat Ida gesungen, und Billy sang mit.

Da war in Idas Haus, außer den beiden, die sangen, sonst kein Laut mehr zu hören.

Als das Lied vorbei war, warf Billy Blizzard sich Ida vor die Füße und weinte. Ich hatte vorher noch nie einen Mann weinen gesehen. Alles mögliche hat er gesagt – er könnte nicht ohne sie leben; er wollte, daß sie von ihm ein Baby bekäme; ohne sie wollte er sterben. Ida ist ihm aus dem Weg gegangen und hat dann ein paar Männer geholt, die haben ihr dabei geholfen, Billy Blizzard ins Badehaus zu schaffen.

Unterwegs zum Badehaus hat Billy Blizzard gekreischt und geweint und gedroht, sich umzubringen. Ich habe durchs Fenster geschaut und gesehen, wie Ida meiner Mutter etwas Geld gegeben hat. Meine Mutter machte sich auf den Weg zu Dr. Ah Fong, ich hinterher, und meine Mutter ist eine Weile im Geschäft von Dr. Ah Fong geblieben, bevor sie wieder rauskam. Als sie wieder im Badehaus war, sah ich durchs Fenster, wie Ida Billy Blizzard nackt an der Wand festband und ihn mit einer Weidengerte schlug. Billy schrie und weinte. Meine Mutter ist einfach zu ihnen herein, hat Ida ein dreieckiges Stück Papier gegeben und ist wieder hinaus.

Ida hat den Docht der Lampe auf dem Tisch vor dem Fenster hochgedreht. Sie hat das weiße Puder aus dem roten Dreieck genommen und das Puder auf Tabak geschüttet, den sie dann zu einer Zigarette gedreht hat. Ida hat sie sich angesteckt, hat ein bißchen geraucht, dann hat sie die Zigarette Billy Blizzard gereicht und ihm gehalten. Als die beiden mit Rauchen aufhörten, hat Ida ihr blaues Kleid und die Untersachen ausgezogen. Stand bloß in den Stiefeln da und hat Billy Blizzard ausgepeitscht, während er schrie und weinte und mit Bibelzeug fluchte. *Sünde*, hat er gebrüllt. *Das Feuer ewiger Verdammnis*, hat er geschrien. *Die Hölle.*

Die Geschichte, die meine Mutter über Billy Blizzard erzählt hat, hatte ich überhaupt nicht hören sollen. Hab unter dem Bett gelegen, als meine Mutter sie Ellen Finton erzählte. Hab alles mitgehört.

»Billy Blizzard«, hat meine Mutter gesagt, »ist wie der Teufel. Was du siehst, wenn du ihn siehst, und was du dabei fühlst, wenn du ihn siehst, das sind zweierlei Dinge.

Ganz wie der Teufel: Er ist nicht so, wie er dir erscheint. Deine Augen erkennen eine Sache, während dein Herz etwas ganz anderes wahrnimmt.«

»Als ich ihn das erste Mal sah«, sagte meine Mutter, »ist ein kalter Wind durch mich geweht. Er war bloß ein Junge von zwölf Jahren oder so ungefähr. Bevor er zu Ida ging, ist er zum Bad nach draußen gekommen. Ein kalter Wind. Als ich ihn sah, wär ich am liebsten fast aus dem Fenster gesprungen, verdammt, aber ich konnte mich nicht von der Stelle bewegen.

Billy war ein großer, breiter, starker junger Mann mit dunklem Haar und einer Haut so wie meine. Zwei Augen wie brennende Kohlen im Kopf – der hat alles bemerkt. *Die* Augen haben nichts übersehn.

Es war während ich ihn wusch, daß ich den Ring am Mittelfinger seiner rechten Hand gesehn hab. Hat ausgesehn wie der Ring des Teufels – Sterne und ein Mond oben auf zwei Hörnern. Ich wollte genau hinsehn, er hat mich aber nicht lassen.

Dann hab ich die Narben gesehn. Der Junge war über und über mit Narben bedeckt. Vor allem auf dem Hintern, an der Arschspalte lang.

Das erste Mal ist dieser Junge noch keine zwei oder drei Tage lang dagewesen, da hat Ida ihn schlagen müssen – *schlagen* und was sonst noch. Und als Billy Blizzard zum zweitenmal in die Stadt kam, da hat sie ihn nicht bloß schlagen müssen – nachdem er sein Pferd getötet und sie angesungen hatte, und nach dem Opium –, er wollte, daß sie ihm richtig wehtat – daß sie ihm die Eier zusammenband und ihm Sachen den Arsch hochschob.«

»Hat gleich am selben Abend angefangen – nach acht Jahren –«, hat meine Mutter gesagt, »daß er Ida anbettelte, ihm weh zu tun. Ida hat eigentlich nicht wollen. Hat's dann aber doch getan. Und bald danach hat er alles mögliche Bibelzeug aus sich heraus geflucht – die böse Bibel, weißt du, die Art Bibel, wie seinesgleichen sie eben zitieren: das Fleisch und die Sünde und Körperteile und Wollust und ewige Verdammnis in der Hölle –, und alles, während er festgeschnallt war und Ida mit dieser Weidenrute auf ihn eingeschlagen hat oder ihm Möhren oder was immer ins Arschloch drückte – Ida hat ihn die ganze Zeit über beschimpft wie einen ungezogenen Jungen. War aber damals schon ein erwachsener Mann. Dauerte nicht lang und er hat ejakuliert und sich gekrümmt, geweint hat er auch. Hat Ida und dem HERRN erzählt, daß es ihm leidtat.

Fast ein Jahr lang ist das so gegangen. Kam einfach immer

wieder und wollte mehr. Und noch mehr. Das wär Liebe, hat er gesagt.

Nach einer Weile konntest du merken, daß es Ida genauso viel Spaß gemacht hat wie ihm selber. Ida hätte es nie zugegeben, 's war aber die reine Wahrheit.«

»Und auch das ist wieder so, wie der Teufel eben so ist«, hat meine Mutter gesagt. »Er bringt dich dazu, Dinge zu mögen und Dinge zu wollen, die du normalerweise nie gewollt hast. Bringt dich dahin, daß sie dir richtig Spaß machen.«

Als Billy Blizzard zum drittenmal in die Stadt kam, war's 1904. Die Geschichte erzähl ich am besten selbst. Diese Geschichte kennt keiner so gut wie ich.

Ida Richilieu hat Billy Blizzard nicht wieder bei sich aufnehmen wollen. Hat ihm gesagt, daß sie von ihm und seiner Art für immer genug hätte. Wollte nichts mehr mit ihm zu tun haben.

Billy Blizzard hing für ein paar Wochen in der Stadt herum, wohnte, wo er konnte, war aber nirgends willkommen. Es war damals, daß Billy Blizzard Dumm Dave mit Absicht betrunken gemacht hat. Man hat erzählt, daß Ida Billy Blizzard keine Flasche Whiskey verkaufen wollte, da hat er sich selbst eine besorgt. Billy Blizzard hat die Flasche zu Dumm Dave mitgenommen und hat Dumm so betrunken gemacht, daß er kaum mehr stehen oder gehen konnte, und dann hat er Dumm Dave Samstagnacht um zwei in die Pine Street geschleppt, genau vor Idas Haus. Dumm Dave lachte, weil er'n Steifen hatte, und Billy Blizzard hat Dumm Dave dazu gebracht, den Schwanz aus der Hose zu holen, und da hat Dumm Dave erst recht lachen müssen, und Dumm Hund begann so richtig loszuheulen. Aus Idas Haus sind alle nach draußen auf die Straße gekommen.

Ich saß in jener Nacht in Zimmer 11 am Fenster. Zuerst hab ich selber gelacht, wie ich Dumm Dave da unter der Ponderosa und der Amerika-Flagge mit dem Schwanz gesehn hab, und er lachte und Dumm Hund heulte. Du konntest aber nach einer Weile gar nicht sicher sein, ob Dumm Dave lachte oder weinte – er hat seinen Schwanz umklammert, wie wenn der Schwanz wund wäre. Billy Blizzard hat ihn immer weiter angetrieben – hat ihn weiter mit Whiskey vollgeschüttet.

Dumm Dave hat angefangen, so zu tun, wie wenn er fickte, so wie das manchmal bei Hunden ist, die froh sind, wenn sie dich sehn, wenn sie ganz rosa und steif sind und's ihnen vorsteht und sie nicht wieder 'rein und zurück können. Hat gepumpt und gepumpt, die Tränen sind Dumm Dave über die Backen runtergerollt, und Billy Blizzard hat nur auf Dumm Daves Schwanz gezeigt und gelacht.

Und auf einmal ist sie dagewesen, Ida Richilieu ist die sieben Treppenstufen hinunter und auf die Pine Street gekommen. Da war es auf einmal ganz still. Ida Richilieu ist auf Billy Blizzard zugegangen und hat die Faust geballt und Billy Blizzard getroffen, auf die Art, wie *Tybo*-Männer andere Männer mit der Faust schlagen. Und hat noch ein zweites Mal zugeschlagen und ihm dann in den Sack getreten. Billy Blizzard hat sich gekrümmt, hat sich aber auf den Beinen gehalten. Hat überhaupt nicht versucht zurückzuschlagen. Und Ida hat Billy Blizzard ins Gesicht gespuckt.

Danach hat Ida Richilieu Dumm Dave an die Hand genommen und hat ihn an sich gezogen. Das Pumpen hat ihn noch immer am ganzen Körper geschüttelt. Ida hat Dumm Dave mit Dumm Hund auf ihr Zimmer mitgenommen und hat die Tür zugeschlossen. Hab Dumm Dave drinnen die ganze Nacht weinen gehört, und Dumm Hund hat gewinselt.

War eine Woche vergangen, bis Billy Blizzard sich wieder zeigte, und man hat ihn nicht gesehen – nur gehört. Wie er das Mann-im-Mond-Lied sang:

Come take a trip in my airship and we'll visit the man in the moon.

Ich bin in Zimmer 11 gewesen, als ich ihn singen hörte. Dann hab ich gehört, wie das Schrotgewehr krachte. Als ich Idas Zimmer erreichte, hielt sie das Gewehr noch immer aus dem Fenster und zielte. Ich habe hinausgeschaut. Hab nicht eine Menschenseele gesehen.

Er ist aber draußen gewesen, irgendwo.

So ging das ein paar Wochen. Ich bin aufgewacht und hörte ihn singen und dann Ida mit dem Schrotgewehr aus dem Fenster nach ihm schießen. Und noch immer hat ihn keiner gesehen.

Da kam die Geschichte auf, Billy Blizzard wäre tot, und das sei sein Gespenst, das Ida verfolgte.

Für solche Geschichten hätte sie keine Zeit, hat Ida erklärt, was sie aber ernstnähme, und *was* ihr Sorgen mache, das sei sein Fleisch und Blut – das Fleisch und Blut von Billy Blizzard.

Und Ida hatte recht, wie gewöhnlich.

Etwa zwei Wochen später hatte meine Mutter für die ganze Nacht einen Kunden bei sich auf Zimmer 11, ich war draußen im Schuppen, es war schon spät, und der Mond hat ganz hell geschienen – so hell, wie es dir angst macht.

Billy Blizzard hat mich mit meinem Namen gerufen, ich hab ihm aber nicht geantwortet. Hab gesagt, das sei ich nicht.

Er ist im Schuppen gewesen. Hat mich von hinten am Hals gepackt und hat mich ans Fenster gezerrt, ins Mondlicht. Hat mir seinen Teufelsring gezeigt. Sagte, den würd er mir schenken, wenn ich mit ihm käme. Ich bin weggesprungen, zur Tür hin, doch er hat mich gefaßt. Hat mir die Hand vor den Mund gelegt und mich zur Tür hinausgezerrt. Hat mich vor sich hingestellt und zu singen angefangen. Hat seinen sechsschüssigen Revolver entsichert und mir an die Schläfe gehalten und zu singen angefangen. Wir standen genau unter Idas Fenster.

Come take a trip in my airship and we'll visit the man in the moon.

Dauerte nicht lang und ich hab gemerkt, wie Idas Schrotgewehr sich aus dem Fenster schob. Sie hat aber nicht geschossen, diesmal nicht, Gott sei Dank, sonst wär ich heut tot und begraben.

Statt zu schießen hat Ida mit Billy Blizzard gesprochen, und er hat erwidert, über meinen Kopf weg, und die ganze Zeit über hat Billy Blizzard mir mit der einen Hand seine Waffe an die Schläfe gedrückt und mir mit der andern mein Nachthemd hochgehoben, um die Stelle zu suchen, wo er in mich eindringen könnte. Dann fluchte er Bibelzeug aus sich heraus – Sünde, Feuer, ewige Verdammnis und Hölle. Ich hab nach unten auf Billy Blizzards rote Stiefel geschaut. Ich hab an das tote Pferd auf der Straße gedacht, als er mich aufpreßte. Ich hab an den Tag gedacht, als Ida und meine Mutter mitsammen im Schlamm kämpften und die Laken in der Sonne geleuchtet haben. Hab mir vorgestellt, wie Nicht-wirklich-ein-Berg auf mich und auf diese roten Stiefel herabschaute. Hab an den Teufel gedacht. Daß ich ihm meinen Namen nie genannt hatte, und wie er mich trotzdem gefunden hatte. Mich gefunden hatte und durch die Mitte in zwei Stücke teilte – von dem Moment an bin ich geteilt in zwei Stücke, Ich und Nicht-Ich, die versuchen immer wieder zusammenzukommen, immerfort haben sie es seither versucht. Der Teufel hatte mich gefunden und drückte mir den Hintern herunter, mir ist der Atem geflogen, das Herz schlug mir zum Halse heraus.

Dann hat Billy Blizzard angefangen zu weinen und hat Gott um Vergebung gebeten, und ich war völlig verkehrt, mit dem Gesicht unten, an den roten Stiefeln, vornübergekrümmt, und innerlich zerbrochen.

Das nächste, woran ich mich erinnern kann, ist Ida – sie schlug Billy Blizzard mit aller Kraft ins Gesicht, und das Schrotgewehr ging los. Dann hab ich gehört, wie er zurückschlug. Ich hab Ida stürzen gesehen. Er trat ihr heftig in den Bauch. Hab das schreckliche Geräusch des Atems gehört, der ihren Leib verließ.

Dann hörte ich einen Schrei, der kam nicht von Ida und nicht von mir – es war ein Schrei der Art, wie du ihn in deinem Leben nur einmal hörst –, dachte ich wenigstens, bis ich diesen Schrei ein zweites Mal hörte, Jahre danach, aus meinem eigenen Mund, in der Nacht, als ich die ganze Wahrheit entdeckt hab und nichts als die Wahrheit. Ich lag auf dem Boden, Ida auch. Dann war ich nicht mehr da. Weiß nicht, wo ich war, aber ich war nicht da.

Später hat Ellen Finton mir erzählt, nach meinem Sturz wär Billy Blizzard zur Pine Street gerannt und hätte ein Pferd gestohlen, das an die Tränke gebunden war. Meine Mutter ist hinten aus Idas Haus gelaufen, und meine Mutter – als meine Mutter Ida und mich am Boden liegen sehen hat, da hat sie einen Schrei ausgestoßen – einen Kriegsschrei – und ist zu Fuß losgerannt, ist die Pine Street hinunter, Billy Blizzard nach. Meine Mutter war aber nicht so schnell wie er, deshalb ist sie umgekehrt und auf Idas Wagen gesprungen, der vor dem Haus stand. Ellen hat erzählt, sie hätte hochgeschaut aus dem Fenster des Schuppens, wohin sie mich getragen hatte, und die Prinzessin gesehen, mit wehendem Haar, mit Idas Schrotgewehr in der Achselhöhle wäre die Prinzessin auf Idas Wagen aus der Stadt hinausgejagt, hinter Billy Blizzard her.

Meine Mutter hat nach jener Nacht niemand mehr lebend gesehen.

Den ganzen Winter über lag ich meist im Fieber. Als der Frühling kam, war ich wieder der alte, bin wieder herumgelaufen, hab wieder denken können. Hab wenigstens gedacht, daß ich wieder ganz wäre. Was ich war, war aber nicht Ich.

Der Trupp, den sie zusammenstellten, um Billy Blizzard zu verfolgen, hat ihn nicht gefunden. Meine Mutter haben sie auch nicht gefunden. Haben den ganzen Herbst über gesucht. Mußten abbrechen, als es Winter wurde. Thord Hurdlika sagte: *Sie haben keinen Stein auf dem andern gelassen.* Doc Heyburn sagte: *Es war zum Verrücktwerden! Einfach verschwunden!*

Es war irgendwann im April, da bin ich eines Morgens aufgewacht und hab gewußt, wo meine Mutter war. Meine Augen hatten gesehen, wo sie war. Denk mir, das war in einem Traum. Ich hab meine Schneeschuhe mitgenommen, aber nicht die Ski. Ich hab den Fluß gleich unterhalb der Stadt durchquert. War noch kaum Schneeschmelze, war also leicht durchzukommen. Bin zum Nicht-wirklich-ein-Berg, und dann hoch.

Du mußtest dir zwischen den Felsbrocken einen Weg suchen und dich hochziehen. War manchmal so steil, daß der Berg vor dir gestanden hat, wenn du die Hand ausstrecktest. Aber ich war jung, und den ganzen Winter eingesperrt gewesen. Der Wind war kalt im Gesicht, aber die Sonne kräftig und warm. Und langsam ist's nicht mehr so steil gewesen. Die Bäume begannen sich zu lichten, und ich befand mich ganz in der Nähe der Leiste, die, wenn du unten in Excellent standest und nach Osten geschaut hast, den größten Teil des Horizonts bildete: ein sanfter Hang, wie der Rücken eines Mannes, der auf dem Bauch liegt und sich auf die Arme stützt. Ich wäre dieser Leiste weiter gefolgt, wenn mir der Wind nicht gerade da den Hut vom Kopf gerissen hätte. Ich lief hinterm Hut her, nach unten, auf die Wand des Bergs zu, der eigentlich kein Berg war, sprang von Fels zu Fels und hatte den Hut ein paarmal fast schon in der Hand, doch in dem Moment, als ich nach meinem Hut griff – war der Hut wieder fort. Bin meinem Hut den größten Teil des Tags über nachgejagt. Dann hab ich verstanden. Es war Kiebitz. Ich würde den Hut kriegen, wenn ich aufhörte, hinter dem Hut herzujagen. Das hab ich dann getan.

Dauerte gar nicht lang, und der Hut lag einfach dort, wo ich hinging. Ich folgte einer Spur, bergab, die Spur wurde breiter und breiter, und ziemlich bald erkannte ich eine Wagenspur – zwei Radspuren, dazwischen Graswuchs. Und plötzlich hab ich den Wagen gesehen – Idas Wagen, er lag auf der Seite, die Räder, alle Räder waren zerbrochen. Und ein paar tote Maultiere.

Da hab ich mich umgedreht und bin der Spur nach, wieder bergauf, hab meine Mutter gespürt, sie ist mir immer näher gekommen. Ende der Spur bei einem großen Felsenvorsprung. Granit. Bin die Felsen hoch, hab über den Rand geschaut, und da lag sie vor mir – die allerschönste Wiese, was Schöneres könnten meine beiden Augen, oder deine, gar nicht zu sehen wünschen. Das Gras war grün, an manchen Stellen sogar sehr grün, überall wuchsen gelbe Blumen, weiße, und orangerote Indian Paint-brush-Blumen und scharlachrote mit Stacheln.

Die Wiese dehnte sich bis an den Rand, bis es nichts mehr gab, nur Himmel und Allezeit. Ein Kreis von hohen Felsen lief um die Wiese herum, außer dort, wo die Leiste war. Genau unter den Felsen nach Norden standen drei Ponderosa-Fichten.

Ich kroch die Felsen hinunter zu den Fichten und entdeckte eine verlassene alte Blockhütte.

Die Hütte von Big Foot.

Dort habe ich sie gefunden.

Was von ihr noch geblieben war. Und von Billy Blizzard.

Hab mit dem Herzen gleich gewußt, daß sie es war; noch bevor meine Augen sich umzusehen begannen. Als meine Augen hinschauten, da haben sie gesehen, daß sie nur ein bißchen Leder auf einem Skelett mit Haaren war. Da lagen ihre rote Bluse und der Wildlederrock für den Winter. Teile davon. Der Schädel war völlig eingedrückt. Ida Richilieus Schrotgewehr lag neben ihr.

Von ihm waren nur die roten Stiefel geblieben. Das war alles. Hab genau gewußt, daß es seine Stiefel waren. Hatt'n ziemlich genauen Eindruck bekommen von den roten Stiefeln, als er mir am Arsch war und mich unten hatte.

Ich hab nach den roten Stiefeln getreten. Hab sie lange und ausgiebig mit Tritten mißhandelt. Hab auf die roten Stiefel gepißt.

Der Ring war fort. An der Hand des toten Manns, der neben meiner Mutter lag, hat kein Teufelsring gesteckt.

Als ich wieder zu ihr zurückging, ist Wind aufgekommen und hat das Gras ringsum aufgeweht und mir in Ohren und Augen geblasen und nach ihr gerochen. Hat, in meinem Rücken, an den Überbleibseln der Blockhütte gekratzt, der Wind, hat Big-Foot-Laute gemacht. Der Wind ist angestiegen, hat die drei Ponderosa-Bäume geschüttelt, dann war der Wind vorüber.

Meine Mutter war nur ein Klumpen auf der Erde im Sonnenlicht. Ein alter Stamm, der bald zu der Erde werden sollte, auf der er lag.

Ich hab ein Feuerbett für sie gemacht. Sie war nicht ein Ganzes, das sich aufheben ließ, ich hab sie trotzdem aufgehoben und auf ihr Feuerbett gebettet. Hab das Feuer ohne Streichhölzer angesteckt, so wie sie's mir gezeigt hatte. Ich habe den Flammen zugesehen, und dem Rauch, und mich gefragt, was da Feuer, was Rauch war. Ihr Haar ist in Rauch aufgegangen, ihr Wildlederrock, ihre rote Bluse, ihre Gebeine – Rauch.

Ich bin zum Rand gegangen, von wo aus du in die unendliche Weite schauen kannst, bis in den Sonnenuntergang. Ein Felsen ragte am weitesten vor, auf diesen Felsen bin ich gegangen, soweit, bis du nicht weitergehen kannst, und hab mich hingesetzt.

Die Lieblingsgeschichte meiner Mutter, die auch meine Lieblingsgeschichte war, erzählt von Büffeln und davon, wie meine Mutter ihren Namen bekommen hatte.

Als meine Mutter ein Mädchen war und ihre Zeit als Frau noch nicht angebrochen war, da hat meine Mutter Schöne Dritte Tochter geheißen. Sie lebte damals bei ihrem Volk, nicht bei den Mormonen, und ist eines Morgens mit einem Donnern in den Ohren aufgewacht. Da ist sie aufgestanden und nach draußen, vors *tipi* gelaufen.

»Das Geräusch war einfach überall«, hat meine Mutter erzählt.

Sie hat ihrer Mutter und ihren Vettern zugerufen, sie sollten herauskommen und das starke Geräusch in der Luft hören, aber keiner, nicht ein einziger, kam aus dem *tipi* heraus – und bei den anderen *tipis* des Lagers war es das gleiche, niemand hat herauskommen wollen, obwohl meine Mutter sich den Kopf vom Hals geschrien hat.

Meine Mutter ist in die Richtung gelaufen, wo das Geräusch am lautesten war – gleich hinter dem Hügel, wo ihr Stamm seine *tipis* errichtet hatte –, und als sie den höchsten Punkt der Erhebung erreichte, da haben ihre Augen etwas gesehen, so daß sie wie angewurzelt stehen blieb.

»Wie wenn ich ein Baum gewesen wäre«, hat meine Mutter gesagt.

Nur wenige Schritte von ihr entfernt liefen Tausende Büffel vorbei.

»Genau vor mir – große, dunkle Tiere im Ansturm, wild und laut, lauter, als du dir laut überhaupt vorstellen kannst, so wie wenn die Erde explodieren würde«, hat meine Mutter gesagt. »So was ist einmalig – die Kraft und die Freiheit – wie mein Volk vor der Ankunft des Weißen Mannes.«

Sie hat einfach mitlaufen oder auf einen Büffel springen und mitreiten wollen, erzählte meine Mutter, ins Unbekannte.

»Ich hab gebrüllt und geschrien und tief gestöhnt, und als ich die Augen aufmachte, bin ich auf der Erde gelegen, und meine Mutter und meine Kusinen waren um mich versammelt. Sie haben mir geholfen aufzustehn, und in dem Augenblick begann meine Periode zwischen meinen Beinen zu strömen.«

Die Büffel waren verschwunden. Außer meiner Mutter hatte keiner sie gesehen oder gehört.

Von dem Tag an hatte sie diesen Namen: Buffalo Sweets.

Als ich das erste Mal in meiner Wiese auf Nicht-wirklich-ein-Berg saß – auf dem Felsvorsprung, bei Sonnenuntergang, nachdem meine Mutter sich in Rauch aufgelöst hatte, das Feuer war nur noch rote Glut unter schwarzer Asche –, blickte ich nach unten und konnte Excellent sehen. Sah dort unten Idas Haus, konnte es nicht erkennen und wußte doch genau, wo das Fenster zu Zimmer 11 lag.

Ich hatte meine Mutter das letzte Mal gesehen an dem Tag vor der Nacht, als er gekommen war. Die Tür zu Zimmer 11 stand offen, sie saß auf dem Bett. Sie hatte den Wildlederrock und die rote Bluse an. Sie stand auf und trat ans Fenster. Sie zog den Vorhang zurück und berührte ein Blatt der Geranie im Topf. Dann schaute sie zum Fenster hinaus – mehr in den Himmel als auf die Straße. Und sie hat so dreingeschaut, daß ich mir dachte: Sie wird wieder einmal eine Zeitlang verschwinden, für ein paar Tage, in die Berge oder vielleicht zum Indian Head hoch – einfach nur, um sich im Freien zu bewegen und den Tieren zuzuhören und ein Feuer zu machen und zu leben, wie Menschen leben. Manchmal nahm sie mich dann mit. Und manchmal – meistens – hat sie gesagt, daß in ihr für mich kein Platz wäre und daß sie allein gehen müßte.

Der Teil von mir, der nicht vergißt, sieht meine Mutter immer aus diesem Fenster schauen und das Herbstlicht auf ihrem Gesicht.

Als ich Jahre später Dellwood Barker davon erzählte, wie ich auf dem Felsvorsprung gesessen hatte, bei Sonnenuntergang, mit meiner Mutter aufgelöst zu Rauch und mit dem Feuer hinter mir, da hat er mir schweigend zugehört – natürlich hat Dellwood mir zugehört. Und hat dann zu mir gesagt:

»Rauch und Wind und Feuer, das alles sind Dinge, die du fühlen kannst, aber berühren kannst du sie nicht. Mit Erinnerungen und Träumen ist es das gleiche. Sie sind das Zeug, aus dem die Welt gemacht ist. Es ist wirklich nur eine sehr kurze Zeit, in der wir Haare und Zähne haben und rotes Tuch anziehen und Knochen und Haut haben und aus den Augen in die Welt schauen. Gar nicht lang. Manche Menschen länger als andere. Wenn du Glück hast, wirst du derjenige sein, der die Geschichte erzählt: wie diese Augen gesehn haben, das Haar im Winde geweht hat; wie die Liebkosung gewesen ist, welche die Haut gespürt hat; wie weh die Knochen getan haben.«

»Wie es um das menschliche Herz bestellt ist«, hat er gesagt.
»Wie der Teufel rief, und wir nicht geantwortet haben.
Wie wir geantwortet haben.«

Als die Sonne sank und das Licht gerade noch ausreichte, da habe ich in meine Tasche gegriffen und die Fotografie meiner Mutter herausgeholt. Die aus der Zeit, als sie in Cody, Wyoming, lebte. Der *tybo*-Fotograf hatte sie herausgeputzt wie eine indianische Prinzessin – mit allen nur denkbaren Arten von Federn und Decken und Muscheln und Perlen.

Da war sie, Buffalo Sweets, von einem *Tybo* ausstaffiert zu dem, was sie doch schon war: eine Prinzessin, ein lächelndes junges Mädchen.

Die Sonne ging unter. Der Himmel hat die Farben noch festgehalten. Die Kerosin-Lampen unten in Excellent machten winzige Fenster ins Dunkel.

Nach allem, was meine Mutter mir über den Teufel erzählt hatte, hatte ich mich trotzdem von ihm fangen lassen.

Und weil er mich fing, hatte er auch meine Mutter gekriegt.

Sie war ohne mich fortgegangen. Dort, wohin sie ging, war in ihr wieder kein Platz für mich gewesen, und meine Mutter war allein fortgegangen.

Vom Winter nach Billy Blizzard, vom Winter, als ich im Fieber lag, ist mir die Erinnerung an das Rasseln meines Atems und das Klopfen des Herzens geblieben. Ich erinnere mich an Träume, bei denen ich gar nicht wußte, daß es Träume waren: Ich flog ganz hoch oben und anmutig, da gab es keinen Laut außer Windsausen und Blau, falls Bläue ein Laut war. Dann bin ich aus dem Traum aufgewacht, aus dieser anderen Welt, und lag draußen im Schuppen, oder schiß auf dem Außenabort Blut, und irgendwer hat sich um mich gekümmert: Thord Hurdlika, Fern Hurdlika, Ellen Finton, Gracie Hammer – einmal sind es Dumm Dave und Dumm Hund gewesen.

Ida hatte sich ebenfalls ins Bett gelegt und war, so erzählt man, auch weit hinüber gewesen in die andere Welt, genau wie ich. Drei Rippenbrüche und eine kollabierte Lunge.

Ich habe mich oft gefragt, wieso wir uns da nie begegnet sind, Ida und ich, weil wir beide doch auf dem Weg in die andere Welt gewesen waren. Ich hab Dellwood Barker einmal gefragt, wieso ich Ida nie über den Weg gelaufen wäre, und er sagte. »Hast du nach ihr gerufen?«

»Nö«, hab ich gesagt.

»Du hättest nur nach ihr rufen müssen«, sagte er. »Warum hast du es nicht getan?«

»Weiß nicht«, hab ich gesagt, meinte aber, daß ich damals nie Selbst genug war, um überhaupt was hinauszurufen, ich war doch bloß noch Schweben und Wind und Bläue gewesen.

Als ich Ida fragte, warum wir uns nicht in die Arme gelaufen wären, da hat sie mir einen ihrer berühmten Blicke zugeworfen.

»Hör auf, Unsinn zu reden«, hat sie gesagt. »Du hast Fieber gehabt. Dein Bewußtsein hat dir Tricks gespielt«, sagte sie. »Du hattest schlechte Karten, das ist alles«, hat sie gesagt. »Aber das ist nun alles vorbei. Denk einfach nicht mehr dran. Halt deine Versprechen, halt dich sauber und halt dich auf Trab.«

Dann erinnere ich mich noch an die Nacht, als ich in Zimmer II aufwachte, ganz allein, da war gar nichts mehr, nur dies fürchterliche laute Jagen meines Herzens. Der fliegende Atem. Ich bin aus dem Bett, in den Mantel, über den Flur, an dem rosigen Licht vorbei, das unten durch Idas Tür drang, durch die Haustür auf die Vorderveranda und vor Idas Fenster. Der Mond war irrsinnig hell, vollgepumpt mit Licht, so voll wie Hoden mit Blutandrang, wenn gleich kommt, was du willst. Nur Mond – und

Schnee. Und da saß sie, Ida Richilieu, in ihrem Lichtkreis, in eine Bettdecke gehüllt. Das Haar war gelöst, ein Korb mit schwarzen Locken auf dem Kopf. Sie hat geraucht und geschrieben, hat den Kiel ins Tintenfaß getaucht, die Feder zur Seite geführt und Worte auf das Papier niedergeschrieben.

Und ich draußen dachte, ich wär drinnen, in Idas rosigem Lichtkreis, neben Ida, die Wörter aufschrieb, die Menschengeschichte ihrer Wörter. Geheimnisse, die ich unbedingt wissen mußte. Geschichten, die ich unbedingt hören mußte.

Wie sich herausstellte, war das eine eigene Geschichte, wie ich dagestanden bin und Ida zugesehen hab – Kiebitz: Ich meinte, ich stünde da und schaute zu, aber was ich da tat, war gar nicht, was ich zu tun meinte. Was ich wirklich getan hab, war erfrieren.

Bin ein paar Tage später in Idas Bett aufgewacht, sie war über mich gebeugt, ihre Hand lag auf meiner Stirn. Meine Augen haben gar nicht glauben wollen, was sie sahen, und die Stirn hat mir gebrannt, weil sie sie berührte. Ich bin aufgesprungen und aus dem Zimmer, so schnell wie meine zwei Beine und meine zwei Füße mich trugen, und Ida hinter mir her, die Röcke ihres Kleides und die Unterröcke rasselten wie mein Atem, der immer schneller ging.

»Wie ein Huhn, dem der Kopf abgehackt ist«, erzählte Ida, »Amok ist er gelaufen, durch die ganze Stadt.«

Die Geschichte von diesem Tag mit ihrem Jagen hinter mir her hat Ida oft erzählt. Und wenn sie die Geschichte wieder erzählt hat, bin ich jedesmal schneller gerannt. Und jedesmal ist mindestens noch eine Hure mehr hinter mir her gelaufen. War fast so beliebt, die Geschichte, wie ihre Geschichte von der gefiederten Boa. Hab beide Geschichten so viele Male gehört, daß ich sogar angefangen hab, sie zu glauben.

Idas Geschichte geht so: In Chinatown hat mich dann der Cowboy mit dem krummen Schwanz mit seinem Lasso eingefangen.

Dann hat Ida mit den andern Huren mich wieder in Idas Bett gebracht, und Doc Heyburn hat mir was gespritzt, damit ich ruhig wurde. Als ich ruhig geworden war, hab ich die Augen aufgemacht und Ida in die Augen geschaut und gesagt, und hab meine Mutter gemeint: »Sie war die Seele von allem.«

Es heißt, daß Ida zum erstenmal in ihrem Leben geweint hat.

Es heißt auch, das sei überhaupt das erste Mal gewesen, daß ich gesprochen hab.

Es hatten alle gedacht, ich sei einer von den Menschen, die gar nicht sprechen können: weder indianisch noch *tybo*.

Das heißt, alle außer meiner Mutter.

Ich nehme an, daß ich zu meiner Mutter gesprochen habe. Vielleicht auch nicht. Danach bin ich aber aus Zimmer 11 ausgezogen und hab fest im Schuppen gewohnt.

»Ein Mann braucht seinen eigenen Raum«, hat Ida gesagt.

In dem Schuppen hat schon ein Bett gestanden. Ida hat mir für den Fußboden einen kleinen Flecht-Teppich gekauft und hat einen Unterrock von sich über einen Besenstiel gehängt, als Vorhang fürs Fenster. Sie hat mir auch eine Kerosin-Lampe geschenkt und einen Spiegel.

Ich hab die Fotografie von meiner Mutter aus Cody, Wyoming, hinter den Spiegel gesteckt. Ich hab den Spiegel jeden Tag herumgedreht und meine Mutter angeschaut.

Der Ofen im Schuppen war ein ziemlich guter Ofen, aber die Wände hatten Risse, durch die hat es gezogen. Ich hab Papier und alte Tücher in die Risse gestopft.

Dauerte nicht lang, bis in Idas Haus alles wieder so wurde wie früher – mit meiner täglichen Arbeit im Haus und mit Kiebitz-spielen.

Ida wurde allmählich wieder ganz die alte, zog sich für die Tageszeit ein gutes Kleid an und hat alles saubergeschrubbt, was zu sehen war. Hat mich sogar wieder mit ihren angemalten Lippen angebrüllt: *He du da, komm her, Jung.*

Eine Sache, die sich geändert hat, war die, daß ich mehr arbeiten mußte, weil ich älter war.

Eine andere Veränderung war die, daß Ellen Finton und Gracie Hammer Idas Haus verlassen hatten und aus Excellent weggezogen waren, weil sie Angst hatten, daß Billy Blizzard gar nicht tot war und wiederkommen würde.

Und da gab es noch etwas, das anders geworden war: Wenn mir der Mond angst machte, durfte ich bei Ida in dem großen Federbett schlafen. Aber nur, wenn ich mich vorher tüchtig wusch.

Was auch noch anders war: Weil Ida jetzt wußte, daß ich sprechen kann, hat sie angefangen, mir zu zeigen, wie man Wörter liest und Wörter schreibt und Wörter buchstabiert. *Tybo*-Wörter. An jedem Werktag nach ein Uhr mittags und vor ihrem Bad um drei hat Ida Richilieu sich mit einem von ihren vier Büchern mit mir in ihrem Zimmer hingesetzt.

Als sie mit dem Unterricht anfing, hat sie mir vorgelesen. Dann haben wir zusammen gelesen. Am Ende habe ich ihr dann vorgelesen. Hab bloß zwei Jahre gebraucht, um lesen und schreiben und buchstabieren zu lernen.

Hatte ein gutes Köpfchen zwischen den Schultern.

Die Bücher, die wir gelesen haben, die hießen: *Paul Bunyan und sein blauer Ochse*, *Katholische Märtyrer*, *Sünder in der Hand eines zornigen Gottes* und *Stütz dich auf mich* – meist haben wir aber nur das Paul-Bunyan-Buch gelesen und *Stütz dich auf mich*.

Wenn wir im Buch über die katholischen Heiligen lasen, hat Ida gesagt, ich sollte bloß auf die Wörter achten – und nicht auf das, was sie sagten. In dem Buch haben mir hauptsächlich die Bilder gefallen, Bilder von Menschen mit einem Kreis aus Licht um den Kopf, die mit Tieren sprachen und mit Pfeilen getötet wurden und mit dem Kopf nach unten an Bäumen aufgehängt wurden.

Das Buch über die Sünder und den zornigen Gott haben wir hauptsächlich deshalb gelesen, weil manche nützliche Wörter darin standen. Außerdem hat Ida gemeint, es wäre besser, wenn ich weiß, daß Menschen tatsächlich so denken.

»Dann weißte, womitst'es zu tun hast«, sagte Ida.

Stütz dich auf mich waren Gedichte und kein gewöhnliches *tybo*-Englisch.

»Die malen ein Bild, statt daß sie eine Geschichte erzählen«, hat mir Ida erklärt.

Die Bilder, die *Stütz dich auf mich* malte, waren einsame Männer und Frauen oben in den Bergen, wenn ihre Geschichte menschlich sexuell mit ihnen durchgeht.

Dies Buch ist mein Lieblingsbuch gewesen.

Als ich Lesen und Schreiben konnte, hat Ida mit der Lektion am Nachmittag aufgehört. Sagte, nun sei ich selbständig und wenn ich weitermachen wollte, so sei das meine Sache. Das Buchstabieren haben wir aber zusammen weitergemacht.

Kam so, daß sie mir bei Tag und bei Nacht Worte zugerufen hat, durchs Zimmer, über den Hof, durch die Stadt.

»Rendezvous!« hat sie gebrüllt.

»Kandelaber!« hat sie gebrüllt.

»Rhinozeros!« hat sie gebrüllt.

So war sie eben.

Jetzt, da ich älter war, elf oder zwölf, bekam ich auch die neue Pflicht, Ida beim Bad zu helfen, so wie es meine Mutter bis zu ihrem Tod getan hatte. Da bin ich nach unten zum Badehaus gegangen, nachmittags – gewöhnlich gleich nach dem Lesen und Schreiben mit Ida – und hab ihren schönen Kupfereimer in den Hot Creek getaucht und den Eimer die Hintertreppe hochgetragen und das Wasser in die Kupferwanne in Idas Zimmer ausgegossen. Nach dem vierten Gang mit dem Kupfereimer hab ich einige Zweige Thymian und Rosmarin genommen, die Ida auf der Anrichte aufbewahrte und ins Wasser gelegt. Manchmal hat sie den Schaum gewünscht, der aus der braunen Flasche kam, die auf dem Fenstersims stand. Ich habe ihr die Seifen und die Crèmes auf die Ecke der Frisierkommode hingelegt. Und dann noch die nötigen Handtücher geholt.

Die Wanne stand gleich neben der Frisierkommode, eigentlich hat die Wanne mehr wie ein Stuhl ausgesehen, der aus einem Eimer gemacht worden war. Beim Baden saß Ida dann im Eimerteil des Stuhls im Wasser und hat sich am Stuhlrücken angelehnt.

Ida hat ihr gutes Kleid und die Unterröcke und Höschen und Korsett und Untersachen ausgezogen. Manchmal hat sie ihre Untersachen ausgewaschen und dann auf die Leine am Fenster der Südseite des Zimmers gehängt.

Ida hat immer nackt dagesessen auf dem Stuhl vor der Frisierkommode, der solche Spiegel hatte, die ganz umliefen. An schönen Tagen schien die Sonne herein und hat Ida Fenster auf den Körper gemalt. Sie hatte eine ganz weiße Haut – so weiß wie Laken, wenn sie auf der Wäscheleine hängen. Wenn es bewölkt war oder regnete, konntest du das Blaue von ihrem Blut durchschimmern sehn. Du konntest sehen, wie kalt es ihr werden konnte. Im Winter, wenn es dunkel war, hat sie die Lampe angezündet und den Vorhang vorgezogen, dann bekam ihre Haut von der Flamme diese Rosenfarbe.

Ich hab immer einen Vorwand gefunden, um an die Frisierkommode und in ihre Nähe zu kommen – eine Bürste hinlegen oder ein Handtuch hinbringen, irgendwas. Es schien sie nie zu stören, daß ich ihr so nahe kam. Ida hat mich während der Zeit ihres Bades überhaupt nicht beachtet. Was sie anging, so hätte ich genausogut gar nicht im Zimmer sein können. Ich will nicht sagen, daß Ida Richilieu mir gegenüber gemein war. Ida war einfach nur so. Obwohl, ich denk mir, daß wahrscheinlich die meisten Frauen so sind. Manchmal ist in ihnen für dich kein Platz, dann wollen sie allein sein.

Ida hat diese Zeit für sich und zum Rauchen vor dem Spiegel gebraucht, zwischen Tagesarbeit und Nachtarbeit. Fand es nötig,

74

sich im Spiegel zu betrachten. Hat das gebraucht – an ihrem Glas Whiskey zu nippen und sich dabei im Spiegel zuzuschaun. Manchmal hat Ida vor ihrem Spiegel gesessen und was sie aus dem Spiegel anblickten, das war der Alkohol, das waren die Zigaretten und das harte Gesicht einer alten Frau. Manchmal zeigte das Bild, das zurückgeworfen wurde, die verdammt dünnen Arme und knochigen Beine eines störrischen kleinen Mädchens. Ida Richilieu war aber keine alte Frau, und war auch kein kleines Mädchen. Du mußtest nur warten, bis sie die Arme hob, um das Haar nach hinten zu streichen – das war der richtige Augenblick, um es zu erkennen. Sie war eine Frau – mit dem Vollgeruch von Schwefelquallen oder von Erdstellen mit tiefem Mutterboden. Die Armbiegung hin zu den schwarzen Haaren in ihren Achselhöhlen, bis an ihre Brüste hat mich immer ganz schwach gemacht. Ihre dunklen, runden, großen Nippel sind mir ans Herz gegangen, wie auch das schwarze Haar an ihrer Frauenhöhle – es ist mir zu Herzen gegangen, wenn ich es sah, wenn ich sie roch.

Und noch etwas. Diese Stellen an Ida – Nippel, Frauenhöhle, Arsch, Achselhöhlen – schienen irgendwie nie ein Teil von ihr. Wirkten eher wie eine Montur – ein Korsett, in das sie hineinstieg und das sie sich umschnürte, wenn sie abends zur Arbeit ging. Tagsüber war sie die echte Ida – beim Waschen, Schrubben, Saubermachen, Ida die weiße und korrekte, die ihr Geschäft führte, Anweisungen schrie, damit etwas getan wurde. Am Nachmittag ist Ida dann in ihr Geschlecht gestiegen, in diese Stücke von ihr und hat sie angeschnallt, genauso wie Thord Hurdlika sich die Vaseline-Handschuhe übergestreift hat – beide, Thord und Ida, die bei der Arbeit so hart waren, versuchten, sich etwas Weiches zu erhalten.

Ich hab zugeschaut, wenn Ida sich nach dem Bad das Gesicht schminkte. Da hat sie sogar im Sommer die Lampe hochgeschraubt und sich Puder aufs Gesicht gelegt und Farbe um die

Augen – blau oder purpur – und hatte am Ende auch rote Lippen.

Die Kleider, die sie abends trug, hat sie *Arbeitskleidung* genannt. Die haben alle geglänzt; aber eines war weiß, eins rot und eins blau. Jedes hatte eine Geschichte. Jedes ein Geheimnis.

Ida hat mir das Geheimnis von jedem Kleid erzählt und, wie schon erwähnt, für Ida war ein Geheimnis eine Sache, mit der du nicht leichtfertig umgingst.

Bevor Ida in den Schrank griff, ist sie immer auf den Flur hinaus und hat nach unten gesehen zur Bar und geschaut, was für Männer da waren, um zu sehen, wie das Geschäft lief und was für ein Kleid sie anziehen mußte. Das weiße Kleid hat sie getragen, wenn sich eine Menge junger Männer in der Bar aufhielten.

»Junge Grünschnäbel auf Brautsuche«, hat Ida gesagt.

Dann hat sie das weiße Kleid angezogen, das Haar heruntergelassen und angefangen, die jungfräuliche Braut zu spielen, und ist die Treppe nach unten gegangen, indem sie das Kleid hochgehoben hat. Alle Augen im Raum haben auf ihren Knöcheln gelegen.

Junge Grünschnäbel von Kerls hatten keine Chance.

Das weiße Kleid war das Kleid, in dem sie Vinitio Luchese geheiratet hatte.

»Leicht abgeändert«, hat Ida gesagt.

Es war glänzend und glatt, wie Mondlicht auf stillem Wasser.

»Seide«, erklärte Ida. »Reine Seide.«

Bei diesem Kleid war das Geheimnis: Sie war gar keine Jungfrau gewesen, als sie es das erstemal trug.

Das weiße war das längste. Reichte bis auf den Boden, bedeckte sogar ihre Schuhe. Das ist auch der Grund, warum sie es vorn hochhalten mußte, wenn sie die Treppe hinunterkam, aber Ida hat das gern getan – so die Treppe hinunterzusteigen in die Bar, für ihr *Debüt*, wie sie das nannte.

Doch von ihren Brüsten hat das weiße Kleid nicht viel enthüllt.

»Schließlich hab ich in dem Kleid geheiratet«, sagte sie. »Der große runde Ausschnitt, der war so, den habe ich gelassen, nur die Spitzen und das Brimborium und die Schärpe, das habe ich abgenommen und die Tornüre weggetan.«

»Entrümpelt habe ich's«, wie Ida sich ausdrückte. »Bei der Arbeit darf ein Mädchen nicht behindert werden. Muß sich frei bewegen können, so frei wie nur möglich.«

Wenn sie das weiße Kleid trug, ließ sie das Haar lose fallen, fast ganz ohne Kämme, wie eine Braut.

Das weiße war mein Lieblingskleid. Ihr schwarzes Haar und die Haut so weiß und die lebensvollen roten Lippen – all das gefiel mir mit dem weißen Kleid zusammen am meisten.

Das rote Kleid war glänzend, weil es aus Samt und mit Perlen besetzt war. Dieses Kleid hat kaum die Nippel bedeckt, hat die Titten nach oben gedrückt, so daß es aussah, als ob sie fast bis unters Kinn wüchsen. Der Rockteil des Kleides ging beinah bis an die Knöchel. Zum roten Kleid hat sie die roten Slipper getragen, die nannte sie *Ballerinen*, und das Haar war mit Kämmen hochgesteckt, und die langen Ohrringe – *Bergkristalle* –, hatte sie von Franz Bieberkopf geschenkt bekommen, einem Verehrer mit einem dünnen Penis, aus Deutschland.

»P...E...N...I...S«, buchstabierte Ida, »ist deutsch für Schwanz.«

Zum roten Kleid gehörte als Geheimnis, daß sie drunter nie Unterwäsche anhatte. Das rote Kleid hat sie nur dann angezogen, wenn sie geschaut hatte und die Bar voll geiler Männer war, die einen Fick wollten.

Hättet Ida sehen sollen, wenn sie in diesem Kleid die Treppe herunterkam. War mein Lieblingskleid. Ida in dem roten Kleid, mit roten Lippen, in ihren Ballerinen, mit ihren Bergkristallen, die Brüste hoch – das gefiel mir am besten.

Das blaue machte beim Laufen ein Geräusch.

Das *Tafettakleid* hat Ida es genannt. Das blaue Kleid hat sie nur getragen, wenn sie sich hat verlieben wollen. Gewöhnlich einmal im Monat. Wenn sie den Eisprung hatte.

»Möcht' mich immer verlieben, wenn ich Eisprung habe«, sagte Ida.

In der Nacht, als Ida sich in Billy Blizzard verliebte, hat sie das blaue Kleid angehabt. Hat es getragen an dem Abend, als Alma Hatch in die Stadt kam. Trug es, damals, als sie auf die Bar geschaut und Dellwood Barker erspäht hat.

Sie hat sich dazu blaue Schleifen ins Haar gesteckt und sich eine Perlenschnur und die blaue gefiederte Boa umgehängt. Ida in diesem Aufzug auf der Treppe nach unten – war das ein Anblick! Dann war ihre Haut wie der Mond, wenn du mitten am Tag im Himmelsblau Mond siehst.

Das blaue war mein Lieblingskleid.

Ehrlich, das blaue war wirklich mein liebstes.

Als ich zum letztenmal in Idas Bett schlief, hatte ich keine Ahnung, daß es das letztemal sein würde.

Ich nahm ein schönes langes Bad und säuberte den Dreck unter den Fingernägeln und wusch mich tüchtig hinter den Ohren. Ging hoch zu Idas Fenster und stand draußen davor und beobachtete sie in ihrem rosenfarbigen Zimmer im Lichtkreis beim Schreiben. Dauerte nicht lang, und sie hat mich gesehen und mir gewinkt, ich sollte hereinkommen. Ich bin ums Haus herumgegangen und durch die Hintertür, in den Flur, über den geblümten Teppich bis vor Idas Tür und hab angeklopft. Sie hatte das weiße Nachthemd schon ausgelegt, das hat schön gerochen und wartete schon auf mich. Sie schaute mir unter die Fingernägel und hinter die Ohren. Wir haben nicht viel gesprochen. Taten wir nie. Ich bin hinter Idas Schirm ins Nachthemd gewechselt und in ihr großes, weiches, kaltes Federbett gesprungen, das sich anfühlte wie Wolken – so hab ich's mir immer gedacht –, und meinen Körper einsinken lassen. Sie hat mich zugedeckt. Das Zimmer hatte diese seltsame, dunstige Atmosphäre, die kam von der Kerosin-Lampe und von Idas Tabak und der anderen Art von Rauch. Es roch nach Seife und sauberen Sachen und Tabak und Kerosin und ihr. Ida ging wieder schreiben, und ich bin eingeschlafen. Hab geträumt, vom Fliegen, von weißen Wolken, vom Schweben.

Als Ida ins Bett kam, bin ich aufgewacht, hab aber getan, wie wenn ich schlief. Hab mich nicht gerührt, bis tausend gezählt, obwohl ich nicht so weit zählen konnte. Trotzdem, hab immer gewußt, wann's soweit war, genau bei eintausend hab ich mich immer umgedreht und an sie geschmiegt.

Ich bin wieder fliegen. Wachte auf, als Ida aus dem Bett sprang. Zündete die Kerosin-Lampe an und hob die Bettdecken.

Dann hat sie mein Nachthemd gelüftet.

Ida hat mir ein Weilchen unters Nachthemd geschaut und dann gesagt: »Sieh dir mal die Größe von dem da an, ja?«

Mit dem Schlafen bei Ida war es vorbei.

Sie hat diese Geschichte fast so häufig erzählt wie die Geschichte von der gefiederten Boa und die Geschichte von den Huren, die durch ganz Excellent hinter mir herjagten.

»Hab noch nie schlafen können, wenn's im selben Zimmer einen Steifen gab«, hat sie immer gesagt. Und dann: »Als ich das Nachthemd von dem Jungen hob – da war mir alles klar. Hat ein doppeltes Maultiergespann gebraucht, um das Ding wegzuschaffen.« Dann hat sie gelacht und gehustet und nach dem Husten weitergelacht.

Jedesmal, wenn Ida die Geschichte erzählte, wurde mein Schwanz größer. So wie sie die Geschichte erzählte, muß mein Schwanz größer gewesen sein als der von einem Grislybären. Größer als der von Paul Bunyan. Größer als der von seinem Ochsen. So groß wie der Staat Idaho.

So hab ich meinen anderen Namen bekommen, den Namen, über den wir alle gelacht haben – Ida Richilieu, Alma Hatch, Dellwood Barker und ich: Raus-aus-den-Hosen. Den Namen hat Dellwood Barker erfunden. Wann einer von uns diesen Namen gebraucht hat, haben wir gelacht – die andern zuerst, dann auch ich. Ich konnte nicht anders. Ganz gleich wie mir zumute war, am Ende hab ich selber lachen müssen.

»Mächtig-raus-aus-der-Hose«, hat Dellwood Barker gern gesagt. Dann fingen wir an zu lachen. Haben uns den Kopf vom Hals gelacht.

Ich habe sie alle ja so liebgehabt.

Im Sommer nach dem Frühjahr, als ich meine Mutter tot auf Nicht-wirklich-ein-Berg gefunden hatte, und nicht lang nachdem ich mit meinem Steifen Ida geweckt hatte – es war etwa Mitte August –, hat Ida beschlossen, es sei an der Zeit, daß ich meinen ersten Kunden bekäme.

»Kommt in die Blüte«, sagte Ida. »Geil wie'n Bergziegenbock mit zwei Schwänzen.«

Weil ich nach der gefiederten Boa gegriffen hatte, weil ich einen großen Schwanz hatte, weil mein Arsch nicht mehr jungfräulich war – deshalb, hat Ida gemeint, bräuchte ich natürlich sexuelle Befriedigung, und zwar eine ganze Menge, wegen der einen Hälfte von mir, nämlich der *indianischen*, die laut Ida Richilieu und soweit es meine Geschichte menschlich sexuell betrifft, zwei Dinge bedeutet: edel und wild.

Ida hat sich auch gedacht: Weil ich früher oder später auf die eine oder andere Art sowieso sexuelle Befriedigung bekommen würde, könnten sie und ich – ganz besonders sie, diese Machulle – damit doch auch ein bißchen Geld machen.

»B...E...F...R...I...E...D...I...G...U...N...G«, buchstabierte Ida. »Bedeutet, daß man kriegt, was man will.«

Eines Nachmittags, vor dem Bad, hat Ida mir gesagt, daß ich abends im Schuppen einen Kunden haben würde, und ich sollte ganz besonders nett zu ihm sein, weil er seit vielen Jahren bei ihr ein guter Kunde war. Und weil dieser Mann an mir ein sexuelles Interesse zeigte, hatte Ida sich verpflichtet gefühlt, ihm meine Dienste zuzusagen; und sie erwartete, daß ich gute Arbeit leistete.

»Ficken ist die leichteste Sache von der Welt«, sagte Ida. »So leicht, wie von einem Baumstamm runterzufallen.«

Da hat sie plötzlich abgebrochen und mich nur angesehen.

»Du hast nicht gefickt, noch nicht, oder?«

»Mit Billy Blizzard«, sagte ich. »Fallste's vergessen hast.«

»Habichnich«, sagte Ida. »Manche Dinge bleiben am besten unerwähnt«, sagte sie. »Davon will ich einfach nichts hören.«

»Nein, ich hab nich' gefickt«, sagte ich.

»Gut!« sagte sie. »Es wird dir gefallen. Mußt aber immer an eins denken: Auch wennste mal keinen großen Spaß dabei hast, mußte trotzdem so tun, als ob. Alles andere kommt von selbst.

Noch eins: Du mußt immer sauber sein – außer er will, daß du schmutzig bist. Wer seinen Schwanz wem reinsteckt, das ist deine Sache. Damit, wem sein Schwanz wo hinkommt, will ich nichts zu tun haben.

Das Geld gibt der Kunde *mir*«, sagte Ida. »Zum Anfang kriegst du dafür von mir einen Dollar pro Kunden – nur werd ich dir den Dollar nicht einfach so geben – ich verwahr ihn an einem sicheren Ort auf, bis du alt genug bist, um dich um deine Finanzen zu kümmern.

Dein erster Kunde wird heut abend um acht draußen im Schuppen sein. Er heißt Stoney, und er wird besoffen sein. Wird wahrscheinlich 'ne Flasche mitbringen und dir anbieten. Das ist dir aber verboten, hörst du? Whiskey und Rauchen kommt für dich nicht in Frage, bis du dafür alt genug bist. Verstanden?«

An den Nachmittag vor meinem ersten Kunden kann ich mich

erinnern, wie wenn's gestern gewesen wär. Die Welt war unverändert, sie sah aber ganz anders aus. Konnte den Finger nicht drauflegen, wie das anging, daß Dinge unverändert und zur gleichen Zeit doch ganz anders sein konnten. War ein strahlend sonniger Tag, beim Gehen wirbelte Staub an den Füßen hoch, alles schwitzte. Die Bäume schwitzten, die Felsen, selbst im Schatten war's heiß. In der Bar haben die Fenster alle offengestanden, Ida hatte den Holzfußboden schon zweimal besprengt, es roch feucht.

Ich verbrachte ziemlich viel Zeit im Badehaus, schrubbte mich, reinigte die Fingernägel, wusch mich hinter den Ohren. Räumte im Schuppen auf. Holte die letzten gelben Gänseblümchen, die am Hot Creek wuchsen, ganz in der Nähe, wo Chinatown anfängt, und stellte sie in einem Krug auf den Tisch am Fenster.

Besuchte Dr. Ah Fong und fragte, ob er etwas hätte, was für einen Mann gut röche. Er schlurfte ins Hinterzimmer und kam mit einer Flasche von irgendso'm Zeug zurück, angeblich war das aus Stiereiern gemacht worden.

So wie Dr. Ah Fong *tybo* sprach, hab ich lange nicht verstanden, daß er versuchte, ›Stier-Eier‹ auszusprechen.

Deshalb hat Dr. Ah Fong mir dann zeigen wollen, was er meinte. Er hat beide Hände an den Kopf gelegt, damit sie wie Hörner aussahen. Er hat Stierlaute gemacht, geschnaubt, gemuht, alles. Dann hat er eine Hand um seine eigenen Eier gewölbt, während er weiter Stierlaute machte.

Das hat uns beide fürchterlich zum Lachen gebracht, und er sagte, weil ich ihn so zum Lachen gebracht hätte, gäbe er mir die Flasche mit diesem Zeug aus Stiereiern frei und umsonst.

»Flei«, hat Dr. Ah Fong gesagt.

Als ich mit der Flasche nach Hause kam, hab ich an dem Zeug gerochen, und – oh diese Menschheit! Da gab es nichts, mit so einem Zeug würd ich mich doch nicht einreiben!

Für den Rest des Nachmittags hatte ich Kiebitz spielen wollen, fand aber nichts, was mich interessierte. Wenn ich auf die Uhr in der Bar schaute, hatte sich jedesmal nur der große Zeiger bewegt – und gar nicht viel. Ich war hungrig, aber dann war ich überhaupt nicht hungrig. Wußte nicht, ob ich viel essen sollte oder gar nichts. Am Ende hab ich nichts gegessen. Hab Ida ein bißchen Tabak gestohlen und den ganzen Tag über geraucht. Bin davon fast krank geworden.

Als es an diesem Abend acht wurde, hab ich auf meinem Bett gesessen. Tat so, wie wenn ich auf meinem Bett säße. Saß aber nicht. War drauf und dran abzuschwirren wie ein furzender Stier vor Schmeißfliegen am Hintern. Dann habe ich es an der Tür klopfen gehört.

Stoney war ein hagerer alter Kerl. Ich hatte ihn mit den Jahren ein paarmal in Idas Haus und in Excellent kommen und gehen gesehen. Er hatte sich fein herausgeputzt, mit ein paar sauberen Hosen, die Stiefel glänzten, sein rotes Unterzeug war an den Ärmeln hochgerollt. Roch nach Stiereiern.

Ida hatte recht gehabt. Er war stockbesoffen. Seine blauen Augen wurden mit jedem Schluck blauer. Er nahm einen großen Schluck und wischte sich den Schnurrbart und bot mir zu trinken an, und ich lehnte ab. Wir haben lange so da gestanden und uns angesehen, bevor ich ihn hereinbat. Schließlich hab ich meinen Mund in Bewegung gesetzt, und hab gesagt: »Komm rein, Stoney.«

Er kam rein, und ich hab die Tür hinter ihm zugemacht.

»Blumen sin' hüppsch«, sagte Stoney.

So haben wir noch eine ganze Weile herumgeschaut und geschaut – er nahm einen Schluck und wischte sich den Schnurrbart und danach die blauen Augen. Ich wußte nicht, was ich sonst machen sollte, deshalb bin ich auf ihn zugetreten und habe die Arme um ihn gelegt. Den ersten Schritt tun und den andern anfassen – das machte die Sache einfach leichter.

Zum erstenmal einen Mann berühren – das war warmer Wind,

der Frühling ins Blockhüttenfieber brachte. Mit so einer Umarmung, mit so einem Sich-Ausstrecken wird es überflüssig, daß deine Muskeln dich in deinem Innern zurückhalten, du kannst dich entspannen, du kannst dich anlehnen, richtig anlehnen.

Stoneys Schwanz war steif und blieb steif, aber nicht für lang; weil er das erstemal schnell kam und danach überhaupt nicht wieder steif wurde. Sagte, müßte zwischendurch essen und was schlafen. Ich hab ihm gesagt, wenn er wollte, könnt ich ihm ein Stück Rindfleisch braten. Das wollte er aber nicht. Sagte, er wollte es nicht unterbrechen, womit er meinte: daß wir lagen, er gleich neben mir.

Er hat mir den Kopf auf meine Brust gelegt, mit Blick nach unten, mit seinem Ohr an meinem Herzen, und hat gehorcht. Sagte, etwas Schöneres könnte man gar nicht hören. Schöneres gar nicht sehen.

Stoney hat seine Hand um meinen Schwanz gelegt.

»Herrje, Jung, hast ein ganzes Leben Ficken vor dir«, sagte er. »Weiß nicht, ob du mir leid tun sollst, oder ob ich bloß neidisch bin.«

Und bei den nächsten Worten hat er gezittert.

»Schieb ihn rein«, hat er gesagt und sein Bein hochgehoben und mir gezeigt, wo.

Da hab ich ihn also hineingeschoben.

War so leicht, wie wenn man vom Baum fällt.

Mußte gar nicht so tun, wie wenn es mir Spaß machte. Hat mir Spaß gemacht.

Ida Richilieu hat am nächsten Morgen alles getan, um bloß keine Neugier zu zeigen. Den ganzen Tag lang hat sie versucht, keine Neugier zu zeigen. Am Abend hat sie Steak und Erbsen gekocht, und das war etwas, das Ida wirklich nicht oft tat – Kochen. Brüllte mir zu, ich sollt essen kommen. Ich wußte gar nicht, ob ich richtig gehört hatte und bin in die Küche gelaufen, aber richtig – da waren auf dem Tisch zwei Teller, und auf jedem Teller ein Steak. Und auch zwei Schüsseln, beide voll mit Erbsen. Und Whiskey gab es auch. Wir haben gegessen, und ich hab kein Wort gesagt, und sie auch nicht. Ida tat furchtbar beleidigt, so wie sie immer tat, wenn sie etwas aus dir herausholen wollte – dann erweckte sie immer den Eindruck, als ob es deine Schuld wäre, daß sie beleidigt war, damit du ihr sagtest, was sie wissen wollte. Schließlich ist sie geplatzt:

»Hat die Katze dir die Zunge gestohlen?« sagte sie. »Ist das der Dank für alles, was ich für dich getan habe? Vergiß nicht – du verdankst es mir, daß du einen um einen Dollar reicher bist, junger Mann!«

Ich hab mein letztes Stück Steak gegessen und die Erbsen in den Hals geschüttet, bevor ich was sagte. Hab meinen Beinen und Füßen befohlen, sich fertigzumachen zum Laufen. Und dann hab ich gesagt:

»Es gibt Dinge, die sind persönlich, über die sagt man am besten nichts«, sagte ich. »Ein Mann hat seinen Stolz, weißt du.«

Ida suchte nach etwas, womit sie nach mir werfen könnte.

»So bin ich eben«, hab ich gesagt. »Du kannst von mir nicht verlangen, daß ich mich ändere.«

Ich hab mich vor der Bratpfanne und der Erbsenschüssel weggeduckt und war auf halbem Weg zu den heißen Quellen, bevor ich Ida Richilieu nicht mehr schreien hören konnte.

Am nächsten Tag hat Ida es dann aber doch geschafft, daß ich mich hinsetzte. Sagte, es müßte sein, es wäre imperativ. Mit einem neuen Wort konnte sie mich immer fangen; und das hat sie gewußt.

»I...M...P...E...R...A...T...I...V«, hat Ida buchstabiert, »bedeutet: Tu's, oder sonst.«

Mit Worten hat Ida sich immer ausgekannt. Und mit Kommandieren noch besser. Worauf sie sich aber nicht gut verstand, war Erklären. Hat sie selber zugegeben. So etwas hat sie gehaßt.

Wenn sie etwas erklären mußte, tat sie jedesmal so, als ob's dein Fehler wäre, daß sie dir etwas zu erklären hatte.

Und genauso war's auch an dem Tag, als sie mir den Ärger erklären mußte, den ich in einer christlichen Gesellschaft wegen Geschlechtsverkehr mit Männern kriegen könnte. Sie mußte mir klarmachen, daß es besser wär, auf meinen Hintern aufzupassen, und wie ich das machen mußte.

»Du darfst dir *niemals* selbst einen Kunden suchen«, sagte Ida. »Oder auch nur so tun, als ob es dir Spaß machen würde. Auch dann nicht, *wenn's* dir Spaß macht.

Und wenn dein Indianer-Schwanz noch so wild und unbeherrscht wird – das Wichtigste ist Ausspähen, das kommt immer zuerst – *ich* spähe aus«, hat Ida gesagt. »Und nach dem Ausspähen bin ich es, ich, Ida Richilieu, und sonst niemand, die wegen des Kunden entscheidet, und über wann und wo.«

Das Wie, hat sie gesagt, überließe sie mir.

Ich habe Ida Richilieu danach hoch und heilig versprechen müssen, daß ich mich an folgende Regel halten würde: Ich besorgte das Ficken; ihre Sorge war, mir zu sagen, mit wem.

Ich hab's ihr versprochen.

Und so wollten Ida und ich es anstellen:

Wenn Ida selbst oder eins von Idas Mädchen einen Kunden hatte, der sich für mehr als das Übliche interessierte, oder wenn er das nicht aussprach, aber Ida es merkte, oder wenn der Kerl Mühe hatte, einen Steifen zu bekommen, dann wollte Ida nach mir schicken, damit ich ein paar Handtücher oder Seife oder eine Flasche Whiskey nach oben brächte. Manchmal sollte ich dem Kunden beim Bade helfen, wie es meine Mutter getan hatte. Den Bergarbeitern den Rücken zu schrubben – das war immer ein sicherer Weg gewesen, es herauszubekommen. Dazu ließ Ida mich die *Ausrüstung* tragen, wie sie es nannte, im Winter ein Filzhemd aus Wolle ohne Kragen und Filzhosen aus Wolle, die mit einem Zugband zusammengehalten wurden, ohne Unterwäsche, und Stiefel. Im Sommer einfach bloß Hemd und Hosen aus Baumwolle.

Wenn sich so ein Kerl in einem Zimmer befand, würde ich das Zimmer also just dann betreten, nachdem das Mädchen sich entschuldigt hatte, weil sie aufn Außenabort mußte. Und ich würde den Kerl dann etwa fragen:

»Sir, wissen Sie, wohin ich diese Handtücher legen soll?« Oder: »Sir, haben Sie eine Flasche Whiskey bestellt?«

Und danach würde ich am Zugband meiner Hose ziehen, damit er sehen könnte, wie ich da unten beschaffen war, oder ich würde mich bücken oder mich zufällig an ihm reiben.

Falls der Kerl interessiert wäre, würd ich mich dann von ihm packen lassen und würd so tun, wie wenn ich schockiert wäre, daß er so etwas tut.

Es war Idas Regel, daß Verkehr zwischen Männern nur draußen im Schuppen stattfinden durfte. Wenn dann also die Geschichte menschlich sexuell zu werden anfing, sollte ich immer abbrechen mit den Worten:

»Sir, Ihre Freundin kommt zurück!« Oder: »Da kommt Ida!«

Und würde daraufhin eine Zeit verabreden, wann er mich später im Schuppen besuchen sollte. Bis dahin würde sich Ida mit dem Kerl unterhalten und das Geld kassieren.

Ida war mit meiner Arbeit zufrieden. Das war deutlich zu erkennen, auch wenn sie es nie laut aussprechen würde.

Dann: »Was macht er eigentlich bloß da draußen?« sagte Ida. »Da könnte ich mich ja auch zur Ruhe setzen. Wir könnten uns alle zur Ruhe setzen. Ich könnt's Korsett an den Nagel hängen und einfach nur sein Buchhalter sein.«

Ich war auf dem besten Wege, ein reicher Mann zu werden – oder jedenfalls ein reicher Junge. Wurde so beliebt, daß Ida im Schuppen eine zweite Tür einbauen mußte. Da gab es dann also eine Tür für eintretende Kunden und eine für die Kunden, die weggingen.

Hab kein einziges Mal Probleme bekommen, weil, nehm ich an, ich das, was ich tat, gut gemacht habe und weil Ida den Männern das Versprechen abnahm, nie ein Wort zu sagen – in ihrem eigenen Interesse wie in meinem. Womit sie ihr eigenes gemeint hat.

Ihr wißt ja, wie Ida über Versprechen dachte. Diese Männer haben es auch gewußt.

✦

Im Frühjahr drauf hat sich so gut wie alles verändert. Fing damit an, daß Ida beim Frühjahrsputz durchdrehte. Und aus dem Frühjahrsputz hat sich das Anstreichen des Hotels ergeben.

Rosa.

Idas Haus wurde rosarot angestrichen.

Das ganze verflixte Hotel rosarot.

Und genau das hat Alma Hatch angelockt, da bin ich sicher – das viele Rosarot an Idas Hotel –, neben der Atmosphäre des Bergs, der sie gefangen hat, natürlich. Beides zusammen, da hätte Alma Hatch nichts in der Welt mehr fernhalten können.

Der Frühjahrsputz begann mit dem Aufreißen der Teppiche. Jeder einzelne Teppich ist nach außen gebracht worden, der in Idas Zimmer zuerst, dann die aus den andern. Die Teppiche haben eine Tonne gewogen und mußten über den Flur geschleift und die Treppe hinunter und durch die Bar und neben das Haus geschleppt und über die Leine gehängt werden.

War meine Sache, die Teppiche auszuklopfen. Mußte die Teppiche auch wieder zurück nach oben transportieren und legen – umgekehrt.

Die Teppiche sind im Frühling immer umgedreht worden.

Dann kam das Anstreichen der Decken und das Neutapezieren der Wände. Zuerst mußte ich die alten Tapeten abziehen – ohne die Unterfütterung von der Wand zu zerreißen; das hätte was gekostet. Dann Wasser und Mehl mischen, ganz genau, damit es nicht klumpte und auch nicht zu flüssig war. Danach das Anbringen der neuen Tapeten, ohne Knitter zu machen.

Ida Richilieu konnte Knitter in Tapeten nicht leiden.

Außerdem wollte sie alle Fenster geputzt haben. Auch an den Fenstern konnte Ida Richilieu keine Knitterstellen leiden. Ich hab den Hintern aus den Fenstern im ersten Stock gehängt, mit einer Hand hab ich mich am Fenstersims festgehalten, und mit der andern hab ich das Fensterglas blankgerieben, und dabei wären mir fast meine beiden Hände erfroren, weil es hier oben im Frühling manchmal so kalt ist wie im Winter.

Und alles ist doppelt so tüchtig gerieben und geputzt worden wie üblich. Sogar den Fußboden in der Bar hab ich geschrubbt. Ich schwöre: Auf dem Fußboden hat es Stellen gegeben, die waren so dünn geschrubbt wie die Tapete, die ich an die Wände geklebt hatte. Während eines Winters hatte nämlich ein Stinktier unter dem Fußboden gehaust. Hat unser Geschäft beinah ruiniert. Mußten Dumm Dave und Dumm Hund holen. Am Ende hat Dumm Hund das Stinktier verjagt. Die Ecke der Bar hat manchmal immer noch nach Stinktier gerochen.

Eine weitere Arbeit – der Bar-Spiegel. Ich habe gewischt und Ida ist an verschiedene Stellen gelaufen und hat von dort in den Spiegel geblickt, um zu sehen, ob's noch schmierige Flecken gab. Einen ganzen Tag lang hat's neue schmierige Flecken gegeben. Ida Richilieu mit ihren Schmierflecken und Knittern!

Die Gläser der Bar sind zusammen mit den Küchentellern und dem Silber besonders gründlich in kochendem Wasser gewaschen worden. Hab unter der Theke gefegt und geschrubbt. Hab die Küche gekehrt und geschrubbt. Das gleiche mit den hinteren Veranden und Hintertreppen.

Danach das Schild *Indian Head Hotel.* Ida befahl mir, es zu schrubben. Ich hab so tüchtig geschrubbt, daß der größte Teil Farbe runtergekommen ist. Als ich mit der Arbeit fertig war, hat auf dem Schild nur noch getanden: *Ind He Ho.*

Und daraufhin hat Ida beschlossen, das Haus anzustreichen. Nicht bloß das Schild; das ganze Gebäude. Wie ich euch schon erzählt habe, haben in Excellent nur drei Häuser gestanden, die angestrichen waren, und zwei davon gehörten den Mormonen.

Keins der drei war bisher je *neu*gestrichen worden.

Mit *keiner* Farbe.

Und rosarot schon gar nicht.

Ida Richilieu wollt's immer gern so, daß sie's war, die etwas zum allererstenmal machte.

Sie kaufte die rosa Farbe bei Stein's Mercantile, der sie in Boise City bestellen mußte. Hat über zwei Wochen gedauert, bis die Farbe bei uns ankam. Und als sie eintraf, da hat sich die ganze Stadt eingefunden, um zu sehen, wie sie von der Postkutsche ausgeladen wurde. Die ganze Stadt hat auch zugeschaut, als ich mit dem Anstreichen anfing. Ich hab die Arbeit gemacht. Ida hat die Anweisungen gegeben.

Als ich am ersten Tag die Dose mit Farbe aufgemacht habe, waren Thord Hurdlika da, Doc Heyburn und Dumm Dave und Dumm Hund und die Huren. Im ersten Moment hab ich schon gedacht, sie hätten uns die falsche Farbe geschickt. Die Farbe kam mir nämlich vor wie fleckige Scheiße.

»Du mußt sie umrühren!« befahl Ida.

Also hab ich sie umgerührt.

Ich schwöre: Vor meinen Augen hat diese Farbe sich verwandelt in Rosa. Sie ist so Rosa geworden, daß es rosa gerochen hat. Vom andern Ende der Pine Street kamen Leute gerannt, weil sie das Rosa gerochen hatten.

Hab mit der Hinterseite angefangen. Ida hat gemeint, hinten, wo's niemand sehen würde, könnt ich lernen und Fehler machen, und danach die Seitenwände anstreichen. Bis ich bei der Fassade ankäme, würd ich's richtig können.

Ich hab die Dose mit der rosaroten Farbe genommen und bin die Leiter hochgestiegen, und alle Augen der Stadt sind mir gefolgt. Als ich oben war, hab ich die Dose ganz ruhig gehalten und den Pinsel in die Farbe getunkt und eine Schneise aus Rosarot über die Rückseite von Idas Hotel gemalt.

Da ist manchen Zuschauern der Atem gestockt, und sie haben sich den Mund zugehalten. Kinder begannen zu weinen. Dumm Daves Dumm Hund fing an zu heulen.

Mormonen kamen angestürmt, wie wenn Rosa eine Sünde wäre.

Das hat Ida sehr gut gefallen.

Es ist dann so gekommen, daß ich Mai, Juni, Juli und einen Teil vom August damit verbracht hab, Sachen rosarot anzumalen – das heißt, wann immer ich nicht meinen regulären Aufgaben nachgehen mußte und keine Kunden draußen im Schuppen hatte.

Ist für mich kein leichter Sommer gewesen. Kam so weit, daß ich Rosarot wirklich für Teufelsfarbe hielt. Ich konnte machen, was ich wollte – es hat einfach nicht an den Wänden und im Eimer bleiben wollen, dies Rosa.

Rosa. War überall – die Erde rund um Idas Haus war rosa. Das Gras war rosa. Die Leiter war rosa. Fensterscheiben – die ich vorher mit so viel Mühe blankgeputzt hatte – waren rosa. Da war rosa Farbe auf Tellern und Messern und Gabeln und Löffeln. Rosa auf dem roten Wasserhahn und auf der Brunnenpumpe. Rosa Wasser oben bei den heißen Quellen. Rosa Klatscher auf Pferden – rosa Appaloosa-Pferde. Rosa unter den Fingernägeln – ich krieg's einfach nicht mehr weg. Hatte sogar ein paar rosa Schamhaare. Fragt mich nicht wie.

Später hat Ida gesagt: »Er hat bloß etwas anzufassen brauchen, schon war's rosa«, hat sie gesagt. »Du hast genau gewußt, wer als Kunde bei ihm gewesen war. Wenn er mit ihnen fertig war, hatten sie irgendwo am Körper rosa Flecke. Einmal hat sich ein Kerl sogar ein ganz neues falsches Gebiß kaufen müssen.«

»So ein rosa Lächeln hab ich nie wieder gesehn«, sagte Ida.

Als ich mit Anstreichen fertig war, das kann ich beschwören, ist Idas Hotel wirklich ein lohnender Anblick gewesen. Das schönste Gebäude in Excellent, Idaho. Wenn du über den Hügel gekommen bist, war Idas Haus das erste, was du von der Stadt gesehen hast. Es war gar nicht zu übersehen – ein großes, rosarotes geschindeltes zweistöckiges Hotel mit doppelten Veranden und dem neuen Schild oben mit der Schrift *Indian Head Hotel*.

Die Leute haben noch jahrelang über das Hotel geredet. Über das Rosa von diesem Hotel haben sie jahrelang geredet. Konnten gar nicht wieder aufhören, davon zu reden. War mehr eine Legende als eine Geschichte.

Idas Haus ist gerade erst drei Tage ganz rosa gewesen, da kam Alma Hatch hereinspaziert.

Bin nur überrascht, daß sie so lang gebraucht hat.

Es war spätsommerlich, fast schon Herbst. Pine Street war eine unnütze, staubige Straße; du konntest hingehen, wo du wolltest – es war heiß. Vor dem Postamt hing die amerikanische Flagge schlaff am Mast, einen Tag nach dem andern. Nicht mal ein Hauch von einer Brise. Zur Nachtzeit, wenn du geschlafen hast, falls du einschlafen konntest, hast du von Wind geträumt und von Regengüssen. Das einzig Kühle außer dem Fluß war die Weinflasche mit dem Korbgeflecht auf dem zweiten Regal im Küchenschrank. Wenn du den Korken herauszogst und das Trinkwasser in ein Glas gegossen hast und das Glas mit Wasser in der Hand gehalten hast, da hast du innerlich richtige Liebe gespürt für Wasser. Hätt gern die Sprache des Wassers gekonnt, nur um Dankeschön zu sagen beim Geräusch des Wassers, das ins Glas gegossen wurde, Dankeschön zum Wasser, das auf dem Tisch stand, damit du es trinken konntest, Dankeschön, weil es so flüssig war, für die Kühle auf deiner Haut. Aber dein Durst ist natürlich besonders dankbar gewesen.

Ich hab mich sooft und solange am Fluß aufgehalten wie möglich. Beim Nest droben war das Wasser über meinem Kopf noch da. Da hast du vom Granitfelsen springen können, flogst durch die heiße, trockene Luft und bist tief in das Wasser geklatscht, das auch jetzt noch zu kalt war. Hat dir selbst am heißesten Tag noch den Atem verschlagen.

An diesem einen Tag nun kam ich gerade vom Schwimmen zurück, war gerade am Lattenzaun der Mormonenkirche angekommen, als ich die Postkutsche anrollen sah. Die Sonne stand so hoch, daß ich blinzeln mußte. Dumm Dave öffnete die Stalltür und lief zur Kutsche, Dumm Hund hinter ihm her. Die Männer auf der Bank vor dem Frisörladen hatten ihre Hüte hochgeschoben und schauten hinüber. Als ich die Vorderveranda von Idas Haus erreichte, sah ich, wie Thord Hurdlika aufstand. Er schritt zur Pferdetränke, näßte ein rotes Halstuch, wrang es aus und band sich das Halstuch um den Kopf. Alle Fenster in Idas Haus haben offengestanden, auf der Wäscheleine hingen Idas weiße Bettlaken. Du hast die Seife riechen können. Was du noch riechen konntest, das war der feuchte Fußboden und so was wie kochendes Kiefernharz – schwitzende Körper – die Bar war voller Männer.

Ida stand hinter der Theke und trocknete Bargläser ab. Ich bin gleich zu ihr und hab geholfen. Keiner hat etwas gesagt, sie nicht, ich nicht. Ich bin in die Hocke, hab die Gläser unter der Theke weggestellt – in dem Augenblick ist Alma Hatch eingetreten.

Ich habe sie nicht wirklich hereinkommen sehen, es ist nur fast unmöglich zu glauben, daß es mal eine Zeit gegeben haben soll, wann ich Alma nicht kannte und nicht gewußt hab, wie sie aussah. Wenn ich deshalb an diesen ersten Tag zurückdenke, an diesen Augenblick, als ich unten hinter der Theke versteckt war und Alma überhaupt nicht sehen konnte und bloß ihre Stimme gehört hab, dann seh ich Alma Hatch vor mir, ich seh ihr langes

Haar, das aus dem Gesicht gestrichen und unterm Hut aufgetürmt war, ich seh ihre dunklen Brauen, so dicht wie bei Männern, und darunter die Augen braun wie Erde.

»Alma Hatch ist bei uns hereingeschwebt«, hat Ida immer
gesagt, »und sie war so schön – so was hatt'ste noch nie gesehen.«

Solche Gefühle hat Ida Richilieu sich damals natürlich nicht
anmerken lassen. Manche Dinge spricht man besser nicht aus.
Sie hat nicht einmal den Kopf gehoben, als Alma Hatch reinspa-
ziert ist, nicht mal bei Alma, trotz Almas Art zu gehen – so wie
Hummeln fliegen, direkt zum Zucker.

Als sie die Theke erreichte, wo wir uns befanden, hat sie
gesagt: »Mein Name ist Alma Hatch.«

So wie ich Ida kenne, hatte Ida Alma Hatch wahrscheinlich
schon durchgemustert, als die Postkutsche noch fünf Meilen vor
der Stadt war. Doch so richtig mit den Augen hat sie Alma Hatch
erst in dem Moment gesehen, als Alma Hatch sich vorgestellt hat.

»Ich suche die Eigentümerin des *Indian Head Hotel*«, sagte
Alma Hatch. »Ihr Name ist Ida Richilieu, wenn ich mich nicht
irre.«

Ida machte mit dem Abtrocknen des Glases weiter, das sie
gerade in der Hand hielt, und sagte: »Sie steht vor Ihnen.«

»Also dann, Ida Richilieu«, sagte Alma Hatch, »freut mich,
Ihre Bekanntschaft zu machen. Ich höre, Sie haben für einen
guten Fick ein echtes Prachtstück im Schuppen hinter dem Haus
– ein Halbblut namens Mr. Shed. Ich hätte ihn gern für den
restlichen Nachmittag und vielleicht auch noch für die Nacht,
wenn er mir paßt.«

Alle in der Bar haben unterbrochen, womit sie gerade beschäftigt waren. Ich habe meine Ohren gefragt, ob sie auch richtig
gehört hatten. Da sagte Alma Hatch: »Und wieviel hab ich nun
für diesen Mr. Shed und seine Unterkunft da draußen zu bezahlen?«

Da hab ich nach oben geschaut. Ich hab mich ganz langsam

erhoben. Als erstes haben meine Augen ihren Hut gesehen. Sah aus wie ein riesiger Raubvogel, was ihr da auf dem Kopf saß. Als meine Augen die Höhe der Theke erreichten, hab ich dann ihre Augen gesehen.

Ich kann mich nicht erinnern, daß ich die Welt, oder die Menschen in der Welt, schon mal so still gehört habe. So still wird es selbst nicht in einer Winternacht, ganz spät, bei Mond über Schnee. Alle Männer in der Bar haben ausgesehen wie eine Fotografie von sich in der Bar. Ida ließ das Glas fallen, es zerbrach. Ich bückte mich, um die Scherben aufzusammeln, doch Ida winkte mich mit einer Beinbewegung fort. Als ich mich wieder aufrichtete, war ich ganz überrascht, daß ich auf sie herabblickte, daß ich auf diese beiden Frauen, auf Ida Richilieu und Alma Hatch von oben heruntergeschaut habe.

»Das hier ist Mr. Shed«, sagte Ida. Ich hab Idas Lippen genau beobachtet; sie haben tatsächlich »Mr. Shed« gesagt. Dann: »Und, Mr. Shed, das hier ist Alma Hatch.«

Ich habe Alma Hatch voll in die Augen geschaut, und alle Augen in der Bar haben mich genau beobachtet, wie ich Alma Hatch anschaute.

»Fünf Dollar«, hat Ida gesagt. Irgendwer hat gepfiffen, und genauso, wie alle völlig gebannt herschauten, ist allen Anwesenden der Atem noch mehr gestockt, einschließlich mir.

»Hier haben Sie sechs«, sagte Alma Hatch. »Wieviel Prozent bekommt er?«

»'n Dollar für den Raum. Fünfzig Cent fürs Bettzeug. 'n Dollar fürs Haus. In diesem Fall kriegt, denk ich, Mr. Shed den Rest. Und Sie kriegen außerdem zehn Prozent Rabatt auf eine Flasche Whiskey und die Gläser.«

»Bad inbegriffen?« fragte Alma Hatch.

»Bad inbegriffen«, sagte Ida Richilieu.

»Fünfzig Cent reichen auch für Handtücher?« fragte Alma Hatch.

»Handtücher sind in den fünfzig Cent inbegriffen«, sagte Ida.

»Es kostet extra, wenn Mr. Shed mit mir badet?« fragte Alma Hatch.

»Das liegt bei Mr. Shed«, sagte Ida, sah mich an und hat dann wirklich gefragt: »Mr. Shed, würden Sie etwas extra verlangen für gemeinsames Baden mit Miss Hatch?«

»...Mrs. Hatch«, verbesserte Alma Hatch.

Ich hab Mrs. Alma Hatch angeschaut und hab Mrs. Ida Richilieu angeschaut, dann noch einmal Mrs. Alma Hatch und wieder Mrs. Ida Richilieu.

»Nein«, hab ich gesagt, »ich werde nichts extra verlangen.«

Ich bin um die Theke herumgegangen, um die Taschen zu holen, wie gewöhnlich.

Ida sagte: »Ich werde mich des Reisegepäcks annehmen.«

»*Was?*« hab ich da gesagt. Die beiden Worte kannte ich nämlich noch nicht: *mich annehmen und Reisegepäck*.

»Die Taschen hol ich«, hat Ida gesagt.

Da bin ich los, um durch die Küche zum Hinterausgang und von dort weiter zum Schuppen zu kommen, aber da hat Ida mir gesagt: »Nehmen Sie den vorderen Ausgang, Mr. Shed, und dann seitlich am Haus entlang.«

Also hab ich getan, was sie mir sagte, und bin um die Theke auf Alma Hatch zu. Um die gab's kein Herum. Ich hab nicht gewußt was tun, deshalb hab ich ihren Arm genommen, so wie ich es bei *tybo*-Männern beobachtet hatte, und so sind wir aus dem Raum, Alma Hatch und ich, durch die Bar, zwischen den Männern in der Bar durch und durch den vorderen Ausgang. Thord Hurdlika mit dem roten Halstuch um den Kopf und die andern Männer auf der Bank vorm Frisör haben geblinzelt und gegafft. An der Ecke bin ich mit Alma Hatch seitwärts und wir zwischen den Reihen von weißen Laken auf der Wäscheleine durch, wie richtige Lebewesen haben ihre Schatten sich auf dem rosabedeckten Boden bewegt, und zur vorderen Tür meines Schuppens.

Alma Hatch hat sich mit dem Hut auf dem Kopf auf mein Bett gesetzt und ihre Handtasche festgehalten.

Während wir auf Ida und das Gepäck warteten, hat mich Alma gefragt, warum es in einem so kleinen Gebäude denn zwei Türen gäbe.

»Rein und Raus«, hab ich geantwortet, weil ich nicht wußte, was ich sonst sagen sollte.

Da hat auf dem Gesicht von Alma Hatch plötzlich ein Lächeln gelegen; sie hat nicht gewollt, daß ich's merkte. Sie hatte einen Riesenspaß. Hab's damals noch nicht gewußt, aber es sollte Alma Hatchs Lieblingsgeschichte von mir werden.

»Bei meiner ersten Begegnung mit dem alten Raus-aus-den-Hosen«, hat Alma Hatch dann immer erzählt, »haben wir ihn Mr. Shed genannt.«

Und dann hat sie gelacht, und Ida hat gelacht, und dann auch Dellwood. »Von da an ging alles wie von selbst«, sagte Ida.

So hat die Geschichte immer angefangen.

Ida hat Almas Taschen hereingetragen. Es waren zwei. In der kleineren befanden sich Almas Öle und Parfüme und Frauensachen. Später hab ich herausbekommen, was die andere Tasche enthielt: ein weißes Kleid und ein rotes Kleid und ein blaues Kleid, Unterwäsche und Schmuck, und ein Paar Schuhe mit hohen Absätzen. Und noch etwas: ein großes, in Leder gebundenes Buch, auf dem in Goldbuchstaben geschrieben stand: *Ornithological Studies in the Pacific Northeast.*

Das *Ornithologische* aus dem Buch hab ich lange Zeit nicht kapiert. Die Vogelbilder im Buch drinnen waren mit der Hand gemalt, alle in Farbe, manche Vögel saßen auf Zweigen, manche Vögel sind geflogen, und bei allen ist gezeigt worden, wie die Weibchen aussehen und wie die Männchen aussehen, und was für Eier sie legen, und wo sie ihre Eier legen.

Ida hat Almas Taschen am Fußende von meinem Bett abgestellt. Hat die Flasche Whiskey und *zwei* Gläser auf den Tisch gestellt. Dann ist Ida um Alma herumgegangen und hat die Knitterfalten der Decke auf meinem Bett glattgestrichen.

Als sie durch die Tür ging, hat Ida sich noch einmal umgedreht und gesagt: »Badewasser 's heiß und bereit!«

Über diesen Nachmittag gibt es alle möglichen Geschichten. Die Männer, die an dem Tag in der Bar gewesen sind, und die Männer auf der Bank vorm Frisörgeschäft – jeder hat eine andere zu erzählen gehabt. In manchen haben Alma Hatch und ich uns gleich auf der Theke gefickt.

Eine Geschichte über Alma Hatch geht so, daß sie einen richtigen Schwanz hatte, den du tatsächlich von ihrem Hintern abstehen sehen konntest – besonders dann, wenn sie geil war –, und dies Ding hätte immer hochgestanden.

Es gibt sogar eine Geschichte, die erzählt: Alma Hatch hatte tatsächlich einen Schwengel, und das sei der einzige Grund gewesen, warum ich zugestimmt hätte, sie zu ficken.

Dann gab es da diese Laute, die sie ausgestoßen hat. Ida hat behauptet, das hätte sich angehört, wie wenn draußen im Schuppen eine Herde von Holsteinern wäre, die alle gleichzeitig kalbten.

Hier habt ihr die Geschichte, wie ich's erlebt habe: Alma Hatch hat die Whiskeyflasche ins Badehaus mitgenommen. Sie hatte ein wenig Hanf – sie hat ihn Tollkraut genannt – zu Zigaretten gedreht. Also, wir haben ein bißchen was von dem Zeug geraucht, und danach hat jeder eine Menge Whiskey getrunken – ich beides zum erstenmal, wie das Beisein mit einer Frau auch. Und es war auch das erste Mal, daß ich mit einer anderen Person – männlich oder weiblich – zusammen in die Badewanne gestiegen bin.

Wir haben weiter dies Zeug geraucht, und Alma Hatch hat angefangen, immer mehr Sachen auszuziehen. Ich hab meine Sachen ausgezogen. Wir haben, beide, noch einen Schuß Whiskey getrunken. Alma hat ihr Haar heruntergelassen. Die Temperatur des Wassers geprüft. Sich Mühe gegeben, daß ihr Tollkraut nicht naß wurde. Ich hab mir die Eier gehalten, als ich in die Wanne stieg. In der Wanne hab ich versucht, mit meinen Beinen Almas Beine zu umschlingen – das Wasser ist überall hingeplantscht. Die Whiskeyflasche und Gläser sind in Reichweite geblieben. Dann kam der Schaum und wieder Whiskey und noch ein Paffen von Tollkraut. Ich hab mich ganz eng an Alma Hatch gedrückt.

Dauerte nicht lang und Schaum und Wasser hatten alles überflutet. Alma war ein Schwarm von schreienden Gänsen auf dem Flug nach Süden, und ich redete in Sprachen, die ich noch nie gehört hatte. Meine Augen haben geredet. Ohren und Haut haben geredet – große Worte sind in mir hochgekommen: *ornithologisch, mich annehmen, Reisegepäck.* Finger redeten, Füße, und Zehen. Ich, steif, in Alma, bin in ihr aufwärts geglitten, ein Lachs, der gegen den Strom schwamm, heim, mit der Spitze bis zu der Stelle, wo's nicht mehr weitergeht.

Alma ist gekommen und gekommen, hat gekreischt und ist gekommen. Dann bin ich selber gekommen. Da sind mir keine Worte geblieben, da strömte nur Ungesprochenes durch mich in sie. Durch sie hindurch, mein Körper hat sich hochgezogen, süß, zu ihrem Süßen, zum Sonnenlicht über einem weißen Vogel, der flog, ganz hoch oben, im Blauen.

Alma Hatchs Körper war Sarsaparilla-Wurzel oder Bonbons in einer Schüssel oder am Tageslutscher, etwas so Süßes und Rosiges und Klebriges, daß du von oben bis unten davon voll warst, das war etwas, wenn du damit einmal angefangen hattest, dann konntest du nicht mehr aufhören, bis du davon krank geworden bist. Roch außerdem immer nach Rosen – Rosen vermischt mit Frauengeruch. Alma Hatch hat sich immer mit Rosenwasser benetzt. Hinter den Ohren, unter den Armen, an den Armgelenken. Hat sich manchmal mit dem Arsch einfach in einen Tümpel von dem Zeug hineingesetzt und Rosenwasser in sich hineingesaugt. Wenn du in ein Zimmer kamst, und in dem Zimmer hatte sich während der letzten vierundzwanzig Stunden Alma Hatch aufgehalten – das hättest du sofort gemerkt, nämlich an den Rosen. Rosa Rosen. Keine roten, weißen oder gelben – rosarote. Ihre Nippel rosa, Frauenhöhle rosa, Lippen rosa. Ich schwöre: Alma Hatch war keine weiße Frau. Sie ist eine rosa Frau gewesen.

»Beste Hure der ganzen Stadt«, hat Ida Richilieu gern über Alma Hatch gesagt. »Was Alma Hatch so gut macht – sie sieht aus wie eine Rose, riecht wie eine Rose, und dann fickt sie dir die Dornen runter.«

Alma ist für den Rest des Nachmittags draußen im Schuppen bei mir geblieben – und dann wieder für die Nacht – wir wollten uns einfach noch einmal so fühlen wie beim ersten Fick.

Nach einer Weile Ficken draußen im Schuppen hab ich mich dabei ertappt, wie ich zu Alma Hatch über Dinge redete, von denen mein Verstand überhaupt nichts wußte. Und trotzdem sind mir die Worte von der Zunge gekommen, und meine Lippen haben sie auszusprechen gewußt.

Einmal, da haben wir aneinander gesessen, Alma Hatch auf mir, hat mich geritten wie ein Pferd, und da habe ich ihre Lippen beobachtet, Zunge, Zähne und Muskeln in ihrem Mund, sie waren ganz naß, und ich hab gemerkt, wie die Worte sich ausgedehnt haben. Ich habe es sehen können – das Sprechen –, wie's ganz tief von innen in ihren Mund aufgestiegen ist. Meine Augen haben ihr in den Mund geschaut, dahin, wo sie die Worte gebildet hat. Hab mich gefragt, ob sie von dem, was sie da sagte, mehr verstanden hat als ich. Hab selbst bloß ein oder zwei Wörter verstehn können.

Aber eins hab ich begriffen: Kiebitz.

Als ich am nächsten Morgen aufwachte, glaubte ich mich verliebt. Ich hatte die Hand nach der gefiederten Boa ausgestreckt, aber nun hatte ich mich in Alma Hatch verliebt.

Das sei keine Liebe, hat Alma Hatch aber gesagt. Das sei nur das Tollkraut, hat sie gesagt.

Doch ich konnte einfach nicht loskommen von ihrem Geruch, vom Rosenduft und von ihrem Geschmack – von der Erinnerung daran. Ihre Worte waren mir geblieben, wurden meine Sprache. Meine neue Sprache, die ganz laut wurde in mir. War eine herrliche Tortur, obwohl ich mich nach ein wenig Ruhe sehnte.

Gewöhnlich hab ich mir selber Frühstück gemacht. Manchmal auch für mich und Ida gemeinsam. An diesem Morgen war jedoch alles ganz anders.

Ida hatte Rocky-Mountain-Austern für mich gemacht, mit Rührei, und Kaffee und gebackenes Brot. Und das alles wartete schon auf mich.

Ich aß allein.

Das heißt, ohne Alma Hatch.

Sie sei mit mir fertig, hatte Alma gesagt: Und vielen Dank.

Alma hatte mich bezahlt, die Tür hinter sich zugemacht, und eh ich mich's versah, hatte ich splitterfasernackt allein im Schuppen gestanden mit drei Dollar und fünfzig Cent und ein paar von diesen Tollkraut-Zigaretten in der Hand. Um neun Uhr hatte Alma Hatch bereits ein eigenes Zimmer gemietet und wollte bloß Tee und eine Scheibe Maisbrot mit Butter auf beiden Seiten aufs Zimmer gebracht haben.

Ich habe Ida gebeten, daß nicht ich, bitte, es Alma nach oben bringen müßte.

Ida saß am anderen Ende vom Küchentisch, ich hab kaum was gesagt. Hab eigentlich nur die Wärme des Kaffees auf der Innenfläche der Hände gespürt. Ida tat furchtbar beleidigt, weil sie dachte, sie müßte etwas erklären.

Ich hatte irgendwann zwischen meiner ersten Auster und meinem ersten Bissen vom gebackenen Brot zu weinen angefangen und immer nur geweint, bis ich meinen Teller abgeleckt und die zweite Tasse Kaffee ausgetrunken hatte.

Ida hat meinen Teller und die Gabel abgewaschen. Als sie damit fertig war, hat sie sich die Hände an der Schürze saubergewischt. Ich habe einfach bloß dagesessen, am Tisch, und nicht gewußt, was ich machen sollte. Ich konnte ja nirgends sonst hin. Überall war Alma Hatch. Und so saß ich dort nun, mein Schwanz wollte wieder steif werden und zu ihr, meine Augen haben geweint und meine Finger haben sich über den zusammengelegten Händen berührt.

Ida kam zu mir und hat sich gegen meinen Rücken gelehnt.

»Denk an den wahren Grund, Shed«, hat sie gesagt. »Deine Mutter ist tot, sie wird nie wiederkehren.«

Und hat dann gesagt: »Dein Kunde ist heute abend um zehn Uhr da.«

»Ich werd nicht da sein«, hab ich gesagt

»Ganz wie du willst«, hat sie gesagt. »Er wird draußen im Schuppen auf dich warten, für den Fall, daß du deine Meinung änderst.«

———※———

Nur ein Ort war mir geblieben, ich könnte hinauf zum Nicht-wirklich-ein-Berg – zur Blockhütte von Big Foot auf der Wiese, wo Billy Blizzard meine Mutter umgebracht hatte.

An dem Tag hat es mich genauso stark zu ihm gezogen wie zu ihr.

Ich durchquerte den Spuck von sickerndem Wasser, zu dem der Fluß geworden war. Dann stand ich vor der Bergwand. Ich zog mich zwischen den ersten Felsen hoch. Die Sonne stand genau über mir. Als ich mich Zentimeter um Zentimeter höher reckte, ging die Sonne Zentimeter um Zentimeter weiter. Dauerte nicht lang, und sie war hinter mir und mein Schatten vor mir. Bei jedem Felsen, auf den ich mich hochzog, war mein Schatten schon vor mir da und kroch mit mir weiter voran.

Mir kam der Gedanke: Wenn ich nicht wäre, gäbe es auch

meinen Schatten nicht. Meist hab ich aber überhaupt nicht gedacht außer an Alma Hatch. Und an Billy Blizzard. Und an meine Mutter. Wünschte mir, daß meine Mutter bei mir wäre, damit sie mir eine Geschichte erzählen könnte, oder daß wir zusammen fortgehen und ein paar Tage lang so leben könnten, wie ihr Volk lebte. Als der Boden flacher zu werden begann und die Bäume immer dünner wurden, glaubte ich, ich hätt mich verlaufen. Müßte zurück, dahin, wo in meiner Erinnerung der Wagen lag. Hat mich den ganzen Morgen gekostet, die Spur wiederzufinden. Trug diesmal keinen Hut, da konnte der Wind ihn mir also nicht vom Kopf wehen und den Weg zeigen.

Als ich den großen Felsvorsprung erreichte, war ich nicht länger verloren. Bin hochgeklettert, hab über den Rand geschaut, und da war sie – meine Wiese. Das Gras war nicht grün, es war golden und braun, bis auf die Stelle, wo es Grundwasser gab, dort war das Gras noch immer grün. Blumen gab's diesmal keine dort. Für Blumen war es einfach zu heiß, außer vielleicht für eine Kaktusblüte, dort hat aber nirgendwo ein Kaktus gestanden.

Auf dem Weg zum Blockhaus von Big Foot – zur Blockhütte von Billy Blizzard –, kam ich an der Stelle vorbei, wo ich meiner Mutter das Feuerbett gemacht hatte. Setzte mich unter eine der drei Ponderosa-Fichten und begann wieder zu weinen. Weinte für all die vielen Male, als ich nicht geweint hatte. Weinte, wie meine Mutter geweint hatte, wenn sie voller Tränen war.

Und während ich da unter der Ponderosa saß, zuckte ein Licht, und neben mir hat jemand gestanden. Ich hab mich nach ihm umgedreht, doch meine Augen konnten ihn nicht sehen. Was meine Augen sahen – mich selbst, im Fliegen, so wie wenn du Fieber hast oder wenn du träumst.

Da hab ich's gewußt: Der Geist dieses Bergs hatte mich gefangen. Machte mich glauben, daß ich das tat, was ich zu tun glaubte.

Was ich zu tun glaubte, war – Billy Blizzard hassen, weil er meine Mutter umgebracht hatte; dabei hab ich mir die ganze Zeit nur gewünscht, eine gewisse Alma Hatch zu töten.

Ich hatte geglaubt, daß ich versuchte, meine Mutter zu finden. Doch dort, wohin sie gegangen war, gab es für mich in ihr keinen Platz, und sie war allein fortgegangen.

Ich glaubte zu lieben. Aber in Wirklichkeit war ich bloß wie alle andern elenden Männer auch. Liefen von einer Frau zur nächsten. Liefen von der Mutter zur Ehefrau. Mit dem Kopf noch in der Möse einer Frau, während sie mit dem Schwanz in der andern festsaßen, wie Hunde.

Dort, wo der Fels am weitesten vorragt, ganz am Ende, wo du nicht weiter kannst, hat der Wind auf mich herabgeweht, und aufs Gras ringsum, hat mir in Ohren und Augen geblasen. Ich hab den Wind riechen können. Er roch nach mir. Ich hab ein spitzes Granitstück aufgehoben, den Granit genommen und damit ganz um mich herum einen Kreis in den Boden geritzt. Hab mich in die Mitte des Kreises gestellt und den Geist des Berges laut und deutlich wissen lassen, diesem Geist von Nicht-wirklich-ein-Berg und allen, die es hören wollten, daß ich von jetzt an frei wäre von der Frauenhöhle. Daß ich den Kopf aus der Schlinge gezogen hätte. Ich hatt meinen Schwanz herausgezogen. Ich war frei und unbeschwert.

Und falls es tatsächlich so wäre, daß ein Mann eine Frau braucht, dann würde ich mir einen Teil von mir selbst zu dieser Frau machen.

Bis abends um zehn war ich wieder zurück in Excellent. Im Schuppen hat mein Kunde auf mich gewartet. Es war eine klare Nacht, und der Wind hat so auf deiner Haut gelegen, daß du gar nicht mehr gewußt hättest, wo Luft aufhört und du selber anfängst. Mond und Sterne waren so nah, ich konnte nach ihnen greifen, sie fassen und festhalten.

Ich nahm eine Tollkraut-Zigarette aus der Tasche. Steckte sie mir an und zog den Rauch in die Lungen ein.

Ida Richilieu stand in ihrem Zimmer am Fenster und blickte herunter. Da ist mir das Herz weit geworden vor Sehnsucht nach der Rosenfarbe ihres Zimmers, nach ihrem tiefen Federbett, nach Idas Geruch.

Sie würde sich von nun an ihr Bad selbst zubereiten müssen.

Auf der andern Seite des Hotels stand Alma Hatch in ihrem Zimmer am Fenster und blickte herab. Sie hat gewinkt. Einfach so.

Die beiden Frauen an ihren Fenstern waren schwebende Ovale am Nachthimmel über mir.

Aus meinem tiefsten Innern ist Sprache emporgestiegen. Wußte nicht, was es war, das ich sagen würde. Wollte ihnen etwas ganz Wichtiges zurufen, etwas, daß nichts mehr dasselbe wäre, nachdem es ausgesprochen war.

»Duivichi-un-Dua« – meinen indianischen Namen. Ich hab ihn laut genannt.

Ich hab die Tür zum Schuppen aufgemacht. Der Mann drinnen stand auf. Sein Gesicht lag im Schatten. Aber ich habe gewußt, wer er war. Für eine dunkle Zeit draußen im Schuppen würde er ich sein.

Ida Richilieu hat Alma Hatch Zimmer 11 gegeben, das Zimmer meiner Mutter, und Alma hat sofort Kunden angenommen.

Hat für jeden von ihnen geschrien.

Scheint, daß jedermann die wilde Frau ficken wollte, die in die Bar hereinmarschiert war und sich einen Jungen gekauft hatte. Die Geschäfte gingen besser. Eine Zeitlang haben über den ganzen Flur hin Männer Schlange gestanden.

»Am Anfang war sie sogar noch beliebter als du«, hat Ida mir erzählt.

Ida hat damals ihr blaues Kleid fast an jedem Abend getragen. Ein Rekord an Eisprüngen. Wenn nicht viel los war, dann saßen Ida und Alma oben auf der Veranda, genau unter dem Schild *Indian Head Hotel*, und haben geschwätzt wie Elstern beim Nestbau, haben sich den Kopf abgelacht, haben geschimpft, haben Tollkraut geraucht, rauchten Sternenstaub, haben direkt aus der Flasche getrunken. Männer riefen ihnen beim Vorübergehen zu. Manchmal haben Ida und Alma zurückgerufen, sich über das Geländer gebeugt und Titten gezeigt. Meistens haben sie aber nicht zurückgerufen.

Bei diesen beiden hast du von Anfang an gemerkt, daß es zwischen ihnen etwas Besonderes gab. Und was sie miteinander hatten, das hattest du selber nicht.

Das Schlimmste war jedoch, wenn sie gemeinsam das Mann-im-Mond gesungen haben und beide am Klavier saßen und sich in die Augen sahn.

Wie die zwei es getrieben haben!

Wenn ich morgens für mich Frühstück machte, kamen sie manchmal von oben heruntergetorkelt, das Haar völlig durcheinander, mit fast nichts an, aus demselben Bett. Sie haben sich dann am Tisch niedersinken lassen, eine Tasse Kaffee nach der andern getrunken und auf die gleiche Weise Zigaretten geraucht – jede hat einfach nur geradeaus geschaut, egal wohin.

Das Versprechen, das ich oben auf dem Nicht-wirklich-ein-Berg gemacht hatte, von wegen Freisein von Frauenhöhle, war nach dem Aufwachen am nächsten Tag gar nicht leicht zu halten gewesen.

Es war in Wahrheit so, daß ich noch immer in beiden festsaß. Und das haben sie auch gewußt. Sie haben genau gewußt, daß sie mich in der Hand hatten.

Es wird erzählt, daß Mrs. Alma Hatch die Missus eines gewissen Mr. Aloysius Hatch gewesen war, eines Bibelverkäufers aus Minneapolis, Minnesota. Sie hat ihn einfach nur geheiratet, um von ihrem Vater wegzukommen, einem Naturwissenschaftler, der toten Menschen das Gehirn herausnahm und es dann unter Vergrößerungsgläsern studiert hat.

Es wird erzählt: Aloysius Hatch war ein großer Mann mit gewölbter Brust, der am ganzen Körper behaart war, nur im Gesicht nicht. Er hat nicht geraucht und nicht getrunken. Hat den Namen des Herrn nicht leichtfertig in den Mund genommen.

Aber Aloysius Hatch hatte eine Schwäche für Frauen, vor allem, wenn er auf Reisen unterwegs war, und ganz besonders an Nachmittagen, wenn er an eine Tür anklopfte und nur die Dame des Hauses daheim war.

Es wird erzählt: Als die jungfräuliche Alma die Tür des gottlosen Wissenschaftler-Hauses aufgemacht hat, war's Nachmittag. Ihr Vater befand sich mit Flaschen voll auflösenden, blubbernden Sachen im Keller und brach menschliche Schädel auf.

»Nach all diesen Jahren hab ich endlich den Herrn gefunden«, hat Alma Hatch dazu gesagt.

Sie heirateten in Minneapolis, Minnesota – in einer Kirche. Dauerte nicht lang und Alma hat selber Bibeln verkauft. Von Stadt zu Stadt, von Tür zu Tür.

Es wird erzählt: Das Reisen hat auf Alma die gleiche Wirkung gehabt.

Aloysius Hatch ging eines Tages am Spätnachmittag in Cincinnati, Ohio auf der Nordseite der Straße von Tür zu Tür und Alma Hatch auf der Südseite mit den ungeraden Hausnummern, und Alma war mit ihrer Straßenseite zuerst fertig geworden und hat sich nach ihrem Ehemann umgeschaut. Als sie durch ein Fenster geblickt hat, sah sie ihn beim Ficken im Öffentlichen Notariat – laut Briefkasten. Als Alma ihren Aloysius auf Frau Öffentlich oben entdeckte, ist Alma zu den ungeraden Hausnummern zurückgekehrt, hat sich einen unverheirateten

Herrn ausgesucht, der mit Grippe daheim war, und hat sich sofort daran gemacht, sein Wehwehchen zu heilen.

»Von da an hatten wir getrennte Gebiete«, erzählte Alma Hatch.

Hatte zuletzt von ihm in Omaha, Nebraska, gehört. Verkaufte ihm ihren Anteil am Geschäft zurück – zwei Dutzend Bibeln mit Goldblattprägung – und trat am selben Tage der National Audubon Society bei. Dann ist sie zum Zirkus gegangen. Kam mit Zirkus nach Seattle, Washington, wo Alma Hatch als Phoenicia auf der Bühne tanzte – halb Vogel, halb Frau.

»Vor Tausenden Zuschauern«, erzählte Alma Hatch. »Ich oben auf der Bühne, frei wie ein Vogel und habe meine Hüften bewegt wie Arabien.«

In der Stadt Excellent, Idaho, konnten die Menschen über nichts anderes mehr reden als über Alma Hatch – das heißt, über Alma Hatch und Ida Richilieu. Thord Hurdlika, Doc Heyburn – irgendwann einmal alle – haben versucht, mich zur Seite zu nehmen, um die ganze Geschichte zu erfahren.

Ich hab ihnen bloß gesagt, daß alles wahr ist – was immer sie gehört hätten, sei wahr.

Eines Tages steht Alma Hatch auf und färbt sich die Haare blond – blond wie weißes Stroh. Und wieder haben alle Männer in der Stadt für Alma Schlange gestanden. Mußten unbedingt das strohweiße Haar ficken. Reihenweise haben sie im Flur gestanden. Sheriff Archibald Rooney ist den langen weiten Weg von Sawtooth herübergeritten, um wegen irgendeiner verdammten Sache zu ermitteln. Hat er jedenfalls behauptet. Was er tat, war nicht, was er zu tun glaubte. Was er tat, war wünschen, daß er Almas neues Haar fickte.

Für mich war das größte Problem – ein furchtbares Problem –, daß ich das Haar auch ficken wollte.

Der Tag, an dem ich Excellent, Idaho, verließ, war der Tag nach der Nacht, als ich wieder mit klopfendem Herzen und fliegendem Atem aufgewacht bin.

Es war früher September, die Abende waren noch warm. Ich bin aufgestanden und bin sofort zu Idas Fenster gegangen, damit ich hineinschauen konnte und sie in dem Kreis ihres Lichts sah.

Ida war mit Alma Hatch auf dem Zimmer. Die beiden lagen im Rosenlicht auf Idas Federbett. Beide waren sie nackt, und sie haben geraucht und sich unterhalten. Da hat es in ihnen nicht Raum für mich gehabt, sie mußten allein sein. Sie haben sich schön berührt, sich Geschichten erzählt, Geheimnisse erzählt, von Dingen erzählt, über die ich nichts wußte, die ich unbedingt erfahren mußte, die ich aber nie erfahren würde.

Als die beiden nachts spät schliefen, bin ich in Idas Zimmer gegangen und hab neben ihrem Bett gestanden. Mein Versprechen, frei zu sein von der Frauenhöhle, ist ein Fluch gewesen, der mir im Hals steckte. Bin hinüber zu der Stelle, wo Ida ihr Geld in der Wand aufbewahrte. Nahm heraus, was sie mir schuldig war. Hab einen Zettel geschrieben, daß ich mir nahm, was sie mir schuldete. Hab einfach nur unterschrieben mit »Shed«.

Hab das Geld in einen Lederbeutel gesteckt und mir den Beutel um den Hals gehängt.

Hab mich draußen im Schuppen umgesehen. War nichts mitzunehmen, außer mir. Die Fotografie von meiner Mutter ließ ich hinter dem Spiegel. Hab aufgeräumt, hab die Knitter auf der Hudson-Bay-Decke auf meinem Bett glattgestrichen. Machte die Tür hinter mir zu.

Hab die Feuer für den Morgen nicht angemacht.

War noch kein Tageslicht, aber der Himmel war auch nicht mehr schwarz. War dunkelblau. Sterne waren winzige Stückchen von zerbrochenem Glas.

Hab mich von der Hinterveranda auf den Weg gemacht. Bin über die Felssteine über Hot Creek, dann hinauf und an Dr. Ah Fongs Haus und Chinatown vorbei bis zum Fichtenbaum auf dem Feld. Als nächstes zum Trockenhaus. Wieder zurück zu den heißen Quellen. Hab eine schöne, lange Zeit bei den heißen Quellen gesessen. Dann hoch zum Nest, dann hinunter, den Fluß entlang und zurück in die Stadt, an der Mormonenschule und der Mormonenkirche und dem Lattenzaun, an Moosmans Farm vorbei, die Pine Street hinunter, vorbei an den Ponderosas und an Idas Haus und am Frisörladen, an der amerikanischen Flagge, am Postamt, an »Stein's Mercantile« und dem Lebensmittelgeschäft von North, an Doc Heyburns Praxis, an Thord Hurdlika und an Dumm Daves Ställen vorbei.

Als letztes hab ich hochgeschaut zu Nicht-wirklich-ein-Berg. Was diesen Berg anging, so konnte ich bleiben oder gehen.

Ich hab Wiedersehen gesagt.

Kiebitz. Überall.

ZWEITES BUCH

ES WAR EINMAL: REISEN

ERSTER TEIL

DELLWOOD BARKER

⬤

Die Sonne ging eben auf, da erreichte ich die Wegkreuzung nach Gold Bar. Ein paar Meilen weiter, ein paar Stunden später, winkte ich der Kutsche nach Owyhee City. Mußte aufs Dach. Weil ich Indianer war. Nahm mich des Gepäcks an.

Die Straße hat sich über die ganze Strecke gewunden, vor und zurück, hin und her. Auf manchen Serpentinen hat die Kutsche geächzt und geschwankt, und ich hab über den Straßenrand geblickt, nach unten, unendlich tief, und mich geklammert an alles, was es zum Festhalten gab. Trotzdem, ehrlich gesagt, war ich froh, daß ich nicht mit *Tybos* in der Kutsche drinnen sitzen mußte. Saß gern oben auf dem Dach. Sah gern über den Rand.

Hab mich selber richtig als Indianer gefühlt.

Auf halbem Wege machte die Kutsche bei der Zwischenstation Halt. Die vier *Tybos* sind ausgestiegen zum Pissen. Ich blieb oben auf dem Dach, lag rücklings auf dem Gepäck und schaute in den Himmel hoch.

Nachdem wir am Spätnachmittag Kally's River durchquert hatten, führte die Straße dann bald immer geradeaus. Berge mit flachen Höhen – riesige Erdleiber – hatten schräge Hänge, die langsam abfielen, bis zu Baumgruppen am Fluß. Aber meist war offenes Land. Weites, trockenes, unbesiedeltes Land. Und Himmel. Erdarme, Erdbeine streckten sich lang auf den Himmel zu. Schenkel, Talsenken, Brüste, Ellbogen, Hügel – so weit die Augen sehen konnten, ein riesiges ungemachtes Bett.

Der Tag war heiß, und je tiefer wir ins Land kamen, desto mehr Sonne gab es. Da hat alles nach heißem Harz, nach Staub und Beifuß gerochen; von schnell laufenden, schwitzenden Pferden und meinem eigenen Schweiß.

Kein Zweifel: Da bin ich zum erstenmal auf Himmel gestoßen.

Pferdewechsel bei Five Corners – dort gab es eine Handelsniederlassung, dahinter ein Haus, eine Scheune, einen Haufen wild ausschauender *Tybo*-Kinder und fünf Straßen, die aus irgendeinem verflixten Grund alle genau in der Mitte der Ebene zusammenstießen.

Als ich den Kutscher gebeten hab, mir von der Postkutsche herunter zu helfen, hat er gemeint, ich könne doch springen. Das wollte ich aber nicht tun. War mir nicht sicher – nachdem ich so viel im Himmel gewesen war –, daß ich überhaupt wieder auf Boden ankommen würde. Hätt ja sein können, daß ich einfach weggeschwebt wäre.

Als ich dann wieder auf dem Boden *war*, als ich tatsächlich wieder lief, hab ich gut aufgepaßt, daß ein Fuß auch immer ganz fest auf der Erde stand, bevor ich den andern hob.

Und auf die Weise bin ich den ganzen Weg gegangen, bis zur Scheune, dann war mir schon etwas wohler auf festem Boden. Hinter der Scheune hab ich gegen einen Pfosten der Koppel gepißt. Das haben auch andre Männer getan. Ein paar stellten sich so hin, damit ich sie beim Pissen sehen konnte. Ich hab sofort gewußt, was das für welche waren. Ab und an haben sie zu mir rübergeschaut, so, wie wenn ich bloß noch so'n Pfosten von der Koppel wäre. Und dann haben sie mich angesehen und gehofft, daß ich ihren Blick auffangen würde und haben gedacht, ich hieße Hinter-der-Scheune – und nicht bloß Draußen-im-Schuppen. Nach dem Stand der Sonne zu urteilen – soweit ich das bei der Helle ohne Schatten erkennen konnte – war es um die Tageszeit, wann Ida mit Baden anfing. Sie hat in dem Moment wahrscheinlich gerade vor ihrem Spiegel gesessen und überlegt, welches Kleid sie an diesem Abend anziehen sollte, hat geraucht, den Rauch tief in die Lungen eingesogen und den Whiskey im Glas geschwenkt.

Und ich, ich pißte gerade an einen Pfosten, irgendwo – irgendwo ganz weit weg. War mir nicht mal mehr sicher, ob es überhaupt je einen Berg gegeben hatte, ganz zu schweigen von einer Stadt mit Namen Excellent und einer Frau vor dem Spiegel in ihrem Zimmer in einem rosaroten Hotel.

Das blaue würde sie tragen. Sie würde glauben, daß ich wiederkäme, und würde das blaue tragen.

Als ich in der Handelsniederlassung ein Glas Wasser trinken wollte, war ich schlagartig wieder Indianer und mußte vom Wasserhahn hinter dem Haus trinken. Das Wasser schmeckte genauso, wie hier alles aussah: flach. Ohne Wildkirsch-Büsche, ohne Fichten und Föhren, ohne Höhen und Tiefen und ohne Granitblöcke – von alldem war in diesem Wasser nichts zu spüren. Ich klatschte mir Wasser ins Gesicht und feuchtete mir hinten das Haar an.

Ich nistete mich wieder auf meinem Platz auf dem Kutschdach ein. Der Fahrer brüllte »Hü!« und knallte mit den Zügeln. Die frischen Pferde zogen los, auf einer Straße, die so weit sichtbar war, wie du überhaupt voraus sehen konntest. Bei Sonnenuntergang liefen die Pferde direkt in die Sonne hinein. Die flachen Berge waren unterwegs irgendwo im Boden versunken; nun war alles nur noch flach. Flachland mit Beifuß, Eselhasen und Bitterwurzel – kein einziger Baum.

Ich war ein Vogel in niedrigem Flug, ein Alma-Hatch-Vogel unterwegs dahin, wo noch nichts verändert war.

Purpurn, rosa, rot und gelb der Himmel, die Erde dunkel. Die Farben waren mein Gesicht; mein Haar, meine Augen waren das Dunkel. Ich war der atmende Wind.

Bis die Sonne versank, bis mein Gesicht in meinem Haar verschwand und nichts mehr war, nur meine dunklen Augen, wurde es mir klar. Hab ich gewußt, was ich zu tun hatte.

Ich mußte das Volk meiner Mutter finden.

Und die Büffel.

Mußte herausfinden, was mein indianischer Name, was Duivi-chi-un-Dua bedeutete.

Wer ich war, daß ich so einen Namen bekommen hatte.

Das *Syringa* in Owyhee City, in der ersten Stadt, wo wir Halt machten, war doppelt so groß wie Idas Haus und gedrängt voll mit Männern, und die Frauen, die im Saloon tranken, waren nicht mal alle nur Huren. Es war ein großes, helles Gebäude, und an der Decke hing ein Kandelaber, der war aus einem Wagenrad gemacht, mit Öllampen an den Speichen. Ich wußte, daß es ein Kandelaber war, obwohl ich noch nie einen zu Gesicht bekommen hatte; weil ich nämlich das Wort buchstabieren gelernt hatte. Ida Richilieu hatte mir beigebracht, wie man Kandelaber buchstabiert, obwohl es ein ausländisches Wort war; weil Ida nämlich vorhatte, sich eines Tages einen Kandelaber zu kaufen.

»Einen großen französischen Kandelaber, der vollhängt mit Kristallen«, hatte sie gesagt. »Und weil ein Kandelaber dir jeden Tag über dem Kopf hängt, mußt du doch wissen, wie er sich buchstabiert.«

Während ich auf der vorderen Veranda des *Syringa* stand und in den Abend spähte, kam aus den Schwingtüren ein Cowboy und ist genau in mich hineingelaufen. Hätt ihn fast umgeworfen. Seine Hand griff nach dem sechsschüssigen Revolver.

Meine Beine wollten sofort losrennen, ich bin aber nicht gerannt. Ich hab meine Augen mit seinen verschränkt, die waren grün. Schöne, große, grüne Augen hatte der Cowboy. Sonst wirkte er müde und schmutzig, er hatte einen Whiskey-Atem.

Dann haben meine Ohren gehört, wie mein Mund ihn fragte: »Ist der Kandelaber da drin ein französischer Kandelaber?«

Der Cowboy hat mich angeschaut, wie wenn ich nicht Englisch

spräche. Die Hand lag noch am Revolvergriff, seine Augen wurden immer grüner.

Teufel.

Meine Füße machten kehrt und zeigten in die beste Richtung, um schnellstens wegzukommen, und ich war schon mitten im ersten Schritt, als mein Körper auf einmal größer und größer wurde. Da stand ich an einem frühen Abend auf der Veranda eines Salons in einer fremden Stadt namens Owyhee City – und Beine, Arme, Kopf und Hände – mein ganzer Körper wuchs, größer und größer, wurde immer mehr Indianer, der dem Cowboy immer mehr im Weg stand.

Ich hab mir ganz fest gewünscht, daß ich in Excellent wär, daß ich nicht größer würde, und ich war wieder draußen im Schuppen in Excellent hinter dem rosaroten Hotel auf einem Berg, den du von dort, wo ich stand, überhaupt nicht sehen konntest.

Der Cowboy löste seine Augen nicht von meinen Augen, ließ die Schultern sinken und sagte: »Salt Lake City.«

»Salt Lake City?« hab ich gesagt.

»Der Kandelaber«, hat er gesagt.

»Der Kandelaber?« hab ich gesagt.

»Kommt aus Salt Lake City«, hat er gesagt und mir zugezwinkert, sich umgedreht und ist die Straße hinuntergegangen.

Ich hab dem Cowboy nachgeschaut, bis ich ihn nicht mehr sehen konnte, und als ich danach wieder mich selbst anschaute, hatte ich wieder meine normale Größe.

Ich bin zur Seite getreten, den Schwingtüren aus dem Weg, hab aber weiter gespäht. Die Mädchen, die im *Syringa* arbeiteten, hatten alle das gleiche Kleid an – schwarz und rot mit roten Federn. Außerdem gab es drinnen eine Bühne. Sieben Mädchen sind auf die Bühne gestiegen, während ich hinsah, haben angefangen zu tanzen und die Beine in die Luft zu werfen und die Röcke zu schütteln – haben den Zuschauern den Hintern entgegengestreckt –, und die Männer haben gepfiffen und gejohlt.

Und dann – was meine Augen dann sahen, das konnte der Rest von mir einfach nicht glauben: Gracie Hammer und Ellen Finton, beide auf der Bühne, singend und tanzend.

Ich hab angefangen zu rufen und auf und ab zu hüpfen und Ellen Finton und Gracie Hammer zuzuwinken. Dauerte nicht lang, bis ein *Tybo* mit großem Schnurrbart und noch ein paar ganz gemein aussehende *Tybos* durch die Tür herausgekommen sind. Haben plötzlich von allen Seiten an mir gehangen – an jedem Arm einer, zwei an meinen Beinen, ein anderer mit dem Arm um meinen Hals. Haben mich hinters *Syringa* getragen. Haben mich nicht besonders grob angefaßt. Haben mich nicht beschimpft und nicht geschlagen. War mehr so, wie wenn ich eine Kuh auf der Wiese oder ein Hund gewesen wäre, der Abrichtung brauchte – unangenehm, Arbeit für die Männer, Unterbrechung, und sie wollten's schnell hinter sich bringen, damit sie zurück an die Theke könnten.

Hinter dem *Syringa* haben die *Tybos* mich abgesetzt.

»Solche wie du«, hat der mit dem Schnurrbart erklärt, »haben hier nichts zu suchen.«

»Ich bin aber ein Freund von Ellen Finton und Gracie Hammer«, hab ich gesagt. »Wir sind ganz alte Freunde.«

Die *Tybos* verhielten sich so, wie wenn kein Wort aus meinem Mund käme, haben einfach unter sich geredet, haben nur sich gehört, und mich nicht. Ich konnte spüren, wie mein Körper anfing zu schwinden; deshalb hab ich mich ganz schnell verzogen und bin hinten zum Straßenausschank gegangen und hab das Geld ins Fenster hingelegt und mir einen Liter Whiskey gekauft. Was mein Schwinden beendete, war aber nicht der Whiskey, sondern, daß ich den Whiskey kaufte.

Die *Tybos* haben mich dann in Ruhe gelassen, als ich am Hinterausgang eines Saloons mit einem Liter Whiskey unter Bäumen auf dem Boden hockte. Da saß ich nun und trank Whiskey und begann nachzudenken und dachte, daß ich vielleicht nur *dachte*, Sprache zu reden, daß ich aber in Wirklichkeit gar nicht richtig sprach und alles noch immer so war wie damals, vor dem Tod meiner Mutter, als ich noch klein war, bevor ich meine ersten Worte gesprochen hatte: »Sie war für mich die Seele von allem.«

Deshalb hab ich laut ein paar Worte vor mich her gesagt, nur für die eigenen Ohren, da wurde mir völlig klar, daß ich schon richtig redete – außer meine Ohren hätten sich mit meinem Mund verschworen.

Ich hab mir's dann so erklärt: Der Grund war nicht der, daß ich nicht redete. Der Grund war nur der, daß die *Tybos* nicht zuhörten.

War nicht anders als überall.

Ich meine: daß die Leute nicht zuhörten, das war kein bißchen anders als anderswo.

Anderswo – das war Excellent, Idaho.

Ich nahm noch einen Schluck Whiskey. Ein großer schwarzer Stinkkäfer mit Kurs nach Westen hob sein Hinterteil und ist vor meine zwei Beine spaziert. Ich hab den Stinkkäfer gefragt, was man tun müßte, damit sie einem zuhörten. Hab wissen wollen, warum mein Körper manchmal seine Größe verlor, warum mein Körper manchmal so groß würde und dann manchmal so klein, daß die Leute mich nicht mal mehr merkten.

Stinkkäfer lief weiter. Ich behielt ihn im Auge – Stinkkäfer lief weiter nach Westen –, bis ich Stinkkäfer nicht mehr sehen konnte, bis ich bloß noch Sonnenuntergang sah. Ich kaufte mir noch einen Liter und hab geschluckt, bis meine Augen etwas gesehen haben, was sie noch nie gesehen hatten: Lampen auf der Straße.

Wenn du auf der vorderen Veranda vom *Syringa* standest – so wie ich nach der ersten Hälfte des zweiten Liters Whiskey –, dort wo Union Street mit Grant Street zusammentrifft, dann konntest du auf der Grant Street Laternenpfosten sehen, fünf, die von dir aus schnurstracks nach Norden liefen, und auf der Union Street von dir aus fünf nach Westen und dann noch mal fünf nach Osten.

In allen drei Richtungen hatten die Laternenpfosten immer den gleichen Abstand, und sie standen in Reihen – eins, zwei, drei, vier, fünf. Und mit dem Licht der Straßenlaternen war's so, wie wenn du in einem großen Zimmer stehst und die Außenwände der Häuser an der Straße die Innenwände des großen Zimmers gewesen wären. Und wenn du dann nach oben geschaut hast, dann hast du gemerkt: Die Zimmerdecke war der unendliche Himmel.

Unendlich war er in dem Finstern hinter der letzten Straßenlaterne, in allen Richtungen, wo das Licht aufhörte, und hat auf dich gewartet.

Ich bin bis zum Schluß der drei Reihen Laternenpfosten gelaufen, hab gezählt, immer bis fünf, und bei jeder Straßenlaterne hab ich mir 'n Schluck gegönnt, und jedesmal haben sich die Häuser und Geschäfte ganz dicht um den Rand des Lichtscheins zusammengezogen.

Als ich doppelt so viele Laternenpfosten gesehen hab – zehn, statt fünf, ganz gleich, in welche Richtung ich schaute – und dann selber auch zwei Beine und Arme mehr bekam, hab ich mir gedacht, es wär wohl Zeit, daß ich mich schlafen legte.

Am Ende der Union Street, ganz am Rand des Lichts, auf beiden Seiten, stand eine Mormonenkirche. Am Rand des Lichts an der Grant Street stand eine katholische Kirche. Ich hab beschlossen, hinter der katholischen Kirche zu schlafen, weil sie dem *Syringa* näher war.

Als ich das erste Mal aus dem Licht heraus ins Dunkel hineinging, hab ich geglaubt, ich wäre nicht mehr da, ich wär verschwunden. Hat eine Zeitlang gedauert, dann hab ich aber eine Abwasserrinne entdeckt. Sie war nicht sehr tief, aber da gab's wenigstens etwas, wo du den Kopf anlehnen konntest. Im Dunkeln hab ich noch den letzten Rest Whiskey getrunken und dabei in die Richtung geblickt, wo du im Licht auf der Grant Street alles erkennen konntest. Da waren die Grillen und der Wind im Gras zu hören, doch am lautesten war das *Syringa* – so laut wie Leute, meist Männer, in Bars eben sind. Ich hab mich ziemlich wohl gefühlt. Ich hab Gras an den Ohren gespürt, und als meine Augen sich an das Dunkel gewöhnt hatten, sahen sie einen Baum, genau vor mir. Das hat gutgetan. Baum machte Himmel was kleiner.

Dann hab ich ein Klavier gehört, und eine Frau sang. Die Bar-Stimmen der Männer schwiegen, Wind und Grillen auch. Sie sang ein Lied von ihrem gebrochenen Herzen. Sie hat besser gesungen als Ida Richilieu, bei den hohen Tönen hatte sie richtig schöne Wellen in der Stimme. Es war aber so ein blödes Lied von *Tybos*, die sich küßten und in Ohnmacht fielen und herumpoussierten.

Was meine Ohren dann gehört haben, war nicht die Frau, die da sang, sondern es war Ida Richilieu mit ihrem Lied vom Mann im Mond, Ida Richilieu in ihrem blauen Kleid im rosaroten Hotel, über den ganzen langen weiten Weg bis hin zu mir hat sie gesungen.

Hat lang gedauert, bis ich wieder andere Dinge gehört hab – Wind im Gras, Wind im Baum, Grillen, Vögel, Ameisen beim Graben in Erde im Gras. Ich hab gedacht, daß ich mein Herz hören würde, das rasche Ein und Aus meines Atems, doch beide blieben so still wie der Mond, wie große Dinge in weiter Ferne.

Ich war fast schon eingeschlafen, als eine Glocke zu läuten begann. Aus dem *Syringa* sind Leute gekommen und auf die beleuchtete Straße gegangen; einige sind aufgesessen und abge-ritten, ein paar sind auf der Straße stehengeblieben, haben gere-det. Zwei Kerle versuchten sich beim Gehen gegenseitig zu stützen, sind am Ende aber doch hingefallen, wieder aufgestan-den, wieder hingefallen.

Diese Leute im Licht der Straßenlaternen – ich hab sie ausgespäht, sie und ihre menschliche Geschichte, hab die Ohren gespitzt, um zu verstehen, was sie einander sagten. Ida hätte über jeden von ihnen Bescheid gewußt, hätte gewußt, welches Kleid sie für sie tragen müßte, was sie in ihrem Buch über sie niederschreiben müßte.

Hat nicht lang gedauert, und die Straße war leer. Ein paar Leute verschwanden zusammen, manche ganz allein – aus dem Lichtschein weg ins Dunkel. Wo Menschen gewesen waren, gab's keine mehr.

Da mußtest du dich doch wundern.

Hab die Augen zugemacht und mir gesagt, daß ich wieder welche ins Licht zurückträumen würde – ganz spezielle Menschen. Damit ich sie sehen und ausspähen und ihre Geschichte verstehen könnte. Da ist auf der beleuchteten Straße meine Mutter Buffalo Sweets erschienen, in ihrer roten Bluse, mit ihrem langen, schwarzen Haar, barfuß. In ihrem Wildlederrock. Ida Richilieu ist in den Lichtschein getreten und trug ihr blaues Kleid. Alma Hatch – die hat rosarot geglüht und nach Rosen geduftet. Billy Blizzard, ganz in Schwarz, hat die roten Stiefel getragen und den Teufelsring am Finger gehabt.

Ich hab die Augen aufgemacht und aus der Hintertür des *Syringa* einen Mann kommen sehen. Als er die Tür öffnete, gab es im Finstern ein türgroßes Stück Licht. Er sprach mit einer Frau – Ellen Finton; oder vielleicht Gracie Hammer. Er hat die Frau geküßt und die Tür zugemacht und ist am Gebäude entlang zur Vorderveranda des *Syringa* gegangen, er hat sich eine Zigarette angesteckt und hat sich nach beiden Seiten umgedreht, danach ist er auf die leere Straße hinausgetreten.

Meine Ohren haben hinter mir plötzlich angaloppierende Pferde gehört. Ich hab mich lang in die Abwasserrinne geworfen, Staub geatmet. Sie sind fast genau über mir gewesen und weiter, Pferdehufe im Galopp, Pferdeschnauben rundum, ich hab die Arme über den Kopf gehalten, hab mich zu Boden gedrückt.

So schnell die Pferde hinter mir aufgetaucht waren, so schnell sind sie vor mir verschwunden. Ich war wieder allein, in der Abwasserrinne. Ich hob den Kopf.

Der Mann, der aus dem Hintereingang des *Syringa* gekommen war, das war der grünäugige Cowboy, der über den Kandelaber Bescheid gewußt hatte. Er rannte wie besessen die Union Street hoch, auf die katholische Kirche zu, auf mich zu. Die beiden Männer zu Pferde hinter ihm holten rasch auf. Einer der beiden – der große auf dem Schecken – hat sich mit dem aufgerollten Lasso vom Pferd heruntergebeugt und hat Grünauge eins seitlich über den Kopf gegeben, das warf ihn in den Straßendreck. Beide Männer sind vom Pferd gesprungen, da wußten die Pferde nicht mehr weiter wohin und trampelten Staub auf. Die Männer haben sich auf Grünauge gestürzt und auf ihn eingeprügelt. Ich bin weggerannt, an der Kirche vorbei, an den Rand des Lichtscheins. Dann hab ich die Abzeichen bemerkt – der große Mann war der Sheriff, der zweite ein Deputy.

Als der Sheriff und der Deputy mit ihm fertig waren, sind sie ruhig stehengeblieben, haben geredet und auf Grünauge im Staub runtergeschaut. Er war ganz blutig.

Sie haben Grünauge dann über den Sattel des Pferdes vom Deputy geworfen. Der Deputy hat sein Pferd geführt, der Sheriff hat seines geritten, die Union Street hinunter, an den Laternenpfosten entlang und am *Syringa* vorbei bis hin zur letzten Straßenlaterne am Rand des Lichtscheins und dann in die Dunkelheit.

Ich hinten in der Rinne hab mir nur noch mehr Whiskey gewünscht und das Versprechen abgenommen, nie wieder einen Menschen heraufzubeschwören, niemals – komme was wolle.

Als ich mich endlich so weit beruhigt hatte, daß ich die Augen zumachen konnte und eingeschlafen bin, hab ich einen Traum gehabt. Ich hab geträumt, daß der Sheriff und der Deputy mich umbrachten.

Und dann kam es so:

Was mir in die Augen schoß, als ich sie wieder aufgemacht hab, das war der Teufel, er kam von der anderen Seite – hell und laut kam er aus der Finsternis, mitten in der Nacht kam Sonne auf mich zu, mit rauchendem Feuer.

Die Räder des Eisenpferdes sind an meinem Kopf vorbeigerollt, nicht weiter weg als die Länge eines Menschen kleiner als ich, Schwefel ist hochgeflogen. Hat nicht gehalten, die Dampflokomotive, ist durch Owyhee City hindurchgekreischt, durch jeden Muskel meines Körpers, ich hab am ganzen Körper geschlottert vorm Teufel und die Hosen voll gehabt.

Hab zitternd in der Abwasserrinne gelegen und überlegt, wie an meiner Stelle Ida Richilieu oder Alma Hatch die Sache angepackt hätten. Mußte lachen, als ich mir vorstellte, wie einer der beiden Frauen eine volle Ladung in die Unterröcke gerutscht wäre. Ich bin eine Weile einfach sitzengeblieben und danach eine Weile stehen.

Hab mein Tollkraut aus der Tasche geholt, hab meinen Lederbeutel mit dem Geld vom Hals abgenommen und in der Rinne ein Loch gegraben und zur Sicherheit alles versteckt. Hab über das Versteck einen Flußstein hingelegt.

Ich bin losgegangen und hab so getan, wie wenn ich völlig normal zur Pferdetränke vor dem *Syringa* ginge. Auf der Straße war keine Menschenseele zu sehen, ich hab aber gewußt, hinter jedem Fenster standen Menschen und verfolgten ganz genau, daß ich auf ihrer hellen Straße in der Nacht ging wie ein Mann nur mit vollen Hosen gehen kann. Ich hab gar nicht gewußt, was tun, bis ich die Pferdetränke erreichte. War aber so, wie wenn meine Füße von selber wüßten, was sie zu tun hatten, deshalb bin ich mitgegangen. Was meine Füße machten, war genau das, was alle normalen Paar Füße gemacht hätten – sie wollten einfach bloß so weit wie möglich weg von dem Scheiß in der Hose.

An der Pferdetränke hat auch wieder so eine verdammt helle

Straßenlaterne gestanden. Und keine Pferde, hinter denen ich mich hätte verstecken können. Bin eine Zeitlang nur so herumgestanden und hab aufs Wasser gestiert. Hab mir am Ende gesagt, daß ich's so machen sollte, wie's Ida Richilieu machen würde. Hab die Hosen runtergelassen, bin aus ihnen herausgetreten und hab meinen Arsch ins Wasser gesetzt. Danach bin ich wieder hoch, hab mich etwas abgetrocknet und damit angefangen, die Hose sauberzureiben.

In dieser Lage – mit nacktem Arsch, beim Auswringen der Hose –, hat mich der Sheriff von hinten her überrascht.

Als ich mich umdrehte, glaubte ich zuerst, in die Augen von Billy Blizzard zu sehen.

Der Sheriff sah überhaupt nicht wie Billy Blizzard aus, mein Körper hat aber so reagiert.

Er war der Teufel, ganz bestimmt – was meine Augen sahen, war eine Sache; mein Herz sah ihn ganz anders.

Als er mich nach meinem Namen fragte, hab ich ihm geantwortet: Aloysius Hatch. Ich hab mir die Hose vorgehalten. Der Sheriff hat seinen Revolver vor sich hingehalten.

»Hände hoch!« hat er gesagt. Ich hab die Hände in die Höhe gehoben. Er hat mit der Waffe an mir runtergezeigt und sie gesichert.

»Gehn wir!« sagte er.

Gehn wir, das hieß: ins Gefängnis hinter einer Mormonenkirche an einer Seitenstraße der Union Street. Und zwar so: Ich mit der nassen Hose, die ich vor mir her trug, hinter mir der Sheriff mit dem kalten Stahl des Revolverlaufs an meiner Arschbacke, durch das Licht hinein in die Finsternis hangab über die Eisenbahngleise ins Gefängnis.

Auf dem Schreibtisch des Sheriffs stand eine Kerosin-Lampe, die hat er erst mal angemacht und danach die Tür zugeschlossen.

»Aloysius Hatch«, hat er gesagt.

»Aloysius Hatch«, hab ich gesagt.

»Wo kommst her, Aloysius Hatch?« hat er gefragt.

»Minneapolis, Minnesota«, hab ich gesagt.

»Was ist dein Beruf?« hat er gefragt.

»Das Wort kenn ich nicht – Beruf«, hab ich gesagt.

»Wo arbeitest du«, hat er erklärt.

»Wie wird es buchstabiert?« hab ich gefragt.

»Komm mir nicht blöd«, sagt er.

»Bibelverkäufer«, hab ich gesagt.

»Bibeln?« hat er gesagt.

»Bibeln«, hab ich gesagt.

Der Sheriff hat gesagt, ich solle meine nassen Hosentaschen ausleeren. Es war aber nichts drin; da hab ich also auch nichts ausgeleert.

»Kein Personalausweis?« hat er gefragt.

Das Wort kannte ich wieder nicht, ich hab aber trotzdem nicht gefragt, wie man es auch buchstabiert.

»Papiere, die erklären, wer du bist«, hat er gesagt.

»Keine Papiere«, sagte ich.

»Wo ist deine Rationierungskarte?« fragte er.

Beruf, Personalausweis, Rationierungskarte.

»Ich weiß nicht, was das ist«, hab ich gesagt.

»Bist Injaner?« fragt er.

»Ire«, hab ich gesagt.

»Ire«, hat er gesagt.

»Ire«, sagte ich.

»Haste Geld, Aloysius?« hat er gefragt.

»Ist mir grad ausgegangen«, hab ich gesagt.

»Bibeln?« hat er gefragt.

»Alle verkauft«, sag ich.

»Was machste in Owyhee City?« hat er gefragt.

»Durchreisen«, sag ich.

»Hältst du dich nicht an die Sperrstunde, wenn du's läuten

hörst, Aloysius? Gibt's in Minneapolis, Minnesota keine Sperrstunde?«

»Nein«, hab ich gesagt.

Der Sheriff sagt, ich soll mein Hemd ausziehn. Tat ich auch.
Da stand ich in den Stiefeln. Sagt er, ich soll sie ausziehn. Ich hab
die Stiefel ausgezogen. Er stand da und hat mir zugeschaut.

»In der Zelle hinter dir ist 'ne Bibel«, sagt er und hat mich mit
dem Revolver in die Zelle gewinkt. »Da wirst dich bestimmt ganz
zu Haus fühlen.«

»Darf ich meine Sachen wiederhaben?« hab ich ihn gefragt.

Da hat er mich mit dem Handrücken geschlagen, gegen die
Brust.

Da hätte ich den Sheriff auf der Stelle am liebsten umgebracht.

»Das haste doch gern, oder?« sagte er.

Ich hab geschwiegen.

»Verzieh dich!« hat er gesagt.

Ich bin in die Zelle gegangen. Der Sheriff hat den Schlüssel im
Zellenschloß herumgedreht, hat den Schlüssel in die Tasche
gesteckt und das Licht ausgepustet. Ist im Dunkeln noch lang da
gestanden. Hat schwer geatmet.

»Du riechst wie Scheiße, Aloysius Hatch«, sagte der Sheriff.
»Wie Indianerscheiße.«

Er hat die Eingangstür aufgeschlossen, ist nach draußen gegangen, hat die Tür hinter sich zugeschlagen und wieder abgeschlossen.

Es war heiß und finster, und ich war nackt. Ich bin vor dem
Fenster auf und ab gelaufen und hab mir nur gedacht, wenn's
doch Idas Fenster wär, damit ich bei Ida reinschauen könnte und
sie sähe, wie sie in ihrem rosigen Lichtkreis saß und schrieb.

Diesmal hat's aber durchs Fenster von draußen zu mir hereingeschaut. War der Mond, der von außen zugeschaut hat.

Ich hab in der Ecke gehockt, mit hochgezogenen Knien, und hab beobachtet, wie das Fenster mit Mondlicht über den Fußboden weitergewandert ist. Als das Fenster richtig lag, bin ich mit beiden Füßen und beiden Händen ins Mondlicht gepaßt, ohne eine Kante von Finsternis zu berühren.

Am nächsten Morgen hat der Sheriff »Zwölf Uhr!« gebrüllt, als er im Gefängnis hereinmarschierte. Der Deputy kam mit einem Tablett hinter dem Sheriff her.

»Deputy Jones, darf ich bekanntmachen: Aloysius Hatch – Bibelverkäufer!« hat der Sheriff gesagt und die Zellentür aufgeschlossen.

Hab nicht herausbekommen, ob der Sheriff wirklich so groß war, wie er mir vorkam, oder ob der Deputy bloß so klein war.

»Er ist Ire«, hat der Sheriff gesagt.

»Tatsache?« hat der Deputy gesagt.

Auf dem Tablett waren ein Stück Brot und eine Schüssel mit Suppe.

»Aufstehn, Jung!« sagte der Deputy. »Laß mal sehn, was an dir irisch ist.«

Ich bin aufgestanden. Dann sind noch drei Männer ins Gefängnis gekommen. Der Sheriff hat sie vorgestellt: O'Reilly, O'Casey und O'Brady.

»Die sind auch Iren«, sagte er.

»Kannst du eine irische Gig tanzen?« hat mich O'Brady gefragt.

Durch die Tür sind noch mehr Männer gekommen. Hat nicht lang gedauert, und der Raum war voller Männer. Meine Ohren haben nicht mehr gewußt, wer da überhaupt sprach, als mein Mund fragte, ob ich meine Sachen wiederhaben könnte. Die Männer lachten, so wie Männer in Bars lachten. Ich hab nicht mehr gewußt, wie mein Körper beim nächstenmal reagieren würde, deshalb hab ich meinem Körper gesagt, ich würd lieber ganz klein als groß werden.

Mein Körper blieb so, wie er war. Aber alle andern nicht – aus den lachenden Männern sind richtig kläffende Hunde geworden.

»Ha'm Iren denn nich' Haare auf der Brust?« hat der Sheriff gefragt.

O'Brady hat sein Hemd aufgeknöpft und Massen von rotem Haar gezeigt.

»Dreh dich um, Jung!« hat mir der Sheriff befohlen.

Ich drehte mich um.

»Hat nich' mal Haare auf'm Hintern. Muß'n wohl'n blöder Engländer sein«, hat einer der Männer gesagt.

»…Engländer*in*!« hat wer verbessert.

»Er hat noch nicht auf meine Frage geantwortet!« sagte O'Brady. »Tanz mal eine irische Jig für uns!«

Ich bin herumgesprungen, so ungefähr wie betrunkene Iren, die ich in Idas Haus beobachtet hatte, die Eier hab ich mir dabei festgehalten.

»Die Beine hält er ja richtig, aber nicht die Arme!« hat einer gebrüllt.

Der Deputy hat mir die Schüssel Suppe ins Gesicht geschüttet. »Du sollst die Arme richtig halten!« hat er mich angebellt.

Da hab ich die irische Jig mit ganz gewöhnlichen Armbewegungen getanzt.

»*Daran* ist überhaupt nichts irisch, verdammt!« hat O'Casey zu O'Reilly gesagt und hat auf mich gezeigt, wie ich da auf und ab hüpfte. Hunde waren sie, bellende Hunde.

»Ist er'n irischer Tenor?«

»Haste denn keine Augen im Kopf? Er ist'n irischer Setter!«

»Dann bell mal für uns!«

»Sing uns 'n Lied! Sing 'n Lied!«

Als ich anfing zu singen, hab ich noch nicht gewußt, was herauskommen würde. Hatte doch bisher nie laut *tybo* gesungen. Ich hab die Augen zugemacht und mein Herz um das Lied gehüllt, so wie in der Nacht davor der Mond meine Füße und

Hände eingehüllt hatte. Hab so gesungen, wie wenn dies Lied mein allerletztes Lied sein würde – für Ida Richilieu, für Alma Hatch, für meine tote Mutter, für mich selbst.

»*Come take a trip in my airship and we'll visit the man in the moon.*«

Als ich aufhörte, war alles ganz komisch stille. Hab mich gefragt, ob ich träumte – so stille ist es um mich herum gewesen. Ich hab die Augen geöffnet. Es war aber kein Traum. Die Männer waren da und haben mich angestarrt. Sind nicht mehr Hunde gewesen, haben mich nicht mehr angebellt. Sind bloß Männer gewesen und guckten.

Der Sheriff ist durch den ganzen Haufen geschritten und hat mir mitten ins Gesicht geschlagen. Ich bin zu Boden. Dann hat er mich in den Bauch getreten, so wie Billy Blizzard Ida Richilieu in den Bauch getreten hatte.

Ich mußte an den grünäugigen Cowboy denken, der am Abend davor auf der Straße zusammengeschlagen worden war.

Vielleicht *war* er ich.

Vielleicht war das Ganze bloß ein Traum, und ich müßte nur herauskriegen, wie man daraus aufwachte.

Als ich dann tatsächlich aufgewacht bin, war ich mir gar nicht sicher, ob ich aufgewacht war. Erst als ich die Stelle fühlte, wo mich der Sheriff geschlagen hatte – da hab ich genau gewußt: Es war total unmöglich, daß ich schlief; denn wenn ich jetzt schlief, dann hätt' ich einen Alptraum und müßt gleich aufwachen, weil Alpträume – wenn sie *so* schlimm werden – dich doch immer aufwecken. Ich hab mir ins Gesicht gefaßt. Die Lippen und die Nase waren völlig verkrustet. Ich hab mich, mit den Händen zwischen den Beinen, zu einem Ball zusammengerollt. Das Fenster mit Mondlicht ist über meinen Knien auf dem Boden gelegen.

In den Mond auf dem Boden schob sich eine Hand.

Hat eine Zeitlang gedauert, bis ich den Augen traute. Hat lang gedauert, bis ich meinen Ohren getraut hab:

»Dieser verdammte Vollmond. Macht die Kerls heut nacht total verrückt. So mondtoll hab ich den Sheriff noch nie erlebt. Hängt in diesem Moment voll in den Eiern, der Mond – und das ist nicht gut, wenigstens nicht für dich und für mich, wenn wir hier drin sind und er draußen steht und so verdammt dringend 'nen Mann nötig hat, wie er's nun mal tut. Wenn der sich nicht ganz bald einen findet, wird er uns umbringen, das steht fest – also, *dich* ganz bestimmt, und mich vielleicht auch – natürlich hat der Sheriff keine Ahnung davon, *was* er nötig hat. Er hat einen Haß auf Indianer, und er liebt Waffen und seinen irischen Whiskey und seine Freunde, weil er das so für ganz normal hält. Was es, wenn du mal drüber nachdenkst, ja auch ist.

Der nächste Vollmond geht in die Hüften. Wär besser für uns, wenn wir bei Hüftmond hier säßen. Tun wir nur nicht, und du mußt immer damit anfangen, wo du gerade bist, weil du dich nämlich in deiner Befindlichkeit deiner Lage grundieren mußt, bevor du dich auf irgendeine wilde Träumerei einläßt.

Die Grundbefindlichkeit ist die: Wir sind hier drinnen, und er ist draußen und frei. Er ist normal und Sheriff – wir nicht. Und damit hat sich's so ungefähr.

Im Monat danach geht der Mond in die Knie. Wenn er in die Knie geht, klettere ich immer Berge hoch. Nehm ich mir gar nicht vor, kommt nur immer so – Lavafelsen – kalter, harter Stein, der früher mal heiß und klebrig war. So ist Sperma am Anfang. Leg irgendwann mal die Hände auf die Eier und atme von ganz tief unten durch. Dann wirst du sehen. Fängt unten in den Eiern kalt an und kommt warm hoch. Der letzte Mond ist in die Nieren gegangen. Verdammt schwer, dann auf dem Pferd oben zu bleiben. Eine gute Zeit zum Spargelessen, dann mußt du allerdings pinkeln, sooft du nur kannst.

Ich hab den Kandelaber überprüft. Er stammt tatsächlich aus Salt Lake City. So steht es jedenfalls unten am Sockel: Salt Lake City. Utah. Hast du einen Namen? Ich heiße Dellwood Barker.«

Während seine Stimme auf mich einsprach, ist sein Gesicht von ganz dunkel allmählich zu dem grünäugigen Cowboy geworden, von dem ich meinte, er wäre am Tag vorher zu Tode geprügelt worden.

Jeder Muskel meines Körpers hat mir befohlen, mich als Schlange durch die Gitterstäbe durchzuwinden, als Vogel durchs Fenster zu fliegen oder als Ratte über den Boden zu verschwinden, nur raus, bloß von hier weg, weil, da war ich mir sicher, das ein Geist sein mußte, der mit mir sprach. Und, so hab ich weiter überlegt, dann wär ich ja selber einer.

»Ich war in der Zelle nebenan, als sie mit dir anfingen. War fest überzeugt, sie würden dich lynchen – hast ja so schön gesungen. Als sie mich dann heut abend hier zu dir hineinwarfen, da hat's ausgesehen, als wärst du tot. Hab mir schon gedacht, sie wollten deinen Tod mir anhängen. Ich denke mir jetzt aber, er will bloß, daß wir ficken, damit er zusehen kann. Irgendwas hat er jedenfalls im Sinn.

Hast überhaupt Glück, daß du noch lebst. Bei dem Haß, den er auf Indianer hat. Hab wohl selber Glück – aber noch sind wir hier natürlich nicht raus. Und bei Sheriff Ronald R. Blumenfeld kann man nie wissen.

Über Sheriff Ronald R. Blumenfeld werden viele Geschichten erzählt. Ich kann dir aber garantieren, daß die meisten wahr sind.«

Da konnte ich nur hoffen, daß die Geschichten über Sheriff Ronald R. Blumenfeld bloß verrückte Geschichten waren, die Verrückte erzählten.

»Laß mal dein Gesicht sehn«, sagte Dellwood Barker.

Ich hab mich nicht gerührt. Wollte ihn von mir nichts sehen lassen. Da hat Dellwood Barker sein Gesicht in das Mondlichtfenster auf dem Boden gelegt. Seine Schulter hat mein Knie berührt. Er war warm – oder kühl –, ich meine, er hat sich gar nicht tot angefühlt; das heißt, falls ich nicht selber auch tot war –

falls wir also nicht beide tot waren. Hab gedacht: Wenn wir beide tot wären, wäre nur schwer zu sagen, wie Totsein wäre.

Ich hab mich aufgesetzt und bin von ihm an meinem Knie weggerutscht, damit ich Dellwood Barker ansehen konnte. Sein Gesicht lag ganz im Fenster aus Mondlicht. Es gab nur eine Stelle, gleich unter dem Haaransatz, die nicht geschwollen, blutig oder aufgeplatzt war.

Und als ich ihn so anschaute, hab ich bemerkt, daß da irgend etwas nicht stimmte. Ich hab mein linkes Auge abgeschirmt und das rechte Auge geschlossen und konnte nichts mehr sehen. Ich sah nur noch mit einem Auge.

»Sind wir tot?« hab ich gefragt.

Aus dem Mondscheinfenster hat mich sein Gesicht angeschaut und gesagt: »Nicht mehr als sonst auch. Was uns umgibt, ist sowieso bloß ein Traum, den wir träumen – eine Geschichte, die wir uns selber erzählen.«

Das Gesicht lächelte. »Aber wir sind am Leben. Keine Frage. Ich meine: Ich bin's, der diesen Traum hier träumt. Also – wenn ich's bin, dann mußt du auch noch du sein.«

»Ich denk mir, vielleicht bin ich du«, hab ich gesagt.

»Nein, ich bin ich«, hat er gesagt. »Das ist eine elementare Vorgegebenheit dieser Situation, und die müssen wir uns immer klar vor Augen halten.«

»E. . .L. . .E. . .M. . .E. . .N. . .T. . .A. . .R«, hat Dellwood buchstabiert, als ich ihn drum bat, »und das meint: wie Dinge von Grund auf sind.«

»Letzte Nacht hab ich dich geträumt und heraufbeschworen«, sagte ich, »und dich da draußen ins Straßenlicht gestellt, ich hatte aber nicht erwartet, daß der Sheriff und der Deputy dich so zusammenschlagen würden. Ehrlich – damit hatte ich nichts zu tun«, sagte ich. »Und als sie dann heute mich schlugen, da dacht' ich, vielleicht hab ich heut erst gedacht, daß ich gestern nacht du war.«

»Und wer *bist* du?« fragte er.

»Schwer zu sagen«, hab ich gesagt. »Aber meistens nicht ich selbst.«

»Du meinst, daß du ich bist, wenn du nicht du selber bist?« hat er gefragt.

»Nein«, hab ich gesagt. »Das einzige Ich, das ich kenne, bin nicht ich selbst. Ich muß wohl so geboren worden sein, und das Leben hat's bisher nicht besser gemacht.«

Dann hab ich's ausgesprochen: »Halbblut«, hab ich gesagt. Hatte das Wort bis dahin niemals laut ausgesprochen. Wußte auch gar nicht, warum ich's in dem Moment tat.

»Hab gehört, du bist irisch«, hat Dellwood Barker gesagt.

»Könnte sein«, sagte ich. »Die eine Hälfte. Aber genau weiß ich's so wenig wie du. Wissen tu ich nur, daß ich zur einen Hälfte *tybo* bin. Die andere Hälfte ist absolut indianisch – Bannock.«

»Hätt ich mir denken müssen«, sagt Dellwood Barker.

»Was denken müssen?« frage ich.

»Daß du deshalb hier bist«, sagt er.

»Was soll das wieder heißen?« frage ich.

»Der Mond hat dich in der Gewalt. Deine indianische Hälfte muß herausfinden, wer sie ist, damit du herausfinden kannst, wer du bist, der alles herauszufinden versucht«, sagt er.

Ich hab eine Weile überlegt und dann gesagt: »Das macht Sinn.« Dann hab ich erklärt: »Mit einem Namen hat alles angefangen.«

»Mit was für einem Namen?« fragt er.

»Ich hab zwei«, sage ich. »Von dem einen weiß ich, das bin nicht ich selbst – das ist der *Tybo*-Name, den hab ich oben auf dem Berg zurückgelassen. Dann gibt es den zweiten, das bin ich selbst, ich weiß nur nicht, was er bedeutet und *was* ich bin.«

»Wie heißen die Namen?« fragt er.

»Darf ich dir nicht verraten«, sage ich.

»Warum das?« fragt er.

»Du könntest der Teufel sein«, sage ich.

Während Dellwood Barker so mit mir redete, hat er mit dem Gesicht in dem Fenster aus Mondschein gelegen und zu mir aufgeschaut. Als ich ihm aber das sagte – daß er vielleicht der Teufel wäre –, da hat er zuerst weg- und dann wieder hergeschaut. Obwohl ich sein Gesicht hell und klar sehen konnte, wüßte ich nicht zu sagen, wie er damals ausgesehen hat – außer zerschlagen. Außerdem hab ich noch bemerkt, daß er nackt war. Ida Richilieu hätte ihn normalgroß genannt.

»Dann nenn ich dich einfach Aloysius«, sagt er.

»Was ist eine Sperrstunde?« hab ich gefragt.

»Die Glocke, die du letzte Nacht läuten gehört hast. Bedeutet, du mußt innerhalb von einer halben Stunde von der Straße weg und daheim sein oder in irgendeinem andern Haus drinnen«, hat er gesagt.

»S...P...E...R...R...S...T...U...N...D...E«, hat Dellwood Barker buchstabiert.

»Warum bist du denn nach der Sperrstunde herausgekommen?« hab ich gefragt.

Dellwood Barker zuckte mit den Achseln. »Es war Zeit zu gehn«, sagte er. »Halt nichts davon, mir von andern sagen zu lassen, wann etwas in Ordnung ist und wann nicht. Das hat mich immer in Schwierigkeiten gebracht«, sagte er und blieb eine Zeitlang nachdenklich still. Dann ließ er einen schweren Seufzer hören. »Nun gut«, sagte er. »Daran läßt sich nun nichts mehr ändern. Jetzt kommt alles auf Ellen und Gracie an.«

»Du hast sie nach der Sperrstunde in der Hintertür geküßt«, sagte ich.

»Genau«, sagte er. »Wo bist du da gewesen?«

»In der Rinne«, sagte ich. »Ellen oder Gracie?« fragte ich.

»Ellen«, sagte er. »Kennstse?«

»Nö«, hab ich gesagt.

»Also, der Plan ist der«, Dellwood Barker rückte näher heran und begann zu flüstern, »Ellen und Gracie werden mich hier herausholen. Und weil du hier auch einsitzt, werden sie uns beide rausholen – von dir wissen sie bloß noch nicht.«

»Warum?« hab ich gefragt.

»Warum was?« hat er gefragt.

»Warum auch mich?« hab ich gefragt.

»Brauchen alle Hilfe, die wir kriegen können. Außerdem hat mir's der Mond so gesagt«, sagt er.

»Dir was gesagt?« frage ich.

»Das mit dir«, sagt er.

»Was mit mir?« frage ich.

»Weiß ich noch nicht, nur daß es eine tolle Sache ist«, sagt er.

»Wann hat er's dir gesagt?« frage ich.

»Als er auch von mir gesprochen hat«, sagt er. »Hätt uns beide aber fast das Leben gekostet, oder?«

»Wirklich«, hab ich gesagt.

»Ellen oder Gracie – eine von beiden wird sich heut nacht zwischen Kunden herausschleichen und mein Pferd Abraham Lincoln und meinen Hund Metapher holen und mit meinen Sachen am Hintereingang warten. Wir müssen gerüstet sein. Du solltest jetzt besser aufstehen und dich ein bißchen auf den Beinen halten. Wir werden bald laufen können müssen.«

»Wie werden sie die Schlösser hier aufkriegen?« wollte ich wissen.

»Mit weiblicher Intuition«, hat er gesagt. »Mach dir keine Sorgen, denen wird schon was einfallen.«

»Warum hat der Sheriff solchen Haß auf dich?« wollte ich wissen. Meine Beine hatten Mühe hochzukommen, meine Arme haben versucht, den Beinen dabei zu helfen.

»Es liegt wahrscheinlich nur daran, daß ich mehr nach meinem eigenen Willen lebe als die meisten Leute. Und genau das kann Sheriff Ronald R. Blumenfeld nicht ertragen. Er ist Republikaner. Und dazu Mormone. Läßt immer nur Regeln gelten. Den letzten Rest hat ihm aber wohl das Bild gegeben.«

»Das Bild?« hab ich gefragt.

»Das Bild vom Mond, das ich gemalt hab – das im *Syringa* über der Theke gehangen hat. Ich male manchmal – meistens Bilder vom Mond über der Prärie. Diesmal hatte ich aber einen Haufen von splitterfasernackten Cowboys gemalt, die ganz verrückt betrunken im Mondschein um ein Lagerfeuer tanzen. Einer der Cowboys – und zwar der, der auf der eigenen kleinen heraushängenden Fidel die Fidel gespielt hat – hat dem alten Blumenfeld sehr ähnlich gesehn.«

»Warum bist du dann nach Owyhee City zurückgekommen?« hab ich gefragt.

»War Zeit, daß ich meine Freundinnen Ellen und Gracie wiedersah«, sagt er.

»Hat dir das auch der Mond gesagt?« hab ich gefragt.

»Jawoll«, hat er gesagt.

»Aber *wie* sagt dir der Mond solche Sachen?« hab ich gefragt.

»In der Mondsprache«, hat er gesagt. »Kommt aus dem Herzen. Manchmal auch aus den Eiern. In beiden Fällen mußt du aber wissen, wie man richtig hinhört.«

»Wie hört sich's denn an, wenn der Mond mit dir spricht?« hab ich gefragt.

»Wie Atmen«, hat er gesagt. »Wie dein eigenes Herz.«

Dann: »Komm her, ich zeig's dir«, hat er gesagt. »Horch!«

Als seine Hand meinen Nacken berührte, hat es eine ganze Weile gedauert, bis ich an ihm heruntergeglitten bin, seine Hand hat mich geleitet, dann lag mein Gesicht auf dem Haar an seinem Bauch. Ich hab den Kopf nach hinten gerollt, so daß mein Ohr fest an seiner Brust ruhte – Ohrhaut an Brusthaut. Vor meinem guten Auge lag sein Nippel, Dellwood atmete ganz langsam, und mit seinem Atem hob und senkte sich auch mein Kopf. Mein Atem ist schnell gegangen, mein Herz auch, das Blut ist hinunter in die Eier geströmt und wieder hoch, aber nach einer Weile haben mein Atem und Herzschlag den gleichen Rhythmus gehabt wie seiner.

Mein Ohr blieb an ihn gedrückt. Und dann hab ich ihn gehört – den Mond. Den vollen, weichen Herzlaut eines andern Wesens, das auch da war.

Als ich aufwachte, hab ich mir nur gewünscht, daß ich wieder schliefe. Vor meinem guten Auge, gleich hinter Dellwood Barkers Nippel, stand nämlich Sheriff Ronald R. Blumenfeld.

»Der nach Scheiße stinkende Injaner ist auch noch 'n schwanzlutschender Injaner, wie?« sagte der Sheriff.

Obwohl mein Herz nur auf Dellwood Barker lag, um seinen Herzschlag hören, und nicht, um ihm den Schwanz zu lutschen, hab ich nicht versucht zu erklären. Dellwood hat auch nichts erklärt. Er ist auch nicht aufgestanden. Er hat nicht einmal den Versuch gemacht, sich zu bedecken. Dellwood ist einfach liegen geblieben, mit nach hinten ausgestreckten Armen. Hat bloß den Kopf gehoben.

»Schwanzlutscher!« sagte der Sheriff. »Obszöne Perverse!« hat der Sheriff gesagt.

»O...B...S...Z...Ö...N«, buchstabierte Dellwood, »bedeutet: Du kriegst einen Steifen, wenn du es haßt, einen Steifen zu kriegen.«

»P...E...R...V...E...R...S...E...R«, buchstabierte Dellwood, »bedeutet: Anders sein – und das heißt: nicht Ronald R. Blumenfeld sein.«

Sheriff Blumenfeld schritt an seinen Schreibtisch, hat seine Laterne auf den Schreibtisch gestellt, hat Handschellen aus der Schublade herausgenommen und die Handschellen in die Zelle geworfen. Sie sind Dellwood Barker vor die Füße gefallen.

»Fessel den Injaner an 'nen Gitterstab vom Fenster«, hat der Sheriff gesagt, seinen Revolver gezogen und angefangen, daran zu lutschen.

Dellwood Barker ist aufgestanden und hat sich zu mir umgedreht. »Vertrau mir«, hat er gesagt, so, daß nur ich es hören konnte.

In unserm Teil des Gefängnisses war es dunkel, aber Dellwoods grüne Augen konnte ich sehen. Dellwood begann, mir die Handschellen um die Armgelenke zu legen.

Vertrau.

Ich bin an die Fensterstäbe gefesselt worden.

Ich hab jede Sekunde mit dem lauten Knall einer Waffe gerechnet. Was ich statt dessen hörte, das war der Mond, der zu mir sprach – meinen Atem, das Pochen meines Herzens.

Dellwood Barker ging auf den Sheriff zu, ganz direkt, ohne Hemmungen. Sheriff Ronald R. Blumenfeld kam ins Schlottern und Schwitzen. Dellwood Barker kniete sich hin, packte den Sheriff am Gürtel und zog ihn ans Gitter heran. Der Sheriff richtete die Waffe genau auf Dellwoods Kopf – die Waffe war noch nicht gesichert –, bereit, sein Blut zu verspritzen.

»Letzte Bitte eines Sterbenden«, hat Dellwood Barker gesagt. »Die kannst du mir doch nicht abschlagen, oder, Sheriff?«

Dellwood hat dem Sheriff den Hosenlatz aufgemacht, und der Sheriff hat ihn machen lassen – das heißt, solange bis Dellwood die Hand in der Hose des Sheriffs hatte. Da hat er sich losgezerrt – oder wenigstens damit angefangen.

»Nun komm schon, Sheriff, das machen wir ja nicht zum erstenmal«, sagte Dellwood Barker, »du kannst jetzt nicht einfach aufhören.«

Und was ich dann sah – ich konnte einfach nicht glauben, was ich dann sah: wie Dellwood Barker ein obszöner Perverser wurde – wie er das beste Schwanzlutschen machte, das mein gutes Auge je gesehen hatte. Es war so gut, daß ich mir nur wünschte, mein schlechtes Auge wäre nicht schlecht, damit ich mehr sehen könnte.

Der Revolverlauf des Sheriffs begann in alle Richtungen zu

zeigen, am meisten aber auf mich. Ja, der Sheriff ließ mich nicht aus den Augen, er murmelte vor sich hin, irgend so was von einem großen, nackten Indianer, und ich hab verstanden, daß er da wohl mich meinen müßte, und deshalb bin ich aus dem Schatten in den Lichtschein von der Laterne auf dem Schreibtisch getreten, damit der Sheriff besser erkennen könnte, worüber er stöhnte.

Auf einmal ist von nirgendwo Ellen Finton neben dem Sheriff gestanden.

»Sheriff Ronald R. Blumenfeld!« rief Ellen. »Im Saloon bringen sich die Männer gegenseitig um! Sie müssen sofort kommen!«

Sofort kommen – genau das tat der Sheriff.

Ellen beugte sich vornüber und nahm ihm die Waffe aus der Hand.

»Männer!« schrie Ellen. »Wie könnt Ihr in so 'nem Augenblick an Verkehr denken! Da *leiden* unschuldige Menschen, weil Recht und Ordnung verletzt werden, und Ihr nutzt hilflose Gefangene sexuell aus!«

Ellen faßte sich zwischen die Titten und zog ein Tuch hervor, wischte den Sheriff ab, steckte ihn wieder zurück in die Hose und knöpfte sie zu, das ging so schnell, man hätte nicht mal Zeit gehabt, um zu sagen: »Lobet den Herrn.«

Sheriff Blumenfeld rannte los zur Tür, und in dem Moment hat Ellen die Schlüssel heimlich Dellwood zukommen lassen.

»Handschellen-Schlüssel sind dabei«, sagte sie. »Hätt dir 'n paar Sachen zum Anziehn kaufen solln, daran hab ich nicht gedacht. Gott mit dir.«

Da fiel Ellens Blick auf mich. »Draußen-im-Schuppen!« Ihre Lippen bewegten meinen Namen, sie sprach ihn aber nicht laut aus. Ihr sind dicke Tränen in die Augen gekommen. Sie hat geschluckt und den Kopf nach hinten geworfen und sich nicht mal Zeit zum Luftholen gelassen.

»Wie konnten Sie nur so was tun, Sheriff!?« Ellen Finton schrie es dem Sheriff nach, der die Union Street hoch lief. »Und mit einem *Mann*! Auch das noch! Und als die Gemeinde Sie dringend brauchte!«

Dellwood war als erster durch die Tür und draußen, ich ihm nach. Und tatsächlich, hinter dem Gefängnis hat Abraham Lincoln auf uns gewartet, und Dellwoods Hund Metapher auch. Dellwood ist auf Abraham Lincolns Rücken gesprungen und hat dann mir hochgeholfen.

Als wir am Fenster vom Gefängnis vorbeiritten, hat Dellwood Abraham Lincoln zum Stehen gebracht und in der Bettrolle, die am Sattel festgebunden war, zu suchen angefangen. Er hat eine Münze herausgezogen, ein glänzendes Dime-Stück, und ins Gefängnisfenster geworfen.

»Mußt immer Dankeschön sagen, wenn du wo gewesen bist«, sagte Dellwood. »Mußt ein Geschenk machen, ganz gleich, ob der Ort angenehm für dich war oder nicht. Ich schenk gewöhnlich 'n Dime. Für mich ist Dime wie Mond.«

Wir sind die Union Street hinuntergeritten, die Straßenlaternen liefen an uns vorbei, eins, zwei, drei, vier, fünf, bis zur Abwasserrinne hinter der katholischen Kirche, um mein Tollkraut und meinen Lederbeutel zu holen, dann sind wir zusammen aus dem Licht hinaus in die Nacht – Dellwood Barker und ich auf dem Rücken von Abraham Lincoln, und Metapher. Der Mond hat sein Licht über alles gelegt und hat alles zum Leuchten gebracht – das Silber am Zaumzeug, den glitzernden Pferdeschweiß, Metaphers Augen und die Haut an Nacken und Armen von Dellwood Barker. Manchmal haben auch Felsen geschimmert. Und langgedehnte, flache Strecken. Schatten – Beifuß und Bitterwurzel, Felsblöcke, dann und wann ein Baum – dunkle Unbekannte, die auf uns warteten und zuschauten, wie wir auf und davon sind.

Wir sind für immer weitergeritten auf dem Weg durch das

Dunkel, der Himmel hat uns umfangen, wir sind eingehüllt worden in ein rundes, weites, ein stilles, reflektierendes Licht.

Kurz vor Anbruch der Dämmerung haben wir den Fluß gerochen. Mein gutes Auge hat ein paar niedrige Hügel erkennen können. Dellwood hat die Zügel angezogen und Abraham Lincoln schließlich zum Stehen gebracht. Ich bin mehr vom Pferd runtergefallen als abgesessen. Bin wund gewesen, am ganzen Körper – besonders am Hintern vom Reiten mit nackter Haut auf Pferd und Satteldecke.

Dellwood Barker hat Abraham Lincoln den Sattel abgeschnallt und dann das Zaumzeug abgenommen, hat dem Pferd die Zügel locker um den Hals gebunden und Abraham Lincoln durch eine Gruppe Weidenbäume geführt.

»Kally's River«, hat Dellwood erklärt.

Während Abraham Lincoln trank, hat Dellwood Barker Fluß über das Pferd geschüttet und zu ihm gesprochen, wie wenn das Pferd ein Mensch wäre, und hat Abraham Lincoln gedankt für die tüchtige Laufleistung bei so schwerem Gewicht auf dem Rücken. Metapher hat geduldig in der Nähe gesessen und drauf gewartet, daß Dellwood auch ihn beachtete, und ein bißchen gewinselt und ist immer näher an Dellwood herangekrochen.

Der Mond ist groß und voll am Himmel gestanden – eine Frucht, so reif, daß sie tropfte. Der Himmel war mehr dunkelblau als schwarz, die Sterne waren Flecken von Eisenkies in dem dunklen Wasser da oben. Ich bin zu einer Stelle am Fluß gegangen, wo der helle Mondschein lockte. Hab mich auf einen Felsen hingesetzt und meine Füße ins Wasser gesteckt. Der Fluß ist über die Felsen hingeströmt – ein schöneres Geräusch konnte ich mir gar nicht vorstellen. Ich hab dies Geräusch in meinen Kopf hineingenommen anstelle von dem, was mir im Kopf herumging – viel Jammern und Klagen über meinen wunden Rücken.

Als meine Füße sich an den Fluß gewöhnt hatten, wollte auch mein übriger Körper hinein, deshalb bin ich zu einer Stelle gewatet, wo ich bis an die Achselhöhlen im Wasser sitzen konnte. Hab den Kopf zurückgelegt, ins Wasser, bis an die Ohren, und gehorcht – auf den Fluß und auf die Felsen in der Strömung.

Metapher hat am Ufer gestanden und schlabbernd getrunken. Neben Metapher kniete Dellwood, beugte sich vor, hat wie sein Hund Fluß in sich hineingeschlabbert, stand auf, ist ins Wasser hineingewatet und setzte sich neben mich.

Das Auffallende an Dellwood war seine Haut – ganz weiß, und aus dieser Haut wuchs schwarzes Haar, hier und da war es auch grau. Ich hab ihm nicht in die Augen geschaut – sie waren mir zu groß und zu grün.

Über seinen Körper wußte ich bereits eine Menge. Ich hab mir ausgerechnet, daß er gut vierzig Jahre alt war. Das Leben mußte für ihn hart gewesen sein, es zeigte sich an den Falten im Gesicht, an Narben von Messerwunden auf seinem Bauch und an den Peitschenstriemen auf dem Rücken. Seine langen Cowboy-Arme und breiten Schultern brauchten Nahrung. Die Beine waren kräftig. Kräftige Muskeln am Hintern. Er hatte schwarzes Haar auf der Brust, das an ihm herunterwuchs bis wo das Haar ganz dicht wird, und sein Schwanz reckte sich ab und an in den Mondschein.

An Dellwoods Körper war noch etwas anderes auffällig – ich hatte es in der großen Unruhe zunächst wieder vergessen, doch als ich jetzt in Kally's River Bein an Bein neben ihm saß, da hat meine Nase mich wieder dran erinnert.

Daß Männer Körpergeruch haben, war für mich, bei meinem Gewerbe, nichts Neues; doch Dellwood Barkers Geruch war für mich neu. Wie die meisten Männer hat auch er hauptsächlich nach Atem und Schweiß gerochen – von den Zigaretten, die er sich drehte, von Whiskey, und wenn er Bier trank, von Bier. Und wie bei den meisten Männern hat der Schweiß auch bei ihm nach

Samen und Arschloch gerochen; und das sogar nach gründlichem Waschen.

Nicht, daß Dellwood Barker ganz anders gerochen hätte als die meisten Männer – bei ihm war der Geruch nur viel stärker –, ein Keller voll fauler Äpfel oder Kartoffeln oder das Gedärm eines Rehs, wenn du das Reh aufschlitzt. Pferde-Atem, wenn das Pferd Birnen gefressen hat. Kräftig, so wie Moos riecht, wenn du im Frühling Moos aus der Erde reißt.

Roch so – ich stellte mir vor, daß so ein Stier empfinden mußte, dem eine läufige Kuh in die Nase juckt, das war so geil, daß du einfach wiederkommen mußtest.

Hat nicht lang gedauert, bis Dellwoods Geruch und mein Denken an Dellwood, Dellwoods Bein an meinem Bein und der Mond über der Flußströmung und über uns mir einfach zu viel wurde. Ich hab's am Ende geschafft, aufzustehen und wieder zurück ans Ufer zu gelangen; dort bin ich stehengeblieben, und da ist auch Dellwood stehengeblieben, bis das Zittern aufhörte.

Dellwood hat ein Dime-Stück in den Fluß geworfen, und als wir aufgesessen waren, ist Abraham Lincoln nicht mehr gelaufen – ehrlich gesagt: Er konnte kaum mehr gehen. Wir sind trotzdem weiter auf Abraham Lincoln geritten; Dellwood und mir ist gar nichts anderes übriggeblieben. Doch Metapher hatte immer noch eine Menge Kraft. Er ist vorausgelaufen oder hinter einem Eselhasen her auf und davon.

»Ein Hund wird nur müde, wenn ihm langweilig ist«, hat Dellwood Barker gesagt. »Und Metapher ist heut nacht bestimmt nicht langweilig.«

Wir sind dem Flußlauf gefolgt. Manchmal hab ich geschlafen, mit beiden Armen um Dellwood Barker, und der Mund ist mir offen gestanden, und ich hab Dellwood den Rücken vollgesabbert. Manchmal hat Dellwood geschlafen, im Sattel vornübergebeugt, während ich die Zügel gehalten und ihn vorm Runterfallen bewahrt hab. Manchmal hat Abraham Lincoln geschlafen.

Ein paarmal bin ich aufgewacht, und wir haben mitten in der flachen Ebene gestanden, ich weiß nicht wo, und alle drei laut geschnarcht.

Als ich das nächste Mal aufgewacht bin, standen wir an einer Biegung des Flusses. Dellwood war auch wach. Alle drei waren wir wach. Ich bin zuerst vom Pferd gestiegen und hab dann Dellwood aus dem Sattel geholfen. Wir sind durch ein bißchen Schilfgras gelaufen, zu einer Sandstelle neben einer heißen Quelle nicht weit vom Fluß entfernt. Hinter einem Hügel ging eben die Sonne auf, ringsum war alles rosa und golden von Morgen. Dellwood hat Abraham Lincoln wieder Sattel und Zaumzeug abgenommen, hat das Lasso gepackt und zu einem losen Knoten um den Hals des Pferdes gebunden und hat Abraham Lincoln zum Grasen frei laufen lassen. Dellwood hat den Beinknochen von einem Lamm aus der Packtasche geholt und hat ihn Metapher gegeben, und der Hund hat sich gleich ans Fressen gemacht und beim Fressen geheult. Ich hab mich im Sand ausgestreckt. Meine Muskeln haben sich wohlgefühlt und waren überhaupt nicht mehr verspannt.

»Auf der anderen Seite von diesem Hügel leben Freunde von mir«, sagte Dellwood. »Ich will mal sehn, ob ich bei ihnen was zum Anziehen und etwas zu essen bekommen kann. Du bleibst am besten hier, denk ich. Ein nackter Mann läßt sich leichter erklären – bei zweien fällt's schwer.«

»Brauchst du Geld?« hab ich gefragt.

Dellwood hat schwach gelächelt. »Nun, die Leute hinterm Hügel sind großzügig. Aber wenn ich etwas Geld hätte, könnte ich dir vielleicht ein Pferd satteln lassen.«

Da hielt ich den richtigen Zeitpunkt für gekommen.

»Man nennt mich Draußen-im-Schuppen«, sagte ich. »Mein indianischer Name heißt Duivichi-un-Dua. Sind dreißig Dollar genug?«

Dellwood ging in die Hocke und strich mit dem Zeigefinger

durch den Sand. Es wurde langsam Tag. Ich mußte immer mehr dran denken, daß wir beide nackt waren. Es ging mir besser; das hieß, daß es auch meinem Schwanz wieder besser ging. Ich hatte Angst, daß es meinem Schwanz zu gut gehen könnte. Ich zog die Beine hoch und legte die Arme um die Knie.

»Draußen-im-Schuppen«, hat er gesagt. »Hübscher Name. Obwohl irgendwie ein bißchen lang. Der andere Name ist auch wirklich hübsch, aber für mich zu schwierig. Wie wär's, wenn ich dich einfach Schupp nennen würde?«

»Schupp ist prima«, hab ich gesagt.

»Dreißig Dollar dürften reichen«, hat er gesagt.

Ich hab den Beutel geöffnet und vierzig Dollar ausgezählt.

»Vielleicht sollt ich dich mit ›Herr‹ anreden. Bei dem vielen Geld, das du hast«, sagt er.

»Herr Schupp!« hab ich gesagt.

»Darf ich fragen, wie du an das viele Geld gekommen bist?« hat er gefragt.

»Hab ich mir verdient«, hab ich gesagt.

»Und wie hast du das gemacht?« hat er gefragt.

»Draußen im Schuppen«, hab ich gesagt.

»Ach so«, hat er gesagt, »draußen im Schuppen.«

Als Dellwood Barker seinen weißen Hintern den Abhang des Hügels hochbewegte, war die Sonne bereits voll aufgegangen. Abraham Lincoln blieb bei mir, Metapher auch, obwohl Metapher das gar nicht wollte. Ich bin zum Hund rübergegangen, um mich ein bißchen mit ihm anzufreunden, da hat Metapher aber nur seinen Lammknochen gepackt und die Zähne gefletscht und geknurrt.

Das Flußgeräusch hat mir gesagt, ich sollte näherkommen, und das hab ich dann auch getan. Am Ufer gegenüber, am Fuße eines Hügels, hat eine Gruppe Fichten gestanden – Freunde, die ich lange schmerzlich vermißt hatte –, war mir gar nicht klar gewesen, wie sehr, bis in diesem Moment der Wind durch sie wehte.

Ich sprang in den Fluß hinein – ein enges Bett, und tief dazu. Ich tauchte auf den Grund, hielt mein gutes Auge weit geöffnet und hab beobachtet, wie sich vor mir meine Arme bewegten, hab das Sonnenlicht im Wasser beobachtet, die Farben bis zum Schlamm auf dem Grund, dann zurück und wieder hoch, bis wo das warme Wasser aus der Quelle in den Fluß getreten ist.

Hab mich am Ufer auf einen großen, weißen, runden Fels hingekauert. Die Sonne hat mir in die Augen geleuchtet so wie der Mond am selben Fluß neben Dellwood in der Nacht davor. Hab am ganzen Körper Gänsehaut gekriegt, bin wieder ins Zittern gekommen, die Nase ist mir gelaufen, mein Atem war schwer. Hab mich gebuckelt wie ein Fels, als ich auf einem Felsen saß.

Da hat mein gutes Auge die Forelle im seichten Uferwasser bemerkt, und kaum hatte ich die Forelle bemerkt, da hab ich einen Stein gepackt und geworfen. Beim erstenmal hab ich die Forelle betäubt. Mit dem zweiten Stein hab ich sie getötet.

Ich hatte schon lang nichts mehr gegessen. Ich hatte die Zeit gar nicht gezählt. Als ich nachrechnete, war es drei Tage her, seit Excellent nicht mehr.

»Drei Tage!« hab ich laut gesagt. Ist mir mehr wie drei Monate vorgekommen.

Ich hab die Forelle in die Höhe gehalten, so wie's vielleicht mein Großvater getan hatte, oder meine Großmutter, und hab dem Großen Geheimnis für diese Forelle, meine Speise, ein Dankgebet gesprochen, hab Wörter gebraucht, bei denen ich mir nicht sicher war, ob das Große Geheimnis mich hören würde – *tybo*-Wörter.

Nach dem Gebet bin ich ganz für mich allein und lebendig mit der toten Forelle im Fluß gestanden. Hab der Forelle erklärt, es täte mir leid und daß ich selbst auch eines Tages tot sein würde.

Ich hab Schlamm und Fichtennadeln um die Forelle gepackt, wie ich's bei meiner Mutter beobachtet hatte, und ein Feuer gemacht – genauso, wie sie Feuer gelegt hatte.

Als die Forelle gebraten war, hab ich die Forelle gegessen und das Essen genossen – ein paar Bissen hab ich Metapher abgegeben. Die Gräten und Innereien hab ich dem Fluß wiedergegeben.

Ich bin eingeschlafen und hab von der Forelle geträumt und bin die Forelle gewesen, die im Fluß schwamm.

Bin aufgewacht, als Abraham Lincoln mich mit den Nüstern anstieß. Er hatte das Ende des Lassos erreicht und wollte noch mehr Gras. Ich hab ihn flußaufwärts geführt – ich meine, *sie* flußaufwärts geführt, weil Abraham Lincoln nämlich eine Mähre war. Ich hab mich gefragt, wie ein Mensch seiner Mähre bloß einen Männernamen geben konnte – den Namen eines Präsidenten wie Abraham Lincoln.

Hatte aber schließlich schon verrücktere Geschichten gehört.

Ich bin wieder ins Wasser gesprungen und auf die andere Seite geschwommen, Metapher mir nach, er begann mich endlich zu mögen, ich hatte ihn ja schon gern. Wir stiegen gemeinsam ans Ufer, und als wir oben auf dem Hügel ankamen – dort, wo ich Dellwoods weißen Hintern zuletzt gesehen hatte –, ragte dort ein riesiger Lavafelsen aus der Erde. Ich bin den Felsen hinaufgeklettert, half Metapher nach, und wir ließen uns nieder.

Genau unter mir im Tal standen, von einer Ziegelmauer umgeben, drei große Ziegelsteinhäuser – zwei Häuser und eine Kirche mit einem Kreuz obenauf.

Über der Kirchentür stand zu lesen *Sankt Franziskus von Assisi*. Der Fluß floß um den Hügel herum, vor dem Sankt Franziskus von Assisi vorbei und zerstäubte zu weißem Wasser, als er über den Rand in einen großen Wasserfall strömte, der einen Regenbogen gemacht hat.

Vor den Mauern des Sankt Franziskus von Assisi draußen gab

es Quadrate, in denen Grün wuchs. Grün war auch die Umgebung des Flusses, vor allem in der Nähe des Wasserfalls. Überall sonst sahst du nur Erdfarben – von rot bis braun –, außer dort, wo silbergrauer und rostroter Beifuß stand.

Soweit ich ringsum erkennen konnte, zog sich das Gebirgstal eben und flach in die Länge, und die ebene Fläche war weit. Am Horizont reckten sich purpurne Stummel – Fingernägel oder Zähne. Aber nichts war so groß wie der Himmel, der blau – unendlich blau – über allem hing.

Während wir auf dem Hügel dasaßen, haben wir aber nicht eine Menschenseele gesehen, in der ganzen Zeit niemand, der, der den Kopf aus den Gebäuden gesteckt hätte oder vor der Mauer draußen gegangen wäre.

Da war noch was, das wir nicht gesehen haben.

Keine Büffel – bloß die leere, hügelige Erde, das weiße Wasser, den Wind, den hechelnden Metapher und Mondsprache: mein Atem, das Pochen meines Herzens.

Als wir zurückkamen, lag Abraham Lincoln am Wasser und blickte aufs Wasser hinaus, wie wenn sie über etwas nachdächte. Ich hab mich neben sie gesetzt, und dann setzte Metapher sich neben uns beide. Dellwoods Sachen lagen aufgerollt dicht neben Abraham Lincoln.

Ich dachte: Ach, was soll's – vielleicht könnte ich seine menschliche Geschichte besser verstehen, wenn ich hineinschaute, und hab daher sein gerolltes Bettzeug aufgemacht und einen Blick hineingeworfen.

Sein gerolltes Bettzeug war ein Stück Segeltuch mit eingenähten Taschen. In den Taschen befand sich ein Bowie-Messer, ein Stück Seife, ein Kaffeetopf, eine Blechtasse, eine Bratpfanne, ein Blechteller, eine Dose Kaffee, Tabak, Zigarettenpapier und Streichhölzer.

Dann hab ich etwas entdeckt und hab sofort genau gewußt, was es war: sein Medizinbeutel – eine Adlerfeder, eine Eulenfeder, eine Rassel, eine Pfeife aus Adlerknochen und einen Lederbeutel mit Dime-Münzen.

Außer dem gerollten Bettzeug gab es da noch einen Beutel mit Haferflocken, eine Feldflasche mit Wasser, seine .22 Automatik, seinen sechsschüssigen Revolver und das Halfter.

Dann hab ich das Buch bemerkt.

Das Buch war total zerfetzt und hing kaum mehr zusammen. War mit Bindfaden umbunden. Der Umschlag zeigte einen Umriß vom Mond. Der Titel lautete *Geheimnisse des Mondes*. Ich hab den Bindfaden gelöst und die Seiten umgeblättert. Auf jeder Seite stand etwas Neues: Mondphasen, Mondfinsternis, der Mond im Skorpion, der Mond im Krebs, der Mond in den Fischen, der Mond in den übrigen Sternzeichen – zusammen waren es zwölf –, für jeden Monat eins. Das Buch nannte Speisen, die man essen sollte, und Speisen, die man nicht essen sollte; wann man sie essen sollte und wann man sie nicht essen sollte. Wann es richtig war, Geschlechtsverkehr zu haben, und wann nicht. Wann der Mond so stand, daß es richtig war, ein Abführmittel zu nehmen, wann Wurzelgemüse gepflanzt werden mußte, wann man sich das Haar schneiden lassen sollte, und sogar, wann man sich die Ohren waschen mußte.

Ein weiterer Teil des Buches hieß »Mondwahnsinn«, das bedeutet, daß der Mond dich manchmal sogar verrückt machen kann, und in solchen Zeiten – und die gibt es oft – mußt du Hochprozentiges und die Gesellschaft von Frauen meiden, die ihre Periode haben.

Ich war voll damit beschäftigt, die Stellen zu lesen, wo zu lesen stand, wann man keinen Geschlechtsverkehr haben sollte – der Tag, an dem ich das las, gehörte nicht zu ihnen, soweit ich's verstand –, als aus den Seiten etwas herausgefallen ist.

Ich hob es auf. Es war eine Fotografie. Es war die Fotografie einer Frau. Es war die Fotografie einer Indianerfrau.

Es war die Fotografie meiner Mutter.

Meine Mutter in Dellwood Barkers Mondbuch, von wo sie zu ihm aufblickte.

Mein erster Gedanke war, daß Dellwood Barker draußen im Schuppen hinter Idas rosarotem Hotel in Excellent, Idaho, hinter den Spiegel gegangen war und die Fotografie gestohlen hatte.

Dann hab ich die Fotografie umgedreht. Soweit ich's mit meinem guten Auge entziffern konnte, hat die Schrift gesagt: *Für meinen liebenden Mann, 1881.*

Als Dellwood Barker wieder zurückkam, ging die Sonne unter. Metapher und Abraham Lincoln haben ihn kommen gehört, bevor ich ihn hörte. Was ich hörte, war ein Pferd, das weiter unten den Fluß durchquerte, dann einen hohen Pfeifton.

»Tut dein Anblick meinen müden Augen gut!« hat er gesagt.

Dagegen war Dellwood ein Anblick, der meinen müden Augen guttat – voller Leben, mit Hosen und Stiefeln und Stroh-Hut. »Das hier ist ein Pferd«, hat er zu mir gesagt und danach zu dem Pferd: »Pferd, das hier ist ... Darf ich ihm deinen Namen sagen?« hat er gefragt.

»Klar«, hab ich gesagt.

»... dies hier ist Schupp, Pferd. Seine anderen Namen wird er dir später selber sagen«, hat Dellwood gesagt.

Ich hab dem Pferd in die Augen geblickt. Hab's auf der Stelle richtig gern gehabt. Hätt nie gedacht, daß ich so gut sein könnte, ein so wunderschönes Pferd zu bekommen – einen großen Rappen, einen Hengst mit Teufelsaugen.

»Halb Morgan, halb Quarterhorse. Siebenundzwanzig Dollar und fünfzig Cents, Decke und Zaumzeug einbegriffen. Die Franziskaner verstehn was vom Feilschen. Da hast du dein Wechselgeld – zwölf Dollar und fünfzig Cents.«

Er gab mir das Geld auf die Hand. »Zähl nach!« sagte er. »Sie haben mir ein paar Stiefel und ein Paar Hosen und einen Hut geschenkt – auch ein Hemd. Ich denke, das Hemd und der Hut würden dir auch passen, wenn du sie möchtest. Stiefel und Hosen dürften dir wohl kaum passen. Du bist ein verdammt großer Jung!« hat Dellwood gesagt und mich von Kopf bis Fuß gemustert.

»Was für'n Namen wirste deinem Pferd geben?« hat er gefragt.

»Princess«, hab ich gesagt.

»Aber dein Pferd ist ein Hengst!« hat Dellwood gesagt.

»Abraham Lincoln ist eine Mähre!« hab ich gesagt.

»Einverstanden«, hat Dellwood gesagt.

Das Schwarz des Pferdes war beinah blau. Ich bin zu Princess rübergegangen, hab ihm die Hand auf den Hals gelegt und den Kopf auf seine Schulter. Menschenohr an Pferdehaut – da hast du hören können, wie sein Pferdeherz klopfte. Ich hab auf der Stelle gewußt, daß er mich auch lieben würde.

Da mußte ich richtig schlucken – von einem so großen und blauen und obendrein wilden Wesen geliebt zu werden und es selber zu lieben!

Ich hab Princess zu Abraham Lincoln geführt, und die beiden haben sich erst einmal richtig gemessen, Abraham Lincoln hat die Ohren nach hinten gestellt und hat ein paar Furze gelassen, und Princess ist herumgestelzt und hat sich wichtig getan, und Abraham Lincoln hat ihr die Zähne gezeigt und hat ein paarmal nach hinten ausgeschlagen. Metapher war ganz nahbei, nahm alles in sich auf, blieb auf der Stelle, ohne sich auch nur zu rühren, während er mit dem Schwanz die Erde schlug.

»Diese beiden Pferde werden sich eines Tags ganz verrückt ficken«, hat Dellwood gesagt, indem er seine grünen Augen genau auf mein gutes Auge richtete. »Das wissen beide. Es ist ganz einfach – was dir einen Steifen macht, darauf bist du scharf«, sagte Dellwood. »Die warten bloß auf den richtigen Augenblick.«

»Einfach so«, sagte ich.

»Ist doch wahr!« hat Dellwood gesagt.

Die Wahrheit war aber nicht einfach: Ich hab *gedacht*, Dellwood Barker wäre mein Vater! Und was hab ich *getan?* – ich hab ihm einen Steifen gemacht – mein Vater war auf mich scharf!

Da hab ich mir überlegt: Wenn Dellwood Barker wirklich mein Vater wäre, dann wär er nicht hinter mir her. Es ist doch nicht so, daß ein Vater bei seinem Sohn einen Steifen kriegt – außerdem sah Dellwood Barker mir an keinem einzigen Körperteil ähnlich – weder an Haar, Augen, Haut noch am Schwanz – in gar nichts. Es mußte wohl so gewesen sein, daß er und meine Mutter sich getrennt hatten und schließlich geschieden worden waren.

Es war aber so: Egal was ich mit meinem Kopf gedacht hab, mein Herz hat mir gesagt, daß Dellwood Barker mein Vater war.

Und es kam so: Bei dem Schein seiner grünen Augen hab ich selber einen Steifen bekommen.

Wir haben es beide gewußt, Dellwood Barker und ich, daß wir uns ganz verrückt ficken würden. Wir warteten nur auf den richtigen Augenblick.

Ich band Princess neben Abraham Lincoln an, während Dellwood Barker sein gerolltes Bettzeug geöffnet hat. Er nahm den Kaffeetopf und die Pfanne heraus und ließ das Segeltuch mit den eingenähten Taschen offen auf dem Boden liegen. Aus der einen Tasche konnte ich gerade den Umschlag des Buches *Geheimnisse des Mondes* herausragen sehn.

»Wirf mir die Spannrippe aus dem Jutesack rüber, ja!« hat Dellwood Barker gebrüllt.

Ich hab den Sack aufgemacht. Drinnen waren zwei große Brote, ein paar Tomaten, ein gutes Dutzend Kartoffeln, ein großes Stück Käse und Äpfel. Einen Apfel hatte ich im Nu verschlungen; ich aß einen zweiten. Die Spannrippe fand ich ganz unten, außerdem eine zugekorkte grüne Flasche mit einer bräunlichen Flüssigkeit.

»Bring auch die Flasche mit, ja?« sagte Dellwood.

Ich hab ihm die Spannrippe und die Flasche gebracht. Dellwood hat einen Schluck genommen, hat mir aber keinen angeboten. Ich dachte, was soll's – hab das Tollkraut aus meinem Lederbeutel genommen, mir damit eine Zigarette gedreht, sie angesteckt, ein bißchen geraucht und sie danach Dellwood Barker gegeben. Er hat die Zigarette angenommen, hat mich zuerst angesehen und dann inhaliert. Wir haben sie wortlos zu Ende geraucht. Als das brennende Stück Dellwoods Fingern zu nah kam, hat er den letzten Rest gegessen.

Das Tollkraut hat uns einen mächtigen Kick versetzt, und alles ist so gekommen, wie's eben in einer klaren, stillen Nacht so kommt, wenn's Tollkraut gut ist. Außer den Geräuschen von der bratenden Spannrippe waren nur die Pferde zu hören und der Fluß, und dann und wann das Heulen eines Kojoten. Und die Sprache des Mondes: mein Atem, mein Herzschlag.

Ich zog das Hemd an. Es war kein Hemd, sondern ein Nachthemd – eine Art Nachthemd, das Ida Richilieus Kunden anziehen mußten, wenn sie die Nacht über blieben und keine langen Unterhosen anhatten. Das Nachthemd war weiß und ging mir bis an die Knie. Die Ärmel waren zu kurz; deshalb hab ich sie hochgerollt. Der Mond hat über das ganze Hemd geleuchtet; es hat richtig geglüht.

Ich bin an den Fluß gegangen, hab mich gebückt und mir Fluß ins Gesicht geklatscht, die Hände hohl gemacht und Fluß und Mond an die Lippen geführt und getrunken. Ich hab meinen Kopf in den Fluß gesteckt.

»Suppe ist fertig!« hat Dellwood Barker gerufen.

»Siehst ja aus wie'n Gespenst!« hat Dellwood Barker gesagt, als ich ans Feuer kam. Er trank einmal tief aus der Flasche und reichte sie mir.

»Brandy!« sagte er. »Besser'n gibt's nicht. Diese Typen vom Sankt Franzsikus von Assisi sind wirklich keine Trottel.«

Ich hab einen tüchtigen Schluck von diesem »besser'n-gibt's-nicht«-Brandy genommen; meine Kehle hat aufgeschrien: *Feuerwasser!* Ich hab alles getan, um nicht blöd zu wirken, als ich an dem Zeug fast erstickte, und deshalb rasch noch einen Schluck genommen.

Als ich das Husten hinter mich gebracht hatte, reichte Dellwood mir den Teller; er war gehäuft voll mit Kartoffeln, Tomaten und Spannrippe. Er selbst aß aus der Pfanne, indem er große Stücke Brot in das Fett tunkte. Die Tasse mit Kaffee drin haben wir geteilt, wie wenn wir das »besser's-gibt's-nicht«-Feuerwasser aus der grünen Flasche getrunken hätten. Ich hatte als erster aufgegessen; deshalb hat mir Dellwood noch etwas von sich abgegeben.

»Ist das katholisch?« wollte ich wissen.

»Was?« hat er gefragt.

»Der Sankt Franziskus von Assisi«, habe ich gesagt.

»Jawoll«, hat er gesagt. »Der Heilige Franziskus von Assisi ist ein katholischer Heiliger gewesen. Er hat zu Tieren sprechen können, und sie haben ihm geantwortet.«

»Können das alle Katholiken?« habe ich gefragt.

»Nö«, hat er gesagt. »Das hat bloß der Sankt Franziskus gekonnt.«

»Scheint gut, solche Freunde zu haben«, sagte ich.

»Jawoll.« Er lachte. »Du hättest mal ihre Gesichter sehen sollen heut morgen, als ich an ihrer Tür klopfte. Pater Jack – das ist der Chef von denen da unten – hat nur einen raschen Blick auf mich geworfen und verkündet, daß ich unverzüglich auf sein Zimmer gebracht werden müßte, damit er mich persönlich pflegen konnte.«

»Kennst du diese Franziskaner schon lang?« hab ich gefragt.

»Jawoll. Wir sind Freunde seit damals, als ich ihnen gezeigt hab, wie sie Eselhasen und Wild von ihren Obstbäumen und ihrem Gemüsegarten fernhalten konnten. Klar, die Franziskaner haben angenommen, daß es für mein Vorgehen eine wissenschaftliche Erklärung gab. Gab's aber nicht. Ich hab einfach nur getan, was der Heilige Franziskus getan hat – hab zu den Tieren gesprochen, ihnen Geschenke gemacht, sie gebeten, doch freundlicherweise den Obstbäumen und dem Gemüsegarten der Franziskaner wegzubleiben.

Nach ungefähr einer Woche haben die Tiere endlich auf mich gehört. Es dauert immer eine Weile, bis man sich genau richtig ausdrückt, damit man verstanden wird.

Als Pater Jack sah, was ich bewirkt hatte, da hat er eine große Zuneigung zu mir entwickelt, wegen des Erfolgs meiner Bemühungen.

›Gibt es irgendeine Möglichkeit, wie ich mich Ihnen erkenntlich zeigen kann, Dellwood?‹ hat er gefragt – Pater Jack ist so ein großer, schwerfälliger Kerl von Mann mit Rotbart und schönen Füßen. Ich habe eine Zeitlang nachgedacht und dann gesagt: ›Klar, Jack‹ – ich rede ihn immer bloß mit Jack an – und ihm gesagt, was ich mir wünschte.

Da hat er zuerst einmal eine Zeitlang beten müssen – was ich mir wünschte, war nämlich für ihn richtig Sünde –, 's war aber, wie sich dann herausstellte, genau das, was Jack gebraucht hat. Und dann gab's schließlich noch die Buße. Hat ihm schrecklich gut getan.«

»B...U...S...S...E«, hat Dellwood buchstabiert, »bedeutet: Schläge kriegen, weil man gern fickt.«

»Und man kann sagen«, hat Dellwood weiter erzählt, »daß Jack und ich von da an zwei- oder dreimal jährlich eine richtig schöne, spezielle Freundschaft gepflegt haben.«

Während Dellwood erzählte, hab ich seine Lippen beobachtet. Hab gedacht, daß aus diesem Mund alle möglichen Wörter herauskommen könnten; es sind aber genau diese Worte aus seinem Mund gekommen. Hab gedacht: Die Wörter, die er gebrauchte, sind eben ganz genau diese Wörter gewesen, weil er eben der war, der er war.

Dellwood Barkers Menschengeschichte und die Wörter, mit denen er seine Geschichte immer erzählte, waren so ziemlich die gleichen wie bei anderen *Tybos* auch. Es war aber eine ganz andere Sache, wie Dellwood Barker seine Wörter und seine Geschichte zusammenbrachte.

Ich wußte nicht, was ich ihn zuerst fragen sollte – sollte ich ihn geradeheraus fragen, ob er mein Vater war, oder sollte ich fragen, wo er gelernt hatte, den Schwanz so zu lutschen, wie er's Sheriff Ronald R. Blumenfeld besorgt hatte – weil ich außer mir, Draußen-im-Schuppen, keinen kannte, der's so konnte. Und dann wollte ich ihn auch fragen, ob Zu-Tieren-Sprechen dasselbe wie Mondsprache war. Wollte ihm sagen, daß der Mond zu mir schon immer gesprochen hatte. Wollte ihm vom Kiebitz erzählen. Wollte ihn fragen, wie man *Metapher* buchstabiert und was *Metapher* bedeutet.

Dellwood Barker hat ein wenig von seinem Tollkraut hervorgeholt, sich eine Zigarette gedreht und angesteckt, gezogen und die Zigarette dann mir weitergereicht.

Als der richtige Moment kam, daß ich ihm eine der Fragen stellte, die ich ihn fragen wollte – da hatte ich sie alle vergessen. Als ich wieder aufgewacht bin, war das Feuer fast heruntergebrannt, und die Teller waren gewaschen, der Mond hat ganz tief am Horizont gestanden, Metapher schlief mit dem Kopf auf den Pfoten, ich lag auf meiner Satteldecke, und Dellwood Barker lag neben mir auf seiner Satteldecke, diesmal mit einem Ohr auf meinem Nachthemd. Wir haben beide schwer geatmet, uns beiden hat das Herz geklopft. Ich hab einen mächtigen Drang verspürt, ein männliches Steifen-an-Steifem mit ihm zu erleben. Mein Schwanz hat das Nachthemd hochgehoben und hat auf der anderen Seite von Dellwoods Kopf gewinkt: *Bitte mach's mit mir. Vater.*

Da hat Dellwood Barker einen tiefen Schnarcher getan und sich umgedreht und sich an mich geschmiegt. Sein Gesicht war ein schlafendes Kind. Ein Kind – Mensch wie ich. Was sein Herz schlagen ließ, machte auch meins schlagen: *Bruder.*

So ist es die ganze Nacht lang gegangen: Mein Schwanz winkte *bitte*, mein Herz hat *Vater* gesagt, und mein Herz hat an seinem Herzen geruht und gesagt: *Bruder. Bruder.*

Doch stärker noch war das Drängen meiner Füße, die mir gesagt haben: *Lauf.*

Am nächsten Morgen hab ich als erstes gehört, wie Dellwood Barker beim Feuermachen vor sich hin pfiff. Ich hab so getan, wie wenn ich schlief, am liebsten hätt ich mich zugedeckt, hatte aber keine Decke. Als der Kaffee fertig war, hat Dellwood mir die Tasse gebracht.

»Dürfen nicht den ganzen Tag verschlafen«, hat er gesagt. »Da ist bestimmt eine ganze Meute hinter uns her!«

Ich hab mich aufgesetzt und den Kaffee getrunken. Hab versucht, mich zu einem Körper zu machen, den ich selbst wiedererkennen würde. Da hat Dellwood Barker plötzlich zu meiner Verblüffung gesagt:

»Du solltest mitkommen zur Ranch in Montana, wo ich arbeite – zur Sage Hill Ranch, in der Nähe von Livingston. Ich bin dort Aufseher. Ein großer indianischer Bock wie du wäre bestimmt eine gute Kraft. Könntest bleiben, bis sich die Dinge von Law'n Order hier wieder beruhigt haben. Dort gibt es ein paar nette Menschen, und ich selbst wär froh über deine Gesellschaft.«

Wir ritten durch Land, das sich immerfort hob und senkte. Aus den Hängen reckten sich große Häufungen von Lavagestein in die Höhe, wie richtige Berggipfel. Je weiter wir nach Süden und Osten ritten, desto größer und höher und häufiger wurden solche Felsgruppen.

»Mondkrater direkt vor uns!« brüllte Dellwood. »Hier wird man uns nie finden!«

Den ganzen Tag über hatte Wind uns die Hölle heiß gemacht. Wir hatten uns vermummen müssen, Dellwood und ich, und wenn es unbedingt nötig wurde, daß wir uns verständigten, hatten wir die hohlen Hände vor den Mund gelegt, um uns gegenseitig zu- und zurückzuschreien, meistens er zu mir, wegen der Richtung, in die wir zu reiten hatten.

Mir war es aber ganz recht, daß ich nicht reden mußte, weil ich ja über Dellwood Barker nachzudenken hatte, darüber, wie ich zu Dellwood Barker als Vater von mir stand. Der Wind, der sonnige blaue Himmel, Erde und Sand, die mir entgegenflogen – das alles war genau das Richtige zum Denken.

Gegen Mittag hielten wir an einer Stelle, die Dellwood Dry Creek nannte. Nach dem Füllen unserer Feldflaschen war im Bachbett tatsächlich kaum Wasser geblieben – so trocken war es dort. Wir haben uns im Schatten von einem dieser Lavagestein-Gruppen niedergelassen, wo wir vor Wind geschützt waren, und dort hab ich Dellwood von den Büffeln und meinem indianischen Namen berichtet und erzählt, daß ich unbedingt herausfinden müßte, was er bedeutet.

»Paß auf Klapperschlangen auf!« sagte Dellwood Barker zunächst nur. »Möchtest du mein Gewehr haben?«

»Nein«, hab ich gesagt.

Danach hat er gesagt: »Büffel gibt's nicht.« Er hat dabei trocken ausgespuckt und sich dann ganz zart den wunden Mund gewischt mit dem roten Tuch, das er um den Hals trug. »Sind vor fünfzehn oder zwanzig Jahren verschwunden«, sagte Dellwood. »Weißer Mann hat alle getötet.«

»Müssen doch irgendwo sein«, sagte ich. »Du könntest doch nicht tausend Büffel töten!«

»Tausend! He, 's war eher 'ne Million!« sagte Dellwood.

»Eine Million?« hab ich gesagt.

»Vielleicht sogar noch mehr«, sagte er. »Da hat es Herden von zehn Meilen Breite und fünfundzwanzig Meilen Länge gegeben!«

Eine Million Büffel.

»Habe allerdings von zwei Gegenden gehört, wo du noch Büffel finden kannst. Die eine ist Fort Lincoln.«

»Wo liegt das?« hab ich gefragt.

»Könnte genau der Ort sein, wo du zwei Fliegen mit einer Klappe schlägst«, sagte er. »Genau südlich von hier. Ein Vier- oder Fünftage-Ritt ins Reservat der Bannocks und Shoshonen.«

»Da reit ich hin!« sagte ich. »Und wo liegt der zweite Ort?«

»Dort werden wir heut abend sein«, sagte er.

»Die Mondkrater?« hab ich gesagt.

»Jawoll«, hat er gesagt. »Da gibt es eine besondere Art von Büffel. Ist nur die meiste Zeit über schwer zu sehn.«

»Schwer zu sehn?« habe ich gesagt.

»Schwer zu sehn«, hat er gesagt.

»Wie oft hast du sie gesehen?« habe ich gefragt.

»Nur einmal«, hat er gesagt. »Und das ist lang her.«

Die Sonne stand ungefähr auf drei Uhr, als ich die Zügel anzog und Princess auf einer hohen Stelle zum Stehen brauchte. Ich hab einen Blick rundum geworfen. Soweit du sehen konntest – große Blasen aus schwarzem, hartem Lavagestein, die berghoch aufragten: manche waren innen ausgehöhlt, ganz tief, auf die gleiche Weise, wie die anderen in die Höhe explodiert waren. Und du hast verstehen können, wie die Lava in heißem Zustand über das Land weggeflossen war, ganze Flüsse von diesem Zeug – rotglühende Flüsse, die jetzt dunkel und hart waren wie Schorf auf einer großen Brandwunde – Klippen von Schorf, Täler – für immer.

Dellwood Barker hat Abraham Lincoln angetrieben und neben mich und Princess gebracht, stellte sich in die Steigbügel, streckte den Rücken und sagte in einem Ton, wie wenn sie ihm gehörten: »Mondkrater! Der schönste Ort auf der ganzen Welt! Hier hausen nur Klapperschlangen und Insekten, und gelegentlich ein Eselhase – sonst kann hier nichts leben.«

»Was ist mit dem Büffel?« hab ich gefragt. »Mit der besonderen Rasse von Büffeln?«

»Die auch«, hat er gesagt und dann mich gewarnt: »Du mußt aufpassen. Hier kannst du aufstehen und zehn Schritt gehn und für immer den Weg verlieren. Hier liegen überall Skelette von Leuten herum, die umsonst versucht haben, wieder hier raus zu finden. Ich und Abraham Lincoln kennen das Gebiet hier wie den Rücken der eigenen Hand.«

Meine Augen haben wieder genau zugeschaut, wie Dellwood Barker die Lippen bewegte, wie seine Lippen die Wörter formten.

Die Frau auf der Fotografie ist meine Mutter – das waren die Worte, die mir auf der Zunge und auf den Lippen lagen. In diesem Augenblick lag die Wahrheit, *Vater*, auf dem Sprung von meinem Mund zu seinem Ohr.

»Den Ort, wohin wir gehn, nenne ich Buffalo Head«, sagte Dellwood. »Diesen Ort hat niemand je gesehn – außer mir, Abraham Lincoln, Metapher und in den alten Zeiten indianische *berdache*.«

»Indianische *berdache*?« habe ich ihn gefragt.

»B...E...R...D...A...C...H...E«, buchstabierte Dellwood. »Was das bedeutet, erzähl ich dir später.«

Wir erreichten einen Pfad, der in Felsen hinein- und wieder herausführte. Der Pfad war nicht breiter als Abraham Lincoln vor mir. War überhaupt kein Pfad, außer daß wir ihm gefolgt sind – ein Berg auf der einen Seite, auf der andern Seite, gleich unter meinen baumelnden Füßen, Abgrund, endlos.

Außer Dellwood Barkers Augen war nirgends Grün zu sehen: nicht ein Baum, nicht ein einziger Busch, auch nicht ein Halm von einem Gras.

Auf dem Pfad kam eine Stelle, wo Abraham Lincoln nicht einmal mehr genug Platz zum Furzen gehabt hätte, an dieser Stelle hat Abraham Lincoln plötzlich gescheut. Ich hab gedacht, die beiden wären für immer dahin, Dellwood ging kopfüber hoch in die Luft. Doch Abraham Lincoln hat wieder Fuß gefaßt, und als Dellwood Barker wieder fest im Sattel saß und Abraham Lincoln sich beruhigt hatte, hat Dellwood Barker neben den Pfad gedeutet, auf ein Nest von großen, tödlichen Klapperschlangen – die Schlangen haben sich gewunden, haben gezuckt und geklappert – ein ganzes Loch voll mit Schwänzen, die nach Fliegen schlugen.

Metapher kam und kroch bis ans Loch vor. Als Dellwood den Hund sah, da hat er einen wilden Schrei ausgestoßen, und Metapher hat den Schwanz zwischen die Beine genommen und ist in die umgekehrte Richtung davon.

Für den Rest des Tages ist es dann stetig bergauf gegangen. Als die Sonne am höchsten stand, haben wir ein hohes Gestrüpp erreicht, das sich hell und breit erstreckte. Dellwood kam wieder neben mir auf und hat mit einer Hand die Augen abgeschirmt und mit der andern nach Osten gedeutet.

»Buffalo Head«, hat er gesagt.

Da hab auch ich mein gutes Auge abgeschirmt und geblinzelt. In der Ferne erhob sich ein Fels, auf den Hitzewellen des Gestrüpps hat er gesessen, ein riesiger Kopf von irgendwas, das in einer Pfanne briet. Dellwood trieb Abraham Lincoln an und sauste los. Princess tat einen Sprung, um sie einzuholen.

Meinem Körper hat überhaupt nicht gefallen, was mein gutes Auge da sah, und je näher wir kamen, desto mehr wollte ich in die entgegengesetzte Richtung.

Der Pfad schlängelte sich abwärts durch ein Trockental, um einen Lavavorsprung herum, danach ging's sofort wieder aufwärts. Als ich den Kopf hob, sah ich den dunklen Kopf eines Büffels, mit Hörnern, der auf mich herunterschaute.

Sah eher wie ein Teufel aus als irgendwas sonst.

Mit jedem weiteren Schritt, der uns näherbrachte, hat der Buffalo Head weniger wie ein Büffelkopf ausgesehen und immer mehr wie der größte Haufen von Lavagestein, der mir bis dahin vorgekommen war.

Nur war dieser Haufen von Felsen ganz anders.

Dieser Haufen von Felsen war aufgetürmt worden, irgendwer Großer hatte mit seinen großen Händen diese Felsblöcke aufgehäuft – hatte die Felsen einen über den andern gesetzt, einfach so.

Abraham Lincoln und Princess sprachen immer mehr in der Pferdesprache und stampften den Boden. Metapher war hinter uns, ganz klein. Princess bäumte, ich mußte mich schnell an ihrer Mähne festklammern. Abraham Lincoln warf den Schweif hin und her.

»Dies ist mein Platz hier!« brüllte Dellwood zu mir herüber. »Buffalo Head.«

Wir sind bis an das Felsengebilde herangeritten und dann im Uhrzeigersinn um die Felsen herum bis zum weitesten Punkt im Osten. Dort befand sich eine Öffnung, die war das Maul – ein Loch, in das du wirklich nie hineingeraten wolltest. Wir sind in das Maul hinein.

Es war drinnen bloß finster. Pechrabenschwarz. Und mein gutes Auge sah noch immer das helle Gestrüpp. Konnte Dellwood und Abraham Lincoln kaum erkennen, die unmittelbar vor mir waren.

Meine Ohren hörten noch immer den Wind. Ich hab Dellwood gefragt, ob Metapher in Ordnung wäre, und meine Stimme war hundert Stimmen.

»Metapher geht's gut«, sagte Dellwood.

Gut. Gut. Gut. Gut.

Von oben begann Licht durch die Felsen zu sickern. Große Stücke von Licht, Ida Richilieus Laken auf der Wäscheleine in der Sonne. Staub, der im Licht schwebte.

Dellwood ist durch ein Stück Licht hindurchgeritten und hat die Arme geschwungen und den Staub aufgerührt. In den Bahnen seiner Arme hat dann blauer und grüner und rosenfarbener Staub gekreist.

Und während wir langsam durch Licht-und-Schatten gekurvt sind, haben wir uns wieder aufwärts bewegt, aber diesmal nicht steil aufwärts.

»Dies hier nenne ich das Rundhaus«, hat Dellwood gesagt.

Wir befanden uns in einem Raum, der war so groß, daß Idas ganzes Haus drin Platz gehabt hätte. Von allen Seiten ist Licht hereingedrungen. Du hast an das Licht herangehen und das Licht anfassen und dich fest dran anlehnen können.

Auf einer Seite des Rundhauses ist Sonne durch eine Öffnung in Bodenhöhe getreten. Dellwood ist zu der Öffnung hinübergeritten und hat Abraham Lincoln Sattel und Zaumzeug abgenommen. Ich habe das gleiche bei Princess gemacht. Wir haben die Pferde freigelassen. Die Sättel, das Zaumzeug, die Decken und unsere Sachen haben wir neben einem Heuhaufen und einen Holzstapel gelegt.

»Wo hast du das viele Heu und Holz her?« hab ich gefragt, doch Dellwood war bereits durch die Öffnung verschwunden. Und dann hab ich etwas gehört, das ich wirklich nicht zu hören erwartet hatte: strömendes Wasser.

Ich trat aus der Öffnung heraus. Die Sonne stand im Westen und hat meinen ganzen Körper umfaßt. Der Wind auch.

Metapher stand am Teich und schlabberte Wasser. Ich hab mein gutes Auge gefragt, ob es sich da nicht bloß was vormachte. Lief neben Metapher, und ganz ohne Zweifel, in was ich da meine hohlen Hände tauchte, das *war* Wasser – warmes Wasser von einer Quelle, die aus einer Ritze zwischen zwei Felsen in Schulterhöhe eines großen Mannes floß. Gerade hoch genug, um sich drunterzustellen. An den Felsen hing grünes Moos, und unten am Teich, ringsum, wuchs Gras – grünes Gras. Dellwood hatte den Teich so mit Felsen gefüllt, daß das Wasser knietief war. Ich hab geglaubt, noch nie etwas Wunderbareres gesehen zu haben.

Dellwood hat gegrinst wie ein Idiot, so stolz war er auf seinen Ort. Er hat mich am Arm genommen. Wir haben Arm in Arm dagestanden.

Soweit mein gutes Auge zu erkennen vermochte, standen Dellwood und ich auf einer Leiste ganz nah bei der höchsten Stelle der Felsengruppe von Buffalo Head. An der einen Seite, nach Westen, hast du in die Welt hinausschauen können – bis ans Ende der Welt. Auf allen Seiten, in die du schauen konntest, haben Felsen aus der Erde geragt, kamen Büffelarme aus dem Büffelkopf und haben sich nach der Sonne gereckt.

Ein glatter Felsvorsprung über uns deckte unsere Köpfe, und der Fels, auf dem wir standen, war ganz glattgerieben von Wind, Regen und Schnee.

Ich bin an den Rand getreten und hab nach unten geschaut. Mein Blick fiel tief hinab, bis zu einer Ausdehnung von flachem rötlich-braun-silbrigem Grau, die sich westwärts dehnte bis dort, wo alles ein Ende fand: an der Linie des Horizonts, und danach ging der Blick über die Linie des Horizonts hinaus, über diesen Riß ist er in Millionen von Blau hinein bis dahin, von wo der Große Unbekannte einst herausgelangt hatte und diese Felsen hier aufgetürmt hatte, mit großen Händen, die die Felsen einen über den andern gesetzt hatten, einfach bloß für die *berdache*-Indianer der alten Zeiten, für Dellwood Barker und jetzt auch für mich.

»Dies ist der Ort, wohin ich kommen werde, um zu sterben, wann es soweit ist«, sagte Dellwood Barker. »Es heißt: Wenn du dein Leben so lebst, daß du deinem Herzen treu bleibst, wirst du solch einen Ort wie diesen hier finden, wohin du kommen kannst, wenn du stirbst, und dann darfst du die Geschichte deines Lebens laut erzählen, damit die ganze Natur dir zuhört. Der Tod muß warten, bis du fertig bist mit deinem Singen und Tanzen und was immer sonst du tun mußt, um deine Geschichte zu Gehör zu bringen.

Indem du deine Geschichte erzählst, wird das Wissen, das du besitzt, zu Verstehen. Und *das* – die Verwandlung von Wissen in Verstehen – ist besser als alles, was es überhaupt zu empfinden gibt.«

Du hast nie im voraus gewußt, was aus Dellwood Barkers Mund kommen würde. Das ist der Grund, warum ich ihn so gern hatte. Wahrscheinlich auch der Grund, warum meine Mutter ihn gern gehabt hatte. Aber am meisten hat mir gefallen, daß ein *Tybo* solch ein Mann wie er sein konnte, und daß ein Mann wie er mein Vater sein konnte.

Ehrlich gesagt konnte ich mir keine bessere Art zu sterben vorstellen. Ich war damals sofort überzeugt, daß es für mich nur diesen einen Weg gab; ich wußte nur nicht genau, wie der Weg aussah – bei all dem Gerede von Wissen, das zu Verständnis würde.

Was jedoch viel wichtiger war – ich hatte meinen persönlichen Ort ja längst gefunden. Die Wiese oben am Nicht-wirklich-ein-Berg daheim in Excellent hat mich gerufen. Der Ruf war laut und klar.

»Ich muß dir nur ein paar Sachen über diesen Ort sagen«, hat Dellwood Barker erklärt. »Dies ist kein gewöhnlicher Ort, weißt du, vor allem nicht bei Sonnenuntergang und bei Vollmond wie jetzt.«

Die Sonne schob den Schatten in den Kopf des Büffels hinein. Ringsum peitschte der Wind.

Ich hab drauf gewartet, daß er mir erklärte, warum das hier kein gewöhnlicher Ort war. Dellwood Barker hat mich aber nur aus seinen grünen Augen angeschaut.

Dellwood nahm den Hut vom Kopf und den Jutesack von den Schultern. Dann ist er in den Schatten getreten, durch die Öffnung und wieder in den Raum, den er Rundhaus nannte. Er kam mit den Pferden zurück. Abraham Lincoln ist gleich zum Teich gegangen und hat getrunken. Princess wollte zuerst nicht trinken – das Wasser war ja so warm –, als sie aber merkte, wie Abraham Lincoln ihren Durst löschte, wollte sie selber auch nicht länger durstig bleiben.

Die Sonne schien stark vom Himmel herab; 's würde heißer werden als Hölle. Als die Pferde genug getrunken hatten, führte Dellwood sie ins Rundhaus zurück. Ich bin zum Wasserfall gegangen und hab mich ausziehen wollen, um zu duschen. Ich hab zu Dellwood hinübergeschaut. Er stand an der Felsleiste und tat so, wie wenn er mich nicht sah.

Ich war Dellwood Barker nackt begegnet, war mit Dellwood Barker zusammen nackt auf einem Pferd geritten, hatte mit Dellwood Barker gemeinsam nackt in einem Fluß gesessen, hatte zweimal an Dellwood Barkers Seite gelegen, hatte mir bereits seinen Körper eingeprägt, bis zu der Stelle unten mit dem meisten Grau, außer auf seinem Kopf – und da war ich nun, zu scheu, mir das Hemd auszuziehen.

Ich hab das Nachthemd ausgezogen. Ich bin unter das warme Wasser gegangen und hab das Wasser auf mich herabstürzen lassen. Ich bin unter dem Wasserfall im Teich stehengeblieben, weil das Wasser so gut tat – vor allem aber deshalb, weil ich nicht wußte, was ich mit mir anfangen sollte, wenn ich draußen wäre.

Ich hab das Nachthemd ausgewrungen, bin aus dem Teich gestiegen und hab das Nachthemd in der Sonne ausgebreitet. Hab mich in dem bißchen Schatten niedergelassen, das noch geblieben war, und die Augen geschlossen. Dauerte gar nicht lang und ich hab gehört, wie Dellwood Barker die Stiefel auszog und danach die Hose. Hab gehört, wie er ins Wasser stieg.

Ich bin in das Rundhaus gegangen, wo es kühler war, aber nicht sehr. Abraham Lincoln und Princess standen Nacken an Nacken an einer sandigen Stelle und haben sich beäugt, haben sich gegenseitig beknabbert, haben ihre Leiber zum Zittern gebracht, um die Fliegen zu verscheuchen. Ich hab meine Satteldecke geholt und sie auf dem Sand ausgebreitet und mich auf die Decke gelegt. Metapher legte sich neben mich. Princess hat sich geschüttelt und den Staub in die Sonnenflimmer der Luft geschüttelt. Es war fast überall dunkel – nicht finstere Nacht mehr, aber schattig.

Was ich mir erzählt hab, daß ich täte, war nicht, was ich tat. Hab mir gesagt, daß ich schliefe. Was ich in Wirklichkeit getan hab, war weiter nachdenken.

Buffalo Head.

Kein gewöhnlicher Ort.

Alte *berdache*-Indianer.

Besondere Rasse von Büffeln.

Loch voller Klapperschlangen.

Elementare Grundgegebenheit.

Vater.

Wissen wird Verstehen.

Sich zum Sterben an seinen besonderen Ort begeben, und der Tod wartet, bis du deine Geschichte erzählt hast.

Mondsprache: Atem, Herzschlag.

Als ich aufgewacht bin, ist alles golden gewesen und hat von innen heraus geleuchtet. Dellwood Barker saß auf seiner Satteldecke am Teich. Neben ihm war Brennholz aufgesteckt, ein kleines *tipi*, Trockenholz, brennbereit.

Ich hab mir ein Fenster gewünscht, durch das ich Dellwood Barker hätte beobachten können. Hab mir gewünscht, ich hätte mich in sein großes Federbett in einem kalten Zimmer hinlegen können. Wenn er endlich selber schlafen käme, würde ich bis tausend zählen und mich dann an ihn schmiegen.

Ich bin zum Teich gegangen und hab mir Wasser ins Gesicht geklatscht, und da hab ich gespürt, wie sich in mir die große Hand eines Großen Unbekannten hob.

»Sonne sinkt«, hat Dellwood Barker gesagt.

Mein schlimmes Auge begann sich zu öffnen.

»Dieser Ort fördert die Heilung«, sagte er. »Komm her, laß dich anschaun.«

Ich hab mich neben Dellwood Barker hingesetzt. Seine menschlich sexuelle Geschichte machte ihn langsam steif.

Dellwoods Nase und Lippen waren nicht mehr so stark geschwollen; sein schwarzes Auge war inzwischen blau. Die Wunden waren beinahe verheilt. »Du wirst bald wohlauf und wieder lebendig sein«, hat er gesagt. »Nur was dein Gesicht angeht, da bin ich mir nicht sicher, ob es wieder so sein wird wie früher. Wirst wahrscheinlich ein müdes Auge behalten. Die Mädchen werden's das Schlafzimmerauge nennen«, hat er gesagt.

Der Große Unbekannte in mir häufte Felsen auf. Meine Arme, meine Beine, mein Bauch, meine Schenkel und mein Kopf wurden höher, immer höher.

»Das schläfrige Auge ist dein linkes Auge. Das Auge deiner Seele. Die meisten Menschen behaupten, daß beide Augen Fenster zur Seele sind. Ist aber nur das linke. Rechtes Auge sieht immer bloß, wovor sich's nicht fürchtet. Aber keine Sorge, du wirst trotzdem ein schöner Mann bleiben«, hat er gesagt.

Dellwood Barker hat seine Hand auf meine Hand gelegt.

Ich hab meine Hand weggezogen.

»Hast du irgendwelche Büffel gesehn?« hab ich gefragt.

»Bisher nicht«, hat er gesagt. »Aber vielleicht heut abend.«

Mein Magen wurde so groß wie das Rundhaus. Mein ganzer Körper – Arme, Beine, Schwanz und Kopf – war plötzlich größer als der Staat von Idaho. Die Bergrücken haben sich in alle Richtungen entfernt.

»Schupp – ist alles in Ordnung mit dir?« hat Dellwood gefragt.

»Ich fühle mich völlig in Ordnung«, habe ich gesagt.

»Für diesen Ort hier gilt noch eine Besonderheit«, hat mir Dellwood erklärt. »Hier mußt du die Wahrheit sagen. Ganz gleich, wie sie lautet.«

»Die Wahrheit«, hab ich gesagt.

Auf meiner Bergspitze, auf meinen Ohren, auf meinem Kopf lag Schnee, da wehten kalte Winde, die immer kälter wurden.

»Ja, die Wahrheit!« hat Dellwood gesagt und mir die Hand auf die Stirn gelegt.

Die Wahrheit war die, daß seine Hand mir weh tat.

Es tut weh, Vater.

»Du hast gesagt, daß es hier Büffel gibt«, hab ich gesagt.

»Sie werden kommen«, hat Dellwood gesagt. »Sag mir die Wahrheit, Schupp«, hat er gesagt. »Du mußt mir jetzt die Wahrheit sagen.«

Da hab ich Dellwods Beine auseinandergespreizt und mir seine Beine über die Schultern gelegt.

»Total entspannt sein, mein Sohn«, hat Dellwood gesagt.

Ich hab die Spitze von meinem Schwanz gegen ihn gedrückt und festgehalten, bis ich in seiner Falte war und er sich mir öffnete. Da hat uns nichts mehr getrennt. Langsam in ihn hinein, hoch, den ganzen Weg, ohne Hast, es war eine Tortur, es war herrlich, das ganze Ein und Aus. Als er ganz mein war, da gab es nur noch ihn und mich, nur mehr die Befriedigung von zwei Menschen, die gut fickten, Schlangen, die sich in einem Loch wanden, der Große Unbekannte in uns beiden, zu groß, Haut an schwitziger Haut, linkes Auge an linkem Auge, Mund an Mund, unsere Sprache war nur ein Wort: Wahrheit.

Das erste, was ich ganz allein herausbekam, ohne daß Ida oder Dellwood oder Alma oder sonstwer es mir sagte, meine erste eigene Erkenntnis war die: Mit Ficken ist es wie mit allem andern auch – das, was du zu tun meinst, ist überhaupt nicht das, was du wirklich tust. Was du da zu tun glaubst, das ist Saugen und Penetrieren und Küssen, Festhalten und Ejakulieren. Was du in Wirklichkeit machst, ist aber eine Geschichte erzählen.

Also, zuallererst mußt du mal wissen, daß du eine Geschichte hast. Und dann mußt du sie erzählen. Es ist wichtig, daß du weißt, wie du deine Geschichte gut erzählen kannst, aber das wahre Geheimnis vom guten Ficken liegt im Zuhören – liegt darin, wie gut du zuhören kannst. Ficken wird erst dann gut, wenn die zwei Geschichten anfangen, ein und dieselbe Geschichte zu sein – die menschliche Geschichte vom Sex –, wenn die zwei Körper aufhören, zwei Körper zu sein und anfangen, zur großen Tortur zu werden, zum Klopfen *eines* Herzens.

Die meisten Männer sind traurige Kerle, die erzählen immer nur die gleiche alte Geschichte, vom Steifen-Kriegen und von Ejakulation, und es müssen immer sie sein, die das Heft in der Hand haben und oben sind. Die meisten Frauen, also das sind traurige Geschöpfe, die erzählen immer nur diese eine Geschichte – die eigentlich gar keine Geschichte ist: Red du, ich hör zu, sag mir, wenn du fertig bist. Am Ende sind's immer sie, die drunten sind und zerdrückt werden. Auf die Art klappt beim Ficken überhaupt nichts. Gutes Ficken, das ist Feilschen, Miteinander-Ringen, ein Hin und Her von Geschichten- und Lügen-Erzählen, bis du bei der Wahrheit ankommst. Auf Buffalo Head oben, als ich das Heft in die Hand nahm und hart an Dellwood ranging, an den Mann, den ich für meinen Vater hielt, da war ich ein Junge, der's Ficken als Aufgabe sieht, und so hab ich auch gefickt – obwohl der Teufel gewußt hat, obwohl ich sogar selbst wußte, daß man doch seinen Vater nicht fickt.

Am Anfang war ich kein bißchen anders als all die andern traurigen Kerls – da hab ich ihm die Geschichte erzählt, von der ich dachte, daß er sie hören wollte – und hab sie scharf erzählt – bin scharf an ihn ran. Am Anfang hab ich das getan, was ich zu tun glaubte – den Vater ficken, der mich verlassen hatte. Manchmal hab ich ihm weh getan, bin ich nicht so gewesen, wie er mich drum gebeten hatte, gar nicht gelöst, und hab ihm weh getan – hab ihm den Hintern runtergedrückt, den Hintern meines Vaters, genauso wie Billy Blizzard es bei mir gemacht hatte.

Dauerte aber nicht lang, und alles ist ganz anders geworden.

Hat gar nicht lang gebraucht, bis sich alles geändert hat. Daß ich angefangen hab zuzuhören. Das haben seine grünen Augen gemacht, seine Haut, eine besondere Zärtlichkeit der Berührung – Dellwood Barker hat erzählt, und so eine Geschichte, eine so wahre Geschichte hatte ich noch nie gehört. In meinen Armen ist er weitergegangen, ist über den Punkt hinausgegangen, weiter, als man sonst geht.

Und dann hab ich selber angefangen. Hab ihm erzählt, das, was ich schon mein ganzes Leben lang spürte, erzählen zu müssen. Dellwood Barker – der erste Mensch, dem mein Körper die wahre Geschichte erzählte, die von mir selbst. Dellwood Barker – der erste Mensch, der genug zuhörte.

Die Wahrheit ist die: Es hat gar nicht lang gedauert und Dellwood Barker und ich waren uns nicht mal jeder selbst genug für Geschichten, Dellwood hat losgeschrien, ich hab losgeschrien, wir haben gelacht und krakeelt, haben uns richtig geküßt und in die Arme genommen.

Als er soweit war zu kommen – du weißt ja, wie das ist, manchmal, gerade wenn du kommst, da willst du absolut nur die Wahrheit sagen –, und als Dellwood Barker kam, da hat er sie laut aus sich herausgeschrien: »Ich hab Höllenangst vor dem Tod, Sohn!« und hat angefangen, den Mond anzuheulen.

Als das Ficken dann vorbei war, hat Dellwood Barker auch nicht versucht, sie wieder zurückzunehmen, da hat er nicht versucht, sich zu verstecken. Darum haßt ihn Sheriff Blumenfeld so, hab ich mir dann gedacht. Die, die was zu verbergen haben, hassen immer ganz besonders die, die nichts verbergen.

Hab mir auch überlegt, daß Dellwood das gemeint haben mußte, als er sagte, daß er mehr er selber wäre als die meisten.

Wahre Geschichten sind die besten Geschichten.

Da war aber noch etwas, etwas, das ich nie mehr vergessen konnte.

Nämlich, daß der Teufel das erfahren würde.

Ich hab's ganz genau gewußt: Früher oder später würde der Teufel das herausbekommen.

Auch Dellwood Barkers Eltern waren ermordet worden – Vater *und* Mutter. Die Geschichte ist die: Als Dellwood so alt war wie ich, vierzehn oder fünfzehn, sind alle drei Barkers – Mutter, Vater und Dellwood – auf der Holiday Line von New York in den Westen gereist. Und genau südlich von Fort Hall, am Portneuf-Fluß, an einer Stelle mit dem Namen Robber's Roost, hat Dell-wood plötzlich Gewehrschüsse gehört, und kaum hatte er sie gehört, da ist seine Mutter mit einer Kugel in der Nase tot umgefallen, und gleich darauf sein Vater, auch er tot, mit dem Hemd voller Blut.

Aus der Zeit von vor der Reise in den Westen wußte Dellwood von seinem Vater nur noch, daß er ein Lehrer für englische Literatur gewesen war und gern Gedichte mochte.

Es gab jedoch ein besonderes Erlebnis mit seinem Vater, das stach in Dellwoods Bewußtsein hervor – von dem einen Mal, als er sich im Arbeitszimmer des Vaters versteckt hatte.

»Da habe ich nun gestanden, stundenlang, und den Kerl beobachtet, er hat mit der Nase am Buch geklebt, er hat sich nur bewegt, wenn er eine Seite umblätterte. Ich erinnere mich noch, daß ich dachte: Mein Vater ist ein Fremder. Dann hat mein Vater mich angeblickt, hat mich über die Brillengläser angeblickt, hat überlegt, wer zum Teufel das wohl wäre, der da in seinem Arbeitszimmer stand. Als mein Vater mich schließlich erkannt hat, da hat er zu mir gesagt: ›Mein Herr Ritter‹, so hat er mich genannt, ›mein kleiner Pip‹, dann ›mein tapferer Junge‹ – als ob ich gerade aus einem seiner Bücher gesprungen wäre.«

Wenn Dellwoods Mutter am Klavier saß, hatte sie ›das zweite Gesicht‹; so hat Dellwood es ausgedrückt; das war dann so, sagte Dellwood, daß seine Mutter diese Welt aus dem Auge verlor und in eine andere Welt hinüberging, während sie eine Musik spielte, wie du sie noch nie gehört hast und nie wieder so hören würdest, nirgendwo; und die ganze Zeit hat sie geweint und sich die Seele aus dem Leib geschluchzt.

»Dann sind ihr Eimer von Tränen die Backen heruntergerollt«, sagte Dellwood. »Die Tränen haben einfach nicht mehr aufgehört.«

»›Ich leide innerlich, seit ich auf der Welt bin‹, hat meine Mutter immer gesagt«, sagte Dellwood. »Was sie so traurig machte, habe ich nie erfahren. Vielleicht war's das Leben mit einem Fremden, das sie so traurig gemacht hat.«

Das zweite Gesicht am Klavier hatte Dellwood von seiner Mutter geerbt.

»Wenn ich ein Klavier höre, weine ich mir jedesmal das Herz aus dem Leib«, sagte Dellwood. »Dann geh ich schnurstracks auf das Klavier zu und mach einen Heidenlärm.«

Als die Räuber mit ihrem Räubern fertig waren, sind auf dem Schauplatz alle tot gewesen, einschließlich Kutscher und Wachtschütze, ausgenommen nur Dellwood Barker und ein alter Mann namens Bush, der vorgab, ein Mormonenprophet zu sein.

»Mich und den alten Bush haben die Räuber übriggelassen, damit wir die Toten begruben. Zuerst haben wir meine Mutter begraben, dann meinen Vater, dann die andern, und als wir alle unter der Erde hatten, hat der alte Bush sich auf den Boden gehockt. Sagte, er hätte eine Offenbarung. Die Offenbarung war die, daß er sterben würde. Und der alte Bush hatte kaum gesagt, daß er sterben würde, da hat er gekrächzt und ist tot umgefallen. Da hab ich auch ihn begraben müssen.«

»Mit einer Scheißangst, irgendwo mitten im Niemandsland«, sagte Dellwood, »hab ich mich wieder auf den Weg gemacht und bin dem Flußlauf gefolgt, zurück nach Fort Hall, ohne Waffe, ohne alles. Drei Tage später hatten sich Bussarde und eine Meute Kojoten an meine Fährte gehängt. Bis ich zum Schluß einen Baum hochgekrochen bin, in der Hoffnung, einen sicheren Platz zum Schlafen zu finden. Das Letzte, woran ich mich erinnern kann, ist, daß ich aus dem Baum fiel. Kam mir vor, wie wenn ich nie unten ankommen würde«, sagte Dellwood. »Bin ich vielleicht auch nicht.«

Als Dellwood aufwachte, war er auf eine Bahre geschnallt und wurde hinter einem Pferd hergezogen.

»Hab angefangen zu schrein wie'n abgestochenes Schwein«, sagte Dellwood. »Da ist das Pferd bald stehngeblieben, und eine Injanerin ist herumgekommen und hat mich angeschaut. Hatt mein Lebtag noch nie eine so häßliche Frau gesehn. Sie war groß wie ein Bär, mit einem Kopf, der war zum Teil glattrasiert. Wo noch Haar war, haben ganz wild durcheinander Federn gesteckt. Ein Auge, ihr rechtes Auge, das hat sozusagen geschielt und rückwärts geblickt. Das linke Auge hat immer nur gerollt. In ihrem Mund gab es bloß einen Zahn. Vom Handgelenk bis zur Achselhöhle Ringe, an beiden Armen. Eine Menschenfresserin, hab ich gedacht. Hab mich schon für tot gehalten. ›Ich heiß Foolish Woman‹, hat sie auf Indianer-Englisch gesagt.

Da hab ich noch nicht gewußt, hab dann aber schnell herausgefunden, daß Foolish Woman überhaupt keine Frau war. Sie war ein Er. Er war ein Mann. Foolish Woman war nämlich ein *Berdache*.«

Foolish Woman hat Dellwood Barker auf den Buffalo Head hochgezerrt, Dellwood war nicht bei Bewußtsein – war irgendwo anders, war nur Haut und Knochen, hat ganze Wasserfälle geschwitzt.

»Keine Ahnung, wie lange ich dort oben gewesen bin«, sagte Dellwood. »Ein paar Wochen, denk ich mir. Foolish Woman war selber fast tot, weil er mich zu heilen versuchte, aber eines Nachts war plötzlich das Fieber gebrochen, und ich hab mich aufgesetzt.

Wissen wurde zu Verstehn«, sagte Dellwood. »Himmlisch. Alles war klar.«

Foolish Woman hat Dellwood einen Kuß auf die Stirn gegeben und dann gezeigt.

Aus einem Loch im Himmel – silbern vom Mond –, gerade hinter dem Rand, kamen sie gerannt, über die ganze Strecke bis zum Horizont – die Büffel, die besondere Rasse von Büffeln – zu Tausenden – zu Millionen. In stürmenden Wolken stoben sie wild und stolz über den Himmel.

»Foolish Woman und ich saßen auf der Felsenleiste und haben den Büffeln zugeschaut, die ganze Nacht über sind sie vorbeigelaufen«, sagte Dellwood. »Aber zur selben Zeit bin ich mit den Büffeln mitgelaufen, und Foolish Woman ist auch mitgelaufen.«

Nachdem das Ficken getan war, dort oben auf Buffalo Head, wollte ich mich aus Dellwood herausziehn, doch er hat mich gebeten, in ihm drinnen zu bleiben. Sagte, er wollte noch ein bißchen länger an mir halten. Sagte, immer sei er's gewesen, der das Einstoßen besorgen mußte, da tue es gut, daß es einmal anders käme. Sagte, daß er mich liebte.

Deshalb blieben wir liegen, Dellwood und ich, und hielten uns fest und redeten, das heißt, meistens redete er, während ich ihm zuhörte.

In der Nacht, als ich mit dem Mann lag, der sagte, daß er mich liebte, und an den Tagen und in den Nächten, als ich bei ihm lag, während ich und Dellwood Barker oben auf dem Buffalo Head blieben, da hab ich manches erfahren. Dinge, die Dellwood Barker gelernt hatte, indem er sein eigenes Leben lebte, und Dinge, die er von Foolish Woman gelernt hatte. Dinge, die man laut aussprechen kann; Dinge, die man nicht sagen darf. Für manche Dinge, die ich da lernte, gibt es Wörter, wenn man sie laut aussprechen will; für andere nicht. Über das meiste, was ich da gelernt habe, denke ich aber noch heute nach – werd's wahrscheinlich immer tun.

Über *Berdache*.

Über den Wilden Mondmenschen.

Und über Bewegen Bewegen.

Was ich verstand, als Dellwood Barker *Berdache* erklärte, war dies: Ob Männer Männer ficken oder Frauen Frauen ficken, es ist der gleiche Akt, ganz gleich, wie du's nennst, ganz gleich, welche Sprache du sprichst, ganz gleich, welche Ausdrücke du dafür verwendest. Aber die Ausdrücke, die du auf indianisch für fickende Männer und für fickende Frauen verwendest, bedeuten etwas anderes als die Ausdrücke, die du auf *tybo* für fickende Männer und fickende Frauen gebrauchst.

»Dadurch, wie du über die Dinge denkst, machst du sie so, wie sie sind«, hat Dellwood gesagt.

»*Tybos* glauben, daß es Sünde ist«, sagte Dellwood – »daß Ficken eine Sünde ist, ganz gleich, ob es Männer miteinander machen oder Frauen miteinander, oder Männer mit Frauen. Für sie ist Ficken nur erlaubt, um ein Kind zu machen, und dann muß man's schnell hinter sich bringen.«

»Die meisten Indianer ficken liebend gern«, sagte Dellwood, »so wie sie auch gern essen oder atmen oder tüchtig scheißen – das ist keine Sünde oder Höllenqual oder Höllenfeuer, sondern ein weiteres Teilchen vom großen Geheimnis.«

Das Fick-Teilchen.

»Bei den Indianern«, sagte Dellwood, »war es in den meisten Stämmen so: Wenn du ein *Berdache* warst, haben die Menschen gemeint, du wärst nicht so wie die meisten Männer, und du warst ja auch nicht wie die meisten Frauen, und deshalb müßtest du ganz anders sein, also etwas Besonderes – nichts Böses. Zu *Berdaches* haben sie emporgeschaut, das waren moralische Führer und Heiler. Sie waren keine Ausgestoßenen, obwohl sie meist allein lebten. *Berdache* haben sich um Kinder gekümmert, Brot gebacken, Beeren gesammelt, sind auf die Jagd gegangen und haben Tierfelle gegerbt; kurzum, sie haben alles gemacht, was Männer machen, sie haben aber auch alles gemacht, was Frauen machen, und manchmal sind sie sogar Nebenfrau eines Mannes geworden – wenn der *Berdache* glaubte, der Mann sei es wert.

Was für ein *Berdache* du warst, hing ganz davon ab, was für ein Mensch du warst – wenn du dich wie eine Frau anziehen und die Kinder hüten wolltest, dann warst du eben so, und damit hatte sich's. Wenn du allein gelebt hast und dein *tipi* abseits stand und du als *Berdache* mächtig genug warst, um jede Nacht einen andern Mann in dein Bett zu rufen, dann warst du eben so, dann hast du eben das gemacht. Manche *Berdache* waren als Krieger gefürchtet, weil ihre Medizin so stark war.

Das haben die christlichen Missionare gleich nach ihrer Ankunft dem indianischen Volk als Erstes angetan«, sagte Dellwood, »daß sie im Namen ihres Gottes den *Berdache* töteten. Die Missionare haben nämlich gewußt: Wenn sie den *Berdache* los wären, dann könnten sie eine Menge von all dem los werden, was indianisch war.

Wär ihnen verdammt fast gelungen«, sagte Dellwood.

Auf Buffalo Head hab ich von Dellwood Barker außer über *Berdache* noch etwas gelernt, über das ich immer nachdenke, und das ist der Wilde Mann vom Mond.

Man erzählt, daß der Wilde Mann vom Mond weiter unten im Süden wohnt, auf dem Grund eines Sees. Bei Vollmond kann er nachts hochkommen und dich packen und dich mit ihm in den See hinunterziehn.

Es gibt nicht viele, die den Wilden Mann vom Mond gesehen haben, aber alle, die ihn gesehen haben, die sagen, daß er über und über mit Haar und mit rostbraunem Schlamm bedeckt ist.

Wilder Mann im Mond mag Menschen nicht sehr – Indianer mag er nicht sehr; *Tybos* haßt er. Was er aber immer sucht, das sind junge Männer, ganz besondere junge Männer, und er tut alles, damit sie sich bei Nacht an den See setzen oder nackt baden kommen.

Wenn er dich nach unten zieht, so erzählt man, dann nimmt er dich auf den Grund des Sees mit in sein Haus und zeigt dir, wie man Wasser atmet, statt Luft. Wenn du ihm nicht vertraust und nicht tust, was er dir sagt – dann ertrinkst du, dann findet man dich am nächsten Morgen als Wasserleiche. Aber wenn du ihm vertraust und tust, was er sagt, dann verwandelt der schlammige, alte, behaarte Bock sich in einen schönen, starken Krieger und zeigt dir viele Geheimnisse über die wahre Kraft, ein Mann zu sein.

Wir saßen am Feuer, der Mond leuchtete ringsum auf die Finsternis herab, und Dellwood Barker erklärte mir: »Wenn der Wilde Mann vom Mond dich unter Wasser holt, in den haarigen, rostbraunen Schlamm hinunter, dann führt er dich zu deinem Arschloch«, hat Dellwood gesagt, »zu der Stelle, die so weiblich ist, wie ein Mann überhaupt sein kann. Deine natürliche männliche Kraft entdeckst du nicht durch deinen Schwanz, sondern durch dein Arschloch. Du entdeckst die Prostata, das Feuer unter all dem Schlamm und Haar und Wasser. Du entdeckst das, was Männer an Frauen so lieben, in dir selbst: ihre Ekstase, ihre Öffnung in die andere Welt. Indem du einen Mann in dich aufnimmst, indem du einen Mann so empfängst wie eine Frau, indem du so sehr Frau bist wie ein Mann nur sein kann, findest du – wenn du nicht ertrinkst – in dir den schönen Krieger, der beide Seiten kennt.

Solche Männer wie wir haben Glück«, sagte Dellwood. »Wir haben gelernt, Wasser zu atmen.

Aber leicht ist das nicht – das ist es nie.

Auch wenn deine Leute dich akzeptieren – so wie es die Injaner taten: Wenn der Wilde Mann im Mond mit dir fertig ist, bist du verändert, und wenn du verändert bist, bist du anders, und damit hat sich's – du weißt es, alle wissen es.

Aber versteh mich nicht falsch. Unter Indianern war es für einen Vater große Ehre, seinem Sohn die Lehren eines *Berdache* weiterzugeben, und eine noch größere Ehre, vom Wilden Mann im Mond auserwählt zu sein.

Mir ist aber ganz gleich, was du davon hältst: Ob er nun Injaner ist, *Tybo* oder was auch sonst: Ein Vater möchte einfach, daß sein Sohn so ist wie er. Einfach so.

In den meisten Fällen waren die jungen Männer aber schon anders, bevor der Wilde Mann im Mond sie geschluckt hatte.

Warum hätten sie sonst nachts allein am See gesessen? Und Gedichte oder sonstwas Verdammtes geschrieben?

Eins ist sicher – du wirst nie einem *Berdache* begegnen, der sein Fett wert ist und eine ausgetrocknete Prostata hat, das kann ich dir sagen.«

Frei von der Frauenhöhle.

»P...R...O...S...T...A...T...A«, buchstabierte Dellwood. »Das bedeutet Vorsteherdrüse. Stellt dich auf.«

Dann hat er mir gezeigt, was Prostata ist.

Dauerte gar nicht lang, und ich habe Wasser geatmet.

»E...K...S...T...A...S...E«, buchstabierte Dellwood. »Durchdrehn«, hat er gesagt. »Stellt dich auf«, hat er gesagt, »jenseits von Verstand und Selbstbeherrschung.«

Du hast nie wissen können, womit Dellwood als nächstes kam. Das ist auch der Grund, warum ich so lang bei ihm blieb – einfach, um zu sehen, was kommen würde. In einem Moment hat er von einem rostigen, alten Mann gesprochen, der auf dem Grund eines Sees lebte, im nächsten ging es um Arschloch und Prostata und Wissen und Erkenntnis und Erfahrung jenseits von Verstand und Selbstbeherrschung.

Und dann war da Bewegen Bewegen. Bewegen Bewegen – so würde man auf *tybo* sagen. Das indianische Wort dafür ist mir nicht bekannt. Was Bewegen Bewegen *ist* – das Arretieren des Spermas; das heißt, einen Orgasmus ohne Ejakulation haben.

»A...R...R...E...T...I...E...R...E...N«,   buchstabierte
Dellwood. »Bedeutet: Sperma zurückhalten.«

»E...J...A...K...U...L...A...T...I...O...N«, buchstabierte
Dellwood, »bedeutet: Sperma ausstoßen.«

Wie Sperma buchstabiert wird, und was es bedeutet, das wußte
ich schon.

Die Indianer nennen das Bewegen Bewegen, weil, wie Dellwood mir erklärte, Foolish Woman es ihm so erklärt hatte, daß
Bewegen auf indianisch »Leben« bedeutet. Alles Lebendige ist in
Bewegung. Es gibt aber nichts, was nicht lebt. Also ist alles in
Bewegung. Sogar Dinge wie Felsen und Erde leben. Selbst Bret-
ter und Welldächer sind lebendig, obwohl sich bei ihnen schwerer erkennen läßt, daß sie sich bewegen. Aber sie bewegen sich
doch. Man muß nur wissen, wie man ihre Bewegung erkennen
kann.

Mit Bewegen Bewegen ist das so:

Bewegen Bewegen ist das, was die Bewegung bewegt. Der
Herzschlag ist eine Bewegung. Bewegen Bewegen ist das, was das
Herz zum Schlagen bringt – dein Herz und mein Herz. Herzen
überhaupt.

Deine Ejakulation, dein Sperma – das ist die Bewegung, die
Bewegung bewegt oder wenigstens das, was du im Mann an
Bewegen Bewegen erkennen kannst.

Der Wilde Mann im Mond macht Bewegen Bewegen in seinem See unten.

Wenn du dein Sperma nicht ejakulierst, sondern dein Sperma
aufbewahrst, dann können Bewegen Bewegen und der Wilde
Mann im Mond und du ein und dasselbe werden, und das ist
dann sehr stark, und das sind ja die meisten *Berdaches* auch.

Von Bewegen Bewegen hat mir Dellwood Barker erzählt,
nachdem er mir von dem Wilden Mann im Mond erzählt hat,
gleich danach. Wir haben noch auf der Felsleiste von Buffalo
Head gelegen und hörten das Tosen des Wasserfalls. Unser

kleines *tipi* aus Brennholz war ein schwach brennendes Feuer. Neben dem Feuer lag Metapher, flach ausgestreckt wie ein Läufer. Der Mond war groß und stand hoch über den Felsen, er saß auf einem Büffelarm, der von dem Büffelkopf ausging. Der Mond hoch oben über den Felsen war selber ein Fels, ein Fels, den die große Hand eines unbekannten Wesens weich gerundet hatte, rund und geglättet war er geworden durch den großen Himmelsstrom, und Farbe hatte der Mond einfach so.

Dellwood hat seine Hand zwischen uns beiden nach unten gleiten lassen und hat etwas Sperma von meinem Bauch gewischt. Er hat an dem Sperma gerochen und hat mir das Sperma gezeigt.

»Gutes, starkes Zeug, das da aus dir herausgekommen ist«, hat er gesagt.

»Das ist nicht alles aus mir herausgekommen«, hab ich gesagt.

»Das ist alles aus dir gekommen«, hat er gesagt.

»Das ist gar nicht möglich«, hab ich gesagt. »Aber doch nicht *alles*.«

»Alles«, hat er gesagt. »Ganz bestimmt. Und du solltest besser ganz schnell lernen, wie man's anstellt, damit man nicht kommt, bevor du all dein Bewegen Bewegen verschenkst.«

»Du bist aber immer gleichzeitig mit mir gekommen, jedesmal, wenn ich auch gekommen bin«, hab ich gesagt.

»Klar bin ich gekommen«, sagte Dellwood. »Aber ohne zu ejakulieren.«

»Und wie zum Teufel machst du das?« hab ich ihn gefragt.

Da wir an einem Punkt angelangt waren, wo man einfach die Wahrheit sagen muß, hat Dellwood Barker die Wahrheit gesagt.

»Du mußt es so machen«, sagte Dellwood Barker, »daß du mit deinem Atem eine Linie ziehst vom Mund bis nach ganz unten, zu deinen Eiern. Wenn du mit dem Atem in den Eiern ankommst, dann mußt du deinen Atem hinter den Eiern einziehen, bis an dein Arschloch, dort, wo der Wilde Mann vom Mond lebt. Und dann nimmst du den Atem durch die Ritze in deinem Arsch und hoch bis zur Rückenbasis. Von da aufwärts zur Schädelbasis. Und dann hoch bis unter die Schädeldecke.

Wenn du den Strom deines Atems so richtig im Fluß hast, vom Mund bis unter die Eier, über die Ritze in deinem Arsch den Rücken hoch bis zum Nackenansatz und dann nach oben bis unter den Scheitel, dann ist es so weit, daß dein Schwanz steif wird.

Und genau im Augenblick vor dem Ejakulieren holst du einmal rasch Luft und ziehst die Linie zu deinen Eiern. Dann nimmst du alles Sperma, das der Wilde Mann im Mond unten in der Prostata für dich heißgemacht hat und das noch nicht ausgeflossen ist, und ziehst das Sperma über die Ritze in deinem Hintern und den unteren Teil des Rückens nach oben zum Halsansatz und dann unter die Scheitelspitze. Du mußt die Fäuste ballen, das Gesicht verzerren, die Füße halten, wie wenn sie Krallen wären und dein Arschloch fest zusammenziehn.

Und das ist der Augenblick, wenn du echt liebst«, sagte Dellwood. »Da lebst du so wunderbar, daß du gestorben und im Himmel bist. Da kommst du, aber ohne zu ejakulieren. Da bekommst du einen Geschmack davon, daß Wissen Erkenntnis wird. Das bringt dich nach vorn, das stellt dich auf, das macht dich verrückt und versetzt dich jenseits von Verstand und Selbstbeherrschung«, hat er gesagt. »Das ist Ekstase.«

Du hast wirklich nie wissen können, was Dellwood Barker als nächstes vorbringen würde. Ich hab erwartet, daß die Felsen vom Buffalo Head auf uns herabstürzen würden, weil an diesem Ort der Wahrheit Bewegen Bewegen nicht bloß nicht wie Wahrheit geklungen hat, sondern sich angehört hat wie der größte Quatsch, den ich je gehört hatte.

Die Felsen sind nicht auf uns herabgestürzt.

Als Dellwood und ich das nächstemal unser Steif-an-Steif hatten, hab ich meinen Kopf nach unten geführt, bis dicht an Dellwoods Penis heran, und bin so geblieben, damit ich alles sehn

könnte, was da vor sich ging. Dauerte gar nicht lang und Dellwood ballte die Fäuste, machte seine Füße zu Klauen, zog das
Gesicht zusammen, und ich konnte machen, was ich wollte – ich
hab nicht mal meinen kleinen Finger in sein Loch hochschieben
können. Und bald war Dellwood Barker jenseits von Sinn und
Verstand und in Tortur und ohne Selbstbeherrschung, verrückt,
hat aus Ekstase gestöhnt und meinen Namen herausgeschrien
und dann etwas, was du nur von Alma Hatch erwartet hättest.

Nicht ein Tropfen.

Kein einziger verdammter Tropfen von Bewegen Bewegen.

Danach ging sein Penis zurück. Und Dellwood keuchte und
lachte und küßte mich ab, so wie immer.

Da hab ich mir gesagt, an irgend etwas müßte ich ja doch
glauben. Und deshalb hab ich angefangen, an Dellwood Barker
zu glauben.

Dann war ich an der Reihe. Ich hab geatmet, wie er's mir gesagt
hatte. Hab die Luft eingeholt, bis an meine Eier heran, dann
unter sie drunter, dann rüber und am Rücken wieder hoch, zum
Hals, dann unter die Schädeldecke. Als mein Atem auf die Weise
anständig in Fluß gekommen war, hat Dellwood angefangen, an
mir zu saugen und gleichzeitig Anweisungen zu geben.

Als es so weit war, hab ich die Fäuste geballt, die Füße gekrümmt wie Klauen, das Gesicht verzerrt und das Arschloch
zusammengezogen. Dellwood brüllte: »Jetzt an nichts andres
mehr denken! Tief atmen! Du hast's gepackt! So ist's recht!
Vorsicht! Das Arschloch einziehn! Der Rücken ist der schwerste
Teil! Und jetzt der Kopf!«

Was ich gefühlt hab, war Kiebitz im Kopf – und das war so
stark, daß ich mich am liebsten vornüber fallen gelassen hätte.
Dann bin ich vornüber gefallen. Und dann ist mein ganzes Bewegen Bewegen Dellwood Barkers Kehle hinuntergeströmt.

»Erfordert Übung«, hat Dellwood lächelnd gesagt und sich den
Schnurrbart abgewischt. »Hab dafür selber jahrelang gebraucht.«

Wir sind auf Buffalo Head geblieben, bis die Pferde das Heu aufgefressen hatten. Dellwood Barker und mir ist am dritten Tag die Nahrung ausgegangen. Wir sind aber noch mindestens zwei Tage länger oben geblieben.

Es war unsere letzte Nacht zusammen. Wir haben es beide gewußt. Dellwoods Arm hat unter meinem Kopf gelegen, mein Gesicht in seiner Achselhöhle. Gleich nach Sonnenaufgang hat Dellwood angefangen zu weinen. Das Schluchzen, das ihn ergriff, war so heftig, daß ich am liebsten selbst geweint hätte.

Hab mir gesagt: Ich werd aber nicht weinen. Hab auch nicht geweint, das heißt, nicht, bis er sich vorbeugte und meine Hand genommen hat – meine rechte Hand mit seiner rechten Hand – auf die Art, wie *tybo*-Männer sich gewöhnlich anfassen, aber nur untereinander – wie Männer sich die Hand schütteln und Freundschaft schließen.

Meines Vaters Schluchzen war auch mein Schluchzen. Hab gar nicht mehr gewußt, was von wem kam, es war seins, war meins, war auch das von seinem Vater, von jedermann.

Wurde auch zu Metaphers Schluchzen – er hat einen Sturm herbeigeheult.

An der Weggabelung, wo er am nächsten Morgen in die eine Richtung ging und ich in die andere, hat er mir eine Landkarte in den Sand geritzt. Zeigte mir, wo die Berge anfingen, wo an Kally's River ich am schnellsten zurückfinden würde. Hat mir sein .22 Selbstladegewehr gegeben. Hat mir von dem Handelsplatz in Bliss Station, Idaho, berichtet, wo ich mir ein paar anständige Sachen zum Anziehen besorgen könnte, ich dürfte aber niemand sehn lassen, wieviel Geld ich bei mir hatte, wenn ich für die Sachen bezahlte. Hat mir erklärt, wie ich zur Sage Hill Ranch finden würde, falls ich meine Meinung änderte.

»Nächsten Monat ist der Vollmond in den Schenkeln«, hat er gesagt. »Klar, daß ich dann gern bei dir wäre.«

Ich hab zu Metapher hinuntergeblickt. Er hat mich mit diesem Hundeblick angesehn, wie wenn es ihm das Herz brechen würde, wenn ich nicht mitkäme.

Ich konnte kein Wort herausbringen, deshalb hab ich Princess dann einfach nach Westen gelenkt. Dellwood Barker hat mir nachgewinkt, bis er nur noch ein kleiner Punkt war und ich bloß noch geraten habe, daß er winkte.

Princess hat der Abschied auch nicht besser gefallen als mir, hat die ganze Zeit über Theater gemacht, ist seitwärts gelaufen – echt verrückt – und hat Luft durch die Nüstern geschnaubt.

Hab erst am Nachmittag gemerkt, daß ich ganz wund war – nicht von den Schlägen des Sheriffs, das weniger, sondern wund im Herzen, wund hinter den Augen, wo man weint, und ganz besonders wund dort, wo ich und die Pferdedecke uns berührten.

Am Himmel hat ganz groß die Sonne gestanden, und der Wind hat dich hochheben und mit sich davontragen wollen. Ich und Princess, wir sind einfach immer nur weitergegangen. Ich hab Princess all meine Namen aufgesagt, ich hab ihm erzählt von meiner Mutter und wie sie gestorben war und von Billy Blizzard. Hab ihm von Ida Richilieu und Alma Hatch erzählt. Hab ihm die Wahrheit gesagt. Hab ihm erzählt, was ich Dellwood Barker mit meinem Körper, aber mit keinem Wort gesagt hatte.

Alles.

Der Teufel würde von mir nie etwas laut ausgesprochen hören – das heißt, außer wenn ich mit meinem Pferd allein wäre. Die einzige Person in der Welt, der du wahre Dinge laut sagen darfst, ist dein Pferd.

Dellwood Barker hatte sozusagen alles versucht, um meine Geschichte aus mir herauszubekommen. Ich hab ihm einfach nur gesagt, wenn ich meinen Mund aufmachen würde, müßte ich die Wahrheit sagen, und er müßte es mir glauben – wenn ich die

Wahrheit sagen würde, kämen wir beide in Schwierigkeiten, und es wär deshalb das beste, wenn ich den Mund hielte.

Die wichtigen Dinge hab ich Dellwood aber wissen lassen. Hab ihn wissen lassen, wie's um mein Herz stand. Hab ihn in mein linkes Auge hineinschauen lassen, so tief wie er wollte. Hab meinen Körper so sein lassen, daß nichts im Wege und mehr zwischen uns war. Hab ihn wissen lassen, wie meine Augen ihn sahen, wie meine Finger auf seiner Haut sich anfühlten. So hab ich ihm alles gesagt. Alles.

Geschah mehr als einmal, daß ich Princess anhielt und ihn herumdrehte, daß Princess sich bäumte, um wieder zurückzulaufen – dann hab ich mir aber immer wieder gesagt, daß ich die Büffel einfach finden müßte, daß ich herausfinden müßte, was mein Name bedeutete, was Duivichi-un-Dua bedeutete, obwohl mir mein Name – seine Bedeutung – nicht mehr so wichtig war, seit ich Dellwood Barker gefunden hatte.

So ist der Kiebitz-Vogel: Ich hab den *tybo*-Teil von mir entdeckt, als ich nach dem indianischen suchte.

Für den Augenblick aber war ich nur verloren. Ich und Princess, wir waren verloren in einer ganz flachen Welt, die nirgends hinführte, nur von Dellwood Barker fort.

Hab gedacht, wenn ich in einem so flachen Land in einer Gefängniszelle meinen Vater finden könnte, dann müßte ich alles finden können. War aber ein gutes Gefühl, einfach nur zu sein, was ich war, selbst wenn's verloren war.

In der ersten Nacht für mich allein hab ich ein großes Feuer gemacht und mit dem Rücken an einem Felsen geschlafen – Princess war nur einen halben Meter entfernt. Geschlafen hab ich trotzdem nicht, ich bin nur mit den Beinen überkreuz und mit Dellwoods 0.22 Gewehr quer über dem Schoß dagesessen.

Der nächste Tag ist gewesen wie der erste. Princess hat einen Fuß nach dem andern gesetzt. Das Land war genauso flach, weniger steinig, mit mehr Beifuß. Es hätte aber genausogut irgendwo anders sein können. Von all den tausend und millionen Stellen auf der Welt war's für mich nur der Ort, wo er fehlte. Dellwood Barker.

Wie hatte ich bloß meinen Vater ficken können?

Wie hatte ich ihn bloß verlassen können?

»Fickst du Frauen?« hatte ich Dellwood in unserer letzten Nacht gefragt.

»Jawoll«, hat er gesagt.

»Gefällt dir das besser als mit Männern?« hab ich gefragt.

»Meistens nicht. Es kommt aber auf die Frau an«, hat er gesagt.

»Machst du mit ihnen auch Bewegen Bewegen?« hab ich gefragt.

»Mit Frauen ganz besonders«, hat Dellwood gesagt, »außer du willst ein Kind zeugen. Ansonsten ist es am schwersten, Frauen Bewegen Bewegen zu geben, weil sie schon doppelt so stark sind wie ein Mann und außerdem der Ort, wo er sein Bewegen Bewegen lagert. Da ist das, was ihm gehört, ganz bald ihrs.«

»Ist das beim Mann auch so?« hab ich gefragt. »Ich meine, kann ein Mann das Bewegen Bewegen von einem andern Mann zu seinem eigenen machen?«

»Jawoll«, hat Dellwood gesagt. »Das kann jeder *Berdache*, der den Namen wert ist.«

»Je verliebt gewesen?« hab ich gefragt.

»Gerad jetzt«, hat er gesagt.

»... ich meine, vorher«, hab ich geasgt.

»Jawohl, einmal«, hat er gesagt.

»In eine Frau?« frage ich.

»Jawoll«, sagt er.

»Hast du in sie ejakuliert?« frage ich.

»Jawoll«, sagt er.

»War's dieselbe Frau wie die auf der Fotografie im Buch in deinem gerollten Bettzeug?« hab ich gefragt.

»Jawoll«, hat er gesagt.

»Wie hat sie geheißen?« frage ich.

»Buffalo Sweets«, sagt er.

»Hat sie ein Kind bekommen?« frage ich.

»Jawoll«, sagt er. »Zwillinge.«

»Zwillinge!« hab ich gesagt.

»Zwillinge«, sagt er. »Einen Jungen und ein Mädchen.«

»Zwillinge!« hab ich gesagt.

»Zwillinge«, hat er gesagt. »Ein Junge und ein Mädchen. Ich habe sie gleich nach der Geburt gesehn – sieben Tage lang.«

»Was ist geschehn?« hab ich gefragt.

»Wir lebten in der Nähe von Fort Lincoln. Es war im Spätherbst. Der Winter stand unmittelbar bevor, ich brauchte noch etwas mehr Wildfleisch zum Räuchern. Ich bin also jagen gegangen, in der Umgebung von Pocatello, Idaho, und da ist einer der schlimmsten Stürme ausgebrochen, die diesen Landesteil je heimgesucht haben. Hab zwei Wochen gebraucht für den Heimweg. Buffalo Sweets und die Zwillinge waren verschwunden. Leute sagten, sie sei nach mir suchen gegangen. Hab sie nie wiedergesehen, sie und die Kinder.«

Dellwood Barker ist danach lange Zeit ganz still geblieben. Dann hat er gesagt: »Jetzt habe ich dir aber verdammt alles über mich gesagt. Wie wär's, wenn du mir etwas von dir erzählen würdest?«

»Sind sie tot?« hab ich gefragt.

»Sie sollen in der Winterkälte erfroren sein«, hat er gesagt. »Alle drei.«

»Mußt du manchmal an die Zwillinge denken?« hab ich gefragt.

»Immer«, hat er gesagt.

»Und du hast diese Frau geliebt, diese Buffalo Sweets?« hab ich gefragt.

»Mehr als alles andere in der Welt«, hat er gesagt.

Draußen in der weiten Ebene, ganz für uns allein, ich und Princess, sind wir durch den Wind gezogen, ohne Richtung und Ziel, und mir ist es nicht aus dem Kopf gegangen: *Zwillinge.* Es ist mir nicht mehr aus dem Sinn gekommen: *mehr als alles in der Welt.*

Mit dem vierten Tag hatte das Lavagestein die Täler verlassen, die Blöcke zogen sich über die Hügel hin, Heere von indianischen Kriegern, erschöpft, geschlagen, aber immer noch stolz. Die Lavablöcke drohten mir und Princess von oben herab wie Hinterhalte, als wir unsere winzige Spur durch den Sand zogen, der sich über den Talboden hob und senkte.

In Bliss Station hielt ich an und kaufte mir Kleidung: einen Hut, ein Paar Socken, Schuhe, Hosen und ein rotes Hemd. Der Besitzer des Handelspostens wollte mich zuerst nicht mal in seinen Laden hinein lassen – er war ja *Tybo*, und ich war Indianer und so lange in der weiten, freien Landschaft gewesen, war halbnackt und muß vom vielen Üben für mein Bewegen Bewegen wohl einen verrückten Eindruck gemacht haben.

Als ich ihm dann aber mit einem Zwanzig-Dollar-Schein winkte, hat er seine Meinung geändert. Da war es auf einmal gar nicht mehr so schlimm, daß ich Indianer war, und mit den neuen Sachen würde ich ja auch um zwanzig Dollar besser aussehn.

Die Stadt – wenn man Bliss Station eine Stadt nennen kann – bestand aus zwei Gebäuden. Das eine Gebäude war beides, Handelsstation und Bar, das andere eine Stallung. Einziger Grund dafür, daß Bliss Station überhaupt Stadt war, war der, daß die Postkutsche ja irgendwo halten können mußte.

Wohin man blickte, standen Cowboys herum, sie lächelten mir mit dem typischen Blick zu, der Indianer töten könnte. Wär fast dort geblieben. Hätte draußen im Schuppen ein Vermögen machen können.

Am fünften Tag überquerten wir den Portneuf-Fluß und gelangten in marschige Senken. Gegen Mittag hielten ich und

Princess bei einem Fluß voller Forellen an, weil wir hundemüde und verrückt waren vor Langeweile vom immer nur geradeaus Weitergehn. Wir lagerten bei ein paar Krüppelbüschen und einer großen Gruppe von Weiden, die direkt am Wasser wuchsen. Am Abend fing ich eine große Forelle, ging hinterher schwimmen, und nachdem ich die Forelle dann gebraten und gegessen hatte, bin ich in der Lichtung gesessen. Das Gras reichte mir bis an den Hals heran, und ich konnte meilenweit sehen. Zu sehen gab es da nichts als Sumpfgras, das sich im Wind bewegte, der in Idaho nie weiß, wann er aufhören soll.

Ich hab hinuntergeschaut auf die Welt. Hab gehorcht auf den Wind, der durchs hohe Gras wehte. Nicht ein einziger verdammter Büffel in Sicht.

War leicht zu verstehn, wie ein Mann durchdrehen konnte, wenn er hier draußen lebte und immer bloß ins Weite starrte und horchte; besonders, wenn er vorher Tollkraut geraucht hatte.

Der Sonnenuntergang – so schön, wie du selbst nie sein oder es dir vorstellen oder dir träumen könntest – reicht bis an die Augenbälle und an die Haut, er geht direkt durch dich hindurch – durch deine Augen –, drängt dir Farben in den Kopf, nach ganz hinten in dein Kopfinneres, durch deinen Kopf ohne Ende weiter zurück und überall um dich herum. Dann beginnt das Sumpfgras, ganz toll vom Wind, golden und rosa und rot zu leuchten.

Der heiße Ball versinkt. Ein kalter Ball steigt auf und zeigt sich in dem Blau und dem Schwarz, in dem blauen Kleid, das wie Idas Kleid aussieht; mit Taffeta-Sternen.

Kaltball-Licht ringsum, überall. Der verdammte Mond, zum Heulen. Sumpfgras-Silber mit dunklem Atem und Herzklopfen. Das Lagerfeuer, ganz tief, nur rot unter schwarz – dann und wann ein Spucken.

Man könnte glatt verrückt werden – Dellwood Barker, verrückt vom Dasitzen und Schaun auf alles, so wie es war, auf die Schatten, das Licht, auf die Schönheit, vom Bemühen, alles zu verstehen –, verrückt von dem Versuch, alles zu verstehen.

Am nächsten Morgen saß ich immer noch da und schaute. Konnte mich nicht erinnern, ob ich überhaupt aufgehört hatte. Dachte mir: Ich könnt ja geträumt haben, daß ich schaute. Aber wenn ich geträumt hätte, hätte ich schlafen müssen. Wenn ich geschlafen hätte, hätte ich aufwachen müssen.

Es hatte aber kein Aufwachen gegeben. Es hatte nur das Schauen gegeben: Der kalte Ball war untergegangen, der heiße Ball war wieder aufgegangen.

Bei Sonnenaufgang waren Schatten vom heißen Ball lang – der Schatten eines Mannes und der Schatten eines Pferdes, ein Schatten, der sich über das Sumpfgras bewegte, und das Sumpfgras hat sich im Wind bewegt.

Als die Sonne am heißesten war, als die Schatten sich in die Dinge verkrochen, da bin ich mit Princess an eine Stelle gekommen, wo der Boden steil in die Höhe führte und oben wieder flach wurde. Als wir oben ankamen, war alles anders.

Indianer: das Volk meiner Mutter – der Ich-Teil von Nicht-Ich – war nicht mehr weit entfernt.

ZWEITER TEIL

OWLFEATHER

Das Erste, was an Fort Lincoln auffiel, waren die Bäume. Große, alte Bäume in Reih und Glied, einer neben dem andern, wie die Laternenpfosten in Owyhee City, genau so. Die Bäume liefen auf beiden Seiten eine Straße hoch, und die Straße führte bis zu einem zweistöckigen Gebäude, und dies Gebäude war eine Schule. Princess und ich sind die Straße hochgegangen, mitten zwischen den Bäumen hindurch, der Wind hat das Pappellaub zum Reden gebracht – so wie bei uns oben in Excellent Espenbäume reden. Aber irgendwas hat da nicht gestimmt. Ich hab Princess angehalten und mich umgeblickt und gehorcht. Princess hat es auch gehört.

Es hörte sich an, wie wenn die Bäume sich fürchteten.

Da standen sie mitten in einem flachen Niemandsland. Kein Baum, der bei Trost wäre, würde je auf den Gedanken kommen, an so einem Platz zu wachsen – oder sie waren dazu gezwungen worden –; ich überlegte: Weil sie dazu gezwungen worden waren, hatten sich alle zusammengehockt, so wie eine Familie es machen würde; stolz und hochaufgerichtet standen sie da und brachten Schatten in eine Wüste, die sonst ohne Schatten war. Daß Laternenpfosten in einer Reihe standen, eins, zwei, drei, vier, fünf, einer nach dem andern, war völlig in Ordnung; aber wenn *Bäume* so etwas taten, dann mußte etwas nicht in Ordnung sein.

Als ich am Gebäude hochschaute, bekam ich es selber mit der Angst. Sah mehr wie eine Burg aus als wie eine Schule – Gitter vor den Fenstern und ein Eisentor am Haupteingang. Über der Tür Wörter in Stein, die lauteten: *Saint Anthony's Academy.*

Bin um die Schule herum. Hinten gab es mehr Baumreihen. Als ich um die Ecke bog, haben meine Augen etwas gesehen und konnten mir überhaupt nicht mitteilen, was es war. Es waren Leute – Frauen, denke ich –, schwarz gekleidet, mit weißen Kissen auf den Köpfen.

Von diesen Kissen-Frauen gab es dort drei. Hätten Teufel sein können, wenn sie nur nicht so komisch ausgesehn hätten. Eine stand im Türrahmen. Die andern zwei standen näher zu mir, jede mit einer Gruppe Kinder.

Je mehr meine Augen hinschauten, desto mehr haben sie außer den Kissen-Frauen noch gesehen. Bei der einen Kissen-Frau waren es Indianermädchen, und bei der andern Kissen-Frau Indianerjungen.

Als ich die Indianermädchen und die Indianerjungen gesehn hab, da hat das Angsthaben in meinem Herzen aufgehört; da hat ein ganz anderes Herzklopfen angefangen. Und dann ist meinen Augen überhaupt das Sehen schwer geworden, weil das, was ich da sah, nämlich meine ersten echten Indianer waren – ich hab zum erstenmal Menschen vom Volk meiner Mutter gesehn.

Die drei Kissen-Frauen standen einfach so da. Wenn sie mich gesehen haben, dann haben sie es nicht gezeigt. Die mit den Mädchen blickte auf die Mädchen. Die mit den Jungen blickte auf die Jungen. Die im Türrahmen blickte auf alle.

Die Indianermädchen standen von beiden Seiten um etwas herum, das zwischen ihnen ausgestreckt war, und warfen einen Ball drüber, hin und her, den sie nie den Boden berühren ließen.

Die Indianerjungen standen in einer Reihe, alle warteten, daß er derjenige sein würde, der einen Ball abstieß, den ein anderer Indianerjunge ihm auf dem Boden zurollte. Es sah so aus, daß du den Ball abstoßen und dann losrennen mußtest, dann haben andere Jungen versucht, den Ball zu schnappen oder mit dem Ball den rennenden Jungen zu treffen.

Hab selber einmal einen Ball besessen, bevor ich älter geworden bin, der ist kleiner gewesen als der Ball dieser Indianermädchen und Indianerjungen. Mein Ball war rot, weiß und blau. Eines Morgens wachte ich auf, und er war fort. Hab mir gedacht, daß einer meiner Kunden ihn mitgenommen hatte.

Hat ein bißchen gedauert, bis meine Augen bemerkten, was fehlte. Die Indianermädchen haben an einem festen Platz gestanden, wie die Kissen-Frauen. Die Indianerjungen haben in Reih und Glied gestanden. Haben den Ball getroffen, haben den Ball abgeschlagen.

Was fehlte, das war – meine Ohren haben nichts gehört.

Sie waren auch alle gleich angezogen. Die Mädchen sahen alle gleich aus. Jungen sahen alle gleich aus. Kids, die Fotografien von Kids waren. Jeder von ihnen das gleiche Mädchen oder der gleiche Junge. Sie sind nicht herumgerannt, das waren keine Kids, die sich gebalgt und geschrien haben, keine lachenden Kids.

Ich und Princess, wir haben uns nicht gerührt und haben nur geguckt. Die Bäume standen in Reih und Glied, und die roten Ziegelsteinbauten hatten Gitterstäbe vor den Fenstern, und die Indianermädchen standen immer nur auf der Stelle, und die Indianerjungen standen in Reih und Glied, und die eine Kissen-Frau hatte die Indianermädchen im Blick, und die andre die Jungen, und dann hat die Kissen-Frau im Toreingang, die sie alle im Auge behielt, eine Glocke gehoben, die sie in der Hand hielt, und hat zwanzigmal gebimmelt. Ich war nicht der einzige, der mitzählte, weil beim fünfzehntenmal nämlich jedes Indianermädchen und jeder Indianerjunge sich umdrehte und marschierte, Mädchen auf der rechten, Jungen auf der linken Seite, in Saint Anthony's Academy hinein.

Ich und Princess, wir sind von dort weggeritten, an einer Burg von Kirche vorbei, die noch größer war als die Burg von Schule, mit einem hohen Turm und einem großen Kreuz auf dem Turm und rundherum mit Bäumen in Reih und Glied, und alle hatten

Angst. Dauerte gar nicht lang und wir haben oben auf einem Hang gestanden, der sich langsam abwärts senkte.

Und da lag es – Fort Lincoln. Ich hab gewußt, daß es Fort Lincoln war, weil es genauso war, wie Dellwood Barker es mir beschrieben hatte: »Fünf Gebäude in allen Richtungen beim Suchen nach einer Stadt.«

Dort unten gab es weder Baum noch Fluß oder sonstwas. Bloß die fünf Gebäude, ihre Schatten, die Eisenbahngleise, eine große Staubwolke und den Wind von Idaho.

Princess wollte nicht näher herangehen. Ich eigentlich auch nicht, nachdem wir uns aber ein wenig unterhalten hatten, sind wir am Ende doch weitergegangen. Princess hat das Herz schneller geklopft, so wie mir auch. Je näher wir den fünf Gebäuden kamen, desto stärker wurde in der Luft ein Geruch, der meiner Nase völlig fremd war. Es war da auch ein Geräusch zu hören – nur gelegentlich, von Mal zu Mal –, das war ein Mensch mit einer hohen Stimme oder vielleicht ein Kind, das schrie. Ich hab meiner Nase befohlen, weiter zu riechen, und meinen Ohren, weiter zu hören, so lange, bis sie herausbekämen, was das war, dann sollten sie es mich wissen lassen.

Der Staub kam von Wagen und Pferden und Menschen, die hinter einem großen Holzhaus mit Blechdach versammelt waren. Ich hab Princess an einem Pflock festgebunden, der stand vor einem Blockhaus mit zwei Fenstern und dazwischen einer Tür, die weiß gestrichen war, und einer langen Veranda, zu der du mit einem großen Schritt emporsteigen mußtest. Das Schild über der Tür sagte: *Licensed Government Traders*.

Ich hab meinen Kopf an die Schulter von Princess gelehnt und mich wieder mit ihm unterhalten – hab ihm gesagt, daß ich bald wieder zurück sein würde und daß er sich keine Sorgen um mich machen sollte. Ich hab mir Dellwood Barkers 0.22 Selbstladegewehr im Lederfutteral über die Schulter gehängt und bin auf den Staub, auf die Leute zugegangen.

Es müssen Hunderte gewesen sein – Hunderte von Indianern –, die da im Staub der Straße in der Sonne standen. Nirgends ein Schatten, in dem sie hätten stehen können. Alle blickten in dieselbe Richtung – zum großen Holzgebäude mit dem
Blechdach, zu dem Schild am Gebäude, wo zu lesen war: *United
States Commodity Outlet.* Unter diesem Schild befand sich ein
zweites, für die Laderampe.

Wie bei den Kindern an der Burg von Schule sagten mir meine
Ohren, daß die Laute der Menschenmenge auf der heißen
Straße anders klangen, als sich normalerweise eine Menschenmenge anhört. So klingt nur Furcht. Und dann gab es da diese
merkwürdigen Schreie; woher sie kamen, wußte ich nicht.

Hab überlegt, wer da wohl gestorben wäre. Es roch, als ob alles
gestorben wäre.

Am Rand der Menge saßen Soldaten in blauen Uniformen auf
Pferden. Auf der Laderampe haben auch Soldaten gestanden.
Sie haben mich so richtig von oben bis unten angesehn – mich
und meine 0.22. Wann immer ein *Tybo* dich auf die Art angafft,
gibt's zwei Möglichkeiten: Entweder macht ihn deine Sexge-
schichte ganz wild, daß er die Beherrschung verliert, oder die
eigene bringt dich zum Durchdrehn. Dann geht's ihnen weniger
drum, dich zu ficken, als dich zu killen. Zwischen Ficken und
Killen gibt's bei *Tybo*-Männern nicht viel Unterschied.

Je länger ich mich umschaute, desto klarer haben meine Augen
erkannt, warum die Soldaten mir soviel Aufmerksamkeit schenk-
ten. Ich hatte meine neuen Sachen an – es waren die neuen
Schuhe, der neue Hut, die ich in Bliss Station gekauft hatte. Ich
war einen Kopf größer als der Größte in der Menge, ein richtig
schicker Cowboy, sah aus, wie wenn ich gut zu essen hätte. Ich
war kein geprügelter Hund, ich nicht. Ich hatte noch Grips und
Eier genug, um selber gut auf mich aufzupassen. Sah aus wie ein
Mensch, ohne *tybo* zu sein – und das ist etwas, das *Tybos* hassen.

Die indianischen Männer vom Volk meiner Mutter trugen

meist *tybo*-Sachen, die ihnen nicht paßten. Die Frauen waren in Stoffe eingehüllt – du hast nur ihre Augen sehen können, die herausschauten. Es gab da aber auch Frauen, die waren total unbedeckt – mit unverhülltem Kopf – mit zerrissenen Kleidern, Titten hingen heraus – betrunken – mit Kotze vorn, von oben bis unten. Mit Fliegen bedeckt.

An der Seite dieser Waren-Ausgabestelle der U.S.-Regierung stand ein großes Tor offen. Dort gingen Indianer hinein, manche mit Packpferden, ein paar mit Planwagen – die meisten haben bloß Körbe getragen. Die Babys haben nicht mal geweint. Die Babys blickten aus der Wiegenkiepe auf dem Rücken der Mütter in die Staubwolken hoch oder haben im Arm der Mutter gelegen und die Mutter angestarrt so wie die Mutter die Waren-Ausgabe-stelle der U.S.-Regierung anstarrte.

Ich hab mir durch die Menge einen Weg zur Tür gebahnt. Zwei Wachposten in blauer Uniform haben mir den Weg versperrt. Sie wollten mich nicht durchlassen.

»Erst, wenn dein Name aufgerufen wird«, sagte der eine, »und du mußt uns deine Rationierungsmarke vorzeigen.«

Rationierungsmarke: In Owyhee City hatte mich Sheriff Blumenfeld nach meiner Rationierungsmarke gefragt. Das war in der Nacht gewesen, als er mich ins Gefängnis gesteckt hat.

Ich trat zur Seite und blieb neben der Tür stehen. Von dort konnte ich ins Innere des Gebäudes blicken.

Es gab drinnen eine Straße, die zwischen zwei Laderampen durch das ganze Gebäude führte, bis hin zu einem offenen Tor am andern Ende. Die Laderampen waren ungefähr hüfthoch. Auf der einen Laderampe stand ein *tybo*-Mann ohne Uniform und rief zwei Indianern Befehle zu, die Säcke und Kisten und Dosen zu den indianischen Menschen trugen, die draußen auf der Straße warteten.

Einer der Soldaten am Tor rief einen Namen aus. Der Wagen

der Familie, deren Name aufgerufen worden war, bewegte sich ins Gebäude hinein. Es war meistens die älteste der Frauen, welche das perlenbesetzte Säckchen hervorholte und dem *Tybo* mit zitternder Hand die Rationierungsmarke vorzeigte. Dann bekamen sie einen Sack mit irgendwas, eine Kiste mit irgendwas, geräuchertes Fleisch und Dosen. Die Familie ging durch das hintere Tor hinaus, dann wurde der nächste Name aufgerufen.

Ich trat von der Tür weg und bin wieder durch die Menge gegangen, durch das Volk meiner Mutter. Ich hab meinen Körper mitten unter sie gestellt, hab ihren Feuerwasser-Bier-Schweiß und Wildleder gerochen, hab meine Haut an ihre Haut gerückt und meine Hände so gehalten, daß sie ihre Hände streiften.

Meine Augen in ihr linkes Auge: Niemand hat den Blick erwidert.

Sie konnten mich nicht sehen. Ich hab nach meinem Körper geschaut. Er war aber nicht verschwunden.

»Warentag«, hörte ich jemanden sagen. Ich hab mich umgedreht und sah einen Mann mit nackter Brust, barfuß, die langen Unterhosen waren am unteren Teil mit einem Stück Bindfaden an ihm festgebunden. Das Haar hielt er sich mit einem roten Halstuch aus dem Gesicht. Das Gesicht wirkte alt, sein Körper hat sich aber noch immer wie ein junger Körper bewegt. Er hat eine Papiertüte mit einer Flasche drin in der Hand gehalten, aus der er trank. Er sah mich nicht an. Ich wußte nicht, ob er mit mir sprach oder nicht. Dann hat er mir die Tüte rübergereicht, immer noch ohne mich anzuschauen. Der Wein war süß. Hat wie sein Atem gerochen.

»Charles Smith«, hat er gesagt.

»Was?« hab ich gesagt.

»Charles Smith«, hat er wiederholt und die Hand nach der Flasche ausgestreckt.

»Manche Leute nennen mich Schupp«, hab ich gesagt, »andere nicht.« Ich nahm einen Schluck. Dann hab ich ihm die Flasche zurückgegeben.

Charles Smith nahm einen tiefen Schluck. Aus beiden Mundwinkeln ist Wein hervorgequollen. Er hat sich mit dem Unterarm den Mund gewischt und rülpste. Das Weiß seiner Augen war nicht weiß. Er kam ins Stolpern, hat sich dann aber noch gefangen.

»Einmal im Monat, wie bei Frauen«, sagte er. »Warentag.«

»Warentag?« hab ich gefragt. »Was ist denn das für ein Tag?«

Charles Smith hat die Flasche gesenkt, mir einen Falkenblick zugeworfen und gelacht. »Der Tag, wenn wir Injaner gefüttert werden.«

»Was meinst du damit? Und wer füttert euch?« hab ich gefragt.

»Amerika«, sagte Charles Smith. Er hielt mir die Flasche entgegen. »Noch einen Schluck?«

Ich hab die Flasche genommen und den letzten Rest Wein ausgetrunken.

»Ich halte nach den Büffeln Ausschau«, hab ich gesagt.

»Büffel?« sagte Charles Smith.

»Oder was von ihnen übriggeblieben ist«, hab ich gesagt.

»Wir könnten uns noch Wein holen«, sagte Charles Smith. »Kostet einen Dollar. Hast du einen Dollar?« fragte er.

»'n Dollar ist viel für eine Flasche Wein«, hab ich gesagt.

»Was biste für'n Injaner?« fragte Charles Smith und trat einen Schritt zurück und hat mich aus roten Augen von oben bis unten gemustert. »Wir sind hier im Reservat. Flasche Wein, das macht'n Dollar, manchmal auch mehr als 'n Dollar. Manchmal zwei Dollar. Was ist das überhaupt für'n Injaner, der nichts vom Warentag weiß? Was ist das für'n Injaner, der nach den Büffeln sucht?«

Ich wußte nicht, was ich Charles Smith antworten sollte auf die Frage, was für ein Indianer ich wäre, und hab ihm daher nur gesagt: »Ich hab einen Dollar.«

Er ließ mich noch immer nicht aus dem Blick. Sein linkes Auge war voller Haß auf mich. Dann hat er gesagt: »Folge mir.« Ich bin ihm gefolgt.

Wir sind wieder durch die Menge gegangen, zwischen all denen durch, die darauf warteten, daß die Glocke zwanzigmal für sie bimmelte; die sich die Flasche weiterreichten, warteten, die perlenbesetzten Ledertaschen fest umklammerten.

»Sam True Shot!« brüllte der *Tybo*. »Annie-In-The-Woods! Benjamin Henry! Moses Face Dog!«

Wir gingen nach Norden und Osten, ich und Charles Smith, über einen Weg, wo andere indianische Menschen gingen, mit Körben, welche für den Monat gefüllt waren, die ihre Packpferde führten, die auf Wagen saßen, die von halbtoten Maultieren gezogen wurden. Ich hab zuerst gemeint, daß sie alle so betrunken waren wie Charles Smith, weil sie nämlich auf genau die gleiche Art gingen wie er – als ob jeder Schritt der letzte wäre.

Sie waren aber nicht einfach bloß betrunken. Sie waren müde, deswegen machten sie immer nur einen Schritt auf einmal, als ob es keinen nächsten Schritt mehr geben würde. So weit war es mit dem Volk meiner Mutter gekommen: bis auf diese staubige Straße hier und nicht weiter, nur bis zu ihrem nächsten Schritt. Dann wieder der nächste Schritt. Wieder nur ein einziger Schritt.

Die Schreie wurden lauter und der Geruch stärker, je näher wir einem gemauerten Haus kamen. Das sei das Schlachthaus, sagte Charles Smith.

»Fleisch für den weißen Mann«, hat er erklärt.

Wir überquerten ein Feld mit totem Junigras und leeren Weinflaschen, krochen über ein Holztor und sprangen nach unten. Wir befanden uns auf einem Weg zwischen Rinderpferchen, in denen die Rinder ganz dicht zusammengedrängt standen. Alle Kühe haben mich angesehn, wollten sprechen, haben ein menschliches Wesen gesucht, das ihnen zuhörte, haben gewartet. Eine Kuh hatte sich mit den Hörnern unter einem Zaun verfangen, stand mit der Nase am Boden, blies Luft und Rotz, die

Augen brannten, sie wollte wissen: Warum? Sie wurde von andern Kühen geschoben. Irgendwer hat mit der Peitsche geknallt. Eine Jutetür ist zugeschlagen. Dünne grüne Scheiße ist aus diesen Tieren geflossen, die hier eingepfercht waren und brüllten, die für den Schlachthof bestimmt waren, für die es keine Hoffnung mehr gab, da herauszukommen.

In den Pferchen waren auch noch andere Tiere eingesperrt. Als ich die Schweine sah, haben meine Nase und meine Ohren schließlich sofort Bescheid gewußt. Was ich gerochen hatte, war Blut. Was ich gehört hatte, war das Sterben solcher Tiere.

Am Schlachthaus hat Charles Smith eine Metalltür geöffnet und ist hineingegangen. Mein Körper hat nicht wollen. Ich bin Charles Smith aber trotzdem gefolgt.

Sobald ich in die Tür trat, hab ich mich an das eine Mal erinnert, als ich ein Reh geschossen hatte. Als ich zu dem Reh lief und das Tier warm und tot daliegen sah, hatte ich meiner Mutter zugerufen: »Es ist bestimmt nicht richtig zu töten.«

»Alle von uns«, hatte meine Mutter gesagt, »Vierbeiner, Flügelwesen, Fische, Kriechtiere, Zweibeiner: wir sind in Wirklichkeit Geister, die im Körper gefangen sitzen und darum flehen, freigelassen zu werden.«

»Frei« war das Wort, das mir im Schlachthof laut über die Lippen kam, aber das Wort in meinem Herzen hieß nicht *frei*.

Ich hatte in meinem Leben bis dahin vom Teufel gehört – wie er war; wie man ihm nie den eigenen Namen sagen durfte; wie man ihn auf eine Weise mit den Augen sah und auf ganz andere Weise mit dem Herzen –, aber obwohl meine Mutter ermordet worden war und Billy Blizzard mir den Arsch verhaun hatte, so nah war ich ihm bis dahin aber noch nie gekommen, dem Geruch, dem furchtbaren Schrein, so nah dem Wahnsinn, der wie der Teufel war.

Ich sollte an der Tür bleiben, sagte Charles Smith – nicht weiter mit hereinkommen. Er ist durch den heißen, schreienden

Raum hindurch zu einer Tür gegangen, und dann war er weg. Ich habe im Schlachthof gestanden – mit allem, was ich war: meine Augen, meine Ohren, meine Nase, die Haut wollten davonkriechen, die Füße wollten wegrennen, mein Atem hat schwer gepumpt, aus mir raus, in mich rein. Mein Herz!

In einer Schütte, barfuß, im Schweinekot, mit Lendenschurz standen Indianer, Augen tot wie bei einem toten Schwein, und haben einem Schwein ein Seil um die Hinterbeine festgebunden, zogen es hoch, und das Schwein quiekte den Schrei, den ich aus einer halben Meile Entfernung gehört hatte – in der Luft strampelte das Schwein hilflos, würdelos mit zu kurzen Stummelbeinen, damit alles wieder ins Lot käme. Auf einer Bühne oben stand ein zweiter Indianer mit Messer. Menschenkind, Auge in Auge mit Schwein, stößt sein Messer, ein Zucken von Licht, tief in die Schweinekehle – das Rot, der Geruch von Rot, der Bluttod, es klatscht an ihm herunter, über das Schwein weg hinüber in die Rinne, in die Blutrinne. Als das Blut nicht mehr stürzte, als das Blut nur noch tropfte, wurde das Schwein rübergezogen, Kopf nach hinten, Kehle aufgeschlitzt – ein Mund aufgerissen im Schrei, zu laut für jedes Herz – zu einem Tisch, wo weitere Indianer schlitzten und schnitten und ausnahmen, Schweinefüße verschwanden in eine Schütte, Schweinekopf weg in eine andere, Schweinegedärm in noch eine andere.

Dann ging eine Tür auf, und ein weiteres Schwein wurde quiekend reingeschoben, hochgezogen, der Blitz von einem Messer traf es tief in der Kehle, schnitt durch den Schrei in der Kehle, ins Blut.

Da hab ich es nicht mehr aushalten können an diesem Ort, ich nicht. Mein Magen wollte hochkommen und raus aus dem Mund, und mein Mund hat alles drangesetzt, damit mein Magen untenblieb, wo er hingehörte. Und bevor ich's wußte, waren meine Füße im Raum nebenan, dort, wohin Charles Smith gegangen war. Er stand neben einem anderen Indianer, dessen nackter Körper ganz blutverschmiert war. Ich hab einen Schuß gehört, mein Körper glaubte, er wäre tot. Ich wollte nach meiner .22 fassen, die an meinen Rücken geschnallt war, dann hab ich aber gemerkt, daß da eine Kuh tot war, und nicht ich. Ich hab mich gerade rechtzeitig umgedreht, um zu sehen, wie die Kuh noch im Licht stand, das durch das Oberfenster einfiel, und durch die Kugel zusammensackte und in einem schönen Tanz zu Boden sank. Tot auf dem Boden, da war die Kuh dann bloß ein Haufen Zeug.

Frei.

Ohne Bewegen Bewegen sind wir nichts.

In der Ecke haben sich noch mehr Männer befunden. Sie zerrten an Seilen. Auf Rolltischen zogen Rinder vorbei, alle vier Beine in die Luft ausgestreckt, mit dem Bauch zum Himmel. Die Köpfe saßen alle verkehrt drauf – im Tod verdreht, die Augen offen.

»Augen«, befahl ich meinen Augen, »ihr dürft nicht in diese Augen sehen.«

Schon war ich durch die Hintertür draußen, bin gerannt, hab meinen Körper genommen und zu Boden geworfen, mein Gesicht in die Erde gesteckt, Erde gegriffen, mit beiden Händen, mir Erde ans Herz gedrückt, Erde gegessen.

Was im Magen war, ist wieder durch den Mund herausgekommen. Ich hab mich herumgewälzt und auf dem Boden gelegen, daß ich zum Himmel emporschaute, auf dem staubigen Braun im trockenen Gold und hab zum Himmel geblickt. Ich hab gebetet, darum, daß ich aus diesem Traum fortflöge, aus diesem Teufelstraum.

Es gab kein Davonfliegen. Nur Daliegen und Schauen.

Durch die Hintertür ist Charles Smith gekommen und hat nach mir gesucht. Dort, wo ich war, konnte er mich nicht sehen. Er ist zwischen den Pferchen weg und herum, vors Gebäude.

Ich hab nicht gewußt, ob mein Körper mich noch einmal so in

die Nähe vom Schachthof kommen lassen würde. Bin aber trotzdem aufgestanden, hab mein Gewehr genommen und mich auf den Weg zurück gemacht.

Als ich um die Ecke des Schlachthofs bog, sah ich Indianerinnen um ein Loch in der Seite des Gebäudes herumstehen. Als ich genau hinschaute, ist aus dem Loch ein großer Haufen Gedärm gekommen und in eine blutige Tränke auf der Straße gefallen. Die Frauen haben sich über die Gedärme gebückt und sie schnell aufgehoben, mit nackten Händen, nackten Armen – haben ihre Hände und Arme ein Geräusch gemacht! Sie haben die Eingeweide in Holzkisten, in Säcken, in Dosen verstaut. Sie haben sie zu den Wagen hinübergetragen und hineinfallen lassen. Du hast die Fliegen hören können. Aus Löchern an den Wagenseiten hat Gedärm rausgehangen, Därme baumelten auf den Wagenrädern, Därme auf den Achsen.

Charles Smith war mit einer der Frauen im Gespräch. Als sie zu sprechen begann, streckte sie einen blutigen Arm nach rückwärts aus, nach dort, wo das *U.S. Government Commodity House* stand. Ich hab ihren Mund beim Reden beobachtet. Ich hab kein Wort verstanden. Dann hat sie gesagt: »Owlfeather.«

Als Charles Smith mich hinter sich sah, ist er zu mir herübergekommen. Er hat gesagt, daß sie nach Owlfeather suchten. Nach einem Mann namens Owlfeather.

Als Charles Smith an dem Pflock vor dem Gebäude der *Licensed Government Traders* Princess gesehen hat, da hat er mächtig gelächelt – da hat er wahrscheinlich genauso gelächelt, wie ich selber gelächelt habe, als ich Princess zum erstenmal sah.

Als ich dann zu Princess ging und als Charles Smith sah, daß Princess mein Pferd war, da ist sein Lächeln zu etwas ganz anderem geworden.

»Wo haste das Pferd gestohlen?« fragte er.

»Hab ich nicht gestohlen«, hab ich gesagt. »Hab ich gekauft.«

»Quatsch«, sagte Charles Smith. »Soviel Geld hab'n Indianer nicht. Hat's dir die Regierung gegeben, was? Was haste dafür machen müssen?«

»Ich mußte gar nichts für die Regierung machen«, sagte ich. Dann hab ich gesagt: »Mein Vater hat ihn mir besorgt.«

»Und diese Aufmachung da auch?« hat Charles Smith gesagt. »Die Schuh da, der Hut da, diese Winchester – hat er dir die auch besorgt?«

Was Charles Smith da von mir wissen wollte, das ging ihn überhaupt nichts an. Genau das wollte ich ihm gerade sagen, aber als ich mein linkes Auge auf ihn legte, hat mein Mund die Worte, die er aussprechen wollte, einfach nicht herausbringen können, weil mich nämlich aus den Augen von Charles Smith meine Mutter anschaute, meine Mutter, und das Volk meiner Mutter.

Ich sagte einfach bloß: »Ja.«

»Er ist ein weißer Mann, oder?« sagte Charles Smith. »Dein Vater.«

In mir hat sich fast alles nur gewünscht, daß Charles Smith den Mund hielt. Meine Ohren haben von zwanzig Glocken geklungen, und meine Augen suchten nach einem Gegenstand, mit dem ich ihm seinen verflixten Mund stopfen könnte.

»Du siehst wie ein Indianer aus, bist aber keiner«, sagte Charles Smith. »Du bist nicht verrückt genug. Zu viel Geld vom weißen Daddy, und keine indianischen Eier«, hat er gesagt.

Als Charles Smith »indianische Eier« sagte, hat er gelächelt. Aber das war kein Scherz.

Ich hab zurückgelächelt, genauso wie er gelächelt hatte: Scherz, der kein Scherz ist.

»Wo ist dieser Kerl Owlfeather?« hab ich gesagt, während ich das Futteral der 0.22 an den Sattel band, meine Augen gezwungen hab, auf meine Hände zu blicken, und meine Hände gezwungen hab, ganz ruhig zu bleiben, damit sie den Knoten machen konnten.

Charles Smith ging mit ausgestreckter Hand auf Princess zu. Princess wollte mit ihm nichts zu tun haben und tänzelte zur Seite. Ich kletterte in den Sattel. Princess bäumte.

Was ich im Staub der Straße liegen sah, war Billy Blizzards totes Pferd, das aus dem linken Auge blutete.

Ich hab die Hand nach unten ausgestreckt, Charles Smith ergriff die Hand, brachte seinen Fuß in den Steigbügel hoch und schwang sich hinter mich aufs Pferd.

Princess ist losgaloppiert. Ich konnte mich selbst kaum auf ihr halten, ganz zu schweigen von Charles Smith, der sich von hinten an mich klammerte.

»Zum Hufschmied!« rief mir Charles Smith ins Ohr. »Wir wollen es dort versuchen!«

Dann hat er gelacht, als er sich an mir festhielt. Ich zog die Zügel in die Richtung, in die er wies – auf die Bahngleise zu. Charles Smith griff nach unten, legte eine Sekunde lang die Hand um meine Eier und hat über den Witz gelacht. Eier des Weißen Manns, keine Indianereier, ein Witz.

Die Straße fiel ein wenig ab, als wir uns den Gleisen näherten. An einem Abhang vor uns lag ein Haus aus Blech, aus dessen Schornstein Rauch aufstieg. Als wir vorritten, sahen wir inmitten von Unkraut und Beifuß haufenweis durcheinander Stücke aus Eisen herumliegen, genau wie in Excellent rund um Thord Hurdlikas Werkstatt. Weitere Eisendinge ringsherum: Eisenbahngleise, Berge von Dosen, Wagenteile.

Beim Winkel der Sonne auf der Blechhütte war es schwierig, etwas zu sehen. Du hast einfach wegschauen müssen; der heiße Ball war ja so heiß. Wenn du danach wieder richtig sehen konntest, war das Innere der Hütte dunkler, als es nachts wird. Schwarz drinnen: Haken und Ketten. Draußen zu hell, drinnen zu finster.

Im Hof vor dem Haus stand ein aufgebockter Wagen. Meine Ohren hörten Schläge von Eisen auf Eisen.

Unter einer großen Gruppe von Beifuß-Büschen kauerten Indianer; so, wie meine Mutter meist gesessen hatte. Charles Smith klammerte sich fester an mich. Einer der Indianer trug eine Melone, zwei weitere hatten breitkrempige Hüte auf dem Kopf. Ich konnte feststellen, daß Melone das Haar kurz trug wie ein *Tybo.*

Princess war noch immer ganz benommen, ging aber weiter – mit hocherhobenem Schweif.

Ein paar Indianer trugen weiße Hemden und Krawatten. Melone, der mit dem kurzgeschorenen Haar, trug einen Anzug wie Weiße, Unterhemd und Schuhe. Die übrigen waren in Decken gehüllt. Ich brachte Princess direkt vor ihnen zum Stehen.

Charles Smith redete mit ihnen, irgendwie auf indianisch, und während sie miteinander sprachen, hin und her, sind glänzende Sachen aufgeleuchtet – Armringe, Ohrringe, Halsbänder, perlenbesetzte Taschen, Silberkämme blitzten unter ihrem staubigen Graurotschwarz auf, Platscher von Licht und von Wasser in einem Staubsturm.

Ihre Augen haben mich angesehen, ohne mich anzusehen.

Dann ging ein Gewehr los. Rundum ist überall Schrot eingeschlagen. Princess bäumte, und von ihrem Rücken ist Charles Smith zu Boden geglitten. Princess hat versucht, nicht auf ihn zu treten, Princess hat überhaupt nicht mehr gewußt, wohin mit sich. Ich hab mich nicht länger oben halten können und landete prompt hart auf dem Hintern, ohne die Zügel loszulassen. Neue Schüsse, weitere Einschläge von Schrot. Charles Smith verschwand im Beifuß-Gebüsch, rannte mehr wie ein Kaninchen als ein Menschenkind.

Ich war ganz in der Nähe der Indianer gelandet. Ich ließ die Zügel los und hab mich hinübergerollt nach dort, wo sie am Boden kauerten, und bin dann mitten unter sie gesprungen, indem ich die Hände über den Kopf hielt und den Hintern flach hielt.

Als ich wieder soweit beisammen war, daß ich denken konnte, hab ich hochgeschaut, und da erblickten meine Augen einen großen *tybo*-Mann mit Glatze und schwarzem Bart in einem weißen Unterhemd, das ganz schwarz war; er war schwarz an den Händen und im Gesicht, schwarz von der Taille bis herunter zu den schwarzen Schuhn, weiß war er bloß so ziemlich um die Augen und unter den Armen, wenn er die Arme in die Höhe hob.

Was meine Ohren nach den Gewehrschüssen hörten, war das Lachen der Indianer. Sie haben sich auf dem Boden gewälzt und gelacht. Dann hörten meine Ohren den weißen Mann, der fast ganz schwarz war, er hat geflucht oder aus der Bibel zitiert – das konnte ich nicht unterscheiden.

»Großer Gott, du verdammter diebischer Injaner Charles Smith, schaff deinen diebischen Pharisäer-Arsch fort von hier!«

Charles Smith lief noch immer, ist über Beifuß gesprungen und gerannt und gerannt, und die Indianer haben gelacht und gelacht. Der schwarze weiße Mann legte eine neue Patrone in seine Schrotflinte und ließ das Magazin zuschnappen. Er drehte sich zu mir um und kam näher. Die Indianer machten, daß sie wegkamen und ließen mich allein. Er ist Schritt für Schritt näher gekommen.

Wieder der Teufel.

Aus der Ecke meines Auges hab ich Princess wahrgenommen, und beim Anblick von Princess wurde mir wohler. Was meine Ohren hörten, das war ich selbst, so laut hatte ich meinen Mund noch nie brüllen gehört – das war nicht indianisch, das war nicht *tybo*, so schrien nur Schweine – mit weit aufgerissenem Mund – es gab keine Hoffnung mehr. Kiebitz saß auf dem Nest, jetzt gab es keine Tricks mehr, mit gebreiteten Flügeln, bereit, dagegen anzufliegen.

Der schwarze weiße Mann hob das Gewehr und zielte mit dem

Gewehr auf meine Stirn. Meine Füße haben mich dem Gewehr näher gebracht.

»Aufhören!« schrie ich.

»Hör auf, uns umzubringen!«

Der schwarze weiße Mann nahm das Gewehr herunter. Die Indianer hatten mit Lachen aufgehört. Die Schüsse waren in die Luft gegangen. Nur mehr fliegender Atem und Herzschlag, und die Stiefel des schwarzen weißen Manns auf der harten Erde, die auf mich zukamen, die ganz nah waren. Und dann hat er mir in das linke Auge geschaut.

»Mir gefällt Töten auch nicht«, sagte der schwarze weiße Mann. »Hat davon schon zu viel gegeben. Die Bibel sagt ›Du sollst nicht töten‹.

Zacharias Ward ist mein Name, Jung«, sagte er und reichte mir die Hand. »Und dieser Charles Smith ist wirklich ein Schuft von einem Dieb. Beklaut mich jetzt schon zehn Jahr lang. Ich würd dich doch nicht anlügen.«

Ich schüttelte ihm die Hand. »Manche nennen mich Schupp«, sagte ich. »Manche auch nicht. Ich such einen Mann, der Owl-feather heißt. Er soll wissen, wo ich die Büffel und eine Flasche Whiskey finden kann.«

»Whiskey ist nicht gut, Jung«, sagte Zacharias Ward. »Besonders für euch Indjaner nicht. Es ist gegen Gottes Gebote, Spiri-tuosen zu sich zu nehmen.«

»Kennst du diesen Owlfeather?« hab ich gefragt.

»Hast du gehört, was ich eben gesagt habe?« sagte Zacharias Ward.

»Ich hab dich verstanden«, sagte ich.

»Also!« sagte Zacharias Ward. »Erkennst du denn nicht Gottes Wort, wenn du es hörst?«

»Kennst du diesen Mann Owlfeather?« hab ich gefragt.

»Soll einer euch Indjaner kennen!« schimpfte Zacharias Ward. »Ihr seid doch alle gleich.«

»Owlfeather!« hab ich gesagt.

»Jawoll, den kenn ich«, sagte Zacharias Ward. »Ich weiß aber nicht, wo er ist. Sollte heut nachmittag hier aufkreuzen, ist er aber noch nicht. Vielleicht können dir die Indjaner dort sagen, wo er ist.«

Zacharias Ward richtete die Schrotflinte auf den Beifuß.

Von da, wo ich stand, bis dorthin, wo die Indianer saßen, das war einer der längsten Wege, die ich je gegangen bin. Ich hab auf meine neuen Schuhe geschaut, wie sie über die feste Erde im Hof des Hufschmieds gingen. Hab auf meinen Schatten geblickt, der nie weiterkam als direkt unter mir. Mein Körper hat versucht, groß zu werden, und hat zur selben Zeit verschwinden wollen. Und dann bin ich vor dem Volk meiner Mutter gestanden, und hab nicht gewußt, was ich sagen wollte, und deshalb redete mein Mund einfach drauflos.

»Kennt hier jemand einen Mann mit Namen Owlfeather?« hab ich gefragt.

Männer wie diese Männer hier hatte ich noch nie gesehen. Zwei waren etwa in meinem Alter. Der eine war Melone mit dem kurzen Haar im schwarzen *Tybo*-Anzug mit schwarzen Schuhen ohne Socken, mit einem weißen Hemd, das rot geworden war vom Leben dicht an der Erde, und einer schwarzen Krawatte. Der zweite Junge hatte das Haar nach hinten gekämmt, es lag in einem langen Zopf geflochten auf dem Rücken, das Haar oben auf dem Kopf stand ab wie beim Stachelschwein. Er hatte ein großes Hemd an und Wildlederhosen und Mokassins.

Außer diesen beiden saßen da drei Männer im Alter von Dellwood Barker. Sie trugen breitkrempige Hüte, ihr langes Haar fiel glatt und glänzend und schwarz herab – oder lockig aus einem nassen Zopf heraus, so wie meine Mutter es getragen hatte. Einer hatte sich ein Tierfell um die Hüften gehüllt und Halsketten in Ringen vor die Brust gehängt. Ich hab mir die Perlen am Halsband aus der Nähe angesehen. Winzige Perlen,

sie waren wie das Muster der amerikanischen Flagge aneinander-
genäht – rot, weiß und blau.

»Wo haste das Pferd gestohlen?« fragte Amerika-Flagge.

»Hab's nicht gestohlen«, hab ich gesagt.

»Dann hastes von der Regierung«, sagt er. »Was haste dafür
tun müssen?«

»Biste Christ geworden?« hat Stachelschwein gefragt.

»Nein«, hab ich gesagt.

»Gehste fort, auf die Schule?«

»Nein«, hab ich gesagt.

»Läßte dich von einer Mormonenfamilie adoptieren?«

»Nein«, hab ich gesagt.

»Machste mit bei Buffalo Bill's Wildwest-Show?«

»Nein«, hab ich gesagt.

»Haste dein Land dem Reservationsbeamten überschrieben?«

»Nein«, hab ich gesagt. »Mein Vater hat's mir gekauft.«

»Und wer ist dein Vater?«

»Teddy Roosevelt«, hab ich gesagt.

»Diese unwissenden Indjaner!« sagte Zacharias Ward, der den
Kopf schüttelte, als er mich Teddy Roosevelt nennen hörte.
Dann ging er zu dem Wagen hinüber, den er aufgebockt hatte,
und ging wieder an der Achse arbeiten. Zacharias Ward war kaum
weg, da fingen die Indianer an zu lachen.

»Und wer ist deine Mutter?« fragte Stachelschwein. »Königin
Victoria?«

Das hat diese Indianer von neuem zum Lachen gebracht.

»Nein«, sagte ich. »Meine Mutter war die Prinzessin. Sie war
eine Bannock. Sie hieß Buffalo Sweets. Habt ihr sie gekannt?
Oder von ihr gehört?«

Die Indianer gaben mir keine Antwort. Starrten bloß geradeaus vor sich hin. Ich ließ mich unter dem Beifuß-Busch neben
ihnen nieder. Wartete, daß sie wieder zu reden anfingen, wieder

lachten. Da kam aber nichts. Sie saßen einfach bloß da und schauten vor sich hin und horchten auf den Wind, der durch den Beifuß wehte.

»Wird Owlfeather ziemlich bald da sein?« hab ich gefragt.

»Seid ihr wirklich Indianer?« hab ich gefragt.

»Hat es wirklich einmal Millionen von Büffeln gegeben?« hab ich gefragt.

Entweder sie hatten plötzlich vergessen, wie man *tybo* spricht, oder mein Mund arbeitete wieder einmal nicht richtig, oder ich war unsichtbar geworden – weil mir nämlich kein einziger von den Indianern geantwortet hat, sie haben mich nicht mal so angesehen, als ob sie mich sprechen gehört hätten.

Dann hat Stachelschwein gesagt: »Owlfeather wird kommen.«

Dann hat Amerika-Flagge gesagt: »Wir sind Bannocks – reinrassige.«

Dann hat Melone gesagt: »Mehr Büffel, als es Zahlen gibt, sie zu zählen.«

Dann hat Melone gesagt: »Dein Pferd.«

»Was ist mit ihm?« hab ich ihn gefragt.

»Holste besser her. Irgendein Indjaner könnt sich's sonst schnappen«, sagte Melone.

»Wie nennste den Rappen?« fragte Amerika-Flagge.

»Princess«, hab ich gesagt.

Da haben diese Indianer sich die Köpfe vom Leib gelacht.

Ich bin auf die andere Seite von den Eisenbahngleisen gegangen, wo Princess stand.

»Hab dir ja gesagt: kein Grund zur Sorge«, hab ich Princess gesagt und mich umgeschaut. Charles Smith war längst fort.

Als der Wagen fahrbereit war, rief Zacharias Ward den Indianern Bescheid. Stachelschwein lief hinter die Werkstatt und über die Erhebung in Richtung Stadt. Melone erhob sich und schritt zum Wagen. Die anderen folgten. Melone packte das Wagenrad und hat das Rad geschüttelt.

»Das hält bestimmt!« hat Zacharias Ward gesagt.

Melone sagte den andern Männern etwas auf indianisch. Sie schüttelten das Wagenrad, einer nach dem andern. Sie sprachen miteinander. Melone zog eine Börse mit Perlenbesatz aus der Manteltasche. Er legte Zacharias Ward behutsam einen Silberdollar in die große, schmierige Hand. Zacharias Ward nahm den Silberdollar, drehte ihn um und sah sich den Dollar von nahem an.

Stachelschwein kam auf einem Pferd um die Ecke gesaust, mit einem zweiten an der Leine.

An ihnen war etwas Besonderes; deshalb hab ich mir die Pferde genauer angesehen. Dies Etwas war – die Pferde waren ein richtiges Gespann, stark und gesund. Sie waren in Fort Lincoln das Erste, was nicht erbettelt, gestohlen oder todgeweiht schien. Daraufhin habe ich mir den Wagen genauer angesehen. Auch der Wagen war brandneu – rot gestrichen.

Als ich mich endlich vom Anblick des Wagens losgerissen hatte und mich umdrehte, stand neben mir ein alter Mann.

In seinem Gesicht hatten sich die Gesichter der anderen Männer vereint. Stirn, Falten, Wangenknochen, sein Kinn – es war die gleiche flache, wellige, staubige Erde, durch die ich gereist war, seit ich Excellent, Idaho, verlassen hatte. Seine Haut lag um einen Schädel, der rund war wie der Mond. Seine Augen waren keine Augen – es waren Löcher in seinem Kopf, die das Licht aus ihm herausließen. Mondlicht. Spiegelung des Sonnenscheins. Die Augen eines Kindes: zwischen uns nichts, das mich abhalten konnte, kopfüber in sie hineinzufallen.

»Ich bin Owlfeather«, hat er gesagt und gehustet. »Du hast mich gesucht.«

Über die Firststange des Blechschuppens kamen aufgeschreckte Spatzen geflogen. Mein Verstand vergaß, wer ich war, ich stand einfach bloß da und guckte.

»Ich brauch eine Flasche Whiskey«, hat mein Mund gesagt.

»Whiskey?« hat Owlfeather da gefragt. »Ich dachte, du hättest nach Büffeln gefragt?«

»Ja, Büffel«, sagte mein Mund.

»Du willst von Whiskey betrunken nach Büffeln suchen?« fragte Owlfeather.

»Nein«, sagte mein Mund.

»Du willst erst sie finden und dich dann mit Whiskey betrinken?« fragte Owlfeather.

»Ja«, sagte mein Mund.

»Machst du das immer so, wenn du nach Büffeln suchst?« fragte er.

»Hab noch nie Büffel gesehen«, sagte mein Mund.

»Dann wirst du Whiskey brauchen«, sagte Owlfeather. »Du mußt mich begleiten.«

»Besorg diesem jungen Mann etwas Whiskey«, sagte Owlfeather zu Stachelschwein. »Haste zwei Dollar?«

Ich griff in meine Ledertasche, zog zwei Dollar heraus – gab acht, daß auch keiner sah, wieviel Geld ich besaß – und hab Owlfeather die zwei Dollar gegeben. Owlfeather gab die zwei Dollar Stachelschwein, und Stachelschwein rannte wieder los und weg über den Hügel.

»Wo haste das Pferd gestohlen?« fragte Owlfeather.

Die Indianer schirrten die beiden Pferde an und spannten sie vor den Wagen. Mit den Decken haben sie für Owlfeather einen Sonderplatz gemacht, dann halfen sie ihm auf den Wagen. Als Owlfeather sich gesetzt hatte, ließen sie sich um ihn herum selbst nieder. Ich nahm Princess den Sattel ab und stellte den Sattel so auf den Wagen, daß Owlfeather sich an ihn anlehnen konnte. Wir wollten eben aufbrechen, da kam Stachelschwein mit dem Whiskey angelaufen. Ich hab Princess hinten an den Wagen angebunden.

Wir setzten uns gerade in Bewegung, da ist Zacharias Ward mit einem dicken Buch aus seinem dunklen Schuppen herausgetreten. Er hat aus seinem dicken Buch laut vorgelesen – von Sünde, ewiger Verdammnis und ewigem Feuer.

Ich habe Zacharias Ward und seinen schimmernden Wellblechschuppen kleiner und kleiner werden sehen. Ich sah auf meine Beine und Füße herunter, die hinten vom Wagen baumelten, auf die staubige, rotbraune Erde, die unter mir vorbeiglitt. Da unten glitt die Erde vorbei, der Wagen bewegte sich langsam über das Land, du hast auf allen Seiten bis zum Horizont sehen können und dich allein gefühlt, und ganz klein, du hast nur noch den eigenen Atem und Herzschlag gespürt.

Da hab ich eine Hand gespürt, die sich auf mich legte. Es war Owlfeathers Hand. Es war Dellwood Barkers Hand. Es war die Hand eines Menschen, der dir Berührung gibt, jene Art von Berührung, die so wohltut, daß dir all die Zeit leid tut, als du sie nicht gespürt hast.

»Dir gefällt der neue Wagen von Bannock Wolf?« fragte Owlfeather. Er hat meine Antwort nicht abgewartet. »Er ist der, der dieses Getakel lenkt. Der mit der Melone. Bannock Wolf heißt er. Hat den Wagen vorgestern bekommen, von der amerikanischen Regierung, weil er sich das Haar geschnitten und diese neue Kleidung angezogen hatte. Hat ihn nur zwei Tage gehabt, da war er schon zusammengebrochen. Indjaner haben kein Glück mit dem Zeug vom weißen Mann. Letzte Woche ist Bannock Wolf zum Mormonen getauft worden. Er will etwas aus sich machen, sagt er. Amerikanische Regierung wird ihm ein Haus geben – eins von diesen rechteckigen Häusern mit einem Halbfenster – aus irgendeinem Grund gibt's nicht mehr Fenster, ein Halbfenster, das ist alles, was die Regierung der Vereinigten Staaten in ein Haus für einen Indjaner einbaut. Als nächstes wird er dann seinen Namen ändern, wird Namen von weißem Mann annehmen. Denkt an Brigham, sagt er – Brigham Hall Smith Jones, Brigham Wayne, Brigham O'Connor – irgend so ein Brigham.

Bannock Wolf will etwas aus sich machen. Brauchst dazu nur anderes Zeug anziehen, dir die Haare schneiden, deinen Namen ändern, dich taufen lassen und Bauer werden – mehr ist nicht nötig. So leicht ist das, etwas aus sich zu machen. Frag nur mal Charles Smith – der wird dir sagen, wie leicht das ist. Bevor er seinen Wagen und sein Pferdegespann kriegte, hat er Roter Falke geheißen.«

An der Stelle hat Owlfeather zu husten angefangen. Das Husten hat ihn am ganzen Körper geschüttelt.

»So lange auf einmal kann ich meist gar nicht reden«, sagte er zwischen zweimal Luftholen.

»Ich hab dir meinen Namen gesagt. Wie heißt du?« fragte er, nachdem er sich wieder erholt hatte.

»Duivichi-un-Dua«, hab ich gesagt. »Das ist der indianische Name, den meine Mutter mir gegeben hat. Sie hat Buffalo Sweets geheißen. Sie war eine Bannock. Meinen Vater kenne ich nicht genau. Er war ein Kunde meiner Mutter. Man hat mich Schupp genannt – das ist die Abkürzung für Draußen-im-Schuppen, weil ich da draußen im Schuppen meine Arbeit tu«, hab ich gesagt.

»Weißt du, was dieser Name bedeutet – Duivichi-un-Dua?« hab ich gefragt.

Ich senkte meinen Blick wieder über meine Beine, die über den Wagenrand baumelten, über die rote Erde, die langsam unter mir vorüberglitt. Seit ich Dellwood Barker verlassen hatte, war mir der Geschmack dieses Staubs im Munde gewesen. Fort Lincoln war nicht mehr in Sichtweite, verschwunden waren auch der Geruch und die Schreie. Die Straße zog sich zwischen Büschen von Beifuß. Lavafelsen begannen sich zu zeigen, sie reckten sich aus der Erde, um mich wieder von oben zu betrachten. Princess lief hinter dem Wagen her, mit lose hängenden Zügeln. Ich ließ meinen Blick auf Princess ruhen. In dem Augenblick hab ich ihn richtig geliebt.

»Duivichi-un-Dua«, sagte Owlfeather. »Das ist nicht meine

Sprache. Diese Männer und ich, wir sind Bannock. In unserer Sprache gibt es solche Namen nicht. Dieser Name kommt aus der Sprache der Shoshonen. Bist du sicher, daß deine Mutter eine Bannock war?« fragte Owlfeather.

»Ich hab sie immer für eine Bannock gehalten«, sagte ich.

»In diesem Reservat gibt es viele Gruppen von Indianern – Shoshonen, Nördliche Shoshonen, Bannock, einige Nez Percé.« Owlfeather sagte: »Hier sind wir alle zusammengekommen, weil es für uns keinen Platz mehr gab. Deshalb sind wir hier hergezogen, wo Amerika uns hingeschickt hat. Sie haben eine rechteckige Grenze um uns gezogen, so wie sie für uns auch rechteckige Häuser bauen, und wir blicken durch unser halbes Fenster auf die Welt, die früher unsere Mutter war und jetzt ein Ort ist, wo wir wohnen. Jetzt bleiben wir an einer Stelle, sind wir eingezäunt, während wir früher frei umherzogen.«

Dann hat Stachelschwein gesagt: »Im Herbst haben wir im Norden den Lachs gefangen. Wir haben Büffel, Elch und Antilope gejagt. Im Frühling haben wir Samen, Beeren, Zwiebeln der Lilie gesammelt und Kleinwild gejagt. Außerdem hat es Fichtensamen gegeben.«

»Oben am Bear River«, sagte Amerika-Flagge, »dort oben hatten die Shoshonen ihr Winterlager.«

Melone sagte: »Die Shoshonen haben ihr Dörrfleisch dort hingebracht, ihre Beeren und ihre Samen, dort haben sie in ihren *tipis* mit Mutter Erde ein gutes Leben geführt. Wir Bannocks sind manchmal hingegangen und haben Winterspiele mit ihnen gemacht – Pferderennen, Hockey und Tänze.«

Owlfeather begann wieder zu husten, der Husten hat ihn richtig geschüttelt, Beine und Arme sind nach allen Seiten geflogen. Stachelschwein und Amerika-Flagge haben ihn niederhalten müssen, damit er nicht vom Wagen herunterflog.

»Dann kam der General O'Connor«, sagte Stachelschwein, »und danach ging es nur bergab. Seine Truppen töteten die

Shoshonen, töteten das indianische Volk, töteten uns alle im Massaker am Bear River – Männer, Frauen und Kinder –, alle von uns. Zweihundertundfünfzig Körper lagen da herum – tot. Seine Soldaten haben Frauen die Kehle aufgeschnitten, während sie sie fickten. Der Schnee war verdammt rot. Das Wasser des Bear River war rot.«

»Sie haben Häuptling Bear Hunter getötet«, sagte Owlfeather. »Ein amerikanischer Soldat hat sein Bajonett ins Feuer gehalten, bis es glühte, dann hat er Häuptling Bear Hunter das glühend heiße Bajonett ins Ohr gestoßen und es ihm durch den Kopf gerammt, bis es durchs andere Ohr rauskam.«

»Shoshonen sind nie mehr die gleichen gewesen«, hat Amerika-Flagge gesagt.

»Dies heiße Bajonett steckt ihnen immer noch im Kopf«, sagte Owlfeather. »Uns allen.«

»Der Feind ist jetzt in uns drinnen, wir bringen uns selber um«, sagte Owlfeather.

»Duivichi-un-Dua«, sagte Owlfeather. »Das ist ein Shoshonen-Name. Soweit ich weiß, bedeutet der Name so etwas wie ›ein Junge für Jungen‹.«

»Ein Junge für Jungen«, habe ich wiederholt.

»Doch, ich bin mir ziemlich sicher«, sagte er. »Ein Junge für Jungen – ergibt dieser Name für dich einen Sinn?« hat er mich gefragt.

»Es ergibt einen Sinn«, hab ich gesagt. »Ich bin ein *Berdache*. Ich hab den Arm nach dem Korb und dem Kürbis ausgestreckt.«

Nach der gefiederten Boa!

Owlfeather hat ganz große Augen bekommen. Melone wäre beinah vom Wagen heruntergefallen. Die Männer, die mich nicht beachtet hatten, haben mich angeschaut.

»Ja«, hat Owlfeather gesagt. »Dann ergibt er einen Sinn – der Name«, hat er gesagt.

Owlfeathers Haus, mit einem Halbfenster, lag im Mondschein, ein Rechteck aus Schatten. Der Mond stand niedrig über dem Horizont, auch er ein Halbfenster, ein schläfriges Auge, das auf uns herabschaute und Mühe hatte zu sehen.

Bei uns unten liefen Kinder und Hunde und Katzen wild durcheinander. Jeder wollte Owlfeather am nächsten sein.

Als wir ihm vom Wagen herunterhalfen, als er mit beiden Beinen auf der Erde stand, da fand jedes Menschenwesen, da haben alle Kinder, alle Hunde und Katzen irgendwie einen Weg gefunden, damit Owlfeather sie berührte. Er berührte sie mit der offenen Hand, er lächelte, redete, hat jeden begrüßt, hat jedem in die Augen gesehen.

Als das ganze Berühren und Begrüßen vorbei war, hoben Stachelschwein und Amerika-Flagge Owlfeather empor, sie trugen ihn herum hinters Haus und setzten ihn auf einen Baumstumpf unter ein paar Krüppelulmen.

Melone packte den Sattel von Princess, warf sich den Sattel über die Schulter und reichte mir die Decke.

»Folg mir«, sagte Melone.

Ich folgte ihm zu einer Scheune, die gleich hinter einem Hügel lag.

»Eine Scheune der amerikanischen Regierung«, sagte Melone. »Aber die wird es doch nie erfahren«, hat er gesagt, »und deshalb kannst du deinen Hengst Princess über die Nacht ruhig in der Scheune der amerikanischen Regierung halten.«

Eine rote Scheune mit einem Stacheldraht rundherum. Auf einem Schild stand: *Eigentum der Regierung der Vereinigten Staaten.* Ein zweites Schild sagte: *Zutritt verboten.* Melone führte mich und Princess durch eine Stelle im Zaun, wo der Stacheldraht aufgeschnitten war. Das Tor der Scheune ist dann sofort aufgegangen.

»Ganz so, wie wenn die Scheune uns gehörte«, sagte Melone.

Ich hab Princess in einer Box angebunden, hab ihn gestriegelt und ihm gut zugeredet, während Melone frisches Wasser und Heu geholt hat – das Heu der amerikanischen Regierung.

Melone schaute Princess ins Maul und prüfte die Zähne.

»Teddy Roosevelt«, hat er da bloß gesagt.

Ich hab das Futteral und die .22 in die Runge neben Princess gelegt, dann bin ich mit Melone zusammen wieder zum rechteckigen Haus zurückgegangen, er hat kein Wort gesagt, und ich auch nicht. Das Quaken der Frösche war so laut, daß man gar nichts gehört hätte.

Der Himmel war mehr tiefblau als schwarz. Sterne – Schweißperlen, abgeschüttelt von der großen Hand eines Großen Wesens. Das Lagerfeuer hinter dem rechteckigen Haus hat hellauf geleuchtet, hat hochgelodert in das tiefe Blau. Neben dem Haus ein *tipi* – ein echtes *tipi* – und Menschen, die im Kreis um das Feuer herum saßen.

Wir haben ihr Lachen gehört – je näher wir dem Feuer kamen, um so deutlicher. Jemand hat etwas auf indianisch gesagt, und da haben sie gelacht. Wieder Indianersprache, dann noch mehr Lachen. Außer dem Reden und Lachen und dem Feuer und den Fröschen das Stapfen von meinen Schuhen und den neuen Schuhen von Melone über den Boden, Hundebellen, ein Katzenschrei und Kinder.

Owlfeather saß mit einer Decke über den Beinen in einem Schaukelstuhl neben dem Baumstumpf, wo sie ihn zuerst abgesetzt hatten. Als Owlfeather mich sah, hat er mir gewinkt: Ich sollte auf dem Stumpf sitzen.

»Heute abend haben wir zu essen«, sagte er. »Wenn wir zu essen haben, sind alle glücklich. Indjaner lieben Essen.«

Im rechteckigen Haus brannte eine Kerosin-Lampe. Das Haus war voll riesiger Schatten von Frauen, von Frauen, die indianisch redeten, ganz schnell, und Sachen zerhackten, und vom Geruch von bratendem Fett. Dauerte gar nicht lang, und es roch nach

Zwiebeln und Fleisch. Als der Geruch überall war, haben die Kinder mit Laufen und Springen aufgehört. Sie haben sich ganz still in die Nähe der nicht überdachten Terrasse des rechteckigen Hauses gesetzt. Was ich im Licht des Feuerscheins in ihren Augen erkannte, war – daß ich selbst nie hungrig gewesen war.

Alte Männer im Kreis am Feuer. Dann und wann stand einer auf, ging fort, kam zurück mit Holz. Die alten Männer haben geraucht und in die Flammen geschaut. Sie sprachen leise, freundliche Worte und saßen eng aneinander gerückt.

Owlfeather hat die jungen Männer beobachtet. Rauchte und beobachtete uns. Die Luft war warm und ganz windstill, es war so still, daß du vom Hochspringen des Harzes im Feuer aufgeschreckt bist. Das ganze Erdenrund und mehr, ich mit meinem richtigen Namen beim Volk meiner Mutter saß neben einem *tipi* an einem Feuer.

Als die Frauen den Eintopf im Kessel heraustrugen, setzten sie ihn auf Felssteine am Boden und stellten die Teller und Schüsseln und Gläser neben den Kessel. Danach wurde ein großer Berg von gebratenem Brot gebracht, und Wasser in einem großen Glaskrug.

Die Frauen nahmen Platz und bedeckten sich die Beine mit ihren Röcken. Owlfeather stand auf. War gar nicht leicht für ihn, das Aufstehen. Er blickte zum Himmel empor, er breitete die Arme zum Himmel, mit dem Gesicht nach Osten, Norden, Westen, Süden – er sprach ein Gebet auf indianisch – so hört sich's an, wenn du allein bist und weinst.

Und in der Nacht ringsum hat alles gelauscht.

Als Owlfeather die Arme senkte und sich wieder setzte, sprachen alle auf einmal das gleiche, und dann ging's an den Eintopf – die Kinder zuerst, dann die alten Männer, die jungen Männer, dann die Frauen.

Das Beste, was ich je gegessen habe – diese Stücke von Fleisch und Kartoffeln und Möhren und Sellerie und die Soße, die ich mit gebratenem Brot auftunkte. Im Nu war meine Schüssel leer. »Mach schon, hol dir eine zweite«, sagte Owlfeather.

Mein Magen gab Owlfeather recht und meine Füße waren schon unterwegs zum Kessel mit Eintopf, da haben meine Augen das kleine Mädchen bemerkt, das sich über seine Schüssel beugte.

Ein Monat ist eine lange Zeit, um auf Essen zu warten.

Ich hab mir statt dessen eine von Stachelschweins Zigaretten angesteckt.

Die Hunde, alle still und ernst, standen in einer Reihe, die Katzen streckten sich, die Rippen traten heraus, so mager, daß du die Lungen arbeiten sehen konntest.

Owlfeather sagte etwas zu dem Mädchen, das sich über seine Schüssel beugte. Das Mädchen lächelte über das ganze Gesicht und rannte ins rechteckige Haus. Sie kam mit den Knochen zurück. Das Mädchen hat jedem Hund, jeder Katze einen Knochen gegeben.

Als es Zeit wurde abzuwaschen, da hat es nicht viel abzuwaschen gegeben, weil alles saubergeleckt war. Ich stand auf, um beim Tellerwaschen zu helfen. Owlfeather sagte etwas. Alle Indianer lachten.

»Später kannst du uns helfen«, sagte eine stämmige Frau. Die Indianer lachten von neuem.

Dieselbe Frau trug einen großen Schokoladenkuchen aus dem rechteckigen Haus her, und eine große Schüssel mit einer Art Beerenpudding, und hat den Kuchen und die Schüssel mit Beerenpudding auf den Baumstumpf abgesetzt, wo ich vorher gesessen hatte. Neben den Kuchen hat sie ein Bowie-Messer hingelegt. Owlfeather hat den Kuchen in Stücke geschnitten, er servierte den Kuchen in derselben Schüssel, aus der du Eintopf gegessen hattest, und reichte die Schüssel mit Kuchen der Frau weiter, die dann Beerenpudding über dein Stück Schokoladenkuchen gab. Owlfeather hat zuerst die Kinder bedient und sich die Finger geleckt, sooft er nur konnte. Und während er den Kuchen servierte, hat Owlfeather zu mir gesprochen, so laut, daß es alle hören konnten.

»Meine Frau Hazel hier sagt, später kannst du ihr helfen«, sagte Owlfeather. »Sie ist sehr froh, daß wieder ein *Berdache* unter uns ist. Ist dreißig Jahre her, daß ein Indjaner sich dazu bekannt hat. Bezweifle sogar, daß mein Sohn überhaupt weiß, was das ist. Vielleicht wissen sie es doch. Schwer, nicht über *Berdache* Bescheid zu wissen, sogar wenn niemand von *Berdache* spricht.

Wir haben aufgehört, von unseren alten Lebensweisen und von *Berdache* zu sprechen. Hatten Angst, daß Amerika uns die Nahrung wegnehmen würde oder uns unser Land wegnehmen würde oder uns zwingen würde, unser Haar abzuschneiden, oder zwingen, daß wir nicht mehr an unsere Religion glaubten. Aber sie sind gekommen und haben das alles sowieso getan, obwohl wir über *Berdache* geschwiegen haben. Es könnte jetzt sogar sein, daß meine eigenen Söhne dich auslachen. Mein Sohn Charles Smith würde dich bestimmt auslachen. Das weiß ich ganz genau. Und dabei glaube ich, daß unter all meinen Söhnen gerade er der *Berdache* ist. Früher, weißt du, da war es ein Segen, *Berdache* zu sein. Aber sieh ihn dir nur an. Sieh dir meinen Sohn an, früher Roter Falke, heute Charles Smith, heute ein Betrunkener, das Gespött aller. Ich hätte ihm mehr helfen müssen.«

Owlfeather bekam einen Hustenanfall. Hazel nahm ihm den Kuchenteller aus der Hand und wartete. Als Owlfeathers Husten nachließ, hat er mit dem Schokoladenkuchen und Beerenpudding weitergemacht.

»Also, beim Tellerwaschen könnte meine Frau Hazel ein bißchen Hilfe gebrauchen. Was sie wirklich braucht, ist aber etwas ganz anderes – daß ich heut abend dich ficke, damit ich *sie* in Ruhe laß.«

Da haben sogar die Hunde gelacht. Laut, anhaltend, hart gelacht. Sich die Köpfe abgelacht.

Hazel sagte etwas auf indianisch, und da haben wieder alle gelacht – noch ausgelassener, soweit das überhaupt möglich war; besonders die Frauen haben gelacht.

»Hazel sagt: Hoffentlich bist du Manns genug, mich auch nur halb so stark zu belästigen, wie ich behaupte, sie zu belästigen«, übersetzte Owlfeather.

Ich hab den Frauen beim Aufwaschen geholfen im rechteckigen Haus mit einem Halbfenster. Das war voller Frauen und Geruch von Frauen, Frauen, mit den Armen im seifigen Wasser. Da war Ida Richilieu, waren alle Huren, bei denen ich aufgewachsen war, waren meine Mutter, waren Alma Hatch.

Als ich mich wieder ans Feuer setzte, tranken die Männer Bier und ließen eine Flasche Whiskey herumgehen. Die Frauen kamen auch mit Bier heraus und ließen sich nieder. Ein paar von ihnen haben Schlückchen vom Whiskey genippt.

Als die Flasche an Melone kam, hat Melone die Flasche ohne zu trinken weitergereicht. Als die Flasche an Owlfeather kam, hat Owlfeather die Flasche betrachtet und gesagt: »Ich trinke nicht, weil mein Herz mir sagt, daß ich nicht trinken soll. Bannock Wolf trinkt nicht, weil die Mormonenkirche ihm sagt, daß er nicht darf.«

Owlfeather hat mir die Whiskeyflasche weitergegeben. »Und du«, hat er gesagt, »du solltest besser einen tüchtigen Schluck nehmen«, hat er gesagt, »weil du nämlich gleich deine ersten Büffel sehen wirst.«

Die Flasche machte die Runde. Danach eine zweite. Ich habe das Tollkraut herumgehen lassen. Die alten Männer holten Trommeln und fingen an, Lieder zu singen und die Trommel zu schlagen. Die Trommeln sprachen in der Sprache des Mondes, wurden mein Herzschlag, mein Atem.

Owlfeather beugte sich vor und hat mich wieder berührt. »Ich hab mich umgehört«, sagte er. »Bei uns kann sich keiner erinnern an eine Frau mit dem Namen Buffalo Sweets. Bist du sicher, daß deine Mutter eine Bannock war und keine Shoshonin?« fragte Owlfeather. »Der Name, den sie dir gegeben hat, Duivichi-un-Dua, ist Shoshonen-Sprache. Und es wird doch wohl so sein: Wenn sie dir einen Shoshonen-Namen gegeben hat, war sie selber Shoshonin. Oder sie war vielleicht eine Nez Percé oder von einem anderen Stamm – den Cree.«

»Ich weiß nicht«, hab ich gesagt und an das gedacht, woran ich mich von ihr erinnerte.

»Sei nicht zu enttäuscht, wenn du über deine Mutter nie etwas erfährst«, sagte Owlfeather. »Dem indianischen Volk ist es ergangen, wie wenn ein großer Wind gekommen wäre, der uns Jahre um Jahre umeinandergeworfen hat. Hat fast allen das Leben genommen, dieser große Wind; und die, die er übriggelassen hat, die sind am Ende wie tot. Wenn die Lebenden wie deine Mutter in ihre Heimat zurückkamen, konnten sie ihr Zuhause oder die Hügel oder Täler, wo ihr Zuhause gewesen war, nicht mehr wiederfinden. Indianische Menschen sind so viel herumgeweht worden, sind so gewöhnt worden an Elend und Sterben, daß sie vergessen haben, wozu sie lebten. ›Wozu leben wir? Warum leben wir?‹ haben sie sich immer wieder gefragt. Aber daran konnte sich niemand erinnern. Ihnen war dies heiße Bajonett durch das Hirn gestoßen worden, von einem Ohr bis zum andern, sie konnten sich nicht mehr erinnern. Du kannst nur ein bestimmtes Maß von Schmerz ertragen, dann fängst du an zu vergessen. Dann wird bald Schmerz deine Mutter. Du hast deine Mutter verloren. Schmerz und Heimat sind verloren. Bevor du den Weg nach Hause findest, mußt du aber wissen, wer du bist und warum du lebst.«

An dem Feuer saß das Volk meiner Mutter im Kreis, Männer schlugen Trommeln, Männer und Frauen und Kinder sangen Geheul von Kojoten und Wölfen. Hinter dem Feuerschein, im Dunkel, ringsum endlos nur flaches Land, nur Beifuß und Wind. Innerhalb der Zäune rundum war Reservat – dahinter im Dunkel innerhalb vom Dunkel rundherum immer nur *Zutritt verboten,* rundherum immer nur *Eigentum der Regierung der Vereinigten Staaten,* das Volk meiner Mutter war auf allen Seiten umgeben von Amerika.

Mit dem Feuer im Auge hab ich noch ein Schluck aus der Whiskeyflasche genommen.

Wer ich war. Duivichi-un-Dua. Junge für Jungen.

Wozu ich lebte – das hieß: herausfinden, wer ich war, und Büffel finden.

Ich stand auf.

»Ich möchte Büffel sehen«, hab ich gesagt.

»Hinter der Scheune Amerikas«, hat Owlfeather gesagt. »Dort, wo du deinen Princess-Hengst angebunden hast.«

Hinter dem Scheunendach hat hell der Mond geleuchtet. Ich bin durch den Zaun gelaufen, da, wo der Draht zerschnitten war, und hab das Scheunentor aufgemacht. Ich bin nicht stehngeblieben, um Princess zu streicheln, ich bin einfach weitergelaufen, durch die Scheune hindurch, hinter die Scheune, hin zum Büffel. Ich bin durch das hintere Tor. Wo der Mond stand. Wo der rechteckige Pferch war. Wo Stacheldraht war.

Im Mondschein draußen hinter der Scheune Amerikas, dort im Pferch hab ich den Büffel gefunden. Nur einen alten Büffel. Die Büffelkuh – mit stoßendem Atem, zerzaustem Fell und gebeugtem Kopf – hob den Schwanz und ließ Dünnschiß heraus. Im rechteckigen Pferch hinter der Scheune Amerikas stand der Büffel, stand das Volk meiner Mutter am Zaun mit Blick hinaus, um zu sehen, wo Zuhause war, warum wir lebten, suchte Erinnerung, wie es früher war, als wir in Freiheit herumgelaufen sind.

Meine Füße haben mich zum Büffel getragen. Ich bin bei ihm stehengeblieben. Meine Augen haben in die blinden Büffelaugen geblickt. Ich legte dem Büffel die Hände auf den Kopf. Der Büffel hat geschnaubt, hat den Kopf geduckt und ist weggehinkt.

Ich hörte Princess. Hörte heraus, daß etwas nicht in Ordnung war. Ich bin zum Hintereingang der Scheune gegangen und hab ganz langsam die Tür aufgemacht. Da knallte ein Schuß, und mein Ohr hörte die Kugel der .22 ins Holz schlagen, haarscharf an mir vorbei. Ich warf mich zu Boden und rollte mich weg. Mehr Schüsse. Princess schlug um sich. Gellende Pferdeschreie. Dann hab ich gehört: »Verdammter reicher weißer Daddy! Keine Indjaner-Eier! Der Hundesohn!«

Ich hab geschrien: »Princess!«

Die Scheunentür ging auf, und ein Schatten war Princess, und ein Schatten war Charles Smith, und der Schatten ist auf Princess aufgesprungen, und der Schatten in seiner Hand war die .22. Ich durch die Tür und zu Princess und Charles Smith ans Bein und auf den Rücken von Princess hinter Charles Smith – hatte ihn fest bei den Indianer-Eiern, und mit der andern Hand riß ich ihm den Kopf nach hinten zurück, so weit, daß ich ihm um ein Haar das Genick gebrochen hätte. Princess ist durch den Zaun gekracht und auf das Feuer zu.

Dann waren wir von Männern und Frauen umringt, und Charles Smith lag am Boden, und ich, ich hatte ihn noch immer an Kopf und Eiern, er war kein Schatten mehr, er hat vor Schmerzen in Kopf und Eiern gekreischt.

Owlfeather hat mich wieder berührt. »Wir dürfen unseresgleichen nicht töten, Duivichi-un-Dua! Laß ihn los!« hat Owlfeather gesagt.

Mein Name! Ich ließ los. Ich stand auf.

Owlfeather hat Charles Smith, er hat dem eigenen Sohn die 0.22 weggenommen. Owlfeather hat das Gewehr auf den Boden hingelegt. Charles Smith hat sich die Hände zwischen die Beine gelegt und weinte. Weinte, so wie ich immer hatte weinen wollen, aus Scham und weil ich namenlos und ohne Zuhause war. Die Frösche schwiegen. Zu sehen war das Feuer. Zu hören war das Feuer. Zu hören war der weinende Charles Smith.

Mein Blick wanderte zu ihm hinüber, und hinter Charles

Smith stand der Büffel – das Licht des Feuers, das Leuchten der Büffelaugen. Wir standen schweigend da, alle, als der Büffel sich in Bewegung setzte, unter Schonung seines schlimmen Beins, von Charles Smith fort, an Princess vorbei, auf das rechteckige Haus mit dem Halbfenster zu, und dann stehenblieb und kehrtmachte und auf das Feuer zuging, Hörner und Buckel waren ein Schatten. Der Büffel blieb stehen, schüttelte den Kopf, richtete sich auf, scharrte die Erde, drehte sich wieder um und ging aus dem Lichtkreis heraus, fort, wieder ins Dunkel.

»Zurück in seinen Pferch«, hat Owlfeather gesagt.

Die Schreie: Zuerst haben meine Ohren gedacht, mein Mund sei wieder wild geworden. Der Schrei war aber nicht mein Schrei, war nicht das Schreien des Büffels, der Schrei kam von Charles Smith. Er stand hoch aufgerichtet, die Augen sprangen ihm aus dem Gesicht, er sah etwas: Owlfeather lag auf der Erde. Die .22 lag in der Hand von Charles Smith. Er hob die Waffe und schoß Princess ins linke Auge, und Princess ist ganz wunderbar still zu Boden gesunken.

Ohne Bewegen Bewegen sind wir nichts.

Ich hob den Blick, direkt in den Lauf der .22, als Charles Smith schoß. Die Kugel trat in mich ein, in mein Herz hinein. Ich blickte zu dem Blut auf meiner Brust herunter. Hob den Blick wieder. In die verrückten Augen von Charles Smith – Teufelsaugen. In sein Grinsen – das Grinsen eines aufgeschlitzten Schweins, der Stich der glühendheißen Klinge des Bajonetts tief im Hirn, schlitzte es auf, von Ohr zu Ohr.

Charles Smith richtete die Waffe gegen sich selbst. Steckte sich den Gewehrlauf in den Mund. Schoß. Sein Hirn flog in die Luft.

Mein Atem dann, das Schlagen meines Herzens.

Dann nicht mehr.

Charles Smith hatte mich umgebracht.

Kein Licht. Bloß Dunkel.

DRITTES BUCH

ES WAR EINMAL: HEIMKEHR

Es war im späten Frühjahr, fast Juni, als ich wieder auf der Kutsche saß und aus Fort Lincoln abreiste. Diesmal saß ich obenauf, weil ich es so wollte.

In Robber's Roost gleich hinter Fort Hall, wo der Portneuf River sich durch ein enges Tal windet, hab ich das Land in mich aufgenommen, wo Dellwood Barkers Vater und Mutter ermordet worden waren. Meine Augen sahen nur Sonne, Flachland, Beifußbüsche und eine Eule, die durch das Blau segelte.

Am Morgen, als ich in Owyhee City eintraf, bin ich zum *Syringa* hinübergegangen, bin an der Vorveranda nicht stehengeblieben, um einen Blick hineinzuwerfen, hab die Tür aufgedrückt, trat in den Saloon ein, stellte mich unter den Kandelaber aus Salt Lake City und verlangte einen Whiskey. Ich hab dem Barkeeper mit dem Schnurrbart direkt in die Augen gesehen und den Whiskey in einem Zug ausgetrunken. Etwa um diese Zeit ist Sheriff Blumenfeld ins *Syringa* hereinmarschiert. Schob seinen dicken Bauch an der Bar hoch und bestellte eine Sarsaparilla. Stand direkt neben mir. Hat mich nicht erkannt, der hatte nur Augen für den scheißverschmierten, nach Scheiße stinkenden Indianer-Kid, den er einmal wie ein Tier in die Ecke getrieben hatte. Hätte Blumenfeld fast gefragt, ob er in der Umgebung zufällig Dellwood Barker gesehen hätte. Hab statt dessen den Barkeeper gefragt, wo ich Ellen Finton und Gracie Hammer finden könnte.

Da hat Sheriff Blumenfeld sich umgedreht und mir sein fettes Gesicht hingestreckt. Ich hab ihn genauso angestarrt.

»Alte Freunde von mir«, hab ich gesagt.

»Drüben in Excellent und Gold Bar, das war's letzte, was ich von ihnen gehört hab«, sagte der Bartender. »Beide.«

Als ich wieder oben auf der Kutsche saß, wieder auf der Straße unterwegs war, hab ich gesehen, wie das Flachland in Stücke auseinanderbrach und die Stücke sich im Umkreis bewegten; meist liefen sie oben auf Bergen aus, die *mesas* heißen. Am späten Nachmittag dann die ersten, in Gruppen, die am Fluß zusammenstanden, zuerst Pappeln und silbriges Buschwerk, höher hinauf waren es dann Föhren, Krüppelkiefern, Wacholder. Der Himmel zog wieder dorthin, wo er hingehörte – nach oben über hohe Bäume –, und die Luft wurde kühl, wie sie am Abend im frühen Juni sein sollte. In den Weggabelungen lehnte die Postkutsche sich schrägüber. Immerfort ging es zu beiden Seiten geradeaus, ich hab in einem fort gelächelt, weil mich von allen Seiten der Wind umfangen hat, weil der Geist von Nicht-wirklich-ein-Berg mich gepackt hat, weil es heimwärts ging.

Nachdem Charles Smith auf mich geschossen hatte, war ich manchmal außerhalb meines Körpers, manchmal war ich drin.

Wenn ich außerhalb meines Körpers war, dann war es nicht so schrecklich schwer, mir auszudenken, wo ich war, wer ich war – war es nicht schwer zu erkennen, daß ich nicht Stachelschwein war oder Owlfeathers Frau Hazel oder Melone, das rechteckige Haus mit halbem Fenster, all das war ich nicht. Ich war nicht Amerika-Flagge oder das *tipi* oder die indianischen Kids oder die Hunde, der Schaukelstuhl – das war ich nicht.

Innerhalb von meinem Körper, da war es schwieriger. Da war nichts, worauf ich zeigen konnte und sagen: *Da bin ich, das bin ich.* Ich konnte mich anstrengen, wie ich wollte, das Ich, das diesen Körper besaß, das war nirgends zu finden.

Auch wenn ich selber es war, der da suchte.

Was ich finden konnte, waren die Bewegungen, aber den, der die Bewegungen machte, den fand ich nicht.

Deshalb hab ich mir das Versprechen abgenommen, daß ich hinterher, wenn's vorbei wäre, wenn ich wieder auf den Beinen wäre, daß ich dann ganz besonders dankbar sein wollte für meinen Namen – und ganz ganz vorsichtig sein würde, meinen Namen offen zu nennen, weil es mir so vorkam, daß es mich nicht gäbe, außer daß ich einen Namen hatte, der sagte, daß ich das Ich war, das so genannt worden war.

Außerhalb meines Körpers hab ich nur am Anfang geschwebt – gleich nachdem die Kugel mich ins Herz getroffen hatte, als ich auf Princess schaute, zu dem Büffel hin, zu Owlfeather und zu Charles Smith.

Ich wußte, wer ich war – ich war der Mensch mit dem Loch im Herzen, der seine Brust umklammerte, der zum Mond aufsah.

Es dauerte aber nicht lange, und ich war nur noch in mir.

Und in mir war's so: Je länger ich da blieb, um so schwerer wurde es, nicht alles zu sein.

Ich bin ins Fieber gestürzt, in den gleichen Zustand wie damals, als Billy Blizzard mir den Arsch zerdrückte. Mein Kopf wurde zu Buffalo Head und meine Arme waren Lavafels-Büffelarme. Ein Großes Wesen hatte sie aufgetürmt, einfach so. Der Rest von mir, das waren verschiedene Teile der Welt. Mein Arsch war Minneapolis, Minnesota. Meine Füße hingen über den Horizont, saßen fest, in Rom, in Italien, hingen über den Rand der Welt, in der Asche des kleinen Schwanzes von Idas Mann. Mein linkes Auge war mondheller Wahnsinn, mein rechtes zum Sehen zu furchtsam. Mein Schwanz war ein Schlangenloch.

Um mich herum hörte ich Indianer, das Volk meiner Mutter, singen, weinen und singen. Neben meinem Kopf brannte ein Feuer, und die runden weißen Flußfelsen haben auch für mich gesungen.

Ich war mit Owlfeather zusammen, und wir ritten auf Princess

– ritten in Freiheit, es gab kein Reservat, keine Zäune, kein Kastenhaus mit einem Halbfenster. Wir waren ganz allein auf unserem Ritt über Hügel mit Junigras, das überall immer nur grün war und herrlich im Wind wehte. Büffel überall. Owlfeather redete – redete, pausenlos, erzählte mir wichtige Dinge, sagte mir die Wahrheit, erzählte mir Witze, erklärte mir, wie das Volk meiner Mutter die Welt sah, die runde Mutter Erde – wir gruben nach Lilienwurzeln, jagten die Vierbeiner, sammelten Fichtensamen, schossen im weißen, klaren, frischen, kalten Wasser mit dem Speer Lachs.

Ich schwitzte; schwitzend lag ich an einem dunklen, kalten Ort, mit Feuer neben meinem Kopf und Indianern, die ihre Kojoten-Wolfsgeheul-Lieder sangen, Kiebitz-Gesang. *Komm her*, schienen sie zu sagen, *bieg hier ab, da, nimm den Weg dort.*

Ich flog mit Eule über alles hinweg, flog der Sonne entgegen, die immer nur unterging, versuchte den Rand zu erreichen, wo der Horizont lag.

Ich war in einem *tipi*, und da war eine Schneebank, die gegen das *tipi* verweht war; sie hatte den Mast neben meinem Kopf umgeworfen und einen anderen zersplittert. Im *tipi* brannte ein Feuer, um das Feuer lagerten Menschen, sie waren in Decken und Tierfelle gehüllt. Es war kalt – eine Kälte wie draußen-im-Schuppen, nur schlimmer. Und kein Warentag in Sicht.

Ein Baby weinte. Es war, wie wenn das Baby immerzu weinte. Dann hörte das Weinen auf.

Es wird erzählt: Als ich im folgenden Frühjahr aufwachte, hätte ich Wörter buchstabiert, hätte ich von einem Berg geredet, der kein Berg war, und ein Lied vom Mond gesungen.

Das erste, was ich tat – ich habe versucht aufzustehen. Ich begann zu gehen, aber meine Füße wollten nicht. Sie waren noch immer in Rom, in Italien, und waren nicht gewohnt zu tun, was ihnen gesagt wurde.

Erinnern kann ich mich daran, daß Stachelschwein mir kaltes Wasser übers Gesicht geschüttet hat. Ich hab das linke Auge aufgemacht und in sein menschliches Auge geblickt. Habe Tage gebraucht, bis ich das rechte Auge aufmachen konnte. Als ich das rechte Auge aufmachte, hab ich das Loch in meiner Brust bemerkt – als ob da ein Großer mit seinem Finger gebohrt hätte.

Als ich es das nächstemal mit Laufen versuchte, hat Stachelschwein mir geholfen, daß ich aus dem *tipi* herauskam. Ich hab mich auf Stachelschwein stützen und ganz langsam gehen müssen. Als ich nach draußen trat, hat sich eine Menge um mich gebildet – fremde Menschen. Dann hab ich einige von ihnen erkannt – Amerika-Flagge und Melone und Owlfeathers Frau Hazel. Alle sind auf mich zugetreten und haben mich angefaßt – sogar die Kinder sind gekommen, um mich zu berühren. Sie lächelten, manche mit Tränen in den Augen.

»Gut, daß du wieder zurück bist«, haben sie gesagt. »Willkommen.«

Stachelschwein brachte mich zu der Stelle, wo sie Owlfeathers Feuerbett gelegt hatten – am Fuße eines der Hügel mit Lavafels-Indianerkriegern, die in Blöcken standen. Es war ein sonniger Morgen, und der Idaho-Wind war so stark, daß er mich fast emporgehoben und mit sich davongetragen hätte. Das Junigras sprießte gerade aus dem Boden, in dieser besonderen Farbe von frischem Grün, die die Phantasie anregt.

Von Owlfeather war nichts geblieben, nur ein verbrannter Fleck auf der Erde. Ich bin stehengeblieben und hab den verbrannten Fleck betrachtet, und da hab ich an den anderen verbrannten Fleck in meinem Leben denken müssen. Von dem großen verbrannten Fleck, der noch kommen sollte, hab ich ja nichts geahnt.

»Erzähl mir die Geschichte«, bat ich Stachelschwein. Weil der Wind so stark war, hab ich schreien müssen.

Stachelschwein setzte sich mit überkreuzten Beinen hin, das

Gesicht zum verbrannten Fleck, der Wind blies ihm ins Haar, so, wie der Wind ins Gras blies. Er begann zu reden, aber ich hab ihn nicht hören können, deshalb bin ich zu ihm gegangen und hab mich ganz dicht neben ihn gesetzt, so nah, daß ich das Wildleder und den Schweiß von ihm riechen konnte und was er zum Frühstück gegessen hatte. Als ich ihm so nah war, sind ihm dicke Tränen in die Augen gekommen, und er hat seinen Kopf an meine Brust gelegt und geschluchzt. Ich hab den Arm um ihn gelegt und dabei die Decke gehoben, die ich mir umgebunden hatte, und so sind wir dagesessen, er und ich. Als Stachelschwein wieder sprechen konnte, als er aufhörte zu weinen, hat er mir diese Geschichte erzählt:

»Nachdem Charles Smith auf dich geschossen hatte, bevor ich A sagen konnte, war Owlfeather schon an deinem Herzen und hat versucht, die Kugel herauszusaugen, aber das war für ihn einfach zu viel. Er war bereits krank vom allzu vielen Heilen – er hatte beinah jedes Weh und jeden Schmerz im Volk der Bannock auf sich genommen – und das der Shoshonen noch dazu. Außerdem war da noch – Charles Smith – Owlfeathers eigener Sohn, der wie ein Huhn herumflatterte, dem der Kopf abgehackt worden ist.« Stachelschwein hat Arme und Beine geschüttelt. »Dann hab ich gesehen, wie die Kugel in Owlfeather hineinging, und ich hab gewußt: Das ist das Ende. Ich bin zu ihm gerannt und hab meinen Mund auf seinen Mund gehalten und hab gesaugt, mit aller Kraft, aber ich bin kein Medizinmann – kein *Berdache* wie du –, ich hab diese verdammte Kugel, die in ihm steckte, nicht bewegen können. Ich hab ihn angefleht: Bitte, was muß ich tun? Er hat geantwortet, daß ich die Wahrheit sagen soll. Ich konnte nur sagen: ›Ich liebe dich und will nicht, daß du von uns gehst.‹ Owlfeather hat mir zugelächelt und mir gesagt, wenn ich ihn wirklich liebte, dann sollte ich ihn noch einmal so küssen.

Ich sprang auf, um Hilfe zu holen, irgendwen, aber alle sind einfach bloß herumgestanden und taten nichts, außer gaffen. Als ich den Blick wieder senkte, da sah ich, wie Owlfeather seinen sterbenden Atem in dich geblasen hat – es war wie ein großer Puff von Rauch, der aus seinem Mund kam und dann in deinen hineinfuhr. Als ich zu Owlfeather lief, war er tot. Aber du hast wieder geatmet.«

Bei manchen Geschichten ist das Zuhören schwerer als bei anderen. So eine Geschichte war auch die von Stachelschwein. Und während er sie erzählte, blieb mein Blick auf dem verbrannten Fleck ruhen. Ich hatte ja immer gewußt, daß mir der Teufel nah war, in dem Moment war mir aber, als ob ich der Teufel *wäre*. Jeder, der das Schicksal hatte, mir zu nah zu kommen, hatte dafür leiden müssen.

»Warum hat er das gemacht?« hab ich gefragt.

Stachelschwein dachte eine Weile nach und hat dann die Schultern gezuckt. »Weil es getan werden mußte«, sagte er. »Owlfeather hat immer gesagt, daß ein Medizinmann Krieg nie zu suchen braucht. Sagte, das Schlachtfeld eines Medizin-Manns sei das tägliche Leben – nicht anders als bei uns allen, ist nur so, daß der Medizin-Mann eben weiß, daß sein Leben ein Schlachtfeld ist und es nie vergißt.

So machen es die Medizin-Männer, siehst du – das Heilen –, sie nehmen die Krankheit auf sich.« Stachelschwein faßte sich ans Herz. »Dann heilen sie sich von der Krankheit – oder nicht. Gibt nur einen Weg, wie man ihnen helfen kann, und das ist, ihnen die Wahrheit sagen, während sie heilen – aber darüber weißt du ja alles«, sagte Stachelschwein.

»Worüber?« fragte ich.

»Über das Heilen«, sagte er.

»Ich?« sagte ich.

»Ja, du«, sagte er.

»Wie denn?« fragte ich.

»Du bist da. Du lebst. Jeder andere wäre jetzt längst Staub.«

»Das hat Owlfeather getan«, sagte ich, »und nicht ich.«

»Aber du *hast* es getan«, sagte er. »Und das weißt du auch. Du bist *Berdache*. Bist du doch?«

»Aber du hast doch selbst gesagt, daß Owlfeather mir seinen Geist wie einen großen Puff von Rauch eingeblasen hat«, sagte ich.

»Er ist zu dir hingekrochen, richtig, aber du hast ihm dabei geholfen«, sagte Stachelschwein. »Allein hätte Owlfeather es gar nicht schaffen können – aber versteh mich nicht falsch, ich will damit nicht sagen, daß du ihn gezwungen hast, etwas zu tun, was er nicht tun wollte. Es ist ganz einfach – du hast ihn um seinen Lebensatem gebeten, und er war damit einverstanden, und deshalb hat er dir seinen Atem gegeben.«

Mein Herz hat so heftig gepocht, daß ich dachte, es würde wieder springen, ich bin aber einfach bei dem verbrannten Fleck sitzengeblieben. Je länger ich saß, desto schwerer ist es mir gefallen, Stachelschweins Geschichte zuzuhören. Ich hab mir die Decke über die Ohren gezogen. Ich wollte mir den Wind aus den Ohren halten, damit ich mich denken hören konnte. Da ist mir alles klargeworden.

»Stachelschwein«, hab ich gesagt, »diese Menschen hinten am *tipi* – warum sind sie so nett zu mir gewesen? Sie kennen mich doch kaum.«

»Einfach so, nehm ich an – freundliche Indjaner.«

»Stachelschwein«, hab ich geagt, »sag mir die Wahrheit. Glauben diese Leute, daß ich Owlfeather bin?«

»Die Wahrheit?« fragte Stachelschwein.

»Die Wahrheit«, hab ich gesagt.

»Sie glauben, daß du Owlfeather bist«, hat er gesagt.

Das Hotel war immer noch rosa, und rosa war die Farbe des Sonnenuntergangs, als meine Augen zum erstenmal aufblickten und sahen.

Ich kroch von der Kutsche herunter. Kümmerte mich um mein Gepäck. Als erstes hab ich sie gehört, wie sie das Lied sang vom Mann im Mond, mit tiefer Stimme, die hat geklungen wie etwas, das gleich in Stücke springt. Ich hab meine Füße die sieben Holzstufen hochsteigen sehen, hörte meine Ohren den Schritten lauschen, die ich immer gemacht hatte. Ich schaute ins Fenster hinein. Ida Richilieu trug ihr blaues Kleid.

Sie hat mich nicht gesehen, wenigstens hat sie mir nicht gezeigt, daß sie mich sah. Ich bin um das Haus herumgegangen, die Fenster haben offen gestanden, ihr Lied kam mit mir mit. Auf der Leine haben keine Bettlaken gehangen. Der Boden war nicht mehr rosarot. Als ich beim Schuppen ankam, blieb ich stehen. An der Vordertür befand sich ein Schloß. Auf der Hinterseite befand sich ein Schloß. Ich hab mein Gesicht ans Fenster gedrückt. An das Fenster, durch das Ellen Finton meine Mutter zum letztenmal lebend gesehen hatte. Da stand mein Bett. Da lag meine Hudson-Bay-Decke auf dem Bett, das Tierfell. Der Unterrock, der ein Vorhang war, hing immer noch von der Gardinenstange, die ein alter Besenstiel war. Der gewebte Läufer auf dem Fußboden. Die Kerosin-Lampe auf dem Ständer, daneben abgebrannte Streichhölzer. Dieselben Streichhölzer. Genauso, wie ich sie zurückgelassen hatte.

Die Hintertreppe von Idas Haus hoch bin ich mehr von den Augen als meinen Füßen getragen worden. Ich schien an meinen Augen zu hängen, einfach nur mitzuschweben, als sie auf all diese ganz besonderen Dinge schauten, die überhaupt nichts Besonderes waren, außer daß meine Augen sie von neuem sahen, das Früher und das Heute sahen: den Glanz auf dem Geländer, die Seifenlauge, die in den Ecken der Stufen saß, die Täfelung, die ich als Türen für dünne Zwerge gesehen hatte, das Fenster auf dem Treppenabsatz, wo ich immer den Eimer mit heißem Wasser abgestellt und mich umgeblickt hatte. Ganz gleich, wie oft sie den Spitzenvorhang gewaschen hatte, er roch immer nach Staub.

Der in der Diele im ersten Stock war Teil des Traums gewesen, den ich sterbend geträumt hatte, als Owlfeather mir die Kugel aus dem Herzen heraussaugte. Ich bin den Flur lang gelaufen, barfuß über die Blumen des Teppichs, auf der Suche nach Ida.

Ich trat ans Geländer. Die Bar war voll mit trinkenden *Tybos*, die auf ihre Sex-Geschichte Hunger bekamen. Die Geschäfte liefen offensichtlich gut. Ich sah unter mir das Klavier, Ida Richilieus blauen Taffeta-Rücken, ihren Berg von Haaren und Kämmen, ihre gefiederte Boa, Ozeanperlen, ihre dürren Arme, die wie Stöcke abstachen, ihre Finger, lang wie Klaviertasten – elfenbeinweiß auf Elfenbein – und sie spielte das Lied vom Mann im Mond.

Die Tür zu Idas Zimmer stand offen, die Farbe, die aus ihrem Zimmer auf den Flur drang, war ein einziger großer Rosenfleck. Ihr Geruch lag auf allem.

Als ich hereinschaute, sah ich auf dem Bett Alma.

»Zwei Dollar«, hat sie gesagt, sie rauchte, drehte sich nicht nach mir um. »Wart auf mich in Zimmer 11, hinten am Gang. Ich komm in fünf Minuten.«

Ich legte meine zwei Dollar auf das Beitischchen, so, daß sie das silberne Eins-Zwei hören konnte. In Zimmer 11 hab ich mich nackt auf die Federmatratze des Betts gelegt. Saubere, gestärkte, weiße Laken im Dunkeln.

Alma Hatch betrat Zimmer 11 und schloß die Tür hinter sich zu. Die Dunkelheit hat sich mit ihrem Duft von Rosenwasser gefüllt. Ich horchte. Sie zog das Kleid aus. Als Alma Hatch mich berührte, flatterte ihre Hand an meiner Brust, warf sie das Haar zurück, legte sie die Wange an meine Brust, reichte sie nach unten und hat mein Bein und meine Arschbacke gewiegt, ließ sie ihr Haar an mir herunter, Federn an meiner Haut, so weich, daß sie Blut saugten, Herzblut zog es hinunter zu den Eiern, zu ihrem weichen Haar über meinen Eiern, ihr Mund um meine Spitze, Krönung, Almas Zunge hat gekreist, gesaugt.

Unten im Haus sang Ida Richilieu.

Oben hatte Alma Hatch mich voll im Griff, unter sich, gedehnt, eine ganz andere Art Steifer; wie ihr Vater seine Gehirne in die Flasche gesteckt hat, hat Alma mich in ihre Frauenhöhle gesteckt, ist erschauert, ein schwacher Vogel, in mir Adler, Falken. Idas Lied war süß wie Almas Zucker.

Frauenhöhle. Schwanz ins Dunkel. Der Griff aller traurigen Kerls nach Ekstase. Kopf hoch in Idas Möse – oben in Mutters Möse – Schwanz in Almas Möse. Mich umgesehn, wo ich war, wo ich mich befand.

Meine Hand schloß sich um eine Strähne von Almas Haar und zog ihr Haar nieder auf die weißen Laken der Federmatratze. Spatzengezwitscher in Alma. Ich bewegte ihre Frauenhöhle, ihre Sprache unter mir. Meine Fäuste waren Armreife, Fesseln um Almas Knöchel. Ich spreizte ihre Beine so weit auseinander wie meine Arme reichten. Zog meinen Schwanz aus ihr heraus. Schaute hinab auf meinen Steifen, wie er sprang, auf und ab, rosazuckernaß, und dahin zeigte, wo ich wieder sein wollte. Penetration.

»P...«, Kopf vom Schwanz, mein Gesicht, Pissritze verlippt zum Lächeln, schiebt sich naseweis vor.

»E...«, Anlehnen gegen Alma, gegen Frauenhöhle.

»N...«, das sanfte, glatte Gleiten.

»E...«, langsam, den ganzen Weg hoch, bis an die Eier.

»T...«, Alma-Widerstand, knickrige Befriedigung.

»R...«, Männerloch, Frauenloch – ein Loch ist ein Loch – was soll der Unterschied?

»A...«, Zurückgleiten, und wieder raus, Eichel von mir umgeben von ihrem Fleisch innen, von Almas braunen, dunklen Schamhaaren.

»T...«, ich hab mir Almas Beine über die Schultern gelegt. Nahm meine Hand und hab beide Eier in sie gedrückt. Sie waren meine Augen. Ich war umzingelt.

»I...«, auf der Suche nach dem inneren Gehalt, dem Sinn

davon, daß meine Augäpfel im Dunkeln sahen, danach, wo ich war, für wen, Zuhause.

»O...«, hab ich gesagt: »Ohhh«.

Alma sagte: »Ohhh.«

»N...«, hab ich gesagt und gleich wieder von vorn buchstabiert, rein und raus, P und E und N und E und T und R und A und T und I und O und N – Almas Frauenhöhle vom Bett herunter penetrierend, auf den Fußboden, zu einer Kugel im Eck, unter mir.

»Schupp!« hat Alma geschrien.

Als ich Licht machte, hat sie mich geschlagen.

Dann ist Alma Hatch auf mich gesprungen, nach Art von Frauen, wenn sie sich wie Berglöwinnen gegen dich kehren. Ich war drauf gefaßt, daß sie mir den Rücken verkrallen und das Ohr abbeißen würde, aber statt dessen – sie hat mich umarmt! Alma Hatch hat mich in die Arme genommen!

»O Gott, Schupp«, hat Alma Hatch gesagt, »es tut mir ja so leid.«

Ich zog Alma Hatch von meinem Ohr weg, das sie mir abbeißen würde, wie ich glaubte. Ich beobachtete die Sprache, die aus ihrem Mund kam: *Es tut mir leid.* Es hat für dieses Ohr und für das andere auch eine Weile gebraucht, bis ich alles verstand, was sie sonst noch gesagt hat.

»Ida ist halbtot, weil sie dich so vermißt hat«, haben meine Ohren gehört.

Alma ist aufgesprungen, hat sich das Laken umgewickelt und ist zur Tür hinaus. Sie hat sich über das Geländer gebeugt und nach unten gebrüllt: »Iiiida! Iiiida! Beweg deinen Arsch nach oben, aber schnell!!«

»Wir beide werden auch noch lernen, uns liebzuhaben«, hat Alma Hatch zu mir gesagt. »Du wirst schon sehen.«

Und im Nu ist Ida im Türrahmen von Zimmer 11 gestanden, ich nacktarschig gebückt und suchte meine Hose, atmete und bekam zum Atmen nicht genug Luft, mir hat das Herz geklopft, Ich und Nicht-Ich, überall im Zimmer.

Nackt und wollte nicht nackt sein, war aber nackt. Wollte mich bedecken, mit irgend so was wie einem Hemd, aber dann war mir plötzlich klar, wie lächerlich das wirken mußte – *ich* versuchte meinen Schwanz zu verstecken! Wegen *Ida*!

Aus dem Fenster dieses Zimmers – die erste Erinnerung, an die ich mich erinnern kann, das war, daß ich den Geranientopf auf den Sims stellte und nach unten auf die staubige Straße schaute und sah, wie dieser Teufel Billy Blizzard sein Pferd getötet hat.

Wie oft ich dies Bett gemacht hatte! Wie oft ich Männern in diesem Bett Whiskey gebracht hatte – Männer, die Gracie Hammer und Ellen Finton fickten, die all die andern Männer gefickt haben, die durch die Türen von Idas Haus eingegangen waren, welche Ida gefickt haben, Alma gefickt haben, die Prinzessin gefickt haben!

Wie oft ich Männer aus diesem Bett geholt hatte nach unten und nach hinten in den Schuppen – Männer, die mich draußen im Schuppen gefickt hatten.

Wir drei – Ida Richilieu, Alma Hatch und ich! Ich hab tief Luft geholt und hab mich aufgerichtet und hab das Hemd wieder fallen lassen. Ich hab mich großgemacht, nicht so, wie die Männer groß werden – wenn sie die Brust und ihre äußere Schale aufblähen –, sondern groß, so, wie Frauen groß werden. Ich ein großer Mann, wie Frauen – solide, beweglich, stark genug, um hinzufallen und wieder aufzustehen. Ich, ein Mann, groß – frei von Frauenhöhle.

Das blaue Kleid. Ida kam zu mir herüber. Ich hatte ganz vergessen, wie dunkel ihre Augen waren. Dünne verflixte Dame, winzig weiße, weiße Poren. Ich hab ihr Haar berührt, die Kämme in ihrem Haar. Sie legte mir die gefiederte Boa um den Hals. Sah mich an, wie sie mich immer anschaute – ins linke Auge. Da hat nichts mehr zwischen uns gelegen. Keine Ida Richilieu, keine Ich oder Nicht-Ich, wir waren nicht zwei, waren eins. Eine Weile habe ich nachgedacht, ich wäre sie, die mich anschaute. Dann hat sie die Hand ausgestreckt und mir den Teller ihrer linken Hand aufs Herz gelegt, auf das Loch in der Brust, wo mich Charles Smith mit seiner Teufelskugel getroffen hat. Die andere Hand hat sie aufs eigene Herz gelegt.

»Oh diese Menschheit!« hat Ida Richilieu gesagt.

Wir sind auf Idas Zimmer gegangen und haben die Tür hinter uns zugeschlossen und haben auf dem Bett gelegen – Alma und Ida und ich. Wir haben angefangen, Whiskey zu trinken und Hanf zu rauchen und Opium zu rauchen, während wir alle drei auf Idas Bettlaken geruht haben – drei menschliche Wesen.

Dauerte gar nicht lang, da hat es an der Tür geklopft und dann war auch Gracie Hammer auf dem Bett, und dann auch Ellen Finton.

Als sie mich sahen, haben diese beiden Weiber geschrien wie Schweine am Spieß.

Und mußten sofort die Geschichte erzählen, wie sie mich und Dellwood Barker aus dem Gefängnis befreit hatten.

Es ist einfach so, daß Menschen Geschichten erzählen müssen.

Während sie da auf Idas Bett saß, hat Ellen Finton die Geschichte so erzählt, wie sie sich erinnert hat. Und dann erzählte Gracie Hammer die Geschichte so, wie sie sich daran erinnert hat.

Ida Richilieu und Alma Hatch haben sich Ellen Fintons Geschichte und dann Gracie Hammers Geschichte angehört – Geschichten, die Ida und Alma wahrscheinlich schon dutzendemale gehört hatten.

Aber ich – als ich da mit diesen Mädchen auf dem Bett lag, mit der gefiederten Boa um den Hals –, ich habe eine ganz andere

Geschichte gehört – die Geschichte, die Ida Richilieu immer von mir erzählte, von einem Baby, das ausgerechnet auf diesem Bett auf dem Bauch gelegen hatte, umringt von Frauen und wie ich nicht nach der Feder oder nach dem Bogen gegriffen hatte, sondern nach der gefiederten Boa.

Als später die Bar unten geschlossen hatte, als Ida und ich im Dunkeln nach unten in die Bar gegangen waren, um noch eine Flasche zu holen und uns etwas zu essen zu machen – in der Küche, gleich nachdem sie Licht gemacht hatte –, da hat Ida die Arme ausgestreckt und mich in die Arme genommen. Ich hab ihr in das linke Auge gesehen und gemerkt, daß sie nicht wußte, was sie als nächstes tun sollte. Ida hatte sich auf mich gestürzt, als ob ich genau das wäre, nach dem sie sich sehnte, von dem sie fürchtete, daß es ihr fehlen könnte.

»Du bist mein Sohn«, hat sie gesagt, »und ich habe dich lieb. Bitte, geh nie wieder von Idas Haus weg. Hier ist dein Zuhaus. Wenn ich einmal nicht mehr bin, wird es dir gehören.« Meine Ohren waren nicht sicher, ob sie da richtig gehört hatten. Manche Dinge sollte man besser nicht aussprechen, und nun sprach Ida sie aus. Sagte *Sohn* und *lieb* und *Zuhaus*.

Dann ist irgendein starkes Dynamit durch Idas Knochen gezuckt, und sie hat an mir gehangen, eine verschreckte Katze hat sich an meine Schultern und Knien festgekrallt, in der Küche war das, da waren wir nicht mehr zwei, sondern wieder eins, nur blaue Federn und Perlen.

Wieder oben, hat Ida sich verhalten, als ob unten in der Küche gar nichts passiert wäre, während Alma wußte, daß unten in der Küche etwas passiert war. Wir breiteten das Essen auf Idas Bett aus – kaltes Huhn und Äpfel und Käse, den Ida in Boise City gekauft hatte, und noch mehr Bier. Und bei der neuen Flasche Whiskey, die Ida mitgebracht hatte, ist dann das Geschichtenerzählen richtig losgegangen, und bei mir mehr als bei den andern.

Hab ihnen die Geschichte von Dellwood Barker und mir

247

erzählt; unsere Flucht; von den Franziskanern habe ich ihnen erzählt, und wie Dellwood Barker und ich auf einer Bergspitze gefickt hatten – diese beiden Mädchen haben wie Schulmädchen gekichert, als ich ihnen das erzählte. Alma Hatch hat Eulenrufe ge-uhuut. Hab ihnen erzählt, daß ich Dellwood Barker am liebsten hätte, gleich nach ihnen.

Hab ihnen von Dellwood Barkers Kommen-und-nicht-kommen erzählt. Wobei Alma Hatch vor Lachen fast vom Bett runtergefallen wäre.

Ida Richilieu hat sich auf die Knie geschlagen und frei heraus gesagt: »Das ist eine verdammte Lüge, Sohn. Das ist eine Unmöglichkeit – unmenschlich is' das«, hat sie gesagt, »für'n Mann. Das glaub ich erst, wenn ich's mit eigenen Augen sehe. Und vorher nie.«

Von Bewegen Bewegen hab ich ihnen sonst weiter nichts erzählt, nur das. Hab ihnen nichts erzählt von der Fotografie von meiner Mutter. Hab nichts gesagt von den Zwillingen meiner Mutter, die Dellwood erwähnt hatte; das heißt, wegen der Zwillinge habe ich Ida erst am Tag danach gefragt. Hab aber nicht erwähnt, daß ich glaubte, Dellwood Barker wäre mein Vater.

Die Geschichten von Alma Hatch haben alle von der Liebe gehandelt. Sie hat erzählt davon, wie ihr Herz ganz voll war von Liebe zu mir und Ida, jetzt, nachdem ich wieder zu Hause war. Sie erzählte von den heißen Quellen und von Opium und vom Ficken. Sie erzählte von dem Nest des blauen Hähers, das sie entdeckt hatte, und daß bei den Menschen im Gebirgsnest daheim Schwalben »Fliegenfänger« heißen.

»Hast du gesehen, wie fett die Finken in diesem Jahr sind?« unterbrach Alma Hatch. »Hast du heute morgen die Finken in den Fliederbüschen neben dem Frisörgeschäft gesehen?«

Alma Hatch hat auch von ihrem Haar erzählt, und bei unserer zweiten Opium-Zigarette war sie so weit, daß sie plötzlich geschrien hat wie Truthahngeier. Bei dieser Frau hat man nie wissen können, wann's losging.

Ida sprach vom Gebirge. »Zwei Jahre nacheinander hat es auf dem Devil's Pass vor Weihnachten nicht geschneit!«, hat sie gesagt. »Und in beiden Jahren war bis April alles weggetaut.«

Gegen Ende des Abends begann Ida von den großen Cowboy-Herzen zu erzählen, die sie gebrochen hatte; und wie ein paarmal auch ihr eigenes Herz gebrochen worden war. Sprach von einigen großen Schwänzen, die ihr untergekommen waren; und auch von ein paar ganz kleinen. Ida hat von Opium, von Tollkraut und vom Ficken erzählt.

Doch meistens hat Ida von den Mormonen geredet und wie sie in *Scharen* nach Excellent herüberkamen. Nach Ida war an dieser *Mormonenbewegung* in erster Linie eins schuld, oder besser: eine Person schuld, und die hieß William B. Merrillee.

»Einer von den zwölf Aposteln der Kirche Jesu Christi der Heiligen der Letzten Tage«, sagte Ida. »Behauptet, er hätte eine Vision gehabt, daß seine Leute hier in Excellent eine Goldmine und eine Mühle besitzen würden. Ihm ist auch die neue Kirche drüben bei der Kirche zu verdanken. Jetzt haben wir *zwei* von diesen verdammten Dingern in unserer Stadt. *Grün* hat er sie gestrichen – du großer Gott! Die eine weiß und die andere grün! Da möcht *ich* mir am liebsten einen zweiten *Saloon* bauen – und ihn *scharlachrot* streichen.

Sieh dir die Stadt nur mal am Sonntagmorgen an! Ist ja 'ne richtige Parade! Samstagabend sind die meisten Männer hier und trinken und ficken, und am Sonntagmorgen begleiten sie dann diese Frauen vom Wohltätigkeitsverein – diese dürren Holzbalken, die sich selber Frauen nennen –, da ist keinem wohl, wenn die auf Kirchgang sind«, sagte Ida.

»Aber ich dürfte eigentlich nicht klagen«, sagte Ida. »Sie sind wenigstens samstagabends bei mir. Schlimm wird's werden, wenn's immer nur Sonntagmorgen ist und es keinen Samstagabend mehr gibt. Man braucht einen Teufel, damit ein anständiger Engel entsteht.«

Am Morgen haben mich die Spatzen geweckt. Ida Richilieus Körper, Alma Hatchs Körper und mein Körper, alle waren so ineinander verschlungen, daß ich meine Arme und meine Beine fragen mußte, zu wem von uns sie gehörten.

Ich hab die beiden krebsartigen Frauen schließlich mit einem Topf Kaffee aus dem Bett gelockt – Ida schimpfte, Alma jammerte –, hab es geschafft, daß sie sich was anzogen und auf den Weg zu den heißen Quellen machten. Wir waren gerade die Treppe hinunter und standen draußen vor der Tür von Idas Haus, als uns ein Haufen Leute entgegengekommen ist, wie ich noch nie welche gesehen hatte – herausgeputzte Männer und Frauen und Kinder –, *tybo* Männer, die alle wie derselbe *tybo* Mann aussahen, die Frauen haben ausgesehen wie ein und dieselbe, die Mädchen gleich wie ein und dasselbe Mädchen, und genauso die Jungen.

Es war Sonntagmorgen. Das waren die Mormonen, von denen Ida gesprochen hatte.

Ich hatte auf Alma Hatch geschaut. Außer ihrem Korsett und dem Unterrock drüber und einem Rock hatte sie nichts an. Ida war noch schlimmer. Sie trug Hose, Hemd und Hut von mir und rauchte, wie sie immer raucht, die Zigarette hing ihr zwischen den Lippen. Und ich, ich war am schlimmsten – nur in der Unterhose, und hatte mir Idas flimmrigen roten Morgenmantel um die Schultern gehängt.

Alma Hatch hat einem der Männer zugezwinkert und gegrinst. Hob die Arme so hoch, daß ihre Achselhöhlen zu sehen waren, und hat angefangen, sich das Haar am Hinterkopf aufzustecken.

Die Mormonenfrauen begannen ihre Kinder fortzuschieben, so schnell das eben ging, weil die Kinder nämlich alle uns angestarrt haben, wie wenn sie vorher noch nie Menschen gesehen hätten, die keine Mormonen waren. Der Mann, dem Alma zugezwinkert hatte, hat sich auch verdrückt, ihm sind ein paar andere Männer gefolgt, aber die meisten blieben, blieben einfach stehen und starrten uns an, aber nicht so, wie die Kinder uns angestarrt hatten. Die Männer haben uns voller Haß angestarrt, sie haben uns angestarrt auf eine Art, wie nur Christen hassen können, besonders Mormonen. Einer der Männer, die dort standen, war Josiah Helm – Reverend Bruder Josiah Helm. Das war mir damals noch nicht bekannt; seinen Namen und vieles andere über ihn sollte ich dann aber bald nur allzugut kennenlernen. Der Reverend Bruder Josiah Helm war nicht groß, hat sich aber so aufgeführt, wie wenn er's wäre – hat die Brust herausgedrückt, das Kinn vorgeschoben, hat auch einen hohen Hut aufgehabt. Er hob seine Bibel oder das Buch der Mormonen in die Höhe – eins von beiden – ich weiß es nicht –, es ist aber ein großes Buch gewesen. Dann hat er uns verflucht, mich und Alma Hatch und Ida Richilieu, zu ewiger Verdammnis und ewigem Feuer.

Ich hätt's machen sollen, wie ich's auch mit Billy Blizzard hätte machen sollen. Hätt ihn gleich auf der Stelle umbringen müssen. Dann hätt ich der Welt eine Menge Elend erspart.

Ida Richilieu, die an diesem Morgen nicht gerade sehr fest auf den Beinen stand, ging die Stufen hinunter, trat – nicht gerade sehr standfest – direkt auf den Reverend Helm zu, nahm die Zigarette aus dem Mund und hat ihn mitten ins Gesicht gespuckt. Ich wollte meinen Ohren nicht trauen, als Ida sagte, was sie dann gesagt hat:

»Ich haß deinen kleinen Pimmel sogar noch mehr, als du's selber tust!«

Was konnte der Reverend da tun, nachdem ihm erst mal der Mund zugeklappt ist – er hat sich aufgeblasen und aus seinem großen Buch Worte von jemand anders zitiert. Gar nichts hat er machen können, außer davonstolzieren – er und all die anderen Mormonen-Männchen.

Ida hat sich umgedreht und gemeint: »Gegen Kater gibt's nichts Besseres als die heißen Quellen.« Danach wäre sie beinah umgefallen, Alma Hatch hat sie aber gerade noch rechtzeitig aufgefangen. Und in die Richtung sind wir dann gelaufen – ich und Alma Hatch und Ida Richilieu –, die Pine Street hinunter und aus der Stadt, zu den heißen Quellen.

Für Huren war der offizielle Tag zur Benutzung der heißen Quellen immer Mittwoch gewesen. Aber niemand hatte groß was darauf gegeben, was für ein Tag es war. Dieser Tag, das hatten wir soeben gemerkt, war ein Sonntag. Ida und Alma und ich haben diskutiert, ob wir nun an einem Sonntag zu den heißen Quellen weitergehen sollten oder ob nicht, und wir haben beschlossen, doch weiterzugehen, weil es nämlich noch früh am Morgen war, weil wir die Hälfte des Weges schon hinter uns hatten, und weil wir schließlich drei Menschen waren, die dringend ein Bad brauchten, und überhaupt. »Zum Teufel mit ihnen!« sagte Ida.

Da hab ich gesagt: »Sie können doch nicht den Bürgermeister aus den heißen Quellen werfen, selbst wenn er eine Hure ist.«

Da hat Alma gesagt: »Ida ist nicht mehr Bürgermeister.«

Da hat Ida tief Luft geholt, wie immer, wenn was Schwieriges getan werden mußte, und hat gesagt: »Nein, jetzt ist dieser Mormonenbischof da Bürgermeister von Excellent. Der Reverend Bruder Josiah Helm ist hier jetzt Bürgermeister.«

Sobald meine Ohren Ida sagen hörten, daß der Reverend Helm Bürgermeister war, begann sich die Welt zu trüben. Davor waren alle Dinge – waren die Bäume, der Nebel, der Boden unter meinen Füßen, was vom Himmel zu sehen war, die Felsen – einfach nur Dinge gewesen, die man eben ganz gewöhnlich sah, die waren so, wie sie waren. Nachdem ich wußte, daß Ida nicht mehr Bürgermeister war, waren die Dinge nicht mehr einfach bloß Dinge, da waren sie nicht mehr, wie sie waren – da wurde plötzlich alles ein Problem.

Ich hab damit gerechnet, daß jede Sekunde ein Haufen wilder Mormonen aus dem Nebel herrennen würde, ihre großen Bücher schwingen, ihr fürchterliches rechtes Auge auf uns werfen würden – auf dem linken Auge waren sie absolut blind – und uns zu der ewigen Verdammnis in der Hölle verfluchen würden.

Ich spürte das Feuer. Das Feuer im Innern der Dinge. Billy-Blizzard-Feuer in Menschen, deren Herzen in voller Blüte abgeschnitten worden waren, zusammengefaltet und plattgedrückt, vergilbend zwischen den Seiten ihres großen Christenbuches.

Jeder Schritt, den wir an diesem Morgen machten, jeder Schritt, den wir von da an machten, hat Ida Richilieu, Alma Hatch und mich dem Ärger näher gebracht.

Als wir die heißen Quellen erreichten, sind Alma und ich die Uferböschung hinuntergekrochen zum Teich. Ida wollte sich von uns nicht helfen lassen. Sie hat ihren Körper so richtig totsteif gestellt und ist auf ihren Stangen von Beinen hangabwärts gestakst, daß eine ganze Lawine von Steinen mitgekommen ist.

Ich hatte im Nu meine Unterwäsche und Idas Morgenmantel abgeworfen und sprang in den heißen Teich, plantschte wild herum, machte Riesenlärm, und der Lärm machte ein Echo. Ich hielt mich unter Wasser, tief unten beim Wilden Mann im Mond, hab versucht, Wasser zu atmen, hab versucht, das schreckliche Wissen loszuwerden – vom Feuer und vom Ärger.

Als ich wieder hochkam, war mir, wie wenn mein Körper nur Kopf wär, der im dampfenden Wasser tanzte. Von oben, von den Felsen ist Wasser auf meinen Kopf herabgestürzt. Nur eine Armlänge entfernt ist weiß schäumend der kalte Fluß vorbeigerauscht. Der Wasserfall, der Fluß, Wind in den Bäumen und mein schwimmender Kopf – alles ist mir in den Ohren gerauscht.

Alma saß auf einem Felsen am Teich, nackt, Beine überkreuz,

mit einem Fuß im Wasser. Ida stand neben ihr und löste endlos Taue von Almas erdbraunem Haar. Der Haarbusch in ihrem Schoß, das Nest in ihren Zweigen, das war dunkler. Die Haut war rosig wie nie.

Auch Ida war nackt, weiß wie Froschbauch, hat in einem ganz eigenen Licht geleuchtet. So wie sie da neben Alma stand, sah sie aus wie diese Bilder von Engeln mit Flügelchen an den Füßen, die dienend um Heilige herumschweben.

Als Ida mit Almas Haar fertig war, hat sie sich die Kämme aus dem eigenen Haar genommen, so, mit nach hinten gestreckten Armen und Haar in den Achselhöhlen hat ihr Geruch mir jedesmal den Atem verschlagen. Idas Nippel waren große dunkle Ringe, vom vielen Saugen. Das vom Kopf fallende Haar war ein Busch von überschwappenden schwarzen Luzernen. Das Haar ihrer Frauenhöhle war schwarz, schwarzes Haar, das bis auf ihre Beine ausgefächert ist. Je weiter sich das Haar nach unten bewegte, bis zu den Knöcheln, um so heller ist es geworden, heller und heller – das heißt, als Ida noch Knöchel hatte.

Ida und Alma haben ihre Seifen und all die Sachen für die Frauentoilette über das ganze Ufer ausgebreitet. Alma ging am Wasser entlang und hat nach der richtigen Stelle gesucht.

Ida hielt einfach bloß den Atem an und sprang hinein.

Ich bin aus dem Wasser gestiegen und die Böschung hochgekrochen – über den Felsen lag dichtes, schlüpfriges, grünes Moos, über meine Hände und Füße lief heißes Wasser, auf meiner nackten, nassen Hand Morgenwind. Der Wasserfall in Buffalo Head hatte die gleiche Art Moos. Ich hab mich hingesetzt, wo ich tausendmal gesessen hatte, das Wasser ist auf mich herabgeklatscht. Lehnte mich nach hinten, in den Wasserfall hinein. Meine Ohren haben Wasser gehört, so wie Felsen Wasser hören.

Im Teich unten trieb Almas Haar. Ida hob Steine vom Grund des Teichs und betrachtete sie unter Wasser in der Hand. Ein

Reh steckte den Kopf aus dem Nebel, und wir drei haben das Reh genauso angeschaut wie das Reh uns anschaute.

Als die Sonne voll am Himmel stand, wurde der Nebel wie ein Vorhang aus Unterrock über dem Fenster der Welt. Du hast die Bäume und den Fluß und Stückchen vom Himmel sehen können, aber sie waren schleirig wie das rosige Licht in Idas Zimmer.

Ich blickte hoch, und da war er: Nicht-wirklich-ein-Berg. Da hättest du dich am liebsten hintenüber fallen lassen. Von diesem Berg bekamst du einen Steifen – von diesem Berg, der uns alle hergelockt hatte, uns in die Falle gelockt hatte, uns das Gefühl gab, daß das, was wir taten, wirklich das war, was wir taten.

Ida begann sich am Ufer hochzuarbeiten, auf mich zu, wie eine Spinne kroch sie voran, hing mehr im eigenen Netz als an sonstwas. Und als sie oben ankam und sich neben mich setzte, da hatte sie am ganzen Körper Gänsehaut, die war ganz blau.

Ida hat über das ganze Gesicht gelächelt.

Frauenhöhle: Hab mein Leben lang versucht, von diesem Lächeln zu bekommen, soviel ich nur konnte.

»Ich bin einem Mann begegnet, der meine Mutter gekannt hat«, sagte ich.

»Deine Mutter hat viele Männer gekannt, Schupp«, sagte Ida.

»Er hat eine Fotografie von ihr besessen«, sagte ich. »Die gleiche wie meine. Hat gesagt, er hätte sie mehr geliebt als alles auf der Welt. Sie war seine Frau, hat er gesagt, und die Mutter seiner Kinder«, sagte ich. »Zwillinge«, sagte ich. »Ein Junge und ein Mädchen.«

Ida hatte keine Zigaretten mitgenommen. Sonst hätte sie sich jetzt bestimmt eine zwischen die Lippen gehängt und hätte an irgendeiner harten Oberfläche ein Streichholz angezündet, die Zigarette in Brand gesetzt und tief eingesogen und den Rauch lang in den Lungen behalten, bis endlich zwei dünne Streifen aus ihrer Lunge gekommen wären.

»Hab ich eine Zwillingsschwester?« hab ich gefragt.

»Nein«, hat Ida gesagt.

»Hab ich mal eine gehabt?« hab ich gefragt und ihr tief ins linke Auge geschaut.

»Sicher, du hast eine Schwester gehabt«, sagte Ida, »sie ist aber gestorben.«

»Wie denn?« hab ich gefragt.

»Sie war noch ein Baby. Wiegentod«, sagte Ida.

»Und wie hat sie geheißen?« hab ich gefragt.

»Daran kann ich mich nicht erinnern«, sagte Ida. »Das ist lange her.«

»Und wie heißt dieser Cowboy?« hat Ida dann gefragt.

»Dellwood Barker«, hab ich gesagt.

»Derselbe, der dich auf dem Berg gefickt hat? Der behauptet, Orgasmen zu erleben, ohne zu ejakulieren?« hat sie gefragt.

»Genau der«, hab ich gesagt.

»Der ist ja voller Überraschungen«, sagte sie. »Und du glaubst, daß er dein Vater ist, ja?«

»Genau«, hab ich gesagt.

Ida ist aufgestanden, um zu gehen.

»Versprich es mir, Ida«, sagte ich. »Versprich mir, daß du keiner Menschenseele was davon sagst, daß er mein Vater ist.«

Ida holte so tief Luft, daß ihre Rippen noch mehr hervortraten.

Halte deine Versprechen, halt dich sauber, halt dich auf Trab.

»Das versprech ich dir«, sagte Ida.

»Wieviel weiß Alma über Princess und mich?« hab ich gefragt.

»Verdammt, das weiß ich nicht«, hat Ida gesagt. »Wahrscheinlich nur Hörensagen, aber wegen Alma brauchst du dir keine Sorgen zu machen. Auf die paß ich schon auf.«

Ida hat mir mit beiden Augen in die Augen gesehen. Sie war nüchtern.

Ich hab Ida immer geglaubt – sie könnte tun oder sagen, was sie wollte –, aber wenn sie nüchtern war, hab ich ihr mehr geglaubt. Dann gab es mehr Grund, ihr zu glauben. Wenn Ida trank – und das war die meiste Zeit –, dann konnte sie dir nicht zuhören, das heißt, dann hörte sie mehr sich selber zu als dir. Dann glaubte sie, das, was ihr im Kopf herumging, das ginge auch dir im Kopf herum. Auch wenn das gar nicht der Fall war. Und deswegen konnte es sein, daß du mit Ida gesprochen hast, ohne daß du selber gewußt hast, worüber du eigentlich geredet hast. Aber *sie* hat gewußt, wovon sie gesprochen hat, und auf mehr kam es ihr gar nicht an. So war sie eben.

Ich hab Ida immer geglaubt, hab aber immer gewußt, wann sie log.

Und da hat sie gelogen – über meine Zwillingsschwester hat Ida gelogen.

Ida kroch wieder ans Ufer runter und glitt ins Wasser. Sie ließ sich unter Wasser treiben und kam mitten in Almas Haar wieder hoch.

Droben über mir Nicht-wirklich-ein-Berg, unten im Wasser diese beiden Frauen – da hab ich angestrengt nachgedacht: Was war das, was ich da tat in dem Glauben, daß ich's tat?

Was war der Grund, warum Ida log?

Am folgenden Tag stieg ich Nicht-wirklich-ein-Berg hoch zu meinem Platz, zur Wiese.

Ich kroch die Granitfelsen hinunter und ging über die Wiese bis an den Rand. Die scharlachroten Blumen haben geblüht, und der Indian Paintbrush und die gelben Blumen. Am Felsrand, auf dem Felsen, der am weitesten vorragte, hat mich ein Windstoß erfaßt. Ich stellte mich in den Kreis, den ich auf dem Felsen gezeichnet hatte, dorthin, wo ich mir das Versprechen abgenommen hatte, mich von der Frauenhöhle freizumachen. Das war noch gar nicht lang her.

Ich schaute über den Rand. Da konntest du alles sehen – Excellent, da unten, den Fluß, die heißen Quellen, Idas Haus, die neue Mormonenkirche und das Loch im Berghang, wo William B. Merrillee seine Goldmühle baute.

Absolut alles. Die Berge, die sich hoben und senkten, zackig aufragten, abwellten – bis an den Horizont. Manche mit Schnee, sogar im August. Du konntest Gold Hill erkennen und Gold Bar – nicht die Stadt selbst, aber das Tal, in dem sie lag. Den Devil's Pass. Den Anfang von Boise Valley. Die Straße nach Owyhee City. Menschen, die auf der Straße reisten.

Und noch mehr. In mondlosen Nächten hast du manchmal die Waldbrände sehen können. Du bist dagesessen, am Rand der Welt, in dir war alles still, still war die Welt – und hinter dem Rand Finsternis und Feuer.

Mehr noch. Dort hinten befand sich Dellwood Barker. Und auch Buffalo Head und der Wasserfall. Irgendwo dort draußen gab es eine Fotografie von meiner Mutter, sie lag zwischen den Seiten eines Buches über den Mond, und das Buch lag in einer Matratzenrolle, die am Sattel eines Pferdes mit Namen Abraham Lincoln festgebunden war. Owyhee City, Sheriff Blumenfeld, Fort Lincoln – dort hinten. Der Schlachthof, die teuflischen Kissen-Frauen, Amerika-Flagge, Melone, Stachelschwein.

Alles. Das alles war so real gewesen. All das und vieles mehr.

Doch jetzt war alles ein Traum; etwas, das ich tat, wenn ich schlief – irgendwo anders, wohin ich gegangen war, als ich in mich zurückgezogen war, nach der Kugel von Charles Smith.

Aber ich hatte überlebt, um die Geschichte zu erzählen.

Als ich auf dem Fels stand und weit hinausblickte, da hab ich verstanden, was diese Geschichte bedeutet.

Ich will es euch sagen: Das Leben ist ein Traum.

Das Ganze ist bloß eine Geschichte, die wir uns erzählen. Was uns nicht unmittelbar vor Augen ist, ist ein Traum, ist alles bloß Traum. Und das, was dir in diesem Augenblick vor Augen steht, wonach du die Hand ausstrecken kannst, was du anfassen kannst, wird zu Traum werden.

Das einzige, was uns daran hindert, mit dem Wind fortzuwehen, sind unsere Geschichten. Sie sind es, die uns einen Namen geben und uns an einen festen Ort stellen und es uns möglich machen, in Berührung zu bleiben.

Ich stand an meinem Platz im Kreis auf dem Felsen in der Wiese auf Nicht-wirklich-ein-Berg, und habe es herausgeschrien:

»Dies ist mein Platz, *mein* Platz, der Platz von Duivichi-un-Dua, Junge für Jungen. Dies ist meine Geschichte. Dies ist die Wiese, wo ich einmal sterben werde. Wo meine Mutter gestorben ist. Wo Wissen Verstehen wird.«

Sobald ich meine Worte gesprochen hatte, waren meine Worte verweht. Zwischen mir und der Sonne zog ein Schatten vorbei. Ich hielt mir die Hand vor die Augen und schaute empor. Hoch oben am Himmel kreiste eine Eule.

Mein Körper hat einen Satz getan. Neben mir stand Owlfeather. Er hat mir etwas Wichtiges klar gemacht. Er hat mir einen Witz erzählt.

Wissen, das Verstehen wird: Alles, was noch vor mir lag, das war ich, der auf das blickte, was vor mir lag. Alles, was ich da tun konnte, war lachen.

An jenem Abend bin ich hinübergelaufen zu Dr. Ah Fong und hab an seine Tür geklopft. Hab durch das Fenster die Kerzenflamme beobachtet, die mir entgegenkam. Dr. Ah Fong hat die Kerze gegen die Scheibe gehalten. Ich hab mein Gesicht so gehalten, damit er's sehen konnte. Er hat den Riegel aufgeschoben und die Tür aufgemacht.

Dr. Ah Fong machte eine tiefe Verbeugung.

»Hocherfreut, Sie wiederzusehen, Mr. Schupp. Es ist lange her.«

»Opium?« hat er gefragt. »Für Ida?«

Ich habe mich verneigt, bin auf ihn zugetreten, hab ihm die

Hand geschüttelt. »Nein«, hab ich gesagt. »Nicht für Ida. Für mich – Opium für mich.«

»Opium für Mr. Schupp«, sagte Dr. Ah Fong. »Warten Sie hier.«

Wie oft hatte ich im Kerzenschein in Dr. Ah Fongs Büro gestanden und auf Opium gewartet – auf Opium gegen Idas Erkältung, gegen Idas wunden Rücken, gegen Idas Kopfweh!? Die Regale mit Büchern hinter Glas. Flaschen und Dosen, Papiere mit chinesischen Schriftzeichen. Die glänzend roten und dunkelgrünen und blauen Gegenstände. Die Karte mit dem menschlichen Körper, mit Linien, die zu den verschiedenen Körperorganen führten. Chinesische Sprache: Wörter, die nicht unsere Wörter waren, Menschen, die diese Laute machen und die sie verstanden. Niedergeschrieben bewegen diese Wörter sich wie Bäumchen, Schatten von Kerosin-Lampen an einer Wand oder wie Träume, die du verstehst, bevor du aufwachst.

»Oh«, hat Dr. Ah Fong gesagt, »Opium für Mr. Schupp.« Er hat sich verneigt, und ich gab ihm das Geld.

Unten in Chinatown war Kiebitz los. Rupfensäcke waren durch den Himmel gezogen. Fischgräten auf der Straße. Und diese Musik! Ich lief über die Hauptstraße, bog rechts ab, dann links, lief die Stufen hinab. Mietete das Bett mit den roten Laken, wo Ida mir die Geschichte von Big Foot erzählt hatte. Ich versetzte meine Zigaretten mit dem Opium, zog die Schuhe aus, zog die Kleidung aus, legte mich unter die Decke, steckte mir die erste Zigarette an und rauchte. Rauchte eine zweite.

Sonntags gab es bei Dr. Ah Fong Eiskrem. Mein Lieblings-Eis war Kirschgeschmack. Das meiner Mutter auch. Kiebitz ist durch die ganze Stadt gerannt.

Das Schönste, an das ich mich erinnern konnte, war Ida in ihrem Lichtschein zuzuschauen, wenn sie in ihrem Tagebuch schrieb, wenn sie Geheimnisse niederschrieb, die ich unbedingt erfahren mußte, Geschichten, die ich hören mußte.

Jetzt war ich wieder nach Hause in Excellent, Idaho, zurückgekehrt. Und alles hatte sich verändert. Alles war noch immer wie früher. Ich, im Souterrain in Chinatown, auf den roten Laken, rauchte wieder Sternenstaub, spielte immer noch Kiebitz, suchte immer noch des Rätsels Lösung: Wer bin ich, warum lebe ich, wo ist mein Zuhause?

Über mir, über Excellent, Idaho, dieser Berg, Nicht-wirklich-ein-Berg, der meinen Geist wieder nach Excellent zurückholte, der mich denken machte, daß das, was ich tat, wirklich das war, was ich tat.

Was ich tat, das war, mir noch eine Zigarette anzünden. Eine Geschichte über verrückte Leute, erzählt von einem Verrückten.

Da sollten sie sich wundern.

Das waren die Worte auf dem Plakat, das an die Haustür von Idas Lokal geklebt war: *Es wohnen in unserer Mitte solche, die böse und Missetäter sind.*

Dieser Satz war mit großen, bunten, schnörkeligen Buchstaben geschrieben worden. Der nächste Satz war in noch größerer schwarzer Schrift: *Bürger von Excellent, Idaho, seid auf der Hut! Auf Euren Straßen wandeln Prostituierte und falsche Männer!*

In der Mitte des Blattes war das Bild einer Hand, die auf folgendes zeigte: *Unzüchtige! Übeltäter! Teufel! Der Antichrist!*

Dann, in kleiner Schrift:

Wir, die gesetzestreuen Bürger von Excellent, Idaho, sind ernsthaft besorgt wegen der bösen Prostituierten, Alkoholiker und Rauschgiftsüchtigen hier in unserer schönen Stadt und wegen ihrer schamlosen Sünden, die zu verderbt sind, um hier genannt werden zu können.

Eine Zusammenkunft wird stattfinden am kommenden Samstag um drei Uhr nachmittags in der First-Ward-Kapelle am Südende der Pine Street. Zur Teilnahme sind alle eingeladen.

Ich zählte in der ganzen Stadt zehn solche Plakate. Hab alle abgerissen und sie auf der Veranda in Idas Haus in eine Reihe gehängt.

Ida machte ihr eigenes Plakat: *Zehn Dollar Belohnung für den Mann, die Frau oder das Kind, das das Wort ›Missetäter‹ als erstes richtig buchstabiert.*

Als ich gleich anfing, das Wort Missetäter für Ida richtig zu buchstabieren, hat sie gesagt: »Das gilt für alle außer dir, Schupp, und wenn du's nicht richtig buchstabieren kannst, dann will ich's auch nicht wissen.«

In Idas Haus und in der ganzen Stadt haben die Leute sich verdammt angestrengt, das Wort richtig zu buchstabieren. Hab so viele Schreibweisen von *Missetäter* gehört, daß ich zurückkommen und es manchmal wieder für mich selbst buchstabieren mußte, um mich zu vergewissern, daß ich es selber richtig wußte.

Der Wettbewerb ging über Wochen. Wochenlang hast du überhaupt nur noch *Missetäter* gehört.

Selbst Gracie Hammer und Ellen Finton haben dabei mitgemacht, und die konnten überhaupt nicht lesen, von Buchstabieren ganz zu schweigen.

Wenn jemand Alma Hatch bat, *Missetäter* zu buchstabieren, hatte sie das Wort inzwischen so satt, daß sie buchstabierte: »F...R...I...S...S...S...C...H...E...I...S...S...E....«

Als ich eines Tages im Postamt Idas Post abholte, hat Fern Hurdlika aus dem Blauen heraus gesagt: »M...Ü...S...S...E-...T...Ä...T...E...R.«

»Nicht die Spur«, hab ich gesagt.

Da hat Fern gesagt: »Seit du zurück bist, ist in diesem Haus von Ida mehr los als vorher. Wie lange biste weg gewesen?«

»Über ein Jahr«, hab ich gesagt.

»Herrje, war's so lang? Laß dich mal anschaun«, hat Fern gesagt und mich gemustert.

»Also wirklich«, hat Fern gesagt, »du machst dich ja zu einem richtig schönen Mannsbild. Wann willste denn mit Wachsen aufhören?«

»Wenn ich zwei Meter groß bin«, hab ich gesagt.

»Immerhin«, hat Fern gesagt. »Aber weißte, ich versteh man gar nicht, wem du ähnlich siehst«, hat Fern gesagt. »Irgendwem, den ich kenn', aber nicht deiner Mutter. Wie ein Indianer siehste nich' aus, aber auch nich wie'n weißer Mann.«

»Ich seh aus wie ich selbst«, hab ich gesagt.

»Das ist immer am besten«, hat Fern Hurdlika gesagt. Und dann »M...Y...S...T...E...T...E...R...« buchstabiert.

»Wieder falsch«, hab ich gesagt.

Thord Hurdlika hämmerte in seiner Werkstatt auf einem Stück Eisen herum, seine Lippen haben sich bewegt wie Pferdelippen beim Heufressen. Ich hab mich neben dem Blasebalg hingesetzt. Hat ein bißchen gedauert, bis er mich bemerkt hat, dann hat er aber den Hammer hingeworfen, die Handschuh ausgezogen und »Schupp!« gebrüllt und mich umarmt. Nachdem wir mit dem Umarmen fertig waren, hat Thord Hurdlika nicht gewußt, was er sagen sollte, und ist einfach rot geworden. Da standen wir nun und haben uns beide angelächelt, weil ich auch nicht gewußt habe, was ich sagen sollte, und am Ende hat Thord gesagt: »M...I...E...S...T...Ä...T...E...R...«

»Nö«, hab ich gesagt.

»Für immer wieder da?« sagte er.

»Jawoll«, sagte ich.

»Bist jetzt erwachsen«, sagte er.

»Ich bin jetzt erwachsen«, sagte ich.

»Bist du immer noch... äh...?«

»Draußen im Schuppen?« sagte ich.

»Jau«, sagte er. »Draußen im Schuppen.«

»Klar doch«, sagte ich.

»Vielleicht könnte ich mal an einem Morgen«, sagte er, »wenn das in Ordnung ist, ganz früh vorbeikommen.«

»Jederzeit«, sagte ich.

»MISTTÄTER?« sagte er.

»Niemals«, sagte ich.

»Schön, dich zu sehen, Schupp«, sagte er. »Bin froh, daß du wieder da bist. Ida bestimmt auch.«

»Jawoll«, sagte ich.

»Bist für sie wie ein Sohn«, sagte er. »Hab mehr als einmal gehört, wie sie das gesagt hat.«

Am dritten Tag meiner Rückkehr bin ich die Pine Street entlanggegangen und kurz vor der Biegung der Straße bin ich Dumm Dave und Dumm Hund begegnet. Die zwei sahen sich mit jedem Tag ähnlicher. Dumm Dave begann zu hüpfen und gab Laute von sich, und Dumm Hund fing an zu bellen. Im ersten Moment dachte ich, Dumm Dave sei wieder mal betrunken; als ich näher gekommen war, war aber klar, daß er nicht betrunken war, sondern nur froh, mich zu sehen. Aber beruhigen hab ich ihn trotzdem müssen. Dachte, der würde sonst vielleicht noch einen Herzanfall kriegen, so wie der sich da aufführte. Ich hab ihm die Hand gehalten, so wie Ida das immer machte, und hab gemeinsam mit ihm tief durchgeatmet, so lange, bis seine Augen sich nicht mehr verdrehten. Dann hat Dumm Hund bald mit Bellen aufgehört, und als der Hund nicht mehr bellte, war klar, daß mit Dumm Dave alles ganz in Ordnung war.

Dumm Dave hat meine Hand gar nicht mehr loslassen wollen. Er wollte mich unbedingt irgendwohin mitnehmen, da bin ich ihm also gefolgt. Er schob bei den Ställen das große Tor auf und hat es hinter mir und Dumm Hund wieder zugemacht. Es hat da nach Roßäpfeln und frischem Stroh, nach Pferd und nach Leder gerochen. Und nach Apfelbaumholz und Räucherschinken. Dumm Dave führte mich um seinen Wagen in die südwestliche Ecke der Stallung, zur letzten Box.

Diese Box war sein Zuhause. So was hatte ich noch nie gesehen. Auf dem glänzenden Holzboden lag eine Matratze, die

Bettlaken waren rein und säuberlich zusammengelegt. Das Kissen von Ida, das ich ihm vor Jahren geschenkt hatte, lag so auf dem Bett, wie wenn es sein wichtigstes Eigentum wäre. Die Wände hingen voll mit zerrissenen Papierstückchen – meist alten Briefumschlägen – mit Zeichnungen drauf. An einer Wand hat ein altes Postamt-Gestell von Postfächern gestanden, jedes Postfach mit einer Nummer und einer Öffnung mit Schlüssel, wo die Leute ihre Post abholen konnten. Ich hab ein Fach geöffnet, drinnen lag ein kleiner Puppenkopf. Öffnete ein anderes, und drinnen lag eine leere Schrotpatrone. Hab noch eins geöffnet, und drinnen lag eine alte Armbanduhr. Jedes Schließfach enthielt einen kleinen Schatz. Dann zeigte Dumm Dave mir eine Karte, die er von Excellent und Gold Bar gezeichnet hatte. Er zeigte auf eine Zahl, die er in die Karte eingetragen hatte – 102 –, danach auf das Schließfach mit der Zahl 102. Er hatte den Puppenkopf an dieser Stelle gefunden und die Stelle auf der Karte festgehalten. Die genaue Stelle. Die Landkarte vor voller Zahlen.

Die Zeichnungen an der Wand stammten von Dumm Dave. Sie waren ganz in der Art, wie Kinder Bäume und Häuser zeichnen. Strichfiguren mit Punkt-Punkt-Komma-Strich-Gesichtern. Aber die Zeichnungen sind trotzdem mehr gewesen als Kindergekritzel. Sie waren total verrückt: So Sachen wie Pferde, die aus dem Erdboden wachsen, Häuser mit Gesichtern und Bäumen, die Arme und Beine hatten.

Ich hab sie mir sehr genau und lange ansehen müssen, bevor ich erkannt hab, daß das, was ich da vor mir sah, Dumm Daves Geschichte war – so wie er die Welt sah. Und dann hab ich auch gemerkt, daß Dumme Dave seine persönliche Geschichte von Excellent, Idaho, festgehalten hatte, genauso wie Ida Richilieu.

Hat ziemlich lange gedauert, aber das erste, was mir dann nach noch längerem Hinsehen klar wurde, war, wer die verschiedenen Leute, die Dumm Dave gezeichnet hatte, *waren*. Dann, nach weiterem Hinsehen, bin ich dahinter gekommen, was diese Leute *machten.*

Ich nenne jetzt nur ein paar von den Zeichnungen an Dumm Daves Wänden: Idas Mann mit seinem kleinen Schwanz springt von Nicht-wirklich-ein-Berg. Billy Blizzard schlägt sein Pferd tot. Menschen in Chinatown beim Opiumrauchen. Billy Blizzard hält mir ein Gewehr an den Kopf und stößt meinen Hintern. Ida Richilieu schrubbt die Hintertreppe ihres Hauses. Ich schleppe für Idas Bad Wasser nach oben. Meine Mutter fährt in Idas Wagen hinter Billy Blizzard her. Ich stehe an Idas Fenster und seh hinein, auf Ida in ihrem Lichtkreis. Eine Zeichnung von Alma Hatch mit dem Hut, den sie am ersten Tag getragen hat. Ich besteige die Postkutsche. Ich komme oben auf der Postkutsche wieder zurück.

Es gab da noch viel mehr Zeichnungen, und ich wollte mir alle ansehen, hab es aber nicht getan; das heißt, nicht an dem Tag, weil Dumm Dave merkte, wie gut mir seine Zeichnungen gefielen, und mich wieder bei der Hand genommen hat und mich zu einer Tür neben seiner Box führte. Er hat die Tür geöffnet, und ich bin ihm nach.

Ich stand im Dunkeln, bis er eine Lampe anzündete. Als ich sehen konnte, erkannte ich ein Zimmer, einen schrägen Schuppen hinter der Stallung, den ich mein Lebtag in Excellent, Idaho, nie bemerkt hatte. Die Wände waren mit weiteren Post-Schließfächern zugestellt, jedes Schließfach wieder mit einem Schatz drin: Schrauben und Muttern und Glasscherben, Fotografien, Stoffteile, eine alte Gabel, ein leeres Morphiumfläschchen, Steine, Türgriffe, Goldklumpen, Angeln, Nägel, eine Rolle Bindfaden.

Es gab da auch noch weitere Zeichnungen – tausende –, und so wie die Schätze waren die Zeichnungen wild durcheinander: die William B. Merrillee Mining Company Inc., Ida und meine Mutter beim Kampf im Schlamm, die neue Mormonenkirche, Mormonenfrauen und -kinder auf dem Kirchgang, Dr. Ah Fong, das Trockenhaus, die Hochzeit von Thord und Fern Hurdlika. Männer, die auf mich draußen im Schuppen warteten. Ich bei der Entdeckung meiner toten Mutter und der roten Stiefel von Billy Blizzard. Der betrunkene Doc Heyburn, stehend, an der Bar. Menschen beim Baden in den heißen Quellen.

Ich in meinem Kreis auf dem Felsen an meinem Platz auf Nicht-wirklich-ein-Berg.

Eine Zeichnung von Owlfeather.

Ich hab auf Dumm Daves Zeichnung von mir auf dem Felsen an meinem Platz hingezeigt. Dumm Dave hat gegrinst und auf Nicht-wirklich-ein-Berg gezeigt.

Ich deutete auf seine Zeichnung von Owlfeather und gab ihm durch ein Zeichen zu verstehen, daß ich nicht wüßte, wer das wäre.

Dumm Dave zeigte auf mich.

»Ich?« hab ich gefragt, indem ich an meine Brust klopfte.

Ja, nickte Dumm Dave. Er bewegte die Lippen: *Du*.

Dann hat Dumm Dave mir ein Stück Papier gezeigt. Zuerst hab ich nicht erkennen können, was die Zeichnung darstellte. Dann wurde es mir aber klar. Es war eine Darstellung des Wortes *Missetäter*. Dumm Dave hat das Wort falsch buchstabiert gezeichnet.

Am Tag drauf hat Doc Heyburn in der Bar gestanden, an derselben Stelle wie immer. Und so betrunken wie immer. Als er mich sah, hat er mich überhaupt zum erstenmal angeredet. »Du zurück?« hat er gesagt.

»Ich bin zurück«, hab ich gesagt.

Er hat gleich noch einen Whiskey bestellt.

»M...I...S...S...T...Ä...T...E...R«, hat er buchstabiert, so laut, daß es jeder im Raum hören konnte.

»Nö«, sagte Ida Richilieu.

»Laß mich mal nachdenken«, hat Doc gesagt. »Ich werd gar nicht lang brauchen, dann weiß ich, wie man's richtig buchstabiert.«

Aber das hat keiner je geschafft.

Missetäter ist der Ausdruck gewesen, den Ida und ich nach dem Plakat am allerhäufigsten verwendet haben. Wir haben uns gegenseitig so genannt – hurende Missetäterin, saufende Missetäterin, missetätiger Prahlhans verbotener Sünden, falscher Missetäter. Da hat es nur noch geheißen: Missetäterin Ida, Missetäterin Alma, Missetäter Schupp. Missetäter-Lokal. Und auch die andern Huren – sie waren Missetäterin Ellen Finton, Missetäterin Gracie Hammer, Missetäter und Missetäterin alle, ohne Ausnahme. Ida hat sogar ein Liedchen draus gemacht und auf dem Klavier gespielt: Ach, die Missetäterinnen/ Sind ja so gern Sünderinnen!/ Ran an die Mormonen, gebt es ihnen!

Eine Zeitlang war das lustig. Aber so wie Ida sich dann entwickelt hat, war es gar nicht mehr lustig.

Nach dem Missetäter-Plakat war Ida nicht mehr die alte. Und weil Ida nicht mehr die alte war, war nichts mehr wie vorher. Es kam alles anders.

Es kam Krieg. Ida Richilieu hat dem Reverend Bruder Josiah Helm und der Kirche Jesu Christi der Heiligen der Letzten Tage den Krieg erklärt.

»Die Tatsache, daß irgend so ein blöder Mormone«, sagte Ida, »und dazu auf einem Stück Papier«, hat Ida gesagt, »in meiner eigenen Stadt *so was* über mich und mein Hotel und meine Freunde sagen konnte, bedeutet Krieg.«

Am Sonntag drauf veranstaltete Ida eine eigene Bürgerversammlung. Getränke und Unterhaltung waren ab drei Uhr nachmittags frei. Die Bar war gedrängt voll. Aus dem ganzen Bezirk waren alle Missetäter gekommen. Für sie alle hat Ida auf dem Klavier gespielt. Bis hin nach Gold Bar hast du's hören können – »Drink to Me Only with Thine Eyes« und »Tavern in Town«.

Dagegen kamen die Choräle in der First-Ward Kapelle nicht an. Dann haben sie mit Ida einen Umzug gemacht – Ida auf den Schultern von zwei kräftigen Bergarbeitern, und die ganze Bar ist hinter ihnen her marschiert, die Stufen von Idas Hotel runter und die Pine Street hoch, laut singend, ganz besonders vor der First-Ward-Kapelle: Ach die Missetäterinnen/ Sind ja so gern Sünderinnen!/ Ran an die Mormonen, gebt es ihnen!

Wenn das keine Kriegserklärung war. Das bedeutete Ärger.

Danach wurde Ida Richilieu – auch wenn das ganz unmöglich scheint, ich schwöre, so war es – mit jedem Tag dünner, knochiger, blasser, trank noch mehr, rauchte noch mehr, fickte noch mehr und hat in ihrem Hotel noch mehr geputzt. Die Laken auf der Wäscheleine in der Sonne waren so weiß wie ihre Arme, die durchstaken. Morgens zog sie ihre Unterröcke und das schöne Kleid an und drüber die saubere Schürze, hat sich die Lippen angemalt und an die Arbeit gemacht – ans Schrubben der Treppenstufen, ans Abwaschen der Gläser in der Bar, ans Fegen, Moppen, Bügeln, immer beschäftigt, immer auf Trab, um Leute anzuweisen, was sie zu tun hatten. *He du da, komm mal her, Junge.* Ich bin ihr einfach aus dem Weg gegangen.

Es kam so, daß die Leute nur noch vom neuen Bürgermeister, dem Reverend Bruder Josiah Helm, und dem alten Bürgermeister Ida Richilieu und vom Krieg zwischen den beiden geredet haben. Von ihrem Religionskrieg. Die Mormonen sprachen vom Kampf der guten Kräfte gegen die Mächte des Bösen. Ida nannte es einen Hahnenkampf.

Und ich, ich bin in jenem Sommer nachts meist umhergestreift mit einer großen Sehnsucht, wonach weiß ich auch nicht. Da gab es nichts, was mich befriedigt hat. Irgendwas fehlte mir, irgendetwas, nach dem ich mich verzehrte, und ich hatte keine Ahnung, was es war. Dellwood. Owlfeather. Aber es war mehr als das. Ich sehnte mich nach meinem Teil von mir selbst, der fehlte.

Meist bin ich am Ende bei Dr. Ah Fong gelandet.

Manchmal hab ich dann einfach so zu laufen begonnen, wie ich als Kind gerannt war, wenn ich nach Kiebitz suchte. Nur um zu sehen, wie schnell ich in der Nacht rennen konnte. Dann hab ich die Augen geschlossen und so getan, als ob ich blind wäre, und bin gerannt, hab die Augen zugekniffen und bin gerannt. Dann hab ich das Ding, das ich war, das mir fehlte, vor mich hingestellt und bin drauf zugelaufen. Immer, wenn ich meine Augen wieder aufgemacht hab, ist nichts dagewesen. Ich bin mitten in der Nacht aufgewacht von dem schrecklichen Pochen des Herzens, das in mir schlug, und mir ist der Atem geflogen. Es gab nur eins, das mich dann beruhigen konnte, und das war Ida – wenn ich zu Idas Fenster ging, draußen vor dem Fenster stand und hineinschaute, und sie saß am Schreibtisch in ihrem Lichtkreis und schrieb in ihrem Tagebuch.

Manchmal hab ich mich gefragt, ob es wirklich ein Geheimnis gäbe, oder ob es bloß so war, daß mit all den Jahren, als ich Ida durch das Fenster beim Schreiben beobachtet hatte, der Anschein entstanden war, als ob es ein Geheimnis gäbe.

Vielleicht schrieb sie ja gar nichts Geheimnisvolles hin, vielleicht schrieb sie ja auch bloß Kochrezepte auf. Vielleicht schrieb sie gar keine Gedanken nieder, sondern nur über ihren Krieg mit den Mormonen. Und über große Schwänze oder kleine Schwänze.

Ich hab Ida trotzdem bei Nacht weiterhin durch das Fenster zugeschaut – ununterbrochen –, weil ich dachte, das Rätsel, das Geheimnis –, das, was mich nachts immer wieder draußen vor ihr Fenster getrieben hat – in dem Gefühl bestand, das ich spürte, wenn ich Ida nachts beim Schreiben zusah.

Es hat mir das Gefühl gegeben, daß es wirklich ein Rätsel, ein Geheimnis gab.

In jenem Sommer damals bin ich nachts manchmal bis zu der Stelle gelaufen, wo die William B. Merrillee Company die Mühle baute, nur ein kleines Stück entfernt, im Norden von Excellent, dort unten, wo der Fluß eine Biegung macht, bis zu diesem tiefen Einschnitt, den sie aus dem Hang des Berges gehackt hatten. Im Mondlicht sah diese Granitwunde, die sie durch ihre Grabungen gemacht hatten, so aus wie der Mond. Große Bäume lagen in Haufen zum Trocknen. Ein paar waren als Pfosten bereits wieder in den Boden gerammt worden.

Ich sah, wie dieses Gebäude immer größer wurde. Ich hab zugesehen, als Mormonenmänner ein Steinfundament mauerten. Hab zugesehen, als auf der Straße von Owyhee City her riesige Eisenstücke gebracht wurden – ein Teil von dem Eisen wurde mit Gespannen von zwanzig Maultieren hinaufgeschleppt. Große Eisentöpfe, Träger und Stäbe und Rohre. Hab zugesehen, wie sie das Blech für das Dach brachten. Das Zuschauen war am schwierigsten, als sie durch den Wald bis zur Mine zwei Meilen geschlagen haben. Hab zugesehen, wie sie das Kabel ausrollten, zwei Meilen Kabel – eins hoch, eins runter –, Kabel, die die Eimer mit Erz transportierten, zwei Meilen hinunter bis zur William-B.-Merrillee-Mühle, von dort gingen die Eimer leer wieder hoch, um mehr zu holen, und immer mehr, rauf und runter, immer und immer mehr. Hab zugesehen, als immer mehr Familien nach Excellent zogen – Mormonenfamilien. Ein Jahr später hatten die Mormonen diese Goldmühle fertiggestellt. Das war im Sommer des Jahres 1904, vielleicht war es auch 1905.

Es wird erzählt: Als William B. Merrillee seine Vision vom Gold hatte, da hat er gesehen, wie die Schäfchen seiner Herde in schöner Eintracht in den Bergen Idahos zusammenlebten, weit entfernt von allen, die nicht so waren wie sie; wie sie von dem Ertrag der Goldmine und der Mühle lebten, aßen, was sie selber pflanzten, in Häusern wohnten, die sie sich selber bauten, und wie es gar nichts mehr gab, wofür sie von andern Menschen abhängig waren, die nicht so waren wie sie.

Es wird erzählt: Alles, was dieser Vision im Weg gestanden hat, war nur der Teufel.

Es wird erzählt: Was uns widerfuhr, was Ida Richilieu, was Alma Hatch, was Dellwood Barker und mir zugestoßen ist, das war die Strafe Gottes dafür, daß wir im Wege gestanden haben.

So erzählten es jedenfalls die Mormonen.

Ich bin wieder nach draußen in den Schuppen gezogen. Nahm wieder Kunden, obwohl Ida mich nicht lassen wollte. Ich müßte jetzt nicht mehr huren, sagte sie. Sagte, ich hätte doch ein Zuhause und einen Haufen Geld. Ich hab trotzdem weitergemacht. Meist einfach aus Langeweile. Wir mußten nun aber vorsichtiger sein, wegen der Mormonen und ihrer Einstellung gegen die Sodomie. Ida und Alma und die übrigen Mädchen haben ihre Kunden so gründlich unter die Lupe genommen wie noch nie. Deshalb hatte ich nicht so viel zu tun wie früher. Ich war natürlich auch kein Kind mehr. Ich war jetzt erwachsen, ich war so um die zwanzig Jahre alt und kein Kid mit süßem Hintern mehr. Ich war ein Mann, ein großer, verschlossener Mann, und da gab es in mir etwas, das die meisten Männer vertrieb, und wenn ich mich noch so lieb zeigte.

Und Alma und ich, wir haben gelernt, uns liebzuhaben, es kam genau so, wie Alma es vorausgesagt hatte. Ja, Alma und Ida und ich, wir sind so etwas wie eine Familie geworden, mit Ida als Mutter. Alma und ich haben sie immer mehr bemuttert. Mit Alma als Schwester, wenn sie Ida gerade mal nicht bemuttert hat. Mit Ida, die mich mehr als je bemutterte. Das mußte ja schwierig werden, so wie Ida mich bemutterte – mich bemutterte und mich über die englische Sprache und englische Literatur belehrte. Mit mir als ihrem Kind, das immer mehr zu ihrem Schüler wurde, und dann war's aber ich, der sie zu Bett brachte, der sie auf andere Gedanken brachte, sie ablenkte von ihrem Krieg mit den

Mormonen, soweit das möglich war; der ihr die schwereren körperlichen Arbeiten und anderes mehr abnahm.

Und im übrigen waren wir drei einfach gute Freunde. Wir machten gutes Geld. Die Geschäfte gingen gut. Wir hatten die Mormonen, die wir bekriegen konnten. Waren oft lange betrunken. Es kam so weit, daß es normal war, betrunken zu sein und unten in Chinatown zu rauchen. Ich hab trotzdem immer noch alles geschafft, wie's sein sollte. Ida auch. Alma auch. Die Bettlaken waren immer sauber gewaschen. Die Treppen waren immer geschrubbt, die Gläser gespült, der Whiskey wurde bestellt, das Bier so kühl gelagert wie möglich, unsere Kundschaft gefickt. Von Zeit zu Zeit bin ich verschwunden. Zu den heißen Quellen. Hab regelmäßig Nicht-wirklich-ein-Berg besucht. Bin manchmal tagelang dort oben geblieben. Und bei Dumm Dave hat's Zeichnungen und Schätze zum Anschauen gegeben.

Trotzdem, mir hat etwas gefehlt.

Das Rätsel. Das Geheimnis. Ich kam nicht dahinter, was es war, und hab mich doch jeden Tag angestrengt, es herauszubekommen. Ich blickte auf meine Hände, hatte die Finger gegeneinandergepreßt und sagte mir dann: »Das hier bin ich – ich bin der, der die Geschichte erzählt – ich bin der, der weiß, was das Geheimnis ist – ich bin der, der weiß, was fehlt – also, dann mal los, dann sag mir, was es ist!«

Hat aber nie geklappt.

Was mir im Kopf herumging, wenn ich genug geraucht und genug getrunken hatte drunten in Chinatown, was sich mir in den Kopf schob – ein glühendes Bajonett, von einem Ohr durch bis zum andern –, das war Owlfather, das war, daß ich monatelang irgendwo tot gelegen hatte und dann wieder aufgewacht war. Das war der Tod meiner Mutter, meine Zwillingsschwester, das war die Fotografie meiner Mutter im gerollten Bettzeug von Dellwood Barker, wie ich meinen Vater gefickt hatte und wie gern ich's getan hatte, das war Bewegen Bewegen, der

Wilde Mann im Mond und *Berdache,* das war Warentag, das war der Büffel.

Es wurde Herbst, dann war es Winter, und der Devil's Pass war auch diesmal erst nach Weihnachten verschneit und taute Anfang April wieder auf, und dann war wieder Sommer.

Unser ehrenwerter Bürgermeister, der Reverend Bruder Josiah Helm, nahm sich einen Assistenten. Und als Assistenten hat der Bürgermeister sich einen alten Freund von mir ausgesucht: Sheriff Blumenfeld aus Owyhee City.

Sheriff Blumenfeld war der neue Hilfsbürgermeister von Excellent.

Es wird erzählt: Blumenfeld hätte die letzte Wahl für das Amt des Sheriffs von Owyhee City verloren. Es wird erzählt, er sei bei unnatürlichen Handlungen mit einem seiner Gefangenen ertappt worden. Das ist jedenfalls die Geschichte, die Gracie Hammer und Ellen Finton gehört hatten.

Alle sonst – das heißt, die Mormonen – hatten eine völlig andere Geschichte gehört über Blumenfeld – einen ihrer Brüder. Geschichten von einem ehrlichen, gottesfürchtigen, gesetzestreuen Sheriff, der einem korrupten politischen System zum Opfer gefallen war.

Dann bin ich eines Morgens aufgewacht.

Es war der Tag, an dem ich, genau zwei Jahre später, Dellwood Barker wiedergesehen habe.

War nicht lange danach, daß ich das Geheimnis aufgedeckt habe. Das Rätsel gelöst habe.

Daß ich entdeckt habe, was richtige Schwierigkeiten sind.

Laut Ida Richilieu hat Ida ihn zuerst gesehen. Sie war gerade aus ihrem Bad gekommen und auf den Flur hinausgetreten, um die Menge in der Bar in Augenschein zu nehmen, als Dellwood Barker hereinmarschierte.

»Da bin ich sofort wieder auf mein Zimmer gegangen«, hat Ida erzählt, »und hab mir mein blaues Kleid angezogen.«

Laut Alma Hatch hat ihn Alma zuerst gesehen. Sie war in der Bar gerade mit dem Einschenken von Whiskey beschäftigt, als sie ihn einen Whiskey bestellen hörte. Sie hob den Kopf und sah sich Auge in Auge mit Dellwood Barkers grünen forschenden Augen.

»Ich hab mir ein bißchen Rosenwasser hinter die Ohren getupft«, hat Alma erzählt, »hab mein Haar geschüttelt, damit es lose herunterfiel, hab meine Titten herausgedrückt und hab dem Mann einen Whiskey eingegossen.«

Alma Hatch hat ihn als erste gefickt, weil sie ihm am nächsten stand. Dellwood Barker stand auf der einen Seite der Theke, sie stand auf der andern.

»Ich hab dafür gesorgt, daß die Theke nicht mehr zwischen uns stand«, hat Alma erzählt, »daß überhaupt nichts mehr zwischen uns war – einschließlich seiner und meiner Kleidung –, und bevor Ida Richilieu sich ihr blaues Kleid zugeknöpft hatte, war ich schon auf Zimmer 11 mit ihm ficken.«

Es wird erzählt: Als Dellwood Barker kam, da sei er so gekommen, wie Alma es bei einem Mann noch nie erlebt hätte, und er hätte sich gewunden und geschrien und den Herrn gelobt, wie es sonst überhaupt nur Frauen getan hätten – Frauen, das heißt, Alma Hatch.

Natürlich, Dellwood ist gekommen-ohne-zu-kommen, indem er sein Bewegen Bewegen gemacht hat. Aber Alma Hatch hat angefangen, sich so für Dellwood Barker und sein Erleben zu interessieren, daß sie überhaupt nicht bemerkt hat, was er da eigentlich machte, oder eben *nicht* machte – daß er nämlich überhaupt nicht ejakulierte.

Ida Richilieu hat ihn sich mit dem Klavier gefangen. Kam die Treppe herunter, in ihrem blauen Kleid, mit dieser weißen Haut so weiß wie Perlen, und mit Kämmen im Haar und mit der blauen gefiederten Boa – Ida Richilieu ist also die Treppe heruntergekommen, hat sich an das Klavier gesetzt und ihr Lieblingslied vom Mann im Mond gespielt. So hat sie sich Dellwood gefangen.

»Die Tränen sind ihm ja nur so über die Backen geströmt«, hat Ida erzählt. »Seit meinem lieben Mann selig hab ich einen Mann nie mehr so weinen gesehen.«

Ida hat sich gedacht, daß Dellwood deshalb so geweint hat, weil sein Schwanz so klein war. Bevor sie Gelegenheit hatte, das herauszubekommen, bevor sie ihr Lied zu Ende gesungen hatte, bevor sie diesen Mann auf ihr Zimmer einladen konnte, um ihm ein bißchen Trost zu spenden, ist Dellwood Barker auf das Klavier zugestürzt und hat selber zu spielen angefangen.

»Ein gottverdammter Mist ist das gewesen, womit er da angefangen hat«, so hat Ida erzählt. »Irgend so ein Klaviergetöse, das deine Ohren wirklich überhaupt nicht hören wollten«, hat Ida erzählt. »Wie von bösen Geistern besessen – die Augen weit aufgerissen, wie wenn er gerade den Teufel gesehen hätte, und hat geflennt wie ein Baby.«

Ida hat zwei Männer herbeigerufen, um Dellwood Barker niederzuzwingen, und die haben ihn nach oben auf Idas Zimmer geschleppt, wo Ida ihm ein Pülverchen gab. Dann haben die zwei gefickt.

»Ich war ja so froh, daß er keinen großen Schwanz hatte«, hat Ida später erzählt, »der hätt' doch alles bloß ruiniert. So wie er war, hatte er ein richtig schönes Taschenformat, und er hat richtig geweint, ach, ist der süß gewesen.«

Ida hatte auch noch keinen Mann erlebt, der so kam, wie Dellwood Barker gekommen ist. Genau wie Alma auch hat Ida erzählt, Dellwood sei so gekommen wie Frauen kommen, die mit ihrem ganzen Körper kommen, und nicht nur mit einem Stück, das aus ihnen heraushängt.

Doch als Dellwood Barker fertig war, hat es für Ida keinen einzigen Tropfen gegeben.

Ida Richilieu hat ihm in das linke Auge gesehen, dann hat sie ihm in den Schwanz geschaut, dann hat sie ihm wieder in das linke Auge gesehen.

»Du bist Dellwood Barker, stimmt's?« hat Ida gefragt.

Ich war draußen im Schuppen und ganz allein.

Er war nicht da. Aber dann hat er an die Türe geklopft. Er ist eingetreten. Da stand er nun, Dellwood Barker. Und auf einmal war alles ganz anders.

Als ich Dellwood Barker das erste Mal sah, damals in Owyhee City, da hab ich gemeint, es wär bloß ein Traum. Ich hab die Augen zugemacht, hab mir etwas gewünscht, nämlich ihn, hab die Augen aufgemacht, und da ist er durch ein Stück Licht von der Größe einer Tür aus dem Dunkel getreten.

Weil ich gesehen hatte, wie Blumenfeld und sein Deputy ihn zusammenschlugen, und dann selber genauso zusammengeschlagen worden war, damals, in der Nacht, als er in der Gefängniszelle die Hand in das Mondquadrat steckte, hab ich schließlich gemeint, daß ich mir Dellwood Barker gar nicht zusammenphantasiert hatte, sondern daß ich in Wirklichkeit er war.

Später, als er wieder Dellwood Barker war und ich wieder ich selber war, da ist die Trennlinie zwischen ihm und mir jedesmal wieder ganz dünn geworden, wenn Dellwood damit anfing, wie es kommt, daß wir so sind, wie wir sind, nämlich wegen dieser Geschichte, die wir uns über uns selber erzählen.

Und dann die Fotografie mit meiner Mutter, seiner Frau, und mit Dellwood Barker, meinem Vater.

Und dann die Geschichte zwischen mir und Dellwood Barker, und wie wir uns gefickt haben und wie lange und welchen Spaß wir beim Ficken hatten, und das Bewegen Bewegen, und der Wilde Mann im Mond.

Aber selbst vorher, noch bevor Dellwood Barker auftauchte, hatte es Ich und Nicht-Ich gegeben und den Streit zwischen den beiden Hälften darüber, wer von beiden wirklich ich war.

Es war daher so, daß an dem Tag, als Dellwood Barker anklopfte, eintrat und einfach da war, mein Körper nicht gewußt
hat, was er tun sollte außer dem, was mein Körper immer getan
hat, und das ist, einfach losstürzen. Füße wollten rennen, Herz
pochte wie wild, Atem ist geflogen, Arme streckten sich aus nach
Berührung, Hände ballten sich zu Fäusten, Schwanz wurde steif,
Kopf hat sich angestrengt, *die* elementare Befindlichkeit zu ah-
nen.

Schaun, wer ich war, war, wer ich war. Versuchen, selber
genug zu sein, um mich selber zusammenzuhalten. Genug
Mensch zu sein, damit mir dies widerfahren konnte, damit mir
Dellwood Barker widerfahren könnte.

Ida hatte ihn saubergemacht. Sie wußte, daß ich ihn für meinen
Vater hielt, aber die alte Hure hatte ihn trotzdem saubergemacht
und zum Schuppen gedeutet.

Er trug ein weißes Hemd, eine saubere Hose, blankgeputzte
Stiefel. Sein Haar war noch immer naß und glatt nach hinten
gestrichen und roch nach Frisör. Fern Hurdlika hatte ihn rasiert,
hatte ihr Rasiermesser geschärft und die weiße Haut von Dellwoods Wangenknochen bis hinauf an den Haaransatz ausgewei-
tet. An den Koteletten war das Haar schwarz, an den Schläfen
silbern.

»Vollmond heute«, hat Dellwood gesagt und seine grünen
Augen haben geleuchtet, während er mein linkes Auge durch-
bohrte. »Geht voll ins Herz. Und der Mond ist nicht nur voll im
Herzen, wir haben obendrein auch noch Mondfinsternis. So
steht es in meinem Buch. ›Eklipse des Mondes‹ steht da geschrieben.«

»Eklipse?« hab ich meinen Mund sprechen gehört.

»E...K...L...I...P...S...E«, hat Dellwood buchstabiert, »das
heißt: Wenn die Erde zwischen die Sonne und den Mond kommt,
dann wird der Mond dunkel.«

»Immer kommt was dazwischen«, hab ich gesagt.

»Nicht heute nacht, Schupp«, hat Dellwood gesagt, und der Geruch von ihm und vom Frisör ist immer näher gekommen.

»Voll ins Herz«, hat Dellwood gesagt und die Arme um mich gelegt und sich an mich gedrückt. »Der beste Mond im ganzen Jahr für das Zusammensein mit dem Menschen, den du liebst.«

Ich hab mich umgeschaut – die Hudson-Bay-Decke auf meinem Bett, das Tierfell, der Ofen, das Brennholz, der Flecht-Teppich, der Vorhang, der eigentlich doch ein Unterrock war, das Fenster, durch das meine Mutter zum letztenmal lebendig gesehen worden war, der Spiegel, die Kerosin-Lampe – alles wie von innen geglüht. Hab mir gedacht, vielleicht wär's der Sonnenuntergang, der alles so zum Glühen brächte. Es war aber nicht der Sonnenuntergang. Es war Dellwood Barker.

»Liebe!« hab ich gesagt.

»Eklipse – so was gibt's im ganzen Leben eines Waschbären nur ein einziges Mal, und dann ausgerechnet heute abend – für dich und für mich«, hat Dellwood gesagt. Und dann hat er alles auf einmal hervorgebracht:

»Ich hab es immer gesagt: Zuallererst machst du die Geschichte zum Ereignis in deinem Kopf, und die Welt wird dann nachkommen, früher oder später. Dich in den Armen zu halten, das ist die Geschichte, die ich mir seit Buffalo Head immer erzähle. Da sollte ich überhaupt nicht verwundert sein, daß du jetzt neben mir stehst – aber eins sag ich dir, Sohn, ich komm einfach nicht drüber weg, was für ein irres Wunder das ist, daß ich dich wiedergefunden habe. Mein wundes Herz ist ja so glücklich, dich wiederzusehen. Kann dir gar nicht sagen, wie glücklich.«

Dellwood hat die Hand aufs Herz gelegt, als er das von seinem wunden Herzen sagte, und danach hat er seine Hand auf mein Herz gelegt, auf das Loch in meinem Herzen.

»Man hat auf dich geschossen, hat Ida erzählt«, sagte Dellwood. »Alles wieder in Ordnung?«

»Ich bin am Leben«, hab ich gesagt. »Und mit meiner ganzen Familie beisammen. Jetzt bist du ja da.«

»Wer hat auf dich geschossen?« hat Dellwood gefragt.

»Charles Smith hat auf mich geschossen«, hab ich gesagt. »Er ist jetzt tot. Wenn du lang genug bleibst, werd ich dir die Geschichte erzählen«, hab ich gesagt.

»Uns gehört alle Zeit der Welt«, hat Dellwood gesagt. »Heute nacht wird's für immer besiegelt.«

»Besiegelt?« hab ich gefragt.

»Du und ich beisammen, und Vollmond im Herzen, und dann noch Mondfinsternis«, hat er gesagt. »Ich kann es überhaupt nicht fassen, daß du die Sache von der Mondfinsternis nicht weißt.«

»Was gibt's da zu wissen?« hab ich gefragt.

»Es gibt alle möglichen Geschichten über Mondfinsternis«, hat Dellwood gesagt und hat sein Hemd ausgezogen, während ich meins auszog. »So wird erzählt, daß wenn der Mond dunkel ist – für die kurze Zeit, wenn der Mond völlig dunkel wird –, Männer zu Frauen werden können und Frauen zu Männern. Hab auch gehört, daß Liebende beim Ficken die Grenze überschreiten, und einer wird zum andern.«

Dellwood Barker hat sich vor mich hingestellt und seine Hand gegen das Loch in meinem Brustkasten gelegt.

»*Berdache*-Indianer der alten Zeiten sagen: Während der Mondverdunkelung kann Wissen Verstehen werden – damit du fassen kannst, wer du bist und wer du denkst, daß du bist«, hat Dellwood gesagt. »Und die meisten Menschen können es nicht ertragen, daß, wer sie sind, auch *ist*, wer sie denken, daß sie sind, da werden sie am Ende total verrückt.«

Dellwood Barkers Mund an meinem Ohr, Dellwood Barker wieder in meinen Armen!

»Hab auch gehört, daß du mit deinem Schatten sprechen kannst, und dein Schatten wird dir antworten«, sagte Dellwood,

».. . das ist nämlich so, weißt du: Das Dunkel des Mondes ist ein Schatten – schau, die Erde tritt zwischen die Sonne und den Mond, und was den Mond verdunkelt, ist der Schatten der Erde. Dann geschieht genau das, was mein Buch sagt: Die Sonne – die ja die Quelle des Lichts ist – wird von der Erde abgeblockt. Die Erde ist der Ort, wo wir alle meinen, der zu sein, der wir zu sein glauben, und dies Denken, daß wir sind, wer wir sind, der Erdschatten, wird auf den Mond geworfen, der Mond ist unser geheimes Selbst – das Geheimnis liegt in der Tatsache, daß wir nämlich gar nicht sind, wer wir zu sein glauben.«

Mein Gesicht lag in der Biegung von Dellwoods Hals. An seine Haut gedrückt, hat mein Ohr gehört, wie in ihm die Sprache nach oben gekommen ist.

»Jedenfalls, und das ist der Kern der ganzen Sache«, hat Dellwood gesagt, »während der Mondfinsternis läuft alles so, wie es normalerweise nicht läuft.«

Der Mond war ein Stück Fenster auf den Laken und auf Dellwoods Rücken. Meine Hände haben in dem Stück Fenster auf seinem Rücken gelegen; und das Dunkel hat sie nicht berührt.

»Weißt du einen Ort, wo wir eine ungestörte Sicht vom Himmel haben?« hat Dellwood gefragt.

Ich hab mich auf den Ellbogen aufgestützt. »Komm mir nach!« hab ich gesagt.

Sobald wir draußen gewesen sind, ist Metapher zu mir gelaufen und ist mir auf den Arm gesprungen, lächelnd, die Zunge hat ihm aus dem Gesicht gehangen. Abraham Lincoln hat mit seinen Lippen einen Pferdelaut ausgestoßen und hat genickt, als ich ihren Hals getreichelt habe.

»Wo ist Princess?« hat Dellwood gefragt.

»Charles Smith«, hab ich gesagt.

»Wir werden viel Zeit haben«, hat Dellwood gesagt.

Die Nacht war weit. Wir sind durch den Fluß gewatet, das Wasser war knöcheltief und hat bei Vollmond im Herzen geglänzt. Wir begannen zu steigen.

Als wir den Granitvorsprung erreichten, hab ich zu rennen angefangen. Bin hochgerannt und hab auf die Wiese unten geschaut. Der Mond war so groß, wie ich ihn noch nie gesehen hatte, und rot-orange, mit Augustfeuer.

»Dies hier ist mein Platz«, hab ich gesagt. »Wo Wissen zu Verstehen wird«, hab ich gesagt. »Die *Tybos* nennen ihn Indian Head, aber sein wahrer Name heißt ›Nicht-wirklich-ein-Berg‹.«

Dellwood hat den Arm um mich gelegt, und ich hab meinen Arm um ihn gelegt, und so sind wir dagestanden, ich mit Dellwood Barker gemeinsam an meinem Ort, ganz still ist er dagestanden, lange.

»Wer ist hier gestorben?« hat Dellwood gefragt.

»Gestorben?« hab ich gesagt.

»Hier ist jemand gestorben, den du gekannt hast«, hat Dellwood gesagt.

»Hier ist ein Mann mit Namen Big Foot gestorben«, hab ich gesagt.

»Hast du ihn gekannt?« hat Dellwood gefragt.

»Hab von ihm gehört«, hab ich gesagt, und dann: »Hier ist meine Mutter gestorben.«

»Deine Mutter?« hat Dellwood gefragt. »Hat Charles Smith sie auch umgebracht?«

»Wir haben viel Zeit«, hab ich gesagt.

»Und heut nacht werden wir es besiegeln«, hat Dellwood gesagt.

»Besiegeln?« hab ich gefragt.

»Während der Mond dunkel ist«, hat Dellwood gesagt. »Heut nacht werden wir zwei eins.«

Ich bin die Felsen hinuntergeklettert, Dellwood ist nachgekommen. Wir sind quer über die Wiese direkt zum Rand. Auf dem Felsen, in dem Kreis, den ich dort eingeritzt hatte, haben wir am Rand der Welt gesessen und unsere Füße herunterbaumeln lassen. Der Mond war ein vollkommen runder, rotorangefarbener Ball an einem blauen Nachthimmel.

»Es gibt da bei Mondfinsternis noch etwas Besonderes«, hat Dellwood gesagt. »Tote können wieder lebendig werden und umherwandeln.«

Ich hab mich umgedreht.

»Wir sollten besser gehen«, hab ich gesagt.

»Zu spät«, hat Dellwood gesagt. »Sieh doch!«

Der volle, rote Orangenmond hat im Herzen einen Erdschatten gehabt, der etwas aus ihm herausbiß.

»Heut nacht wird nichts dazwischenkommen«, hat Dellwood gesagt. »Da gibt's nur dich und mich und Bewegen Bewegen, und der Vollmond im Herzen wird verdeckt.«

»Und die Toten, die umherwandeln«, hab ich gesagt. »Meine Mutter, die umherwandelt«, hab ich gesagt.

»Und Männer, die zu Frauen werden, und Frauen, die Männer werden«, hat Dellwood gesagt. »Und Liebende, die miteinander eins werden.«

»Alles, was du versteckst, wird sich zeigen«, hab ich gesagt.

»Und du wirst dir selber gegenüberstehen, so wie du bist«, hat Dellwood gesagt.

»Und du wirst mir gegenüberstehen, so wie ich bin«, hab ich gesagt.

»Dein Schatten wird zu dir sprechen«, hat Dellwood gesagt. »Wissen wird Verstehen.«

Wir haben unsere Stiefel ausgezogen, bevor wir uns küßten. Wir lagen innerhalb des Kreises, den ich gezogen hatte. Bewegen Bewegen ist riesig groß geworden, so groß wie der Schatten, der in den großen, runden, vollen Orangenmond biß, der ganz weit weg am Himmel schwebte. Meine Hände lagen auf seinem orange-rot weißen Rücken, auf seinen Hüften im Mond.

Eintreten durch Überwinden von Widerstand.

Mein Loch die Frauenhöhle, Dellwoods Schwanz in mir, der Wilde Mann vom Mond, Mann wurde Frau, ich wurde Frau, ich Alma Hatch, Ida Richilieu, Grace Hammer, Ellen Finton, solche Weiber.

Außerhalb des Kreises draußen sind die Toten gewandelt. Meine Mutter, die Prinzessin, Dellwoods Frau, sie ist um den Kreis herum gewandert – ihre nackten Füße, ihr Lederrock und ihre rote Bluse.

»Augen«, hab ich zu meinen Augen gesagt, »seht meiner Mutter nicht in die Augen!«

Dellwoods Schwanz, der sich in meinem Innern bewegte, der Allezeit emporbrachte, der Schmerz machte. Penetration – das kann ich euch sagen – ob der Schwanz groß ist oder klein, du mußt dich öffnen, sonst tut es weh.

Geheimnis der Frauenhöhle heißt: Sich-öffnen, damit es nicht wehtut.

Geheimnis ist dies: Wenn du offen bist, wenn du Mond wirst, der Licht zurückwirft, dann gehört dir die Sonne, dann gehört dir alles.

Die Wahrheit ist die: Die meisten Männer wissen's nicht. Jeder traurige Mannskerl will unbedingt wissen, daß er lebt, und die Wahrheit ist die: Er erlebt es nur auf einem Weg, daß er lebt, indem er nämlich penetriert, Widerstand überwindet, sich hart dranmacht.

Der Beweis: Du gehst ins Dunkel, und du lebst.

Die Wahrheit ist die: Er hat Hunger nach den Mutterzitzen.

Frauenhöhle ist Mutterhöhle.

Jeder traurige, noch nicht entwöhnte Mann – mit dem Kopf oben in der Mutter, mit dem Schwanz oben in dir.

Die Wahrheit ist die: All die traurigen Männer sehen nicht auf ihre eigenen zwei Brustwarzen hinunter. Wissen überhaupt nicht, daß sie mitten im eigenen dunklen Geheimnis sitzen – in dem unentdeckten, nicht penetrierten Mondloch in sich selbst, das immer vollgepackt ist – von dem Inhalt, und von der Bedeutung davon –, davon haben sie nicht den leisesten Schimmer.

Die Wahrheit ist die: Der Mond, das Dunkle neben Dellwoods Kopf, war ein Kopf. Auf dem Boden gleich neben uns waren unsere stoßenden Schatten.

»Dein Vater, deine Mutter«, haben die Schatten gesagt. »Der Mann, die Frau«, haben sie gesagt, »das Licht.«

Jenseits der Schatten, jenseits des Kreises sind die Augen deiner Mutter zu glühenden Kreisen geworden, sie wurden zu groß, als daß du sie anschauen konntest, ich hab aber hingeschaut, hab mein linkes Auge in ihre Augen gegraben.

»Mutter«, hab ich zu Buffalo Sweet gesagt. »Du bist tot«, hab ich gesagt. »In dir ist für mich kein Platz, in Dellwood ist kein Platz für dich, er und ich, wir gehen für uns allein.«

»Schupp«, hat Dellwood gesagt und hat sein Gesicht ganz nah an meines gebracht, »schau mir ins linke Auge«, hat er gesagt.

Seine Augen waren sogar im Dunkel grüne Augen.

»Verzerr dein Gesicht. Ball die Fäuste. Mach deine Füße zu Klauen. Bring das Bewegen Bewegen aus den Eiern hoch, über den Hintern, am Rücken hoch, bis unter die Schädeldecke. Nicht ejakulieren!«

Als Licht durch meinen Körper geschossen ist, hab ich ejakuliert.

»Ich bin's«, hab ich gesagt, als ich er wurde. »Bin das ich?«

Wissen, Verstehen: Der Teufel hat kein Licht. Der Teufel ist bloß Schatten – unsere eigenen Schatten nennen wir Teufel, den Schatten, der immer dunkler wird.

Ida sagte, oben auf ihrem Zimmer warte ein großes Abendessen, zu Ehren von mir und Dellwood Barker. Soweit ich mich erinnern konnte, hatte Ida noch nie auf ihrem Zimmer zu Abend

gegessen – das heißt, mit mehr als einer andern Person gemeinsam, nämlich dem, für den sie ihr blaues Kleid trug, und das tat
sie immer nur dann, wenn sie ovulierte.

Ida hat diesmal nicht das blaue Kleid getragen, sie hatte ihr
weißes Kleid an. Auch Alma Hatch hatte das weiße Kleid an. Das
Tischtuch war weiß. Es waren Kerzen auf dem Tisch, in Kerzen-
ständern, die Ida ihre »Kandelaber« nannte. Ich hatte das Zimmer noch nie so rosig gesehen.

Ida gab Dellwood Barker am Tisch den Platz sich selbst gegenüber und Alma Hatch den Platz gegenüber von mir.

»Zum Essen gibt's Steak und Whiskey und Brot«, hat Ida
gesagt.

Weil kein Steak und kein Brot auf dem Tisch waren, haben wir
mit dem Whiskey angefangen.

Ida goß die vier Schnapsgläser auf dem weißen Tischtuch bis
an den Rand voll. Ida hat das Glas als erste gehoben, hat Dellwood zugeprostet und gesagt: »Hallo, Fremder.«

Wir haben unsere Whiskeys hinuntergeschüttet, keiner hat ein
Wort gesagt, anschließend hat Ida eine neue Runde eingeschenkt.

Ich hab mich am Tisch umgeschaut. Alma Hatch, mit dem
rosigen Licht im Zimmer auf ihrem weißen Kleid und auf ihrer
Haut, hatte ich noch nie so schön gesehen. Und Ida Richilieu
auch nicht – in ihrem weißen Kleid, mit dem hochgesteckten
Haar, mit den Rheinkieseln im Haar. Und Dellwood, im weißen
Hemd mit Kragen, schön ist er gewesen, ist die helle Haut, die
Linie seiner Koteletten gewesen, schön waren seine grünen Au-
gen, war das glatt nach hinten gekämmte Haar.

Es war so, daß Ida immer nur die ersten zwei Runden eingeschenkt hat, danach mußte jeder für sich selbst sorgen. Ich bin
diesmal der erste gewesen, der sich einen dritten Drink beschafft
hat – Ida Richilieu, Alma Hatch und Dellwood Barker zusammen
in einem Zimmer, das schien mir Grund genug zum Trinken.

Dauerte aber gar nicht lang, und Ida erzählte ihre Geschichte von der gefiederten Boa und hat sich auf die Knie geschlagen, als sie sagte: »Er hat nicht nach dem Bogen und der Feder gegriffen. Er hat nach der gefiederten Boa gegriffen!«

Mit dieser Geschichte hat Ida angefangen, um anschließend dann auf ihre Weise all die andern Geschichten zu erzählen. Die Geschichte, wie sie mit zwanzig Huren hinter mir hergerannt war. Ihr Hotel rosa angestrichen hatte. Wie sie Alma gefickt hatte. Und bei Ida wurde immer aus allem mehr, als es in Wirklichkeit gewesen war, wobei sie ununterbrochen erklärt hat, sie erzähle da nur die reine Wahrheit – wobei die reine Wahrheit für Ida von ihrer persönlichen Wahrheit niemals sehr weit entfernt war.

Während Ida erzählt hat, ist Dellwood aufgestanden, um sich noch einen Whiskey einzuschenken. Da ist auch Alma aufgestanden und hat Dellwood ihr Glas hingehalten, und er hat ihr voll eingegossen, und dabei hat Dellwood gelächelt, und Alma hat mit den Wimpern geflattert.

Alma Hatch hatte diesen Blick – die Art von Blick, den Ida immer bekommen hat, wenn sie ihr blaues Kleid anhatte, nur ist es diesmal nicht Ida gewesen.

»Du bist ein so gebildeter Herr, Dellwood«, hat Alma gesagt. »Hast du Vögel gern?«

»Bis zum sechzehnten September ist der Mond am Abnehmen«, hat Dellwood ihr geantwortet. »Falls du Kartoffeln in der Erde hast, solltest du mit dem Ernten besser bis zum sechzehnten abwarten.«

»Ach, die Missetäterinnen, sind ja so gern Sünderinnen. Ran an die Mormonen, gebt es ihnen«, hat Ida gesummt.

Wir gossen uns alle noch einen Whiskey ein.

Es war schon eine Zeitlang, nachdem ich aufgehört hatte zu zählen, beim wievielten Glas ich angelangt war, als mir plötzlich eingefallen ist, daß wir noch immer nicht gegessen hatten. Und auf einmal hat Ida Richilieu ihr Glas beiseite gestellt, hat den leeren Teller, das Messer, die Gabel, den Löffel und die Serviette von sich weggeschoben, hat sich mit dem Ellbogen auf den Tisch gestützt, hat die Hände zu Fäusten gemacht, hat mit den Fäusten auf den Tisch geschlagen und hat gebrüllt:

»Raus mit der Sprache, Mr. Superman-Der-In-Den-Mond-Verliebt-Ist-Dellwood Barker: Was zum Teufel hat Ihr Arsch hier in Excellent, Idaho, zu suchen?«

Und was ich da gesehen hab, als ich den Kopf nach Ida umdrehte, war eine Ida voller Angst. Voller Angst vor Dellwood Barker, meinem Vater; voller Angst wegen der Lüge, die sie über mich und meine Zwillingsschwester erzählt hatte.

Die meisten Männer wären so vernünftig gewesen, aufzustehen und sich davonzumachen, solange es ihnen noch möglich war. In Idas Hotel zu sein, auf Idas Zimmer in Idas Hotel, an Idas Tisch zu sitzen und Idas Whiskey zu trinken – das war für einen traurigen Kerl wirklich nicht der passende Ort, wenn Ida die Berglöwin gegen dich herauskehrte.

Aber Dellwood Barker war kein trauriger Kerl. Er hat Ida Richilieu in das linke Auge geblickt, und Idas Augen haben gezuckt – die einzigen Male, als ich dies Zucken sonst bemerkt habe, war bei meiner Mutter, bei Buffalo Sweets, und an dem Tag, als Alma Hatch im Saloon aufgekreuzt ist.

»Ich bin einzig und allein aus einem Grund hier«, erklärte Dellwood Barker.

»Sie sind hier wegen Schupp«, sagte Ida.

»Nein«, erklärte Dellwood Barker. »Ich wußte ja überhaupt nicht, daß Schupp hier ist.«

»Du bist meinetwegen hergekommen, nicht wahr?« hat Alma gesagt.

»Nö«, hat Dellwood gesagt. »Nur aus einem einzigen Grund bin ich hier«, hat er gesagt.

»Zum S...Ü...N...D...I...G...E...N«, hat Dellwood Barker gesagt.

»Oh, diese Menschheit!« hat Ida Richilieu da gesagt und sich auf die Knie geschlagen. »Herrlich!« hat sie da gesagt.

»Herrlich! Herrlich!« hat sie gesagt.

Wir haben uns ein neues Glas eingeschenkt.

Anschließend hat Ida Richilieu Dellwood Barker alles gefragt, was ein Mensch überhaupt von einem andern Menschen wissen wollen kann. Wo er geboren war, wer seine Eltern waren, wo er großgeworden war, wo er so Klavier spielen gelernt hat, woher er seine Bildung hatte, wo er wohnte, wieviel Geld er besaß und wen er am liebsten fickte – Männer oder Frauen.

Dellwood Barker hat auf jede Frage geantwortet, die ihm Ida Richilieu stellte. Hat bei seiner Menschengeschichte mit nichts zurückgehalten: Wie seine Eltern in Robber's Roost ums Leben gekommen waren, was er vom *Berdache* Foolish Woman gelernt hatte, warum Klaviere ihn immer verrückt machten. Hat von seinem Buch *Geheimnisse des Mondes* erzählt, und von den ganzen speziellen Zeiten, wenn man gewisse Dinge essen muß und wann man sie nicht essen darf, wann man sich die Ohren putzen und Geschlechtsverkehr haben sollte. Er hat sogar von Bewegen Bewegen erzählt und vom Wilden Mann vom Mond. Hat erklärt, es käme ganz auf die Person an, und nicht auf das Geschlecht der Person, wen er am liebsten fickte. Hat gesagt, daß er am liebsten mich fickte.

»Schupp?« hat Alma gesagt.

»Warum?« hat Ida gefragt.

»Weil ich ihn liebe«, hat Dellwood gesagt.

Alma Hatch war den ganzen Abend über meist ganz lüstern still gewesen, außer daß sie bei ›Sündigen‹ gelacht hat und dann und wann einen Vogellaut ausgestoßen hatte, und hatte Dellwood bei jeder Gelegenheit immer ganz komisch von der Seite angesehen. Aber als Dellwood das sagte – daß er mich liebte –, von da an hat sich an Alma Hatch etwas verändert, so wie wenn in ihr eine langsame Zündschnur angezündet worden wäre.

»Schon mal verheiratet gewesen, Mr. Barker?« hat Alma gefragt.

Da hab ich Ida angesehen, und Ida hat mich angesehen und hat dann Alma angesehen. Alma hat den Blick nicht gesenkt.

»Jawoll«, hat Dellwood gesagt. »Vor vielen Jahren. Mit einer indianischen Frau namens Buffalo Sweets. Hab sie aber verloren, sie und die Zwillinge, einen Jungen und ein Mädchen. Winterfrost.«

»Mit einer *Indianerin*?« hat Alma gefragt.

»Vom Stamm der Bannock«, hat Dellwood gesagt.

»Deine Mutter ist doch eine Bannock gewesen, nicht wahr, Schupp?« hat Alma gesagt.

Dellwood hat mir mit beiden Augen in das linke Auge geschaut.

»Shoshonin.« Ich hab meinen Whiskey hinuntergeschüttet und mir gleich wieder einen eingeschenkt. Habe Ida angestarrt, und Ida hat Alma angestarrt. Alma hat zurückgestarrt.

»Wie hat sie geheißen?« hat Dellwood gefragt.

»Princess«, hab ich gesagt.

»Princess!« hat Dellwood gesagt.

»Aber hier bei uns hat sie einen andern Namen gehabt, oder?« hat Alma gesagt.

»Ich hab sie billige Hure genannt«, hat Ida gesagt und Alma nicht aus den Augen gelassen.

»Entschuldigt mich«, haben meine Ohren meinen Mund sagen gehört. »Ich muß pinkeln.«

Ich bin aufgestanden, hab auf meine Füße hinuntergeblickt und beobachtet, wie sie aus Idas Zimmer hinausgingen, auf den Flur und dann durch die hintere Tür zum Geländer im zweiten Stock. Hab zugeschaut, wie ich über das Geländer wegpißte.

Als ich mich umgedreht hab und in Idas Fenster hineingeblickt hab, als ich diesmal in Idas Zimmer schaute, hab ich Ida nicht dabei angesehen, wie sie menschliche Geschichten in ihr Tage-

buch schrieb, diesmal hab ich gehört, wie sie eine Menschengeschichte erzählt hat; meine eigene nämlich.

Ida Richilieu hat die Geschichte erzählt, und Alma Hatch und
Dellwood Barker haben ihr zugehört. Und dies ist's, was ich da
mitgehört habe:

»Ich habe nie einen Jungen erlebt, der seine Mutter sosehr
geliebt hat wie Schupp. Hat die meiste Zeit über immer nur auf
irgendein Zeichen von Beachtung gewartet. Hat sie umsorgt wie
ein Mann, der um sie wirbt. Hat ihr Zimmer saubergemacht, hat
aufgepaßt, daß sie richtig aß, hat für sie Botengänge gemacht, hat
an ihrer Seite geschlafen, wann immer das möglich war, hat aus
der Pferdetränke Wasser für ihr Bad nach oben getragen – jeden
Tag vier Eimer hoch, über die Hintertreppe. Hat morgens sogar
den Donnerpott nach draußen hinausgetragen, und sie hat
Schupp behandelt wie einen Knecht. Hat das auch offen gezeigt.

Aber versteht mich nicht falsch. Schupp war kein Dummkopf.
Wenn Schupp nicht seine Mutter bedient hat, war er ein total
anderer Mensch. Schon als kleiner Knirps hat dieser Kid wochenlang verschwinden können, konnte draußen in der Natur
leben, so wie ein Tier. So was hab ich noch nie erlebt. Wie ein
Hirsch hat der laufen können. War im Nu verschwunden. Meist
hast du gar nicht gemerkt, daß er überhaupt da war. Er war noch
keine fünf Jahre alt, da hat man sich über diesen Kid schon
Hunderte Geschichten erzählt. Einmal – da hatte Billy Blizzard
draußen vor dem Haus gerade sein Pferd getötet, da hat Schupp
einen Anfall bekommen – ist er herumgetanzt und hat geschrien
wie jemand, der den Verstand verliert, mit Schaum vor dem
Mund. Hat zwei Tage lang nur geweint.

Dann die Sache mit Billy Blizzard, Gott schütze mich – und
ihn. Der hat diesen Kid vor unseren Augen vergewaltigt. Hat
Schupp eine Waffe an den Kopf gehalten und ihn hier gefickt, so,
daß ich's hab mitansehen müssen, und seine Mutter hat's auch
mitansehen müssen – das ganze verdammte Haus hier hat's

gesehen. Wir dachten, Billy hätt' den Kid umgebracht. Ich bin nach unten gerannt und Billy hat mich bös geschlagen und dann mit den Füßen getreten, hat mich für fast drei Monate stillgelegt. Billy Blizzard ist auf'n Pferd gesprungen und hastewaskannste von hier weg, und die Princess auf dem Wagen hinter ihm her, und hat die Maultiere zur Verfolgungsjagd angetrieben. War aber nicht vor dem Frühjahr drauf, daß sie gefunden worden ist. Schupp hat auch die roten Stiefel von Billy Blizzard gefunden – was manche Leute als Beweis dafür ansehen, daß er tot ist. Aber ich nicht. Dieser komische Ring von Billy Blizzard war nämlich nicht am Finger, und ich werd nicht glauben, daß er tot ist, bis es einen besseren Beweis gibt als nur ein Paar Stiefel und ein paar alte Kleidungsstücke.

Mit dem Frühling ist Schupp wieder auf den Beinen gewesen, aber in Ordnung war er nicht. Er hat seine ersten Worte auf englisch gesprochen – wenigstens die ersten, die ich von ihm gehört habe – hat gesagt: *Sie war die Seele von allem.* Hat mir verdammt fast das Herz gebrochen.

Seine Mutter hat auf ihn gezeigt und gesagt: ›Schuppen‹ – womit sie gemeint hat: ›Geh raus in den Schuppen!‹ So hat er seinen Namen bekommen.

Und ich erzähle euch das, Mr. Dellwood Barker, und dir, Mrs. Alma Hatch, weil es die heilige Wahrheit ist – genauso ist es gewesen. Und falls ihr etwas anderes hört, ist's eine menschliche Verdrehung. Ich erzähl euch das, weil ihr die Tortur und den Schmerz begreifen müßt, mit denen dieser Kid in seinem Leben hat fertigwerden müssen, und darüber dürfen nie Späße gemacht werden, da muß man sich raushalten. Es ist einfach viel zu schmerzvoll.

Das ist der Grund, warum wir nie von seiner Mutter sprechen«, hat Ida gesagt.

»Habt ihr mich verstanden? Alma Hatch?
Dellwood Barker?«

Ich hatte Idas Fassung von meiner Geschichte vorher noch nie gehört. Während sie das erzählt hat, hab ich nur eins gesehen, mein Spiegelbild im Fenster. Hab vor mir Dumm Daves Strichmännchen gesehen – Papierfetzen mit Zeichnungen von mir, auf denen ich das tat, was Ida erzählte – dazu Pferde, die aus dem Boden wuchsen, Häuser mit Geschichten, Bäume mit Armen und Beinen. Vollmond und ein blutiges Messer, das in ihm drin steckte, von Ohr zu Ohr.

Die Wahrheit nach Ida Richilieu.

In Wahrheit hat Ida aber gelogen. Idas Geschichte von mir – so hab ich's gesehen – war überhaupt nicht die Geschichte von mir und meiner Mutter. Das war in Wahrheit die Geschichte über mich und Ida Richilieu.

Die Geschichte von einem Verrückten, erzählt von einer Verrückten.

Da sollte man sich nur wundern.

Ich hab noch immer am Fenster gestanden, als Dellwood Barker auf die Veranda hinaustrat. Er hat auch über das Geländer gepißt, und sich dann eine Zigarette angesteckt.

»Ist das aber eine Geschichte, deine Geschichte«, hat Dellwood Barker gesagt.

Ich hab nicht zu Dellwood hinübergeschaut, hab weiter ins Fenster hineingesehen. Ida Richilieu hat ausgeholt und hat Alma Hatch so hart geschlagen, daß es Alma zu Boden warf. Alma hat sich die Hände über den Kopf gehalten, zum Schutz. »Tut mir leid, Ida, tut mir leid«, hat Alma gesagt. »Ich weiß gar nicht, was in mich gefahren ist. Ich werd es nicht wieder tun. Ich verspreche es!«

»Nicht gerade das beste Thema in dieser Umgebung, deine Mutter«, hat Dellwood gesagt.

»Nö«, hab ich gesagt.

»Deine Mutter hat er umgebracht und dich vergewaltigt, wie?« meinte Dellwood. »Dieser Billy Blizzard?«

»Jawoll«, hab ich gesagt.

»Schupp?« hat Dellwood gesagt. »Warum hast du mir das nicht erzählt? Das von dir und deiner Mutter?«

»Sie ist gestorben, und ich bin am Leben geblieben«, hab ich gesagt.

»Aber warum hast du mir nichts davon gesagt?« hat Dellwood gefragt.

»Hab nicht gewußt, wie ich davon anfangen sollte«, sagte ich. »Und außerdem«, hab ich gesagt, »warst du bis jetzt immer viel zu sehr mit deiner eigenen Geschichte vom Mond beschäftigt.«

Als Dellwood mit mir in Idas Zimmer zurückkehrte, hat es endlich Abendessen gegeben: Die Steaks und das Brot waren auf dem Tisch. Jeder hat ein neues Glas Whiskey bekommen. Ida und Alma saßen wieder am Tisch, Ida an ihrem Platz, Alma an ihrem, und beide haben gelächelt und so geredet, wie wenn überhaupt nichts gewesen wäre.

Mit Dellwood Barker ist aus unserer Familie zu dritt – Ida, Alma und ich – ganz mühelos eine Viererfamilie geworden; das heißt, mit Ausnahme von Alma Hatch. Und die Schwierigkeit war die, daß Alma glaubte, sie hätte sich in Dellwood Barker verliebt.

Alma Hatch hat gedacht, es wäre Liebe. Aber Liebe war das nicht. Es war auch nicht das Tollkraut. Es hat nur daran gelegen, daß Alma Hatch eben so war, wie sie war.

Und Almas Geschichten sind ja immer so gewesen: Alma hat einen Mann gesehen und hat sich in ihn verliebt, wie aus dem Blauen, genauso schnell und unerwartet, wie sie auch ihre Vogellaute ausgestoßen hat. Und kaum hat sie ihn gesehen und sich in ihn verliebt, da hat Alma Hatch auch schon angefangen, ihn zu hassen. Sich verlieben – Alma Hatch hat einfach nicht anders gekonnt, und weil sie nicht anders konnte, hat sie's gehaßt. Hat den Mann gehaßt, weil sie ihn liebte. Hat ihn gehaßt, weil sie liebte und er sie deshalb penetrieren würde, was ihr verhaßt war, weil sie's so sehr geliebt hat.

Das alles ist in einem Augenblick passiert – bevor Alma mit dem Mann auch nur ein Wort gewechselt hatte. Der Mann war bloß ein weiterer trauriger Kerl, der an der Bar einen trank, Alma Hatch ist auf den Mann zugegangen und keine fünf Minuten später waren die beiden nach oben auf ihr Zimmer und machten, was Alma am liebsten tat und am meisten haßte. Die Affäre hat gewöhnlich nur zwei Wochen gedauert. Alma hat alles gefühlt, was es zu fühlen gab. Hat Orgasmen erlebt wie noch nie. Hat sich benutzt und mißbraucht gefühlt. Fand sich schön und erfüllt. Kam sich bloß vor wie eine wandelnde Möse und ein Arschloch und ein wandelnder Mund. Fühlte, daß sie endlich verstanden hatte, was Liebe ist. Fühlte, daß sie sich selbst verlor. Sie hat Gedichte geschrieben, und manchmal ist sie mitten beim Ficken runtergestiegen und hat sich ein Laken vorgehalten und ist ans Geländer gegangen und hat eines von ihren Gedichten aufgesagt, so daß der ganze verdammte Salon es hören konnte.

Und der arme Kerl, in den sie sich verliebt hatte, der hat ja die ganze Zeit über keine Ahnung gehabt von dem, was da vorging, so wie man die Geschichte von ihm hörte – er war da eines Abends auf ein Glas hereingekommen, und diese langhaarige Schönheit hatte ihn haben wollen, und deshalb hat er sie sich genommen.

Aber am schlimmsten hat Alma Hatch sich bei Dellwood Barker aufgeführt, und ich glaube, so besonders schlimm ist sie deshalb gewesen, weil sie tatsächlich geglaubt hat, daß sie ihn liebte. Und am allerschlimmsten deshalb, weil Dellwood Barker sie auch geliebt hat – ich meine, auf die Art, wie wir uns alle liebgehabt haben.

In unserer Familie – in der Zeit, als unsere Familie aus uns dreien bestand, da hat uns eins gefehlt, und das war ein Vater.

Als aus uns dreien dann vier geworden sind, und weil der vierte von uns dann Dellwood Barker war, da war's nicht mehr so, daß uns ein Vater gefehlt hat.

Daß er für mich Vater war, daß er mein Fleisch und Blut war – das haben nur Ida und ich gewußt. Vater für Ida in dem Sinn, daß sie Mutter war und Dellwood ihrem früheren Mann so ähnlich war. Doch soweit es Alma Hatch betraf, war Dellwood Barker nicht so sehr Vater als vielmehr *Daddy*.

»Das war wie bei dir und deiner Mutter, genauso«, hat Dellwood mir erklärt. »Alma hat von ihrem Vater nie die Liebe bekommen, die sie brauchte, und das ist nun die Geschichte, die sie sich bei fast jedem verdammten Kerl erzählt, dem sie begegnet. Du hast mir erzählt, daß du versuchen mußt, dich von der Frauenhöhle zu lösen – aber was ist mit Alma? Sie weiß ja nicht mal, daß sie sich befreien muß, und erst recht nicht, wovon.«

Alma Hatch war bei Dellwood Barker deshalb am allerschlimmsten, weil Dellwood Barker nicht einfach bloß noch so ein armer Kerl war, sondern weil Dellwood Barker ein Verrückter war, besonders wenn's um die Geschichten anderer Menschen gegangen ist und darum, wie Menschen sich ihre eigenen Geschichten erzählen. Bei Alma Hatch hat Dellwood Barker eine Geschichte entdeckt, wie sie so einfach und klar sonst selten erzählt wird. Und deshalb hat Dellwood Barker sich da genau eingefügt und hat all die Lücken ausgefüllt, die in der Geschichte von Alma Hatch gefüllt werden mußten. Dellwood hat mitgespielt, er hat den Teufel gespielt, er hat das Feuer angefacht, damit Alma Hatch alles fühlen konnte, was sie unbedingt fühlen mußte – so herrlich, so qualvoll wie noch nie.

Mit Ida Richilieu hat Dellwood Barker es genauso gemacht. Er hat die leeren Stellen ihrer Geschichte gefüllt, die ausgefüllt werden mußten. Dellwood hat sich zurückgelehnt und hat Ida ganz Ida sein lassen. Er ist zu ihrem größten Bewunderer geworden. Hat mit ihr gemeinsam die Mormonen gehaßt. Hat mit ihr über Schwänze geredet. Hat immer ihre Partei ergriffen. Hat sie behandelt wie eine Königin, als Autorität, als Person, die alles im Griff hat. Hat auch ihr Feuer entfacht, auf die Art, wie Ida das brauchte, indem er ihr nämlich immer in allem recht gab, außer wenn es um Philosophie ging. Wann immer es um philosophische Dinge gegangen ist, hat Dellwood Barker Ida Richilieu in jedem Punkt widersprochen. Beide hatten auch eine Menge englische Literatur gelesen, aber über Literatur haben sie sich hauptsächlich gestritten, weil, wie Dellwood sagte, »du von englischer Literatur überhaupt nicht reden kannst, ohne auch von Philosophie zu reden«.

Dellwood hat sich mit Ida gestritten, weil, so hat er gesagt, er gewußt hat, daß Ida solche Auseinandersetzung brauchte. Weil sie jemand brauchte, der so klug war wie sie, um sich zu streiten. Und da hat er sie also bedient.

Ich nehme an, daß Dellwood Barker mein Feuer auf gleiche Weise angefacht hat, auch wenn er gesagt hat, daß er's nicht täte – nicht könnte, weil er mich so liebhatte.

»Die meisten Menschen sind verdammte Narren«, hat Dellwood gesagt, »und haben gar keine Ahnung, daß sie sich bloß erfinden. Aber mit dir ist das anders, Schupp. Du lebst mit dem Wissen und Verstehen, daß, wer du bist, eine Geschichte ist, die du dir zurechtgemacht hast, um den Mond von dir fernzuhalten«, hat Dellwood gesagt. »Und weil du weißt, wie das ist, wenn man ohne eine Geschichte lebt, kennst du dich mit Geschichten aus, du bist Experte und weißt, was Geschichten bewirken.«

»Was ist ein menschliches Wesen ohne seine eigene Geschichte?« hat Dellwood gesagt. »Ein Halbblut und Perverser, ein Kid, der einem Kiebitz hinterherrennt, der in Fenster reinschaut, zu den Leuten da drinnen, der sieht, für was die sich selbst halten und wie ihre Geschichte läuft – und wie sie damit davonkommen.«

Ich hab lange über das nachgedacht, was Dellwood Barker da

über mich sagte. Kam zu folgendem Schluß: Es gab doch eine Geschichte, an die ich glaubte, an die ich noch immer glaube: Wir sind eine Familie gewesen. Ida Richilieu, Alma Hatch, Dellwood Barker und ich waren eine Familie.

Zu einem besonders schönen Ding unseres Familien-Seins ist es gekommen, nachdem Ida Richilieu Dellwood Barker das Klavierspielen beigebracht hat. Hat gar nicht lang gedauert, und Dellwood hat das Weinen beherrschen können. Und dann hat es gar nicht lang gedauert, und Dellwood Barker hat wirklich schöne Musik gespielt. Wie gern bin ich dagesessen und hab ihm zugehört! Ida hat seine Musik auch gefallen. Und Alma Hatch hat Dellwoods Musik natürlich überhaupt für die schönste Musik gehalten. Hat gesagt, seine Musik gäbe ihr das Gefühl, wie wenn sie flöge. Du kannst dir gar nicht vorstellen, was für Vogellaute sie dann immer gemacht hat. Ida hat gesagt, seine Musik wäre *klassisch*. Dellwood mußte ihr natürlich widersprechen. Er hat gesagt, die Musik wäre gar nicht *klassisch*, sie wäre *romantisch*. Darüber haben sie sich bis ganz zum Schluß gstritten.

Wenn Ida und Dellwood zusammen am Klavier saßen und Duetts spielten, dann sind sie ein und dieselbe Person gewesen, der männliche und der weibliche Teil von sich, und eins mit der Musik, die sie gemacht haben. Hat das Spaß gemacht, wenn die beiden dort spielten und Alma Hatch und ich tanzten, so wie *Tybos* tanzten – das heißt, wenn Alma nicht gerade schmollte oder gedroht hat, sie würde sich erschießen. Polkas haben wir getanzt und Walzer, Tänze, wie Idas Stamm und wie sie das Volk von Idas früherem Mann, die Italiener, tanzten. *Herrliche* Tänze, hat Ida sie genannt.

Ida und Dellwood haben manchmal zusammen geschlafen, aber gefickt haben sie nicht. Wenigstens glaube ich das. Ida hat Ficken nie wichtig gefunden, und weil es da mich gab und Ida genau wußte, was ich für Dellwood empfand, und weil sie sich erinnerte, was für einen Fehler sie gemacht hatte, als sie sich mit

Alma Hatch einließ und deshalb mich verloren hatte – und außerdem war da auch noch Alma Hatch, die hinter Dellwood her war wie eine läufige Mähre –, also, da hat Ida sich wahrscheinlich gedacht, daß Dellwood mit der menschlich sexuellen Geschichte schon alle Hände voll zu tun hatte. Und im übrigen hat Ida gesagt – oder war's Dellwood gewesen, der das gesagt hat: »Die sexuelle Geschichte ist immer nur eine von vielen Möglichkeiten, wie menschliche Wesen sich berühren können.«

Dellwood Barker hat viel Zeit mit Alma Hatch verbracht. So viel Zeit, daß ich mich nie dran gewöhnt habe. Es ist ein paarmal vorgekommen, da hab ich mir vorgenommen, Alma Hatch alle Haare vom Kopf zu reißen, wegen der Dinge, die sie gedreht hat – hat versucht, Dellwood wegen anderer Männer eifersüchtig zu machen, hat von der Wohlfahrt Kuchen gekauft und Dellwood Barker erzählt, die hätte sie selber gebacken, hat in ihrem Zimmer immer das eine oder andere entdeckt, was repariert oder an eine andere Stelle gerückt werden mußte, hat Dellwood Barker erzählt, daß sie von ihm ein Baby wollte, und hat ihn angebettelt, damit er ihr Bewegen Bewegen geben sollte.

Ich hab aber die Hand nicht gegen Alma Hatch erhoben. Der Grund lag an dem, was Dellwood über Alma Hatch und ihren Vater gesagt hatte, und auch an dem, was Dellwood mir immer und immer wieder darüber gesagt hat, daß Liebe ganz groß und weit sei.

»Wenn du Liebe hast«, sagte er, »dann macht sie dich größer, dann gibt sie dir das Gefühl, daß du mehr und mehr teilen willst.«

Aber letzten Endes hab ich wohl gewußt, daß ich den Trumpf im Loch hatte, gewissermaßen. Das ganze Gerede über Liebe und vom großen Herzen aus Liebe und daß die sexuelle Geschichte nur ein Weg ist, um Liebe auszudrücken, ergab schon einen Sinn. Die Sache war aber die, und das hab ich mir immer gesagt – die Wahrheit war die, daß Dellwood Barker es mochte, daß ich ihn fickte. Er hatte so oft gesagt, daß er sein ganzes Leben damit verbracht hätte, ihn einzuschieben, und nun hätte er einen zuverlässigen umgekehrten Weg gefunden, und weil das ich war, Schupp, jemand, den er liebte, mit dem er es umgekehrt machte, und weil weder Ida noch Alma dafür ausgestattet waren, es umgekehrt mit ihm zu machen, war es so, daß die Sache mit mir anging, so als wäre sie vollkommen, wäre sie richtig Sünde.

Eines Tages hab ich auf Nicht-wirklich-ein-Berg gesessen und die Beine über den Rand baumeln lassen. Ich hab nachgedacht, über Wissen, das zu Verstehen wird, während ich hinuntergeblickt habe auf die Welt – auf die Bergzüge, auf Idas Haus, auf das Haus von Almas Zimmer, wo Dellwood Barker und Alma Hatch in dem Moment wahrscheinlich gerade fickten –, und da hab ich angefangen zu begreifen. Ich war ziemlich gut damit geworden, mein Bewegen Bewegen aufzubewahren, und es kam mir vor: Je mehr ich es aufbewahrte, um so mehr Wissen, um so mehr Verstehen, um so mehr Liebe schien ich zu haben.

Verstehen: Dellwood und Alma, das war ich, und Ida war ich auch. Wir vier zusammen – alle Geschichten, die erzählten, wer wir wären – waren die ganze Welt – beim Ficken und Streiten und Klavierspielen, eine Familie waren wir, die Geschichte der menschlichen Familie.

»Zusammenhalten«, wie Ida sagte.

»Durch dick und dünn«, sagte Dellwood.

»Komme, was wolle«, sagten sie.

»Eine Familie«, hab ich gesagt.

»Eine bessere Familie als alle Mormonenfamilien«, sagte Ida.

Mitte September, an einem Samstag, in der Nacht ist alles auseinandergefallen oder alles zusammengekommen. Alma Hatch war in ihrem schlimmsten Zustand, der ihr bester war, hat Dellwood Barker gehaßt, weil sie ihn liebte. Sie waren auf einem Spaziergang zum Friedhof ausgewesen, und Dellwood hatte sie gerade penetriert, und sie hatte einen Orgasmus erlebt wie noch nie und fühlte alles, was es zu fühlen gab – fühlte sich schön, erfüllt, und bloß als wandelnde Möse, als Arschloch und wandelnder Mund. Alma Hatch hat Dellwood Barker angeschrien und ihn und die ganze Welt wissen lassen, so einen verrückten Cowboy wie ihn hätte es noch nie gegeben, er hätte einen Riß in der Birne, er wäre nicht ganz da, er wäre ein halbreifes, mondtolles, besoffenes Spatzenhirn von Mann.

So etwa um diesen Zeitpunkt bin ich ihnen vor der Eingangstreppe von Idas Haus über den Weg gelaufen. Als Alma mich gesehen hat, legte sie gleich wieder los. Warf mir ungefähr die gleichen Dinge an den Kopf, die sie Dellwood an den Kopf geworfen hatte, und als sie mit ihrem Schimpfen und Kollern und Fluchen fertig war, ist sie die Eingangstreppe hochgestürmt.

Als Dellwood und ich ihr hinterherschauten, hatte sich das Kleid von Alma Hatch in ihrem Gürtel oder Korsett oder sonstwas verfangen, und da hat er sich uns also entgegengestreckt – Almas nackter Hintern.

Dellwood und ich haben uns verrückt gelacht.

Alma hat das Kleid wieder runtergezogen, ist in Idas Haus hineingelaufen und die Treppe hinaufgestürmt auf ihr Zimmer. Später, als Dellwood und ich an der Theke standen und einen Whiskey tranken, ist sie ans Geländer getreten und hat eins von ihren Gedichten aufgesagt – irgendwas Schreckliches, darüber, daß ihr Hintern der Mond sei und daß alle ihn begehrten.

Ungefähr eine Stunde danach ist sie zu Dellwood gekommen und hat ihm mitgeteilt: »Heute nacht wirst du mit mir schlafen!«

»Nein, werd ich nicht«, hat Dellwood ihr da gesagt. »Ich werde heute nacht mit Schupp schlafen.«

Da hat Alma Hatch gesagt: »Euch zwei bring ich um.«

Am nächsten Morgen sind Dellwood und ich wirklich ganz leise aufgestanden, aber für das alte Falkenauge Alma Hatch doch nicht leise genug. Als sie merkte, daß Dellwood und ich uns allein davonstehlen wollten, »das hat mich so total verrückt gemacht, daß ich nicht mehr geradeaus sehen konnte«, hat sie später Ida erzählt. Alma hat aber immerhin so geradeaus sehen können, daß sie sich Idas Schrotgewehr geschnappt hat, das neben Idas Bett stand, und, so wird erzählt, an diesem Morgen aus Idas Haus raus ist und halb angezogen und mit wehenden Haaren hinter uns her ist.

Als Dellwood und ich Idas Haus durch die Hintertür verließen, war die Sonne noch nicht am Himmel, und der Mond hat auf uns herabgeschienen. Nicht-wirklich-ein-Berg hat sich schwarz gegen den marineblauen Himmel ohne Sterne gereckt. Als wir über den Fluß und bergauf gegangen sind, ist aber alles rosa gewesen, wie Idas Haus, und golden. Metapher ist auch mitgelaufen. Dieser Hund war halb Bergziege.

Frühmorgens haben wir an der Baumgrenze Rast gemacht. Da hab ich die ersten Worte gesprochen.

»Als wir hier oben waren, in der Nacht der Mondfinsternis«, hab ich gesagt, »bist du wirklich ich geworden?«

»Bin ich«, hat Dellwood gesagt.

»Wie hat sich das angefühlt, ich zu sein?« hab ich gefragt.

»Hat sich großartig angefühlt«, sagte Dellwood. »Wie wenn man lachen möchte.«

»Das war alles?« hab ich gefragt. »Sonst nichts?«

»Hab deine Mutter gespürt – und Big Foot«, hat Dellwood gesagt.

»Hast du meine Mutter gesehen?« hab ich gefragt.

»Gesehen nicht, nein, aber gefühlt hab ich sie«, sagte Dellwood.

»Wie hat sich meine Mutter angefühlt?« hab ich gefragt.

»Sie hat dich sehr liebgehabt«, hat Dellwood gesagt.

»Das war alles?« hab ich gefragt.

»Sollte da denn noch mehr gewesen sein?« hat Dellwood gefragt.

»Nein«, hab ich gesagt. »War nur Neugier.«

»Kein Billy Blizzard?« hab ich gefragt.

»Kein Billy Blizzard«, hat Dellwood gesagt. »Nur deine Mutter und Big Foot.«

»Und was war mit dir?« hat Dellwood gefragt. »Wie hat sich das gefühlt, ich zu sein?«

»Hat sich gefühlt, wie wenn ich auf dem Mond wäre«, sagte ich.

»Das ist alles?« hat Dellwood gefragt.

»Ist doch genug«, hab ich gesagt.

Als wir zum Rand liefen, hat uns auf der Wiese der Wind ins Haar geweht, so, wie der Wind das Gras bog. Das Gras war trocken und braun und golden, außer dort, wo es Grundwasser gab. Die Indian-Paintbrush-Blumen waren vertrocknet, und die scharlachfarbenen und die gelben Blumen auch.

Dellwood hat sich ausgestreckt und hat den Arm um mich gelegt. Ich hab mich nie daran gewöhnt, von ihm berührt zu werden. Das tat weh wie ein schlimmer Zahn, der noch mehr weh tun wird.

»Komm, wir springen«, hab ich gesagt.

»Absolut sicherer Weg, um fliegen zu lernen«, hat Dellwood gesagt.

Und das war der Moment, als Alma Hatch das Feuer auf uns eröffnet hat.

Bei all dem Schrot, der ringsum einschlug, um mich und Dellwood und Metapher herum, während wir platt auf dem Fels lagen, mit eingezogenem Arsch – da hab ich gedacht: Billy Blizzard ist noch am Leben.

Almas Geschichte hört sich so an: Nachdem sie beide Läufe aus Idas Schrotgewehr auf uns leergeschossen hatte, lud Alma nach und schoß wieder, lud noch mal und schoß wieder, und dann hat sie das Gewehr weggeworfen und ist wie eine Wahnsinnige den Berg runtergelaufen, über den Fluß und nach Excellent, und hat Zeder und Mordio geschrien, in Idas Haus, wo sie Ida

Richilieu bekannt hat, daß sie uns beide, mich und Dellwood kaltblütig ermordet hätte und sich nun selbst umbringen würde.

Ida Richilieu hat Alma Hatch in die Arme genommen, und die beiden sind wie ein jämmerliches Häuflein zu Boden gesunken. Und da sind die zwei für die meiste Zeit des Tages geblieben. Ida hat Alma nicht alleingelassen aus Angst, daß sie sich nun auch selbst umbringen würde. Und dann, am Nachmittag, sind Dellwood Barker und ich plötzlich in die Bar hineinmarschiert und haben eine Flasche Whiskey aufgemacht.

Ellen Finton hat mich und Dellwood angesehen, als ob wir Gespenster wären, und ist nach oben auf Idas Zimmer gerannt. Als Ida aus der Tür gekommen ist und mich und Dellwood gesehen hat, wie wir in der Bar Whiskey tranken und lebten, da hat sie sich auf dem Absatz umgedreht. Als Ida wieder aus dem Zimmer gekommen ist, da war ich auf dem Sprung und hab ihr schon sagen wollen, daß Billy Blizzard noch am Leben wäre und alles drangesetzt hätte, uns mit der Schrotflinte zu erschießen, und das auch geschafft hätte, wenn er nur nicht so ein mieser Schütze wäre, aber dann hab ich nur noch mitbekommen, wie Ida Richilieu Alma Hatch beim langen Haar gefaßt hatte und sie fast schon wie ein Lasso über dem Kopf geschwungen hat. Als Ida Alma fahren ließ, da ist Alma geflogen und ist auf halber Höhe der Treppe gelandet, und die restlichen Stufen ist sie runtergerollt und Dellwood genau vor die Füße.

Alma Hatch saß auf dem Boden, mit losem, herunterfallendem Haar, und hat uns angesehen, wie wenn sie nicht mehr Alma Hatch wäre und wir beide nicht mehr Dellwood Barker und ich wären.

Ida Richilieu ist die Treppe hinuntergeschossen wie eine Höllenfledermaus, hat mir das Schrotgewehr aus der Hand genommen, hat zwei Patronen in den Lauf gesteckt, ist zu Alma Hatch hinüber, hat sie wieder beim Haar ergriffen, hat Alma Hatch den Kopf nach hinten gezogen, hat Alma die Läufe vom

Schrotgewehr an den Nacken gehalten und hat mit einem Atemzug schreiend heraus gebracht:

»Machen wir jetzt eins klar. Du, Alma Hatch, benimmst dich von jetzt an erwachsen. Du wirst diesen Mann Dellwood Barker hier jetzt in Ruhe lassen. Aber zuerst einmal stehst du jetzt auf und reichst den beiden Männern die Hand zur Entschuldigung wegen des ganzen bösartigen, trotzigen weiblichen Scheißmists, den du ihnen angetan hast, ihnen und allen ringsum während der vergangenen zwei oder drei Wochen. Dein ganzes übertriebenes Theater ist langweilig und dumm und ist einfach zu weit gegangen. Jetzt steh auf und benimm dich wie die starke Frau, die du bist, und bitte um Verzeihung, oder ich schieß dir den Kopf ab!«

Alma Hatch ist aufgestanden, hat sich die Haare aus dem Gesicht gestrichen, ist getaumelt, ihr Körper war noch nicht wieder richtig auf den Beinen, und ihre Beine waren noch nicht wieder richtig auf den Füßen. Sie hat mich erst angesehen, dann Ida und dann Dellwood. Hat eine Weile gedauert, bis ihr Mund die Sprache hat herausbewegen können, die innerlich in ihr hochgestiegen ist, aber am Ende hat sie gesprochen:

»Ich hab euch nicht umgebracht, Gott sei Dank«, hat sie gesagt, obwohl sie nicht an Gott glaubte, und hat sich eine Haarsträhne aus dem Mund gezogen.

»Ich werde dich nicht mehr belästigen, Dellwood«, hat sie gesagt. »Das verspreche ich«, hat sie gesagt. »Es tut mir leid. Ich kann auch nicht sagen, warum ich so etwas getan hab. Werdet ihr mir verzeihen, Dellwood?«

»Ich verzeihe dir, Alma«, hat Dellwood gesagt.

»Schupp?« sagte Alma.

Verzeihen war ein Wort, das ich buchstabieren konnte. Hab auch gewußt, was es bedeutet. Hatte es aber noch nie getan, hatte auch noch nie dran gedacht, es zu tun.

»Ich verzeihe dir, Alma«, hab ich gesagt, genauso, wie es Dellwood gesagt hatte, die Worte sind aus mir herausgekommen und klangen in meinen Ohren ganz fremd – Worte, die sagten, daß ich etwas tun sollte, von dem ich noch nie gewußt hatte, wie man das überhaupt tat, doch als es dazu gekommen ist, hab ich's getan. »Ich verzeih dir«, hab ich noch einmal gesagt, hauptsächlich, um noch einmal zu hören, wie ich es sagte.

Herrlich, das war jetzt überhaupt Idas Wort. *Herrlich* hat sie sooft gesagt, wie sie »Sünde« und »Sünderinnen« und »Oh, diese Menschlichkeit« sagte, und wie sehr sie die Mormonen haßte.

»H...E...R...R...L...I...C...H«, hat Ida buchstabiert, »das bedeutet: Besser als alles bisher.«

Herrlich, das war Idas Ausdruck für uns vier – für Ida Richilieu, Alma Hatch, Dellwood Barker und mich. Und *die herrrliche Zeit* war laut ihr die Zeit, die wir vier zusammen verbrachten, bevor uns die Schwierigkeiten dazwischengekommen sind.

So wie Ida es sah, war der Tag, als Alma Hatch um Verzeihung bat, der Tag, an dem Alma Hatch groß und erwachsen geworden ist, und damit, daß Alma groß geworden ist, sind wir alle groß geworden.

»Da hat's angefangen, daß wir zu einer Familie wurden«, hat Dellwood gesagt.

»Besser als irgendeine Mormonenfamilie«, sagte Ida.

Ida hat allen Whiskey eingeschenkt. Sie hob das Glas, bevor sie trank. Wir haben unsere Gläser auch hoch gehoben.

»So lange wir leben«, hat Ida gesagt, »soll nie wieder etwas zwischen uns kommen!«

Wir haben unsere Gläser hochgehoben und zusammen angestoßen. »Soll nie wieder etwas zwischen uns kommen«, haben wir gemeinsam gesagt, »solange wir leben.«

Alma Hatch hat ihr Versprechen gehalten. Wir hatten zusammen zweihundert herrliche Tage. Sündige Tage. Ohne daß etwas zwischen uns gekommen ist.

Dann ist alles dazwischengekommen.

Da ist überhaupt nichts geblieben außer dem, was dazwischengekommen ist.

Es hat da aber diesen einen ganz besonderen Tag gegeben, in den zweihundert Tagen nur diesen einen, an den ich mich immer erinnern muß, und manchmal wünsch ich mir, daß ich ihn vergessen könnte.

Es war ein Sonntag spät im September. Die Nächte wurden schon kalt, die Morgen auch. Warm hast du dich erst um den Mittag gefühlt. Wir haben alle die Sachen angehabt, die Ida aus dem Katalog bei Sears und Roebuck bestellt hatte. Sie waren weiß. An dieser Kleidung war sogar jede Naht weiß.

Dellwood und ich haben unser Paket von Sears und Roebuck draußen im Schuppen aufgemacht. Im wirklichen Leben hatte ich solche Sachen noch nie gesehen – nur auf den Bildern in dem Katalog. Die Sachen waren alle hübsch gefaltet, in dünnem Papier, das geknistert hat: weiße Hemden mit Kragen, weiße Hosen, weiße Hosenträger, weiße Jacketts, weiße Socken – sogar weiße Schuhe aus dünnem Leder, die nur bis an die Knöchel hoch reichten und vorn mit weißen Schuhriemen zugeschnürt wurden. Ich hatte sogar eine weiße Krawatte, und Dellwood hat mir zeigen müssen, wie man den Knoten bindet. Die Hüte – Dellwoods Hut war eine Melone wie die von Melone in Fort Lincoln, nur weiß. Mein Hut war ein Strohhut mit rotem Band.

Und die zwei Frauen erst! Beide, Alma und Ida, haben ihre alten weißen Kleider weggeworfen, als sie die neuen weißen bekamen. Beide hatten Sonnenschirme und trugen große weiße Hüte. Da von Almas Titten das meiste über den Ausschnitt mit Spitzen herausschaute, der ihren Hals und ihre Schultern zu einem zunehmenden Mond machten, waren diese beiden Alma-Monde fast bis an die rosa Nippel entblößt. Ida sah aus, wie wenn jemand Zucker auf sie geschüttet hätte – Spitzen bis an den Hals, durch die man sozusagen hindurchsehen konnte, das Kleid saß ganz eng an, und sie trug ja keine Unterröcke, wie Alma, darum sahst du ihr Karo von schwarzem Haar unten, und ihre großen, wunden Nippel, die durch das Weiß durchstachen, und ihre Lippen waren an diesem Nachmittag so rot, daß ich es nie mehr vergessen werde. Alma und Ida, beide in weißen Seidenstrümpfen, trugen Unterwäsche von Sears and Roebuck, und Alma unter ihrem Kleid so viele Unterröcke wie es Farben gibt – weiß und blau und gelb. Und das Rascheln, wenn sie ging!

Wir sind an diesem Sonntag durch die Stadt spaziert und waren gerade an der grünen Mormonenkirche vorbei, als William B. Merrillees Leute aus dem Gottesdienst kamen – wir gingen die Pine Street hinunter, Ida Richilieu, Alma Hatch, Dellwood Barker und ich, an Dumm Daves Ställen, an »Stein's Mercantile« und am Lebensmittelgeschäft von North vorbei und waren alle zusammen ganz in Weiß. Als wir am Frisörladen vorbeikamen, haben die Männer auf der Bank davor mit Reden aufgehört. Und genau da sind der Reverend Bruder Josiah Helm und der neue Assistent des Bürgermeisters von Excellent, Blumenfeld, aus dem Postamt heraus und auf die Straße getreten. Sie sind genau unter der amerikanischen Flagge gewesen, als sie uns bemerkten. Da sind sie auf dem Fleck stehengeblieben.

Es war das erste Mal, daß wir Blumenfeld in der Stadt sahen. Ida Richilieu und Alma Hatch sind weitergegangen und haben kein Wort gesagt. Ich hab auch nichts gesagt. Aber Dellwood Barker hat was gesagt. Er hat an seine weiße Melone getippt und gesagt: »Guten Tag, Sheriff!« hat Dellwood Blumenfeld zugerufen. »Aber mit dem Sheriff ist jetzt wohl nichts mehr, wie? Welch ein Jammer!« sagte Dellwood und hat seinen Worten einen Ton gegeben, wie wenn er jemand wäre, der immer nur weiße Sachen getragen hätte. »In dieser sündigen Stadt könnten wir ganz gut ein bißchen Recht und Ordnung brauchen.«

Ich und Ida und Alma, was haben wir gelacht, als Dellwood sagte: Unsere »sündige« Stadt.

»Hab aber gehört, daß Ihr trotzdem ein öffentliches Amt habt«, sagte Dellwood.

In Blumenfelds Gesicht haben sich die Augen zu Schlitzen verzogen.

»Scheint nur keiner zu wissen, *was* für ein Dienst das ist, den Ihr der Öffentlichkeit erweist, Sheriff. Würdet Ihr die Freundlichkeit haben, es zu erläutern?« sagte Dellwood und hat sich auf seinen Stock gelehnt.

Blumenfeld hat sich nicht gerührt, hat nichts gesagt.

»Also, Sheriff, um was für einen Dienst handelt's sich da?« sagte Dellwood und ließ sich den Stock zwischen die Schenkel gleiten. »Bitte, zögert nicht, um Hilfe zu bitten, wenn Ihr Handlanger braucht.«

In diesem Augenblick hat Ida Richilieu Dellwood Barker über alles geliebt. Du hast es ihr an den Augen ablesen können. Hat ihn geliebt, weil er ganz von sich aus Mut bewies, weil er den Kampf kämpfte, weil er ihren Kampf auch zu seinem gemacht hat.

Wir hatten unseren Spaziergang unterbrochen und waren auf der Pine Street stehengeblieben, gar nicht weit entfernt von dem Fleck, wo Billy Blizzard sein Pferd getötet hatte, gar nicht weit entfernt von der Stelle, wo das Stoßen durch Dumm Daves Körper gezuckt war in der Nacht, als ihn Billy Blizzard betrunken gemacht hatte.

Blumenfeld kam vom Plankenweg herunter und direkt auf uns zu. Schien immerfort nur zu gehen. Eine Waffe trug er nun ja nicht mehr, und die Männer an der Bank – bei denen hab ich auch keine Waffe entdecken können. Dellwood hat sich nicht einen Zentimeter gerührt, ist einfach stehengeblieben, lehnte auf seinem Stock, lächelte, ohne zu lächeln. Ich hätte mir am liebsten meine weißen Sachen vom Leib gerissen.

Ida Richilieu hat sich überhaupt nicht gerührt – es hat mich total überrascht, aber kein Wort hat sie gesagt. Und Alma Hatch auch nicht.

Blumenfeld ist genau vor Dellwood stehengeblieben. Er war doppelt so groß wie Dellwood.

»Dellwood Barker!« hat Blumenfeld am Ende gesagt. »Wer hätte das gedacht, Sie hier wiederzusehen!«

Dellwoods Augen waren auf Blumenfelds linkes Auge gerichtet.

»Und der Bibelverkäufer!« hat Blumenfeld gesagt und sich die Hose hochgezogen, als er mich sah. »Aloisius Hatch, nicht wahr?«

Darauf Alma: »Da täuschen Sie sich aber bestimmt, Herr Hilfsbürgermeister. Aloisius Hatch – der ist mein lieber Ehemann gewesen!«

»Entschuldigung, Ma'am, aber Gesichter vergesse ich nie«, hat Blumenfeld gesagt.

»Doch beim letztenmal«, sagte Blumenfeld, »war dieser Aloisius Hatch da nicht so aufgedonnert, wenn ich mich recht erinnere. Ehrlich gesagt, da hat er gerochen wie'n Scheißindianer.«

Als Blumenfeld das sagte, hat der Reverend Brother Josiah Helm gelächelt; und ein paar andere Männer auch. Hat mir einen Knacks gegeben, sie so lächeln zu sehen, und bevor ich mir's bewußt geworden war, ist mein Körper wild geworden und mein Bein in die Höhe gegangen und hat Blumenfeld mitten in die Eier getroffen. Hab sie durch das dünne weiße Leder von meinen Schuhn hindurch spüren können. Ein bißchen weiter nach Süden, und ich hätt meinen Fuß leicht in seinem Arsch begraben.

Blumenfeld krümmte sich und begann irgendwas Schreckliches auszuspucken. Klang ganz so, wie wenn er in seine Stiefel hineinbrüllte.

Wir standen mitten auf der Straße und haben zugeschaut, Ida Richilieu, Alma Hatch, Dellwood Barker und ich. Auch der Reverend Bruder Josiah Helm hat dagestanden und die Männer vor dem Frisörgeschäft, alle haben sie zugeschaut. Oben in Idas Haus haben Gracie Hammer und Ellen Finton die Vorhänge am Fenster von Zimmer 11 zurückgezogen. Niemand hat sich bewegt.

Nach einer Weile sind wir vier weitergegangen. Wir waren

gerade an Idas Haus vorbei, als Blumenfeld seine Stimme wiedergefunden hat. »Euch zwei werd ich mir schnappen!« brüllte er. »Ich bin ja vielleicht kein Sheriff mehr, aber euch werd ich noch kriegen. Merkt euch meine Worte. Ihr beiden seid tote Leute!«

Dann hat der Reverend Bruder Josiah Helm damit angefangen, uns zur ewigen Verdammnis in der Hölle zu verfluchen.

Dann schien es, wie wenn die ganze Stadt gebrüllt hätte.

»Ach, die Missetäterinnen, sind ja so gern Sünderinnen. Ran an die Mormonen! Gebt es ihnen«, hat Ida angefangen zu singen, dann begann auch Alma zu singen, dann Dellwood, dann ich.

Als wir mit Singen fertig waren, hat aber dann keiner mehr ein Wort gesagt. Wir sind durch Chinatown gegangen, durch den Friedhof, an den heißen Quellen vorbei, auf einem Pfad den Fluß entlang, Ida und Alma Arm in Arm unter ihren Sonnenschirmen, Dellwood und ich hinter ihnen her, bis zu der Stelle, wo Ida alles vorbereitet hatte – den Tisch mit einem rotweißkarierten Tischtuch darüber und mit vier Stühlen um den Tisch herum im Schatten, dort, wo der Fluß grün ist und besonders breit. Wir haben uns am Tisch niedergelassen und haben italienischen Wein getrunken und haben Speisen gegessen, die, wie Ida sagte, die Menschen drüben in Europa essen – schwarze Fischeier, Hühnerleber, geräucherten Lachs und Ente, Käse, der ganz verdorben roch, eine jüdische Art Brot und etwas Obst. Haben den ganzen Tag dort am Tisch beim Fluß verbracht und diese europäischen Sachen gegessen und italienischen Wein getrunken, aus richtigen Weingläsern, die Ida auch von Sears und Roebuck bekommen hatte; am Nachmittag ist es dann in diesem Jahr fast zum letztenmal richtig heiß geworden, der Fluß floß über die Felssteine vorbei und trug das Geräusch bis in dein Ohr, die Sonne war golden, wie die Sonne im Herbst so wird, golden hat sie heruntergeleuchtet auf Dinge, die golden waren und braun und trocken; auf gelbe Haut an den Früchten; Grashüpfer

haben diese Art Geräusche gemacht, die du einfach nicht nach-
machen kannst, da kannst du die Zunge bewegen, wie du willst.

Das ist der Tag gewesen, den ich nie vergessen werde, der
Nachmittag, als wir vier ganz in Weiß am grünen Fluß im Schatten um den Tisch herum gesessen haben.

Die Idee hatte Ida gehabt. Hatte gesagt, sie hätte die Nase voll
von der *Barbarei*. »Hab es satt, Cowboys und Bergleute zu ficken
und gegen Mormonen zu kämpfen«, hatte Ida gesagt. »Was ich im
Leben brauche«, hat sie gesagt, »ist ein bißchen Anmut und
Schönheit.« Es war höchste Zeit, hat sie gemeint.

Und deshalb hatte sie aus dem Katalog von Sears und Roebuck
all die Kleidersachen bestellt, und als alles in Excellent eingetroffen war und uns nicht paßte, haben Ida und Alma alles geändert –
für Alma den Ausschnitt tiefer geschnitten und das Kleid enger,
und Ida hatte auf die Unterröcke verzichtet. Mir war das Jackett
zu eng gewesen, die Hose auch. »Dieser Junge wird nie mit
Wachsen aufhören«, hatte Ida gesagt.

Ida hatte meinen weißen Anzug zurückschicken wollen, dann
aber gemeint, solange könnte sie doch nicht warten. Ich weiß
nicht, wie sie das geschafft hat, aber als ich das Jackett und die
Hose das nächste Mal anzog, da haben mir beide gepaßt.

Ida hatte auch die Eßsachen und den Wein bestellt, bei einer
alten Freundin von ihr, einer Hure in Portland, Oregon. Das
Essen ist in Dosen gekommen. Hat vier Monate gedauert, bis sie
bei uns eingetroffen sind. An dem Tag, als sie ankamen, hat Ida so
laut geschrien, daß wir dachten, sie hätte Probleme, es war aber
nur das Essen und der Wein, die sie bestellt hatte.

An dem Nachmittag sind wir meist still gewesen, haben nur
beobachtet und gelauscht und die Aussicht genossen. Unsere
weiße Kleidung hat uns das Gefühl gegeben, daß wir wer anders
wären. Hat uns scheu gemacht. Alma Hatch hatte einen Spiegel
mitgenommen und die meiste Zeit bloß in den Spiegel geschaut.
Dellwood ganz in Weiß, das war etwas, wovon meine Augen gar

nicht genug kriegen konnten. Ida hat ausgesehen wie ein leuchtender Fleck am Tag, ein so heller Sonnenfleck, daß du blinzeln mußtest, wenn du hingeschaut hast. Alma hat mir erzählt, daß ich wie ein ausländischer Prinz ausgesehen habe, der in amerikanischen Kleidern nach Amerika gekommen wäre.

Ida erzählte eine Geschichte, die sie vorher noch nie erzählt hatte, von einem Vulkan in Italien, wo die Familie von ihrem Mann lebte. »Dort haben sie einen Heiligen, den Namen könnt ihr vergessen«, hat sie erzählt. »In einer katholischen Kirche dort wird ein bißchen von seinem Blut aufbewahrt. Und alljährlich beten in dieser Stadt alle zu diesem Heiligen, damit der Vulkan nicht ausbricht. Wenn sie tüchtig genug beten, wird das Blut flüssig, und dann wissen sie, daß sie gerettet sind. Wenn es nicht flüssig wird, dann wissen sie, daß sie verbrennen werden.«

Idas Hand hat das Weinglas am Stiel gehalten, während sie die Geschichte erzählte. Als sie mit der Geschichte zu Ende war, hat Dellwood ihr wieder roten Wein ins Glas gegossen. Auf dem Tisch neben ihrem Glas haben Brotscheiben gelegen, auf dem karierten Tischtuch rundum Krümel.

Dellwood hat erzählt, wie er eines Nachts einmal einem kleinen Tier über den Weg gelaufen ist, das auf zwei Beinen hoppelte und große Ohren hatte und Englisch sprach und ihm Geheimnisse verriet. »Der Mond ist Gottes linkes Auge«, das hätte ihm das kleine Tier erzählt, sagte Dellwood. »Hat mir auch erzählt, daß ich einmal in den Armen meines wahren Sohnes an meinem wahren Ort sterben würde.«

Alma Hatch hat übersetzt, was die Vögel ringsum erzählten. »Die Vögel sagen, daß ihre Herzen voller Liebe sind«, hat Alma gesagt, »weil die vier Menschen ganz in weiß an diesem Tisch – die Herzen dieser Menschen – jetzt so von Liebe voll sind, wie die meisten Menschen sie im Leben nie erfahren.«

Ich hab nicht viel gesagt. Seit wir vier zusammengekommen waren, hatte ich nie viel gesagt. Außer wenn wir tranken und rauchten. In den Fällen hab ich viel geredet. Ganz-von-Sinnen-und-Verstand, hat Dellwood mich dann immer genannt. Hab mich an nichts erinnern können. An diesem Tag war mir nach Reden zumute, hab nur nicht gewußt, was ich sagen sollte. Ich meine, ich hab gewußt, was ich sagen sollte, ich hab nur nicht gewußt, wie.

Wenn ich jetzt sagen würde, was ich damals gern ausgesprochen hätte, würde es mir noch immer schwerfallen, obwohl es doch einfach genug ist:

»Dank dir, Owlfeather, daß du mir deinen Lebensodem eingehaucht hast, damit ich an diesem Tag hier dabei sein konnte.«

Ich hätte gesagt: »Dank dir, du Großes Geheimnis, daß ich in der Umgebung von Menschen sein darf, die mit Tieren sprechen und denen Tiere antworten.«

Ich hätte gesagt: »Dank dir für diesen italienischen Wein und dafür, wie meine Füße in diesen Schuhen aussehen, so wie sie jetzt auf diesem goldenen Gras in der goldenen Sonne stehen.«

Ich hätte gesagt: »Dank dir dafür, daß Dumm Dave dies Bild von uns irgendwo auf einem Briefumschlag gezeichnet hat.«

Ich hätte gesagt: »Dank dir für Dellwood Barker, dank dir für Alma Hatch, dank dir für Ida Richilieu, dank dir für mich.«

»Soll nichts zwischen uns kommen«, hätte ich gesagt. »Nichts zwischen mich und und Ida und Alma und Dellwood. Nie mehr.«

»Möge nichts mehr zwischen dich und mich kommen.«

Was es mir so schwer machte, all das an diesem Tag auszusprechen, war meine Angst, daß, wenn ich es laut aussprechen würde, dann alles aufhören und verschwinden würde. Du durftest vor dem Teufel deinen Namen nie laut sagen. Genauso wie du niemals gesagt hast, wie du dich fühltest, aus Angst, daß er es hören und dir alles wegnehmen könnte – und daß etwas dazwischenkommen würde. Aber irgend etwas ist trotzdem dazwischengekommen. Da hätte ich es auch genausogut aussprechen können.

VIERTES BUCH

ES WAR EINMAL:
TEUFEL

ERSTER TEIL

DIE BRÜDER WISDOM

Der Tag, an dem alles danebenging – das war der Tag, an dem Ida Richilieu erfahren hat, daß William B. Merrillee die Stadt besuchen würde.

Es war auch der Tag mit den drei Plakaten – das Mormonen-Plakat, das Plakat der Brüder Wisdom und hinterher das Plakat von Ida.

Das Mormonenplakat hab ich als erster gesehen; das heißt, ich war der erste Mensch, der nicht Mormone war und es gesehen hat. Und jeder, der nicht Mormone war und dieses Plakat sah, hätte auch getan, was ich sofort getan hab: nämlich es zu Ida bringen – da hatte es ihr aber noch keiner gebracht.

Das Plakat war aus weißem Papier mit einfacher schwarzer Schrift und an die Tür der grünen Mormonenkirche geheftet. Ich brauchte es gar nicht lange zu lesen, um zu verstehen, was es bedeutete. Es bedeutete *Ärger*.

Ida stand in ihrem guten Kleid mit der Schürze hinter der Theke und trocknete Gläser ab. Außer ihr befand sich in der Bar nur noch Doc Heyburn. Ich machte die Tür hinter mir zu. Thord Hurdlikas Ofen hatte die Bar schön warm gemacht. Ich streckte Ida das Plakat hin. Sie rollte es auf und las laut vor:

»Die offizielle Eröffnung des William-B.-Merrillee-Werks«, hat Ida vorgelesen, »durch William B. Merrillee persönlich«, las Ida, »und die Blaskapelle von Mountain Home – mit geselligem Beisammensein«, las Ida, »bei einem Picknick an der Kirche – an *beiden* Kirchen – bei der *weißen und bei der grünen*«, las Ida, »und mit einem Feuerwerk – wird stattfinden am vierten Juli.«

Ich hatte mich an den Herd gestellt, teils, um mich warm zu halten, aber hauptsächlich, um Ida Platz zu machen. Ich hatte ihr aber nicht deshalb Platz gemacht, damit sie machen konnte, was sie dann tat. Ida hat angefangen zu tanzen. Dabei hielt sie das Plakat mit den Armen so, wie sie einen Partner gehalten hätte. Sie ist im ganzen Saloon herumgetanzt und -gewirbelt. Der Doc und ich, wir haben uns nur angeschaut. Als Ida aufhörte, war sie ganz außer Atem. Dann hat Ida dem Plakat auch noch einen dicken Kuß gegeben.

»Holler-i-o!« hat Ida gerufen. »Der Eine und Einzige! Jetzt kriegen wir endlich Gelegenheit, den Propheten Gottes mit unsern eigenen Augen zu sehen – William B. Merrillee! Ihn selber leibhaftig in Excellent! Ach! Diese Menschheit!« rief Ida. »Herrlich! Herrlich! Da bekommt der Teufel, was ihm gebührt.«

Am Ende hat Ida auch mit dem zweiten Plakat getanzt. *Vorsehung*, hat sie dieses zweite Plakat genannt.

»V...O...R...S...E...H...U...N...G«, buchstabierte Ida, »und das bedeutet, wie die Dinge einmal sein werden.«

Diesmal hatte Ida es früher gesehen als ich. Es hatte am selben Morgen an der Rückseite der Postkutsche gehangen. Als ihr Blick darauf fiel, hat sie's sofort von der Rückseite der Postkutsche abgerissen – genauso wie ich das erste von der Tür der grünen Mormonenkirche abgerissen hatte – und ist sofort zu ihrem Hotel zurückgerannt und ist gleich damit herumgetanzt. Da haben sich schon mehr Leute in der Bar befunden, nicht bloß Doc Heyburn, das war Ida aber ganz egal. Sie hat getanzt und gesungen und immer wieder laut ausgerufen: »Vorsehung!«

Dann hat sie das Plakat an den Spiegel hinter der Theke geklebt. War das erste Mal, daß Ida etwas an diesen Spiegel klebte. Goldverschnörkelte Buchstaben mit rotem Rand: *Die Brüder Wisdom: Ulysses, Homer, Virgil und Blind Jude – echte farbige Jubiläums-Neger-Sänger mit reinen Plantagen-Melodien aus dem sonnigen Süden.*

Echte Neger. Keine *Tybos* mit verbranntem Kork im Gesicht, um die Gesichter zu schwärzen, sondern *farbige* Menschen.

Richtiger Nigger, wie Alma Hatch sagte.

Als meine Augen das Plakat gelesen hatten, da hab ich sofort gewußt, was Ida vorhatte. Sie wollte ihren Krieg mit den Mormonen gewinnen, indem sie die Schlacht des Vierten Juli gewann.

Ida hat die ganze Nacht in ihrem Zimmer im Lichtkreis zugebracht und das dritte Plakat gemacht. Am nächsten Tag hat es ganz bunt, mit allen Schriftarten auf der Veranda neben der Eingangstür von Idas Haus gehangen:

Feiern zum vierten Juli im Indian Head Hotel! Zu Ehren der UNABHÄNGIGKEIT unserer großen Nation alle Getränke zum halben Preis! Klaviermusik und Tanz und Gesang!

Sonder-Unterhaltung: Die Brüder Wisdom. Ehemalige Sklaven – von weither, von ihrer Louisiana-Plantage! Echt farbige Jubiläums-Neger-Sänger hier in Excellent zu Eurer Unterhaltung und Erbauung!

Drei Monate hat die Vorsehung gebraucht, um Excellent, Idaho, zu erreichen. Und während wir auf die Vorsehung warteten, haben ich und Dellwood Barker, Alma Hatch und Ida Richilieu so ziemlich das gleiche getan wie immer. Das Übliche – uns ums Geschäft gekümmert, den Frühjahrsputz gemacht, unsere Kunden zufriedengestellt, eine ziemliche Menge Whiskey verkauft, selber Whiskey getrunken, Zeit in Chinatown verbracht.

Ida hat Klavier gespielt, und Dellwood hat Klavier gespielt. Alma und ich haben getanzt.

Wir haben um den Küchentisch gesessen wie jede andere Familie auch und haben uns unterhalten. Über die Geschäfte. Über unsere Kunden. Haben gesprochen über große Schwänze und über kleine Schwänze. Haben über Philosophie gesprochen, und dabei haben Dellwood und Ida sich immer widersprochen.

Den größten Streit, den die beiden bis dahin miteinander hatten, der ging über einen fallenden Baum im Wald. Dellwood sagte, wenn niemand da wäre und es hörte, dann würde der fallende Baum gar kein Geräusch machen.

Ida behauptete, das sei Bockmist – daß nämlich alles, was fällt, auch ein Geräusch macht, ganz gleich, ob es nun wer hört oder nicht.

Dellwood sagte, Tatsache ist, wenn du nicht wärst, ein Mensch, der sich die Geschichte von Wäldern und Bäumen erzählt, dann würd's nicht mal Bäume geben, und auch keine Wälder.

Ida sagte: Wenn du hinfällst und dir den Arm brichst, dann ist dein Arm immer noch gebrochen, auch wenn es keiner gesehen hat, wie du hingefallen bist und dir den Arm gebrochen hast.

Die zwei konnten immerfort streiten. Besonders über den fallenden Baum. Dellwood hat aber erklärt, das, worüber Ida und er sich da stritten, das sei eigentlich gar nicht der Baum – sondern die Philosophie. Daß sie sich darüber stritten, was *wirklich* wäre. Nach einer Zeit wurde das der einzige Streitpunkt zwischen den beiden: was eigentlich wirklich ist, und was das bedeutet: *Wirklichkeit.*

Was mich angeht, so hab ich mir gesagt: Wirklich – das ist, was Kiebitz ist. Und deshalb fand ich die ganze Streiterei darüber bloß Zeitverschwendung.

Außer den Gesprächen darüber, was nun wirklich ist, redete Ida über Mormonen und William B. Merrillees Besuch in Excellent, Dellwood Barker redete vom Mond, und Alma redete über Frühlingsvögel und über ihr Haar.

Es gab in unseren Gesprächen aber auch ein neues Thema, und das waren die Brüder Wisdom, und weil wir über die Brüder Wisdom sprachen, haben wir auch über Abraham Lincoln gesprochen – nicht das Pferd, sondern den Präsidenten – und die Erklärung der Emanzipation und den Bürgerkrieg und die Sklaverei und Farbige überhaupt.

Was Farbige betraf, so wußte ich nicht mehr, als daß Big Foot

Negerblut gehabt hatte und was ich über die Buffalo-Soldaten gehört hatte. Beim Volk meiner Mutter hatte die *Tutybos*, die schwarzen weißen Männer, niemand gemocht, weil die Buffalo-Soldaten *Tutybos* waren, und die Buffalo-Soldaten hatten viele Indianer getötet.

Dellwood Barker hat viel mehr über *Tutybos* gewußt. Sagte, in New York hätte er als kleiner Junge mit farbigen Menschen Seite an Seite gelebt. Er sagte, Farbige, das seien einfach Menschen, die sich Geschichten erzählen wie andere Menschen auch.

Alma Hatch berichtete: Sie hätte nur ein paar Negerinnen gekannt, die als Hausmädchen und Köchinnen in der Nachbarschaft gearbeitet hätten in der Zeit, als sie in Minneapolis, Minnesota, aufwuchs. Und als sie dann mit ihrem Mann Aloisius Hatch zusammen Bibeln verkaufte, so berichtete Alma Hatch, da wären farbige Menschen ihre besten Kunden gewesen. Und als sie danach zum Zirkus gehörte, hätte sie einen Neger-Zwerg gekannt, Pickaninny Pete hätte er geheißen und wär nicht größer gewesen, als daß er ihr nur bis an die Muschel gereicht hätte. Pickaninny Pete sei immer höflich und lustig gewesen, erzählte Alma Hatch, aber man hätte aufpassen müssen, weil in ihm nämlich ein ganz gemeiner Säufer gesteckt hätte. Ansonsten hatte Alma Hatch Neger nur in *Minstrel-Shows* gesehen. Die hätten alle gern gesungen und getanzt und den Herrn gelobt, sagte Alma, und wie Affen hätten sie ausgesehen und große, dicke Lippen gehabt, über die hätte sie immer nur lachen müssen.

»Und das ist nicht das einzige an ihnen, was groß ist«, sagte Alma Hatch.

Ida Richilieu hatte in ihrem Leben schon eine ganze Reihe von Negerschwänzen gesehen. Sie gab Alma Hatch darin recht, daß sie die größten der Welt seien, aber, so sagte sie, du müßtest achtgeben, was für Geschichten über farbige Menschen du Glauben schenkst, weil nämlich die meisten Geschichten, die du über farbige Menschen hörst, von weißen Menschen erzählt werden, und wenn es um Farbige ginge, dann wären die meisten weißen Leute ein bißchen bis total verrückt, und bei Geschichten über verrückte Neger, die von verrückten Weißen erzählt werden, da könnte man sich ja nur wundern.

Über Nigger waren Dellwood Barker und Ida Richilieu auch einer Meinung – das heißt, was die Philosophie betrifft. Ich meine die Philosophie, daß Menschen eben Menschen sind, ganz gleich wie sie den Scheitel ziehen oder wie dick ihre Lippen sind oder von welchem Stamm sie kommen.

»Nur sind eben manche Leute unverschämter als andere«, wie Ida sich ausdrückte, »egal ob sie schwarz, weiß, rot oder gelb sind.«

Dellwood sagte das so: »Alle ziehen die Hose zur gleichen Zeit immer nur über ein Bein. Die Hosen ändern sich, und die Beine ändern sich, aber am Ende ist doch nur wichtig, wie gut du sie anziehst.«

In dem Punkt dachten Dellwood und Ida ähnlich. Beide glaubten, daß alle Menschen gleich geboren sind – wie es in der amerikanischen Verfassung steht. Das heißt, mit Ausnahme der Mormonen, denn Ida war überzeugt, daß Mormonen keine Menschen sind – und die meisten Katholiken auch nicht und einige von ihrem eigenen Volk, den Juden, und vielleicht auch manche Baptisten nicht, weil, so sagte Ida, die meisten religiösen Menschen ihr Recht aufs Menschsein aufgegeben hätten, indem sie beanspruchten, daß sie Gottes Wahrheit vertreten und niemand sonst überhaupt weiß, was Wahrheit ist.

»Eine Person ohne persönliche Wahrheit ist überhaupt keine Person«, hat Ida erklärt. »Und wer etwas anderes behauptet, der ist ein Esel und verdient nicht, daß er noch Mensch genannt wird.

Dafür steht dieses Land – für Menschen, die so sind, wie sie sind, und andere Menschen in Ruhe lassen. Das nenn ich Freiheit«, hat Ida gesagt. »Und deshalb sind Mormonen und die meisten Katholiken, manche Juden und manche Baptisten – das sind einfach keine Menschen, und Amerikaner sind sie auch nicht.« Und an diesen Überzeugungen hielt Ida fest, weil sie, wie sie sagte, nun einmal so war, wie sie war.

»Ihr dürft nicht verlangen, daß ich mich ändere«, hat Ida gesagt.

Und Dellwood Barker ist bei diesen Überzeugungen geblieben, weil er Ida immer recht gab, wenn sie sich nicht gerade über Philosophie stritten und darüber, was eigentlich wirklich ist.

Die Feierlichkeiten von William B. Merrillee fanden an einem Sonntag statt. Am Sonntag, dem 4. Juli. Idas Feiern begannen jedoch am Freitag vorher, am zweiten Juli.

Die Vorsehung war ein Geräusch. Ich weiß nicht, wie lange ich es gehört hatte – das Geräusch kommender Veränderung, ein Geräusch von bevorstehendem Ärger. Vielleicht hatte ich das Geräusch schon mein Leben lang gehört und aus irgendeinem Grund bloß erst an diesem Morgen richtig bemerkt.

Es war schon fast Mittag. Ich war auf Zimmer 11 und wechselte die Bettwäsche. Da gab es plötzlich furchtbaren Krach, was ganz anderes als das übliche Geräusch – so wie Dellwood Barker am Klavier, bevor Ida ihm Klavierspielen beibrachte –, ein Geräusch wie von Unheil, ein Geräusch, daß dir die Haare zu Berge standen. Daß deine Eier sich in dich hinein verkrochen.

Das Geräusch begann ganz schwach und wurde dann lauter. Als das Geräusch so laut wurde, daß meine Ohren es nicht mehr ertragen konnten, bin ich ans Fenster gegangen und habe von Zimmer 11 aus dem Fenster geblickt. Hab die Geranien zur Seite geschoben und nach unten auf die Straße geschaut.

Dorthin, wo ich einmal Billy Blizzard gesehen hatte, als er sein Pferd totschlug.

Wo ich einmal Dumm Dave hatte stehen sehen, bei der Ponderosa-Fichte, unter der Flagge Amerikas, Dumm Dave mit heraushängendem Schwanz und stoßendem Körper, Dumm Dave hatte sich verrückt gelacht, und Dumm Hund hatte geheult.

An der Stelle dort hatte ich Sheriff Blumenfeld zum erstenmal wiedergesehen.

Und diesmal, an diesem Morgen – als ich von Zimmer 11 aus dem Fenster schaute, da haben meine Augen etwas gesehen und wollten gar nicht glauben, was sie da sahen.

Vorsehung.

Echte Neger.

Vier schwarze Menschenkinder nebeneinander auf dem Sitz eines Wagens. Töpfe und Pfannen und hängende Gegenstände – sie machten einen Lärm, der klang wie chinesische Musik. So etwas wie diesen Wagen hatte ich noch nie gesehen – er war in allen Regenbogenfarben bemalt, und gezogen wurde er von einem ruppigen, störrischen, lautmaulig wiehernden Maultier.

Ich bin die Treppe hinuntergelaufen und durch die Tür nach draußen, bin über meine eigenen Füße gefallen, wie wenn ich wieder 'n Kid gewesen wär, bin auf die Seite vom Haus gerannt, zwischen den Wäscheleinen mit nassen weißen hängenden Bettlaken durch – hinaus auf die Straße vor Idas Haus – genau auf diese Stelle an der Pine Street bei der Ponderosa unter der Flagge.

Einen Wagen wie diesen Wagen hatte es noch nie gegeben.

Der Wagen war gelb und rot und grün gestrichen. An allen Rädern war jede Speiche mit einer anderen Farbe bemalt – nicht nur gelb und rot und grün, sondern schwarz und blau und auch mit Farben, von denen ich nicht mal den Namen weiß. Ein paar Speichen waren mit einem Rosa bemalt, das noch viel stärker rosa war als das Rosa, mit dem ich Idas Haus gestrichen hatte. Der Wagen hatte auf allen Seiten ein Bild, das zeigte echte Neger beim Singen und Tanzen, einer spielte ein langhalsiges Banjo mit vier Saiten, und alle lachten mit einem breiten Lächeln. Auf beiden Seiten quer über diesen Bildern stand mit großen roten

und gelben verschnörkelten Buchstaben: *Die Brüder Wisdom –*
Ulysses, Virgil, Homer und Blind Jude. Echte befreite Neger-Sklaven.

Und unter dem Gemälde von den singenden und tanzenden
Negern stand folgendes: *Gesang von Jubel-Liedern, Original-Plan-*
tagen-Melodien und Liedern aus dem sonnigen Süden.

Ich bin um den Wagen herum und hinter den Wagen. An die
Rückplane war ein Union Jack angenäht. Auf die Leinwand unter
der amerikanischen Flagge war mit roter Tinte das Wort *Freiheit*
eingekratzt.

Ich hob die Plane und blickte in den Wagen hinein. Was ich da
sehen konnte, war nur Dunkel. Was ich roch, war Leder, Brannt-
wein, reifes Obst, Mehl und männlichen Schweiß, der war so
stark, daß mir schwindlig wurde.

Das Maultier trug einen Strohhut mit einer roten Nelke drin
und – ich schwöre: Es ist die Wahrheit – das Maultier hatte roten
Lippenstift auf seinen dicken Maultierlippen. Wenn dieses Tier
anfing zu brüllen und die Zähne fletschte und die roten Lippen
verzog, dann hast du so lachen müssen – du hast gar nicht gewußt,
daß du so sehr lachen konntest.

Die Brüder Wisdom sind herumgelaufen und haben versucht,
das Maultier davon abzubringen, solchen Lärm zu machen. Je
mehr sie das aber versuchten, um so mehr hat das Maultier sich
aufgespielt und hat um sich geschlagen, hat gefurzt und wollte
dem nächstbesten Körper ein Loch reinbeißen. Ich bin zu Dellwood gegangen, der stand mit Metapher und Dumm Dave und
seinem Dumm Hund vor dem Postamt. Dumm Dave hat ganz
fürchterlich gelacht, du hättest glauben können, daß er einen
Steifen hätte, und dieser Hund, also sein Hund hat natürlich
gebellt und sich genauso schrecklich aufgeführt wie das Maultier.
Metapher hatte große Lust, selber mitzumachen bei dem Theater. Aber Dellwood hat seinen Hund kurz gehalten und hat getan,
was er immer machte, wenn es etwas Neues gab – alles ruhig und
durchdringend angesehen.

»Das ist ein Schauspiel«, hat Dellwood gesagt. »Du mußt dir das nur genau ansehen, dann merkst du's«, hat Dellwood gesagt. »Damit verdienen die Wisdom Brothers sich ihren Lebensunterhalt.«

Es muß ungefähr in diesem Moment gewesen sein, daß das Maultier einen von den Negern getreten hat – es muß der Blinde gewesen sein, weil der nämlich richtig ins Maultier hineingelaufen ist, es hat den Blinden so kräftig getreten, daß er die ganze Strecke bis zur andern Straßenseite gerollt ist.

Daraufhin haben alle Neger laut geschrien – haben sich gegenseitig angebrüllt und haben das Maultier angebrüllt, in irgendeiner verflixten Sprache, die nur manchmal so ähnlich wie Englisch klang.

Da war ringsum bereits eine Menschenmenge zusammengelaufen, die das Ganze in sich aufnahm – Leute, die aus der Bar gekommen waren, auch ein paar Mormonen –, und haben gegafft und sich gewundert, was zum Teufel ihre Augen da sahen. Thord Hurdlika kam angerannt, mit bebenden Lippen, Fern Hurdlika hinter ihm her. Doc Heyburn torkelte aus der Bar. Die Männer, die vor dem Frisörgeschäft gesessen hatten, sind aufgestanden, damit sie das alles besser sehen könnten. Ellen Finton und Gracie Hammer hingen aus einem Fenster des Hotels.

Es hat gar nicht lange gedauert und die Leute fingen an zu lachen, nur weil sie nicht wußten, was sie sonst hätten tun sollen – mich eingeschlossen. Da war auch Ida Richilieu bereits auf die Veranda gekommen. Sie hielt sich den Bauch vor Lachen. War das einzige Mal, daß ich sie nüchtern so lachen gesehen hab.

»Maultier braucht Wasser«, hab ich schließlich aus dem herausgehört, was die Neger da sagten. Ich bin in Idas Haus gelaufen, hab einen Eimer von der hinteren Veranda geholt und hab den Eimer einem der Kerle gegeben. Ich hab ihm den roten Wasserhahn bei der Pferdetränke vor dem Frisörladen auf der anderen Straßenseite gezeigt. Er ist zum Wasserhahn gerannt, hat den Eimer gefüllt und ist zum Maultier zurückgelaufen – das war genau in dem Moment, als von hinter dem Wagen ein anderer Neger hervorgeschossen kam, ihm den Eimer aus der Hand schlug und das Wasser über den Maultierrücken verschüttete. Das Maultier hat den Rücken gekrümmt und hat ausgeschlagen. Ein dritter Neger hat den Eimer gepackt, ist wieder zum Hahn gelaufen, hat den Eimer wieder gefüllt, ist wieder zurückgerannt und gestolpert und hat wieder alles Wasser über das Maultier verschüttet – das Maultier hat seinen Rücken gebuckelt und hat mit den Beinen ausgeschlagen.

Als die Kerle endlich damit aufhörten, dem Maultier das Wasser zu besorgen, waren sie alle naß bis auf die Knochen, und die Straße, die war – vom Wasserhahn bis zum Wagen – ein einziger Schlammtümpel, in den jeder von diesen Negern mindestens zwanzigmal hineingefallen war. Einer – der größte von ihnen – hat es am Ende geschafft, den Eimer bis an die roten Maultierlippen zu bringen. Das Maultier hat einen langen Schluck Wasser genommen – der Kerl hat nur gegrinst und hat in die Menge geschaut und war so richtig zufrieden mit sich, und da hat das Maultier plötzlich den Kopf hochgehoben und den ganzen verflixten Eimer Wasser dem Neger wieder ins Gesicht gespuckt.

War das erste Mal, daß ich Mormonen hab lachen sehen.

Danach haben die vier sich der Reihe nach vor ihrem Wagen aufgestellt. »Homer Wisdom!« hat der Größte gesagt. »Ulysses Wisdom!« sagte der nächste. »Virgil Wisdom!« rief der Dritte. »Blind Jude Wisdom!« hat der Blinde gesagt. Dann haben sich alle ganz tief vor ihrem Publikum verbeugt.

Ich hab einen Blick auf die Pine Street geworfen. Es mußten mindestens vierzig Menschen sein, die dort standen, Beifall klatschten und jubelten. So hatte ich Pine Street noch nie erlebt. Sollte sie auch nie mehr so erleben.

»Die erste Runde geht aufs Haus!« rief Alma Hatch. »Nun kommt, Jungs!«

Da sind fast alle – sogar die Mormonen – Alma Hatch in Idas Haus gefolgt. Wer auf der Pine Street stehengelassen wurde – das waren Reverend Helm, Blumenfeld, Ida Richilieu, Dellwood Barker, Dumm Dave und sein Dumm Hund, ich und die Wisdom Brothers mit ihrem Maultier.

Dann hat es, obwohl die Sonne schien, zu regnen angefangen. Regen über Pine Street, Sonne überall sonst. »Der Teufel schlägt seine Frau«, hat Ida immer gesagt, wenn die Sonne schien und es gleichzeitig regnete; und genau das hat sie auch damals gesagt. Ida Richilieu hat auf der Veranda gestanden und hat gesagt: »Der Teufel schlägt seine Frau.«

Von den Wisdom Brothers ist einer – der, den ich dann als Ulysses kennenlernte – einen Schritt vorgetreten und hat mit Ida Richilieu gesprochen. Er hat ganz langsam gesprochen, und ich hab ihn trotzdem nicht verstehen können. Was er sagte, muß aber etwa folgendes bedeutet haben:

»Wir bleiben hier bei unserm Wagen und unserm Maultier, Ma'am.«

Ida Richilieu mußte Ulysses bitten, die Worte freundlicherweise noch einmal zu wiederholen. Und es war an diesem Tag so – und in der Nacht auch, die Brüder Wisdom haben diese Nacht nämlich bei uns verbracht –, daß wir, daß Ida und Alma und Dellwood und ich meistens immer nur gesagt haben: »Entschuldigung« oder »Verzeih« oder: »Könntest du das bitte noch einmal sagen?«

»Bei unserm Wagen und unserm Maultier hier draußen ist für uns alles in Ordnung, Ma'am«, hat Ulysses gesagt.

»Unsinn«, hat Ida Richilieu gesagt. »Ihr betretet jetzt fröhlich meine Bar und werdet einen mit mir trinken«, hat Ida gesagt.

»Wir möchten keine Umstände machen, Ma'am. Der Wagen is' fein«, hat Ulysses gesagt.

»Der Wagen is' fein! Der Wagen is' fein! – Homer heiß ich,

Ma'am«, hat da Homer gesagt und hat sich neben Ulysses gestellt. »Der Wagen is'n feiner Wagen, Ma'am!«

Der, den sie Virgil nannten, hat sich am ganzen Körper geschüttelt und hat sich vornüber gebeugt und hat sich am Knie gekratzt und hat sich dann wieder aufgerichtet. »Wagen is' unser Heim«, hat Virgil gesagt. »Den sollten wir besser nich' verlassen.«

Der blinde Wisdom-Bruder, Blind Jude, ist nicht vorgetreten, der ist bloß dagestanden und hat gelächelt, so wie er schon die ganze Zeit über gelächelt hatte.

»Folgt mir, meine Herren!« hat Ida Richilieu gesagt, wie sie solche Sachen eben sagte – zu Männern, ihren Kunden –, ganz wie ein Lehrer oder eine Mutter, und gar nicht wie eine Hure.

Ulysses hat Homer und Virgil angeschaut, und Homer und Virgil haben Ulysses angeschaut, dann haben sie sich gegenseitig angeschaut, und dann haben sie alle auf Blind Jude geschaut.

»Madame-Alles-im-Griff«, hat Homer ganz leise zu seinen Brüdern gesagt, und er hat mit den Schultern gezuckt. »Das Fräulein Herr! Gelobt sei der Herr! Wir haben's noch nie getan, aber wenn sie's uns sagt, sollten wir besser gehn!«

Ida raffte ihre Röcke und ging in den Saloon. Ulysses folgte Ida als erster ins Haus, dann Homer, Blind Jude und Virgil; dann Dellwood und ich. Als wir alle drinnen waren, hab ich mich umgedreht und nachgeschaut. Der Reverend Helm und Blumenfeld kamen auf die Veranda gestiegen und blieben an der offenen Tür stehen.

Alma Hatch war hinter der Theke und schenkte den Männern ein, die sich herandrängten. Die Mormonen blieben an der Wand gegenüber stehen, ein paar haben Sarsaparilla getrunken und sich umgeschaut, wie's in einer richtigen Bar aussieht, aber die meisten standen dicht am Fenster, so weit weg vom Whiskey, wie's nur eben ging. Ida winkte, zu einer Stelle auf dem Boden, dort wollte sie Ulysses und die andern von uns haben. Dann ist Ida die Treppe hochgegangen, hat sich in dem Flur hingestellt, wo sie immer gestanden hat, am Geländer, hat die Menge unten gemustert und ist dann auf ihr Zimmer gegangen.

Die Wisdom Brothers, Dumm Dave und Dumm Hund, Dellwood und ich, wir sind geblieben, wo Ida uns hinbeordert hatte – zwischen den Mormonen und den Trinkern. Dellwood hat jedem von uns einen Whiskey geholt – sogar für Dumm Dave hat er einen Whiskey gekriegt.

Ida hat so lange gebraucht, wie sie für das Aussuchen von einem Kleid meistens brauchte, dann kam sie wieder heraus und stand wieder an dem Geländer. Sie hat das blaue Kleid angehabt.

Dellwood Barker hat mir diesen Blick zugeworfen, der bedeutet, daß er ganz genau wußte, was kommen würde. Da hab ich zu Ida hochgeschaut und hab's selber auch gewußt.

Idas Rede: »Meine Herren und Damen, ich bin hier allen bekannt. Ich heiße Ida Richilieu. Ich bin die Eigentümerin von diesem Hotel und diesem Saloon. Außerdem bin ich für euch ein Freund und Nachbar und in vielen Fällen auch Eure Geschäftspartnerin.«

Als Ida mit der Rede anfing, war es laut in der Bar, und sie mußte die Stimme heben, damit sie gehört wurde. Aber als sie den Punkt erreichte, daß sie »Geschäftspartnerin« sagte, war es in der Bar still geworden.

»Was ich jetzt sagen möchte, das sage ich euch als Eigentümerin, als Nachbar, Freund und Geschäftspartner.

Unser Land hat einen blutigen Bürgerkrieg gekämpft für die Sache der Freiheit. Der größte Präsident unseres Landes, Abraham Lincoln, ist wegen seiner Stellungnahme gegen die Sklaverei ermordet worden. Es war ein blutiger Kampf, den wir gekämpft haben, Bruder gegen Bruder, und wir haben gewonnen. Die Erklärung der Emanzipation hat der Sklaverei in diesem Land ein Ende gemacht. Neger sind freie Menschen, sie sind genauso frei wie wir Weißen. Frei, dem Leben, der Freiheit und der Suche des Glücks nachzugehn.

Als Eigentümer, Freund, Nachbar und Geschäftspartner werde ich, Ida Richilieu, im Geiste unseres großen Präsidenten Abraham Lincoln keine Handlungen aus einem unfreien und versklavenden Geiste gegen Menschen dulden, einschließlich dieser Männer hier: der Brüder Wisdom. Wenn in diesem Punkt irgendwer nicht mit mir übereinstimmt, dann verlaß er diese Bar und komme nie wieder. Du wirst in meiner Bar nicht willkommen sein. Ich werde nicht dulden, daß etwas, das mir so sehr am Herzen liegt, verletzt wird: nämlich die unvergleichliche Heiligkeit des menschlichen Geistes.

Wenn du bleibst, ist der Whiskey frei. Aber du darfst nicht einen einzigen verdammten Tropfen anrühren, wenn du diese Männer hier nicht willkommen heißt.«

Ida hat sich richtig wie im Himmel gefühlt. Auf ihr ruhte der Blick aller Männer und Frauen. Sie ist über den ganzen Flur geschritten, die Stufen herunter, sie hat den Rock ihres blauen Kleides hochgehalten und hat ihre Knöchel und ihre Schenkel gezeigt. An der Theke hat sie sich eine Flasche Whiskey gegrapscht, hat sich ein Glas vollgegossen, ist zu Ulysses hingegangen und hat sein Glas gefüllt, dann hat sie Homer und Virgil und Blind Jude eingeschenkt.

»Ich will einen Trinkspruch vorschlagen!« hat Ida gesagt und hat das Glas erhoben. »Auf die Brüder Wisdom! Willkommen in Excellent, Idaho! Betrachtet meinen Salon als Euer Zuhause! Oben steht ein Zimmer für Euch bereit, und der Whiskey ist für Euch frei!«

Da haben alle geklatscht und gejubelt, und sogar ein paar Mormonen haben geklatscht – das heißt, Mormonenfrauen und -kinder. Aber dann waren es schlagartig nur mehr Dellwood, Ellen und Gracie, Alma und Dumm Dave und Thord Hurdlika, die jubelten und klatschten.

Ich hab mich umgedreht. Der Reverend Helm war von der Veranda hereingekommen, zusammen mit Blumenfeld.

»Sie sollten in ihrem Wagen bleiben!« hat Blumenfeld erklärt. »Dort, wo sie hingehören!«

»Sie sind es gewohnt, im Wagen zu schlafen!« hat der Reverend Helm gesagt. »Die Betten in diesem Haus hier sind für Weiße!«

»Für so 'ne iss hier kein Platz!« brüllte ein Mann an der Theke.

»Das ist Whiskey für Weiße!« hat ein anderer geschrien.

»Im Buch der Mormonen steht alles über diese Leute geschrieben!« hat der Reverend Helm gesagt. »Und jetzt bitte ich alle Heiligen der Letzten Tage, die dem Glauben treu gewesen sind, so freundlich zu sein, diesen Saloon zu verlassen.«

Dumm Dave fing an, laute Jammerrufe auszustoßen, und sein Hund auch. Sonst war im Saloon nichts mehr zu hören, bis auf den Regen, bis auf die Geräusche der Leute, die aus dem Raum gingen. Zuerst gingen die Mormonen. Dann die Männer an der Theke. Doc Heyburn bestellte noch einen Whiskey, stürzte den Whiskey runter, dann ging er auch.

Thord Hurdlika blieb da. Ellen Finton und Gracie Hammer blieben. Dumm Dave und sein Dumm Hund, Alma Hatch, Dellwood Barker, die Brüder Wisdom und ich, wir sind dageblieben.

Ida hat mit keiner Wimper gezuckt.

»Ich erhebe jetzt mein Glas auf die Brüder Wisdom, für unsere Brüder mit anderer Hautfarbe, für unsere Brüder vom gleichen Menschengeist. Willkommen in unserer Stadt!«

Wir haben die Gläser geleert.

Alma hat eine neue Runde eingeschenkt. Wir haben in einem Zug ausgetrunken.

Draußen hat der Teufel seine Frau immer noch geschlagen. Durch ein Fenster schien die Sonne in den Saloon, durchs andere sah man Regen.

Homer hat gezögert, hat's aber dann doch getan, mit Schweiß um den Augen, und das Glas zum drittenmal hinuntergekippt.

»Sehr verbunden für die Gastfreundschaft«, sagte Ulysses, ich glaub aber nicht, daß irgendwer verstanden hat, was er sagte, nur hat in diesem Moment einfach keiner sagen wollen »Entschuldigung« oder »Wie bitte« oder »Könntest du das noch mal wiederholen?« Statt dessen haben wir alle genickt, wie wenn wir ihn verstünden, und noch ein Glas geleert.

Ida hat sie mit nach oben genomen und hat ihnen Zimme 11 und 12 gezeigt. Blind Jude und Homer Zimmer 11. Virgil und Ulysses Zimmer 12.

»Bevor Ihr euch auf die Betten setzt«, hat Ida Richilieu gesagt, »gilt für euch, was bei mir für alle Hotelgäste gilt – ihr müßt alle ein Bad nehmen. Badehaus steht neben dem Haus, direkt an dem Bach. Es wird in einer halben Stunde für euch fertig sein. Euren Wagen könnt ihr rückwärts in den Hof setzen. Die Hälfte eures Geldes habe ich euch schon geschickt. Die andere Hälfte bekommt ihr am Sonntag. Noch Fragen?«

Dellwood und ich, wir haben draußen im Schuppen aus dem Fenster geschaut. Als die Brüder Wisdom ins Badehaus gingen – jeder mit einem sauberen Handtuch, einem Waschlappen und einem Stück Seife – ist Ida Richilieu ihnen nach. Hat laut zu ihnen gesprochen – so laut, daß ganz Excellent es hören konnte:

»Wenn ihr die Tür richtig fest schließt und die Fenster dichtmacht, dann habt ihr hier die Wirkung eines Dampfbads«, hat Ida gesagt. »Oder laßt die Tür offen, wenn ihr wollt. Mit dem Eimer an der Tür könnt ihr den Zuber füllen. Ich bitte nur um eins – daß ihr hier alles so sauber zurücklaßt, wie's war, als ihr kamt. Euer Handtuch behaltet ihr für zwei Tage, also, am Sonntag braucht Ihr ein frisches Handtuch, deswegen kommt ihr dann zu mir. Noch Fragen?«

Sobald Ida Richilieu wieder ins Hotel zurückgegangen war, sind Dellwood und ich zum Badehaus hinübergelaufen.

Dauerte gar nicht lange und bei jedem Fenster hat sich ein brauner Arm aus dem Fenster geschoben und hat die Fenster geschlossen. Dann haben die Scheiben sich beschlagen. Dellwood stand an einem Fenster, ich an dem anderen. Zuerst hab ich von ihnen nicht ein einziges Wort verstehen können. Was mich anging, so hätten sie genausogut Französisch oder Griechisch reden können. Nach einer Weile haben meine Ohren sich dann aber daran gewöhnt, wie diese Kerle redeten.

Später haben Dellwood und ich im Schuppen verglichen, was er gehört hatte und was ich. Wir glaubten, daß sie folgendes gesagt hätten:

Ida Richilieu haben sie den Namen Madame Alles-im-Griff gegeben. Sie haben sie aber auch *Miss Ann* genannt.

Einer von ihnen hat gesagt: »Halleluja, wir sin' so gut wie tot. In dieser Stadt hier woll'n se sich'n paar Nigger lynchen. Wie komm'n wir hier bloß wieder raus?«

Darauf hat ein anderer gesagt: »Los, wir hau'n ab, solang wir noch können.«

»Um uns heut nacht auf der Straße auflauern zu lassen? Niemals, Herr!«

Ich glaub, es war Ulysses, der anschließend gesagt hat: »Alles schon zu spät. Wir müssen's nehmen, wie's kommt.«

»Wir müssen bestimmt sterben.«

»Lynchen werden sie uns.«

»Den Bären zum Fressen vorwerfen.«

Danach haben sie lange Zeit gar nichts mehr gesagt. Dann hab ich Homers Lachen gehört. »Herrje, herrje«, hat er gesagt. »Ist das zu fassen? Da sind wir Wisdom Brothers nun in einem Hotel für Weiße, wir benutzen Handtuch und Seife des weißen Mannes, wir sitzen im Bad von weißem Mann. Herrje, verdammter Scheiß, was für'n mieser Deal.«

»Und haste die weißen Frauen gesehen, und wie se uns angeglotzt haben?« Das war Virgil. »Hab noch nie 'ne weiße Frau gesehn, die gekommen ist und mich so angeglotzt hat.«

»Großer Gott, erbarm dich unser!« sagte Homer. »Ich hab sie gesehn! Und ich hab auch die zwei weißen Männer gesehn, die hab'n uns genauso angeglotzt, wie wenn wir in New Orleans wär'n. Muß 'n Fieber sein. Verdammter Scheiß! Und das in Excellent, Idaho!«

»Vielleicht hol'n wir uns 'ne Weiße zum Ficken, solang wir da sind!« hat einer gesagt.

»Psst! Sei still«, hat da ein anderer gewarnt. »Kannst nie wissen, wer zuhört.«

Als gleich darauf eine Hand den Dampf vom Fenster wegwischte, hab ich mich an die Mauer des Badehauses gedrückt.

»Man weiß ja nie.«

Danach haben sie lange Zeit nicht gesprochen, und ich hab nur gehört, wie Wasser in den Zuber geschüttet wurde und wie sie lachten – einmal haben sie so laut gelacht, daß ich selber lachen mußte, obwohl ich überhaupt keine Ahnung hatte, was da so lustig war.

Dellwood sagte, er hätte gehört, wie sie einen Pakt geschlossen hätten, immer zusammenzubleiben, das heißt außer wenn sich ein Hintern anböte.

Ich hatte gehört, wie einer sagte, daß Ulysses das Gewehr mit sich tragen sollte.

Am nächsten Morgen, ganz früh, bin ich bei Musik aufgewacht. Ich hab aus dem Fenster hinausgesehen, bin wieder zurück ins Zimmer und hab dann noch mal geschaut. Draußen war alles anders. Wo der Wagen der Wisdom Brothers gestanden hatte, stand nun eine Bühne. Die Bühne war von allen Seiten mit einem Purpursamtvorhang verhängt, der lag auf Querstangen, die von vier Pfosten gestützt wurden. Auf dem Samtvorhang stand in Goldglitzerbuchstaben *Lustige Komiker* und *Opernsänger, echte Neger Jubel minstrels* und *Äthiopische Melodien*. Vor der Bühne, auf der Seite, die dem Schuppen am nächsten war, stand ein Holzkasten, darauf hieß es: *Kartenverkauf.* Überall ringsherum haben Stühle aus Idas Haus gestanden.

Ich rasch in die Hosen und in die Stiefel und rausgerannt, um mir das anzusehen. Die Brüder Wisdom und Dellwood Barker waren tüchtig an der Arbeit, und die Brüder Wisdom haben die ganze Zeit gesungen, Blind Jude hat auf Idas Klavier gespielt.

»Wie ist das Klavier da hingekommen?« hab ich Dellwood gefragt.

»Hab ich mit Homer und dem Maultier hingeschafft«, hat Dellwood gesagt.

»Wer will noch Kaffee? Ist genug da!« schrie Ida durch die Hintertür.

»Alles, was ihr vielleicht sonst noch wünscht, auch!« schrie Alma.

Ida und Alma haben in der Küche Frühstück gemacht. Daß Ida Frühstück machte, das hatte ich schon früher miterlebt – ein- oder zweimal –, aber Alma beim Kochen – das hatten meine Augen noch nie gesehen. Ida hatte eins von ihren guten Kleidern an und hatte ihr Haar unter einem Tuch hochgesteckt. Auch Alma hatte ein gutes Kleid an, und trug das Haar hinten in einem Knoten.

Da war plötzlich alles ganz anders.

Es war sonnenklar: Das hatte die Liebe gemacht.

Alma Hatch hatte sich verliebt. Ida Richilieu war verliebt.

Hatten Eisprung, alle beide.

»Ihr werdet schöne Frauen für glückliche Männern sein«, hab ich zu Ida und zu Alma gesagt.

Keine hat gehört, was ich sagte; das heißt, sie taten so, als ob sie es nicht gehört hätten. Sie machten einfach weiter Frühstück.

Ich hab mir Kaffee in eine Tasse gegossen und bin wieder nach draußen gegangen. Ulysses, Virgil, Homer und Dellwood zogen gerade etwas aus dem Wagen, ich hab's für einen aufgerollten Teppich gehalten. Ulysses und Virgil trugen es am einen Ende, Dellwood und Homer trugen das andere Ende, und dabei hat sich Dellwood so dicht an den Körper von Homer gedrückt, wie er nur konnte.

Sonnenklar.

Dellwood Barker hatte ebenfalls Eisprung.

Ich hab mich mit dem Kaffee in eine sonnige Stelle auf den Stufen der Hinterveranda gesetzt und hab alles beobachtet.

Was ich da sah, das war eine große, glückliche Familie. Ulysses und Virgil und Homer und Dellwood trugen einen aufgerollten Teppich auf eine Holzplattform und rollten den Teppich aus, der aber gar kein Teppich war, sondern ein großes Bild. *Prospekt* haben sie's genannt. Dellwood und Homer haben ein Ende hochgezogen, Ulysses und Virgil das andere Ende, und ich sah es vor mir: ein riesiges schönes Bild von einem großen weißen Haus mit weißen Säulen und der Art von Bäumen, die's im Süden gibt, wie Homer erklärte. Und Blind Jude hat eine hinreißende äthiopische Melodie gespielt, bei der hättest du am liebsten gleich angefangen zu tanzen.

Und dann haben sie getanzt: Ulysses, Virgil, Homer und Dellwood haben auf der Bühne getanzt.

»Suppe's fertig!« rief Ida Richilieu, und sie und Alma haben Teller mit Eiern und großen Stücken von Dumm Daves geräuchertem Schinken und Sauerteigbrot und Kartoffeln nach draußen getragen. Ich bin ins Haus gegangen und hab die Tassen und einen frischen Topf Kaffee geholt, und wir haben uns hingesetzt, alle mit übereinanderschlagenen Beinen, auf die Bühne, vor das weiße Haus mit den Säulen und den Bäumen. Ida hat Homer aufgefordert, ein Gebet zu sprechen, und Homer hat gebetet, seine Stimme hat gleichzeitig gesungen und zum Herrn gesprochen, danach haben wir uns übers Frühstück hergemacht.

Und beim Essen hab ich nachgedacht.

Als die Brüder Wisdom eintrafen, da haben sie zuerst alle gleich ausgesehen – für mich waren alle vier so, wie wenn sie ein und derselbe Neger wären. Sie waren alle vier schwarz, mit dichtem schwarzem Haar, in alten Klamotten. Große, breit lächelnde Lippen von einer Farbe, daß ich mich fragte, ob es wohl an ihrem Körper noch eine andere Stelle von dieser Farbe gäbe. Blind Jude war der einzige gewesen, der anders ausgesehen hatte, wegen der Augäpfel in seinem Kopf – die waren wie verlorene schwarze Flußkiesel gewesen, die durch Weißes rollten. Doch als ich an diesem Morgen dasaß und ihnen bei der Arbeit zugesehen hab und gehört hab, wie sie sangen und redeten und lachten und fluchten, und als ich danach dann beim Beten und Essen mit ihnen zusammengesessen bin, da haben sie auf einmal alle ganz unterschiedlich ausgesehen: Da hat jeder von ihnen wie eine eigene Person ausgesehen.

Ulysses war der älteste – obwohl er dreißig oder vierzig oder auch sechzig Jahre alt hätte sein können. Er war der Vater, der Boss, die andern taten so ziemlich, was Ulysses ihnen sagte; das heißt, mit Ausnahme vom Maultier. Ulysses hatte vorn im Mund einen Goldzahn, und am kleinen Finger der linken Hand trug er einen Diamantring. Als Ulysses zu Ende gefrühstückt hate, zündete er sich eine Maiskolbenpfeife an. War das ein Anblick, zu sehen, wie Ulysses sich seine Pfeife angezündet hat! Da sah Pfeiferauchen so wunderbar aus, daß ich mir versprochen hab, er müßte mir auch eine kaufen.

»Der Mann ist intelligent«, sagte Ida Richilieu. »Und er hat so was enorm Heiligenmäßiges an sich«, hat sie gesagt. »Ein Mensch, der so lange Finger hat und der sich beim Anzünden von so einer verflixten Pfeife solche Mühe gibt, wie wenn das eine heilige Handlung wäre – der muß einfach intelligent sein und ein Gespür fürs Heilige haben.«

»Professor Wisdom« hat Ida ihn genannt. Professor Ulysses Wisdom hatte es ihr auf der Stelle angetan.

Homer hat sogar noch mehr Eier und Schinken und Kartoffeln gegessen als ich. Er war von den Brüdern der größte und stärkste. In allem der größte, wie Dellwood Barker herausfinden sollte.

Wenn Homer stand, stand er mit gebeugten Schultern, und ich hab mir gedacht: Das tut er, damit er neben *Tybos* nicht so groß aussieht. Homer war auch der, der immer gelacht hat. Ich glaub, er war auch der, der die größte Angst hatte. Er hat immer Schweißperlen um die Augen gehabt. Er war immer so – er hat irgendwas gesagt und losgelacht, wieder was gesagt und gelacht, und dann hat er ein Taschentuch aus der Tasche gezogen und sich um die Augen gewischt.

Homer war auch der Prediger. Er hat beim Reden immer wieder aus der Bibel zitiert und hat nicht geflucht, sondern immer nur gesagt: »Der Herr sei gelobt.«

Dellwood Barker hat einfach nicht anders können, er mußte seine Nase in Homers Geschichte stecken. Kann's ihm nicht verdenken. Homer war ein Bündel von Dingen, die überhaupt nicht zusammenpaßten – hat gelacht, wenn er nicht lachte, hat den Herrn gelobt, wenn er fluchen wollte, hat die Bibel studiert, wenn der Schwanz unter ihm hochging, hat sich lächerlich gemacht, wenn er versuchte ernste Betrachtungen anzustellen.

Virgil bewegte sich mehr wie ein Baumeichhörnchen denn wie ein Mensch. Stocherte in den Eiern auf dem Teller herum und gab Homer den Schinken. Während wir dasaßen und gegessen haben, muß Virgil mindestens ein dutzendmal aufgesprungen sein und sich wieder hingesetzt haben. Er ist ganz anders gegangen als Menschen meistens gehen – er hat keine Schritte gemacht, ein Gang wie mehr wie ein Schweben über dem Boden.

Alma Hatch hat ihn »meinen kleinen Kolibri« genannt.

Ich denk mir, daß Virgil Alma Hatch nie verkraftet hat. Natürlich, dazu blieb ihm ja auch nicht viel Zeit. Am Freitag hat's angefangen. Am Samstag war's zu Ende. Hat nur so ausgesehen, als ob wir diese Kerle schon lange gekannt hätten.

Ich weiß nicht, ob es bei Virgil daran gelegen hat, weil es eine weiße Frau war, die er fickte, oder weil er diese ganz besondere weiße Frau fickte – ist aber auch egal. Wie sich herausstellte, war Alma Hatch für Virgil Wisdom jedenfalls einfach zuviel.

Aber von heute aus betrachtet, sind wir alle zuviel für sie gewesen. Ida Richilieu, Alma Hatch, Dellwood Barker und ich – für sie waren wir einfach zuviel – für Ulysses, Homer, Virgil und Blind Jude Wisdom.

Sie waren zuviel für uns.

Hinterher ist keiner von uns mehr derselbe gewesen wie vorher.

Aber wie Ida gesagt hat: »Nichts ist zuviel!«

Und Dellwood: »Gibt gar nichts, was dir passieren kann, wofür du nicht bereit bist.«

Tod eingeschlossen.

Und noch etwas. Sie waren nicht schwarz. Diese Neger waren nicht schwarz. Sie waren braun, verschiedene Tönungen von braun – ist ja bei *Tybos* das gleiche; zum Beispiel Ida Richilieu und Alma Hatch – beide waren *tybo*, aber Ida war weiß-weiß mit dunklen Nippeln und schwarzem Haar, und Alma war meist rosa mit rosa Nippeln und braunem Haar, das blond wurde. Und genauso war's bei den Brüdern Wisdom – zu einem Teil waren sie schwarz, doch hauptsächlich hatten sie die Farbe von nasser Fichtenrinde oder lehmigem Erdboden. Und genausogut haben sie auch gerochen. Besonders Homer.

Blind Jude. Ich hab Blind Jude während des Frühstücks betrachtet, hab ihn den ganzen Tag lang betrachtet.

Blind Jude war der kleinste der Brüder. Oben auf dem Kopf hatte er überhaupt keine Haare, und wo er Haare hatte, war's filzig wie Gras an einer Grabenböschung. Er hatte einen Bart, weil, sagte er, seine Brüder es leid waren, ihn zu rasieren – sauber getrimmt, so wie's Fern Hurdlika gern hatte. Blind Jude hatte die Farbe von nassem Rehfell. Seine Hände waren so schön wie seine Füße.

So hat Blind Jude ausgesehen. Aber als ich ihn so betrachtete, bin ich mit einem Punkt in seiner menschlichen Geschichte nicht klargekommen. Und dann ist's passiert – ich ging gerade über den Flur, an Idas Zimmer vorbei. Ich schaute in Idas Zimmer hinein, und auf ihrem Bett hat Blind Jude gesessen und hat aus dem Fenster geschaut. Ich bin zu ihm hingegangen und hab auch aus dem Fenster geschaut – auf das, worauf er schaute. Dort draußen haben Dellwood Barker, Alma Hatch, Ida Richilieu, Homer, Ulysses und Virgil an der Bühne die letzten paar Handgriffe getan.

Da hat Blind Jude gesagt:

»Du glaubst, daß du ein Vogel bist, nicht wahr? Ein Vogel mit gebrochenem Flügel. Und du meinst, daß dich keiner sehen kann.«

Blind Jude hat seine blinden Augen auf mein linkes Auge gerichtet, da habe ich sofort gewußt, daß mich so noch nie jemand angesehen hatte.

»Der andere – der alte Indianer«, sagte Blind Jude, »der ist's, den Menschen nicht sehen können. Aber *dich*, Schupp, dich können sie sehen.«

Da hab ich aufgeschaut, und neben Blind Jude hat Owlfeather gestanden. Owlfeather hat sich vornübergebeugt und hat Blind Jude ins Ohr geflüstert, hat ihm einen Witz erzählt, hat ihm die Wahrheit gesagt.

Danach sind Dumm Dave und sein Dumm Hund ins Zimmer gekommen, ganz selbstverständlich, und da waren wir nun beisammen: einer, der nicht sprechen konnte, einer, der nicht sehen konnte, der andere, der tot war, und ich.

Es war bei uns allen das gleiche: Wir haben gewußt, wer wir waren und warum wir lebten. Wußten, daß wir zu Hause waren.

Die Nachmittagssonne hat voll auf Idas Fenster geschienen, und der untere Teil der Fenster stand offen. Durch die offenen Fenster konntest du von draußen die Stimmen von Ida und Alma, von Ulysses und Virgil, von Dellwood und Homer hören; einer hämmerte; Ida sagte allen, was sie zu tun hatten; dann Alma – ein Vogellaut; der lachende, Gott lobende Homer; und Dellwood hat auch gelacht.

Dumm Dave hat sich an Idas Schreibtisch gesetzt und hat angefangen, auf dem Papier Doodles zu machen. So weit ich es erkennen konnte, hat er ein Bild von sich selber gemacht – wie er da an Idas Schreibtisch saß und ein Bild malte.

Owlfeather hat sich neben mich und Blind Jude aufs Bett gesetzt. Blind Jude hat die Hand ausgestreckt und den Saum von Idas blauem Kleid im Schrank berührt. Und auf einmal ist Blind Jude, einfach so, aufgestanden, und er zieht Hemd und Hose aus. Ich hab meine Augen fragen müssen, was sie da vor sich sahen, als sie Blind Jude nur in seiner weißen Unterwäsche gesehen haben. Dann hat Blind Jude das blaue Kleid aus dem Schrank genommen, ist in das Kleid gestiegen, hat es sich angezogen und hat sich danach die gefiederte Boa um die Schultern gelegt. Er hat sich vor Idas Spiegel hingestellt, wie wenn er sich im Spiegel sehen könnte, und hat gesagt:

»Ach, diese Menschheit! Schupp, hilf mir bei den Knöpfen!«

Die Worte, die da aus Blind Judes Mund kamen, haben geklungen wie Worte von Ida Richilieu. Ich hab mir ans Herz gefaßt, weil ich dachte, daß Ida Richilieu aus dem Mund von Blind Jude spräche. Doch als ich dann mit dem Zuknöpfen der Knöpfe angefangen hab – der Knöpfe, die sich zuknöpfen ließen –, da hat in dem blauen Kleid Idas Stimme gesteckt, doch nicht ihr hagerer Körper.

»Und die Perlen«, sagte Blind Jude genauso, wie es Ida gesagt hätte. »Hilf mir bei den Perlen.«

Blind Jude hat sich die gefiederte Boa um den Hals geschlungen. Ich hab ihm Idas Hut auf den Kopf gesetzt, den, den ihr Alma geschenkt hatte, den mit den Pfauenfedern. Er hat sich hingestellt, wie Ida stand – ganz genau so.

»Meine Herren und Damen«, sprach Blind Jude, »ich bin allen

hier bekannt. Ich heiße Ida Richilieu und bin Eigentümerin von diesem Hotel und diesem Salon. Ich bin euch außerdem Freund und Nachbar und in vielen Fällen auch euer Geschäftspartner.«

Ida Richilieu hatte sich in einen Mann verwandelt. In einen Schwarzen.

»Die Erklärung der Emanzipation hat der Sklaverei in diesem Land ein Ende gemacht. Neger sind freie Menschen, sie sind genauso frei wie wir Weißen. Frei, dem Leben, der Freiheit und der Suche des Glücks nachzugehn.«

Dumm Dave fing an, sich auszuziehen. Dauerte gar nicht lang, und er hatte sich Idas weißes Kleid angezogen – jedenfalls soviel er davon anziehen konnte. Wie Blind Jude stand nun auch er als Ida Richilieu da. Auch Dumm Dave war Ida Richilieu, ging wie Ida Richilieu, verzog sein Gesicht, so daß es wie ihr Gesicht war.

Owlfeather arbeitete sich in ihr rotes Kleid hinein. Hat gut zu ihm gepaßt, ihm als Geist, mit dem Schlitz bis hoch an seine Schenkel, mit dem langen indianischen Haar hochgesteckt wie Idas Haar – als er sich Idas Kämme ins Haar gesteckt hatte, als er am Frisiertisch saß und sich im Spiegel betrachtete, wie Ida sich immer im Spiegel betrachtete. Er steckte sich eine Zigarette an.

»Missetäterinnen!« sagte Owlfeather zum Spiegel. »Missetäterinnen!« hat er gesagt. »Ach, die Missetäterinnen, sind ja so gern Sünderinnen. Ran an die Mormonen, gebt es ihnen.«

»Bedenk die Quelle!« sagte Blind Jude. »Bei einer Geschichte über einen Verrückten, die von Verrückten erzählt wird, kannst du dich nur wundern.«

»Du hast schlechte Karten – damit mußt du rechnen«, sagte Owlfeather.

Die Sonne, die hinten durch die Fenster hereinschien, hat das Zimmer hell gemacht, da war nichts Rosiges mehr, und das Zimmer hat nach Männern gerochen und von Sommersonne gegen Fensterglas.

Du konntest durch die Fenster hinuntersehen nach draußen

und die echte Ida sehen, wie sie Ulysses dabei half, einen Zeltpfosten aufzurichten.

Wirklich.

»Come take a trip in my airship und we'll visit the man in the moon«, hat Owlfeather gesungen.

»Du hättest bei diesem Mann mal den Schwanz sehen sollen«, sagte Blind Jude. »Diese Neger hab'n die größten Schwänze von der Welt.«

Ich hab mir eins von Idas guten Kleidern angezogen. Das Kleid hat mir überhaupt nicht gepaßt. Hab mir Lippenstift aufgemalt. Bin auf dem Boden gekniet, mit dem Eimer aus dem Flurschrank, und hab angefangen, den Boden zu schrubben.

»He, du da!« hab ich gesagt. »Komm mal her, Jung!«

»Ach, diese Menschheit! So bin ich nun mal«, hab ich gesagt. »Ihr könnt von mir nicht verlangen, daß ich mich ändere!

Halt deine Versprechen, halt dich sauber, und halt dich auf Trab«, hab ich gesagt.

»Eine Frau hat ihren Stolz«, hab ich gesagt.

»Wie buchstabiert man das – *Emanzipation*?« hab ich gefragt.

»Wie buchstabiert man *enorm Heiligenmäßiges*?« hab ich gefragt.

»Wie buchstabierst du *Mutter*?« fragte Owlfeather.

»I...D...A...R...I...C...H...I...L...I...E...U!« hab ich buchstabiert.

Als ich mit dem Buchstabieren von *Mutter* zu Ende war, da war mir das Lachen vergangen.

Ich hab mich einfach auf den Boden gelegt.

Frauenhöhle: Wenn du mir Ida Richilieu aus meinem Leben wegnehmen würdest, würd kein Leben mehr sein.

Proklamation der Emanzipation, hab ich gedacht, frei sein.

Owlfeather hat sich neben mich gesetzt, hat meinen Kopf in seine Hände genommen. Dann hat ziemlich bald Dumm Dave neben mir gelegen und hat mich gehalten. Da hat sich auch Blind Jude neben mir hingelegt. Vier Männer, die auf dem Boden lagen und angezogen waren wie Frauen. Sie haben nicht versucht, mich vom Weinen abzubringen. Sie haben nur den Arm um mich gelegt.

Kurz vor Sonnenuntergang ist Virgil in Idas Zimmer reingekommen, laufend, und hat sich die Hose zugeknöpft. Nicht weit hinter ihm Alma Hatch.

Und genau in dem Moment haben wir die Schüsse gehört.

Vorsehung.

»Meute! Meute!« schrie Virgil. »Sie woll'n uns bestimmt lynchen!«

Dumm Dave und ich, wir haben uns ruckzuck Idas Kleider ausgezogen. Blind Jude hat sich nur aufs Bett gesetzt. Owlfeather war nicht mehr da. Bis ich am Fenster war, hatte ich Hemd und Hose an.

Da waren sie, etwa ein Dutzend Männer zu Pferde, die um den Schuppen und den Wagen der Brüder Wisdom im Kreise herumritten. Da war so ein Staub, daß du kaum was gesehen hast. Sie schossen mit ihren Gewehren in die Luft und johlten und brüllten wie Männer, die Rinder zusammentreiben. Zwei Männer haben Schilder hochgehalten.

Nigger, lies und verdufte.

Das war in roten Buchstaben geschrieben.

Mittendrin im Kreis standen Ulysses Wisdom und Ida Richilieu. Ida hat geflucht und mit den Füßen um sich getreten und die Arme geschwungen. Ulysses war mit dem Rücken gegen die Bühne gedrängt.

»Wir fahr'n ja gleich weg, Boss, tun Sie meinen Brüdern nichts!« hat Virgil gerufen und den Kopf aus dem Fenster rein- und rausgesteckt.

Alma Hatch öffnete ein anderes Fenster und schrie hinaus: »Für wen haltet ihr Jungs euch eigentlich? Ihr befindet euch auf Privateigentum!«

Im Zimmer über uns haben Ellen Finton und Gracie Hammer aus dem Fenster nach draußen geschrien.

Ich konnte sehen, wie unten Dellwood im Schuppen den Unrock-Vorhang zurückgezogen hat.

Ich wollte Idas Schrotgewehr holen, das sie immer an ihrem Bett aufbewahrte, es war aber fort.

Ich bin auf den Flur hinaus und über die hintere Treppe nach unten gelaufen. Auf dem Absatz hab ich noch mal aus dem Fenster geschaut, und meine Augen haben Blind Jude gesehen, immer noch in Idas blauem Kleid, wie er zwischen den rennenden Pferden ging, mitten durch den Aufruhr, die Männer und den Staub, mit Idas Schrotgewehr über der Schulter, wie ein richtiger Soldat.

Ich bin die restlichen Stufen runtergelaufen und durch die Hintertür nach draußen. Inzwischen rannten die Pferde dort nicht mehr herum. Es war unheimlich still. Die Männer haben Blind Jude angeschaut, wie wenn er ein Gespenst wäre.

Dellwood und Homer schoben jeder ein Gewehr aus dem Fenster des Schuppens.

Virgil und Alma standen an Idas Fenster. Beide mit einer Waffe. Ellen Finton und Gracie Hammer standen am Fenster von Zimmer 12. Beide mit einer Waffe. Auch Dumm Dave hatte eine Waffe, er stand an der Küchentür. Thord Hurdlika kam um die Ecke des Hotels gerannt, er hatte ebenfalls eine Waffe in der Hand. Blind Jude ist genauso gegangen, wie Ida immer geht, und hat das Lied vom Mann im Mond gesungen. Und Ida hatte einen Ausdruck im Gesicht, wie wenn sie sich nicht sicher wäre, ob sie Jude schlagen sollte, ob sie weglaufen sollte oder ob sie den Herrn loben sollte, weil er in ihrem blauen Kleid auf sie zuging.

Blind Jude ist direkt auf Ida Richilieu zugegangen und hat ihr das Schrotgewehr gereicht.

»Madame Alles-im-Griff! Miss Ann! Mrs. Ida Richilieu! Dein Schrotgewehr!« hat Blind Jude mit Ida Richilieus Stimme gesagt.

Ida hat das Gewehr genommen, hat den Lauf in den Himmel gerichtet und hat geschossen und dann noch mal geschossen. Die Pferde haben gescheut und sich aufgebäumt.

Ein Mann auf einem Pferd hat mit seiner Waffe auf Blind Jude gezielt. Es gab einen Knall, und die Waffe flog ihm aus der Hand.

»Nigger hat auf mich geschossen! Nigger hat auf mich geschossen!« brüllte der Kerl.

»Das war kein Nigger, Arschloch, das war ich!« hat Dellwood Barker gerufen und hat gleich noch einmal geschossen, bevor sich jemand hätte rühren können.

»Und jetzt verschwindet, ihr feige Jammerbande!« hat dann Dellwood gerufen. »Oder ich werde Madame Alles-im-Griff Ida Richilieu auf euch loslassen.«

Ich hab den Haufen beobachtet. Die Männer haben sich gegenseitig angeschaut. War nicht ein Gesicht unter ihnen, das mir bekannt war.

»Nun mal los!« rief Ellen Finton. »Ihr habt ihn doch gehört! Los!«

»Los!« hab ich gerufen.

»Haut ab!« hat Alma Hatch gerufen.

»Macht Beine!« hat Gracie Hammer gerufen.

Thord Hurdlikas Lippen haben sich so schnell bewegt, wie ich sie noch nie in Bewegung gesehen hatte.

»Hebt eure dürren weißen Ärsche aus meiner Stadt!« rief Blind Jude mit Ida Richilieus Stimme und hat gegrinst, mit dem Gesicht nach oben, zu Virgil, dann dorthin, wo Ulysses stand, und dann zu Homer.

Und dann hat Ida Richilieu es selber gesagt: »Genau! Hebt eure dürren weißen Ärsche aus meiner Stadt!« hat Ida Richilieu geschrien.

Diese *Tybos* wirkten plötzlich ganz verschreckt. Haben um sich gesehen, zu den Waffen, die auf sie gerichtet waren. Haben nach dem schnellsten Fluchtweg gesucht. Einer hat seinem Pferd die

Sporen gegeben und ist davongesaust, und ein paar von den anderen sind ihm nach. Dauerte gar nicht lang, bis der ganze Trupp die Pine Street in Staub hüllte und hinaus aus der Stadt war.

Da haben wir alle herrlich gegrinst – Ida Richilieu ganz besonders.

Sie hatte die Schlacht des Vierten Juli gewonnen. »Ach, diese Menschheit!« hat Ida gesagt und hat noch zwei Runden Schüsse aus ihrem Schrotgewehr abgefeuert. »Hebt eure dürren Ärsche aus meiner Stadt!«

Die ersten zwei Runden Whiskey hat Ida eingeschenkt, dann hat sich jeder selbst eingeschenkt.

Konnten vom Whiskey überhaupt nicht genug kriegen, wir alle, und vom Tollkraut auch nicht, wir haben getrunken und geraucht, alle – Narren in herrlicher Feierstimmung.

Ida, Alma, Dellwood, Thord Hurdlika, Dumm Dave, Ellen Finton, Gracie Hammer und ich – wir haben gefeiert, weil Ida die Schlacht des Vierten Juli gewonnen hatte.

Aber Ulysses, Homer, Virgil und Blind Jude, die haben etwas andres gefeiert – nämlich, daß sie noch am Leben waren.

»Jetzt leben wir, aber nicht mehr lang«, hat Virgil gesagt.

»'n Wunder, daß wir's so weit gebracht haben, gelobt sei der Herr im Himmel«, hat Homer gesagt.

»Sind sicher bald tot«, sagte Virgil. »Keine Chance, daß wir hier lebend 'rauskommen.«

»Unsinn!« sagte Ida Richilieu. »In Idas Haus seid ihr sicher.«

Ulysses, Virgil, Homer und Blind Jude haben nur zu Boden geschaut.

»Vertraut auf den Herrn, Er wird einen Weg für euch finden«, hat Homer gesagt.

»Wir leben im zwanzigsten Jahrhundert!« hat Ida gesagt. »Macht euch wegen dieser Habenichtse nur keine Sorgen. Ihr habt doch gesehen, wie die Pferde mit hochgehobenem Schweif auf der Pine Street davon sind. Wir haben gesiegt! Wir haben gesiegt!«

»Das *war* 'n schöner Anblick. Muß ich schon sagen«, gab Ulysses strahlend zu.

»Schöner Anblick! Schöner Anblick! Bin noch nie so froh gewesen, Pferde von hinten zu sehen«, hat Homer gesagt.

»So wohl ist mir im Leben noch nie gewesen«, sagte Virgil. »Hab weiße Männer vorher noch nie weglaufen sehen. Doch, Herr, das hat meinem Herzen gutgetan.«

Da hat von uns keiner zu den Brüdern Wisdom gesagt »Entschuldigung« oder »Wie bitte« oder »Könntet Ihr das noch mal wiederholen«. Da hat nämlich schon keiner von uns mehr englisch gesprochen. Wir konnten nur noch Whiskey reden.

Ulysses ist mir gefolgt, als ich nach draußen gegangen bin, um zu pissen. Bevor er durch die Tür gekommen ist, hat er gefragt: »Ist die Küste klar?«

Ich hab nicht verstanden, was er damit meinte. »Wie bitte?« habe ich gefragt.

»Is' da draußen auch keiner, der auf mich schießen wird?« hat er gefragt.

»Nein!« hab ich gesagt. »Hier sind wir sicher.«

Als Ulysses herauskam, hat er sich nach allen Seiten umgesehen. Er hat sich neben mich gestellt und angefangen zu pissen. Dann sind Virgil und Homer herausgekommen und haben sich nach allen Richtungen umgesehen und haben sich neben Ulysses gestellt und auch angefangen zu pissen. »Meine Brüder«, hat Ulysses gesagt und hat sich selber beim Pissen zugesehen, »ich möcht nur gern eins wissen: Wie sind wir bloß in diese Lage gekommen?«

»Hab'n nie gemacht, was wir früher mal gemacht hab'n. Und dazu in Excellent, *Idaho*. Um Gottes willen!« hat Virgil gesagt.

»Müssen wir verrückte Nigger sein!« hat Ulysses gesagt.

»Un' beim Ficken wer'n wa sterb'n«, hat Virgil gesagt.

»Im Himmel«, hat Homer gesagt, »da wer'n wa sterb'n.«

»Auf nach *Glidden*«, hat Homer gesagt. »Nach Kalkutta!«

Dumm Dave hat Ida das Plakat gebracht. Wo er's gefunden hatte, das malte er auf eine Zeichnung: an der Tür vom Postamt.

»Auf Grund von missetäterischen Elementen ist der lang erwartete Besuch des Hochwürdigsten Reverend William B. Merrillee auf eine günstigere Zeit verschoben worden.«

»Zumindest haben sie's diesmal richtig geschrieben«, sagte Ida.

Es ist an dem Abend nicht ein Zuschauer gekommen, um die Brüder Wisdom zu sehen; das heißt, keiner außer uns – Ida Richilieu, Alma Hatch, Ellen Finton, Gracie Hammer, Thord Hurdlika, Dumm Dave und seinem Hund, Dellwood Barker und ich.

Wir alle haben geschaut und geschaut, ob sonst noch wer kommen würde. Ist aber keiner gekommen.

Haben uns gedacht: nur gut so.

Ida trug das blaue Kleid. Alma trug das Kleid mit Vogelmustern. Dellwood hat sein Haar glatt nach hinten gestrichen und das weiße Hemd an.

Hat mein Herz da einen Sprung getan, als ich Dellwood gesehen hab. Homers Herz auch. Ich hab's genau gemerkt.

Thord Hurdlika war in keinem Zustand, in dem er zu seiner Frau Fern nach Hause hätt gehen können, da hab ich ihn in Hemd und Hosen von mir gesteckt, nachdem er sich sauber gewaschen hatte.

Und ich, ich war ganz in Weiß, in den Sachen von Sears and Roebuck, wie an dem Tag, als Ida und Alma und Dellwood und ich am Fluß Picknick gemacht hatten. Auf meinem Kopf der Stroh-Hut mit dem roten Band.

Sogar Dumm Dave hat gut ausgesehen: Dellwood und ich hatten ihn zum Schrubben eine Bürste ins Badehaus gebracht. »So sauber, daß er quiekt«, hat Ida gemeint.

Als der Vorhang sich öffnete, war Sonnenuntergang lang vorbei, der Himmel war aber immer noch hell. Das Tal war dunkel. Was du da vor dir sahst, als der Vorhang in die Höhe ging, war eine beleuchtete Bühne und als Hintergrund das schöne Bild von einem großen weißen Haus mit Säulen und der Art Bäume, die es unten im Süden gibt.

Was ich als erstes merkte, nachdem ich bemerkt hatte, daß alle vier Brüder Wisdom noch standen – daß ihre Gesichter schwarz waren. Ich meine, richtig schwarz. Und darum hab ich Ida gefragt, warum ihre Gesichter denn so schwarz wären, und sie hat gesagt, das käme von gebranntem Korken, so machten die *Minstrels* sich immer die Gesichter schwarz – das war ihre Art Schminke. Dellwood sagte, das sei aber noch gar nicht lang her, daß Neger selber *Minstrel*-Gruppen gebildet hätten, für gewöhnlich wären es *Tybos* mit schwarzen Gesichtern, die sich als Neger ausgäben, welche *Minstrels* wären; und als die Neger dann endlich selber machten, was die Weißen den Negern nachgemacht hätten, da hätten die Neger es dem weißen Mann nachgemacht, der den Neger gemacht hätte.

Verrückte Geschichten, verrückte Leute.

Ulysses hat das Banjo gespielt; das sei ein Kürbis, hat Dellwood erklärt, der mit Waschbärfell bespannt wäre. Virgil hat die Fidel gespielt, Homer das Tamburin und den »Zwischensprecher« – so haben sie das genannt. Blind Jude hat die Harmonika und den Kieferknochen gespielt.

Als erstes haben sie ein Lied gespielt, das hieß »Far From the Old Folks at Home«, gesungen hat Ulysses, mit einer tiefen, traurigen Stimme. Mitten im Lied hat er mit Singen aufgehört und hat einfach angefangen, seine Maiskolben-Pfeife zu stopfen. Er hat angefangen darüber zu reden, wie er ein Kid gewesen ist, in Alabama, und von den Freunden hat er erzählt, mit denen er das gespielt hat, wie er Beutelratten gegessen hat und wie zur heißen Tageszeit die Sonne auf die Baumwollfelder geschienen hat. Ulysses hat von seiner Mutter und von seinem Vater gesprochen und wie traurig er war an den zwei Tagen, als sie gestorben sind.

»Ist kein Auge hier mehr trocken«, hat Ida Richilieu gesagt.

Dann hat Blind Jude so ein richtig schönes Lied gesungen, es hieß »Carry Me Back to Old Virginny«, und dabei hat er so gelächelt, daß du immer geglaubt hast, er wüßte etwas, was du nicht weißt.

»Meine Damen und Herrn«, sagte Blind Jude, »meine Brüder Ulysses, Virgl und Homer und ich selbst möchten das nächste Lied Ida Richilieu widmen.«

Die Wisdom Brothers begannen ein Lied anzuspielen, das hat dem Herzen so richtig wohlgetan. Es ging ungefähr so:

»Sing the jubilee: everybody free./ Welcome, welcome, 'mancipation.«

Wir sind alle aufgestanden, um dies Lied gemeinsam mit den Wisdom Brothers zu singen, und wir haben es immer und immer wieder gesungen.

Kann das Lied noch heute manchmal hören, wie mir's im Kopf klingt: *»Sing the jubilee: everybody free./ Welcome, welcome, 'mancipation.«*

Danach hat die Band angefangen, Jigs zu spielen. »Sliding Jenny Jig«, »Pea Patch Jug«, »Genuine Negro Jig«.

Über uns der Mond, der hat sich wie verrückt gegen das Schwanken des Zeltes gestemmt, hat uns alle gegeneinander zu Schatten verrückt. Wir haben alle getanzt. Ida hat mit Professor Wisdom Jigs getanzt, Alma Hatch mit ihrem kleinen Kolibri Virgil, Thord Hurdlika mit Ellen Finton, Grace Hammer und Dumm Dave, Dumm Hund und Metapher sind zwischen den Tanzenden rumgelaufen. Dellwood hat auf der Klavierbank in einem Lichtkreis neben Homer gesessen, der Docht war tief heruntergebrannt, Dellwoods Gesicht hatte die Klaviermusik-Miene.

Von der hinteren Bühne ist Blind Jude mit einer Dose in der Hand nach vorn gekommen. Er hat die Dose mit einem Fingernagel geöffnet, hat den Finger in die Dose eingetunkt und hat mir verbrannten Kork aufs Gesicht gestrichen.

»Jetzt bist du auch ein echter Neger!« hat Blind Jude gesagt.

Als Ida Richilieu sah, wie Blind Jude mir das Gesicht schwärzte, wollte sie selber verbrannten Kork im Gesicht haben. Dann auch Dellwood Barker und Alma Hatch, Gracie Hammer, Ellen Finton, Thord Hurdlika und Dumm Dave.

Dauerte nicht lang und wir haben alle gleich ausgesehen, alle schwarz, mit dem gleichen Schwarz, haben ausgesehen wie Weiße, die wie Neger aussehen wollen und wie Neger, die versuchten, so auszusehen, wie Weiße sich vorstellen, daß Neger aussehen.

Da fing's an, daß wir alle lachen mußten, wir mit unsern schwarzen Gesichtern, daß wir herumgealbert haben, doch in Wahrheit hatten wir Angst – schreckliche Angst haben wir alle gehabt, ganz plötzlich, auf eine Art, mit der wir gar nicht gerechnet hatten.

Verbrannter Kork machte uns alle gleich.

Obwohl wir vorher schon alle gleich waren, hatten doch alle gewußt, daß wir es nicht waren.

Mit dem verbrannten Kork auf unseren Gesichtern ist das anders geworden.

Verbrannter Kork auf unseren Gesichtern war eine Maske, und was darunter war, war nicht schwarz, war nicht weiß, war Mensch.

»*Walk about! Walk about!*« hat Virgil gerufen und hat auf seiner Fidel losgelegt. Ulysses hat sein Banjo genommen, Homer sein Tamburin, Blind Jude spielte seine Harmonika.

Wie Homer uns erklärte, war *Walk-about* ein Tanz, bei dem Leute in einem Halbkreis standen. Einer sang eine Strophe, die übrigen hörten dem Sänger zu, und wenn er ausgesungen hatte, fing das Rundherumgehen an, alle sangen den Kanon und gingen alle miteinander herum, wobei sich jeder so bewegte, wie es ihm gerade Spaß machte. Dann mußte eine Person in die Mitte des Halbkreises vortreten und dort ganz allein stehen und tanzen, er mußte die Menschengeschichte tanzen, ganz gleich, was das für eine menschliche Geschichte war, oder wie sich diese Geschichte auch anfühlte und ganz gleich, wie du sie hast tanzen wollen, während alle andern zuschauten.

Als wir alle im Halbkreis standen, hat Homer angefangen zu singen:

»The nigger trader think me nice./ The white folk sell me for half price./ I'll fetch a thousand dollars down. / Underway, underway, ho!/ We are on the way to Georgia.«

Dann ist Homer in die Mitte vorgetreten, wobei ihm sein Tamburin beim Tanzen gegen den Hintern schlug, als er den Körper auf eine Art bewegte, wie noch kein Menschenkörper bewegt worden war – er hat die Schultern geschüttelt, er hat die Hüften geschaukelt, die Füße steppten, der Hintern ruckte vor und zurück wie beim Ficken, und die freie Hand wölbte sich vorne über seinem großen Mann.

Als nächster kam Virgil mit Singen an die Reihe:

»Ida Richilieu has a place./ A hotel that's been a saving grace. / That's if we don't get blown outa here./ Underway, underway, ho! / We are on our way to Glidden.«

Und Virgil hat dann getanzt, wie ohne den Boden zu berühren, hat Almas kleinen Kolibri getanzt, ist umhergeschossen und ist gewirbelt, die Füße haben sich so schnell bewegt, daß du sie kaum mehr sehen konntest.

Und Ulysses hat gesungen:

»W. C. Handy had a troupe./ Got the smallpox – put 'em in a coop./

Snuck out in darkness like we'll do./ Underway, underway, ho!/ We are on our way to Owyhee City.«

Ulysses hat seine Goldzahn-Diamantenring-Geschichte getanzt, mit schweren Schultern, die eine Bürde trugen, mit dem Gesicht hin zu Ida, er hat ihr gezeigt, wie er sie mag und sie achtet. Und Ida ist ganz rot geworden, wie ein Schulmädchen.

Ida hat als nächstes singen müssen:

»Will'em B. Merrillee thinks we are sick./ The truth is though he's got no dick./ Fuck that Mormon son of a hick./ Underway, underway ho!/ We are on our way to Hades.«

Ida hat wie ein Show-Girl getanzt, hat die Beine in die Höh geschwungen, hat das blaue Kleid hochgehoben und hat uns den Hintern gezeigt.

Blind Jude hat mich nach vorn geschoben und zur Mitte hin gedrängt. Mein Körper hat gar nicht gewußt, was tun. Sogar als ich noch normal war, hab ich nicht reden können und schon gar nicht reimen, ganz zu schweigen von reimen, wenn mir wer zuschaut – und nun war ich betrunken. Was mein Körper dann tat, das hat mich nicht weniger überrascht als die andern. Alle.

Ich hab mich ausgezogen. Hab die Sears-und-Roebuck Sachen ausgezogen, während ich im Takt der Musik tanzte – meine weißen Lederschuhe, mein weißes Jackett, meine weiße Hose, mein weißes Hemd und die Krawatte, hab den Strohhut vom Kopf genommen und die weiße Unterwäsche ausgezogen.

Blind Jude hat mir seine Dose gebracht und mir gebrannten Kork auf den Körper gerieben – auf den ganzen übrigen Körper.

Muß das ein Anblick gewesen sein. Selbst Homer soll beeindruckt gewesen sein, heißt es.

Hat nicht lang gedauert, nach meinem Tanz, bis jedes Paar ein Bett für sich gefunden hat. Sind nur Blind Jude und ich übriggeblieben, er mitten im Lichtkreis am Klavier, und ich, ein richtiger Neger, ich hab auf der Bühne gelegen.

»Was a colored man who had no eyes«, sang Blind Jude. *»White man poked them out with his lies./ What hurts most is what else they took./ Underway, underway, ho!! We are on our way to oblivion!«*

Ich hab mich dicht neben Blind Jude hingesetzt. Hab seine Hände auf der Klaviertastatur beobachtet. Was ich ihn fragen wollte, dafür hatte ich keine Worte, da hab ich also gefragt:

»Ist Vergessen der gleiche Ort wie Glidden?« hab ich ihn gefragt.

»Könnt schon sein«, hat Blind Jude gesgt.

»Wo liegt das?« hab ich gefragt.

»Glidden ist im Himmel«, hat Blind Jude gesagt. »Vergessen ist überall sonst.«

»Dellwood sagt, daß der Himmel sich in unserm Bewußtsein befindet«, hab ich gesagt. »Ida sagt, den Himmel könnt's wirklich geben, vielleicht aber auch nicht – und deshalb solle man sich's am besten so vorstellen, daß es keinen gibt, damit, wenn du stirbst und es doch einen Himmel gibt – dann hast du eine Überraschung.«

»Klingt echt nach Ida Richilieu«, hat Blind Jude gesagt. »Klingt aber auch echt nach Dellwood Barker.« Dann: »Die Weißen hier in Idas Haus sind bestimmt keine normalen Weißen«, hat Blind Jude gesagt.

»Wieso sind sie denn anders?« hab ich gefragt.

Blind Judes Finger spielten das Lied vom Mann im Mond.

»Nun, sie sind anders und sind's auch nicht«, hat Blind Jude gesagt. »Zum Beispiel: Ida Richilieu gibt uns in ihrem Hotel ein Bett zum Schlafen, und wir benutzen dieselbe Toilette wie die Weißen, und das Badehaus auch – weiße Leute sitzen mit uns am selben Tisch, wir trinken den gleichen Whiskey, und wir rauchen mit – und das alles ist anders –, und das ist gut so, und das ist für mich und meine Brüder etwas Neues.

Was das gleiche ist, das ist der Weiße – ist, was er am meisten liebt –, er will der Boss sein. Was sie am meisten liebt – das ist

Madame-Hat-Alles-im-Griff sein –, und das ist eben immer das gleiche, das ist überall so.

Und da gibt's noch etwas«, hat Blind Jude gesagt, »das in Idas Haus auch nicht anders ist als überall sonst – man merkt's nur viel leichter. Meine Brüder und ich – es ist ja nicht so, daß jeder einzelne von uns für sich Mensch ist –, wir sind bloß ein Haufen schwarzer Stiere, wir sind bloß zum Zeugen da. Mehr hat bis jetzt noch keiner in uns gesehen – wir sind bloß was Besonderes zum Ficken.«

Ich hab meine Hände auf Blind Judes Hände gelegt, daß er mit Spielen aufhörte. Hab ihn angesehen, so, wie er beim erstenmal mich angesehen hatte. Hab ihm meine Lippen auf die Lippen gedrückt, hab ihn an mich gezogen, die ganze Nacht über hab ich Blind Jude an mich gedrückt. So eng hatt ich noch nie ein Menschenkind an mich gedrückt, Körper an Körper, Gesicht an Gesicht, in den Armen, mit den Beinen umschlungen, mit dem Schwanz und den Eiern an der Stelle, wo früher einmal seine gewesen waren, ein Atem sind wir gewesen, ein und aus, ein Herz, das gemeinsam schlug.

Als ich aufgewacht bin, da war das erste, was ich getan habe, nach meinem Gemächt greifen. War alles noch da.

Blind Jude und ich, naß sind wir gewesen. Ich dachte, das wäre vom Regen gekommen, es kam aber von uns selbst. Ich hab mich im Dunkeln umgeschaut, hab aber nicht rausfinden können, wo wir eigentlich waren. So wie alles roch, hab ich dann aber verstanden, daß wir in dem Wagen lagen. Ich hab so getan, als wär ich blind. Hab mit der Hand rumgetastet, hab eine Schachtel Streichhölzer gefunden, hab eins am Eisentopf angerissen und eine Kerze angemacht. Meine Augen haben in die Flamme geblickt. Ich war froh, daß ich Augen hatte zu sehn.

In dem Wagen hat's einfach alles gegeben – Flaschen, Dosen, Kisten, Bücher. Da lag ein Räucherschinken. Da hingen Kleidersachen auf einer Stange. Da befanden sich Zaumzeug und ein

Sattel. Blind Jude und ich, wir haben auf einer Decke gelegen, die auf einem Haufen Heu und einem Hafersack ausgebreitet war. Eine Kommode. Tassen und Teller und noch mehr Töpfe und Pfannen. Hinter mir stand eine ausgestopfte Eule mit Glasaugen.

Dann ist mir wieder der Traum eingefallen: Owlfeather und ich, wir hatten gefickt. Als ich soweit war, daß ich kommen wollte, hat er mich zurückgehalten. Er hat mir etwas ganz Wichtiges gesagt. Er hat mich ermahnt, gut zuzuhören und es nie zu vergessen.

Ich konnte mich aber nicht erinnern.

Als Blind Jude aufwachte, haben wir beide gewußt, daß es Zeit war. Wir haben uns gegenseitig losgelassen, einer den andern, sind aufgestanden, und ich hab nach meinen Sachen gesucht. Ich wollte Blind Jude etwas sagen, darüber, daß er und ich miteinander geschlafen hatten, wie ich gespürt hatte, daß er Ich war und daß ich ihm, wenn ich könnte, meinen Schwanz und meine Eier abgeben würde, manchmal, mein Mund hat aber nicht gewußt, wie er diese Wörter laut aussprechen sollte.

Ulysses war bei Ida, in ihrem Bett. Als ich ihn am Rücken berührte, da ist er fast aus der Haut gesprungen. Er hat Ida aber nicht aufgeweckt. Gott sei Dank.

Virgil war in Zimmer 11 dabei, Alma Hatch zu ficken. Ich hab dem Schwarz-Weiß der beiden im Mondschatten eine Zeitlang zugeschaut, dann hab ich ihm im Flüsterton zugerufen.

»Ulysses hätt gern mit dir gesprochen«, hab ich gesagt.

Virgil ist gekommen, Alma fing an zu stöhnen.

Thord Hurdlika und Gracie Hammer lagen in Zimmer 12 auf dem Fußboden. Ellen Finton schlief tief und fest auf dem Außenabort. Dumm Dave war nirgends zu finden.

Dellwood Barker war draußen im Schuppen ein weißer Hintern und Homer Wisdom in den Bettlaken ein schwarzer. Sie haben beide so laut geschnarcht, daß davon ein Elchbock wachgeworden wäre. Bevor ich sie aufweckte, hab ich Homers Schwanz betrachtet – rein aus Neugier.

Wir haben uns im Zelt getroffen, auf der erhöhten Holzbühne der Wisdom Brothers vor dem Bild von dem weißen Haus und den Bäumen wie Bäume im Süden. Wir hatten noch immer gebrannten Kork im Gesicht. Alle.

In der Nacht hatte gebrannter Kork uns alle gleich gemacht. Jetzt am Morgen machte gebrannter Kork uns alle anders.

»Hab dich heulen gehört vergangene Nacht«, hab ich zu Dellwood gesagt.

Dellwood hat gelächelt. Homer hat den Blick erwidert, als seine Brüder und ich ihn anschauten.

»Der Herr sei gelobt«, hat Homer gesagt.

Wir hielten es für das Beste, den Wagen und das Maultier zurückzulassen. Wir wollten dem Weg des Feuers folgen, bis wo die William B. Merrillee Company die Schneise durch den Wald geschlagen hatte, wegen der Leitungen, die zum Gold Hill hoch führten. Wir wollten dem Kabel folgen, südlich vor Gold Bar abbiegen und dann talwärts, hinunter nach Owyhee City.

Ich hab mit einem Stock eine Karte auf den Boden gezeichnet und ihnen den Grundriß vom Tal gezeigt und den Weg, wie man da rauskommt, für den Fall, daß wir getrennt würden.

Ulysses wollte wissen, ob es unterwegs Wasser gäbe. Ich hab versprochen, eine Feldflasche zu füllen.

Virgil hat wissen wollen, ob es da Bären gäbe.

»Scheiße! Herrgottnocheinmal!« hat Homer gesagt. »Bären sind wirklich unser kleinstes Problem!«

»Will's aber trotzdem wissen«, hat Virgil gesagt.

»Dort oben gibt's tatsächlich Bären, aber tun werden sie dir nichts«, hat Dellwood gesagt. »Du hast doch eine Waffe?«

»Wir haben eine Waffe«, hat Homer gesagt.

Ich hatte Dellwoods .22. Dellwood hatte einen Colt und außerdem ein Gewehr.

Wir sind gut vorangekommen, trotz Dunkelheit, trotz mancher steilen Anstiege, trotz Kater und obwohl wir Blind Jude vorwärtshelfen mußten. Wir haben nur ein einziges Mal Halt gemacht, als wir auf zwei Elche gestoßen sind, eine Kuh und einen Bock, die so regungslos dagestanden sind, daß nur Blind Jude sie gesehen hat.

Die Sonne hatte gerade den Punkt erreicht, wenn sie über die Seite von Nicht-wirklich-ein-Berg steigt, als wir die Schneise und die Leitungen der William B. Merrillee Company erreichten.

Vorhersehung.

Blind Jude hat die Hand ausgetreckt und nach meiner Hand gefaßt. Als ich mich zu Blind Jude umdrehte, da ist mir mein Traum wieder eingefallen.

Denk dran! hatte Owlfeather mir gesagt. *Halt dir in der Hölle dein Herz offen.*

Die Sonne stach über die Spitze von Nicht-wirklich-ein-Berg. Drunten, im dunklen Tal von Excellent, Idaho, ist eine Flamme aufgesprungen. Es war Idas Haus.

Es war dieser Augenblick, als wir den ersten Schuß hörten. Virgil ist mit der Hand in sein blutiges Gesicht gefahren und zu Boden gestürzt. Der zweite Schuß hat Ulysses niedergestreckt.

Blind Jude hat meine Hand losgelassen, hat beide Arme gegen die Sonne erhoben, mit ausgestreckten Händen, die Handteller nach oben. Die Kugel riß ihn zurück.

Dellwood warf Homer sein Gewehr zu. Wir sind auf einem Knie gekniet. Die Waffen haben wie wild in alle Richtungen gezielt.

»Mein Volk! Mein Volk!« hat Homer gerufen.

Es war, als ob von allen Seiten Kugeln auf uns zuflögen. Dann hat Dellwood nach Westen gezeigt. »Von dort drüben!« hat er gesagt. »Der Gewehrrauch.«

Homer ist nach dem Sechsschüssigen in der Gesäßtasche von Ulysses getaucht. Die Kugel traf Homer im Bauch. Er faßte hin, unter seiner Hand ist Blut hochgespritzt. Homer hat auf das

360

Blut hinuntergeblickt, hat zu mir und zu Dellwood hochgeschaut, dann begann er nach Westen loszurennen.

»Verdammt, ihr verdammten weißen Hunde!« Homer schrie.
Homer schoß. »Verdammt, ihr verdammten weißen Hunde!«

»Ducken, Homer!« hat Dellwood gerufen.

Die zweite Kugel hat Homer den größten Teil des Kopfes
weggerissen.

Dellwood und ich, wir haben uns aneinander gepreßt und
haben auf alles geschossen, was wir sahen. Wir haben nur
Bäume und Felsen und Erde gesehen.

Als wir aufhörten, um nachzuladen, hat die Sonne voll am
Himmel gestanden.

Da wurde nicht mehr geschossen.

Dellwood hat einen Kriegsschrei ausgestoßen und ist über die
Lichtung, nach Westen, ist gerannt, hat geschossen, ich hinterher. Wir kamen weiter, als Homer gekommen war. Vom Hinterhalt der Baumgruppe war außer Fußspuren und leeren Patro-
nenhülsen nichts geblieben.

Der Morgen war still geworden.

Zwischen Erde und Sonne ist Rauch in den Morgenhimmel
aufgestiegen.

Im Lauf nach Excellent zurück haben Dellwood und ich uns in
Wild verwandelt, in fliegende Adler, in großen Sprüngen sind
wir über den Berghang gesetzt, sind Senken hinuntergerutscht,
haben den Halt verloren, sind über Baumstämme gerollt. Die
Bäume flogen vorbei, wir haben nur mehr unseren Atem gehört,
das klopfende Herz, und das Stoßen von Stiefeln auf dem Boden.

Als wir beim Friedhof ankamen, sind wir stehengeblieben.
Auf Idas Haus saß ein großes, züngelndes Feuer, wie eines von
Almas Hüten hat's ausgesehen. Am Himmel, auf halbem Wege
zum Mond schwarzer Rauch.

Wir haben zwei Schüsse gehört.

»Sieh!« hat Dellwood gesagt.

Ein Mann kam gelaufen, mit einer Fackel in der Hand. Der Mann hat die Fackel in den Hot Creek getaucht. Dann ist er auf uns zugelaufen. Eine Hand war verbunden. Diesem Mann hatte Dellwood am Vortag die Waffe aus der Hand geschossen – die Waffe, die auf Blind Jude gerichtet war.

Wir haben gewartet, Dellwood hinter einem Baum, ich hinter einem andern. Der Mann lief vorbei, genau zwischen uns durch.

Jetzt war dieser Kerl an der Reihe, jetzt war er das Tier in der Falle. Dellwood hat das Gewehr gehoben, hat entsichert und hat auf den Kopf des Mannes gezielt.

»Nigger-verrückte Päderasten!« hat uns der Mann entgegengeschrien. »Sodomiten! Teufel!«

Mein Körper tat einen Satz. Hat den Mann in die Luft hochgehoben und zu Boden geworfen, da gab es ein Geräusch von entweichender Luft. Ich hab ihn mir an der verbundenen Hand geschnappt und mitgeschleift. Schleifte ihn bis zum Hot Creek, durch den Hot Creek, bis hinter Idas Haus – und die ganze Zeit hat er laut geschrien: »Reverend Helm! Reverend Helm!«

Ich hab ihn bis an die Brandhitze von Idas Haus herangeschleift, so nah, daß ich schon dachte, das Herz würde mir zerspringen.

»Hast du das getan?« hab ich den Mann gefragt. »Hat Helm dich dafür bezahlt?«

»Er hat mich nicht bezahlt!« hat der Mann gesagt. »Das war der Wille des Herrn. Sünder werden ins Feuer der ewigen Verdammnis geworfen werden!«

Als meine Ohren *Feuer der ewigen Verdammnis* hörten, da hab ich mich umgeschaut und hab gesehen, daß ich genau auf der Stelle stand, wo Billy Blizzard mir Jahre vorher den Arsch eingedrückt hatte.

Ich hab dem Mann meine Hand auf die Stirn gelegt. Ich hab

ihm den Kopf nach hinten gedrückt. Es gab ein Geräusch – ein Genickbruch.

Der Körper des Mannes ist erschlafft, er hat aber noch geatmet und hat mich angeblickt. Ich hab sein Gesicht in die Höhe gezogen, ganz dicht an meins heran.

»Ewige Verdammnis in der Hölle!« hab ich gesagt, hab ihn in die Luft gehoben und den Körper in den Hintereingang von Idas Haus geschleudert, in die Küche hinein in die Flammen.

»Du hast ihn umgebracht, Schupp«, hat Dellwood gesagt. »Du hast ihn umgebracht.«

Als wir die Vorderseite des Hauses erreichten, schrie Ida gerade auf eine nackte Alma Hatch ein, die eben in die Flammen von Idas Haus hineinrannte. Dellwood hat sich Dumm Dave gepackt und hat ihn zurückgehalten, damit er nicht Alma nach-lief, dann ist Dellwood selber Alma nach in die Feuerwand hinein. Es schien wie eine Ewigkeit, daß die beiden dort in den Flammen blieben, schließlich hat Dellwood Alma herausgetra-gen – er roch nach gebratenem Fleisch, und Almas Haar rauchte.

Dellwood hat Alma in die Pferdetränke fallen lassen, direkt neben Ellen Finton oder was von ihr übriggeblieben war, und Alma hat in einem fort gespuckt und geheult.

»Mein Buch!« hat Alma geschrien. »Meine *Ornithological Studies in the Pacific Northwest*!«

Alma ist aus der Tränke herausgestiegen und hat sofort wieder in die Flammen laufen wollen. Dellwood hat sie eingeholt, hat die Faust geballt und Alma aufs Kinn geschlagen, genau so, wie die *Tybo*-Männer andere Männer schlagen. Almas Körper ist zusam-mengesackt und ist in den Staub der Pine Street gefallen. Da sind mir plötzlich Idas Tagebücher in den Sinn gekommen.

Danach hab ich nur gemerkt, daß mein Körper in Idas Haus war und in Flammen stand. Die Treppe hat lichterloh gebrannt. Ich bin einen Pfosten hochgeklettert und hab mich am Geländer hochgehangelt, zum Flur hoch. Kiebitz überall.

Idas Zimmer war ganz voller Rosenfarbe – leuchtendhell. Da ist noch nichts verbrannt gewesen, aber von den Fenstern lohte das Feuer, die Tapeten haben schon richtig geblubbert. Ich hab nach der Schublade gegriffen, wo Ida ihre Tagebücher aufbewahrte, ich hab mein Hemd gehalten wie eine Schürze und Idas Tagebücher eingesammelt. Ich hab Idas blaues Kleid auf dem Bett erkannt, hab danach gegriffen – in dem Moment ist um mich herum der Fußboden eingebrochen. Ich bin auf Idas Bett gesprungen, da ist das Bett mit dem ganzen Stockwerk zusammen nach unten in die Flammen gestürzt.

Halt dir in der Hölle dein Herz offen! hab ich mir gesagt und bin zur Tür hin, das heißt dahin, wo ich die Tür vermutete.

Dann weiß ich nur noch, daß ich auf der Pine Street neben Dellwood Barker gestanden habe.

»Was soll ich denn tun? Muß ich auch dich noch bewußtlos schlagen?« hat Dellwood mir ins Gesicht geschrien. Dann hat er mich in seine Arme genommen. Dabei sind Idas Tagebücher mir aus dem Hemd in den Staub der Pine Street gefallen.

Ida Richilieu, Dellwood Barker und ich – wir haben auf Gracie Hammer geschaut, die verbrannt auf der Pine Street lag, auf Ellen Finton, die in der Pferdetränke schwamm, auf Alma Hatch, die ganz betäubt nackt mit Beinen überkreuz und weggebranntem Haar neben Gracie Hammers Leiche saß, auf die schwarzen, in Leder gebundenen Tagebücher mit Goldschnitt in dem Staub zu Gracies Füßen.

»Seht sie euch an! Überall stehen sie herum, die Mormonen«, hat Ida gesagt. »Und keiner, der zu helfen versucht. Unter der Flagge dort hat eine Zeitlang der Reverend gestanden, im Nachthemd, mit seinem dicken Buch unterm Arm, selbstzufrieden wie nur was – und hat dahergeredet von Feuer und Schwefel und Hölle und Strafe und vom Herrn!«

Alma hat den Arm gehoben und gezeigt und gesagt: »Jetzt geht's wieder los!« Wir haben ein Krachen gehört, und als wir hinschauten, ist das Schild aus den Angeln gefallen, die Schrift *Indian Head Hotel* war aufgeblubbert, von der Hitze.

Idas Haus sank in sich zusammen, ist in sich versackt, so wie Almas Körper versackt war, als Dellwood sie geschlagen hatte. Kollabiert ist das Haus wie eine *Tybo*-Dame, die in Ohnmacht fiel. Die Balken haben sich bewegt, als das Feuer niederbrannte.

Befreit.

Ohne Bewegen Bewegen sind wir gar nichts.

Nur der hintere Kamin war stehengeblieben.

Dieser Ausdruck auf Idas Gesicht – so was hatte ich noch nie auf einem Gesicht gesehn.

Die Ponderosa-Fichte – der Fichtenbaum, nach dem Pine Street benannt worden war – war in Flammen aufgegangen wie eins von Virgil Wisdoms Streichhölzern.

Dumm Dave weinte, und Dumm Hund hat geheult.

Von Idas Haus war bis Mittag nichts geblieben, außer der Asche – nur Idas weißes Kleid, Idas Tagebücher, Idas Schrotgewehr, das Klavier hinten auf der Bühne der Brüder Wisdom, ein paar Stühle, der Schuppen, eine Decke, eine Kiste Whiskey, Alma Hatch, Dellwood Barker, Ida Richilieu und ich.

Am nächsten Morgen sind Dellwood und ich nach Gold Hill hoch, ich und das Maultier immer Dellwood und Abraham Lincoln nach, mir hat das Herz geklopft, mir ist der Atem geflogen.

Vor der Lichtung bin ich vom Maultier herunter, da hatt ich so weiche Knie, daß meine Beine überhaupt nicht stehen konnten. Als meine Füße am Boden aufschlugen, ist daher mein ganzer Körper am Boden aufgeschlagen.

Als ich endlich wieder hochkam, hab ich meine Beine und meine Füße einfach von selber gehen lassen. Sie haben mich auf die Lichtung geführt und haben mich mitten unter die Leichen hingestellt. Virgil, Ulysses, Homer und Blind Jude.

In den Bäumen hungrige Truthahngeier.

Fliegen in einem Schlachthof.

Hab einmal die Geschichte gehört, daß einem Reh das Herz aufplatzt, wenn es genug Angst kriegt.

Aber aus Angst platzt das menschliche Herz nicht.

Dellwod stand eine Weile versunken da, dann haben wir uns an die Arbeit gemacht und Virgil, Ulysses und Blind Jude dem Maultier quer über den Rücken gelegt. Homer haben wir Abraham Lincoln aufgeladen.

Ulysses hatten sie den kleinen Finger mit dem Diamantring abgeschnitten. Sein Gesicht war eingeschlagen.

Ich hab den ganzen Weg bergab über kein Wort gesagt. Dellwood Barker hat den ganzen Weg über gesprochen.

»Du hast dich dein Leben damit gequält, daß du den Teufel an deine Mutter herangelassen hast«, sagte Dellwood. »Und bei Owlfeather genauso – weil du denkst, er wäre gestorben, damit du am Leben bleiben konntest. Und jetzt machst du das gleiche wegen der Brüder Wisdom. Wenn du dir immer wieder dieselbe alte langweilige Geschichte vom Teufel vorerzählen willst, dann ist das deine Sache, aber was mich angeht – ich halte sie für einen Haufen Mist, ich glaub davon kein einziges Wort.«

Als wir die Stadt erreichten, ist die Sonne untergegangen. Wir haben die Brüder Wisdom zwischen dem Schuppen und ihrem Wagen hingelegt, einen neben den andern. Dann haben wir Ellen Finton in einen Kartoffelsack gesteckt, dann Gracie Hammer und die beiden neben die Brüder Wisdom hingelegt.

Ich hab mir zwei von Dumm Daves Schaufeln ausgeborgt, und oben im Friedhof haben Dellwood und ich dann die Löcher ausgegraben. Er hat wie ein Wahnsinniger gefuhrwerkt, bis zur Schlafenszeit, und ich hab versucht, mitzuhalten. Wir haben nicht im Hauptteil des Friedhofs gegraben – das heißt, nicht im christlichen Teil –, sondern ein Stück davon entfernt, in dem Teil, den Ida ihren Teil nannte, wo Mörder und Prostituierte und Versager begraben werden.

Sechs Leichen, sechs Gruben – später dann die Hände von Thord Hurdlika.

Das war alles, was von Thord Hurdlika übriggeblieben war – seine großen Hände, die lederweich gebrannt waren. Die haben wir aber erst gefunden, als alles abkühlte, in dem Aschenhaufen, der einmal Idas Haus gewesen war – das war drei Tage später. Dellwood hat Thurds Hände in die Kiste zusammengepackt, in der Ida den italienischen Rotwein geschickt bekommen hatte. Wir haben die Kiste neben Gracie Hammer begraben.

Es gab zwei Beerdigungen – an einem Tag zwei Beerdigungen. Die eine hielt der Reverend Helm für einen Mann mit dem Namen Lawrence Satterfield – *einen guten, gottesfürchtigen, gesetzestreuen Mormonenbürger aus Excellent, Idaho, der bei der Bekämpfung eines Hotelbrands am Ort ums Leben gekommen ist.*

Ich hatte einen Mann namens Lawrence Satterfield getötet.

Es wird erzählt, daß seine Leiche gefunden worden wäre, wo früher die hintere Veranda gestanden hätte. Von Lawrence Satterfield war gerade genug geblieben, daß die Leute ihn identifizieren konnten.

Die andere Beerdigung, das war unsere Beerdigungsfeier. Für Virgil, Ulysses, Homer und Blind Jude Wisdom. Für Ellen Finton. Und für Gracie Hammer.

An Helms Beerdigung von Lawrence Satterfield hat die ganze Stadt teilgenommen.

Zu unsrer eigenen Beerdigungsfeier sind nur wir selber gekommen.

Helms Beerdigungsfeier hat in der Mormonenkirche stattgefunden. In der neuen, der grünen. Da hat es einen großen Sarg und Blumen gegeben, und du hast die Orgel spielen und die Leute singen hören können – die Lieder, die man singt, wenn *Tybos* sterben, eine Musik, wenn du die hörst, dann möchtest du gleich selber sterben.

Ida, Alma, Dellwood und ich, wir haben unsere Beerdigungsfeier gehalten zwischen dem Schuppen und dem Wagen der
Brüder Wisdom. Ida hat Klavier gespielt. »Carry Me Back to Old
Virginny« – darum hatte ich sie gebeten. Sie kannte das Lied
nicht besonders gut, hat es aber bis zum Ende geschafft. Es hatte
ganz anders geklungen, als die Wisdom Brothers es gesungen
hatten. Bei ihrem Begräbnis hat es keine Särge gegeben – kein
Geld, Särge zu kaufen, keine Zeit, um Särge zu baun.

Wir haben sie alle schöngemacht, so gut es ging – sie waren alle
fort nach Glidden, fort nach Calcutta.

Ulysses mit seiner Maiskolben-Pfeife.

Homer mit einer Bibel und mit seinem Tamburin.

Virgil mit seiner Fidel.

Blind Jude mit Nickeln auf den Augen und einem Silberdollar
in der Tasche.

Gracie Hammer und Ellen Finton in Kartoffelsäcken. Ich hab
meine Hudson-Bay-Decke in zwei Stücke gerissen und hab Gracie Hammer mit der einen Hälfte zugedeckt und Ellen Finton mit
der andern.

Alma hat wilde Blumen gepflückt. Hat über alle Blumen ge-
streut: Indian Paintbrush, die scharlachroten und die gelben.

Wir sind dort ein trauriger Anblick gewesen beim Begräbnis
von den Brüdern Wisdom und von Ellen Finton und Gracie
Hammer. Ida Richilieu war ganz weiß gebrannt, genauso wie die
Pfosten weißgebrannt waren, die aus der Asche von Idas Haus
aufragten. Das Haar von Alma Hatch stand ihr am ganzen Kopf
hoch wie bei Stachelschwein. Ein Teil von ihrem Gesicht pellte
ab, sie hatte ganz rote Augen vom Weinen, und am meisten hat sie
über ihr Haar geweint. Sie trug eine von Dellwoods Hosen, die
mit Bindfaden gehalten wurde, und sein weißes Hemd von Sears
and Roebuck. Ida hatte das weiße Kleid an. Dellwood hatte
Brandwunden und eine offene Kopfwunde, die gar nicht aufhören wollte mit Bluten.

Dellwood, Ida, Alma und ich, wir haben die sechs Leichen auf den Wagen der Brüder Wisdom gehoben. Da ist etwas in dir gestorben beim Hochheben der toten Körper – da war kein Bewegen Bewegen mehr in ihnen, da war nur noch totes Fleisch.

Wir haben die Leichen am Friedhof abgeladen und jede Leiche in eine Grube gelegt.

Als wir sie hineingelegt hatten, da waren in den Gruben von Osten nach Westen der Reihe nach: Ulysses, Homer, Virgil und Blind Jude, Ellen Finton, Gracie Hammer. Drei Tage später haben wir neben Gracie Hammer Thord Hurdlikas Hände begraben.

Dellwood hat angefangen, mit hohem Kehlton indianische Lieder zu singen. Dumm Dave ebenfalls. Ida hat ihre jüdischen Stammeslieder gesungen – daß sie jüdisch waren, hab ich mir gedacht, weil ich so ein Singen überhaupt noch nie gehört hatte. Alma hat ein paar von ihren Vogeltod-Ekstase-Lauten ausgestoßen – Laute, wie sie die Erde ausstoßen würde, wenn sie sich so furchtbar fühlen würde, wie wir uns fühlten.

Bei dem Stöhnen, Weinen und Jammern dieser vier hab ich mir gesagt, da sollte ich vielleicht besser auch. Ich hab die Augen zugemacht, hab mir vorgestellt, meine Augen wären die von Blind Jude. Ich hab den Laut herausgelassen, der in mir steckte.

Bei dem Laut hat das Maultier ausgeschlagen.

Der Laut, den ich ausstieß, ist immer lauter und lauter geworden.

»Nun haben die beiden beim andern Begräbnis mit Singen aufgehört«, sagte Dellwood.

»Ein Wunder, daß du nicht die Toten auferweckt hast«, sagte Ida. »Hört sich ja an wie die Hölle.«

Alma hat mit den Füßen um sich getreten und hat mit den Armen um sich geschlagen.

Am Ende hat mir Dellwood auf die Schulter geklopft, weil er glaubte, ich verlör den Verstand.

Da hab ich mich umgeschaut nach dem andern Begräbnis nur ein Stück weiter nördlich im christlichen Teil vom Friedhof. Dort haben die Menschen mitten im Sonnenlicht gestanden. Sie schienen so sauber und davon überzeugt, daß sie im Recht waren.

Ehrlich, am liebsten wär ich zu ihnen hinübergegangen und hätt sie gefragt, wie man das macht – so sauber und sicher zu sein. Wie man Gott liebt oder Joseph Smith oder wen immer man lieben muß, damit die Sonne so auf dich herabscheint. Auf dich und deine Mutter, deinen Vater, deine Brüder und Schwestern – auf dich und dein sauberes, selbstsicheres Kind – auf deine ganze Familie, die mit dir zusammenwohnt in einem Haus mit mehr als nur einem Halbfenster, mit vielen Zimmern, die du dein Heim nennst.

Ehrlich, ich hab mir gewünscht, daß ich weiß wäre, daß ich ein *Tybo* wäre. Hab mir gewünscht, daß ich ein Mormone wär. Hätt gern die mormonischen Regeln fürs Leben gehabt und ihr Buch gelesen. Hätt gern eine Frau gehabt. Und Kinder. Hätt gern einen großen Sarg und alles sauber und ordentlich gehabt, wenn ich eimal stürbe.

Und je mehr ich mir wünschte, *tybo* und Mormone zu sein, um so lauter hab ich gesungen. Hab noch weitergesungen, als wir alle längst fortgegangen waren – wir und die Mormonen. Weil mir nämlich bald in den Ohren klang, was Homer gesagt hat:

Verdammt – ihr verdammten weißen Hunde!

Am Ende hat Ida mich zum Schweigen gebracht. Hat mir einen Tritt in den Hintern gegeben und hat gesagt, ich sollt's Maul halten.

Beim Schaufeln haben wir uns abgewechselt. Wir haben die Gruben aufgefüllt. Jede Schaufel Erde, die wir auf sie geworfen haben, war eine Schaufel Ida, Alma, Dellwood, Dumm Dave und ein Stück von mir.

Sheriff Archibald Rooney ist vom Bezirksamt in Sawtooth für die Ermittlungen herübergekommen; das war ungefähr eine Woche später. Sheriff Rooney hat den Tag damit verbracht, daß er mit dem Reverend Helm und mit Blumenfeld sprach. Und weil es in der Stadt keinen Whiskey zu kaufen gab und weil's dort nun kein Haus mehr gab, um sich fürs Bett einzudecken, hat Sheriff Rooney am Nachmittag sein Pferd bestiegen und ist aus Excellent fortgeritten.

Wir haben an der ersten Biegung der Straße auf ihn gewartet – Ida Richilieu, Dellwood Barker, Alma Hatch und ich.

»Habt Ihr da nicht etwas vergessen?« hat Dellwood Barker ihn gefragt.

»Vergeßt Ihr da nicht die Wisdom Brothers?« hat ihn Alma Hatch gefragt.

»Die Wisdom Brothers?« hat Sheriff Rooney gesagt.

»Ulysses, Virgil, Homer und Blind Jude«, hab ich gesagt.

»Ach so, die!« hat der Sheriff gesagt. »Die Nigger-Band – der Fall ist abgeschlossen!«

»Und wie erklärt Ihr Euch dann ihren Tod?« hat ihn Alma gefragt.

»Ganz einfach«, hat der Sheriff gesagt. »Jagdzeit«, hat er gesagt.

Als Sheriff Rooney forgeritten war, ist Ida nach Chinatown gegangen.

Sie hatte die Schlacht des Vierten Juli verloren, hatte den ganzen Krieg verloren, und Ida war eine schlechte Verliererin – nicht schlecht in dem Sinn, daß sie's nicht akzeptierte, sondern daß sie's wie Prügel hinnahm.

Ich hatte jede Minute damit gerechnet, daß sie nach ihrem Schrotgewehr greifen würde, daß Ida mit ihrem Schrotgewehr die Pine Street hinuntergehen würde und dem Reverend Helm und Blumenfeld ein weiteres Loch in den Leib schießen würde. Ida hat aber nicht nach ihrem Schrotgewehr gegriffen. Daß ihr Haus abgebrannt war, daß die Brüder Wisdom tot waren – das war nicht so schlimm wie, hat Ida gesagt, »wie der Mangel an vernünftiger Justiz im Land«.

Da war aber noch etwas anderes. Ida würde es selber nie zugeben – doch in einer Welt ohne Idas Haus war sie verloren. Ida war die Madame Alles-im-Griff – die Art von Person, der es wichtig war, diejenige zu sein, die allen andern sagte, was sie zu tun hatten. Es gab immer nur *ihr* Haus, *ihren* Whiskey, *ihre* Mädchen, *ihre* Musik, *ihr* Essen – es konnte ja sein, daß sie dir etwas schenkte oder es dich billiger haben ließ, du hast aber immer gewußt, daß sie's war, von der du's bekamst.

Draußen im Schuppen und drunten in Chinatown – Ida im schmutzigen weißen Kleid, mit ihren dünnen Armen und Beinen, Ida ohne Saloon, ohne blaues Kleid, ohne ihren Spiegel, in dem sie sich beim Nippen am Whiskey zusah und sich beim Rauchen von Sternenstaub zusah, ohne Bad – das alles hat Ida schlecht ertragen.

Blieben betrunken und rauchten immerfort, sie und Alma, alle beide. Alma, fast ohne Haar und ohne ihr Vogelkunde-Buch – Alma war fast genauso schlecht dran wie Ida.

Blieben schlimm betrunken, die beiden Frauen, haben geweint und getrunken und haben sich leidgetan, und dann haben sie gezankt, Alma hat geschimpft, sie hätten Ida ja gleich davor gewarnt, Neger ins Hotel hereinzunehmen.

»Aber du hast ja nicht hören wollen«, so Alma

Und Ida, plötzlich wieder auf'm hohen Roß, hat dahergeredet von menschlichen Werten, und hat gesagt, es gebe da eben auch Menschen, die seien zum Führen geboren und spürten in ihrem Herzen die Aufgabe, die Massen aus der Finsternis und aus der Dummheit ihres kleinkarierten Lebens herauszuführen.

Dazu Alma: »Bockmist.«

Darauf Ida: »Hühnerscheiße.«

Und sind von neuem aufeinander losgegangen, diese beiden, keifend, noch mal und noch mal, und 'ne Weile später haben sie sich in den Armen gelegen und geweint.

Es ist aber ehrlich so, daß es mir gefallen hat, wenn die zwei gegeneinander los sind; wenn sie mit sich beschäftigt waren, dann haben sie nämlich nicht auf dir herumgehackt.

Wie Dellwood es ausdrückte: »Gibt nichts Schlimmeres in der Welt als gestürzte Königinnen, die ihren gehässigen Zorn an dir auslassen.«

Zu viert haben wir im Schuppen gelebt damals, in den ersten Monaten, und da ist's mehr als oft vorgekommen, daß Ida und Alma nämlich genau das getan haben – daß sie ihren gehässigen Zorn auf uns gerichtet haben –, und deshalb haben Dellwood und ich uns angewöhnt, mehr und mehr Zeit oben auf Nicht-wirklich-ein-Berg zu verbringen. Wir haben auf der Wiese oben gelagert, an meinem ganz persönlichen Platz, da sind wir wieder mit dem Kopf nach oben gekommen, sozusagen, haben die Dinge wieder von oben her betrachtet, haben alles wieder in Perspektive gesehn, wie Dellwood das nannte.

Wenn wir da oben auf dem Berg gesessen haben und hinunterschauten, war's schwer zu glauben, daß Idas Haus nicht mehr stand – daß dort gar nichts mehr war außer einem Rechteck aus Schwärze. Dann hab ich die Augen zugemacht und hab einfach gewußt: Wenn ich sie wieder aufmache, würde Idas Haus aus dem rosa Holz wieder dastehn. Dann hab ich gewußt, daß das Abbrennen nur ein böser Traum gewesen war, aus dem ich aufwachen könnte – so wie du es machst, wenn dir die Richtung nicht paßt, die eine Geschichte nimmt, und du findest, es wäre besser, sie zu beenden.

Wenn ich dann aber die Augen wieder aufgemacht habe, ist Idas Haus jedesmal nicht dagewesen.

Die Brüder Wisdom, der Brand, Ellen Finton, Gracie Ham-

mer und der Mangel an vernünftiger Justiz im Land haben Dellwood Barker und mich einander nähergebracht, das heißt, sie
haben mich Dellwood nähergebracht.

Auch wenn Dellwood Barker sich weiter entfernte. Immer und
immer weiter entfernte, weil er versuchte, uns zu heilen. Die
Kopfwunde, sein wundes Herz, unsere wunden Herzen – sie
haben ihn entzogen.

Weil bei uns alles dazwischenkam.

Ich hab Dellwood den Schädel rasiert, damit er die Wunde am
Kopf sauberhalten konnte. Danach hat er beschlossen, sich alles
übrige Haar am Körper ganz abzurasieren. Hat sich den
Schnurrbart wegrasiert, hat sich die Haare auf der Brust und am
Bauch und an den Eiern und am Arsch wegrasiert.

Als ich ihn danach fragte, hat er gesagt, daß Indianer sich die
Haare abschneiden, wenn jemand, den sie lieben, gestorben ist.

Dellwood hat ein neues Pferd gekauft und hat es Kiebitz
genannt. Hat Kiebitz in der Box neben Abraham Lincoln eingestellt. Hat Kiebitz mit Zaumzeug und Decke und Sattel ausgerü-
stet.

Dellwood hat sich für den Winter extra Zeug zum Anziehen
gekauft. Sachen, die ihm gar nicht paßten – die zu groß für ihn
waren.

Hat angefangen, vom Sterben zu sprechen, von Buffalo Head.
Hat angefangen, vom Leben so zu reden, wie wenn's gestern
wäre, wie wenn das etwas wäre, das er früher einmal gemacht
hatte.

Hat sich von Dr. Ah Fong tätowieren lassen. Die Tätowierung
war oberhalb seines Herzens ein rotes Herz und drinnen die
Namen Schupp, Alma, Ida, Virgil, Ulysses, Blind Jude, Homer,
Prinzessin, Willow und Moon Bear.

Als ich gefragt habe, wer denn Willow und Moon Bear wären,
hat Dellwood geantwortet, das seien die Namen seiner toten
Kinder.

Willow und Moon Bear: die Zwillinge, die gestorben waren.

Dellwood hat sich ein Spezialgewehr gekauft.

»So eines, wie's im Bürgerkrieg gebraucht worden ist«, hat er gesagt.

Das Gewehr hat einen Bajonett-Zusatz.

Dann kam der Tag, als in Gold Bar Zahltag war und wir noch in Excellent gewohnt haben. Der Tag, an dem Dellwood und Ida wieder angefangen haben, sich zu streiten über den fallenden Baum und was Wirklichkeit ist. Danach kam die Sache mit dem Wettstreit: Wer am meisten Spaß haben könnte – Männer oder Frauen. Ehrlich gesagt, hatte der Wettstreit aber überhaupt nichts mit Spaßhaben oder mit Männern oder Frauen zu tun. Ehrlich gesagt, war das nur ein Wettstreit zwischen Dellwood Barker und Ida Richilieu – wer recht hatte und wer unrecht hatte. Was wirklich war.

Dann gibt's da die Legende von diesem einen Abend.

Darüber, wieviel wir getrunken haben.

Wieviel wir geraucht haben.

Wer den größten Spaß hatte.

Wer den Wettstreit gewann.

Wer recht hatte und wer unrecht hatte.

Dellwood hat damit angefangen. In Wirklichkeit hat Ida damit angefangen, und der Grund hatte mit einer Sache zu tun, die Alma getan hatte. Was Alma getan hatte, war, eine Flasche Whiskey zu stehlen, die ich in den Dachbalken des Schuppens beiseite geschafft hatte. Uns waren nur noch acht Flaschen geblieben, deshalb hatte ich mir genommen, was ich für meinen Anteil hielt, und ihn versteckt.

Ich hab Alma beim Diebstahl erwischt, mittendrin. Als ich ihr sagte, sie solle die Flasche wieder wegstellen, hat sie so getan, als ob sie kein einfaches Englisch verstünd. In dem Moment ist Ida reinmarschiert, und als sie mitbekam, was Alma da vorhatte, hat Ida meine Partei ergriffen und hat Alma schließlich auf den Kopf geschlagen, an der Seite. Das wollte sich Alma von Ida nicht gefallen lassen, jetzt nicht mehr, und ist auf Ida los, und daraus ist's zum größten Handgemenge unter Frauen gekommen, das Excellent, Idaho, je erlebt hatte, seit der Schlammschlacht mit den grellen Laken in der Sonne, als meine Mutter, die Prinzessin, es mit Ida Richilieu aufgenommen hatte, vor mehr als fünfzehn Jahren.

Ida Richilieu und Alma Hatch, zu Berglöwinnen sind sie geworden, diese zwei Frauen – haben geschrien und gestoßen, haben sich in die Haare gekriegt, haben um sich getreten, haben gegellt und geflucht.

Und genau in diesem Moment ist Dellwood Barker reingekommen. Hat uns zuerst angesehen, als ob wir Fremde wären. Ich hab mich eine Zeitlang gefragt, ob er uns überhaupt sah.

Dann: »Warum streiten sie sich diesmal?« hat er gefragt.

Ich hab's ihm gesagt.

Dellwood ließ sich schwer aufs Bett sinken. Ich hab mich neben ihn hingesetzt. Wir haben zugesehen, wie Ida und Alma sich gegenseitig zusetzten, bis ihnen die Luft ausging, bis Alma auf dem Boden lag, und Ida lag auf dem Bett, und sie haben gekeucht und geschwitzt. Ida hatte Nasenbluten.

Ich konnte draußen die Krähen hören. Drinnen war's still, bis auf das schwere Atmen von Ida und Alma. Da hat gerade die Sonne durchs Fenster des Schuppens reingeschaut und hat einen Lichtfleck auf dem Boden geworfen. Dellwood ist aufgestanden, ist durch den Raum gegangen und hat von überall Whiskeyflaschen hervorgezogen – unter dem Bett, neben dem Ofen, aus dem Haufen Holzscheite und aus einigen Ecken, von denen ich nicht mal wußte, daß es sie überhaupt gab. Er hat die Flaschen in den Raum gestellt, genau in der Mitte, ist nach draußen gegangen und ist bald darauf mit noch zwei Flaschen wiedergekommen. Er hat alle Flaschen in einer Reihe aufgestellt. Zwölf Stück.

»Rückt die übrigen heraus«, hat er gesagt.

Wir haben uns alle nur angesehen. Zuerst hat sich keiner gerührt. Da hat Dellwood eine Handvoll gerollter Zigaretten und danach einen Lederbeutel in die Mitte geworfen. Ich hab mein ganzes Tollkraut und meine ganzen Sternenstaub-Zigaretten in die Mitte geworfen. Alma hat in die Hose gegriffen, ein Taschentuch voll Hanf herausgezogen und dann ihren Sternenstaub. Ida hat in ihren Rock gelangt und eine Tabaksdose hervorgeholt und auf den Haufen geworfen.

»Jemand hält etwas zurück?« hat Dellwood gefragt.

Ida hat den Raum verlassen und ist mit drei weiteren Flaschen Whiskey und einem Liter Pfefferminzschnaps zurückgekommen.

»Noch jemand?« hat Dellwood gefragt.

Alle haben Alma angeschaut.

Alma hat die Hose aufgeknöpft und hat ein weiteres gefülltes Taschentuch hingeworfen. Hat dann zwei Zigaretten unter dem Handtuch hervorgeholt, das sie sich ums Haar gewickelt hatte. Dann einen Beutel, den hatte sie zwischen ihren Titten versteckt.

»Das ist alles«, hat Alma gesagt.

Wir haben sie weiterhin angesehen.

Alma ist aufgestanden und durch die Tür gestürmt. Sie ist mit einem Liter russischen Wodka und einer Flasche von dem italienischen Rotwein zurückgekommen, den wir an dem Tag getrunken hatten, als wir alle zusammen ganz in Weiß angezogen gewesen waren.

»Das war's«, hat Alma gesagt. »Mehr gibt's nicht!«

Dellwood hat vier Gläser auf den Boden gestellt – vor jeden von uns ein Glas.

Alma hat auf dem Boden gekauert, mit den Armen um die Knie. Ida lag wieder auf dem Bett, mit dem Gesicht zur Wand. Die Luft war kühl. Wir hatten kein Feuer gemacht, von Feuer hatten wir einfach genug. Geschneit hatt' es noch nicht. In den zwei Jahren davor war der Schnee spät gekommen – Weihnachten und noch später. Ida hatte gemeint, in diesem Jahr würd's nicht anders – der Schnee käme spät.

Bei Winter und so Sachen käme immer alles dreimal, sagte Ida und sagte es so, wie sie immer alles sagte – wie wenn sie verflixt nie unrecht hätte.

Aber so, wie an dem Tag der Himmel aussah – klares Blau und volle Sonne –, sah's ganz so aus, als ob Ida wieder mal recht behalten würde.

Die Sonne, die durchs Fenster fiel, ist zu den Flaschen weitergewandert. Der Sonnenschein auf den Flaschen hat kleine Lichtkreise über den ganzen Raum geworfen. Sonne auf dem Whiskey in den Flaschen – das war wie Sonnenschein spät im Herbst. Sonne auf dem Wodka hat auf Dellwoods Gesicht Regenbogen gemacht.

Dellwood hat die Wodkaflasche mit der Stiefelspitze berührt, gerade genug, um die Regenbogen zu stören.

Als ich in diesem Augenblick zu Dellwood hinübersah, hab ich an die Zeit denken müssen, als wir beide Regenbogen zwischen uns bewegt hatten.

Ida hat sich herumgewälzt und hat herübergeschaut. Da haben alle Blicke auf dem Sonnenschein auf den Flaschen gelegen.

Dellwood hat sich vorgebeugt und hat die Flasche genommen, die ihm am nächsten stand, und hat uns allen eingegossen. Als er dann gesprochen hat, war seine Stimme wie der Fleck Sonne. Da war er wieder ganz der Alte.

»Zusammenhalten!« Dellwood hat sein Glas zum Anstoßen gehoben.

Keiner hat sich bewegt.

»Eine Familie!« hat Dellwood als Trinkspruch gesagt.

»So echt wie eine Mormonenfamilie«, hab ich gesagt und mein Glas gehoben.

Darauf hat Ida gesagt: »Daß nie mehr etwas zwischen uns kommen möge! Solange wir leben.«

Wir haben unsere Gläser ganz hoch gehoben.

»Daß nie mehr etwas zwischen uns kommen möge!« haben wir alle zusammen gesagt.

Alma hat sich eine von ihren Zigaretten angezündet und hat sie an Ida weitergegeben.

Als ich das nächstemal hinschaute, ist der Sonnenfleck verschwunden gewesen und die Flasche Wodka auch, genauso wie eine von den Whiskeyflaschen. Ida und Alma saßen auf dem Boden nebeneinander. Dellwood und ich, wir saßen auf dem Bett.

Ida hat einen tiefen Seufzer ausgestoßen, als sie aus dem Fenster schaute, in die Richtung, wo früher Idas Haus gestanden hatte, und hat gesagt: »Du hast schlechte Karten – damit mußt du rechnen. Halt deine Versprechen, halt dich sauber, halt dich auf Trab – das ist alles, was du da tun kannst.«

Wenn Ida so etwas sagte, einen von diesen Sprüchen, die sie eben immer sagte – so wie: du hast schlechte Karten –, dann sind wir gewöhnlich einfach nur still geblieben, Alma Hatch, Dellwood Barker und ich, oder wir haben genickt.

Doch an diesem besonderen Tag hat Dellwood Barker sich nicht zurückhalten können, nachdem er sich abgemüht hatte, Frieden zu stiften, da mußte es einfach aus ihm heraus:

»Ich bin es richtig leid, immer den gleichen alten Scheiß von dir zu hören, Ida«, hat Dellwood gesagt. »Die arme, arme Ida Richilieu – hat ja so schlechte Karten und gibt trotzdem nicht auf! Ist das Leben nicht ein Grizzlybär!? Und ist Ida Richilieu nicht ein tapfer, zähes altes Mädchen!?« hat Dellwood gesagt. »Ich sag dir, ich bin's leid, das so zu hören. Es gibt nichts, das einem Menschen widerfährt, was dieser Mensch nicht in sich selber ist. Die Welt da draußen tut nur das, was du ihr sagst. Die Welt erlebst du so, wie du sie erlebst, weil du dir die Geschichte ebenso genau erzählst. Wenn du die Welt so verzweifelt verändern willst, Ida, dann mußt du dabei anfangen, wie du selber die Welt siehst.«

Wirklich.

Ida hat sich die Flasche gegriffen, die Dellwood geöffnet hatte, und hat eine neue Runde eingeschenkt.

»Also, was du mir da erzählst, Dellwood Barker«, hat Ida gesagt, »das soll wohl heißen, daß mein Hotel abgebrannt ist, weil ich so bin, wie ich bin?«

»So ist es«, hat Dellwood gesagt. »*Du* hast den Krieg erklärt. Das bist doch du gewesen.«

»Es war notwendig, diesen Krieg zu erklären«, hat Ida gesagt. »Wenn ich's nicht getan hätte, dann hätt's keiner getan. Die Umstände haben mich dazu gezwungen.«

»Wer hat dich denn gezwungen?« hat Dellwood gefragt.

»Die Mormonen. Der Mangel an vernünftiger Justiz in diesem Land.«

»Daß du Mormonen haßt, weil sie sich nicht so verhalten, wie sie sich deiner Meinung nach verhalten sollten, hat damit wohl gar nichts zu tun, wie?« hat Dellwood gefragt.

»Mormonen muß man einfach hassen«, hat Ida gesagt. »Jeder Mensch, der sich selbst für einen Heiligen oder eine Heilige hält, ganz gleich, ob für einen Heiligen der Letzten Tage oder sonstwas, der muß gehaßt werden, der muß bekämpft werden. So ist das nun mal, und so bin ich nun einmal. Du darfst von mir nicht verlangen, daß ich mich ändere.«

Ich hab noch eine Runde eingeschenkt.

»Yeah! Verflixt, den Vers von dir kenn ich auch schon«, hat Dellwood gesagt. »Siehst du denn nicht, Ida, daß du mit diesem Dreh nur deinen Arsch bedeckt hältst? Wenn du meinst, das Leben sei ein Kartenspiel, bei dem du schlecht bedient worden bist, wenn du meinst, daß du selber gar keinen Einfluß darauf hast, was dir zustößt, wenn du meinst, daß dir gar nichts anders übrig bleibt, als Schmach hinzunehmen – dann tut die Welt dir auch genau das an, was du ihr sagst, und sie wird genauso sein, wie du sagst, daß sie sein wird. Aber sobald dir jemand einen Spiegel vorhält – wenn es wer auch nur wagt, Ida Richilieu vielleicht darauf hinzuweisen, daß sie vielleicht selber etwas damit zu tun haben könnte, wie die Ereignisse in ihrem Leben sich entwickeln –, was tut Ida Richilieu dann? Da versteckt sie sich sofort hinter der andern abgenutzten, armseligen verflixten Geschichte – daß sie nun mal so ist, wie sie ist, und es wär besser, wenn das alle einfach so akzeptierten, weil Ida Richilieu sich nämlich nicht ändern wird.

Nach meiner Sicht der Dinge«, hat Dellwood Barker gesagt, »find ich das verdammt reichlich dogmatisch, und das scheint mir der Lebensstil eines Feiglings, weil so nämlich alles, was dir am eigenen Leben nicht paßt, sich als Fehler von jemand anders herausstellt.«

»Und was ist mit den Brüdern Wisdom?« hat Ida gesagt. »Glaubst du etwa, die seien abgefangen worden und wie Hunde erschossen worden, weil sie das so wollten? Wenn nämlich mein Haus deshalb abgebrannt ist, weil ich nun mal so bin, dann sind sie deshalb gestorben – wenn man deiner erbärmlichen, abgenutzten, verdammten Geschichte glaubt –, weil sie sich das so erzählt haben. Das glaube ich nicht und werd es nie glauben. Diese Männer – diese Neger haben es sich nicht ausgesucht, in eine Welt hineingeboren zu werden, die sie haßt. Die hatten schlechte Karten in die Hand bekommen, und sie konnten nicht mehr tun, als wir alle nur können – und das ist: das Leben ergreifen, bevor's dich erwischt, immer nur einen Schritt auf einmal tun, als Mensch so gut zu sein, wie's dir eben möglich ist – und sich auf Trab halten«, hat Ida gesagt.

»Und wenn dir das Schmach bringt, dann find ich das genauso in Ordnung wie alle andern Söhne oder Töchter auf Gottes grüner Erde auch.«

»S…C…H…M…A…C…H«, buchstabierte Dellwood. »Bedeutet Schande zu erleiden wegen eines Fehlers, den du gemacht hast, nämlich geboren worden zu sein.«

Dellwood hat uns wieder eine Runde eingeschenkt.

»Und du, nimm dich in acht, Dellwood Barker«, hat Ida gesagt. »Hat bisher noch keiner Ida Richilieu einen Feigling genannt!«

»So ist's recht, Ida. Wenn du an die Wand gedrängt bist – dann raus mit den Drohungen«, hat Dellwood gesagt. »Warum mir jetzt nicht den Krieg erklären? Damit würd ich dir einen Grund geben zum Weiterleben.«

Ida hat eine Whiskeyflasche gepackt und hat damit nach Dellwood geworfen. Dellwood hat sich geduckt. Die Flasche ist an der Wand zerbrochen. Die Flasche war leer.

Dellwood ist zu Ida hinübergesprungen, hat Ida am Kragen gepackt und hat ihr Gesicht gegen seins gehalten.

»Wovor hast du bloß solche Angst, Frau?« sagte Dellwood mit zusammengebissenen Zähnen. Nur die Lippen haben sich bewegt. »Warum kannst du nicht wenigstens einmal eine Pause machen und dir ins eigene Gesicht sehn?«

»Es gibt die Welt da draußen, Dellwood Barker«, hat Ida gesagt und dabei die Zähne zusammengebissen, so wie Dellwood die Zähne zusammengebissen hatte. »Ich kann sie nämlich sehen und schmecken und fühlen. Das ist nicht bloß so was, das ich mir einbilde. Und dein verdammter Baum in deinem verdammten Wald macht beim Fallen einen verdammten Krach, weil es die Welt draußen gibt – und ist nicht bloß irgend so eine Idee, die irgendein komischer Cowboy sich einzubilden glaubt –, und wenn in dieser Welt ein Baum fällt, dann macht er Krach, ganz gleich, ob ich dabei bin oder nicht, ob du dabei bist oder nicht, um es zu hören.«

»Das wär's dann also, ja, Ida?« hat Dellwood gesagt. »Du hast das letzte Wort.«

»Genauso«, hat Ida gesagt. »Ich habe gesprochen.«

»Und daran wird sich nichts ändern, niemals?« hat Dellwood gesagt.

»Und daran wird sich nichts ändern, niemals«, hat Ida gesagt. Vorsehung. Ida ist aufgesprungen.

»Was ist heute für ein Tag?« hat sie gefragt.

Dellwood hat Ida angeschaut, dann Alma und dann mich.

Keiner hat's gewußt, aber ich hab's gewußt, weil's nämlich der Tag Allerseelen war.

»Es ist Allerseelen. Der 31. Oktober«, hab ich gesagt.

»Zahltag!« Ida hat einen Jauchzer ausgestoßen. »Ach, diese Menschheit! Wie hab ich bloß dieses Datum vergessen können!? In Gold Bar ist heute Zahltag!« hat Ida gerufen. »Wer bin ich nur, daß gerade mir dies einfällt?« hat Ida mit einem Blick auf Dellwood gefragt.

»Du bist eine verflixt dickköpfige, gemeine Frau«, hat Dellwood gesagt.

»Nicht so dickköpfig und gemein wie die meisten Männer, die ich kennengelernt habe, dich eingeschlossen, Dellwood Barker«, hat Ida gesagt.

»Gold Bar ist ohne Huren! Warum sind wir eigentlich noch hier!?« hat Alma gesagt.

»Los, wir spannen das Maultier vor den Wagen der Brüder Wisdom und bringen den Männern Erlösung«, hat Ida gesagt.

»Da wollen wir erst mal was trinken«, hat Alma gesagt und hat wieder eine neue Runde eingeschenkt.

»Auf fallende Bäume im Wald«, hat Ida gesagt.

»Und darauf, daß wir da sein werden, um sie zu hören«, hat Dellwood gesagt.

Und nach dieser Runde haben wir uns noch eine Runde genehmigt, haben die Gläser hinuntergekippt und uns noch mal eingegossen. Alma hat sich eine Tollkraut-Zigarette angesteckt.

Es muß ungefähr an diesem Punkt gewesen sein, daß Ida irgendeine Bemerkung von der Sorte machte, daß Frauen stärker seien als Männer. Dellwood hat ihr recht gegeben – meinte, es stimmt, daß Frauen mächtiger sind als Männer, aber Männer, hat Dellwood gesagt, die verstünden es, mehr Spaß am Leben zu haben.

»Es ist einem Mann schon physisch unmöglich, mehr Spaß zu haben als eine Frau!« hat Ida gesagt.

Darauf hab ich dann gesagt: »Den meisten Frauen kommt's nur darauf an, daß sie versuchen, sich einen großen Schwanz zu besorgen.«

»Mehr versuchen auch die meisten Männer nicht«, hat Alma gesagt.

Und so hat's angefangen, und das hat schließlich zu dem Wettstreit geführt.

Ida Richilieu und Alma Hatch haben behauptet, daß sie mehr Spaß haben könnten als ich und Dellwood.

Ich und Dellwood Barker haben behauptet, daß wir mehr Spaß haben könnten als Ida Richilieu und Alma Hatch.

Mehr Spaß – am Ende sollte das bedeuten: wer mehr trinken und am meisten rauchen und am meisten lachen konnte.

Als es losging, da hatten wir vierzehn Flaschen Whiskey, eine Flasche italienischen Wein, einen Liter Schnaps, sieben Hanf-Zigaretten und einen Haufen Sternenstaub, der in den Teller meiner großen Hand paßte.

»Möge der beste Mann gewinnen«, das war der Trinkspruch von Dellwood.

»Möge die beste Frau gewinnen«, das war der Trinkspruch von Ida.

Was ich von dem Wettstreit im Gedächtnis behalten hab – daß der Wettstreit am späten Nachmittag angefangen hat und daß der Wettstreit mit Ficken angefangen hat. Das heißt, nicht mit Fik-ken, sondern mit Reden vom Ficken. Ida Richilieu hat gesagt, für sie wär am besten das mit Billy Blizzard gewesen. Alma Hatch hat gesagt, für sie mit Virgil Wisdom. Dellwood Barker hat gesagt, er hätte das beste noch nicht erlebt. Ich erinnere mich, daß ich versucht habe zu sagen, wer für mich der beste gewesen war, daß ich aber keine Worte finden konnte. Was ich gesagt hätte, wenn ich's gekonnt hätte, das war: Bester Fick war die Kugel, die ich von Charles Smith bekommen hatte.

Das ist der Moment gewesen, als Dellwood Barker mir den Namen gegeben hat *Um-Sinn-und-Verstand-gefickt*. Ich kann mich erinnern, wie laut da alle gelacht haben über dies *Um-Sinn-und-Verstand-gefickt*. Wir saßen im rosigen Lichtschein um die Kerosin-Lampe herum im Kreis, wir, unsere Familie – Almas Gesicht, Idas Gesicht, Dellwoods Gesicht, und gleich hinter unserm Lichtstrahl hat das Dunkel angefangen.

Und als nächstes haben wir alle zusammen im Mondschein draußen gestanden. Es war Jägermond – Vollmond. Wir standen in der Asche von Idas Haus. Dellwood hat einen Stuhl an die Stelle gerückt, wo vor dem Klavier der Klavierstuhl gestanden hatte. Alma stand hinter der Bar, neben der Tür, wo sie immer gestanden hatte, damit sie jeden für sich schnappen könnte, der durch die Tür hereintrat. Ida, in ihrem weißen Kleid, da hatte sie noch beide Beine, hat auf der Theke im Mondenschein getanzt, mitten in all der Schwärze hat Ida im weißen Kleid getanzt auf den Überresten von der Theke.

»Come take a trip in my airship and we'll visit the man in the moon«, hat sie gesungen – hat nicht gesungen als eine Hure im Saloon, nein, das war die Ida, die mit ihrem Mann tanzte im Walzertakt, mit dem Mann, den sie liebte, mit ihrem Ehemann vielleicht, vielleicht mit einem jungen Mann, der gerade hereingekommen war, vielleicht war er auch noch ein bloßer Junge.

Ich stand, wo ich immer gestanden hatte – in der Tür zur Küche, und hab hereingeschaut, hab zugeschaut, hab ihnen, hab meiner Familie zugeschaut.

Das nächste, woran ich mich erinnere, ist, daß es Morgen war.

Mir ist kalt gewesen, als ich aufwachte, ich war ganz schwarz verschmiert und allein draußen im Schuppen. Alle waren sie weg. Ida Richilieu und Alma Hatch und Dellwood Barker waren verschwunden.

Als ich aus dem Fenster schaute, hab ich sie gesehen, die Schneewolke oben am Devil's Pass. Es war eine wunderschöne Wolke – ein ganz langsam daherschwebender Sack Gänsefedern an einem blauen Oktoberhimmel. Ich hab die Wolke einige Zeit lang betrachtet. Hab drüber nachgedacht, wie sie aussah: wie ein Vogel, wie eine Hand, die sich ausstreckt, wie eine Frau beim Laufen.

Ich hab übers Schneien nachgedacht – Schnee am Devil's Pass – also, was das Schneien in diesem Jahr betraf, da hatte Ida Richilieu unrecht gehabt.

Ich hab überlegt. Zahltag in Gold Bar – Gold Bar liegt auf der andern Seite von diesem Schnee.

Ich bin schnell aufgesprungen, meine Beine und Füße haben sofort getan, wie ich ihnen befahl, und sind rübergelaufen, dorthin, wo Ida den Wagen der Brüder Wisdom abgestellt hatte. Und, klar, der Wagen war fort. Und das Maultier auch.

»Wie 'ne Fledermaus aus der Hölle«, sagte Doc Heyburn, so hätte der Wagen am Abend vorher die Stadt verlassen. »Gleich nach Sonnenuntergang«, hat Doc Heyburn gesagt, »ist dieser Neger-Wagen hier raus wie 'ne Fledermaus aus der Hölle.«

Ich bin die Pine Street runtergelaufen. Die Pine Street hochgelaufen. Bin hinüber nach Chinatown. Und wieder zurück.

Beim Frisörladen hab ich mit Laufen aufgehört und bin da stehengeblieben, von wo ich Idas Haus gesehen hätte.

»Wie Fledermäuse aus der Hölle!« sagte der Reverend Helm. Er stand auf der Veranda vor dem Frisörladen, Blumenfeld neben ihm.

»Wie sündige schwarze Magie und Voodoo!« hat er gesagt. »Wie besoffene Stinktiere«

386

»Huren und Stinktiere!« hat Blumenfeld gesagt. »Zum Teufel mit ihnen!«

Ich hätte diese zwei Männer auf der Stelle umbringen können. Hab's aber nicht getan. Hab mir gedacht, es wär wichtiger, dort hinzukommen, wo Ida und Alma und Dellwood sich befanden.

Ich bin zu Dumm Daves Ställen rübergelaufen und hab die Stalltür zurückgeschoben. Drinnen hat Abraham Lincoln den Kopf nach mir umgedreht, Kiebitz und Dellwood Barker auch.

Hat mir richtig angst gemacht, wie glücklich ich war, Dellwood Barker zu sehen. Wollte zu ihm hinrennen und sein Gesicht berühren und spüren, wie er atmete, und bin losgelaufen – aber irgendwas hat da nicht gestimmt.

Dellwood hat geflucht und war in Eile – und Dellwood Barker war doch nie in Eile. Er war mit dem Satteln von Abraham Lincoln beschäftigt, lief hierhin, lief dahin, stieß Sachen um, mit dem Lasso in der einen Hand, mit der Feldflasche in der andern, hat versucht, beides am Sattel festzubinden. »Sie sind am Devil's Pass oben«, hat Dellwood gesagt, »sie sind in Schwierigkeiten, Schupp. Ich spür das. Ida und Alma sitzen dort oben in dieser Wolke fest, und du und ich, wir müssen ihnen helfen.«

Dellwood hat mir seine neuen Wintersachen zugeworfen, also die Sachen, die ihm zu groß waren, und ich hab sie am Sattel von Kiebitz festgezurrt. Wir sind aus der Stadt geritten, in vollem Galopp, *wie Fledermäuse aus der Hölle, die reinsten Teufel*. Dellwood auf Abraham Lincoln voraus, ich auf Kiebitz hinterher auf der Straße zum Devil's Pass, der Wolke entgegen, die den Devil's Pass verdeckte.

Abraham Lincoln war zur einen Hälfte ein Morgan und zur anderen Hälfte Quarter House, ein vernünftiges Tier, aber langsamer als Kiebitz, der wahrscheinlich überwiegend Araberblut hatte. Doch mir war Kiebitz heute viel zu langsam. Für das, worum's mir ging, wäre das schnellste Pferd der Welt nicht schnell genug gewesen.

Am Hals von Kiebitz zeigte sich Schaum, am Hals von Abraham Lincoln auch. Durch das Dunkel von Bäumen, durch Schatten und Helligkeit, sind wir gejagt, uns ist das Herz geflogen, den Pferden ist das Herz gejagt, um uns nur jagender Atem und Pferdehufe; *Schmach*, hab ich gedacht, *Hölle, mein Herz in der Hölle offenhalten*, und hab gedacht: *Teufel.* Bei der dritten Straßenbiegung, dort, wo die Straße in eine S-Kurve führt, haben wir die Zügel angezogen und haben die Pferde zum Stehen gebracht.

Da war eine Wolke.

Am klaren blauen Himmel saß eine Wolke auf dem Devil's Pass oben, genauso wie auf Idas Haus das Feuer gesessen hatte – ein schwebender weißer Berg, der auf einem Berg saß und wie von innen heraus glühte.

Dellwood und ich, wir haben uns einen Blick zugeworfen. Den Pferden hat die Wolke auch nicht gefallen. Wir sind abgestiegen und den Rest des Wegs haben wir die Pferde geführt. Sind bis zur Wolke hoch zu Fuß gelaufen. Es war sonnig und blau, bis zur Wolke. Dann sind wir in der Wolke drin gewesen, und es war kalt – Schichten von Wolken um uns her, so wie morgens am Fluß der Nebel Schichten hat. Ich hab die Wintersachen vom Sattel losgebunden und hab die Wollhosen und den Mantel angezogen und den Schal umgelegt. Hab damals nicht drüber nachgedacht – wieso all die Sachen mir gepaßt haben.

Als weiter in der Wolke drinnen sich dann der Nebel klärte, haben wir's schneien gesehen. Da sind große Schneeflocken gefallen, faustgroß sind manche gewesen, Juwelen, die aus dem Himmel schwebten, ganz langsam und leise.

Konnte gar nicht genug davon kriegen, zuzuschauen, wie der Schnee vom Himmel fiel, wie die Flocken mir aufs Gesicht und auf die Arme fielen, wie sie auf die Mähne und die Ohren der Pferde fielen. Da wärst du am liebsten abgesessen und hättest rumgetollt.

Abraham Lincoln und Kiebitz wurden richtig aufgeregt und

ausgelassen, obwohl doch beide sonst keine Pferde waren, die sich besonders bemerkbar machten.

Von Wagenspuren keine Spur.

Wir sind in die Wolke hineingeritten, bis die Schneeflocken gar nicht mehr schön waren und es dunkel und kalt wurde. Auf der letzten Serpentine vor dem Gipfel haben wir angehalten. Dellwood hat mir zugeschrien, daß der Devil's Pass keine fünfhundert Meter weit entfernt läge. Über die Straßen war Schnee geweht, wir konnten kaum weiter sehen als die Ohren der Pferde. Es gab Windstöße, die dich fast weggepustet hätten.

Wir sind weitergegangen, wieder zu Fuß, haben die Pferde wieder geführt, haben uns im driftenden Schnee tüchtig die Füße vertreten, es hat aber alles nichts genutzt. Wir waren drauf und dran, selber einzufrieren, bis auf die Knochen. Wir wollten schon wieder umkehren, als Dellwood plötzlich eine Whiskeyflasche am Boden losgetreten hat. Man konnte den Whiskey sogar noch riechen. Ich bin bis an den Rand gegangen, wo die Straße nach links biegt, fast wieder zurück in die umgekehrte Richtung. Am nackten Rand, dort, wo der Schnee weggeblasen wurde, hab ich bemerkt, wie Felssteine verkratzt und umgestoßen waren. Drunten in der Tiefe war's endlos dunkel.

»Ida! Alma!« Meine Ohren haben kaum hören können, was mein Mund schrie.

Ich hab ihre Namen noch einmal gerufen, dann ist mir ein Windstoß ins Gesicht gefahren, der hat nach Rosen gerochen – und nach Alma Hatch.

In dem Augenblick wurde mir alles klar war.

Und gerade in diesem Augenblick ist die Sonne voll über die Welt ausgebrochen. Eine so strahlende Sonne, daß wir uns die Augen bedecken mußten. Dellwood und ich, wir haben uns angesehen, wie die Wolke von Devil's Pass nach Norden davongeschwebt ist.

Von dort, wo wir standen, ging's steil nach unten, bis zu einem großen Felsen, der eine Faust aus dem Schnee gereckt hat. Nach dem Felsen hast du nur noch gesehen, wie es weiter steil abfiel. Auf der gegenüberliegenden Seite hat es kleinere Felsen und ein paar Krüppelkiefern gegeben.

In diesem Augenblick ist in den Bäumen links von den Felsen ein Truthahngeier gelandet, die großen Schwingen sind herniedergeflattert und wurden still – gleich neben den andern Truthahngeiern auf den Bäumen – es müssen so um die zwanzig Truthahngeier gewesen sein.

»Freundlichen Dank«, hat Dellwood Barker den Truthahngeiern gesagt und ist losgerannt, auf einen Fleck neben der Straße zu, der lag nur ein bißchen höher, als wo wir standen, da hat die Erde sich sanft gesenkt, anstatt steil abzufallen.

Dellwood hat Abraham Lincoln den Hang runtergeführt, ich bin mit Kiebitz gefolgt. Ein Stück breit ist der Boden freigeweht gewesen, dann kam aber wieder Schnee, tiefer Schnee, und weil die Felsleiste so nah war, konntest du überhaupt nicht erkennen, ob der Schnee, auf den du deinen Fuß gesetzt hast, Boden unter sich hatte oder nicht. Hat den ganzen Morgen gekostet, uns bis zum Fels durchzupflügen, an manchen Stellen ging uns der Schnee bis über den Kopf.

Und hoch oben über uns die ganze Zeit die Sonne, strahlend hell wie Gott. Die Truthahngeier sind in der Luft gekreist, sind gelandet, machten ihren Lärm. Das Licht ist so grell geworden, daß selbst Blind Jude hätte sehen können. Ich hab mir Dellwoods neuen Schal vors Gesicht gezogen und hab drin zwei Löcher gemacht, nicht größer als mein kleiner Finger, um durchzusehen. Das Licht, das durch diese Löcher gekommen ist, das war messerscharf. Mir haben Nase und Gaumen gebrannt. Dellwood hatte als Kopfschutz nur einen Stetson, sonst gar nichts. Seine Kopfwunde hatte wieder angefangen zu bluten. Die Krempe des Stetsons hat die Sonne von oben abgehalten, gegen den gleißenden Schnee hat sie ihm aber nichts genutzt. Dellwood hat sein

Gesicht immer wieder in seinem Arm versteckt und ist einfach bloß weitergegangen.

Es war auch für die Pferde ganz schlimm. Sie wurden allmählich schreckhaft. Ich wollte ihnen eine Decke oder irgendwas um den Kopf binden, damit ihre Augen geschützt wären. Das hätte es aber auch noch schlimmer machen können. Bei diesen in die Tiefe abstürzenden Felsen zur einen Seite, direkt neben uns, war das hier wirklich nicht der richtige Ort, falls ein Pferd durchdrehen sollte, und darum hab ich mir gedacht, ich sollt's wohl besser lassen.

Es hat Augenblicke gegeben, da hab ich mich schon aufgegeben, da hab ich geglaubt, daß ich fliegen lernen müßte – so nah ist die Felskante gewesen.

Als wir den Felsen schließlich erreichten, haben wir in seinem Schatten gestanden und haben nicht einmal versucht, die Augen zu öffnen. Und als wir es dann doch versuchten, da hat das Sehen so wehgetan, wie wenn wir geblutet hätten.

Das erste, was meine Augen sahen – was sie außer dem hellen Glanz Gottes gesehen haben –, das sind die Truthahngeier rings um Alma Hatch gewesen. Sie stand gegen einen Baum gelehnt, und um sie herum lauerten Hunderte von diesen Vögeln, aber noch keiner hatte an ihr gefressen, noch nicht, obwohl sie wollten.

Ich bin mitten unter die Vögel gerannt, hab sie verflucht und hab ihnen alle Schimpfnamen an den Kopf geworfen, die ich je gehört hatte, ob indianisch oder *tybo*, ganz egal. Ihr Flügellärm erfüllte meine Ohren, war das einzige, was ich außer mir selbst und meinem Schreien noch hören konnte.

Am Felsen längs war es frei von Schnee. Ich bin die Leiste emporgelaufen, bis zur Baumgrenze. Zwischen dem Felsen und den Bäumen lag ein offener Raum, durch den ist der Wind in die Höhe gestürmt. Und weiter hinten am Hang, zur Straße hin, hab ich das rot-gelb-grüne Schild und das gemalte Bild von den

Wisdom Brothers erkannt. Dort hat das Bild von Ulysses, Virgil, Homer und Blind Jude im Schnee gelegen, alle haben mir zugelächelt. Und neben dem Schild lagen das halb aufgefressene tote Maultier und ein Wagenrad, aber keine Ida.

Ich bin zu dem Baum hingerannt, in den Schatten hinein, zu Alma. Ich hatte sie fast erreicht, als ich bemerkte, daß ihre Füße gar nicht den Boden berührten. Sah, daß aus ihr ein Ast hervorragte – zwischen ihren Beinen hat ein Zweig hervorgestochen und hielt ihren Rock hoch, in ihrer Frauenhöhle steckte der Ast von einem Baum.

Hab bloß versucht, mir einen Schwanz wachsen zu lassen, während ich auf euch Jungs warten mußte, ich konnte bereits hören, wie sie das sagte und wie sie lächelte, nachdem sie's gesagt hatte.

Alma Hatch. Ihre Augen waren weit geöffnet. Kein Geier würde sich jemals trauen, diese Augen zu fressen – so schön sind sie gewesen, sind für Alma das gewesen, was ihnen das Fliegen bedeutete. Sie blickte einfach geradeaus, so wie wenn sie dächte, daß es dort nett wäre. Die Arme befanden sich nicht mehr am Körper. Sie haben sich weiter oben im Baum befunden – Flügel, die warteten, daß der restliche Körper nachkäme.

Dellwood ist mir nachgekommen und hat mir den Arm um die Schulter gelegt, und dann haben wir gemeinsam zu Alma Hatch aufgeschaut.

Dann haben wir ein Lachen gehört. Dellwood und ich, wir haben uns gegenseitig angesehen – ob der andere wohl schon verrückt wäre.

Es war Ida Richilieu, die da gelacht hatte.

Zuerst habe ich gedacht, daß Ida Verstecken mit uns spielte und das Lachen nicht mehr zurückhalten konnte, weil Dellwood und ich ihr so nah gekommen waren.

Wir haben sie aus der Schneewehe ausgegraben. Ida Richilieu ist nur ein Bündel Knochen gewesen. Die meisten von ihnen gebrochen. Am schlimmsten waren ihre Beine. Blutiges, aufgeschwemmtes, gefrorenes Fleisch. Sie mußte wohl mit den Beinen vorab gelandet sein.

Ida hat noch einmal ihr komisches Lachen gelacht, ein paarmal noch, wie wenn ihr jemand Witze erzählen würde. Dellwood hat gesagt, es sei das Große Geheimnis, mit dem sie da spräche.

Ich hab's besser gewußt. So hat Ida immer nur über ihre eigenen Witze gelacht.

Wir haben Ida in Decken eingewickelt und haben sie in der Sonne liegen gelassen, während wir Alma vom Baum herunterholten. Ich bin raufgeklettert und hab ihre Arme genommen. Dellwood hat Alma an Kiebitz angeseilt, und hinterher hat er dann auch Almas Arme an Kiebitz angeseilt.

Aus Ästen und jungen Bäumen haben wir für Ida eine Trage gemacht, haben die Trage mit Dellwoods Lasso an Abraham Lincoln festgebunden, haben Ida auf der Trage festgemacht.

Haben zur Rückkehr nach Excellent auch wieder einen halben Tag gebraucht, weil es nämlich in die Nacht ging, und es hatte angefangen, stark zu schneien.

Dellwood und ich, wir haben Ida von der Trage losgebunden, haben sie in den Schuppen getragen und sie aufs Bett gelegt. Dann haben wir Alma hereingetragen und sie und ihre Arme auf den Boden gelegt. Dellwood ist Doc Heyburn holen gegangen. Ich hab im Herd Feuer gelegt und hab etwas Wasser heiß gemacht.

Als es im Schuppen warmzuwerden begann, hab ich Ida das weiße Kleid und alles sonst ausgezogen. An ihren Beinen hat die Haut ausgesehen, als ob sie versengt wäre, rot und blau und schuppig ist die Haut gewesen. Ich hab ihre Stiefel aufgeschnürt. Du hast richtig hören können, wie das Fleisch aus den Stiefeln herausgewachsen ist. So etwas hatte ich noch nie gerochen.

Da hab ich ihr also die Stiefel angelassen. Hatte Angst, daß ich ihr vielleicht die Füße vom Körper abziehen könnte.

Ich hab sie gewaschen, hab ein Tuch genommen und hab ihr die Stirn gewischt, die Lippen, den Hals. Hab ihre dünnen, blauen Arme gewaschen. Die Finger, die zu Eiszapfen geworden waren. Die Haare in den Achselhöhlen. Hab ihre Brüste gewaschen, die Nippel, den Bauch. Hab ihre Frauenhöhle gewaschen. Hab sie aufs Bett hoch gehoben, so, daß sie aufgesessen ist, mit dem Gesicht an meiner Schulter. Hab ihr den Rücken gewaschen, den Hintern, hab ihr die Beine gewaschen bis runter zu den Füßen. Hab ihre Stiefel gewaschen. Hab mit meiner Bürste Idas Haar ausgekämmt. Hab Ida wieder flach hingelegt. Mit schwarzem, lockigem Haar, das am ganzen Kopf schon grau wurde, hat Ida auf dem weißen Kopfkissen gelegen – ein Engel im Lichtkreis – in rosigem Licht. Ich hab sie mit dem Tierfell zugedeckt.

Ida Richilieu.

Als Dellwood zurückkam, hat er gesagt, daß Doc Heyburn bewußtlos betrunken war.

Dellwood hat die Decken von Ida heruntergezogen. Er hat einen Blick auf Idas Beine geworfen. Ich hab's an seinem Gesicht ablesen können.

Dellwood ist aus dem Schuppen gegangen. Als er wiederkam, hat er in der Hand eine Säge gehabt.

Als meine Augen auf die Säge fielen, da hat mein Mund Dellwood gesagt, daß er warten soll. Meine Füße sind zu Dr. Ah Fong gerannt, durch Schnee bis an die Knie, fast bis unter die Knie, schwerer, nasser Schnee, der im Dunkeln gegen mich angeweht ist. Ich hab an der Haustür die Glocke geläutet wie immer – seit ich mich erinnern kann. Hab ziemlich bald drauf ein Licht gesehen. Hab die Nässe von dem Glas gerieben und beobachtet, wie die Kerze dem Guckfenster immer näher gekommen ist. Dr. Ah Fong hat die Kerze gegen das Glas gehalten. Ich hab mein Gesicht so gehalten, daß er mich sehn konnte. Er hat den Riegel zurückgeschoben und hat die Tür aufgemacht.

»Opium!« hab ich gesagt. »Für Ida. Sie ist verletzt.«

»Ida verletzt? Wo?« hat Dr. Ah Fong gefragt.

»An den Beinen«, hab ich gesagt. »Die Beine sind eingefroren.«

»Beine eingeflolen«, hat Dr. Ah Fong gesagt. »Wie schlecklich! die Beine eingeflolen.«

Dr. Ah Fong hat die Tür hinter mir zugemacht. »Walt hiel!« hat er gesagt, wie immer.»Ich hol Opium für Idas Beine.«

Er hat die Kerze auf dem Schreibtisch angezündet, sonst war auf seinem Schreibtisch nichts, nur das zugeschlagene Hautbuch. Hat sich vor mir verbeugt und ist den Flur runtergegangen mit dem Schatten von seinem Kopf, mit schlurfenden Füßen. Ich hab zu den Büchern in den Regalen hinter Glas hochgeschaut, auf die Flaschen, auf die Papiere mit chinesischen Zeichen, auf rote und dunkelgrüne Dinge, auf das seltsame Blau – auf die Zeichnung vom menschlichen Körper dort, mit Linien, die zu den verschiedenen Körperteilen hinführten, und mit chinesischen Zeichen, die erklärten, was das für Körperteile waren.

Wie oft hatte ich dort im Dunkeln auf Opium für Ida gewartet? Auf Opium für Idas Erkältung. Für Idas wunden Rücken. Für Idas Kopfweh. Für Idas gefrorene Beine.

Dr. Ah Fong ist im Flur zurückgekommen mit dem Opium in einem Glas und dem Glas in einer roten Papiertüte, die dreifach gefaltet war.

»Oh«, hat Dr. Ah Fong gesagt, »für Idas geflolene Beine.«

Ich hab ihm das Geld gegeben. Er hat sich verbeugt, ich hab mich verbeugt. Als ich den Schuppen erreichte, hatte Dellwood all meine Eimer und Schüsseln mit Wasser vollgefüllt. Hatte einen Berg Laken und Handtücher und Stücke von Stoffen aufgestapelt. Das Feuer im Herd war heiß – im ganzen Schuppen war's heiß wie in einem Ofen. Er hatte Ida auf den Tisch gelegt, ihre Beine haben über die Kante gehangen. Hatte das Lasso um Ida gewickelt und sie am Tisch festgebunden. Um beide Beine, oberhalb der Knie, hatte er ein Stück Tuch gewickelt – *Tourni-quets* hat er diese Wickel genannt.

Ich hab die Abdeckung von der Glasflasche runtergerissen und hab das Opium auf das rote Papier geschüttet. Hab das Opium mit einem Messer zu Streifen geschoben. Hab'n Stückchen von dem roten Papier gerollt und einen Streifen Opium in das Röll-chen gesaugt und hab's Ida dann in das eine Nasenloch geblasen, hab wieder ein bißchen was aufgesaugt und hab's ihr ins andere Nasenloch geblasen. Hab mit'm Finger was Opium aufgenom-men und ihr auf den Gaumen und unter die Zunge gerieben. Hab ihr den Mund aufgedrückt und ihr was Opium in den Mund geschüttet. Hab ihr was ins Arschloch geschoben, und in ihre Frauenhöhle hinein. Hab nachgedacht, wie ich das Zeug wohl am besten in sie reinkriegte. Hab etwas zur Zigarette gerollt, hab selber geraucht und hab ihr den Opiumrauch in den Mund geblasen, mit meinem Mund auf ihrem Mund hab ich ihn ganz tief in sie eingeblasen. Hab Dellwood die Zigarette gegeben. Da hat Dellwood mit seinem Mund auf ihrem Mund Rauch in sie eingeblasen.

Dellwood hat Ida ein Reisigholz in den Mund gesteckt und mir befohlen, die gußeiserne Bratpfanne auf den Herd zu stellen. Ich hab die Bratpfanne auf den Herd gestellt und hab die Wasch-schüssel unter Idas Beine auf den Boden geschoben.

Dellwood hat mir gesagt, daß ich Ida den Mund über dem Reisigstock ganz fest zudrücken müßte und ich dürfte nicht loslassen, komme, was wolle.

Dellwood hat mit der Säge in der Hand im Lichtkreis gestan-den. Das Haar auf seinem Kopf hatte gerade angefangen, wieder zu wachsen. Seine Kopfwunde hat geblutet. Er hat stark ge-schwitzt. Seine Augen haben ins Leere geblickt. Ich hab allmäh-lich das Opium spüren können. Wird ihm wohl auch so gegangen sein.

Dellwood hat die Säge zuerst bei Idas linkem Bein angesetzt, am Knochen gleich unterm Knie. Er hat ihr die Säge quer übers Bein hoch gezogen, wie richtiges Sägen hat sich das angehört. Dellwood hat die Säge wieder nach unten zurückgedrückt, dann hat er sie stillgehalten, hat ganz tief Luft geholt und dann weitergesägt. Die Haut ist aufgebrochen, da kam Blut, dann ist die Säge in den Knochen hineingefahren, das hat sich dann ganz anders angehört, mehr so wie Holzsägen. Ida hat einen Ruck getan und angefangen zu stöhnen, hat versucht, den Mund aufzumachen, um den Schrei rauszulassen, hat aber nicht können, weil ich ihr das Kinn ganz fest zugedrückt hab. Blut ist hochgespritzt, überall, Dellwood ins Gesicht, über den Tisch, über Ida. Du hast hören können, wie es unten in die Waschschüssel getropft ist.

Nur gut, daß Ida so verdammt dürr war und so dünne Knochen hatte. Als die Säge halb durch war, ist der Knochen geknackt und Idas Bein nach unten gefallen und hing bloß noch am Fleisch. Dellwood hat sein Messer gezogen und hat durchs Fleisch gestochen und das Bein abgeschnitten. Er hat nicht gewußt, was er mit dem Bein machen sollte, deshalb hat er's in die Waschschüssel gelegt. Dann hat er die Bratpfanne gepackt. Er hatte ganz vergessen, wie heiß sie sein würde. Ich hab auf meiner Seite riechen können, wie sein Fleisch versengt ist. Er hat einen Fluch ausgestoßen und hat angefangen zu weinen. Ich hab ihm ein Handtuch rübergehalten. Er hat's aufgerollt, hat es sich um die Hand gelegt und hat sich die Pfanne wieder gepackt. Das Handtuch hat angefangen zu qualmen. Dellwood hat die Pfanne an die Stelle geführt, wo Idas Bein vorher mit der übrigen Ida verbunden gewesen war und hat sie drangedrückt. Bratendes Fleisch. Ida hat das Reisigholz einfach durchgebissen. Dellwood hat immer noch geweint, als er die Bratpfanne gegen Idas Stumpf preßte. Ida hat geschrien und wild mit den Armen um sich geschlagen. Ich hatte Angst, daß sie das Holzstück im Mund runterschlucken würde. Hab's aber nicht geschafft, mit den Fingern an ihren Mund ranzukommen. Wie ein tollwütiger Hund hat sie nach meinen

Fingern geschnappt. Die Laute, die aus ihr rausgekommen sind –
das sind gar keine Schreie mehr gewesen.

Dellwood hat die Bratpfanne wieder auf den Herd gestellt, auf
der Herdplatte sind Pfützen von Blut hochgeblubbert. Dellwood
hat immer noch geschluchzt und tüchtig geweint. Er hat am
zweiten Bein angefangen, hat aufhören müssen, mußte sich über-
geben. Idas Körper war lahm und schlaff geworden. Ich hab
gedacht, sie wär tot; da war's doch sinnlos, ihr das zweite Bein
abzuschneiden. Ich hab Dellwood gesagt, daß er aufhören sollte,
meine Stimme ist aber ein winziges Ding gewesen in so einem
Raum, der noch ganz voll war vom Schmoren und vom Schreien
und vom Würgen und vom wilden Pochen meines Herzens und
überhaupt.

Durchs zweite Bein durchzukommen war schwerer. Dellwoods Hand war verbrannt, außerdem mußte es da im zweiten
Bein viel härtere Knochen geben – es hat einfach nicht knacken
wollen. Dellwood hat kräftig durchhauen müssen, weil er nämlich
mit der Säge einfach nicht weiterkam. Als das Bein endlich brach,
hat Dellwood wieder die Haut durchgeschnitten und hat dies
Bein zum andern Bein gelegt. Hat sich anschließend noch einmal
das Handtuch um die Hand gelegt, hat wieder die Bratpfanne
geholt und sie Ida gegen das rechte Bein gepreßt. Ida hat sich
überhaupt nicht bewegt. Das rechte Bein hatte die Schüssel
verfehlt und hat mit dem Stiefel blutend auf dem Fußboden
gelegen, direkt neben den Armen von Alma Hatch.

Dellwood hat die *Tourniquets* abgenommen, hat um jedes Bein
ein Laken gebunden und dann wieder die *Tourniquets* umgelegt.
Die Laken wurden ganz rot. Wir haben Ida vom Tisch losge-
schnallt, dann haben wir sie zum Bett getragen und sie hingelegt
und sie wieder mit meinem Tierfell zugedeckt.

Dellwood ist nach draußen gegangen, er hat wieder brechen
müssen. Mir wollte der Magen auch aus dem Mund raus, ich hab
ihn aber nicht gelassen. Es gab zu viel zu tun. Ich hab alle Eimer

mit ihrem blutigen Wasser ausgeleert, hab noch mehr Schnee geholt, damit ich Wasser bekam, und hab geschrubbt. Hab die Säge abgeschrubbt, den Tisch abgeschrubbt, die Flecken an der Wand. Hab den Schnee am Ende bloß eimerweise in den Schuppen geschleudert. Das Zischen, wenn der Schnee den Herd traf! Ich hab nicht gewußt, was ich mit Idas Beinen machen sollte. Hab dran gedacht, die Beine ins Freie zu legen, wo sie einfrieren würden – da hätte sie sich aber bestimmt ein Bär oder sonstwas geschnappt. Deshalb hab ich sie einfach bloß in der Schüssel liegen gelassen.

Als Dellwood wieder in den Schuppen zurückgekommen ist, hat er seine Sachen ausgezogen. Als er sein Hemd ausgezogen hat, ist mein Blick auf seine Tätowierung gefalln. Er hat mir gesagt, daß ich mich auch ausziehen sollte – daß ich das Feuer aufstochern und danach die Sachen ausziehen sollte.

Dellwood ist ans Bett getreten und hat sich neben Ida gelegt. Er hat mir gesagt, daß ich mich auch neben Ida hinlegen sollte, auf die andere Seite von ihr.

Ich auf dem Bett, Dellwood auf dem Bett, zwischen uns Ida mit dem Gesicht zu Dellwood. Dellwood hat die Arme und Beine um Ida gelegt. Ich hab's gleiche getan.

Ida hat uns beiden genau zwischen Hals und Knie gepaßt, war nur ein Bündel Knochen zwischen uns. Ich hab auf meinen Beinen ihr Blut fühlen können. Ich hab uns mit dem Tierfell zugedeckt.

Dellwood hat die Augen geschlossen und ganz tief geatmet. Ich hab die Augen ebenfalls geschlossen und hab im gleichen Rhythmus geatmet wie Dellwood, hab zwischendurch aber manchmal die Augen aufgemacht, um zu sehen, was da vor sich ging. Die Laterne hat genau über uns gehangen. Der Docht war heruntergebrannt. Dellwood hat die Augen geöffnet. Sein Gesicht war gleich neben meinem. Er hat mich geküßt, mit seiner Zunge in meinem Mund, und hat mir seine Hände auf den Hals gelegt.

»Und jetzt, mein junger Berdache«, hat Dellwood gesagt und ganz langsam gegen Ida gerobbt, wie zum Ficken, »jetzt werden wir alles an Bewegen Bewegen brauchen, was wir nur kriegen können.«

»Ida liegt zwischen uns beiden«, hat er gesagt. »Wir müssen jetzt alles, was wir beide füreinander fühlen, unsere ganze Liebe zueinander und all unsere Liebe für sie zusammennehmen und in ihr Herz geben. Für uns darf es nur noch das eine Ziel geben – Ida heilen. Mach, was du willst – nur ejakulier mir nicht!«

Dann hat er mich wieder geküßt. Ich hab immer nur an das Knochensägen, an Blut und Arme und Beine denken müssen, die nicht mehr am Körper hingen.

»Du mußt klar im Kopf sein, Schupp, du darfst nur an eins denken – daß du Ida mit deinem Bewegen Bewegen gesundmachst. Verjag all den andern Scheiß aus deinem Bewußtsein, sonst muß sie sterben.«

Dann hat Dellwood Ida auf den Mund geküßt. Ich hab gesehen, wie seine Zunge ihre Backen ausgedrückt hat, während er wieder gegen sie angerobbt ist. Ich hab überlegt, wie Ida ohne Beine leben würde, und mir gesagt, besser das, als daß Ida gar nicht mehr lebte.

Ich hab meinen Schwanz hochgeholt, an sie dran, ihr zwischen die Beine, neben Dellwoods Schwanz gleich unter ihrer Frauenhöhle.

»Führ ihn nicht in sie ein«, hat er gesagt. »Leg ihr das Bewegen Bewegen ums Herz.«

»Wie?« hab ich gefragt.

»Tu's einfach nur!« hat er gesagt.

Da hab ich also mein Bewegen Bewegen genommen und hab es Ida ums Herz gelegt.

Ida ist erschauert.

»Und jetzt bring das Bluten zum Stillstand!« hat Dellwood mir gesagt.

»Du auch, Ida – bring das Bluten zum Stillstand!« hat er zu Ida gesagt.

Wir haben zusammen auf dem Bett gelegen, mit geschlossenen Augen, und haben Idas Bluten gestillt, wir, Dellwood Barker, Ida Richilieu und ich, der Schweiß ist uns am Körper runtergeflossen, mit unseren Armen haben wir's getan, mit unseren pochenden Herzen.

Ich konnte Ida atmen hören, hab ihr Herz hören können.

»Sag jetzt die Wahrheit!« hat Dellwood mir befohlen.

»Worüber?« hab ich gefragt.

»Über alles. Eine Geschichte – irgendwas. Aber es muß die Wahrheit sein, die reine Wahrheit. Halt den Schwanz steif. Nur kommen darfst du nicht. Leg ihr dein Bewegen Bewegen ums Herz. Denk nur noch daran, Ida zu heilen.

Sag die Wahrheit«, hat er gesagt. »Ich liebe dich«, hat er gesagt, »wir haben die ganze Nacht Zeit. Erzähl alles!«

Wenn jemand darauf wartet, kann's lange dauern, bis die Dinge aus dir rauskommen, besonders, wenn's um die Wahrheit geht.

Die Wahrheit war die, daß mir überhaupt nichts einfiel.

Durch die Ritzen im Herd hab ich das Feuer sehen können. Springende Fichtenzweige, das rosige Feuer im Herd – sie haben Feuerstellen an die Wände und an die Decke geworfen.

Unter den Bettdecken Körper, die Feuer machten. Dellwoods Schwanz, ganz steif ist er gewesen und hat genau unterhalb von Idas Frauenhöhle gerieben, ganz glatt, und neben seinem Schwanz mein Schwanz, der ist gegen seinen geglitten, ist weich gegen Idas Naß geglitten. Du hast hören können, wie wir uns gegeneinander bewegten, immer höher, wie schwer uns der Atem ging, wie schwer Dellwood und ich geatmet haben.

Daß Ida atmete.

Mein Bewegen Bewegen ist in die Höhe gesprungen und hat

401

sich ihr kräftig ums Herz gewunden, um ihr klopfendes Herz, und hat ihr das Herz gehalten.

Da hab ich überlegt: Weil Ida atmete, und weil ihr Herz schlug, müßte Ida eigentlich auch zuhören. Deshalb hab ich meinen Mund aufgemacht, damit Wörter herauskommen konnten. In mir war Sprache, Sprache für Ida, die sie unbedingt hören mußte. Die ganze tiefe innere Wahrheit, für Ida, Wahrheit tief in meinem Innern, Wahrheit, die hochkam von dort, wo alles herkommt, wo Wissen ist und Verständnis. Wahrheit in mir, Wahrheit für alle – die Wahrheit, die Stachelschwein Owlfeather gesagt hatte, als Owlfeather starb.

»Ich möchte nicht, daß du stirbst«, hab ich Ida gesagt. »Ich liebe dich. Du bist ohne Beine, Ida, und Alma ist tot, aber ich möchte nicht, daß du stirbst. Dellwood ist da, und ich bin auch da, und wir werden immer bei dir bleiben. Wir sind eine Familie«, hab ich gesagt. »Wir halten zusammen. Wird nichts zwischen uns kommen. Wie eine Mormonenfamilie.«

Ich spürte, wie sich etwas in Ida bewegte.

Eine Familie – an diesem besonderen Tag im vergangenen September, als wir alle uns in den weißen Sachen von Sears and Roebuck feingemacht hatten, wir saßen am Tisch mit dem rot-weißkarierten Tischtuch, im Schatten dort, wo der Fluß grün aussieht und am breitesten ist. Wir hatten Urlaub von der *Barberei, vom Ficken von Cowboys und Bergleuten und vom Kampf gegen Mormonen*. Wir brachten Anmut und Schönheit in unser Leben mit dem italienischen Wein und den Speisen, die man in Europa ißt, und hatten uns gegenseitig Geschichten erzählt.

Alma, Ida, Dellwood und ich.

Um die Wahrheit zu sagen – ich hatte an dem Tag überhaupt keine Geschichte erzählt. Nur überlegt, was ich erzählen würde, wenn ich's täte. Was ich damals haben würde und jetzt wirklich laut ausgesprochen habe, als ich im Schuppen neben Ida Richilieu lag, neben der Ida ohne Beine, und mit Dellwood zusammen mein Bewegen Bewegen übte – die Wahrheit, die ich da gesagt hab, war folgende:

»Oh, großes Geheimnis«, hab ich gesagt. »Falls du der Teufel bist, dann hörst du diese Geschichte nicht von mir. Ich heiße Draußen-im-Schuppen. Du kennst mich vielleicht als Duivichi-un-Dua. Du hast ein Wissen und Verständnis von den Dingen, und wir nicht. Ich weiß nicht, warum wir's nicht haben, aber wir haben's nicht. Ich weiß nicht, warum wir's nicht haben, aber wir haben's nicht. Ich weiß nicht, warum du uns nicht wissen läßt warum. Tust du aber nicht. Das soll keine Beschwerde sein.

Ich denk mir nur, wenn ich an meinem Bewegen Bewegen weiterarbeite, dann wird Wissen für mich zu Verstehen oben auf Nicht-wirklich-ein-Berg, und ich werde glücklich sterben. Und während wir hier jetzt warten, möchte ich dir sehr danken, daß du mir dies Leben gegeben hast. Danke, daß du mich mit Owl-feather bekanntgemacht hast, dafür, daß er mir ein neues Leben gegeben hat. Dank dir, daß ich da sein darf, um Menschen zu lieben wie Dellwood Barker und Alma Hatch, die mit Tieren reden und denen die Tiere antworten. Dank dir für Ida Richilieu und daß sie mich großgezogen hat nach dem Tod meiner Mutter. Vielleicht sieht man es mir nicht an, aber sie hat ziemlich gute Arbeit geleistet.

Gib Alma, ganz gleich, wo sie jetzt ist, ihre Arme wieder oder gib ihr statt dessen Flügel.«

Als ich mit dem Sprechen aufhörte, was hab ich da gehört – ich hab Dellwood Barker schnarchen gehört, und Ida Richilieu auch – vor sich hin geschnarcht haben die beiden. Hab eine Zeitlang geglaubt, ich wär's, der da schnarchte, wir waren in dem Bett ja so eng beieinander, Arme und Beine waren so ineinander verschlungen, wie wenn wir einer wären und nicht drei.

Das Schnarchen kam aber nicht von mir. Du kannst nicht ja gar nicht schnarchen *und* denken, das heißt, nicht zur selben

Zeit, deshalb hab ich mir klargemacht, daß die beiden schliefen und schnarchten und daß ich selber wach war.

Dann hat mich Dellwood angebrüllt, mit einer Stimme, die ich von ihm gar nicht kannte: »Mach weiter, Schupp! Hol dein Bewegen Bewegen hoch. Ida heilen – das ist das einzige Ziel. Nicht ejakulieren! Sag die Wahrheit.«

Die Wahrheit war die: Ich wußte nicht, wie lange ich das überhaupt noch aushalten könnte – die Wahrheit sagen wollen und unter den schweißigen Decken liegen und mich so bewegen wie ficken und steif zu bleiben, ohne zu ejakulieren.

Ida ist wieder erschauert – ist sie es gewesen, oder war ich's, ich war mir nicht sicher, wie ich da so eng an sie gedrückt lag, mit dem Steifen, gleich neben ihr, und Dellwood auch, genau unter Idas Frauenhöhle haben unsere Eier sich aneinander gerieben. Sind eins gewesen, wir drei, haben uns selber gefickt.

Und es war doch wahr, daß Ida aufwachen mußte. Sie hatte ja immer gesagt, daß sie nicht schlafen konnte, wenn ein Steifer im Zimmer war.

»Hier im Zimmer gibt's Steife«, hab ich gesagt, und mir war, wie wenn Ida gelächelt hätte, aber das war schwer zu sagen, weil das Licht nun schon ganz schwach war. War schwer zu sagen, was da was war, es war so heiß und alles so naß, da wurde das Atmen schwer. Schwer zu sagen. In einem so dunklen Raum mit rosigen Feuern und Schatten.

»Die Wahrheit«, hab ich laut gesagt – ich nehm an, daß es laut herausgekommen ist.

»Die Wahrheit – Darf man die Wahrheit denn laut sagen?

Du bist es gewesen, Ida, die Billy Blizzard hergebracht hat. Er hat mich gefickt, weil er hinter dir her war. Hat meine Mutter getötet, weil er dich töten wollte.

Die Wahrheit ist die – ich wünsch mir nur, daß er statt meiner Mutter dich getötet hätte.

Du bist es gewesen, du hast die Brüder Wisdom hergeholt, Ida.

Kriegsopfer sind sie geworden – Opfer deines Krieges. Die Wahrheit ist die – ich wünsch mir, daß der Hinterhalt dir gegolten hätte.

Du und deine Schwänze, Ida. Wenn es um Schwänze geht, da bist du genauso verrückt wie die Männer, denen du das vorwirfst. Und als es zu meinem Schwanz kam, da war es in Wahrheit so, Ida: In der Nacht damals hast du dir meinen ersten Steifen angesehen und da etwas gesehen, das du verkaufen könntest.

Und die Wahrheit ist die, Ida: Aus irgendeinem Grund sagst du mir nicht die Wahrheit über meine Zwillingsschwester.«

Die Wahrheit war die, daß Bewegen Bewegen ganz groß und heiß, schwitzig, naß aufkam. Ich hab mein Gesicht dicht an Dellwoods Gesicht gelegt. Er war völlig weg, er und Ida waren beide auf Urlaub von der Barberei.

Beide verreist. Hatten mich zurückgelassen mit der Wahrheit, hatten mich allein gelassen, die Wahrheit zu sagen, die Worte der Wahrheit. Und wie diese Worte herauskamen, hat das mehr so geklungen, wie Alma Hatch heulte, mehr so, wie man sich fühlt, wenn man kommt.

»Halt dein Herz in der Hölle offen«, sagte Owlfeather. Neben mir hat Owlfeather im Bett gelegen.

»Nicht ejakulieren!« hat er gesagt.

»Nicht aufhören!«

»Dein magerer, knochiger Körper, Ida. Dein Geschlecht – wie Untersachen, die du anziehst, wenn's Zeit ist, zur Arbeit zu gehen – so ist das bei dir. Bei dir ist Sex – Unterwäsche, die du ausziehst und anziehst, auswäschst und auf die Leine hängst. Weiße, fleckenlose Laken.

Die Wahrheit ist die, Ida – dein Körper ist ein Geschäft.

Die Wahrheit ist die, Ida – so wie du deinen Körper behandelst, behandelst du die ganze Welt.

Die Wahrheit ist die, Ida – du bist Madame-hat-alles-im-Griff. Du glaubst, daß du immer recht hast, und so bist du nun einmal, und du wirst dich nicht ändern. Selbst wenn du im Unrecht bist, hast du recht. Die Winter kommen immer in Dreier-Reihen – fangen immer drei Jahre lang auf die gleiche Weise an, stimmt's, Ida? Gut, aber wenn das wahr ist, Ida, wo sind dann jetzt deine Beine, Ida?

Ich will dir sagen, wo – dort in der Schüssel liegen sie, abgefroren sind sie dir, und das hat ein Winter gemacht, den es nach deinen Worten gar nicht geben sollte.

Die Wahrheit ist die – du willst nicht hören. Willst nur das hören, was du selber sagst.

Die Wahrheit ist die: In so einem Leben wie deinem ist für niemand sonst Platz.

Die Wahrheit ist die: Du bist eine Heilige der Letzten Tage. Du bist so schlimm wie die Mormonen, die du haßt.«

Und die ganze Zeit über hab ich meinen Steifen an Idas knochigem Ende gestoßen, hab ich's ihr klarmachen wollen, sie ficken wollen, bis sie kapierte.

»Ida Richilieu. Du bist Frauenhöhle. Frauenhöhle ist Madame-hat-alles-im-Griff, das bist du.

Frauenhöhle schenkt dir das Leben. Madame-hat-alles-im-Griff holt sich dein Leben zurück, macht, daß dein Leben ihr gehört. Alles in Madams Leben gehört ihr.

Du hast mir sogar den Namen von einem Gebäude gegeben, das dir gehört.

Die Wahrheit ist die: Mein Leben ist die Geschichte, wie du dir mein Leben wieder zurückgeholt hast.«

Die Wahrheit war die, ich fing an zu kommen-ohne-zu-kommen. Dellwoods Augen blickten mir ins linke Auge, er war auch so weit.

Wahrheit.

Da ist es mir klargeworden.

Ein Bajonett durch den Kopf.

Ich mußte die Wahrheit sagen.

»Meine Mutter war die Prinzessin«, hab ich Dellwood gesagt, es war meine Stimme, die gekommen ist, und nicht ich. »Ihr indianischer Name hieß Buffalo Sweets.

Ich hab die gleiche Fotografie wie du. Wenn du sie sehen willst – sie steckt hinter dem Spiegel.

Die Fotografie von meiner Mutter – deiner Frau.«

Die Worte von *meiner Mutter, deiner Frau* sind mir gegen den Kopf gestoßen, so wie ich gegen Ida gestoßen hab, wie Dellwood gestoßen hat.

»Es ist der Körper deines Sohnes, den du so schön liebst, Dellwood.«

»Es ist die Wahrheit«, hab ich gesagt. »Hast du's denn nie gespürt?«

Die ganze Zeit über hab immer nur ich geredet, während meine Augen in Dellwoods linkes Auge geblickt haben. Auf einmal haben dann meine Augen das Blut gesehen, das aus Dellwoods Kopfwunde getropft ist und ihm in den Mundwinkel tropfte. Das Blut, das ihm am Kinn runterlief. Das Feuer, das unter der Schwärze im Herd rot glühte. Das gleiche Feuer in Dellwoods Augen.

»Schupp?« hat Dellwood gesagt, das war alles. Hat mich angesehen, als er die Wahrheit gehört hat, als er sie erfuhr.

»Du bist mein Vater«, hab ich gesagt.

»Ich bin dein Sohn.«

Auf die Weise sterben die meisten Berdache, hatte Dellwood einmal gesagt. *Sie haben ihre Kraft, haben zu viel Liebe und nicht genug praktischen Menschenverstand, und am Ende beißen sie sich einen größeren Happen heraus, als sie kauen können.*

Genau das ist Owlfeather widerfahren.

Und so ist's auch Dellwood Barker gegangen. Nicht, daß er davon je etwas gehabt hätte – von praktischem Menschenverstand, meine ich. Aber Liebe hat er 'ne Menge gehabt – zuviel, wie sich herausstellte.

Er war ihm einfach zuviel, dieser Bissen, den Dellwood damals aus Ida Richilieu herausgebissen hat.

Ich hab zugesehen, wie Dellwood den Bissen in den Mund genommen hat. Hab zugesehen, wie er aus Ida die Krankheit heraus- und in sich hineinsaugte. Hab ihm zugesehen, wie er Dunkelheit schluckte.

»Ich bin dein Sohn. Du bist mein Vater«, hab ich gesagt.

»Schupp?« hat Dellwood gesagt.

Bewegen Bewegen, Dellwood und ich, beide zur selben Zeit, zwischen uns Ida.

Eule im Tiefflug – wie sie durch den Nachthimmel glitt. Dellwood, saugend – wie er Idas Krankheit in sich aufnahm. Ein zu großer Bissen. Sein Mund auf ihrem – wie er seinen Atem in sie einblies.

»Du bist mein Vater. Ich bin dein Sohn«, hab ich gesagt.

»Schupp?« hat Dellwood gesagt.

ZWEITER TEIL

DIE TAGEBÜCHER

Die Fotografie war nicht hinter dem Spiegel.

Ich stellte mich so hin, daß meine Augen hinter dem Spiegel genau auf die Stelle schauten, wo die Fotografie gewesen war, ich stand mit nackten Füßen auf dem kalten Boden, ich hatte mir die Arme um den Körper geschlungen vor Kälte, der Atem stieß deutlich sichtbar aus meiner Nase hervor.

Draußen kämpfte der Wind gegen den Schuppen an. Es zog durch Löcher und Ritzen.

Weiß nicht, wie lang ich brauchte, bis ich da draußen im Schuppen die Fassung wiedergefunden hab – wie lange ich schlotternd dagestanden bin und hinter den Spiegel schaute. Dann haben meine blitzenden Augen durchs Fenster gesehen und nur Grelligkeit bemerkt, Dinge hab ich durchs Fenster nicht sehen können, mir taten die Augen weh, und was meine Augen dann allmählich gesehen haben, das war Schnee.

Das Brennholz auf dem Boden war genau so gestapelt, wie Dellwood so etwas machte. Meine Kleiderstücke waren ausgelegt – die Wintersachen, die für Dellwood zu groß waren; sie waren sauber und trocken. Im Schrank fand ich Kaffee, Brot, Eier und geräucherte Forelle. Mein Wasserfaß war gefüllt. Auf dem Bett lagen eine neue Hudson-Bay-Decke und das Tierfell. Nicht ein einziger Flecken. Nicht ein Zeichen von Blut. Nicht mal ein Geruch.

Die Helligkeit wurde zu Rosa und Gold, Dinge wurden zu Schatten, dann nur ein einziger, großer Schatten, Mondschein hat's in dieser Nacht überhaupt keinen gegeben. Ich hab gegessen. Hab geschlafen, wie ein Toter. War dann überrascht, als es für mich wieder Morgen gab.

Ein heller, klarer, kalter Tag, typisch für Excellent. Meine Füße haben laufen können, bis zum Frisörladen hab ich's geschafft. Mußte mir aber die Augen zuhalten. Als ich die Tür zum Frisörladen aufmachte, hab ich schrecklich lang gebraucht, um zu erkennen, was sich drinnen befand.

»Halt dir die Augen zu, sonst wirst du sie verlieren.« Es war Doc Heyburn.

»Wie geht's Ida? Wo ist Dellwood? Wo haben sie Alma begraben?« hab ich gefragt.

»... halbtot ... verschwunden ... neben den Niggers«, hat Doc Heyburn gesagt.

Als ich sehen konnte, hab ich niemanden gesehen. Bloß den Doc, er war besoffen wie immer.

»Wo sind alle?« hab ich gefragt.

Doc hat sich wieder im Frisörstuhl zurückgelegt. Eine leere Whiskeyflasche ist auf den Boden runtergerollt. Docs Blick ist der Whiskeyflasche gefolgt, als er sprach.

»Teils beim Begraben der Toten. Die andern beim Suchen, hinterm Mörder her.«

»Wer sind die Toten?« hab ich gefragt.

»Der Reverend Helm und Sheriff Blumenfeld. Hab se persönlich gefunden, ist erst zwei Tag' her, an einem Baum habense gehangen, drunten, gleich neben Merrillees Werk. Beide hatten's Gehirn durchstochen, von Ohr zu Ohr, mit einem Bajonett.«

»Dellwood Barker?« hab ich gefragt.

»Leider! Am Ende isser doch hinüber. Hat sich in den Mond verliebt, der Kerl. Verrückt wie nur was. Wahnsinnig. Hat'n Verstand verlorn. 'n paar Leute hab'n ihn an dem Tag noch spät auf'm Friedhof gesehn, laut geheult hat er, hat wen begraben. Sind sie näher gekommen und haben entdeckt, daß es Alma

Hatch war, die er begrub, mit noch 'n paar extra Beine. Als er das hinter sich hatte, isser durch die Stadt geritten, nackt, bei *der* Kälte. Die Leute haben sich in ihren Häusern verschlossen. Helm und Blumenfeld gleich hinter ihm her. Am nächsten Morgen hab ich die zwei unten gefunden, an einem Baum, die Ohren haben ihnen geblutet. Dellwood Barker nirgends zu finden. Am Morgen drauf ist der Suchtrupp los, hinter ihm her.

Fast hättense dich aufgehängt, aber du hast ausgesehn, als ob du schon tot wärst – oder halbtot. Als sie mich fragten, hab ich ihnen gesagt, du wärst so gut wie tot. Hab aber gewußt, daß du's nicht warst.«

»Wie lang ist's her, daß der Suchtrupp weg ist?« hab ich gefragt.

»Heut vor zwei Tagen«, sagte der Doc. »Etwa zehn Männer. Wollten sich aufteilen – die Hälfte die Hauptstraße längs, die andere Hälfte über Gold Hill.«

Doc Heyburn hat noch geredet, als ich schon aus der Tür war. Hab ihn immer noch reden hören können, als ich bei der Pferdetränke, bei der toten Ponderosa-Fichte war.

»Wenn du Ida besuchen willst, die ist im Gefängnis – was von ihr übriggeblieben ist. Gab sonst nichts für sie, nirgends. Wollte ja nirgends hin, wo's Mormonen gab!

Und besorg dir so 'ne farbige Brille!« hat Doc Heyburn aus der Tür rausgebrüllt. »Deine Augen sind schneeblind. Ganz schlimm. Wirst bestimmt's Augenlicht verlieren, wenn du nicht aufpaßt!«

An der Tür von Dr. Ah Fong habe ich geläutet. Ich hab die Nässe vom Glas gerieben, hab mein Gesicht am Fenster gehalten, damit er mich sehen konnte. Dr. Ah Fong hat den Riegel aufgeschoben und hat die Tür geöffnet.

»Ida krank. Braucht Opium«, hat Dr. Ah Fong gesagt, als ich eintrat.

»Ja«, hab ich gesagt.

»Wie geht's Idas Beinen?« hat er gefragt.

»Sind ab«, hab ich gesagt.

»Oh! Wie schlimm«, hat er gesagt.

»Und ich brauch 'ne farbige Brille für meine Augen«, hab ich gesagt.

»Keine falbige Blille«, sagte Dr. Ah Fong. »Nul Blille fül Blinde«, hat er gesagt.

»Dann gib mir die«, hab ich gesagt.

Dr. Ah Fong ist über den Flur gegangen, sein Kopf war ein Schatten, seine Füße schlurften. Ich hab unter der Tafel mit dem menschlichen Körper gestanden. Ich hab mir die Menschenbeine an der Stelle gleich unterm Knie angesehen. Ich hab mir die Arme dieses menschlichen Körpers angesehen. Hab auf die Augen geschaut, zwischen die Augen. Auf das Gehirn. Auf die Augen.

Dr. Ah Fong ist auf dem Flur zurückgekommen und hatte das Opium in dem roten Papier in der Hand, das dreimal gefaltet war, und die Brille für Blinde.

»Keine Beine fül Ida.« Er zeigte auf das rote Papier. »Blille fül Blinde.«

Ich hab mir die Brille aufgesetzt. Dr. Ah Fongs Kerze war nur ein trüber Fleck Licht im Dunkeln.

»Du blindel Mann?« hat Dr. Ah Fong gefragt. »Oh! Wie schlimm!«

Ich gab ihm das Geld. Dr. Ah Fong hat sich verbeugt. Ich hab mich verbeugt. Durch die Brille war die Welt draußen dunkelgelb. Durch dies Dunkelgelb bin ich bis zum Gefängnis gelaufen.

Ida lag in der Zelle auf einem Bett. Sie war ganz allein. Kein Sheriff, kein Doktor, keine Krankenschwester. Nur Ida. Sah eher tot aus als wie Ida. Da bin ich ganz ganz langsam näher gekommen und hab mich ans Ende vom Bett gestellt. Hab die Brille abgenommen. Hab so lang dort gestanden, daß das Sonnenlicht aus dem Fenster vom Fußboden zur Bettseite hochgewandert ist.

Unterhalb von ihren Knien fiel die Bettdecke ab. Ihr Haar war wild in alle Richtungen verstreut. Ich hab versucht, es zu glätten, hätt gern eine Bürste gehabt, damit ich's hätte durchbürsten können, damit es fein um ihren Kopf herum auf dem Kissen gelegen hätte, in schwarzen und grauen Locken.

Als ich sie am Kopf berührte, hat sie die Augen aufgemacht. Sie hat auf so eine Art gelächelt, die sagte, daß wir beide am Leben bleiben würden.

Sie hat zu sprechen begonnen, ich konnte aber nichts verstehen, drum hab ich mich vorgebeugt, da hat sie mir die Hand hinten auf den Hals gelegt und hat mich an sich gezogen.

»Schupp«, hat sie gesagt, »laß mich bloß nie wieder allein!«

Ich hab's ihr versprochen: Nie wieder.

Sie hat einen Umschlag unter der Bettdecke hervorgezogen. »Dellwood«, hat sie gesagt und hat die Augen geschlossen. Ich hab ihr das gefaltete rote Papier mit Opium in die Hand gelegt. Hab ihre Finger drüber geschlossen.

Am Fenster hab ich den Umschlag aufgemacht. Zuerst haben meine Augen gar nichts gesehen, aber als sie dann sahen, haben sie zwei Fotografien von einer Frau gesehen. Eine indianische Frau. Zwei Fotografien von meiner Mutter. Hab mir auf jedes Auge eine Fotografie gelegt.

Im Stall von Dumm Dave hat Kiebitz ganz einsam nach Abraham Lincoln ausgeschaut. Dumm Dave hat beim Satteln von Kiebitz geholfen. Dumm Dave wollt mitkommen. Ich hab ihm gesagt, er soll bleiben und sich um Ida kümmern. Er hat mir seine Zeichnung von der toten Alma gezeigt. Seine Zeichnung von Idas Beinen. Seine Zeichnung von Helm und Blumenfeld, mit dem Bajonett, das ihnen durch die Ohren gestochen war. Seine Zeichnung von Dellwood Barker, als er sich in den Mond verliebt hat.

Ich bin zum Schuppen geritten, hab meine Hudson-Bay-Decke und mein Tierfell in meiner Bettrolle eingerollt. Den Kaffeetopf und eine Pfanne, Streichhölzer. Hab alle Lebensmittel genommen. Hab die Winchester und alle Munition genommen. Die Feldflasche mit Wasser gefüllt. Hab mir Dellwood Barkers neue Wintersachen angezogen.

Die Kleidungsstücke, die er für mich gekauft hatte, damit ich ihm nachreiten konnte.

Auf dem Friedhof, auf Almas Grab neben Thord Hurdlikas Händen war ein Kreuz. Ich bin ganz nah ran. *Alma*, hat draufgestanden, *Möge Nie Etwas Dazwischenkommen.*

Ich hab mich umgeschaut. Zur Beerdigung vom Reverend Helm, zu Blumenfelds Beerdigung im Hauptteil des Friedhofs, in dem christlichen Teil, da standen Mormonen in der Sonne – sauber, fromm, ganz sicher, daß sie recht hatten. Weiße Menschen, die zu Gott sangen und ihren Prediger und ihren Hilfsbürgermeister begruben.

Ich hab überlegt, wie Dellwood Idas Beine wohl in Almas Grab gelegt haben könnte. Wie er Almas Arme hineingelegt hatte. Hab mir vorgestellt, wie er da gesungen und getanzt hat. Sich das wunde Herz aus dem Leib geschluchzt hat. Als ich auf Kiebitz gestiegen bin, hab ich in meine Tasche gefaßt. Hab die Fotografien berührt. Hab Kiebitz einen Schubs gegeben, da sind Kiebitz und ich auf der Straße nach Owyhee City losgeritten – nach Owyhee City wollten wir aber nicht reiten –, gleich hinter den Bergen, da würd ich an Kally's River entlang die südliche Abkürzung nehmen. Ich hab zweieinhalb Tage gerechnet bis Sankt Franziskus von Assisi und anderthalb Tage von dort bis Buffalo Head.

Wohin Dellwood Barker geritten war. Um dort zu sterben.

Ich und Kiebitz, auf der Hauptstraße sind wir losgezogen, haben einen Fuß nach dem andern gesetzt. Ich hab den Hut runtergezogen und hab mein Gesicht mit dem Schal bedeckt, in den ich zwei Löcher gemacht hatte, und hab die Blindenbrille aufgehabt. Es war ein sonniger Tag, und durch die Brille hat die Welt ausgesehen, so wie sie durch den schmutzigen Zylinder einer Kerosinlampe aussieht. Eine Welt voll mit gelbem Schnee.

Die erste Nacht hab ich auf halbem Weg im Stationshaus verbracht. Das Haus war leer, der Pferdeschuppen auch – vorm Frühjahr würde die Postkutsche hier ja nicht mehr vorbeikommen. Der Suchtrupp war nicht lang vor mir dagewesen – durch die Schneewehe vor der Tür war ein Weg freigeschaufelt worden. Fußspuren und Hufabdrücke überall.

In der Pferdescheune hab ich Kiebitz abgesattelt, hab ihn gebürstet und in einer Box angebunden. Ein bißchen Heu war noch da, Kiebitz hat also genug zu fressen bekommen. Ich hab mich in der Box neben Kiebitz schlafen gelegt, hab aber nicht geschlafen. Vor Sonnenaufgang bin ich ungefähr eine Meile weit auf der Straße zurückgeritten. Falls jemand hinter mir her wäre, hätten sie mich bis dann eingeholt. Hab dort bis Sonnenaufgang gewartet. So weit meine wunden Augen sehen konnten, war auf dieser Straße nicht eine Menschenseele gewesen, seit ich drübergeritten war.

Bei Kally's River hab ich mit Kiebitz gewartet, bis der Morgennebel sich hob. Etwa dreißig Köpfe Wild sind aus den Fußhügeln gekommen. Ich hab sie in Ruhe trinken lassen, dann hab ich Kiebitz angespornt, und wir sind mitten unters Rotwild geritten, die Hirsche sind davongestoben, am Fluß langgesaust, durch den Fluß durch, ich und Kiebitz – also, die Hufspuren von Kiebitz haben sich unter den Fährten des Wilds, zwischen den Flußfelsen, im Fluß verloren.

Am zweiten Tag war die Sonne hoch über dem Fluß manchmal schwer zu ertragen, sogar durch die Brille. Ich hab gespürt, wie in den wunden Stellen an Nase und Gaumen mein Herz geschlagen hat. Kiebitz und ich, wir haben uns trotzdem direkt an den Fluß gehalten, haben das Wasser immer wieder durchquert, hin und her. Der Fluß war nie tief, an manchen Stellen reichte er nur bis an die Knie. Kiebitz hat sich nie beschwert. Hat gewußt, wohin er lief, ohne daß ich's ihm sagte.

Ich war mir gar nicht sicher, wohin der Weg führte.

Vertraute meinem Herzen, daß es wüßte, wie ich nach Buffalo Head kam.

Bis zum späten Nachmittag hatte die Erde sich abgeflacht. Schnee wehte gegen alles an, was einen Schatten warf. An einer breiten, trägen Stelle haben Kiebitz und ich den Fluß durchquert und die Abkürzung nach Süden gewählt. Gegen Abend ist das wellige Land den Hügeln mit Lavafels-Indianerkriegern gewichen. Im Schutz von einem solchen Fels haben wir für die Nacht kampiert.

Beifuß riecht wie Gott, hat Dellwood immer gesagt.

Weite, dunkelblaue Decke über dir. Und all die vielen Sterne. Als ich zum Himmel hochschaute, hab ich genau gewußt, daß auch Dellwood in den Himmel schaute.

Am dritten Tag bin ich kaum mehr in den Sattel gekommen. Vom Reiten hat mir jeder Körperteil weh getan. Hab mir vorgestellt, daß es Kiebitz nicht anders ging, wegen mir, und hab Kiebitz deshalb alle Lieder vorgesungen, die ich kannte. Wie's schien, haben sie gefallen, am meisten Idas Lied, ihr Lied über den Mann im Mond.

Als wir den Fluß erreicht haben, waren wir ganz in der Nähe von der Stelle, wo Dellwood und ich nach dem Ausbruch aus dem Gefängnis in Owyhee City Halt gemacht hatten.

Ich hab Kiebitz durch die Weidengruppe geführt, bis an diese tiefe Stelle im Fluß. Hab ihm gezeigt, wo Dellwood und ich das erstemal gerastet hatten.

Und auf einmal hab ich's dann gesehen – das Glitzern der Münze auf dem Felsen. Hab das Glitzern der Sonne auf der Silbermünze gesehen, sie hat Licht auf mein linkes Auge geblitzt, durch die Blindenbrille durch in mein linkes Auge.

Dellwoods glitzernde Dankeschön-Münze.

Da bin ich abgestiegen und hab Kiebitz gebeten zu tanzen, und wir haben getanzt, ich und das Pferd, neben dem Fluß, wir haben *tybo* getanzt, haben indianisch getanzt, haben getanzt, so wie Pferde tanzen – den Tanz mit Furzen und Ausschlagen, und dabei hab ich gebrüllt und Dankeschön gesagt, hab allem Dankeschön gesagt – dem Fluß, dem Himmel, der Sonne, dem Schnee, den Felsen im Fluß.

Am Nachmittag hab ich die Augen die meiste Zeit über fest zugedrückt. In welche Richtung wir gingen, das hat mir der Einfallswinkel der Sonnenstrahlen auf meinen geschlossenen Augen angezeigt. Die meiste Zeit über sind Kiebitz und ich aber doch am Flußufer geblieben, immer wieder haben wir das Wasser durchquert, hin und zurück, sind manchmal für ganze Strecken auch direkt im Wasser gegangen, außer wenn Kiebitz die Füße zu kalt wurden. Hab immer wieder an Dellwoods Dime gedacht, hab immer wieder auf Dellwoods Dime hinuntergeschaut, bin weitergeritten.

Als wir den Punkt erreichten, wo der Fluß eine Biegung macht, da war's noch etwa eine Stunde bis Sonnenuntergang. Ich hab Kiebitz zu den heißen Quellen geführt. Bin niedergekniet, hab durch den Schnee gegraben bis zum Sand unterm Schnee, hab den gefrorenen Sand durchbrochen und hab den Sand durch die Finger gesiebt. Ich hab meine Brille abgenommen, hab nach dem kalten Wasser des Flusses rübergefaßt und mir Wasser auf die Augen getan. Hab mir die gute alte Medizin kaltes Wasser durch die Nase hochgezogen. Kaltes Wasser hat meinen Mund gespült. Kaltes Wasser gute Medizin für meine Augen.

Der Himmel – ein weiches rotes Rosa. Der Schnee auch. Der Hügel ein Wall von Dunkel gegen das rote Rosa. Der Fluß im Dunkel des Hügels ein langes, glänzendes Band.

An der sandigen Stelle bei den heißen Quellen, wo ich und Dellwood kampiert hatten, wo wir ein Lagerfeuer gemacht hatten – auf dem Schnee dort –, hat ein anderes glänzendes Dime-

Stück gelegen. Ich hab dieses Dime-Stück aufgehoben und betrachtet. Wollte mir die Haut öffnen und das Dime-Stück in die
Haut einlegen, gleich unter der Haut, auf eine Stelle am Arm,
oder unter die Haut im Handteller, wo ich immer hinschauen und
es sehen könnte, oder, wenn Augen nicht sehen konnten, hinfas-
sen könnte, um es zu fühlen.

Als über dem Hügel der Mond aufging, hab ich mich ausgezogen – da gab es viel auszuziehen – und bin in die heißen Quellen
hineingestiegen. Der Mond war ein Dime von Dellwood, hat das
Licht aufs Eis runtergedrückt, das rings um den Quell hing – an
Stöcken und Weiden. Eiszapfen am Gras, Eis rund um jeden
kleinen Grashalm. Hab gemeint, der Mond sei aus Eis, kalt aus
tief unten in seinem Innern, kalt von dem Hängen hoch oben im
Wind.

Im Schlaf am rot-unter-schwarz glühenden Lagerfeuer hab ich in
jener Nacht geträumt, daß ich auf Kiebitz saß, und Kiebitz saß
auf einer Eule. Ich und die Eule flogen dicht über der Erde über
Täler, über Berge, über Schnee und suchten nach Dellwood
Barker.

Wir fanden Dellwood Barker im Freien auf dem Mond lagern.

Ich und Kiebitz, wir sind Abraham Lincolns Spuren gefolgt, sind
Metaphers Fährte gefolgt nach Südosten, am Heiligen Franz von
Assisi vorbei. Gegen Nachmittag sind wir in eine Landschaft
geritten, die sich hob und senkte, auf und nieder – große Brocken
Lavafelsen haben sich durch Schneehänge hindurch in die Höhe
gereckt. Nur Spitzen von Bergen.

Es begann zu schneien. Als wir Dry Creek erreichten, konnten
wir Dry Creek nicht sehen, weil das Bachbett mit Schnee über-
weht war. Wir sind mitten in dem Schneesturm gewesen, ich und
Kiebitz, haben immer nur einen Schritt auf einmal gesetzt. Waren ohne Spuren, denen wir folgen konnten. Der gewundene

Pfad durch die Lavafelsen war überhaupt kein Pfad, außer daß wir ihm gefolgt sind – zwischen Felsen, rein und raus, drüber weg und drunter durch, manchmal war der Weg gerade noch breit genug für Kiebitz, meine Füße hingen über dem immerfort tobenden Schneesturm, ich und Kiebitz, wir sind immer nur einen Schritt auf einmal näher an Dellwoods Münze herangekommen.

Ida Richilieu hat einmal die Geschichte erzählt, die Geschichte von einem Cowboy und seinem Pferd, die im Scheesturm ihren Weg verloren. Keiner von beiden hatte mehr eine Ahnung, wo sie waren, als sie erfroren sind. Als der Suchtrupp sie im Frühjahr gefunden hat, waren der Cowboy und sein Pferd nur zehn Schritte von dort entfernt, wo sie hinwollten.

Das war es, was mir große Sorge machte: so nah zu kommen und doch so weit entfernt zu sein.

Das hielt mich auf Trab: Dellwood Barker – nur zehn Schritte entfernt. Dies glänzende Dime-Stück von Dellwood Barker – nur noch zehn Schritte weg. Noch zehn Schritte.

Unendliches Weiß und Schnee und Kälte über der dunklen, schneebedeckten Narbe der Mondkrater.

Dellwood Barker – unser einziges Ziel.

Fliegen.

Noch zehn Schritte.

Nur ein Schritt auf einmal.

Kiebitz blieb stehen. Ich zog mir den Schal vom Gesicht, hab die Brille abgesetzt, und als ich nach oben blickte, haben meine wunden Augen den Himmel gesehen, klar und blau, hab gesehen, wie er immer dunkler blau wurde, der weiße Schnee über der Welt, das war das gleiche Blau, die Sonne am Horizont eine dünne Orangenscheibe.

Buffalo Head. Ragte aus dem Blauwelt-Himmel hoch, groß und finster, Lavafelsen, die von der Hand irgendeines Großen aufgehäuft worden waren, einfach so, ein Grabmal.

»Wohin er gekommen ist, um zu sterben«, hab ich gesagt.

Kiebitz kämpfte sich durch den letzten großen Hügel einer Schneewehe, Schnee hoch bis an den Bauch, und dann haben wir vor der Öffnung gestanden, vor dem Mund ins Innere von Buffalo Head. Ich und Kiebitz, wir sind in den Mund hineingegangen, aus dem Schnee heraus, aus dem Dunkel des Schnees hinein in Schwärze.

Echos drinnen überall, bis wir durch waren.

Kiebitz schnaubte. Dann neben uns der Laut, der Geruch, der warme Körper eines anderen Pferdes. Abraham Lincoln.

Mein Atem, mein Herz haben geschlagen wie wild. Ich bin von Kiebitz herunter, hab ihm den Sattel abgenommen, die Finger sind mir klamm gewesen vom Frost, und die ganze Zeit über hat sich Kiebitz vor Abraham Lincoln aufgeführt wie ein Narr. Abraham Lincoln hat sich selber auch wie ein verdammter Idiot aufgeführt. Diese zwei, sie konnten voneinander einfach nicht genug kriegen, haben sich aufgebäumt und überhaupt, das ganze wahnsinnige Wiehern und Furzen.

Abraham Lincoln war rossig.

Eines Tages werden sie sich wie verrückt ficken.

Reisekalt und erschöpft, und trotzdem, Kiebitz ist hoch, Kiebitz hat Abraham Lincoln bestiegen. Abraham Lincoln hat Kiebitz einen hübschen Tritt versetzt. Da bin ich beiseite gesprungen. Hab gedacht, es wäre am besten, die zwei sich selbst zu überlassen. Hab für Kiebitz Hafer ausgeschüttet.

Ein bißchen Hafer würde Kiebitz bestimmt brauchen.

Vorhersehung: Ein Geräusch. Zuerst habe ich gedacht, das wär mein eigener Atem. Bis ich besser hinhörte.

Der Wasserfall. Aus der Seite des Bergs. Warmes Wasser, das da ausfloß, gerade so viel Wasser, daß ein Mensch sich drunterstellen konnte, daß er in dem Teich, in dem warmen Wasser halb bis an die Knie stünde.

Und noch etwas anderes: Feuer. Durch die Öffnung in der

Höhle, die zur Leiste führte, erkannten meine Augen, daß sie noch sehen konnten – Feuer, das glänzende Dimestück von Dellwood Barkers Lagerfeuer.

Meine Füße haben mich zu der Öffnung getragen. Herzklopfen. Echos von Herzklopfen. Ich hab meine Augen gebeten: Bitte, seht alles ganz klar und deutlich, so schnell wie möglich.

Das erste, was meine Augen sahen, war Metapher am Lagerfeuer, neben Dellwood Barkers Bettrolle. Hab Metapher für tot gehalten, war er aber nicht, er lag einfach bloß so da und hat vor sich hin geblickt. Ich hab mich gebückt. Hab die Hand auf ihn gelegt. Metapher hat den Kopf gehoben, hat gegähnt und gejault, hat hinübergeschaut, zu den Lauten der fickenden Pferde aus dem Innern der Höhle, hat zu mir hochgeschaut, dann wieder zum Feuer hin, dann hat er den Kopf wieder auf den Boden gelegt.

Meine Augen haben Dellwood Barkers Kleider auf einem Haufen gesehen. Meine Augen haben den Vollmond am Horizont aufgehen sehen.

Meine Augen haben Dellwood Barker gesehen, im Teich, wie er unter dem Wasserfall gegen den Felsen lehnte.

Vollmond auf Dellwood Barkers Haut.

Vollmond auf Wasser.

Mein Ohr an seiner Brust. An seinem Herzen – Dellwood Barker war noch am Leben.

Dellwood Barkers Körper war eher so wie Ida Richilieus Körper. Nur noch Knochen. Schädel drückte sich durch das Gesicht.

Ich hab meinen Mund auf seinen Mund gelegt und hab ihm meinen Willen eingeblasen – daß er wieder Muskeln an seinem Körper bekäme, Fleisch im Gesicht, das klare grüne Glitzern wieder in seinen Augen.

»Dellwood«, hab ich gesagt, »ich bin's.«

Dellwood hat die Augen aufgemacht.

»Du bist gekommen«, hat er geflüstert.

»Ja«, hab ich gesagt. »Jetzt bin ich da. Alles wird wieder gut. Ich werd dich heilen«, hab ich gesagt.

»Ich hab dich erwartet«, sagte Dellwood. »Wissen ist Verstehen geworden, und ich hab auf dich gewartet, damit ich für dich tanzen kann und dir die Geschichte von meinem Leben erzähle. Wenn ich damit fertig bin, kannst du mich mitnehmen.«

»Dellwood, ich bin Schupp. Das hier ist Schupp«, hab ich gesagt.

»Die Büffel sind da. Es ist alles bereit«, hat er gesagt.

»Dellwood, hör mir zu!« hab ich gesagt. »Ich bin Schupp.«

»Der Mond scheint voll in die Augen«, hat Dellwood gesagt. »Es ist eine gute Zeit, um zu gehen.«

»Was kann ich tun?« habe ich gesagt.

»Ich bin bereit, wenn du bereit bist«, hat Dellwood gesagt. »Wo möchtest du sitzen?«

»Dellwood!« hab ich gesagt.

Dellwood ist aufgestanden, Wasser ist von ihm abgetropft, er hat seine dürren Beine aus dem Teich gehoben. Mond stand auf seinem Rücken, Mond auf seinem Hintern, den Wirbel hoch. Dellwood ist zum Feuer gegangen, mit Feuer auf ihm vorn, und hat sich hingekauert. Am Nasenrücken, auf Kinn und Wangenknochen hat seine Haut das Feuer gespiegelt. Dellwood hat eine Hand ins Feuer gesteckt.

»Mein Gott, Dellwood, sei vorsichtig!« hab ich gesagt.

Dellwood hat die Finger um die rote Glut eines brennenden Holzstücks gelegt. Hat mit dem brennenden Holz das Feuer geschürt. Kieferharzknacken, Funken, die ins Dunkel sprühen, rosenfarbene Sterne.

Dellwood Barker hat angefangen zu tanzen.

»Dellwood!« hab ich gesagt. »Ich bin Schupp!« hab ich gesagt. »Es wird alles wieder gut. Ich bin gekommen, um dich zu heilen.«

»Dellwood Barkers menschliche Geschichte«, hat Dellwood gesagt, so, wie wenn er Homer Wisdom wäre, der gerade die Show der Brüder Wisdom ankündigte.

»Ich wurde in New York geboren. Mein Vater war Lehrer für englische Literatur. Meine Mutter war Klavierlehrerin.«

Dellwood drehte sich, hüpfte, rannte. Auf seinem Körper Feuer und Mond und Dunkel.

»Ich hab mich oft in Vaters Arbeitszimmer geschlichen und habe ihn beobachtet. Er hatte die Nase immer in irgendeinem Buch stecken. Bewegt hat er sich nur, wenn er eine Seite umblätterte. Mein Vater hat mich seinen fahrenden Rittersmann, seinen kleinen Schatz, seinen tapfern Helden genannt.«

Das Feuer auf Dellwoods Lenden, der Mondschein auf seinem Schwanz.

»An viel mehr kann ich mich von ihm nicht erinnern. Ich erinnere mich, daß er mich fahrenden Rittersmann, Schatz, tapferer Held genannt hat. Ich erinnere mich an ihn als einen Fremden, der bei meiner Mutter und mir wohnte. Ich erinnere mich, daß ich mir das Versprechen abgenommen habe, daß, wenn ich selber einmal einen Sohn hätte, ich meinem Sohn nie fremd sein würde.«

Das Dunkel in Dellwoods Achselhöhle, bis zum Schenkel, das Feuer auf seiner Brust, während er tanzte.

»Meine Mutter hat Klavier gespielt und Essen gekocht. Sie war mir nicht fremd. Ich habe das gleiche, was sie hatte – wenn ich Klavier spiele, habe ich *das zweite Gesicht*. Nicht endenwollende Tränen in dieser Frau.

Leide innerlich, seit ich geboren wurde, hat sie immer gesagt. Ich erinnere mich.

Wann immer sie mir die Brust gegeben hat, hab ich sie leergesaugt.

Die Wahrheit ist die – was ein Leben zur Welt bringt, muß es nähren.

Meine Mutter und mein Vater sind bei Robber's Roost ermordet worden. Ich habe die Kugel gesehen, die meiner Mutter in die Nase fuhr. Ich habe gesehen, wie das Unterhemd meines Vaters sich rot färbte.

Ich habe in meinem Leben zwei Männer getötet: Sheriff Blumenfeld und den Reverend Josiah Helm – einen Sheriff und einen Prediger. Ich habe ihnen ein Bajonett durch den Kopf gestoßen – genauso wie es im Massaker am Bear River General O'Connor mit Häuptling Bear Hunter vom stolzen Bannock-Stamm gemacht hat.

Die Wahrheit ist die: Was ein Leben zur Welt bringt, muß es beenden.«

Dellwood tanzt. Und auf Dellwood tanzt Mondschein. Feuer.

»Der *Berdache* Foolish Woman hat mir vor den Wölfen das Leben gerettet. Hat mich auf eine Bahre gelegt und mich zum Buffalo Head hochgeschleppt, wo er mich geheilt hat, wo er mich Bewegen Bewegen gelernt hat und wie man mit Bewegen Bewegen heilt, er hat mich über den Wilden Mann im Mond belehrt, hat mich ficken gelehrt.

Hat mich gelehrt: In dem Maße, da ich mich selbst nicht kenne, kenne ich auch die Welt nicht. Hat mich gelehrt: Den Unterschied zwischen den Dingen selbst und die Bedeutung von Dingen. Hat mich gelehrt, daß ich die Bedeutung von Dingen nicht verstehen könnte, bis ich verstünde, wer der war, der da versuchte, die Bedeutung der Dinge zu verstehen. Hat mich gelehrt – wer ich war, war die Geschichte, die ich mir von mir erzählte. Hat mich gelehrt, die Geschichte zu verstehen, die ich mir selber erzählte. Hat mich gelehrt: Vertrau auf dich selbst, hör auf dein Herz. Hat mich gelehrt: Wissen wird Verstehen im Sterben, und daß der Tod stillsitzen und warten müßte, während ich tanze und ihm meine Geschichte erzähle.

Die Wahrheit ist die: die Foolish Woman hat mir ein neues Leben geschenkt.

Was ein Leben in die Welt setzt, muß es nähren.

Die Wahrheit ist die, daß ich mich selber in Schwierigkeiten gebracht habe. Die Hauptschwierigkeit – ich hab angefangen zu denken, daß die Welt nur das war, was ich mir dachte.«

Mondschein auf der Biegung seines Rückens, Dunkel und Mondschein und Mondschein und Feuer auf seinen Füßen.

»Ich hab Buffalo Sweets kennengelernt und geheiratet – den reinsten, glücklichsten Menschen, dem ich je begegnet bin. Sie hat die Zwillinge geboren, unsere Moon Bear und Willow. Es waren zwei kräftige, schöne Kinder.

Wann ich von meiner Frau und den Kindern gesprochen habe, habe ich immer gesagt, daß ich sie liebe – mehr als alles auf der Welt.

Aber das ist nicht die Wahrheit. Ich habe sie nicht geliebt. Ich habe überhaupt nicht verstanden zu lieben.

Sie sind in einem Blizzard erfroren – man hat es mir so erzählt, und ich habe es geglaubt, daß Buffalo Sweets mich suchen ging und daß sie mit den Kindern erfroren ist.

Die Tränen wollten nicht enden. Aber eines Tages habe ich nicht mehr geweint. Nichts mehr gefühlt. Das mußte sein.

Was der Tod dem Leben zufügt, muß vergessen werden.

Ich hab auf der Sage Hill Ranch in Montana gearbeitet. Ich bin die Weiden abgeritten. Ich habe auf den Plains draußen im Freien gelebt. Nachts war der Mond meine einzige Gesellschaft. Ich habe Mondsprache gelernt und habe mit dem Mond gesprochen.

›Was ist Mondsprache?‹ haben mich Leute gefragt.

Sprache, die aus dem Herzen kommt, habe ich gesagt.

Aber das ist nicht die Wahrheit, Mondsprache ist nicht die Sprache des Herzens. Mondsprache ist Kopfsprache.«

Feuer auf seinem After, Mondschein auf seinem Kopf, als Dellwood zum Felsrand lief, und wieder zurück, und über das Feuer gesprungen ist.

»Nach ein paar Jahren des Reitens auf freiem Feld war Mondsprache meine einzige Sprache. Mondsprache hat mir gesagt,
Tatsache sei – daß die Welt nur, und nichts anderes wäre als das,
was ich mir ausdachte.

Mit Mondsprache als einziger Sprache habe ich die Welt
verwandelt zu mir. Das war praktisch – ich hatte mir den Schmerz
selber geschaffen –, da konnte ich ihn doch auch wieder unge-
schehen machen. Wenn alles in der Welt nur eine Idee von mir
war, dann war ja auch das Leid nur eine Idee von mir.

War keine gute Idee, das Leid.

Leid kann ein Herz töten.

Und eines schönen Tages ist dann ein großer, knackiger indianischer Bock von einem schönen jungen Mann aufgetaucht.

Draußen-im-Schuppen, Duivichi-un-Dua, Außer-Sinn-
und-Verstand, Raus-aus-den-Hosen. Er hat mir den Kopf aus
meinem mondtraurigen Arsch herausgezogen und etwas viel
Besseres hineingesteckt. Ließ seine großen Hände meinen Körper streicheln und hat mir meinen Körper wiedergegeben. Hat
mir seine Liebe geschenkt. Hat mir Augenblicke klaren Bewußt-
seins geschenkt, als ich noch kein klares Bewußtsein hatte.

Aber ich bin ein sturer Bock. Hab ihm meist Widerstand
geleistet. Bin meist bei Mondsprache verblieben.

Es ist doch alles nur eine Geschichte, die wir uns erzählen, habe ich
mir immer gesagt.

Der Körper ist bloß verfestigtes Bewußtsein, habe ich mir gesagt.

Die Wahrheit ist die: Die Welt, das bin ich, habe ich mir gesagt.
Schupp – der ist eine Idee von mir, habe ich mir gesagt.

Ida Richilieu, Alma Hatch, Ellen Finton, Gracie Hammer,
Dumm Dave, Ulysses, Virgil, Blind Jude, Homer Wisdom; Sheriff Blumenfeld, der Reverend Helm, William B. Merrillee: *Die
existieren nur, weil ich existiere*, habe ich mir gesagt.

Und dann ist's passiert, und alles auf einen Schlag – die Brüder
Wisdom, Idas Haus, Alma Hatch.

Da konnte ich nachdenken, soviel ich wollte, da konnte ich mir noch soviel Mondsprache einreden – es gab nichts, das mich trösten konnte, nichts, das mir Vergessen brachte, nichts, das sie mir wieder zurückbringen konnte. Ich konnte gar nichts machen, ich konnte nicht mal einen *hangnail* heilen.

Da hab ich mich nicht mehr hinter meiner Mondsprache verstecken können – ich mußte mein Leid akzeptieren –, mußte meiner Krankheit ins Auge sehen.«

Dellwood wälzte sich, reckte sich, hüpfte, sprang. Tanzte wie ein Jude, wie ein Italiener, wurde zum tanzenden Cowboy, zum Indianer.

»*Die Wahrheit*«, sagte Dellwood – »das hab ich auch zu Schupp gesagt: *Sag die Wahrheit.*

›*Du bist mein Vater*‹, hat Schupp zu mir gesagt. ›*Ich bin dein Sohn.*‹

Die Wahrheit.

Was bin ich nur für ein Idiot gewesen!

Kaum hatte ich diese Worte von ihm gehört, und schon war ich selber nicht mehr die Geschichte, die ich mir erzählte. Da war die Welt keine Sache mehr, die ich mir selber ausdachte.

Ich bin fleischgeworden in dem Augenblick, als mein Sohn, als mein Fleisch und Blut sich mir verkündet hat.

Vater und Sohn. Er war nicht ich, er war ein Stück von mir.

Die Welt – sie war nicht ich, sie war ein Stück von mir. War die Wand, an der wir unsere Spiegel aufhängen.

Liebe ist nicht möglich, wenn es nur dich selber gibt und du nur das bist, was du denkst.

Die Idee, die Fleisch wird, erschafft das Herz.

Das Herz streckt sich aus nach dem Herzen des Geliebten.

Wissen streckt sich aus nach Verstehn.

Du wirst eins.

Inkarniert.

Liebe ist die Brücke.

Die Wahrheit ist die: Ich *bin* Dellwood Barker. Und nicht die Geschichte von ihm. Ich bin da, voll lebendig.

Dies ist die Geschichte vom Menschen Dellwood Barker: Was ich zu tun glaubte, war nicht, was ich tat. Der Trick mit dem gebrochenen Flügel: Was ich getan habe, war hinter etwas her jagen, das ich schon war. Was ich getan habe, war mein Leben, indem ich's nicht lebte. Was ich getan habe, war genau das, was mein Vater getan hat – ich bin jemand geworden, der ich nie hatte werden wollen: für meinen Sohn ein Fremder.

Was ein Leben in die Welt setzt, muß es erhalten.

Jetzt, endlich, ist Wissen Verstehen geworden, und die Wahrheit ist die: Die Wahrheit hat mir das Herz gebrochen.«

Dellwood Barker, mit dem Rücken zum Feuer, das Feuer ein roter Rand um seinen ganzen Körper, hat seine Augen voll in mein linkes Auge gelegt.

»Nun darf ich sterben«, hat er gesagt. Und dann hat er sein Auge klar emporgerichtet zum linken Auge Gottes, ins reflektierte Licht der Sonne hinein, zum Mond, der voll in den Augen stand, das glänzende Dime-Stück, in die kalte Kugel hoch oben am Himmel dort, hat die Augen geschlossen und ist zu Boden gefallen.

Ich hab die Knochen von Dellwood Barker aufgehoben, hab den Körper, den ich so gut gekannt hatte, in meine Arme genommen – seinen Hals, seine Schultern, die verbrannte Hand, das eintätowierte Herz über seinem Herzen, das nachwachsende Haar auf der Brust, seinen Bauch, seinen Penis, seine Eier. Ich hab ihn ans Feuer getragen und hab ihn auf seine Bettrolle hingelegt. Ich hab das Feuer geschürt, hab mir die Sachen ausgezogen, hab meine Bettrolle über uns beide gezogen. Hab seinen Kopf auf meine Schulter gelegt, hab mein Ohr an sein Ohr gehalten, hab die Arme um ihn gelegt, hab meinen Penis an seinen Penis gedrückt, hab seine Beine umschlungen mit meinen Beinen.

So haben wir beide, mein Vater Dellwood Barker und ich, mit seinem Herzen unter dem tätowierten Herzen an meinem Herzen, mit meinem Atem in seinem schwachen Atem am Feuer gelegen in unserem Kreis von Licht, in der großen, rissigen Narbe der Dunkelheit, in den Mondkratern. Und über uns der Mond, gleich hinter der Felsleiste, voll in den Augen, voller Licht, voll in sternenvoller Dunkelheit.

»Dellwood.« Ich hab ihn beim Namen genannt und hab ganz sachte mein Bewegen Bewegen gegen ihn gepumpt.

»Du kannst mich sehen, du brauchst nur zu schauen«, hab ich zu ihm gesagt.

»Ich bin nicht der Tod, Dellwood. Ich bin Schupp«, hab ich ihm gesagt.

»Du kannst deinen Sohn lieben und es erleben, du kannst mich erkennen. Du kannst mich jetzt sehen, wirklich, du mußt nur herschauen«, hab ich gesagt.

»Du kannst mich erleben, so wie ich bin.«

Bewegen Bewegen. Spucken von Feuer. Dellwod, ich wiege ihn in meinen Armen. Kiebitz ganz wild mit Pferdefick in Abraham Lincoln. Ich und Dellwood wie auf Pferderücken über eine rollende Ebene. Metapher ein leises Winseln.

Dellwood Barker hat die Augen aufgeschlagen.

»Schupp?« hat er geflüstert. »Bist du's? Moon Bear, bist du es?«

»Dellwood!« hab ich gesagt. »Vater!«

»Mein Gott, du bist's wirklich!« hat Dellwood gesagt.

»Schupp«, hat er gesagt, »jetzt ist Wissen Verstehen. Jetzt kann ich sterben.«

»Hör mir zu, bitte, Dellwood«, hab ich gesagt. »Du wirst nicht sterben. Hol dein Bewegen Bewegen hoch. Ich und du, wir werden dich heilen. Du mußt die Wahrheit sagen und mir helfen.«

»Die Wahrheit ist die – ich sterbe«, hat Dellwood gesagt.

»Nein«, hab ich gesagt und hab sein Gesicht berührt, »du stirbst nicht. Du darfst jetzt nicht sterben. Wir haben doch gerade erst angefangen zu leben«, hab ich gesagt.

»Schupp«, hat Dellwood gesagt, die Innenfläche seiner Hand lag über dem Loch in meiner Brust. »Bitte, vergib mir«, hat er gesagt, »ich war solch ein Dummkopf.«

Vergib.

»Aber der Dummkopf war doch ich«, hab ich gesagt. »Ich bin doch derjenige, der's gewußt hat.«

Als ich in Dellwoods Augen blickte, mit meinem linken Auge in sein linkes Auge, und Dellwood zurückblickte, da ist es zum erstenmal so gewesen, daß Dellwood nicht bloß die Geschichte von Dellwood war, nicht bloß die Idee von Dellwood oder Dellwoods Traum. Und das erstemal, daß ich Schupp war, und nicht bloß die Geschichte von Schupp, nicht nur die Idee von Schupp oder Schupps Traum. Ich und Dellwood, wir beide, jeder gemeinsam atmend, Atem in Atem wir beide, jeder ganz da in diesem Augenblick, wach, zum erstenmal ganz wach.

»Ich bin dein Vater«, hat Dellwood gesagt.

»Ich bin dein Sohn«, hab ich gesagt.

»Fühle mich wie eine Jungfrau«, hat Dellwood gesagt.

»Beim erstenmal«, hab ich gesagt.

»Wie hat ein Sohn von mir nur einen so großen Schwanz bekommen?« hat Dellwood gesagt.

»Muß wohl der Büffel gewesen sein«, hab ich gesagt, und wir haben gelacht. Haben uns die dummen Köpfe abgelacht, wir beiden Männer, im Lachen eins.

»Sieh mal, Schupp!« hat Dellwood gesagt und zu den Büffeln am Himmel gezeigt.

Büffel sind uns entgegengedonnert, stampfen Staub auf, aus dem Norden, Millionen Büffel, Wollwolken, die den Mond zurückwarfen – stolz, wild, das Volk meiner Mutter vor der Ankunft der *Tybos*.

Lichtfinger auf die anstürmende Herde herab, das Licht einer kühlen Kugel ringsum, Mond und Staub ringsum, über allem. Büffel im Sprung drüber hinweg ringsum von unserem Lichtkreis. Hörner und Hufe, heißer Atem, Augen – rote Glut unter Schwarz.

»Besondere Rasse«, hat Dellwood gesagt.

»Sind die meiste Zeit über schwer zu erkennen«, hab ich gesagt.

Dellwood Barkers klare grüne Augen, die Augen eines Kindes – nichts, das mich da zurückhalten konnte, kopfüber hineinzufallen. Stirn an Stirn, haben wir auf unsere Körper runtergesehn: schwitzig, Steifer an Steifem, Mann an Mann, *ein* Mann beim Pumpen von Bewegen Bewegen hoch in einen Ansturm von Büffeln, *ein* lachender Mann, *ein* tanzender Mann.

»Mein fahrender Rittersmann«, hat Dellwood gesagt.

»Mein kleiner Schatz«, hat Dellwood gesagt.

»Mein tapferer Held.«

Dellwood ejakulierte.

Mir ins linke Auge, sich selbst über das eintätowierte Herz hinweg auf die Stirn, über die Stirn weg, über den Rand in die Nacht.

Dellwood Barker war still. In meinen Armen, da war es still.

Das Geräusch des eigenen Herzens, des eigenen Atems.

Die Büffel fort. Nur der Mond. Das Feuer im Dunkeln.

Freigelassen.

Ohne Bewegen Bewegen sind wir nichts.

Es wird erzählt: Jedesmal, wenn ein tapferer Krieger im Kampf starb, hat der Feind dem Krieger das Herz herausgeschnitten und das Herz verzehrt.

Dellwood Barker war ein tapferer Krieger.

Ich war aber nicht sein Feind.

Ich war sein Sohn. Er war mein Vater. Wir waren uns nicht fremd. Wir haben einander geliebt.

Ich hab sein Bewegen Bewegen aufgeleckt. Jeden Tropfen. Hab ihn trocken gelegt.

So wie ich für meine Mutter ein Feuerbett errichtet hatte, errichtete ich nun ein Feuerbett für meinen Vater. Hab dazu jedes Stück Holz gebraucht, das Dellwood in der Höhle gestapelt hatte. Hab das Feuerbett errichtet, indem ich die größeren Baumteile zusammenband. Was ich vom Holz nicht fürs Feuerbett brauchte, das hab ich daruntergelegt.

Bevor ich Dellwood auf das Feuerbett hob, hab ich ihn im Teich gewaschen. Wasser über jeden Körperteil. Mein einziges Ziel: jeden Teil von ihm berühren.

Ich hab auf den Sonnenuntergang gewartet. Hab zugesehen, wie der schwarze Himmel langsam marineblau wurde. Hab zugesehen, wie der Vollmond verblaßte. Hab zugesehen, wie der Morgen alles schön machte und alles zum Glühen brachte.

Ich hab mich in alle Himmelsrichtungen gewandt, mit ausgestreckten Armen, und hab mich der Welt gestellt. Hab alles in dieser Welt angefaßt, bevor er sie verließ. Hab zu allen Dingen in dieser Welt gesagt, Obacht zu geben, daß Dellwood Barker uns verließ.

Die Flammen des Feuerbetts haben am höchsten gebrannt, als die Sonne sich vom Horizont freimachte.

»Sing the jubilee: everybody free./Welcome, welcome, 'mancipation.«

An dem Morgen, als ich wieder aufgewacht bin, hat Metapher neben Dellwoods Feuerbett gelegen. Erfroren.

Ich hab Abraham Lincoln und Kiebitz gesattelt und bin losgeritten. Keine Spuren, denen ich folgen konnte. Ich ritt nach Norden, nach Westen. Ritt mit dem Feuerwasser-Branntwein, ritt in die Mondkrater hinein. Lavafels, Schnee und Eis, Tafeln indianischer Krieger, Wind.

Bin im Kreis geritten. Bin immer weitergeritten. In eine Richtung, die ich nicht kannte. Zehn Schritte weiter. Immer nur ein Schritt auf einmal.

Ich hab den Hut heruntergezogen und mein Gesicht mit dem Schal verdeckt, in das ich zwei Löcher gemacht hatte, und die Blindenbrille aufgesetzt. Gelber Schnee – eine ganze Welt aus gelbem Schnee.

Bergspitzen, die zu noch mehr Bergspitzen wurden. Der krumme Pfad, überhaupt kein Pfad, außer daß wir ihm folgten, manchmal gerade noch so breit wie Kiebitz und Abraham Lincoln, und meine Füße hingen über dem unendlichen Blizzard drunten.

Nächte am Lagerfeuer, rot-unter-schwarz-Glut an meinem Kopf, Mond an meinen Augen. Ich hab die Augen nicht zugemacht. Hab sie nicht aufgemacht.

Ohne Ziel.

Ohne ein glänzendes Dime-Stück von Dellwood.

Mein fahrender Rittersmann.

Mein kleiner Schatz.

Mein tapferer Held.

Ida brüllen – das war's, was ich und Kiebitz und Abraham Lincoln hörten, eine Halbmeile vor Excellent. Je näher wir der Stadt kamen, um so mehr Fluchen und Kommandieren war von ihr zu hören. Echt Madame-hat-alles-im-Griff.

»Die ganze Stadt ist eine verdammte Mormonenschande!« brüllte Ida. »Als ob's in der ganzen Stadt nicht einen einzigen Schwanz und keine Möse gäbe!«

Ida hatte sich nicht unterkriegen lassen.

In den Pferdeställen hat Dumm Dave mir die Arme um den Hals geworfen – hat mich vom Boden hoch gehoben, und Dumm Hund hat gebellt, hat geheult, ist in die Luft gesprungen.

Dumm Dave hat mich dann aber losgelassen, als er Abraham Lincoln sah, ohne Dellwood Barker im Sattel, ohne Metapher.

Da hat Dumm Dave sich hingesetzt vor der Stalltür, wo wir standen. Sein Körper wurde zu schwer für seine Knie. Ich hab mich auch hingesetzt. Dumm Dave hat angefangen zu weinen und Dumm Hund zu heulen. Ich hab nicht gewußt, was ich tun sollte, und hab sie nur weinen und heulen lassen. Hab mit einem Arm Dumm Dave gehalten, und mit dem andern Dumm Hund.

Als die beiden sich endlich wieder beruhigten, hat Dumm Dave auf sein Hemd gerotzt, hat mich dann bei der Hand genommen und in den Stall geführt, zur Box, wo er selbst wohnte. Hat aus seinen Postbriefkästen Schätze geholt, die er in der Asche von Idas Haus gefunden hatte – vier Perlen, ein versengtes Stück von einem Schal, eine Kette mit sieben Bergkristallen, Stücke von einem Teller, Scherben der grünen Wasserflasche aus der Küche, Splitter vom Spiegel, eine Goldmünze.

Dumm Dave hat die Perlen genommen, die Bergkristalle, den Spiegel, die Goldmünze, und hat sie mir in die Hand gedrückt. Er hat mir ein paar Zeichnungen gezeigt. Hab den ganzen Morgen gebraucht, bei meinen Augen, um sie zu erkennen: Sheriff Blumenfeld und den Reverend Helm am Baum hängend, mit einem Bajonett von Ohr zu Ohr durch den Kopf. Die Arme von Alma Hatch. Ida Richilieus Beine in den Stiefeln. Thord Hurdlikas Hände. Den Finger und den Goldzahn von Ulysses Wisdom. Ida Richilieu auf dem Bett im Gefängnis. Wie ich mit der Blindenbrille im Gesicht auf Kiebitz aus Excellent fortgeritten bin.

Und da gab's noch eine andere Zeichnung – von einem anderen abgetrennten Finger – mit einem Ring dran – das war nicht der Ring von Ulysses, es war ein anderer Ring.

Der Ring von Billy Blizzard.

Als ich Dumm Dave fragte, wie ihm diese Zeichnung in den Sinn gekommen wäre, da hat er sein Bowie-Messer aus der Tasche gezogen und hat so getan, wie wenn er mitten in einem

Kampf wäre und dem, mit dem er kämpfte, den Finger abschnitte.

»Billy Blizzard?« hab ich gefragt.

Dumm Dave hat genickt.

»Wo?« hab ich gefragt. »Wann?«

Dumm Dave hat mit den Schultern gezuckt und hat den Kopf geschüttelt.

Ich war noch keine Stunde draußen im Schuppen, als Sheriff Archibald Rooney an der Tür geklopft hat. Als ich die Tür öffnete, hab ich ihm gesagt, ich hätte geschäftlich nicht geöffnet, er ist aber trotzdem hereingekommen. Ich war nackt und nur in Dellwoods Decke gewickelt und trug die Perlen und die Bergkristalle um den Hals, die Dumm Dave mir geschenkt hatte.

Sheriff Rooney hat alles über Dellwood Barker wissen wollen. Hab ihm erzählt, daß Dellwood Barker tot war, erfroren, draußen in der Mountain-Home-Wüste. Da hat er wissen wollen, wieso ich denn gewußt hätte, wo ich ihn finden könnte. Hab ich ihm gesagt, einfach so. Hat er mich gefragt, ob ich was mit dem Umbringen von Sheriff Blumenfeld und dem Reverend Helm zu tun hätte. Hab ich gesagt, nein, hatte ich nicht, leider.

Sheriff Rooney hat mir gesagt, ich sollte besser aufpassen, sonst könnte er mich für ein Verhör einsperren, er könnte mich einsperren wegen Missetäter-Verhalten, könnte mich einsperren wegen Beihilfe zum Verbrechen, könnte mich einsperren aus allen anderen Gründen, für die er mich eben einsperren wollte.

Eine vernünftige Justiz in diesem Land.

Ich hab Jagdzeit-Rooney gefragt, ob er überhaupt wisse, wie man Missetäter buchstabiert.

Sheriff hat mir ins Gesicht gespuckt. Hat mich beschimpft mit einem von diesen *tybo* Worten für Männer, die Männer lieben.

Ich hab zurückgespuckt.

War nicht lange, nachdem Jagdzeit gegangen war, daß Doc Heyburn an meine Tür anklopfte. Ich hab den Doc eingeladen reinzukommen. Sitzen konnte man nur auf dem Bett oder auf dem Boden. Doc Heyburn hat sich aufs Bett gesetzt.

»Willst'n Whiskey?« hab ich gefragt.

Doc hat den Kopf geschüttelt, nein. »Nicht einen Schluck, seit wir uns zuletzt gesehen haben – schon bald vier Monate. Bin bekehrt worden. Hab Jesus Christus gefunden. Und die Kirche der Heiligen der Letzten Tage«, hat er gesagt.

Da hab ich mir selber einen Whisky eingeschenkt. Der Doc hatte einen Ausdruck im Gesicht wie einer, der tot ist und immer noch rumläuft. Hab mir auf der Stelle das Versprechen abgenommen, daß ich das Whiskeytrinken nie aufgeben würde, wenn man davon so aussähe wie Doc.

»Du bist doch nicht etwa gekommen, um mich zu bekehren, oder, Doc?« hab ich gefragt.

»Nein, nein«, hat Doc gesagt. Saß da auf dem Bett und hat immer nur auf seine Hände geblickt.

»Hab mir nur mal deine Augen ansehen wollen«, hat Doc gesagt. »Hab mir Sorgen gemacht wegen deiner Augen.«

Ich wußte, wie's um meine Augen stand. War nicht viel, was sie erkennen konnten, und wenn sie was sahen, dann meist nur, was sie sehen wollten – und bei dem, was sie sehen wollten, hab ich nie viel mitzureden gehabt. War mir nie so ganz sicher, ob das, was da zu sehen war, wirklich da war oder nur da war, weil meine Augen sich das so wünschten.

Hab am besten im Dunkeln gesehen.

»Klar, Doc«, hab ich gesagt. »Sieh sie dir nur an.«

Docs Hände haben vor meinem Gesicht geflattert wie Schmetterlinge. Er hat mir ins rechte Auge hineingesehen, dann hat er mir ins linke Auge hineingesehen – hat's nicht lang ausgehalten, ins linke zu sehen.

»Du bist blind«, hat er gesagt.

»So blind wie Blind Jude«, hab ich gesagt.

Da hat der Doc angefangen, Laute von sich zu geben, wie wenn er lachte, es war aber kein Lachen. Er hat von ganz tief in seinem Innern heraus geweint.

»Schupp, das tut mir ja so leid«, hat er gesagt. »Du und Dellwood und Ida und Alma – ihr vier –, ihr seid für mich wie eine Familie gewesen. Ihr seid in meinem Leben das gewesen, was irgendwie gut war.

Ihr habt für Leben gesorgt, und ich hab's Zuschauen besorgt, und das Trinken. Du bist ein tapferer, lieber, schöner Mann. Find ich. Die Welt ohne Dellwood Barker – kann ich mir nicht vorstellen. Wenn Ida Richilieu diese Mormonen anbrüllt, das gibt mir jeden Tag solche Kraft – ich kann dir's gar nicht sagen.«

»Aber du bist doch jetzt Mormone«, hab ich gesagt.

»Blieb ja nichts anderes übrig. Entweder das, oder ich hätt' anfangen müssen zu leben«, hat er gesagt und gelacht.

»Dann fang an zu leben«, hab ich gesagt.

»Dafür ist's zu spät«, hat er gesagt.

»Zu spät?« hab ich gefragt.

»Zu spät«, hat Doc kopfschüttelnd gesagt.

Doc Heyburn hat noch ein bißchen geweint, und als er dann zwischendurch einmal Luft holen mußte, da hab ich gefragt: »Lebt er noch, Doc – Billy Blizzard?«

»Könnt sein. Sicher weiß es keiner«, hat er gesagt. Und dann hat er gefragt: »Und Dellwood ist wirklich tot?«

»Jawoll«, hab ich gesagt. »Wirklich tot.«

Doc hat sich seine große Nase geputzt und gewischt und sich das Taschentuch wieder in die Tasche gesteckt.

Da draußen im Schuppen ist es still geworden. Du hast hören können, wie der Doc atmete und wie ich atmete. Ich hab dem Doc den Arm um die Schulter gelegt. Der Doc ist aufgestanden und zur Tür gegangen.

»Zu spät«, hat Doc gesagt. »Zu spät, zu spät, zu spät.«

»Oh. Mister Schupp«, hat Dr. Ah Fong gesagt. »Opium für Ida?«

»Ja«, hab ich gesagt, »Opium für Ida.«

Dr. Ah Fong hat die Kerze angemacht und ist über den Flur gegangen. Ich war in dem Raum mit dem Bild vom menschlichen Körper allein. Die Hände, die Beine, die Augen, der Schwanz, die Finger, die Zähne, die Frauenhöhle, das Herz des menschlichen Körpers.

Dr. Ah Fong kam mit den vier Fläschchen im roten Papier zurück.

»Oh! Opium für Ida«, hat Dr. Ah Fong gesagt.

Es war Sonntag. Da hab ich mir eine Schüssel Eiskrem gekauft – Kirsch-Eis.

Dr. Ah Fong hat sich verbeugt und hat das Geld genommen, hat mir das Wechselgeld zurückgegeben. Ich hab das Wechselgeld genommen und hab mich verbeugt.

Mit dem Opium zusammen hab ich Ida drei Flachen Whiskey gebracht, die ich in Owyhee City kaufte, und drei neue Kleider – ein weißes, ein rotes und ein blaues Kleid. Außerdem schwarze Tagebücher mit Goldrand, in denen Ida ja so gern schrieb, und sonst noch ein paar Geschenke und Blumen – die Purpurblumen, die in die Höhe gehen, und gelbe und Indian Paintbrush.

Im Gefängnis war niemand. Die Tür zur Gefängniszelle hat offengestanden.

Ich hab mich gegen die Tür gelehnt und bin in die Zelle getreten. Soweit meine Augen etwas erkennen konnten, hatte Ida sich in der Zelle ihr Zuhause eingerichtet. Da gab es einen Frisiertisch mit Rundumspiegel, Vorhänge am Fenster und ein Klavier.

Ida Richilieu lag auf dem Bett. Schnarchte. Sah aus wie so etwas, das in die Mangel genommen worden war, wie etwas, das ein Hund mitgeschleift hatte – hat ausgesehen wie der Teufel. Ihr

Haar hat in allen Richtungen vom Kopf abgestanden, die beiden Schneidezähne vorn im Mund haben gefehlt, der rote Lippenstift war ganz verschmiert. Der weiße Puder auf ihrem Gesicht und das dicke Rouge auf den Backen haben die hervorstehenden Knochen nicht verborgen.

Ich hab mich auf die Bettkante niedergesetzt. Idas Schnarchen hat aufgehört. Und obwohl sie die Augen geschlossen hielt, hab ich gespürt, daß sie mich beobachtete.

»Eine Familie«, hab ich gesagt.

»Eine bessere Familie als alle Mormonenfamilien!« hat Ida gesagt.

»Wird nie etwas zwischen uns kommen«, hab ich gesagt.

»Nichts«, hat sie gesagt. »Nie wieder«, hat sie gesagt.

»Das war ein kalter Winter dies Jahr, Schupp. Du wirst mich doch nicht wieder allein lassen?« hat Ida gefragt.

»Werd dich nie wieder allein lassen«, hab ich gesagt.

Ida hat meine Hand genommen, hat sich umgesehen, ob uns irgendwer hören könnte und hat mich an sich gezogen.

»Schupp, die Mormonen haben irgend etwas vor«, hat Ida geflüstert. »Für Mormonen sind sie mir einfach zu munter. Weiß nicht, was sie vorhaben, aber da ist irgend etwas im Gange.«

Ich hab Ida das Opium und die Whiskeyflaschen gegeben.

Hab die Blumen in eine Vase gesteckt und hab sie auf den Frisiertisch gebracht. Ida hat das Opium auf den Tabak einer Zigarette verstreut, hat die Zigarette gerollt, und wir haben zusammen geraucht. Sie nahm einen Schluck Whiskey und hat mir die Flasche gereicht.

Ida hat die Kleiderschachtel aufgemacht. Als sie das blaue Kleid sah, hat sie's unbedingt gleich anziehen wollen. Sie saß am Bettrand – so auf die Art, wie du mit baumelnden Beinen sitzt, wenn du Beine hast – und hat ausgezogen, was sie anhatte – ihre Mormonen-Schlüpfer, hat sie das genannt.

Ich hab ihr in das blaue Kleid hineingeholfen, das seidig

glänzte. Taffetta. Hab sie zum Frisiertisch hinüber getragen und sie auf den Frisierstuhl hingesetzt. Ida hat sich noch eine Zigarette gerollt und angesteckt, sie hat vor dem Spiegel vor ihrem Frisiertisch geraucht, hat sich selber zugeschaut, wie sie da neben den Blumen gesessen ist und Whiskey aus einem Glas trank.

Ich hab ihr Haar gebürstet und es hinten zu Zöpfen geflochten. Hab ein bißchen Wasser aus Hot Creek geholt und ihr das Gesicht gewaschen, und Ida hat sich wieder die Lippen aufgetragen – rot und weich.

Ich hab ihr die Perlenkette um den Hals gelegt. Das Bergkristall-Armband ums Handgelenk. Die gefiederte Boa um die Schultern.

»Oh! Diese Menschheit!« hat Ida gesagt.

Das gelbe Rechteck von Sonnenschein in Idas Fenster – das konnt ich am klarsten erkennen. Ich hab die Augen auf diesem Rechteck ruhen lassen, als ich meinen Whiskey trank, als wir rauchten, als Ida redete und ich zugehört habe.

»So was Unbequemes wie dies Bett hier gibt's im ganzen amerikanischen Westen nicht noch einmal«, hat Ida gesagt. »Und wie soll ein Mensch mit so Beinen wie diesen da denn zum Donnerpott kommen?«

Ida hat das blaue Kleid hochgestreift und hat mir ihre Beine gezeigt. Zwei Riesenfinger. An den Enden, dort, wo Dellwood Barker geschnitten hatte, war die Haut scharlach und rot.

»Sehen aus wie Pilze, die an einer Fichte wachsen, was?« hat Ida gesagt.

»Den ganzen Winter über hab ich hier im eigenen Gestank gelegen«, hat Ida gesagt. »Die verdammten Mormonen hatten viel zuviel Schiß, die haben sich kaum in die Nähe getraut – haben nur Essen vorbeigebracht, und ein bißchen Holz zum Heizen und sind gleich wieder gerannt.

Ich hab solchen Krach gemacht, daß sie mir am Ende zwei

alte Jungfern vom Wohlfahrtsverein geschickt haben – Schwester Irma und Schwester Ima.

Irma und Ima – würd jemand, der noch alle Tassen im Schrank hat, seinen Kindern wohl solche Namen geben, frag ich dich?« hat Ida gesagt. »Kein Wunder, daß sie alte Jungfern sind. Wer will schon eine ficken, die Irma heißt?«

»Da bin ich nun, Schupp. Ida Richilieu«, hat Ida gesagt, »ißt Mormonenfraß, trägt Mormonenkleider und hat zwei alte Jungfern vom Wohlfahrtsverein als Gesellschaft!

Nichts ekelhafter als Mormonen-Mundgeruch von alten Tanten zum Aufwachen in der Früh! Und dann quasseln sie auch herum, vom Herrn und von seinem Propheten Brigham Young, während sie dir irgend so einen verdammt gräßlichen Brei vorsetzen und dazu ein Stück hartes Brot und eine Tasse heißes Wasser, das sie Tee nennen!

Einmal die Woche werd ich von Schwester Irma und Schwester Ima gewaschen, da verziehen sie dann die Lippen und waschen mich ab, und dabei halten sie den Teil zugedeckt, den sie gerade nicht waschen. Dann lassen sie mir den Waschlappen da, damit ich mir die Möse und das Arschloch selber wasche, nachdem sie den Raum verlassen haben.

Ich reib mir die Möse, bis sie feucht wird, dann reib ich mit diesem blöden Waschlappen, bis er jedesmal ganz braun ist, und ich werf mit dem Waschlappen nach ihnen.

Klappt immer – dann rasen die Schwestern nämlich kreischend aus dem Raum.

Aber seit kurzem«, hat Ida gesagt, »ist es so, wie ich schon sagte, irgend etwas ist mit den beiden los – mit all diesen Mormonen – für Mormonen sind sie mir einfach zu fröhlich.

Ich hab dem Staat Idaho einen Brief geschrieben – ans Katasteramt in Boise. Ich muß genau wissen, wo die Grenzen von meinem Stück Land liegen. Den Brief hab ich vor einem Monat geschrieben. Da müßte bald Antwort kommen.

Wenn die Antwort kommt, Schupp, dann gehen wir beide nach Boise und kaufen uns einen Kandelaber, und wir bauen uns wieder Idas Haus – genau an derselben Stelle – größer und schöner und so rosa wie noch nie.

Du wirst mir dabei doch helfen, ja Schupp?« hat Ida gefragt. »Du wirst mir Idas Haus neu bauen helfen?«

»Ich werd dir helfen«, hab ich gesagt.

»Danach können wir wieder unsern Spaß haben – uns ein paar Cowboys ficken und uns ein paar Mormonen vornehmen. Unserm Leben wieder ein bißchen Schönheit und Anmut verleihen. Was sagst du dazu, Schupp?«

Als das Sonnenschein-Rechteck sich aus dem Raum weg bewegte, hab ich die Kerosin-Lampe angezündet – das rosige Licht, Idas Frisiertisch, ihre Frauensachen, überall lagen sie herum.

Ida hat weitergeredet – sie hat immer ein echt interessantes Gespräch mit dir führen können, auch wenn du kein einziges Wort dazwischen gekriegt hast –, hat davon gesprochen, wie ihr Hotel statt vorher zwei diesmal drei Stock hoch sein würde und drei Veranden haben müßte nach vorn und nach hinten. Das Schild – *Indian Head Hotel* – würde größer und schöner sein. Die Fenster, die Eingangstür, der Kandelaber – größer, schöner. Die Ponderosa-Fichte – höher, grüner, noch am Leben.

Es gab da aber ein paar Dige, die Ida nicht erwähnt hat, über die hat sie kein einziges Wort gesagt. Hat Alma Hatch mit keinem Wort erwähnt. Hat kein Wort gesagt über Dellwood Barker. Nicht ein Wort über die Brüder Wisdom.

Am nächsten Tag hat Ida noch immer geklagt, hat sie immer noch davon gesprochen, daß bei den Mormonen etwas im Gange war, hat sie immer noch geredet über den Brief vom Katasteramt des Staates Idaho, auf den sie wartete – da hab ich zu ihr gesagt: »Laß uns einen Spaziergang machen.«

Ida hat mir einen Blick zugeworfen und hat dann nur auf ihre Beine geschaut.

»Und wie stellst du dir das vor?« hat Ida gesagt. »Du bist blind, und ich hab unterhalb der Knie keine Beine!«

Daran hatte ich nicht gedacht. Dann hab ich mir aber überlegt: Weil wir doch eine Familie waren, könnten wir uns gegenseitig helfen. Ida könnte die Augen sein, und ich die Beine.

Und genauso haben Ida und ich es beim Spazierengehen auch gemacht. Ich hab sie auf die Schultern genommen, sie war ja bloß ein kleines Knochenbündel, und sie hat uns beiden ihren langen Wintermantel umgelegt, aus dem hab ich mit meinen armen Augen nur zwischen den Knöpfen rausgeschaut, und sie hat ihren Hut aufgehabt und sich die Lippen dick und rot angemalt, und ich hatte meine Schneeschmelz-Stiefel an, und so sind wir gegangen, Ida und ich zusammen eine große Person, die Pine Street runter durch die Stadt an beiden Mormonenkirchen vorbei.

»Die Leute glotzen sich ihre blöden Köpfe ab«, hat Ida gesagt. Ida und ich, manchmal haben wir so fürchterlich gelacht, daß Ida nicht mehr aus den Augen sehen konnte und ich uns dann in den Graben setzte.

Als wir an der Mormonenschule vorbeikamen, ist eine Horde von Schülern hinter mir und Ida hergelaufen, ist neben uns gelaufen, zu Tode erschrocken über diesen Riesen, der da durch ihr Leben lief – es hat ihnen aber auch gefallen, geschrien und gelacht haben sie und haben versucht, nah an uns heranzukommen, aber auch wieder nicht zu nah.

»Der Teufel«, hat Ida gesagt. »Wir sind der Teufel«, hat sie gesagt. »Sie kommen nicht ohne uns aus, Schupp. Sieh nur wie diese Mormonenkids den Teufel gernhaben. Sie können gar nicht anders, sie sind total hin und weg.«

Und da haben Ida und ich angefangen so zu tun, als ob wir wirklich der Teufel wären. Sie hat sich Zweige ins Haar gesteckt und hat sich die Lippen extra breit gemalt. Ich bin rumgelaufen,

die Pine Street auf und ab, wie der Teufel hab ich mich aufgeführt, Ida hat die Arme ausgebreitet, ich und Ida, wir haben alle
Laute von uns gegeben, die wir uns nur ausdenken konnten.

Hat gar nicht lang gedauert, und es war kein Kind mehr
draußen. Und kein Erwachsener auch nicht.

»Eltern haben noch mehr Angst als die Kinder«, hat Ida gesagt.
»Gott segne den Teufel«, hat Ida gesagt. »Was wär'n wir ohne
ihn?«

Ich die Pine Street hoch, nach Chinatown, dann runter zum
Merrillee-Bergwerk, wo Ida mich gebeten hat anzuhalten. Ich
hab durch die Mantelknöpfe gespäht. Weiter unten die Männer
hatten mit Arbeiten aufgehört und starrten zu uns nach oben.

»Haben Angst vor dem eigenen Schatten«, hat Ida zu mir
gesagt. »Glotzen uns an, als ob wir der Tod wär'n und sie holen
kämen.

Dauert nicht mehr lang«, hat Ida ihnen zugerufen, »dann krieg
ich meinen Brief vom Katasteramt des Staats Idaho, und ich werd
mir ein Hurenhaus baun, wo ihr Mistkerle euch die Schwänze
wund ficken könnt. Dann bekommt ihr eine Gesellschaft, die
euch echte Wohlfahrt bringt.«

Ida ließ einen Kriegsschrei hören, und ich hab mich auf den
Fersen umgedreht und bin wie der Teufel auf und davon und
weggerannt. Bin gelaufen und gelaufen und gelaufen, meine
Füße sind einfach immer nur weiter voran.

Bevor ich's gemerkt hab, waren meine Füße schon im Friedhof
angelangt, und sobald Ida merkte, daß wir auf dem Friedhof
waren, hat ihr das alles keinen Spaß mehr gemacht, und sie wollte
wieder zurück in ihre Gefängniszelle.

Weil nun aber ich die Füße war und weil die Füße die Gräber
besuchen wollten, haben wir die Gräber trotzdem besucht.

Falls Idas Augen die Gräber nicht sehen wollten, so hab ich mir
gedacht, dann könnte sie die Augen ja schließen.

Ulysses, Virgil, Homer und Blind Jude – in einer Reihe.

Ellen Finton und Gracie Hammer.

Thord Hurdlikas Hände.

Alma Hatch, *Geliebte Freundin*, und bei Alma Hatch Idas Beine.

Idas Schenkel ganz fest um meinen Hals. Es kam mir vor, als ob sie mir den Kopf abquetschen wollte. Ida hat es nie gemocht, wenn sie die Kontrolle verlor, und da war sie nun mit ihren Beinen, mit mir, und ihre Beine haben nicht getan, was sie wollte.

Hab gar nicht mehr gewußt, wie lang ich noch würde atmen können. Bin trotzdem weiter stehengeblieben, hab Ida den Gräbern zugekehrt, damit sie die Gräber sehen mußte, hab sie gezwungen, auf die Toten zu blicken.

Es war schon so weit, daß ich in die Knie ging, als Ida endlich aufgegeben hat.

Da ist's bei Ida losgegangen, war überhaupt das erstemal, daß ich sie weinen gesehen hab, seit der Nacht in der Küche, als ich gerade von Fort Lincoln zurückgekommen war – so schlimm hat noch kein Mensch geweint, hab ich mir gedacht, sie weinte so heftig, wie sie lachen oder trinken oder ficken konnte.

Als Ida mit Weinen aufhörte, ist sie mir von den Schultern herunter, und wir zwei haben uns auf die Gräber gesetzt.

»Kannst du dich noch an irgend etwas erinnern von damals – als wir dich zum Schuppen zurückgebracht haben und du bei mir und Dellwood gewesen bist?« hab ich gefragt.

»An nichts«, hat Ida gesagt.

»Du weißt aber doch, was er da getan hat, nicht wahr?« hab ich gefragt.

»Dellwood?« hat sie gefragt.

»Dellwood«, hab ich gesagt.

»Hat mir die Beine abgeschnitten«, hat sie gesagt.

»Noch viel mehr«, hab ich gesagt und angefangen, ihr den Rest der Geschichte zu erzählen – wie Dellwood ihr Fieber auf sich genommen hatte und es danach nicht mehr abschütteln konnte.

Ida hat mich von sich weggestoßen.

»Das will ich nicht hören, Schupp«, hat sie gesagt. »Es gibt Dinge, die bleiben am besten ungesagt. Also, sprich mir nicht davon. Ich will's einfach nicht hören.«

»Aber Dellwood ...«, hab ich gesagt.

»Dellwood ist tot«, hat Ida gesagt. »Und Alma und die andern sind ebenfalls tot. Da gibt es nichts, womit man sie wieder zurückholen könnte. Wir haben eben schlechte Karten gehabt, wir haben ein paarmal falsch gewählt, wir haben die falsche Richtung genommen. Jetzt bleibt uns nur noch eins übrig – unser Versprechen halten, sauber bleiben und weitermachen.«

»Schon mal gedacht, daß die falsche Richtung die richtige Richtung war, Ida?« hab ich gefragt.

»Nein«, hat Ida gesagt. »Und den ganzen Dellwood-Quatsch kannste dir schenken. Das ist wenigstens ein Vorteil – daß ich mir diesen Irren nicht mehr anhören muß.«

»Das kann nicht dein Ernst sein«, hab ich gesagt. »Jetzt lügst du aber bestimmt – du verstellst dich ja bloß –, so wie du auch über meine Zwillingsschwester gelogen hast«, hab ich gesagt.

»Ja, ja, deine kleine Zwillingsschwester«, hat sie gesagt, wie eine Klapperschlange hat sie die Worte gezischt. »Und so wie du mich einmal gebeten hast, deine Mutter nie in Gegenwart von Dellwood zu erwähnen. Hab ich auch nie getan. Hab sogar Alma Hatch davon abgehalten. Und das hast nur mir zu verdanken, Schupp. Und das solltest du mir verdammt besser glauben.«

»Du weißt ja, daß er tot ist, ja? Dellwood Barker – daß er tot ist, weil er dir das Leben gerettet hat!« hab ich gesagt.

Ida Richilieu schlug mir hart ins Gesicht. Eine feste Hand hat sie wirklich immer gehabt.

»Halt's Maul, halt's Maul, halt's Maul!«, kreischte Ida. »Du verdankst mir viel zuviel, um so mit mir reden zu dürfen. Du wirst ja überhaupt nie erfahren, wieviel du mir verdankst!«

Nach dem Schlag ins Gesicht bin ich lange Zeit ganz still dagesessen.

»Es ist gar nicht nötig, daß du immer stark bist, Ida«, hab ich gesagt.

»Anders geht's nicht«, hat Ida gesagt.

»Was vorbei ist, ist vorbei«, hat Ida gesagt. »Was geschehn ist, ist geschehn.

Muß mich jetzt um die Zukunft kümmern«, hat Ida gesagt.

Danach hab ich mit Ida nie mehr gestritten, hab nie wieder versucht, ihr die Augen zu öffnen.

Wir haben nie wieder über Alma Hatch, über Dellwood Barker, über die Brüder Wisdom – haben nie mehr von den Toten gesprochen.

Ich hatte nur noch Ida – sie war alles, was mir an Familie geblieben war.

Und sie war nun mal so, wie sie war.

Was als nächstes geschah, war zweierlei – am selben Tag, gleich nacheinander:

Ida Richilieu hat ihren Brief vom Katasteramt des Staates Idaho erhalten.

Die Mormonen haben ihr Plakat an die Tür des Postamtes genagelt.

Sehr geehrte Miss Richilieu,

Gemäß unserer Urkunden ist das fragliche Besitztum in Excellent, Idaho, wo das Indian Head Hotel vor dem Brand vom 4. Juli 1905 früher gestanden hat (Pine Street, Abschnitt 5, Parzelle Nummer 1, 28 Meter × 156 Meter) niemals einer Privatperson überschrieben worden. Besagtes Besitztum hat sich stets im Eigentum des Staates Idaho befunden, bis vor kurzem.

Der Verkauf besagten Besitztums an die Kirche Jesu Christi der Heiligen der Letzten Tage zur Errichtung einer neuen Kirche wurde am 25. April dieses Jahres abgeschlossen.

Bei weiteren Nachforschungen haben unsere Urkunden belegt, daß der einzige Besitz, der einer Richilieu, Ida überschrieben wurde, Pine Street Abschnitt 4a, Parzelle Nummer 2, 10 Meter × 17 Meter ist – die Parzelle nächst der Südgrenze von Abschnitt 5, Parzelle Nummer 1 und nördlich von Hot Creek.

Idas Land gehörte jetzt den Mormonen.

Was Ida gehörte, war nur das Stück Land um den Schuppen.

»Hast du irgend etwas als Beweis, daß das Land dir gehört?« hab ich Ida gefragt.

»Die Kaufurkunde, eindeutig und klar«, hat Ida gesagt. »Verbrannt, mit dem ganzen Rest von Idas Haus.«

Das Plakat an der Tür des Postamts war auf weißem Papier in graden schwarzen Buchstaben gedruckt. Mehr konnte ich nicht erkennen.

Was das Plakat sagte, hab ich aber trotzdem gewußt: noch mehr Ärger, der uns dazwischenkommen würde.

Ich hab das Plakat von der Tür abgerissen und hab auf meine Füße gesehen, wie sie über die Pine Street zu Idas Gefängniszelle gerannt sind.

»Offizielle Eröffnung der William B. Merrillee-Raffinerie«, las Ida vor. »William B. Merrillee persönlich«, hat Ida vorgelesen. »Eine Parade – die Marschkapelle aus Mountain Home – Geselligkeiten«, las Ida vor. »Eine Gebetsversammlung und ein Picknick auf dem Platz der neuen Kirche«, las Ida. »Die Predigt hält William B. Merrillee persönlich«, las Ida, »und ein Feuerwerk – am vierten Tag des Juli.«

An dem Morgen danach haben Mormonen damit angefangen, ein großes orangefarbiges Zelt aufzubauen, genau an der Stelle, wo früher Idas Haus gestanden hatte. Überall liefen Mormonen herum, haben Schilder aufgestellt, haben saubergemacht, angestrichen, geschrubbt, dem Herrn Lobpreis gesungen, gelächelt.

»Guten Morgen, Bruder Soundso«, haben sie gesagt, »Guten Abend, Schwester.«

Haben ein Band über die Pine Street gezogen, vom Postamt zur toten Ponderosa-Fichte – darauf stand, groß genug, daß meine Augen es lesen konnten, in Goldbuchstaben mit grünem Rand: *Willkommen Reverend William B. Merrillee! Gott segne unser Goldbergwerk!*

»Ich hab dir ja gesagt, daß da bei den Mormonen etwas im Busch war«, hat Ida gesagt. »So eine heimlichtuerische Bande von Halsabschneidern und Geschäftemachern und spielt sich als Religion auf! Kein Wunder, daß die alle so munter waren. Ein Mormone gibt nur Zeichen von Leben von sich, wenn er noch mehr Besitz erwirbt oder zehn Prozent kriegt«, hat Ida gesagt.

»Und außer dem Schaden wirst du auch noch beleidigt«, hat Ida gesagt. »Erst bringen sie dich zu Boden, und dann treten sie dich auch noch mit Füßen!« hat Ida gesagt. »Aber warte nur! Du wirst ja sehn. Noch gebe ich mich nicht geschlagen. Ein paar Tricks hat unser altes Mädchen noch im Ärmel. Du wirst ja sehn«, hat Ida gesagt, und: »Orangefarbig!« hat sie dann gesagt, das eine Wort – mehr hat sie danach den ganzen Tag über nicht gesagt.

Orangefarbig!
Idas lautes Geschimpfe über die Orangefarbe, und daß sie niemals aufgeben würde – sie saß in ihrer Gefängniszelle da und ihre Stimme hallte über Excellent hin, die ganze Zeit über, während die Mormonen ihr orangefarbiges Zelt errichtet haben.

»Die häßlichste Farbe auf Gottes Erde, dies Orange. So 'ne Farbe hat in der Natur kein Ding.

Ein *goldenes* Zelt müßten sie haben! William B. Merrillee hat bestimmt nicht von *Orangen* geträumt, der hat doch nur *Gold* geträumt!«

Hat aber keine Rolle gespielt, wie bös Ida schimpfte. Hat nur zwei Tage gedauert, bis das riesige orangefarbige Zelt gleich vor der Tür zu meinem Schuppen gestanden hat. Mit der leuchtenden Sonne auf dem Zelt hat das alles morgens und abends wie ein Waldbrand ausgesehen.

Der Tag, an dem William B. Merrillee die Stadt endlich besucht hat, das war derselbe Tag, an dem Ida Richilieu zur Holzbein-Ida wurde. Es war Samstag, der vierte Juli, auf den Tag genau ein Jahr nach dem Tod der Brüder Wisdom und dem Abbrennen von Idas Haus.

Die Vorsehung – ein Geräusch.

Als ich aufwachte, hab ich die Musik spielen gehört. Ich hab aus dem Fenster des Schuppens geschaut. Hab nur Orange gesehen und sonst gar nichts. Da bin ich nach draußen gegangen, hab mich auf den Boden gelegt und hab den orangefarbenen Zeltstoff gehoben. Drinnen im Zelt befand sich die Marschkapelle aus Mountain Home.

Mountain-Home-Marschkapelle in gelben Buchstaben auf dem Rücken der glänzend grünen Hemden.

Ich hab mir's Gesicht im Hot Creek gewaschen, und als ich Idas Zelle erreichte, ist Doc Heyburn schon dagewesen mit Idas Holzbeinen und ihrem künstlichen Gebiß.

»Hab se per Katalog bestellt«, sagte Doc Heyburn.

»Katalog von Sears and Roebuck?« hab ich gefragt.

»Nä. War ein medizinischer Spezialkatalog«, hat der Doc gesagt. »Bin mit der Postkutsche heut morgen zurück aus Boise City. Hab extra 'ne Reise machen müssen, um die Sachen zu holen.«

»Wann fängt die Parade an?« hat Ida gefragt.

»Um elf Uhr soll's losgehen«, hab ich gesagt.

»Kannst du mir diese Holzbeine und dies künstliche Gebiß bis um elf anlegen, Doc?« hat Ida gefragt.

»Müßt sich machen lassen?« hat der Doc gesagt.

Er kniete am Boden, mit den Stummeln von Idas Beinen in

Augenhöhe, während Ida in ihren Mormonen-Schlüpfern auf dem Bett saß.

»Die Sache gefällt mir gar nicht, Ida«, sagte der Doc. »Braucht Zeit und Übung, um auf diesen Dingern zu laufen. Beim erstenmal solltest nicht weiter als nur mal quer durch 'n Raum gehen – und bestimmt nicht durch die ganze Stadt laufen, wie du's vorhast. Gefällt mir überhaupt nicht. Diese Beine von dir sind da noch sehr empfindlich.«

»William B. Merrillee ist hier nicht der einzige Hahn auf den Beinen«, hat Ida gesagt. »Hier gibt's auch noch Ida Richilieu, und sie *wird* laufen«, hat Ida gesagt.

»Wir könnten dich vor dem Gefängnis auf Kiebitz oder Abraham Lincoln in den Sattel setzen, du könntest doch bis zur Parade reiten«, hab ich gesagt.

»Ich geh zu Fuß, Schupp. Hörst du mich? Ich werde mitten durch die Menge hindurchgehn. Ich werde zu Fuß durch meine Stadt laufen«, hat Ida gesagt. »Und jetzt hilf mir aus diesen Mormonen-Schlüpfern, hol mir das weiße Kleid und die Petticoats und den Strohhut mit dem Seidenband, und hilf mir beim Anziehn, wenn Doc hier fertig ist.«

Als Ida an ihrem Frisiertisch saß und die Beine so hielt, daß Doc die Holzbeine anbringen konnte, hab ich ihre Zöpfe geflochten.

War wie Pferdesatteln. Zuerst hat Doc Idas Beine bis halb die Schenkel hoch rasiert. Dann hat er über die Stummel eine Schicht weißes Tuch gelegt. Hat die Holzbeine gegen die Stummel angedrückt. Ich hab das Holzbein jedesmal ganz fest gegen Idas Stummel gepreßt, während der Doc sich von einer Rolle ein langes Stück weißes Band abgerissen hat und anfing, das Band zuerst ums Holzbein und danach um Idas Bein zu wickeln.

Als nächstes sind die Lederstrapse an die Holzbeine gekommen, die wie Zaumzeug auf Idas Beine paßten. Doc hat das Zaumzeug übergestreift und hat das Stück oben gestrafft. Während dieses Teils – dem Straffen des Zaumzeugs – hat Ida ihre Beine in der Luft halten müssen – und Ida hatte keine Unterwäsche an.

Da ist Doc ins Schwitzen gekommen.

Ida mit ihren Beinen in der Luft, und der Doc in Schweiß wegen Ida – hab ich da lachen müssen. Da hat Ida mitlachen müssen – und dann hat Ida gefurzt, weil sie lachte, in solcher Stellung. Das hat dann aber auch den Doc zum Lachen gebracht.

»Ihr zwei seid verrückt«, hat Doc gesagt. »Seid ihr immer gewesen. Aber ich begreif noch immer nicht, wie du so über Steine und Schlamm und Erde gehen kannst, und außerdem ist da vorm Postamt noch der Holzplankenweg mit all seinen Löchern.«

»Ich hab doch Hilfe«, hat Ida gesagt. »Auf der einen Seite hab ich dich, Doc, und Schupp auf der andern. Zwei so große schöne Männer wie euch beide – was brauch ich denn mehr?«

Das künstliche Gebiß war aus Holz, und der Doc hat die Zähne ein bißchen abschleifen müssen, bis sie genau paßten. Ida hat den Mund ganz weit aufgerissen, und der Doc hat sich quer über sie hingesetzt und hat ihr die Zähne eingesetzt. Ida hat eine Zeitlang das Zahnfleisch geblutet, und wegen des Blutes hast du gar nicht sehen können, wie die Zähne in ihrem Mund aussahen.

Als das Bluten endlich aufhörte, hat Ida für uns gelächelt.

Ich hab Ida geholfen beim Anziehen des weißen Kleides mit den Perlen und der gefiederten Boa und dem breitkrempigen Strohhut mit dem Seidenband.

Ida hat ganz tief Luft geholt, hat sich vom Bett abgestoßen, und dann hat Ida zum erstenmal auf ihren Holzbeinen gestanden. Zuerst ist sie gewankt; wollte sich trotzdem nicht stützen lassen.

So herausgeputzt, hat Ida eigentlich ganz schrecklich ausgesehen. Da war aber dann etwas an ihr, das gab dir ein gutes Gefühl.

»Wie spät ist es?« hat Ida gefragt.

»Halb elf«, hat der Doc gesagt.

»Hast du die Stühle bei den Stufen aufgestellt?« fragte Ida.

»Jawoll«, hab ich gesagt.

»Also gut, dann woll'n wir mal«, hat Ida gesagt und hat meinen Arm gepackt und hat Doc Heyburns Arm gepackt, und so sind wir drei aus der Gefängniszelle heraus und in den sonnigen Tag nach draußen. Ida, ganz steif, hat immer nur ein Holzbein vors andere gesetzt, einen Schritt nach dem andern, hat ihren Kopf hoch gehalten, hatte nur eines im Sinn.

Hab die Stadt kaum mehr wiedererkannt. All die Leute so schön herausgeputzt und voller Leben und so freundlich. Du hast überall riechen können, daß gekocht wurde. Apfelpasteten, Kürbispasteten, Truthahn und Truthahnfüllung, süße Kartoffeln und Bratensaft. Elchbraten. Was du willst.

Ida hat sich einen Weg durch die Menge gebahnt.

Wohin du auch blicktest – überall hat wer mit jemand anderm über sie gesprochen. Herren haben an ihre Hüte gegriffen, Frauen haben die Blicke abgewendet, haben früher oder später dann aber doch rübergeglotzt. Sind wie angewurzelt stehengeblieben und haben Ida angeglotzt.

Die Sonne hat durch Idas Strohhut geschienen. Hätte an meinen Augen liegen können, ich glaub aber nicht. Ida war schön wie noch nie. Rosige Sonne auf der Haut ihres Gesichts, auf der Haut ihrer dünnen Arme, ihrem Hals. Ida ganz in Weiß, eine Jungfrau, glatt und kühl wie ein Schwimmloch im Sommer.

Die Anmut und die Schönheit meines Lebens.

Herrlich, Ida Richilieu – aus einer dürren, alten, verkrüppelten Dame mit Holzklötzen als Zähnen zu dem geworden, was ich an meiner Seite neben mir sah.

Eine Frau hat ihren Stolz.

Wir gingen die Pine Street runter, am Postamt vorbei, an der amerikanischen Flagge, vorbei an der Stelle, wo Billy Blizzard sein Pferd erschossen hatte, wo Dumm Dave mit heraushängen-

dem Schwanz dagestanden und gelacht hatte, während das Stoßen und Pumpen seinen ganzen Körper schüttelte, vorbei an der
Stelle, wo die Brüder Wisdom mit ihrem Wagen und ihrem
Maultier zur Stadt hereingekommen waren, vorbei an der Pferdetränke, wo Ellen Finton und Gracie Hammer gestorben waren,
vorbei an Steins Kaufhaus, an Norths Lebensmittelgeschäft.

Ida – *sie* war die Parade.

Wir sind dorthin gegangen, wo ich für Ida die Stühle aufgestellt
hatte – bei den Holzstufen vor Idas Haus –, drei Stühle, direkt
unter die tote Ponderosa-Fichte. Ida hat in der Mitte gesessen,
ich auf einer Seite, Doc Heyburn auf der andern, Ida hatte die
Holzbeine eingezogen, unters Kleid.

Von den Röcken her zog sich ein einzelner roter Streifen Blut
über den Boden.

Ich hab Ida die Flasche gereicht. Sie nahm einen großen
Schluck, hat sich den Mund gewischt, hat weiter gelächelt.

Als ich Doc Heyburn die Flasche anbot, da ist er von seinem
Mormonenpodest runtergefallen und hat sich auch einen
Schluck genommen. Und gleich noch einen.

Vor halb eins hat die Parade aber nicht angefangen. Sie begann
am einen Ende der Straße, am andern hörte sie auf. So viele
Menschen hatte ich in Excellent, Idaho, noch nie auf einem
Haufen gesehen. Alle blankgescheuert wie sonntags. Überall nur
blitzsaubere *Tybos*.

Sogar der alte Jagdzeit-Rooney war da. Ida hat's mir gesagt,
wie der da zu mir rübergeschaut und mich beobachtet hat. Ich hab
in seine Richtung gewinkt, Ida hat mir ja erklärt, wo er stand, und
ich hab ihm einen dicken Kuß über die Pine Street zugeworfen.

Als die Parade vorbeizog, war vorn die Marschkapelle und
spielte eins von diesen amerikanischen Liedern, und danach kam
ein Wagen voll mit winkenden Leuten.

»Wetten, daß William B. Merrillee auf diesem Wagen ist!« hat
Ida gesagt und ihre Augen auf mich gerichtet und dann wieder in

die andere Richtung. Ich hab meine Augen angestrengt, konnte aber nichts sehen.

Dann marschierten singend Kinder vorbei und ein paar Cowboys auf Pferden.

Danach kam der Umzug. Weil diese Parade nicht besonders lang war, ist man von Chinatown wieder umgekehrt und zurück zur Pine Street und noch einmal durch die Stadt.

Anschließend sind dann alle in das orangene Zelt gegangen und sind den ganzen Tag über im Zelt geblieben.

»Das soll eine Parade gewesen sein?« hat Ida gefragt. »Da hab ich aber schon bessere Leichenzüge gesehen.«

Als ich mit Ida und Doc Heyburn zur Gefängniszelle zurückkehrte, waren wir drei alle betrunken. Doc Heyburn ist in den Bach gestürzt, und ich bin gegen ein Gebäude gelaufen, das ich nicht bemerkt hatte. Nur gut, daß wir Ida bei uns hatten, sonst hätten wir's zurück nie geschafft.

Als ich am Nachmittag aufwachte, waren die Mormonen noch immer alle im Zelt und haben gesungen. Ich lag zusammen mit Doc auf Idas Bett – für Doc war die Welt immer noch tot.

Ida hat an ihrem Frisiertisch gesessen, immer noch in dem weißen Kleid und mit dem Hut auf dem Kopf, mit Holzbeinen und künstlichen Zähnen. Sie hat sich im Spiegel dabei zugeschaut, wie sie Whiskey aus einem Glas trank, wie sie Zigarette rauchte.

»Heut nachmittag warst du wirklich schön«, hab ich zu ihr gesagt.

»Ach, diese Menschheit, Schupp!« hat Ida gesagt. »Du solltest deine Augen prüfen lassen.«

Ich bin zum Fluß gegangen, zum Nest hoch, bin vom Felsen gesprungen ins klare grüne Blau. Bei Kater das Beste, was es gibt. Bin durchs klare grüne Blau geschwommen. Meine Augen – unter Wasser war die Welt nicht viel anders als die Welt über

Wasser. Licht, das sich durch Dunkel bewegte. Hab mich zitternd mit dem Körper in die Sonne gestellt.

Als ich wieder in die Stadt zurückkam, sind die Mormonen immer noch in dem orangenen Zelt gewesen. Hab mich gewundert, was dieser William B. Merrillee ihnen wohl alles über Gott zu erzählen hätt, und bin deshalb ganz dicht ans Zelt heran, hab aber nichts hören können.

Bin ins orangene Zelt hineingegangen.

In dieser Orange da war's heißer als die Hölle. Auf der Bühne oben hat ein Mann gestanden und sprach.

»Ist das William B. Merrillee?« hab ich einen Kerl an der Tür gefragt.

Er hat kräftig genickt und hat sich die Finger vor seine Lippen gelegt.

So weit meine blinzelnden Augen es erkennen konnten, war William B. Merrillee ein großer Mann mit einem Bart. Er trug einen Anzug und redete, ich weiß nicht von was – murmelte irgendwas von Propheten und Priestertum. Als er dann über *Sünde, Hölle, ewige Verdammnis* und *Feuer* gerufen hat, ist's mir kalt durch den Körper gefahren – von den Zehen bis unter den Scheitel –, und bevor ich mir darüber im klaren war, sind meine Füße schon aus dem orangenen Zelt raus und mit ihnen mein übriger Körper.

Als das Singen aufhörte, war die Sonne untergegangen. Die Mormonenfamilien drängten vors Zelt und setzten sich an die Tische, auf jedem Tisch hat eine Kerosin-Lampe gestanden, es wurde serviert. Bis hin nach Gold Bar hat's gut gerochen.

Ich hab Ida gefragt, ob ich etwas zum Abendessen kochen sollte, Ida hat aber kein Abendessen gewollt.

»Opium«, hat Ida gesagt.

Und gerade als ich zur Tür hinaus wegwollte, hat Ida mich zu sich ans Fenster gerufen.

»Morgen werden wir beide zusammen mit der Postkutsche

nach Boise City reisen«, hat Ida gesagt. »Wir werden mit dem Gourverneur persönlich über diese Mormonen reden, die mir mein Land gestohlen haben, und wir werden sein Büro nicht verlassen, bis wir ein bißchen vernünftige Gerechtigkeit erleben und ich mein Land wiederhabe.«

Ich hab bei Dr. Ah Fong Opium geholt und war auf dem Rückweg zu Ida, als mir der Geruch der Speisen vom Mormonen-Picknick in die Nase kam.

Die Mountain-House-Marschkapelle in den goldenen und grünen Hemden hatte ihre Blasinstrumente und Trommeln weggepackt, um zu essen. Die Sonne war untergegangen, der Mond war aufgegangen – fast Vollmond.

Geht im Juli voll in die Eier.

Im Zelt und draußen vorm Zelt waren überall die Tische gedeckt, die Insekten sind um die Kerosin-Lampen geschwirrt, und die Familien aßen ihr Abendbrot. Es war eine warme Nacht, du hast die Kinder spielen und Erwachsenenstimmen hören können, zu Hunderten haben sie herumgesessen, gegessen und geredet.

Da hab ich mir wieder einmal gewünscht, daß ich ein Mormone wär.

Dann hab ich Idas Klavier und Ida gehört, wie sie ihr Lied sang, es schwebte über dem Abend – und die Mormonen, die an den Tischen beisammen saßen – ganz wie Leute sonst auch, Menschen im Sonntagsstaat in ihren Kreisen von Licht, mit ihren Frauen, mit ihren Ehemännern, ihren Kindern, Brüdern, Schwestern, Vettern, Kusinen, Onkeln, Tanten, Großeltern, Müttern, Vätern; bei ihren Speisen, ihrer Familie, ihrer Religion in der Abenddämmerung.

Come take a trip in my airship, and we'll visit the man in the moon.

Es war da gar nicht nötig, daß meine Augen bei dem Lied den Ausdruck auf ihren Gesichtern sahen: Für sie war Ida Richilieu nicht bloß einfach eine Hure. Sie war eine Frau für sich allein und ohne Kinder zu der Tageszeit, wenn wir alle am meisten allein sind, wenn wir uns ausstrecken nach einer Berührung, danach, den andern bei uns zu halten vor Anbruch der Nacht.

Ida Richilieu war nicht bloß eine Hure.

Sie war die Kehrseite der Mormonen – ihre Finsternis.

Es braucht das Dunkel, um Licht zu sehen.

Meine Füße sind losgelaufen, weg von der Stadt, die Pine Street runter, dahin, wo der Mond heller wurde, ich hatte nur noch Idas Lied im Sinn.

Es war in der Nähe von William B. Merrillees Werk, daß meine Augen etwas dazwischenkommen sahn, Ärger – es war ein Mann, der im Mondschein auf mich zukam. Zuerst hab ich gemeint, er wäre der Teufel.

Dann hab ich das Messer aufblitzen gesehn.

Ich bin zu Boden getaucht und weggerollt, bin wieder auf die Füße hoch, hab meinen Augen befohlen zu sehen, meinen Ohren zu horchen.

Der Mann hat ein Streichholz angezündet und hat sich das Streichholz vors Gesicht gehalten. Ich hab versucht zu sehen. Da kam Dumm Dave zu mir gelaufen und ist an mir hoch gesprungen.

»Dumm Dave, verdammt, was ist denn mit dir los?« hab ich gefragt.

Dumm Dave hat noch ein Streichholz angezündet. Sein Gesicht war verkratzt. Auf seinem Hemd war Blut. Seine Lippen haben sich hastig bewegt. Er hat wieder ein Streichholz angezündet und zeigte mir seine offene Hand.

In der Hand hat der Finger eines Menschen gelegen. An dem Finger steckte ein Ring. Dumm Dave hat ein neues Streichholz angemacht und hielt mir den Finger und den Ring vor die Augen.

Ich hatte den Ring schon einmal gesehn.

Dumm Dave bewegte seinen Mund, da sind wirklich Wörter gekommen, und was diese Wörter sagten, das hieß: »Billy Blizzard.«

Ich bin durch Mondschein gerannt, durch Mond hindurch, der in den Eiern voll wurde, durch Dunkelheit hin zu den Lichtkreisen der Kerosin-Lampen auf den Tischen, zwischen die Mountain-Home-Marschkapelle beim Polka-Spiel durch, zwischen Frauen durch, die mit Frauen tanzten, zwischen Männern mit Männern durch.

Die Vorsehung – ein Geräusch.

Rings um mich her ist Feuerwerk explodiert.

Ich lief am orangenen Zelt vorbei, am Schuppen vorbei, durch Hot Creek und hoch, bis vor Idas Fenster.

Was meine Augen durch das Fenster sehen konnten, war seine verbundene Hand. Hab Idas Holzbeine in der Luft gesehen, das weiße Kleid, hochgeschoben, zurückgerissen, ihn, wie er in sie hineinpumpte.

Mit dem nächsten Atemzug war ich in der Gefängniszelle. Als ich ihn mir packte, hab ich gewußt, daß er ejakulierte. Hab ihn an den Haaren gepackt. Hab ihn zurückgerissen. Hab mein Gesicht hochgepreßt gegen sein Gesicht, Stirn an Stirn. Hab beide Augen auf sein linkes Auge gerichtet.

Was ich da sah – meine Augen konnten gar nicht glauben, was sie da sahen.

Es war Billy Blizzard.

Es war der Teufel.

Billy Blizzard war ein großer Mann, so groß wie ich. Als er mich traf, ist deshalb mein Körper gegen das Klavier geflogen, das Klavier hat Dellwood-Barker-Musik gemacht. Billy Blizzard hat das rosige Licht geschleudert und traf mich am Kopf. Glas und Kerosin sind zersprungen. Ich wartete auf das Feuer. Er war wieder weg pumpen, hat sich in Ida hineingepumpt.

»Sünde, Hölle, ewige Verdammnis und Feuer«, das hat Billy Blizzard gesagt.

Ich bin wieder auf ihn los, bin aber über etwas gestolpert. Es war Doc Heyburn. Hab nicht gewußt, ob er tot war oder stockbesoffen.

Ich hab mir Idas Tischstuhl gepackt, hab ihn ganz hoch gehoben und hab den Stuhl auf Billy Blizzards Kopf runtersausen lassen, so gut ich nur konnte. Der Stuhl brach in Stücke.

Billy Blizzard hat sich noch umgedreht und hat mich angeschaut, bevor er hinstürzte.

Ich bin rüber zu Ida gerannt. Sah, daß ihre Hände am Bettgestell festgebunden waren. Ich hab angefangen, das Seil an ihren Handgelenken zu lösen, dann hab ich aber gemerkt, daß ihr Mund mit der gefiederten Boa voll gestopft war. Ich hab ihr die Federn aus dem Mund gerissen. Sie begann zu husten. Ich hab die Seile losgemacht. Ida hat mich hart geschlagen und hat mir in die Hand gebissen. Sie hat geglaubt, ich wär er.

»Ida, ich bin's, Schupp!« Ich hab sie angeschrien und sie niedergedrückt.

»Ich bin's – Schupp – Ida, weißt du denn nicht mehr, wer ich bin?«

Billy Blizzard hat mir von hinten das Messer ins Bein gestoßen. Ich hab mich gerade noch rechtzeitig umgedreht, um das Messer von neuem blitzen zu sehen. Rollte mich aus dem Weg. Das Messer war in ein Holzbein von Ida gefahren. Billy Blizzard war übers Messer gebeugt und versuchte, es aus Idas Bein herauszuziehen. Hab ihn mit voller Wucht getroffen. Er ist nach hinten gefallen, in den Spiegel, und hat den Spiegel zerbrochen. Ich bin auf Billy Blizzard gesprungen und hab ihn mit den Fäusten bearbeitet. Er hat seine Beine von hinten vorgezogen und die Beine vor meinem Gesicht gekreuzt und mich zurückgezogen. Dann hat Billy Blizzard mich getroffen, genau so, wie ich vorher ihn getroffen hatte. Dann hat er mich mit den Füßen getreten. Ich hab seinen Fuß geschnappt und hab ihn umgedreht. Wir haben uns gewälzt und haben gestöhnt. Atem und Herzschlag. Dunkel. Kein Licht. Ich bin aufgestanden. Hab nicht mehr gewußt, wo ich war. Dann hat vor mir der Doc gestanden und hat mir das Messer gereicht. Billy Blizzard hat Doc von hinten mit einem Stuhlbein erwischt. Doc ging zu Boden.

Billy hat sich auf mich geworfen. Ich bin ihm ausgewichen, hab's geschafft, hinter ihn zu kommen und habe das Messer geschwungen. Billy Blizzard schnappte meine Hand. Das Messer war nur Zentimeter von seinem Herzen entfernt.

Mein Brustkorb gegen Billy Blizzards Rücken, meine Arme ganz fest um seinen Körper, mein Mund an seinem Ohr, sein Schweiß, mein Schweiß, meine Lenden an seinem Hintern, meine Hand am Messer, Billy Blizzards Hand um meine Hand. Mein einziges Ziel: Ihm das Messer ins Herz. Sein einziges Ziel: Messer von seinem Herzen weg, mir das Messer ins Herz.

Ein Lichtstoß gegen Billy Blizzard, zwang ihn weg von mir, Füße von uns beiden vom Boden hoch, flogen durch die Luft hart gegen die Wand. Schmerz in der Hand, die Billy Blizzard das Messer ans Herz hielt.

Idas Schrotgewehr.

Ich schlug auf dem Boden auf, Billy Blizzards Körper landete auf mir, sank auf mir nieder, blutsuppig, schwer tot. Nur Dunkel und Schrotgewehrgarbe.

Befreit.

Ohne Bewegen Bewegen sind wir nichts.

Ganz langsam, und dann – was meine Ohren dann hörten, das war Ida, sie weinte, und die Mountain-Home-Marschkapelle, die spielte das amerikanische Lied, zu dem du aufstehen mußt.

Und wieder der Geruch von Blut in einem kleinen Raum.

Ich hab eine Kerosin-Lampe aus der anderen Zelle geholt und angezündet. Hab sie ganz dicht an Ida heran gehalten. Ihr weißes Kleid lag ausgefächert um ihr schwarzes Dreieck, ihre Frauenhöhle weit offen und naß, die Beine ausgestreckt, wie wenn sie ein Baby zur Welt brächte, Tropfen von seinem Bewegen Bewegen, Blut, Schweiß, die Holzbeine hingen schief an Lederstrapsen. Idas Bauch schluchzte. Ihre Hände drückten das Schrotgewehr an sich. Das künstliche Gebiß saß ihr schief im Mund, aus ihrer Nase lief Schnodder, Ida blickte stier geradeaus, an die Decke, in Nichts.

Ich hab ihr das Schrotgewehr langsam aus den Händen genommen. Ich hab mein Herz an Idas Herz gelegt, Atem zu Atem, oh, diese Menschheit in meinen Armen. Hab mich fest an sie gedrückt, hab meinen Penis in Ida Richilieu hineingesteckt, in die Leere, die Billy Blizzard zurückgelassen hatte. Hab Licht ins Dunkel gebracht, Bewegen, Bewegen in Ida Richilieu hinein, in ihre Frauenhöhle.

Es wird erzählt, am nächsten Morgen, Sonntagmorgen hätte Sheriff Jagdzeit-Rooney auf der Bühne im orangenen Zelt gestanden und der Gemeinde verkündet, daß in der Nacht zuvor in dem Gefängnis der Reverend William B. Merrillee von Ida Richilieu und ihrem Halbblut erschossen worden wäre.

Zeitungen in Boise City und Pocatello und so weit südlich wie Salt Lake City haben die Geschichte auch erzählt: *Holzbein-Ida tötet Mormonenführer, Holzbein-Ida und Halbblut erschießen Mormonenpropheten. Holzbein-Ida in Untersuchungshaft. Prozeß gegen Holzbein-Ida und Halbblut auf Frühjahr angesetzt.*

So sind die Leute eben. Müssen einfach reden. Du kannst Menschen nicht vom Reden abhalten. Sie reden, und dann hast du bald eine Geschichte.

Auf meine Geschichte hat niemand gehört.

Auf die Geschichte von Dumm Dave auch nicht.

Ida hat nicht geredet, hat noch immer zur Decke gestarrt.

Der Doc war zu besoffen. War erst eine Woche drauf, daß der Doc angefangen hat zu sprechen.

Ida Richilieu mußte aber trotzdem nie vor Gericht.

Gesundheitsprobleme, hat die Zeitung in Boise gesagt.

Die Wahrheit war die: Ida Richilieu war schwanger.

Weil Sheriff Jagdzeit-Rooney der Sheriff des Bezirks war und weil ein Haufen erzürnter Heiliger der Letzten Tage ihm Beine machte, hat er mich wegen des Mordes an William B. Merrillee festgenommen, hat gegen mich aber nicht genug Beweismaterial gehabt. Doc Heyburn hat alles gesehen. Und als Doc Heyburn erstmals wieder nüchtern genug war, um die Geschichte so zu erzählen, wie er die ganze Geschichte beobachtet hatte, da hat der Sheriff mich freilassen müssen.

Ich hab ihm ins Gesicht gespuckt.

Sheriff Rooney hat mich bei der verflixten Hand gepackt und hat sie gequetscht und hat mir gesagt, ich soll bloß auf meinen Arsch achtgeben, früher oder später würde er meinen Arsch nämlich für immer hinter Gitter bringen.

»Wegen missetäterischen Verhaltens«, hat er gesagt. »Wegen Behinderung der Justiz, wegen praktisch allem werde ich dich hinter Gitter bringen«, hat er gesagt.

Dieser Sheriff versucht heute noch, meinen Arsch hinter Gitter zu bringen.

Hat's noch immer nicht geschafft.

Ida hat nie mehr gesprochen, bis zu dem Tag vor ihrem Tod nicht. Sonst war es zwischen mir und Ida aber wie immer – wir haben zusammen Whiskey getrunken und Tollkraut geraucht. Ich hab weiterhin für sie Opium geholt. Sie hatte einen guten Appetit. Manchmal hab ich sie zu den heißen Quellen getragen, vor allem nachts, wenn der Mond uns nicht schlafen ließ und nur

Atmen und Herzklopfen geherrscht hat. Meist hat Ida aber nur auf dem Rücken gelegen, zur Decke gestarrt und sich den Bauch dicker und dicker werden lassen.

Ich hab die ganze Zeit über zu ihr gesprochen. Hab mein Leben lang noch nie so viel geredet, als wie Ida schwanger gewesen ist. Hab gesprochen zu ihr und zum Kind in ihrem Bauch.

Mein Kind. Billy Blizzards Kind.

Hat mir nichts ausgemacht, daß sie mir nicht widersprochen hat, obwohl mir ihr Schimpfen und Brüllen und Jammern die Zeit gefehlt hat, hab mir nur gedacht, daß Ida Richilieu in ihrem Leben schon genug geredet hätt. Hab mir gedacht, daß sie über ein Problem nachdachte, mit dem sie nicht gerechnet hatte, und den Mund halten müßte, um nachdenken zu können.

Eines Nachts habe ich durch ihr Fenster geschaut und Ida Richilieu beobachtet, wie sie in ihrem Lichtkreis lag und auf die leere Seite im Buch starrte, das aufgeschlagen vor ihr lag – da hab ich auf einmal alles verstanden.

Ida Richilieu war in ihr Inneres hineingefallen. Wo alles zusammen ist. Dort, wo ich nach der Kugel von Charles Smith gewesen war. Und da gab es nichts, worauf sie zeigen könnte und sagen: *Da bin ich, das bin ich*.

War auf der Suche nach sich selbst. Das war sie.

Am ersten April hat Ida Richilieu Zwillinge zur Welt gebracht: einen Jungen und ein Mädchen.

Ich und Dumm Dave und Doc haben bei der Geburt geholfen, wir haben Leben zur Welt gebracht – Geruch von Blut und Leben in einem kleinen Raum.

Ida in ihrem Lichtkreis, mit einem Baby an jedem Nippel.

Es war einer von diesen vollkommenen Tagen in den Bergen von Idaho, im Sommer, mit einer Luft, daß du nicht weißt, wo dein eigener Körper endet und wo die Welt anfängt. Es war Morgen, und die Sonne war mit ihrem Spiel, alles schön zu machen, schon fertig. Schatten wurden länger. Nicht-wirklich-ein-Berg stand groß und sandsteinflimmernd gegen einen blauen Himmel. Ein weißer Vogel ganz hoch oben, im Flug.

Du hast den Fluß hören können – so still ist's gewesen. Alles roch nach Holzfeuer, Fichtenwald, bratenden Eiern, nach Fleisch aus der Satteltasche und nach Kaffee.

Ich hab bei der Tür zum Gefängnis in einem Fleckchen Sonne gesessen und hab meinen Kaffee getrunken.

»Schupp«, hörte ich's rufen. Es war Ida.

Ich bin in die Gefängniszelle gegangen. Die Babys haben getrunken. Meine Augen haben gewußt, daß Ida mich anschaute, so auf die Art, wie sie mich immer angeschaut hatte, bevor sie ins Innere abgestürzt war. Ich rechnete damit, daß sie mich ausschimpfen würde oder mich losschicken würde, Opium holen, oder sagen würde *He, du da, komm mal her, Junge.*

»Schupp, ich will, daß du die Tagebücher verbrennst«, sagte sie in dem Ton, der Widerspruch nicht zuließ.

Ich hab trotzdem widersprochen.

»Du sollst sie verbrennen«, hat sie gesagt.

Ich hab ein Feuer gemacht draußen, genau vor dem Fenster, damit sie's Feuer auch sehen konnte. Ich hab die Tagebücher aufs Feuer geworfen, und von dort unterm Fenster, wo Ida ihn nicht sehen konnte, hat Doc Heyburn die Bücher wieder aus dem Feuer herausgeholt.

Zu Idas Beerdigung sind fast alle Menschen im Staat Idaho und teils auch aus Montana und Utah, zwei Frauen aus Wyoming und ein Reporter aus San Francisco gekommen.

Aus Boise City ist ein Rabbi gekommen, um sie zu begraben. Niemand wollte ihm ein Zimmer geben, wo er bleiben könnte, und weil es doch in Excellent kein Hotel mehr gab, ist der Rabbi bei mir geblieben, draußen im Schuppen.

Als er am Grabe in seiner seltsamen Sprache angefangen hat,

da haben die Leute ihn angeglotzt, wie wenn er irgend so ein verrückter Typ wäre. Das Grab lag in Idas Teil des Friedhofs, neben *Der geliebten Freundin* Alma Hatch und den Beinen von Ida.

Ida trug ihr blaues Kleid, die gefiederte Boa, die Perlen und die Bergkristalle. Ich hatte ihr das Haar zu Zöpfen geflochten.

Als Dumm Dave und ich die Babys endlich zum Einschlafen gebracht hatten, haben wir tüchtig zu trinken begonnen. Dumm Dave bekam einen Steifen und hat angefangen zu lachen, darauf begann Dumm Hund zu heulen – und Doc Heyburn zu lachen, und dann hab ich mir nicht helfen können – es war einfach eine *Tortur* –, und ich hab gelacht, alle haben wir gelacht, uns die Köpfe dumm gelacht.

Es war Doc, der dann eins von Idas Tagebüchern aus dem Stapel nahm und anfing, daraus vorzulesen. Es war das Tagebuch von Idas erstem Winter in Idas Haus. Während Doc las, konnte ich Ida richtig vor mir sehen, wie sie da in ihrem rosigen Zimmer im Schein ihres Lichts saß und schrieb.

Idas Lüge. Ich hatte ja keine Ahnung gehabt. Oh, diese Menschheit! Einfach keine Ahnung!

23. Dezember 1885. Heute morgen fand ich unter den Eingangsstufen eine Indianerin kauern. Sie hatte zwei Babys in einen Schal gewickelt. Ich hab sie auf Zimmer 11 nach oben geholt. Die Kinder waren erfroren. Die Frau war im Delirium, vor Schmerzen und aus Kummer um ihre geliebten Kinder! Ich gab ihr Whiskey zu trinken, und sie hat geruht. Am späteren Nachmittag hab ich auf ihrem Bett gesesen, und wir haben uns unterhalten. Sie spricht gut Englisch. Aufgewachsen und zur Schule gegangen bei den Mormonen. Ich hab etwas Opium in eine Zigarette gerollt, und wir haben zusammen geraucht. Sie war bald eingeschlafen. Ich weiß nicht, was ich als nächsten Schritt mit ihr unternehmen werde. Vielleicht kann sie ja hier für mich arbeiten.

24. Dezember 1885. Heiligabend. Ich hab mich heute angezogen wie der Weihnachtsmann. Hab aber keine Kissen gebraucht, um mich dick zu machen! Ellen Finton hat mir einen Eierlikör gemacht. In der Bar ging es lustig zu. Die Indianerin – sie heißt angeblich Buffalo Sweets – war wegen des Todes ihrer Kinder verständlicherweise ganz traurig. Sie legte mir die Hand auf den Bauch, um nach dem Kind zu fühlen, das in mir wächst. Sie hat so heftig geweint, daß es mir schwerfiel, die Selbstbeherrschung zu wahren.

25. Dezember 1885. Ich werde bald niederkommen. Das Kind ist gesunken und sitzt schon tief. Ich bin sicher, daß es ein Junge wird. Frohe Weihnachten! Ein glückliches Chanukah.

26. Dezember 1885. Heute abend habe ich Buffalo Sweets die Geschichte von meinem Kind erzählt. Es gibt da gewisse Dinge, über die man nicht mit anderen Menschen spricht – bestimmte Dinge ganz privater Natur –, doch heute habe ich mich dieser Frau so nahe und ihr gegenüber so liebevoll gefühlt, daß ich ihr die Wahrheit gesagt habe. Der Vater – ich bin mir absolut sicher, daß er der Vater ist – ist nur ein Junge, kaum vierzehn Jahre alt, aber ein so wildes und schönes männliches Wesen, wie ich's noch nie erlebt habe. Er heißt Billy und ihm folgt, wie ich zugeben muß, ein furchtbarer Ruf, ein Schuft zu sein. Eines Tages ist dieser junge Mann hier bei mir hereingeschneit. Ich trug gerade das blaue Kleid und habe nur einen Blick auf ihn geworfen und glaube wirklich, daß es Liebe auf den ersten Blick war. Heute abend hat Buffalo Sweets – ich habe beschlossen, sie Prinzessin zu nennen, weil sie eine so königliche junge Frau ist – mir einen indianischen Namen für mein Kind genannt. Sie hat ihn für mich aufgeschrieben. Er heißt Duivichi-un-Dua, was, wie sie sagt, bedeutet »das Jungenkind für einen Jungenvater«. Ich finde den Namen wunderbar.

31. Dezember 1885. Ich habe einen Jungen geboren.

4. Januar 1886. Prinzessin und ich haben einen Beschluß gefaßt. Sie wird das Kind annehmen. Billy, der Vater, hat mehrmals gedroht, mich und das Kind umzubringen, wenn ich ihn nicht heirate. Eine Heirat kommt nicht in Frage. Prinzessin und ich haben uns für folgende Geschichte entschieden: Mein Kind war eine Totgeburt. Prinzessin ist in der Kälte mit Zwillingen aufgefunden worden, von denen eins – das Mädchen – starb, und der Junge lebt. Prinzessin hat versprochen, bei mir zu bleiben, bis der Junge erwachsen ist. Ich werde beim Aufziehen und mit der Bildung des Jungen helfen. Doch vor den Augen der Welt ist er ihr Sohn.
Ich werde nie mehr darüber sprechen und habe Prinzessin einen Eid der Verschwiegenheit leisten lassen. Wir haben einen feierlichen Schwur getan. Dies ist das einzige Zeugnis, das unter Schloß und Siegel bleiben und bei meinem Tode verbrannt werden wird.

EPILOG

Ich habe die Zwillinge Moon Bear und Willow genannt.

Wir drei, Moon Bear, Willow und ich, wir sind über den Winter in Excellent geblieben, draußen im Schuppen. Der Doc hat die Zwillinge mit im Auge behalten, Dumm Dave ebenfalls. Der Doc und Dumm Dave haben diese Kinder ständig verwöhnt. Dumm Dave hat eine Jersey-Kuh und eine Milchziege gekauft und hat sie in seinem Stall untergebracht und hat sie morgens und abends gemolken und hat immer die Milch für Moon Bear und Willow herübergebracht – und dazu immer noch irgendein Geschenk. Der Doc hat dauernd ihre Temperatur gemessen und sie auf ihre Darmtätigkeit untersucht. Ich hab Dumm Dave und Doc immer wieder gesagt, daß sie die Kinder bloß verwöhnen und daß sie sie in Ruhe lassen sollten. War selber aber nicht besser.

Was ein Leben in die Welt setzt, muß es unterhalten.

Hat nicht lang gedauert, und Geschichten von den Zwillingen haben im Tal die Runde gemacht – ich meine, Legenden. Es haben alle gesagt, sogar die Mormonen – daß diese Kinder die süßesten und schönsten Kinder wären, die es gab.

So schön und so süß, daß es ein Geheimnis war.

Wenn ich selber so sagen darf.

Die Kinder waren halb Ida und halb etwas anderes – entweder Billy Blizzard oder ich.

Billy Blizzard mein Vater, Ida meine Mutter, die Kinder meine Kinder, oder mein Bruder und meine Schwester, oder beides.

Eines Nachts haben ich und der Doc und Dumm Dave den Test gemacht mit den Kindern.

Erst haben wir Willow aufs Bett gelegt und die Feder und den Bogen auf die eine Seite gelegt und den Korb und den Kürbis auf ihre andere Seite.

Willow hat ein Weilchen auf dem Bett gelegen und hat nach der Feder und nach dem Bogen gegriffen.

Danach haben wir Moon Bear aufs Bett gelegt und die Feder und den Bogen auf die eine Seite gelegt und den Korb und den Kürbis auf seine andere Seite.

Moon Bear hat ein Weilchen auf dem Bett gelegen und dann nach dem Korb und nach dem Kürbis gegriffen.

Die zwei draußen im Schuppen – Moon Bear und Willow – Korb-Mann und Bogen-Frau.

Mit dem Frühling haben wir Excellent aber verlassen – es mußte sein. Sheriff Jagdzeit-Rooney hat in Boise City einen Gerichtserlaß erwirkt, um Moon Bear und Willow in ein gutes christliches Heim zu geben – gutes mormonisches Heim wäre wohl richtiger gewesen – oder in eine von diesen katholischen Schulen, wo die Kinder alle in einer Reihe stehen müssen und warten müssen, bis sie den Ball treten dürfen, und Kissen-Frauen behalten sie dort ständig im Auge.

In der Nacht, bevor Sheriff Jagdzeit-Rooney mit seinem Such-trupp in die Stadt kam, um mir die Zwillinge wegzunehmen, hatte ich einen Traum – ich glaube, daß es ein Traum war. Ist schwer zu sagen in diesen Tagen.

Owlfeather hat auf meinem Bett gesessen, hat über einen schmutzigen Witz gelacht und mich geweckt. Sagte mir, ich sollte die beiden Zwillinge nehmen und mich rasch aus dem Staub machen.

Mond war voll in den Knien, als wir loszogen. Der Doc und Dumm Dave haben sich die Augen ausgeweint. Hab Dumm Hund den ganzen Weg über bis in die Berge heulen hören können.

Es war nicht mehr so, daß die Shoshonen und die Bannock

das Volk meiner Mutter gewesen wären, ich bin aber trotzdem nach Fort Lincoln gegangen.

Wir drei – Moon Bear, Willow und ich – waren ja alle zum Teil Indianer, wegen, so geht die Geschichte, unseres Großvaters – oder Urgroßvaters – Big Foot –, war nur schwer zu sagen, welcher Teil. Wir waren immer noch halb *tybo* – der jüdische Teil von uns – und teils auch *tutybo* wie die Brüder Wisdom.

Teil von allem.

Stachelschwein und Melone und Amerika-Flagge und Hazel haben die Zwillinge genauso liebgehabt – obwohl wir nicht so indianisch waren, wie wir alle einmal geglaubt hatten. Stachelschwein und Melone und Amerika-Flagge und Hazel haben andauernd Geschichten über die Zwillinge erzählt – wie geheimnisvoll sie wären, wie klug, wie schön. Das sagen im Reservat auch heute noch alle.

Im Reservat hat uns alle eines Tages Sheriff Jagdzeit-Rooney mit seinem Suchtrupp und einem Haftbefehl für mich überrascht.

Wegen Kindesentführung.

Ich hab mir Moon Bear und Willow geschnappt und bin ins Innere des rechteckigen Hauses mit dem Halbfenster gerannt, weil ich ja sonst nirgends hinrennen konnte. Stachelschwein und Melone und Amerika-Flagge und Hazel haben sich mit Haut und Haaren gegen den Trupp des Sheriffs gewehrt, aber es war wie immer, gegen die amerikanische Armee kommen Indianer nicht an.

Sheriff Jagdzeit-Rooney ist siegesbewußt ins rechteckige Haus mit dem Halbfenster hereinmarschiert, bereit, mich zu erdrosseln und sich die Zwillinge zu holen. Zuerst sollte ich sterben.

Der Sheriff ist so auf mich zugekommen, als ob es mich in seinen Augen überhaupt nicht gäbe. Ich bin los und hab ihm einen Schlag direkt über der Nase versetzt. Der hat ihn kaltgestellt. Darauf kam der übrige Trupp ins Haus gerannt. Die Kerle haben mich aber nicht sehen können, die Zwillinge auch nicht. Sind ums Haus herumgegangen, sind gleich neben uns gewesen, als wären sie blind. Ein paar von ihnen hab ich eins über den Kopf gegeben, nur um mal zu sehen. Da hat nicht ein einziger von ihnen gewußt, von wo der Schlag gekommen ist.

Danach bin ich pfiffig geworden und bin im Gänsemarsch hinter ihnen her und hab ihnen die Hosen runtergezogen. Da sind sie im Nu raus und ab – sind auf ihre Pferde gesprungen, und haben Jagdzeit über den Sattel des Pferdes geworfen und haben Beine gemacht – vor den indianischen Geistern haben all diese *Tybos* die Flucht ergriffen.

Owlfeather hat sich verrückt gelacht.

All die Jahre, in denen ich glaubte, daß man mich nicht sehen könnte – am Ende hat sich's doch ausgezahlt.

Auf die Weise reisen wir nun immer – Moon Bear, Willow und ich, man sieht uns oder man sieht uns nicht, ganz wie es uns selber gefällt. Darin sind die Zwillinge sogar noch besser als ich.

Manchmal muß ich Mutter Erde überall absuchen, bevor ich Haut oder Haar von ihnen entdecke. Und dann sitzen sie auf einmal gleich neben mir auf meiner Wiese oben am Nicht-wirklich-ein-Berg oder auf den Stufen des rechteckigen Hauses mit dem Halbfenster im Reservat oder auf der Felsleiste von Buffalo Head oder in Excellent draußen im Schuppen.

Manchmal, wenn wir frei ausreiten, wo's kein Reservat und keine Zäune gibt – Lilienwurzeln ausgraben, Tannenzapfen sammeln, die Vierbeiner jagen oder den Lachs im klaren frischen kalten Wasser speeren –, wenn ich den ganzen Tag lang nach den Zwillingen gesucht habe, dann kommen diese zwei in meinem Rücken aus dem Nichts gelaufen, daß ich Gänsehaut kriege, oder sie treten aus dem Schatten eines Baumes und jagen mir einen so fürchterlichen Schreck ein, daß ich mir ans Herz greife, daß mir der Atem fliegt, daß ich schimpfe und brülle: *He, du da, komm mal her, Junge. He, du da, Mädchen, komm mal her.*

Für sie ist das nur ein Spiel. Sie nennen es Kiebitzen.

Am schlimmsten ist's gegen Abend, oder wenn ich hinter ihnen her bin, damit sie sich in ihren Lichtschein setzen und ihr Lesen und Schreiben erledigen, oder wenn's Zeit ist für ein Bad – sobald ich mich dann nach ihnen umschau, sind sie verschwunden, und ich steh ganz allein da, kratz mich am Kopf und überleg, ob sie wirklich fort sind oder ob ich bloß blind bin. Schwer zu sagen in diesen Tagen, was was ist.

Einzige Möglichkeit, sie wieder zu finden, die ist – ihnen nicht mehr nachlaufen.

Aber bei Vollmond sitz ich nachts manchmal am Lagerfeuer und sehe Moon Bear und Willow beim Schlafen zu, oder ich geh auf Zehenspitzen in den Schuppen und trage das rosige Licht neben sie, und wenn ich sie da so schlafen sehe, da beginnt mir der Atem zu fliegen, mir klopft das Herz, und meine Augen weinen wieder alle die alten Tränen.

Dellwood Barker, der gar nicht mein Vater ist, er hat sich innerlich verrannt, der Mann, den ich am liebsten hatte, ist tot. Gestorben an gebrochenem Herzen. Vom Schock der Liebe, als er die Wand sah, wo er den Spiegel aufgehängt hatte – diese Welt außer sich selbst –, da hat er darin jemand gesehn, der ihn liebte.

Ida Richilieu, meine Mutter, verloren tief in sich selber, die Frau, die ich am liebsten hatte, ist tot. Gestorben an gebrochenem Verstand. Vom Geheimhalten, vom Halten von Versprechen, vom Für-sich-behalten, vom Sich-selber-zusammenhalten, während sie sich auf Trab hielt und ihre Karten ausspielte, diese schlechten Karten, die sie bekommen hatte.

Dellwood ist gestorben, weil er glaubte, er wär die Welt. Ida ist gestorben, weil sie glaubte, sie wär es nicht.

Die Wahrheit ist die, daß beide – Dellwood Barker und Ida Richilieu – gestorben sind, weil sie beide Madam-hat-alles-im-

Griff waren. Keiner der beiden konnte einer Geschichte zuhören, die nicht die eigene war.

Die Wahrheit ist die – in so einem Leben ist für jemand anders kein Platz.

Und die gleiche Geschichte mit Buffalo Sweets, mit Prinzessin, die gar nicht meine Mutter ist – die meiste Zeit gab es in ihr nicht genug Platz für mich, um mich mitzunehmen.

Dann war da mein Vater, Billy Blizzard, der den Kopf verloren hat und seine Seele verlor, der Mann, den ich am meisten gehaßt hatte – tot, in ewiger Verdammnis und im Feuer, in der Hölle verloren.

Und jetzt, da ich weiß, wer ich bin – Sohn dieser Mutter, Sohn dieses Vaters, mit diesem oder jenem Namen –, ist aber die Wahrheit die, daß es eigentlich nicht mehr wichtig ist. Wenn du lange genug hinter diesem verdammten Kiebitzvogel herrennst, führt er dich immer wieder zurück nach Haus.

All die Jahre meiner großen Sehnsucht nach ich weiß nicht was – nach dem Geheimnis, dem Rätselhaften und nach dem Teil, der mir an mir selber immer gefehlt hat. Und nun gibt es sie nicht mehr.

Wissen, das Verstehen wird: Was gefehlt hat, war meine eigene liebende Gesellschaft.

Seit dem Tag, als die Zwillinge geboren wurden, von diesem Tag an bin ich nie mehr allein gewesen. Ich habe diese beiden Kinder, und was noch wichtiger ist, ich hab mich selber – die liebende eigene Gesellschaft.

Was die liebende eigene Gesellschaft bedeutet – sie heißt Vergebung, das Große Geheimnis, Gott. Bevor Gott vergeben kann, mußt du selber vergeben.

Gott – der Augenblick, als mein Sohn, meine Tochter – mein Bruder, meine Schwester –, als mein Fleisch und Blut sich angekündigt hat.

Gott – die Zwillinge, die aus der Frauenhöhle zur Welt gekommen sind, und ich, der ich selber auch zur Welt gekommen bin. Von der Frauenhöhle befreit. Nicht länger Ich und Nicht-Ich. Jetzt bin ich mein und die Zwillinge, die von mir sind.

Diese Geschichte erzählen, das ist's, was ich jetzt tu – lernen, diese Geschichte zu erzählen. Ich, der gelebt hat – der tapfere Held. Aber Held sein bedeutet nicht bloß, die Geschichten zu erzählen. Held ist der, welcher, indem er die Geschichte erzählt, der Geschichte vergibt, dem Teufel vergibt – sich selbst vergibt – für das Dunkel, das notwendig war, um das Licht zu sehen.

Ich zieh mein blaues Kleid an, lege mir die gefiederte Boa um, lege die Perlen und das Bergkristall-Armband an. Male mir die Lippen rot an. Ich geh die Pine Street hinunter zur Solo Lounge mit dem blauen Neon-Mond im Fenster. Solo Lounge liegt gleich an der Straße, hinter der großen dritten Mormonenkirche, der roten aus Backstein dort, wo einmal Idas Haus gestanden hat – die Geisterkirche, die niemand betritt. Ich setz mich auf einen von diesen hohen Barhockern hin, schlag die Beine übereinander und zieh mir die Strümpfe zurecht – was für Strümpfe: Ida und Alma hätten sie geliebt! Ich bestell eine Runde für alle an der Bar, und für mich einen Whiskey. Die Männer an der Bar, alle drehen sich um. Die Frauen an der Bar drehen sich um. Wenn sie hier neu sind, werden sie pfeifen oder irgendwas von Schwulen daherreden. Früher oder später wird einer von ihnen sich aus der Bar schleichen und zum Telefon im Postamt rüberlaufen und bei Sheriff Jagdzeit-Rooney anrufen und dem Sheriff erzählen, daß der Mann, der sich in den Mond verliebte, wieder in der Stadt ist – der Mann spekuliert auf die Hundert-Dollar-Belohnung.

Der nörgelnde alte Mistkerl Jagdzeit-Rooney wird noch immer zum Sheriff wiedergewählt. Republikaner. Wirklich, es gibt da Dinge, die ändern sich nie. Noch immer keine vernünftige Justiz im Land. Wird bloß schlimmer.

So nennt man mich – den Mann, der sich in den Mond verliebte.

Wegen dem alten Jagdzeit-Rooney mach ich mir aber keine Sorgen – versteh mich noch immer drauf, daß ich nicht gesehen werde, wenn ich nicht gesehen werden will. Außerdem braucht der Pick-Up des Sheriffs einen halben Tag, um ihn nach Excellent herzubringen.

Nach der ersten Runde spendier ich eine zweite Runde. Ich mach meine Tasche auf, hol das Stück Spiegel heraus, das einmal zu Idas Spiegel gehörte, und beobachtete mich dabei, wie ich das Rot meiner Lippen nachziehe.

»Erzähl uns die Geschichte«, sagt jemand. »Erzähl uns die Geschichte von dem Mann, der sich in den Mond verliebte.«

Ich dreh mich nicht um. Schau sie nicht an. Ich blick in das Stück vom Spiegel und beobachte mich dabei, wie ich einen Schluck Whiskey trinke.

Eine Frau hat ihren Stolz.

»Eine verrückte Geschichte, erzählt von einem alten Kerl in Frauenkleidern, da kannst du dich nur wundern«, sag ich.

Ich werf noch eine Runde. Zünde ein bißchen Tollkraut an, reich es herum.

»Nun komm schon, erzähl uns die Geschichte«, sagt ein anderer. »Erzähl uns den Teil von Almas Augen.«

»Erzähl uns das vom *Walk-About*-Tanzen mit den Brüdern Wisdom.«

»Erzähl uns das von Billy Blizzard, wie er Holzbein-Ida gefickt hat und wie dann du selber Holzbein-Ida gefickt hast.«

»Erzähl uns von Ida Richilieus Beinen und wie sie über die Hügel gelaufen sind auf der Suche nach dem Rest von ihr.«

»Erzähl uns das von deinem Vater.«

»Erzähl uns das von deiner Mutter.«

»Erzähl uns das von den Zwillingen, wie sie halb Ida und halb was anderes sind.«

Was wäre ein Mensch ohne Geschichte?

Ich dreh mich auf meinem Barhocker herum und richte meine Augen auf das linke Auge von jedem dort in der Bar. Sie haben vor mir Angst. Sie halten mich für den Teufel. Sie wollen immer noch mehr.

Draußen sinkt das Licht der kalten Kugel über dem Berg, über Nicht-wirklich-ein-Berg, der uns hier festhält. Der uns eingibt, daß wir das tun, was wir zu tun glauben.

»Falls du der Teufel bist, hast du die Geschichte nicht von mir gehört«, sag ich.

»Genau, so fängt die Geschichte an«, sagt eine Frau. Sie rücken näher heran.

Ich lauf am Schuppen vorbei, durchs Tor, Richtung Chinatown, immer den alten Drahtzaun entlang, bis ich zum Hot Creek komm. Mit drei Sprüngen über Hot Creek, auf den Felssteinen, die ich genau dafür dort plaziert hab. Dann weiter aufwärts, am Gefängnis mit der immer offenstehenden Tür vorbei, und da sitzt nie wer im Gefängnis, außer samstagnachts. Weiter, zu Dr. Ah Fong, durch Chinatown hindurch, zum Friedhof.

Gegen die alte Douglas-Fichte gelehnt, mit Blick auf das Feld, eine Woche lang nur ist's bei Sonnenuntergang grün, sonst immer golden.

Weiterlaufen zu den heißen Quellen, an den Rand, wo die Erde steil abfällt. Im Bassin Wasser, durchs herabstürzende Wasser Kiebitz-Regenbogen.

Von oben im Nest stürze ich mich vom großen Granitfelsen hinunter, fliege ich durch den blauen Himmel, in tiefes blaugrüngrauschwarzes klares Wasser, klettere rasch wieder heraus, steh nackt da in der Sonne, keuchend, mit klopfendem Herzen.

Wieder zur Stadt zurück, die Gebäude fallen zusammen, zerbröseln sich, werden zu Staub. Die Mormonenschule, die Mormonenkirchen – die weiße Kirche, die grüne Kirche, die Back-stein-Kirche, leer, zugemacht. Idas Haus verschwunden, das Postamt verschwunden, Steins Kaufhaus in sich zusammenge-fallen, Norths Lebensmittelgeschäft abgebrannt, Thord Hurdli-kas Steinhaus nur noch ein Grabstein, Dumm Daves Stall steht noch, neigt sich aber nach Osten. In Doc Heyburns sauberer weißer Praxis hausen Ziegen. Die amerikanische Flagge weht nicht mehr – ein Blitz hat den Mast getroffen. Pferdetränke noch immer da, der rote Wasserhahn auch.

Das William B. Merrillee-Werk: drei Stockwerke von verrot-tendem Holz und verrostendem Eisen.

Vom Trockenhaus bloß noch das Wellblechdach.

Gold – nirgends zu finden.

Oben auf Nicht-wirklich-ein-Berg krieche ich die Granitfel-sen hinunter und gehe über meine Wiese bis zu dem Rand. Die Scharlachblumen, die hoch aufragen, stehen in Blüte, und der Indian Paintbrush und die gelben auch. Auf dem Felsen, an der Leiste, die am weitesten vorsteht, erfaßt mich ein Windstoß. Ich stelle mich in den Kreis, den ich auf dem Felsen eingeritzt habe, dort, wo ich mir vor langer Zeit das Versprechen abnahm, mich von der Frauenhöhle freizumachen.

Die Wahrheit ist die: Die Welt, also Mutter Erde – ist Frauen-höhle. Die Wahrheit ist die, in diesem Loch stecken wir alle fest, ob Mann oder Frau, jeder steckt in seiner eigenen Höhle und in der Höhle des andern.

Die menschliche Geschichte – Wissen, das Verstehen wird, unser Bestes geben, um freizuwerden.

Ich blicke über den Rand nach unten. Von hier kannst du alles sehen – das Auf und Nieder der Berge, zackig, weich, bis an den Horizont. Einige sogar im August verschneit. Gold Hill und Gold Bar – nicht die Stadt selber, aber das Tal, in dem sie liegt. Devil's Pass. Dort unten kannst du Excellent sehen – was davon übrigge-blieben ist.

Der Wind ist stark und hebt mich hoch. Eine Eule im Flug – so gleite ich tiefer, vorbei am Sandsteinflimmern des Monds, vorbei an der besonderen Rasse Wolkenbüffel, mit dem Mond voll im Blut meines Vogel-Ichs über den Fluß, im Nebel am Fluß, über Pine Street, ans Fenster. Zum missetäterischen blauen Neon-Mond. Für immer – der Atem, der Atem im Atem, der Herzschlag. Am Fenster lasse ich mich nieder.

Bewegen Bewegen – das Stoßen, ohne das wir nichts sind.

Ich steh draußen und schaue hinein.

»Come take a trip in my airship, and we'll visit the man in the moon«, singen die Männer und Frauen – jeder traurige Kerl singt das – wir stehen ums Klavier herum, dicht gedrängt, herrlich, haben uns gegenseitig die Arme über die Schultern gelegt, stehen dort Leib an Leib, begierig, strecken uns aus nach dem andern.

Menschen in einer Bar, eine Familie, wir lachen uns verrrückt. Licht im Dunkel.

»Sing the jubilee: everybody free./Welcome, welcome, 'mancipation.«

Danksagungen

Meinen tiefsten Dank: Anton Mueller, Erich Ashworth, Peter Christopher

Und Euch: Mendy Graves, Kally Thurman, Jim Erdman, Ellie Covan (Dixon Place), Clyde Hall, Charles Lawrence, Hazel Truchot, Kerry Moosman, Paulette Osborne, Kay Oswald, Bob Waring, Judith Waring und Laura Zigman.

Und Euch: Susan Anderson, Antoni'as (Key West), Eve Baron, Kate Brandt, Mary L. Bryan, L. M. T., Ira Chelnik (Chef Ivan), Stacey Craemer, Howard Crook, Will Docherty, JD Dolan, Jack Fought, Roger Finney, Ruth Füglistaller, Bob Gamblin, Martha Gamblin, Joe Garamella, Eva Gasteazoro, Osvaldo Gomariz, Dr. Stuart Grayson, Bob Green, Leo Gulik, Helen Gundlach, Johanna Hays, Ms. Jasmine, Kip Katzen, Joanna Knapp, Stephen Koch, Tom Law, Lana Lynx, Jutta Meyer, Ellen Michaelson, Mick Newham, Gaetha Pace, Harold Richards, Atul Shah, Lillian Shah, Aiden Shea, Ken Shores, Matt Slater, Rose Taylor, Chris Taylor, Jennifer Taylor, Bill Tester, Tom Trusky, Robert Vasquez, Diana Verlain, Sam Verlain, Joe Wheat, and Gay Whitesides.

Ein besonderer Dank an Len Steinbach.

Und dem Columbia Fiction Program.

Dank auch an Joel Weinstein und *Mississippi Mud*.

In liebendem Gedenken: Carl Tallberg, Silvio Zignazo, Anthony Badalucco, Ethyl Eichelberger. Alles Gute, Jungs.